MW01680470

HEMELBESTORMER

Voor Aline

Kerst 2008

van pa en ma

Hemelbestormer

Ted Dekker

Tweede druk

Oorspronkelijke titel: *Heaven's Wager*
Oorspronkelijke uitgever: Word Publishing, Nashville, USA
Vertaling: Willem Keesmaat
Omslag: HAS, Ede
Omslagillustratie: Tony Stone
Druk: Wöhrmann, Zutphen

Isbn: 978-90-6318-247-2

Voor LeeAnn, mijn vrouw. Zonder jouw liefde zou ik slechts een schaduw van mijzelf zijn. Ik zal nooit de dag vergeten dat jij de hemel zag.

1

Vandaag

Een plafondventilator ruiste door de middaghitte boven het hoofd van kapelaan Francis Cadione, waarbij hij piepte bij ieder rondje dat hij draaide. Maar verder verbrak geen enkel geluid de stilte in het schaars verlichte kamertje. De sterke geur van citroenolie, vermengd met pijprook, bleef in de lucht hangen. De smalle, hoge ramen aan beide zijden van het prehistorische bureau reikten tot aan het plafond en wierpen een gelig licht over de eiken vloer.

Sommige mensen zouden het meubilair als gotisch bestempelen. Cadione vond zijn kantoor eerder sfeervol. En dat paste hem wel. Hij was een man van de kerk en in de kerk ging het voornamelijk over sfeer.

Maar de bezoeker die met gevouwen handen in de Bourgondische stoel tegenover hem zat, droeg zijn eigen atmosfeer met zich mee. Die verspreidde zich zoals een zwaar parfum je neusgaten binnendringt. De man zat er nog geen minuut en glimlachte van oor tot oor, alsof alleen hij op de hoogte was van het een of andere grote geheim, en kapelaan Cadione voelde zich op een vreemde manier uit zijn evenwicht gebracht. De bezoeker had zijn benen over elkaar geslagen en het bovenste been slingerde heen en weer als een hypnotiserende pendel. Zijn blauwe ogen bleven de priester aanstaren en weigerden diens blik los te laten.

De kapelaan wendde zijn blik af, pakte zijn zwarte pijp en klikte met het mondstuk zachtjes tegen zijn tanden. Deze gewoonte stelde hem een beetje op zijn gemak. Een dunne sliert tabaksrook steeg op langs zijn dikke wenkbrauwen voor hij de luchtwervelingen van de plafondventilator ontmoette en uit elkaar werd geblazen. Cadione sloeg zijn benen over elkaar en realiseerde zich op het moment dat hij dat deed, dat hij dat had gedaan om de houding van de bezoeker te kopiëren.

Ontspan je, Francis. Je begint te malen. Dat is een gewone man die daar zit. Een man die misschien niet zo gemakkelijk te imponeren is als anderen, maar toch gewoon een man.

'Oké dan, vriend. Je lijkt me nogal in een goed humeur.'

'Goed humeur? En wat bedoelt u precies met goed humeur, kapelaan?'
De vriendelijke stem van de man leek de bron van de vreemde atmosfeer te zijn – de atmosfeer die de kapelaan de rillingen over zijn rug deed lopen. Het was net of hun rollen niet duidelijk meer verdeeld waren. Alsof ze werden vermengd door de roterende bewegingen van de oude plafondventilator.
Kapelaan Cadione trok aan de pijp en liet de rook tussen zijn lippen door ontsnappen. Hij sprak door het rookgordijn heen. Sfeer. Het draaide allemaal om sfeer.
'Ik bedoelde alleen te zeggen dat je behoorlijk gelukkig lijkt te zijn met je leven, ondanks je... tegenslag... Meer niet.'
'Tegenslag?' De linker wenkbrauw van de man ging omhoog. De glimlach onder zijn blauwe ogen werd nog iets breder. 'Tegenslag is een relatieve term, nietwaar? Het lijkt me dat als iemand *gelukkig* is, zoals u zegt, zijn omstandigheden niet bepaald als een tijd van *tegenspoed* kunnen worden beschreven, nietwaar?'
Cadione wist niet zeker of de man eigenlijk wel een antwoord verlangde. De vraag voelde meer aan als een berisping – alsof deze man was uitgestegen boven zo'n doodgewoon iets als geluk en nu bezig was die dwaze stervelingen te onderwijzen die het druk hadden met het najagen ervan.
'Maar u hebt gelijk. Ik ben in een uitstekende bui,' zei de man.
Cadione schraapte zijn keel en glimlachte. 'Dat is te zien.'
Feit was dat deze man niet slechts gewoon blij was. Hij leek letterlijk uitgelaten door wat hem bezig hield. Geen drugs – dat zeker niet.
De bezoeker zat daar met over elkaar geslagen benen, staarde hem aan met die diepblauwe ogen en had een uitnodigende glimlach. Het leek erop dat hij hem uitdaagde. *Kom op, kapelaan, doe wat je moet doen. Vertel me over God. Vertel me alles over goedheid en blijheid en over hoe buiten God niets er echt toe doet. Vertel het me, vertel het me, jochie, vertel het me dan.*
De priester voelde dat er een nerveus glimlachje over zijn gezicht speelde. Dat was de andere kant van de blijdschap van deze man. Het leek besmettelijk.
Hoe dan ook, de man wachtte en Cadione kon daar niet blijven zitten peinzen over van alles en nog wat. Hij was deze man iets schuldig. Hij was tenslotte een man van God en was in dienst genomen om het licht te verspreiden. Of in ieder geval de weg te wijzen naar de lichtschakelaar.
'Weten wat je plek in het leven is, brengt inderdaad blijdschap,' zei Cadione.
'Ik wist dat u het zou begrijpen, kapelaan! U hebt er geen idee van hoe het voelt om met iemand te praten die het echt begrijpt. Soms heb ik het gevoel

dat ik op barsten sta en dat niemand om me heen het begrijpt. U begrijpt het toch, nietwaar?'
'Ja.' Cadione knikte instinctief, grijnzend, nog steeds verbaasd over de passie van de man.
'Precies! Mensen zoals u en ik kunnen alle rijkdom van de wereld hebben, maar het is dat andere wat er echt toe doet.'
'Ja.'
'Niets is ermee te vergelijken. Helemaal niets. Heb ik gelijk?'
'Ja.' Cadione moest een beetje grinniken. Hij had het gevoel dat hij bij een kruisverhoor in de val werd gelokt met al die ja's. Er was geen twijfel mogelijk dat het de man ernst was. En ook aan zijn passie hoefde niet te worden getwijfeld. Aan de andere kant had de man net zo goed zijn verstand kwijt kunnen zijn. Een beetje zonderling, misschien wel vroeg seniel. Cadione had het bij zoveel mensen gezien die in dezelfde sociale omstandigheden verkeerden als deze man.
De bezoeker, met glimmende pretogen leunde naar voren. Hij sprak nu op gedempte toon. 'Hebt u het ooit gezien?'
'Wat gezien?' Cadione wist dat hij veel te veel klonk als een klein joch dat met grote ogen naar de onderwijzingen van een wijze vader zat te luisteren, maar hij kon er niets aan doen.
'De geweldige werkelijkheid achter alle dingen.' De man keek langs Cadione heen, naar een schilderij waarop de hand van God stond afgebeeld, die zich uitstrekte naar de hand van een mens. 'De hand van God.' Hij knikte in de richting van het schilderij en de priester draaide zich om in zijn stoel.
'De hand van God? Ja, die zie ik iedere dag. Overal waar ik kijk.'
'Ja, natuurlijk. Maar ik bedoel echt *zien*, kapelaan. Hebt u Hem echt dingen zien *doen*? Niet iets waarvan u gelooft dat Hij het gedaan zou *kunnen* hebben. Niet zoals: *Kijk nou toch es an, schat, ik geloof dat God ons een parkeerplaats vlak bij de deur heeft gegeven.* Maar hebt u God wel eens echt iets zien doen, iets wat vlak voor uw neus is gebeurd?'
De geestdrift van de man deed de haartjes in Cadiones nek weer overeind staan. Maar als de man zijn zinnen had verloren, had hij misschien wel wat beters gevonden. Natuurlijk, als God Zijn vingers naar de aarde uitstak en hier en daar wat in beweging zette, konden mensen dat niet daadwerkelijk met hun ogen zien. Hij zag in gedachten een enorme duim en wijsvinger voor zich die een auto oppakten en hem verzetten, zodat een andere auto een mooi parkeerplekje zou hebben.

'Nou, eigenlijk niet.'
'Maar ik ken iemand bij wie dat is gebeurd. Ik ken iemand bij wie dat op *dit moment* gebeurt.'
Er viel een stilte. De bezoeker staarde hem aan met die doordringende babyblauwe ogen. Maar de ogen waren niet die van een waanzinnige. Kapelaan Cadione trok aan zijn pijp, maar hij was uitgegaan en leverde alleen maar muffe lucht.
'Is dat zo...?'
'Zeker weten.' De man leunde weer achterover en glimlachte. 'En ik heb het ook gezien. Zou u het ook willen zien, kapelaan?'
Er zat een zekere magie in de woorden van de man. Een mysterie dat waarheid bevatte. Hij leunde achterover, waarbij hij weer de houding van de bezoeker overnam. Hij besefte dat hij nog geen antwoord had gegeven op de vraag van de man.
'Het zou uw wereld kunnen veranderen,' zei de man.
'Ja. Het spijt me. Ik was... eh...'
'Goed dan.' De man haalde diep adem en sloeg zijn benen weer over elkaar.
'Open uw gedachten, vriend. Wijd open. Kunt u dat?'
'Ja... Ja, ik denk het wel.'
'Goed, dan heb ik een verhaal voor u.'
De bezoeker haalde nog eens diep adem, zeer tevreden met zichzelf, leek het, en begon.

2

Een jaar eerder
Week één

Het stadje heette Littleton, een voorstad van Denver. De buurt stond bekend als Belaire, een betere buurt met huizen die netjes verdeeld langs asfaltwegen waren gebouwd, met frisse groene tuinen. De straat heette Kiowa Street, naar de Indianenstam die dit gebied ooit bevolkte. Het huis, een twee verdiepingen hoog, witgestuct bouwwerk met rode dakpannen – door de ontwerper liefkozend de Windsor genoemd – was het meest luxueuze model dat werd aangeboden. De man die voor de voordeur stond, heette Kent Anthony, de houder

van de stevige hypotheek op dit kleine hoekje van de American Dream.
In zijn linkerhand bewoog een tiental vers gesneden rozen met het briesje mee, waarbij ze het zwarte, driedelige pak accentueerden dat om zijn niet al te brede schouders hing. Hij mat een slungelige één meter vijfentachtig en misschien nog anderhalve centimeter meer met zijn schoenen erbij. Blond haar bedekte zijn hoofd, tot net boven zijn kraag. Zijn sprankelende blauwe ogen bevonden zich boven een scherpe neus. De gladde huid van zijn gezicht deed hem zeker tien jaar jonger lijken dan hij in werkelijkheid was. Iedere vrouw die hem zou zien, zou vinden dat hij er geweldig uitzag.
Maar vandaag was anders. Vandaag *voelde* Kent zich ook geweldig, omdat hij zojuist een miljoen dollar had verdiend. Of misschien wel verscheidene miljoenen dollars.
Zijn mondhoeken gingen omhoog en hij duwde op de verlichte deurbel. Zijn hart begon te bonken, nu hij hier op de veranda stond te wachten tot de grote koloniale deur zou opengaan. Het belang van wat hij had bereikt, zweefde weer door zijn gedachten en zond de rillingen over zijn armen en zijn rug. Hij, Kent Anthony, had voor elkaar gekregen wat maar één op de tienduizend lukte, volgens de mensen die het konden weten.
En het was hem al op zesendertigjarige leeftijd gelukt, vanaf het absolute nulpunt. Het magere, door armoede getekende kind van Botany Street, die zijn vader had beloofd dat hij het zou gaan maken, wat het hem ook zou kosten, had zojuist die belofte waargemaakt. Hij had zijn grenzen de afgelopen twintig jaar wel duizend keer verlegd en nu... Nou ja, hij zou trots in de familieannalen worden opgenomen. En om eerlijk te zijn, barste hij bijna van blijdschap.
Plotseling zwaaide de deur open en daar stond Gloria, haar lippen een beetje van elkaar van verbazing en haar hazelnootvormige ogen wijd open. Een gele zomerjurk met blauwe bloemetjes vormde zich gracieus naar haar slanke figuur. Een prinses die paste bij een prins. En dat was hij.
'Kent!'
Hij spreidde zijn armen en produceerde een brede glimlach. Haar blik verschoof naar de hand die de rozen vasthield en ze hield haar adem in. Het briesje woei langs hem heen en speelde met haar haar. Een speelse beweging van de natuur.
'O, lieverd!'
Hij stak trots het boeket naar haar uit en boog licht. Op dat moment, toen hij haar blij zag kijken, blies het briesje haar blonde haar weg uit haar slanke

hals en Kent had het gevoel dat zijn hart zou gaan barsten. Hij wachtte niet tot ze weer iets zei, maar stapte over de drempel en omhelsde haar. Hij sloeg zijn lange armen om haar middel en tilde haar op om haar te kussen. Ze beantwoordde zijn genegenheid hartstochtelijk en schoot toen in de lach, waarbij ze naar de rozen keek die ze achter zijn rug vasthield.

'Ik ben een man die zich aan zijn woord houdt, waar of niet?'

'Voorzichtig, lieverd! De rozen. Wat bezielt je? Het is pas halverwege de dag!'

'Dat is jouw schuld,' gromde Kent. Hij zette haar weer neer en kuste haar nog een keer op de wang. Hij draaide bij haar vandaan en boog op ridderlijke wijze.

Ze pakte de rozen op en bestudeerde ze met een sprankelende blik. 'Ze zijn schitterend! Waar is dit voor?!'

Kent deed zijn jasje uit en gooide het over de trapleuning. 'Voor jou. Voor ons. Waar is Spencer? Ik wil dat hij dit ook hoort.'

Gloria grijnsde en riep door de gang: 'Spencer! Er is iemand voor je!'

Er klonk een stem door de gang. 'Wie?' Spencer keek om de hoek en zijn ogen werden groot. 'Papa?!' De jongen rende naar hem toe.

'He, knul.' Kent boog zich voorover, rukte Spencer van de grond en gaf hem een stevige knuffel. 'Alles goed?'

'Ja, hoor.'

Spencer sloeg zijn armen om zijn vaders nek en kneep hard. Kent zette het tien jaar oude joch weer neer en keek hen beiden aan. Daar stonden ze dan, het perfecte plaatje, moeder en kind, één meter zestig en één meter vijftig, zijn vlees en bloed. Achter hen hing een tiental familieplaatjes en net zoveel portretfoto's. Prentjes van de laatste twaalf jaar: Spencer als baby, in het mintblauw; Gloria die Spencer vasthield voor hun eerste appartement; met zijn drieën in de woonkamer van hun tweede onderkomen – een echt huis deze keer – grijnzend van oor tot oor, alsof de oude bruine bank waarop ze zaten het nieuwste van het nieuwste was, in plaats van een tien dollar kostend afdankertje die ze bij een garage sale hadden gekocht. En dan de grootste foto, die twee jaar terug was genomen, net nadat ze dit huis hadden gekocht – huis nummer drie, als je het appartement meetelde.

Dat zag Kent allemaal in één oogopslag en hij zag in gedachten gelijk al een nieuwe foto hangen. Maar aan een andere muur, in een ander huis. Een veel groter huis. Hij keek naar Gloria en knipoogde. Haar ogen werden iets groter, alsof ze iets vermoedde.

Hij leunde voorover naar zijn zoon. 'Spencer, ik heb heel erg belangrijk nieuws.

Er is ons zojuist iets geweldigs overkomen. Weet je wat?'
Spencer keek met vragende ogen op naar zijn moeder. Hij veegde wat blond haar van zijn voorhoofd en staarde Kent weer aan. Heel even bleven ze daar zo staan, zonder iets te zeggen.
Toen zei zijn zoon met een klein stemmetje: 'Ben je klaar?'
'En wat bedoel je precies met *klaar*? Wat zou er klaar moeten zijn?'
'Het programma?'
Kent knipoogde naar Gloria. 'Wat een slimme vent hebben we hier. En wat wil je daarmee dan zeggen, Spencer?'
'Geld?'
'Ben je echt klaar?' vroeg Gloria verbaasd. 'Is het erdoor?'
Kent liet de schouders van zijn zoon los en stak zijn vuist in de lucht. 'Nou en of! Vanmorgen.'
Hij ging rechtop staan en deed alsof hij iets officieels aankondigde. 'Vrienden, het Advanced Funds Processing System, het geesteskind van ene Kent Anthony, heeft alle proeven met glans doorstaan. Het Advanced Funds Processing System werkt niet alleen, maar het werkt ook nog eens uitstekend!'
Spencer begon breed te grijnzen en uitte een enthousiaste kreet.
Gloria glom van trots, ging op haar tenen staan en kuste Kent op zijn kin. 'Goed werk, Sir Anthony.'
Kent boog weer en rende naar de woonkamer. Hij vloog onder de vrijhangende overloop door, dook met één sprong over de bank heen, liet zich op een knie vallen en pompte weer met zijn arm in de lucht, alsof hij zojuist een touchdown had gemaakt. 'Yes! Yes, yes, *yes*!'
Om hem heen zag hij het onberispelijke interieur in Spaanse stijl, precies zoals Gloria dat het prettigst vond. Grote keramische tegels liepen langs een ontbijtbar naar de keuken aan zijn rechterkant. Een palm in een pot hing over de televisiehoek links. Recht voor hem, boven een open haard die nog nooit was gebruikt, hing een groot schilderij van Christus, die een in elkaar gezakte, in de steek gelaten man met een hamer en spijkers in zijn hand ondersteunde. *Vergeven* heette het doek.
Hij draaide zich naar hen om. 'Beseffen jullie wel wat dat betekent? Laat me jullie vertellen wat dat betekent.'
Spencer kwam op zijn sokken om de bank heen glijden en sprong op zijn knie, waardoor Kent bijna ondersteboven ging. Gloria besprong de beige lederen bank op blote voeten, waarbij haar gele jurk door de lucht fladderde. Ze eindigde op haar knieën in de kussens, waarbij ze breed glimlachte, af-

wachtte en knipoogde naar Spencer, die haar de sprong had zien maken.
Kent voelde een hernieuwde verliefdheid door zijn aderen stromen. Man, wat hield hij toch van haar! 'Dat betekent dat je vader zojuist de manier heeft veranderd waarop de banken hun kapitaal verwerken.' Hij zweeg even en dacht daarover na. 'Laat ik het anders zeggen. Je vader heeft zojuist de Niponbank miljoenen dollars aan bedrijfskosten bespaard.' Hij stak een vinger in de lucht en sperde zijn ogen wijd open. 'Nee, wacht! Zei ik miljoenen dollars? Nee, dat zou al in één jaar zijn. Op lange termijn scheelt het *honderden* miljoenen dollars! En weet je wat grote banken doen voor mensen die hen honderden miljoenen dollars besparen?'
Hij staarde in de heldere ogen van zijn zoon en beantwoordde snel zijn eigen vraag voor Spencer het uit hem zou trekken. 'Die schuiven ze een paar van die vele miljoenen toe, zeker weten!'
'Zit er een bonus aan te komen?' vroeg Gloria.
'Borst heeft het papierwerk vanmorgen al ingediend.' Hij draaide zich half om en pompte weer met zijn vuist in de lucht. 'Yes! Yes, yes, *yes*!' Spencer gleed van zijn knie, liet zich achterover op de bank vallen en schopte met zijn benen in de lucht. 'Yahoooo! Betekent dat dat we naar Disneyland gaan?'
Ze schoten allemaal in de lach. 'Zeker weten,' zei Kent. Hij trok een roos uit de bos die Gloria nog steeds in haar handen had en hield hem een armlengte bij hem vandaan. 'En het betekent ook dat we vanavond wat te vieren hebben.' Hij knipoogde nog eens naar zijn vrouw en begon met de roos in zijn hand aan een rondedans, alsof hij een partner vasthad. 'Wijn...' Hij sloot zijn ogen en tilde zijn kin op. 'Muziek...' Hij spreidde zijn armen en draaide nog een keertje rond. 'Heerlijk eten...'
'Kreeft!' riep Spencer uit.
'De grootste kreeft die je je maar kunt voorstellen.' Kent keerde weer terug naar de bank en kuste de roos. Gloria lachte en veegde in haar ogen.
'Natuurlijk zullen we wat van onze plannen moeten wijzigen,' zei Kent, die nog steeds de rode knop omhoog hield. 'Ik moet dit weekend met het vliegtuig naar Miami. Borst wil dat ik het hele gebeuren tijdens de jaarvergadering aan de Raad van Commissarissen presenteer. Het lijkt erop dat mijn carrière als gevierd man al is begonnen.'
'Dit weekend?' Gloria trok een wenkbrauw op.
'Ja, ik weet het. Onze trouwdag. Maar maak je geen zorgen, mijn prinses. Je prins gaat vrijdag weg en is zaterdag alweer terug. En dan zullen we onze twaalfde trouwdag vieren zoals we hem nog nooit hebben gevierd.'

Zijn ogen sprankelden en hij keerde zich naar Spencer. 'Het spijt me, hoogheid, maar zou zondag of maandag het best uitkomen voor een ritje in de Matterhorn?'

De ogen van zijn zoontje vielen bijna uit hun kassen. 'De Matterhorn? Disneyland?!'

Gloria giechelde. 'En hoe wil je zondag Californië halen als je naar Miami gaat?'

Kent keek naar Spencer, haalde diep adem en deed alsof hij geschokt was. 'Je moeder heeft gelijk. Dan wordt het dus maandag, hoogheid, want ik denk niet dat er een rijtuig is dat ons zo snel naar Parijs kan brengen.'

Hij liet de opmerking even bezinken. Het enige geluid dat hoorbaar was, was het lichte flapperen van de gordijnen in de keuken, die werden bewogen door de bries van buiten.

Toen kwam het. 'Parijs?' Gloria's stem beefde licht. Kent keek haar aan en knipoogde. 'Maar natuurlijk, mijn prinses. Dat is tenslotte de stad van de liefde.'

'Neem je ons mee naar *Parijs?*' vroeg Gloria ongelovig. Het gegiechel was verdwenen, verjaagd door de schok. 'Parijs, in Frankrijk? Kunnen – kan dat echt?'

Kent glimlachte. 'Lieve schat, vanaf nu is bijna alles mogelijk.' Hij stak weer een vuist in de lucht.

'Parijs!'

En toen werd het een gekkenhuis in de woonkamer. Spencer gaf een brul en probeerde net als zijn vader over de bank te springen. Hij faalde jammerlijk en kwam met een stevige klap tegen de rugleuning aan. Het maakte hem allemaal niets uit, zo uitgelaten was hij. Gloria vloog op Kent af en gaf een gil. Niet dat het ergens op sloeg, maar een gil leek gewoon bij deze gelegenheid te passen. Kent omhelsde zijn vrouw en draaide haar in cirkels rond.

Het was een prima dag. Heel prima.

3

Daar zaten ze dan met z'n drieën: Gloria, Helen en Spencer, in Helens woonkamer, op opnieuw gestoffeerde groene stoelen, zoals ze iedere donderdagmorgen zaten. Gloria's rechterbeen lag over haar linker en slingerde een beetje.

Ze had haar gevouwen handen in haar schoot liggen en keek toe hoe grootmoeder en kleinzoon elkaar met sprankelende ogen zaten aan te kijken.
Het feit dat Spencer met haar mee kon, was een van de zegeningen van thuis lesgeven. Ze had zich afgevraagd wat een jongen als Spencer van een gebedsbijeenkomst zou vinden, maar Helen had erop gestaan. 'Kinderen hebben een betere geestelijke blik dan je zou denken,' had ze gezegd. Na één bijeenkomst met Helen was Spencer om.
Op de leeftijd van vierenzestig jaar bezat Helen Crane, Gloria's moeder, een zeer alerte geest. Maar goed, met de wetenschap van wat er in de jaren voor Gloria's geboorte met haar was gebeurd, zou zelfs de grootste onbenul wel snappen waarom. Ze was door een hel gegaan, dacht Gloria, op een manier die maar weinigen zich konden voorstellen, laat staan dat ze het zelf hadden ervaren. Helens levensverhaal zou een heel boek kunnen vullen. Het volstond te zeggen dat het haar een kristalhelder verstand en een beschadigd lichaam had opgeleverd, wat geen van beide opviel op het eerste gezicht. Pas wanneer ze begon te praten, merkte men het eerste op en wanneer ze begon te lopen het tweede, want ze liep mank. Niet zelden vroegen mensen zich af wat er met haar was gebeurd, dat haar benen zo zwak waren.
Gloria's vader was gestorven toen ze nog heel klein was, waardoor haar moeder alleen achterbleef en troost vond bij God. En niets anders leek haar die troost te kunnen brengen dan de uren waarin ze door het huis schuifelde, de hemel bestormde en zich voor de troon bevond. Het schuifelen was ooit ijsberen geweest, een aanhoudend heen en weer benen dat heel wat jaren terug was begonnen, toen Gloria nog een kind was. Gloria zat vaak op de bank en kamde dan het haar van haar pop uit, terwijl ze haar moeder over het versleten tapijt zag lopen, met haar handen opgeheven en een glimlach op haar gezicht.
'Ik ben een voorbidder,' zei Helen tegen haar dochter. 'Ik praat met God.'
En God sprak tegen haar, dacht Gloria. En dat leek de laatste tijd alleen maar meer te worden.
Helen zat zachtjes in haar groene schommelstoel heen en weer te wiegen, haar handen rustend op de versleten armleuningen. Een eeuwige glimlach kreukelde haar zachte wangen. Haar hazelnootvormige ogen glinsterden als juwelen in haar gezicht, dat licht gepoederd was, maar waar verder geen make-up op zat. Haar zilvergrijze haar krulde langs haar oren en in haar nek. Ze was niet zo slank meer als ze in jonger jaren was geweest, maar zag er ondanks de extra pondjes goed uit. De jurken die ze droeg, waren min of meer verant-

woord. Vandaag droeg ze een witte met lichtblauwe rozen die in plooien tot op haar knieën viel.
Gloria wierp een blik op haar zoon, die met gekruiste benen op de bank zat. Zo zat hij altijd, in Indiaanse stijl. Hij vertelde zijn oma met grote ogen over de komende reis naar Disneyland. Hij zat zo enthousiast te vertellen dat hij over zijn woorden struikelde. Ze glimlachte. Ze hadden gisterenavond in Antonio's de plannen afgerond, terwijl ze aan de biefstuk en de kreeft zaten. Kent zou vrijdagmorgen naar Miami gaan en zaterdag op tijd terug zijn om de vlucht van zes uur 's middags naar Parijs te halen. De tickets hadden een vermogen gekost, maar dat had alleen maar een nog bredere glimlach op het gezicht van haar echtgenoot teweeggebracht. Ze zouden maandag in Frankrijk aankomen, in het een of andere chique hotel met de naam Lapier inchecken, genieten van idioot duur eten en dan uitrusten om weer fris te zijn voor de dag erna. Kent zou eindelijk de droom die hij al vanaf zijn kinderjaren droomde, waar kunnen maken. En hij zou er met volle teugen van genieten.
Natuurlijk was Kents succes niet zomaar komen aanwaaien. Het had vereist dat hij zich helemaal op zijn werk richtte en dat er andere dingen voor hadden moeten wijken. In Kents geval was dat zijn geloof in God, wat toch al nooit zijn sterkste kant was geweest. Toen ze een jaar of drie getrouwd waren, had hij zijn geloof vaarwel gezegd. Helemaal. Er was in zijn binnenste niet langer ruimte voor geloof in het onzichtbare. Hij had het te druk met de dingen die hij *wel* kon zien. Het was geen onverschilligheid – Kent deed niet aan onverschilligheid. Hij deed iets wel of hij deed het niet. Het was alles of niets. En God werd niets.
Vier jaar geleden, net nadat Spencer zes was geworden, was Helen naar Gloria toe gekomen, bijna paniekerig. 'We moeten beginnen,' had ze gezegd.
'Beginnen met wat?' had Gloria gevraagd.
'Beginnen met kloppen.'
'Kloppen?'
'Ja, kloppen – op de hemelpoort. Voor de ziel van Kent.'
Bij Helen was het altijd kloppen of bestormen.
Dus vanaf toen waren ze met hun donderdagochtend klopsessies begonnen. De deur naar het hart van Kent was nog niet opengegaan, maar door alles heen hadden Gloria en Spencer met Helen mee een blik in de hemel kunnen werpen. Wat ze hadden gezien, zorgde ervoor dat ze trouw iedere donderdagmorgen op tijd uit bed kwamen om naar haar moeder te gaan.
En daar zaten ze dan weer.

'Fantastisch!' zei Helen, waarbij ze naar Gloria glimlachte. 'Dat klinkt echt heel leuk. Ik had er geen idee van dat er meer dan één Disneyland was.'
'Mam,' zei Gloria met een zucht, 'er zijn al jaren meer Disneyparken. Je zou er echt eens wat vaker uit moeten.'
'Nee, dank je. Nee hoor, ik kom vaak genoeg buiten.' Ze zei het met een grijns, maar de klank van haar stem maakte duidelijk dat ze het meende. 'Dat ik een vreemde ben voor de wereld daarbuiten, bevalt me best.'
'Dat zal best, maar je hoeft toch niet je leven lang in retraite?'
'Wie zegt dat ik in retraite ben? Ik weet trouwens niet eens wat dat betekent. En wat heeft dat sowieso te maken met het feit dat ik niet wist dat er een Disneyland in Parijs is?'
'Niets. Jijzelf was degene die liet blijken een vreemdeling te zijn. Ik breng alles alleen maar een beetje in balans, meer niet.' Ze wist dat Helen best een beetje balans in haar leven kon gebruiken.
De ogen van haar moeder sprankelden. Ze grinnikte zacht en ging de uitdaging aan. 'Balans? Alles *is* al uit balans, lieverd. En dan bedoel ik ook echt uit balans. Neem honderd kilo christelijk vlees en ik garandeer je dat negenennegentig kilo daarvan is gemarineerd met de wereld.' Ze tilde haar hand op en trok aan de rimpelige huid van haar hals. Rare gewoonte.
'Misschien wel. Maar hoeveel keer heb ik je nu gezegd dat je niet zo aan je vel moet trekken? Je trekt er nog eens een gat in.'
Buiten het wat overtrokken karakter van haar woorden, had Helen natuurlijk wel gelijk en Gloria nam er geen aanstoot aan. Ze voelde zelfs wel wat voor de wijze waarop haar moeder de wereld aanklaagde.
'Het is alleen maar vel, Gloria. Zie je?' Helen kneep in de losse huid van haar armen en trok eraan, waardoor er even verscheidene witte plekjes zichtbaar bleven. 'Zie je, alleen maar vel. Vlees voor het vuur. Dat doet de balans naar de verkeerde kant uitslaan.'
'Oké, maar zolang je in deze wereld leeft, slaat het nergens op om in het openbaar aan je huid te gaan lopen trekken. Mensen houden daar gewoon niet van.' Als ze niet beter wist, zou ze zo nu en dan denken dat haar moeder dement aan het worden was.
'Och, dit is ook niet in het openbaar, nietwaar?' Helen richtte zich tot Spencer, die geamuseerd naar deze discussie zat te luisteren. 'Dit is familie, nietwaar, Spencer?'
Ze keerde zich weer naar Gloria. 'Misschien dat als christenen allemaal aan hun vel trekkend rond zouden gaan lopen, de mensen eindelijk eens zouden

kunnen zien dat ze christenen zijn. God weet dat dat op het ogenblik niet zo is. Misschien zouden we onszelf *veltrekkers* moeten noemen en in het openbaar aan onze huid moeten gaan rukken. Dat zou ons onderscheiden.'

Er volgde een stilte op het absurde voorstel.

Spencer was de eerste die begon te lachen, alsof er in zijn borst een dijk was doorgebroken. Daarna Gloria, die haar hoofd schudde toen ze het in gedachten voor zich zag. En ten slotte haar moeder, nadat ze heen en weer had gekeken van haar kleinzoon naar haar dochter en zich had afgevraagd wat er nu zo grappig was. Gloria wist niet of de lach van haar moeder werd veroorzaakt door haar eigen veltrekkerverhaal of door hun aanstekelijke gekakel. Hoe dan ook, ze hadden plezier.

Helen was de eerste die weer iets wist uit te brengen en zei glimlachend: 'Maar mijn voorstel is helemaal zo gek nog niet, Gloria. We lachen er nu wel om, maar ergens is het helemaal nog niet zo'n vreemd idee. Wat wel vreemd is, is dat de meeste christenen zo hun best doen om in het openbaar zo weinig mogelijk op te vallen. Dát is pas raar. Ik ben bang dat er straks in de hel een hoop mensen met hun hoofden tegen de muur lopen te bonken van spijt.'

Gloria knikte en veegde haar ogen droog. 'Ja, je hebt waarschijnlijk gelijk, mam, maar je weet het zo beeldend te zeggen.'

Helen richtte zich weer tot Spencer. 'Goed, waar waren we gebleven toen je moeder ons gesprek om zeep hielp, Spencer?'

'Disneyland. We gaan naar Euro Disney in Parijs,' antwoordde Spencer met een glimlach en een zijdelingse blik op zijn moeder.

'Natuurlijk. Disneyland. Maar Spencer, wat denk je dat leuker is, een dag Euro Disney of een dag in de hemel?'

Als een wollen deken daalde er een ernstige stilte in de kamer neer.

Het was misschien wel de manier waarop Helen het woord *hemel* uitsprak. Alsof het een stuk taart was dat je kon opeten. Zo ging dat altijd bij Helen. Een paar woorden en er viel al een stilte. Soms begon het met alleen maar een bepaalde blik of een opgestoken vinger, alsof ze zei: Oké, laten we beginnen. Wel, het was weer begonnen en Gloria slaakte een zucht.

Spencer begon langzaam te glimlachen. 'De hemel!'

Helen trok een wenkbrauw op. 'Waarom de hemel?'

De meeste kinderen zouden beginnen te stotteren bij zo'n vraag en misschien een antwoord geven dat ze van hun ouders of op de zondagsschool hadden geleerd, woorden die voor het kind nauwelijks of geen betekenis hadden, zoals: 'Om God te aanbidden,' of 'Omdat Jezus aan het kruis is gestorven.'

Maar Spencer niet.
'Ik denk dat we... in de hemel... alles kunnen doen,' zei hij.
'Dat denk ik ook,' zei Helen serieus. Ze zuchtte. 'Wel, we zullen het snel genoeg weten. Vandaag wordt het Parijs en Disneyland en morgen misschien de hemel. Als we dat geluk hebben.'
Het werd weer stil en Helen sloot langzaam haar ogen. Nog een teken.
Gloria deed ook haar ogen dicht en ze zag lichtpuntjes tegen een groenzwarte achtergrond, die langzaam vervaagden. Haar gedachten klommen op naar een ander bewustzijnsniveau. *O, God, open onze ogen. Trek onze harten naar U toe. Breng ons in Uw tegenwoordigheid.*
Een paar minuten lang zat Gloria daar in stilte, waarbij ze gedachten aan allerlei onbelangrijke dingetjes opzijschoof en zich richtte op het onzichtbare. Toen ontstond er voor haar een opening naar de hemel, als een scheurtje in een muur, waar enkele lichtstralen doorheen drongen. In gedachten stapte ze in dat licht en liet de warmte ervan over zich heen spoelen.
Het kloppen begon met een gebed van Helen. Gloria opende haar ogen en zag dat haar moeder haar handen had opgeheven. Haar kin wees omhoog en om haar lippen speelde een glimlach. Ze vroeg God om de ziel van Kent.
Een half uur lang baden ze zo, om de beurt aan God vragend om hun gebed te verhoren, Zijn genade te tonen, tot hen te spreken.
Tegen het eind stond Helen op en haalde een glas limonade voor zichzelf. Ze kreeg het knap warm van bidden, zei ze. Wanneer ze zich in de aanwezigheid van het licht bevond, werd ze daar helemaal door opgewarmd. Ze pakte dus op een gegeven moment altijd wel een glas ice tea of frisdrank.
Soms deed Gloria hetzelfde, maar vandaag wilde ze haar gebed niet onderbreken. Vandaag was de aanwezigheid sterk, alsof het scheurtje was vastgezet en het licht maar bleef stromen. En dat was nogal ongebruikelijk, omdat de scheur meestal open en weer dicht ging, waardoor er alleen maar af en toe licht naar buiten kon stromen. Een weloverwogen beslissing van de poortwachters, had ze ooit besloten. Zodat de stervelingen niet te veel tegelijk te verwerken zouden krijgen.
De gedachten aan Parijs waren al lang verdwenen en nu koesterde Gloria zich in gedachten aan het onzichtbare. Het gevoel dat je drijft, had Spencer eens gezegd. Of misschien meer als een vogel, maar dan in de ruimte, uitbundig lachend. Ze zou haar leven ervoor geven, daar hoefde ze nog geen seconde over na te denken. Nu ze eraan dacht, begon haar hart sneller te kloppen. Er stond zweet op haar voorhoofd. Een puur verlangen begon in haar op te

wellen, zoals zo vaak gebeurde. Om *Hem* aan te raken, om de Schepper te zien. Om Hem te zien scheppen. Geliefd te worden met diezelfde kracht.
Helen had haar ooit eens verteld dat God aanraken zoiets moest zijn als het aanraken van een bliksemschicht, maar dan één gevuld met puur genieten. Het zou best eens kunnen zijn dat het je dood zou worden, zei ze, maar je zult tenminste sterven met een glimlach op je lippen. Ze grinnikte en schudde haar hoofd.
Haar moeder ging weer zitten, nam een paar slokjes limonade en zette het glas naast haar stoel neer. Helen zuchtte en Gloria sloot haar ogen weer met de gedachte: *Waar was ik ook alweer?*
Het was op dat doodgewone moment dat de scheur in de hemel wijdopen ging staan, zoals haar nooit eerder was gebeurd. Ze hadden iedere donderdag, iedere week, iedere maand, ieder jaar, vijf jaar lang, samen gebeden en nooit eerder had Gloria ervaren wat ze toen ervoer.
Als ze er later aan terugdacht, zou ze zeggen dat dat de momenten zijn waarna een mens zegt: ‘Hij is soeverein. Hij doet wat hij wil. Hij komt door een maagd. Hij spreekt vanuit een braambos. Hij worstelt met een man. Hij is God. Wie kent de gedachten van de Heer?’
En dat is dan dat.
Maar dat is het nog niet wanneer je *zelf* de maagd Maria bent of als *jij* Hem hoort spreken vanuit een brandende struik, zoals Mozes, of als *jij* met God worstelt, zoals Jacob deed. Dat is dan nog maar het begin.
Het gebeurde plotseling, zonder enige waarschuwing. Alsof een dam het licht had tegengehouden en nu was doorgebroken. Het ene moment was er sprake van kracht die in rustige golfjes op de kust van haar bewustzijn sloeg en het volgende moment leek een vloedgolf de kleine woonkamer binnen te razen en de muren eruit te beuken.
Gloria hapte naar adem en ging met een ruk rechtop zitten. Ze hoorde er nog twee naar adem snakken en besefte dat haar moeder en Spencer het ook zagen.
Het zoemen begon in haar voeten en stroomde door haar botten, alsof haar hielen waren ingeplugd in een stopcontact en de spanning werd opgeschroefd. Het vloog door haar ruggengraat heen zo haar schedel binnen en zoemde. Ze greep haar armleuningen beet om het beven van haar handen tegen te gaan.
O, God! riep ze uit. Dat gebeurde alleen in haar gedachten, omdat haar mond wijd open stond en niet meer dichtging. Uit haar keel welde alleen een zacht kreunen op. ‘Uhhhh...’ En op dat moment, terwijl het licht haar schedel bin-

nenstroomde en haar botten deed rammelen, wist ze dat niets – absoluut niets – vergelijkbaar was met dit gevoel.
Haar hart bonkte in haar borstkas en ze was bang dat als het nog iets harder zou bonken, hij zo haar borstkas uit zou wandelen. Tranen stroomden over haar wangen voor ze zelfs maar de tijd had om te huilen. Dat soort kracht was het.
Toen begon Gloria te snikken. Ze wist niet precies waarom – alleen maar dat ze huilde en beefde. Doodsbang, maar toch verlangend naar meer van hetzelfde. Alsof haar lichaam hunkerde naar meer maar tegelijkertijd niet meer genot in één keer aankon.
Ver weg echode een lach. Gloria hield haar adem in en werd naar het geluid toe getrokken. Het kwam bij het licht vandaan en het groeide – de lach van een kind. Lange giechelende uithalen die iedere keer zachter werden door een gebrek aan adem, waarna het weer opnieuw begon. Plotseling verlangde Gloria er hevig naar bij het kind te zijn, mee te lachen. Omdat daar, in het licht, gevangen in pure kracht en in het spontane gegiechel van een kind, eeuwige gelukzaligheid lag. Extase. Misschien wel het materiaal waarvan energie in eerste instantie was afgeleid.
De hemel.
Dit wist ze allemaal in een flits.
Het licht verdween opeens ook weer. Als een zoeklicht dat werd gedoofd.
Gloria zat een seconde helemaal gespannen voorovergebogen en viel toen achterover in de zachte kussens van de stoel, haar gedachten rondtollend in een aanhoudend gezoem. *O, God. O, God. O, God. Ik houd van U! Alstublieft.* Ze kon de juiste woorden niet vinden. Misschien waren er wel geen juiste woorden voor. Ze kreunde zacht en bleef bewegingloos zitten.
De eerste paar minuten zei niemand iets. Pas daarna herinnerde Gloria zich dat haar moeder en Spencer er ook bij waren. En toen dat besef boven kwam drijven, duurde het nóg een volle minuut voor ze zich geheroriënteerd had en ze zich weer bewust werd van de dingen om haar heen.
Haar moeder zat met haar gezicht naar het plafond gekeerd, haar handen tegen haar slapen gedrukt.
Gloria keek naar haar zoon. Spencer zat te beven. Hij had zijn ogen nog steeds dicht, zijn handen lagen in zijn schoot, de palmen omhoog, en hij beefde als een rietje. En giechelde. Zijn mond stond wijd open, zijn wangen stonden gespannen en zijn gezicht was rood. Giechelend als dat kind in het licht. Dat beeld was het meest volmaakte beeld dat ze ooit had gezien.

'Jezus,' verzuchtte haar moeder. 'O, lieve Here Jezus!'
Gloria kneep in de armleuningen van haar stoel om er zeker van te zijn dat ze niet zweefde, omdat ze zich even had afgevraagd of ze niet was opgetild en op een wolk was gezet.
Ze keek weer naar haar moeder. Die had haar ogen stijf dicht en had haar kin opgetild, zodat de huid van haar hals strak stond. Haar gezicht was asgrauw. Gloria zag dat haar moeder huilde. Niet het huilen en lachen van Spencer, maar huilend met een gezicht waarop de verschrikkingen stonden te lezen.
'Mam?' vroeg ze, plotseling bezorgd.
'O, God! O, God, alstublieft. Nee!' Helens vingers begroeven zich diep in de armleuningen. Haar gezicht vertrok op een manier alsof er een kogel uit haar werd verwijderd zonder dat ze onder verdoving was gebracht.
'Mam! Wat is er aan de hand?' Gloria ging rechtop zitten en de herinneringen aan het ongelofelijke lachen werden weggedrukt door wat ze nu zag. 'Stop hiermee, mam!'
Helens spieren leken zich bij die uitroep te spannen. Ze stopte niet. 'O, alstublieft, God! Niet nu. Alstublieft, alstublieft, alstublieft...'
Er klonk een gekreun op uit Helens keel zoals een gierende wind uit een diepe, zwarte grot. De haartjes in Gloria's nek gingen recht overeind staan. Op het gezicht van haar moeder lag een uitdrukking van puur leed.
'Neeeee!' Het geluid herinnerde Gloria aan een moeder in barensnood. 'Neeee...'
'Mam! Stop hier nu toch mee! Je maakt me bang!' Ze sprong op van haar stoel en haastte zich naar haar moeder toe. Toen ze vlakbij was, zag ze dat het hele gezicht van haar moeder beefde. Ze liet zich op een knie vallen en greep haar moeders arm.
'Mam!'
Helens ogen sprongen open en staarden naar het plafond. Ze stopte met kreunen. Haar ogen schoten langs het pleisterwerk boven haar hoofd. Ze mompelde zacht: 'Wat hebt U me laten zien? Wat hebt U me laten zien?'
Waarschijnlijk hervond ze zichzelf toen weer, want ze zette plotseling haar kiezen op elkaar en liet haar hoofd zakken.
Enkele momenten lang staarden ze elkaar met grote ogen aan.
'Mam, gaat het?'
Helen slikte een keer en keek naar Spencer, die aandachtig toekeek. 'Ja. Ja, het gaat goed, Ga zitten, lieverd.' Ze gebaarde Gloria terug naar haar stoel. 'Ga zitten. Je maakt me zenuwachtig.' Helen moest duidelijk haar best doen

om zich te heroriënteren en de woorden kwamen er zwakjes uit.
Gloria stond verbijsterd op. 'Nou, je maakte me gewoon doodsbang.' Ze keerde terug naar haar stoel en beefde licht.
Toen ze weer naar haar moeder keek, zat die te huilen, haar gezicht begraven in haar handen. 'Wat *is* er nou, mam?'
Helen schudde haar hoofd, snoof luidruchtig en ging rechtop zitten. 'Niets, lieverd. Niets.'
Maar er was niet *niets* – zoveel wist Gloria wel.
Helen veegde haar tranen af en probeerde te glimlachen. 'Hoorden jullie dat lachen?'
Gloria keek naar haar zoon, die al zat te knikken. 'Ja. Het was... het was ongelofelijk.'
Spencer grijnsde naar haar. 'Jep. Ik hoorde het lachen ook.'
Ze bleven elkaar aanstaren, even verloren in de herinnering aan dat lachen, waarbij ze dwaas zaten te glimlachen.
De voldoening kwam terug als een warme mist.
Ze bleven zo even zwijgend zitten, verdwaasd door wat er was gebeurd. En toen begon Helen met hen mee te glimlachen, maar ze kon de schaduwen niet verbergen die over haar gezicht vielen. Toch voerde de herinnering aan het lachen bij Gloria de boventoon.
Op zeker moment zweefde er een bepaalde gedachte voorbij. De gedachte dat ze al snel naar Parijs zouden vertrekken. Maar het leek een vluchtig, onnozel detail, zoals de herinnering aan het poetsen van haar tanden die morgen. Er gebeurde hier teveel om aan Parijs te denken.

4

Kent kon zich niet herinneren dat hij zich ooit zo goed had gevoeld. Hij liep met energieke tred de brede trap op die naar het hoofdkantoor leidde van de internationaal georiënteerde Niponbank. Het was een oud, historisch gebouw dat een enorme opknapbeurt had gehad. Hoewel gedeeltes van de originele houten structuur in het achterste gedeelte van het gebouw nog zichtbaar waren, was de voorste helft van het gebouw net zo modern en trendy als welk ander nieuw gebouw dan ook. Het was de manier waarop de bank compromissen had gesloten met groeperingen in de stad die niet wilden dat het gebouw tegen de vlakte ging. De trap werd steeds smaller naarmate hij hoger voerde en kwam uit op drie grote glazen deuren. Achter hem klonk de herrie van acht banen spitsverkeer, maar de geluiden waren vertrouwd en het paste wel bij vandaag.

Hij glimlachte en gooide een van de grote glazen deuren open.

'Goedemorgen, Kent.'

Hij knikte naar Zach, de altijd aanwezige bewaker die tijdens openingstijden door de lobby slenterde. 'Môgge, Zach. Mooie dag, nietwaar?'

'Jazeker.'

Kent liep over de marmeren vloer en knikte naar verscheidene caissières wier blikken die van hem kruisten. 'Goedemorgen.'

'Goedemorgen.'

De lange rij caissières aan zijn linkerkant maakte zich klaar om aan het werk te gaan. Een tiental kantoren met kleine ramen bevond zich aan zijn rechterkant en waren nog maar half bezet. Gedempte geluiden klonken door de lobby. Naaldhakken klakten over de vloer rechts van hem en hij draaide zich om, half in de verwachting Sidney Beech te zien. Maar die was toch al met de anderen naar Miami? Het was Mary, een caissière die hij maar één of twee keer had ontmoet. Ze liep glimlachend langs. Haar parfum volgde haar in dwarrelende vlagen en Kent snoof de geur op. Gardeniabloesem.

Er stond een hele rij sokkels parallel aan de lange balie en op elke sokkel lagen formulieren en goudkleurige pennen om ze in te vullen. Een zes meter lange, in brons uitgevoerde replica van een zeiljacht hing anderhalve meter boven de grond in het centrum van de foyer. Van een afstandje leek het net alsof hij met zijn romp op één enkele, tweeënhalve centimeter dikke gouden pijp steunde. Maar bij nadere inspectie werden de staalkabels zichtbaar die vanaf het plafond naar beneden hingen. Hoe dan ook, het effect was grandioos. Iedere eventuele gedachte over het historische behoud van het gebouw verdampte op het moment dat de bezoeker de lobby rondkeek. De architecten hadden dit gedeelte van het gebouw vrijwel helemaal weggebroken en waren opnieuw begonnen met bouwen. Het was een architectonisch hoogstandje geworden. Kent liep verder, naar het gapende gat van de gang dat zich recht tegenover de ingang bevond. Daar eindigde de marmeren vloer en een dik tapijt voerde hem de gang in van de administratieve vleugel. Er hing een grote zeemeeuw aan de muur boven de ingang van de gang.

Vandaag kwam het allemaal op hem af als een verwelkomende balsem. De beelden, de geuren, de geluiden, ze zeiden allemaal één ding: *Succes*. En van-

daag lag het succes aan *zijn* voeten.
Het was een lange weg geweest, vanuit de arme blanke wijk van Kansas City. Het was de beroerdste buurt die je je maar kon voorstellen – karakterloos en saai. De meeste buurten werden nog wel gekleurd door de uitwassen van weelde of de misdaden van de armoede, die allebei tenminste nog wat smaak toevoegden aan het leven van een jochie. Maar Botany Street had dat niet. Botany Street bestond uit niets anders dan hokkerige huizen met bruine grasperkjes ervoor, die hier en daar groen werden gehouden doordat mensen ze met de hand besproeiden. Dat was alles. Er waren nooit optochten in Botany Street. Er werd nooit gevochten, er waren nooit ongelukken en nooit aanrijdingen. En de meeste gezinnen hadden hun bescheiden bestaan te danken aan de regering. De buurt was eigenlijk een soort gevangenis. Niet eentje met tralies en hekken natuurlijk, maar een waartoe je was veroordeeld door je sociale omstandigheden. Je ploegde door de dag heen in de wetenschap dat, zelfs al liep je niet te stelen en te moorden, je net zoveel waard was voor de gemeenschap als degenen die dat wel deden. Je waardeloze bestaan betekende dat je je hier in de Stupid Street op een stoel moest parkeren en geen andere keuze had dan te lurken aan de machtige borst van de regering. En iedereen wist dat degenen die in de bijstand zaten een waardeloze partij waren.
Kent had vaak gedacht dat de bendes in de stad het beter hadden. Het maakte niet uit dat hun enige doel in het leven het schoppen van zoveel mogelijk rotzooi was zonder in de gevangenis te belanden, wat niet eens gezegd kon worden van degenen die in Botany Street woonden. *Stupid Street.*
Het was begonnen in de derde klas. Toen had hij besloten dat hij op zekere dag een Jesse Owens zou zijn. Jesse Owens had geen basketbalveld of een groot bedrijf of zelfs een voetbal nodig om het grote geld binnen te halen. Het enige wat Jesse nodig had, waren zijn twee benen en die had Kent ook. Het was tijdens zijn hardlooprondjes in de buurt van Botany Street dat Kent zich begon te interesseren voor de rest van de wereld. Binnen het jaar had hij twee conclusies getrokken. Ten eerste, hoewel hij niets zo leuk vond als hardlopen, besefte hij wel dat hij nooit een Jesse Owens zou worden. Hij kon het hardlopen heel lang volhouden, maar hij kon niet hard rennen of ver springen of wat Jesse Owens verder dan ook goed kon.
Het tweede punt dat hij zich realiseerde, was dat hij weg moest uit Botany Street. Het maakte niet uit wat het hem zou kosten, maar hij en het gezin waar hij bij hoorde, moesten daar weg.
Maar als immigrant van de eerste generatie, wiens ouders tijdens de Tweede

Wereldoorlog hun overtocht naar Amerika bij elkaar hadden gebedeld, had zijn vader nooit de mogelijkheid gehad, laat staan de middelen, om uit Botany Street te verdwijnen.
O, hij had er genoeg over gepraat. Hij praatte eigenlijk over niets anders. Zittend op de versleten bruine bank na een lange dag kolen scheppen, voor een zwart-wit televisie die maar één zender met storing kon weergeven. Als hij een goede dag had gehad, had hij wel eens een merkloos biertje in zijn handen. 'Ik zal je dit zeggen, jong, ik zweer je dat ik ons hier ooit vandaan haal. Mijn ouders hebben geen duizenden kilometers met de boot gereisd om als konijnen in iemands verhuisdoos te wonen.' En een tijdlang had Kent hem geloofd.
Maar het was zijn vader nooit gelukt uit Botany Street weg te komen. Tegen de tijd dat Kent in de zesde zat, realiseerde hij zich dat, als hij ooit minimaal het leven van een gemiddelde Amerikaan wilde leiden, hij daar zelf voor moest zorgen. En zover hij kon zien, waren er maar twee manieren om aan een kaartje te komen voor de trein die hem van dit beroerde station in zijn leven zou kunnen wegvoeren. Het ene ticket was het binnenhalen van een fortuin door de loterij te winnen of een zak met geld te vinden – iets wat hij nogal vergezocht vond – en het andere ticket was prestatiedrang. Een zeer grote prestatiedrang. Een prestatiedrang die in zijn geval leidde tot een titel.
Het jaar daarop verdeelde hij zijn tijd in drie delen: Overleven – dat ging over eten, slapen en zich nu en dan achter zijn oren wassen; hardlopen, wat hij nog steeds dagelijks deed; en studeren. Iedere avond las hij alles wat hij in zijn spichtige vingers kreeg. Na nog drie jaar kreeg hij een toegangskaart voor de openbare bibliotheek van Kansas City, een gebouw waarvan hij het idee had dat het ieder boek bevatte dat ooit was geschreven. Het maakte niet uit dat het acht kilometer hardlopen van Botany Street was; hij hield sowieso al van rennen.
Op zekere middag, drie maanden na de dood van zijn vader, werd hij beloond met een enkele witte envelop die door de brievenbus stak. Hij haalde de brief er met trillende vingers uit en daar was het dan: een volledige studiebeurs voor de Colorado State University. Hij ging Stupid Street verlaten!
Sommigen bestempelden hem als een genie tijdens de zes jaar hoger onderwijs. In werkelijkheid was zijn succes meer te danken aan lange uren met zijn neus in de boeken dan aan een overdosis overactieve grijze cellen.
De zoete geur van succes. En vandaag, eindelijk, was dat succes er.
Kent liep de gang in. De achterste foyer was leeg toen hij naar binnen ging.

Normaal zou Norma daar achter de receptiebalie op allerlei knoppen zitten te drukken en achter haar liep de brede gang verder naar een serie administratieve afdelingen, waarvan elk een aantal kantoren besloeg. Aan het einde van de gang leidde een lift naar nog drie soortgelijke verdiepingen. Verdieping vier tot en met twintig was bereikbaar via een andere lift.
De ogen van Kent fixeerden zich op de eerste deur, voor hem uit en dan rechts. Met grote, witte, antieke letters werd aangegeven om welke afdeling het ging: Information System Division. Achter die deur bevond zich een kleine receptie en vier kantoren. De broedplaats van het Advanced Funds Processing System. Zijn leven. De afdeling had zich overal kunnen bevinden – zelfs in de kelder. Het had weinig te maken met het filiaal in Denver en was in feite alleen maar een van de vele soortgelijke afdelingen die zich bezighielden met de software van de bank en die verspreid waren over de aardbol. Dat was het gevolg van de decentralisatiepolitiek van de Niponbank.
Kent liep vlug de gang door en opende de deur.
Zijn vier medewerkers stonden in de kleine lobby op hem te wachten.
'Kent! Het werd tijd dat je kwam, jongen!' Markus Borst straalde. Zijn chef had een champagneglas in zijn hand dat tot aan het randje toe gevuld was met een gelige vloeistof. Een grote haakneus gaf hem het uiterlijk van een pinguïn. Een kale pinguïn.
De roodharige, Todd Brice, hees zijn overmaatse torso uit het bankstel en grijnsde breed. 'Het werd tijd, Kent.' Dwaas joch.
Betty, de afdelingssecretaresse, en Mary Queen hieven hun champagneglazen naar hem op. Rood en geel crêpepapier hing in slierten aan het plafond.
Hij gooide zijn koffertje neer en schoot in de lach. Hij kon zich de laatste keer niet meer herinneren dat zij met zijn vijven iets te vieren hadden gehad. Natuurlijk wel iets lekkers bij de koffie op verjaardagen, maar niets wat een glas champagne waard was – vooral niet om negen uur 's morgens.
Betty knipoogde met een van die zwarte nepwimpers. 'Gefeliciteerd, Kent.' Haar platinablonde haar was nog iets hoger opgestoken dan anders. Ze gaf hem een glas.
'Dames en heren,' kondigde Borst aan, terwijl hij zijn eigen glas ophief. 'Nu we er allemaal zijn, zou ik graag een toast uitbrengen.'
'Goede zaak,' viel Mary hem bij.
'Op het AFPS dan. Dat het systeem maar een lang leven beschoren mag zijn.'
Er werd luidruchtig ingestemd met deze woorden en samen hieven ze het glas.

'En op Kent,' zei Mary, 'want we weten allemaal wie dit mogelijk heeft gemaakt!'
Weer een luidruchtige bijval en weer een slok van alle aanwezigen. Kent grijnsde en keek de kring rond.
'Bedankt, mensen. Maar jullie weten dat ik het zonder jullie niet had gered.' Het was een leugen, maar wel een goede leugen, dacht hij. In werkelijkheid had hij het gemakkelijk zonder hen gered. Misschien zelfs nog wel in de helft van de tijd die het hem nu had gekost. 'Jullie zijn de besten. Op het succes.' Hij hief het glas voor de derde keer.
'Op het succes,' waren ze met hem eens.
Borst sloeg de rest van zijn drankje achterover en zette zijn glas met een tevreden zucht op de koffietafel. 'Ik stel voor dat we er tussen de middag mee stoppen,' zei hij. 'Er zit een druk weekend aan te komen en ik weet niet hoeveel slaap we in Miami zullen krijgen.'
Todd hief zijn glas nog eens op. 'Op vóór twaalven ophouden,' zei hij en kiepte de rest van zijn champagne achterover.
Mary en Betty volgden zijn voorbeeld en mompelden hun instemming.
'Betty heeft al jullie tickets voor de jaarvergadering in Miami,' meldde Borst. 'En probeer alsjeblieft op tijd te zijn. Als je je vlucht mist, zoek je het verder zelf maar uit. Kent voert het woord, omdat hij het programma natuurlijk beter kent dan wie van ons dan ook, maar ik wil dat jullie er allemaal op zijn voorbereid om een samenvatting te kunnen geven van de hoofdzaken. Als alles zo goed gaat als we verwachten, zullen jullie dit weekend net zo goed worden overspoeld met vragen. En houd alsjeblieft voorlopig je mond over zwakke punten in het programma. Daar kunnen we momenteel nog weinig zinnigs over zeggen en het heeft geen zin een negatief beeld te gaan zitten schetsen. Duidelijk?'
De man straalde meer autoriteit uit dan ze gewend waren en niemand reageerde dan ook.
'Oké dan. Als jullie vragen hebben – ik zit in mijn kantoor.' Borst knikte theatraal en trok zich terug achter de eerste deur aan de rechterkant. Kent dronk het laatste beetje champagne op. *Zo is het, Borst. Verdwijn maar weer naar je kantoor en doe wat je altijd doet – niets. Absoluut helemaal niets.*
'Kent.' Hij liet zijn lege glas weer zakken en merkte dat Mary naast hem stond, terwijl ze van oor tot oor glimlachte. De meeste mensen zouden haar als mollig bestempelen, maar ondanks haar overgewicht ze zag er niet slecht uit. Haar bruine haar was vrij dun, wat ook al geen goed deed aan het geheel,

maar een helder voorkomen redde het plaatje. Hoe dan ook, ze was redelijk goed in basic, wat ook de reden was dat Borst haar had ingehuurd. Het probleem was dat AFPS niet veel gewone computertaal bevatte.

'Goedemorgen, Mary.'

'Ik wilde je gewoon even bedanken voor het feit dat je deze afdeling zover hebt gebracht. Ik weet hoe hard je hiervoor hebt gewerkt en ik denk dat je verdient wat er aan zit te komen – iedere dollar ervan.'

Kent glimlachte. *Een bruine arm aan het halen, Mary?* 'Bedankt, Mary.' Hij gaf een klopje op de hand die op zijn onderarm lag. 'Aardig dat je dat zegt.'

Toen stond Todd bij zijn andere elleboog, alsof de twee in een vergadering hadden besloten dat hij al snel de sleutels van hun toekomst in handen zou hebben. Tijd om hun belangstelling te verschuiven van de kale chefpersoon naar de rijzende ster.

'Fantastische job, Kent!' Todd hief het glas, dat leeg was, en sloeg het hoe dan ook nog een keer achterover. Het leek er sterk op dat Todd nog een paar verborgen ondeugden had.

Kents gedachten vlogen terug naar de twee jaar durende afstudeertijd, toen hijzelf nogal eens de fles aan zijn lippen zette tijdens de late avonden dat hij boven zijn toetsenbord hing. Dat was eigenlijk een absurde tegenstelling. Een topstudent die zijn glans ontleende aan een onberispelijke discipline, maar die langzaam maar zeker niet meer van de drank kon afblijven. Als hij niet bijna een keer verdronken was tijdens één van zijn snelle ommetjes, laat in de avond, zou hij zo weer zijn afgegleden naar Stupid Street. Het was midden in de winter geweest en omdat hij een beetje vastliep in de een of andere moeilijke programmatuur, was hij gaan joggen met een halve fles tequila in zijn pens. Hij had een beetje moeite gehad met mikken en was zo naast een steiger een meer ingelopen. De dokter had hem verteld dat, als hij niet in zo'n goede conditie had verkeerd, hij gegarandeerd verdronken zou zijn. Dat was direct ook de laatste keer dat hij het spul had aangeraakt.

Kent knipoogde en glimlachte naar Todd. 'Bedankt. Goed, ik moet nog wat werk afmaken, dus ik zie jullie morgen wel weer, oké?'

'Vroeg en vrolijk.'

'Vroeg en vrolijk.' Hij knikte en ze stapten opzij alsof ze aan touwtjes werden weggetrokken. Kent liep langs hen heen naar de eerste deur aan de linkerkant.

Dit gaat helemaal goed komen, dacht hij. Heel erg goed.

Helen liep naast haar dochter door het park en keek naar de eenden die liepen te waggelen langs de rand van de vijver, bijna net zo gracieus als zij. Wandelen was iets wat door de staat van haar benen meer tot het verleden behoorde. Ach, ze redde nog wel een meter of dertig zonder tussendoor te rusten, maar dat was het dan wel. Gloria had haar een jaar geleden overgehaald om naar een orthopeed te gaan en die kwakzalver had haar een operatie aanbevolen. Een nieuwe knie of zoiets stompzinnigs. Ze wilden haar gewoon opensnijden! Het was haar de afgelopen nacht gelukt nog een paar uur te slapen, maar voor de rest had ze alleen maar gebeden en zich van alles liggen afvragen. *Waarom had God haar laten zien wat Hij haar had laten zien?*

'Het is hier heel prettig, nietwaar?' vroeg Helen nonchalant. Maar ze voelde zich helemaal niet prettig.

'Inderdaad.' Haar dochter keek net op tijd naar de skatebaan om Spencer boven de betonnen muur uit te zien vliegen, zijn skateboard te zien grijpen in de een of andere waanzinnige stunt, waarna hij weer uit het zicht verdween. Ze schudde haar hoofd en keek weer naar de vijver.

'Dat joch van mij stunt zichzelf nog eens een keer hartstikke dood.'

'Och, kom op, Gloria. Het is een jongen. Laat hem zich uitleven nu hij nog jong is. Op zekere dag zal hij wakker worden en merken dat zijn lichaam niet meer zo gemakkelijk de lucht ingaat als nu. Laat hem tot die tijd maar vliegen. Wie weet? Misschien brengt het hem wel dichter bij de hemel.'

Gloria glimlachte en gooide een stokje naar een eend, die er gelijk naartoe waggelde, omdat hij een gemakkelijke hap verwachtte. 'Wat zeg jij de dingen toch altijd op een rare manier, mam.'

'Inderdaad. En jij vind dat ik ongelijk heb?'

'Nee, meestal niet. Maar sommige vergelijkingen van jou bezorgen je wel een kronkel in je hersens.' Ze sloeg een arm om haar moeder heen en drukte haar grinnikend tegen zich aan.

'Weet je nog dat je dominee Madison voorstelde het kruis van de kerkmuur af te halen en het een weekje op zijn rug mee te dragen? Je zei tegen hem dat als hem dat vreemd in zijn oren klonk, dat alleen maar kwam doordat hij nog nooit zelf de dood van nabij had gezien. Arme vent!'

Helen glimlachte bij de gedachte aan dat moment. Het feit was dat maar weinig christenen de kosten van het discipelschap kenden. Het zou een mooie aanschouwelijke les zijn geweest. 'Tja, ach, Bill is een fijne voorganger. En hij

kent me nu. En zo niet, dan kan hij goed acteren.'
Ze leidde haar dochter aan haar elleboog het pad af. 'Dus jullie vertrekken morgen?'
'Nee, zaterdag. We vertrekken zaterdag.'
'Ja, zaterdag. Jullie vertrekken zaterdag.' Het leek benauwd te worden en Helen zuchtte diep. Ze stopte en zocht naar een bankje. Er stond er één zo'n twintig meter verderop, omgeven door witte eenden.
Gloria vroeg zachtjes: 'Gaat het wel, mam?'
Opeens ging het helemaal niet meer met Helen. Het visioen kolkte door haar gedachten en ze moest even haar ogen sluiten. Het leek wel of haar borst was volgepropt met katoen. Ze haalde diep adem en draaide zich weg van haar dochter.
'Mam?' Een koele hand pakte haar bij haar arm.
Helen vocht tegen de tranenstroom en dat lukte maar net. Toen ze begon te praten, was haar stem enigszins onvast. 'Je weet dat niet alles is wat het lijkt, Gloria. Dat besef je toch?'
'Ja, dat weet ik.'
'We kijken om ons heen en zien dat zich allerlei drama's om ons heen afspelen – mensen die trouwen en weer scheiden en rijk worden en verdwijnen naar Parijs.'
'Mam...'
'En tegelijkertijd wordt het drama dat zich in de geestelijke wereld afspeelt door bijna niemand opgemerkt, hoewel het niet minder reëel is. In feite is dat het echte verhaal. We zijn alleen geneigd dat te vergeten, omdat we het niet kunnen zien.'
'Inderdaad.'
'Er zijn een hoop tegenstellingen in het leven, weet je. De eerste zal de laatste zijn en de laatste de eerste.' Gloria wist dat natuurlijk wel, maar Helen voelde zich toch gedwongen het allemaal nog een keer op te lepelen, om op deze manier tegen haar dochter te praten. 'Een man vindt de hele wereld, maar verliest daarbij zijn ziel. Maar een man die zijn leven verliest, vindt het juist. Het zaad sterft en vruchten worden geboren. Zo werkt dat bij God, weet je? Dat heb ik je geleerd.'
'Dat klopt en dat weet ik ook. Wat is er aan de hand, mam? Waarom huil je?'
'Ik huil niet, lieverd.' Ze keek nu voor het eerst Gloria aan en zag dat die haar wenkbrauwen had opgetrokken. 'Zie jij me huilen en jammeren?' Maar haar keel deed nu verschrikkelijk pijn en ze had het gevoel dat ze ieder moment ter

plekke in elkaar zou kunnen zakken.
Ze deed een paar stappen het gras in en schraapte haar keel. 'De dood brengt leven voort. In meerdere opzichten zijn jij en ik al dood, Gloria. Dat weet je, hè?'
'Mam, je huilt *wel.*' Haar dochter draaide haar om alsof ze een kind was. 'Je probeert het tegen te houden, maar ik hoor het in je stem. Wat is er aan de hand?'
'Wat zou je ervan vinden als ik op het punt zou staan om te sterven, Gloria?'
Gloria deed haar mond open om iets te zeggen, maar ze zei niets. Haar hazelnootvormige ogen stonden wijd open. Toen ze haar stem terugvond, kwamen de woorden er beverig uit.
'Wat bedoel je?'
'Nou ja, de vraag is eenvoudig genoeg. Als ik zou sterven – doodgaan – en jij me zou begraven, wat zou je dan denken?'
'Dat is belachelijk! Hoe kun je nu zulke dingen tegen me zeggen? Je gaat nog lang niet dood. Je moet niet zo denken.'
De spanning tussen hen gaf Helen een vastberadenheid die haar emoties voor even naar de achtergrond leek te dringen. 'Nee, maar *als*, Gloria. Als een vrachtwagenchauffeur door zijn remmen heen zou gaan en mij dwars doormidden zou rijden – wat zou je dan denken?'
'Dat zou verschrikkelijk zijn! Ik zou me verschrikkelijk rot voelen. Hoe kun je nu zoiets zeggen? Mam, hoe *denk* je dat ik me zou voelen?'
Ze keek haar dochter enkele seconden recht aan. 'Ik vroeg niet hoe je je zou *voelen*, lieverd. Ik vroeg wat je zou *denken.* Wat zou je hebben gedacht dat er was gebeurd?'
'Ik zou denken dat een vrachtwagenchauffeur mijn moeder zou hebben gedood. Dat is wat ik zou denken.'
'Dan zou je dus denken zoals een kind, Gloria.' Ze draaide zich weer van haar af en veinsde een lichte afschuw. 'Kom mijn leeftijd een beetje tegemoet, schat. Doe in ieder geval net alsof je gelooft wat ik je heb geleerd.'
Haar dochter gaf geen reactie. Helen wierp haar een zijdelingse blik toe en zag het begrip dagen. 'Mam, jouw leven zal nooit eindigen.'
'Nee. Nee, dat denk ik ook niet. Maar kom me eens tegemoet. Alsjeblieft.'
Gloria zuchtte, maar niet van opluchting. Het was een zucht die het gevolg was van het accepteren van de waarheid. 'Oké. Ik zou denken dat je zou zijn weggenomen van deze wereld. Ik zou denken dat je in de dood het leven zou hebben gevonden. Eeuwig leven met God.'

'Ja. En dan zou je nog gelijk hebben ook.' Helen keek Gloria weer aan en knikte. 'En hoe zou dat zijn?'
Gloria knipperde met haar ogen en keek met een nietsziende blik naar de vijver. 'Het zou zoiets zijn als...' Ze zweeg even en er verscheen een trage glimlach om haar lippen. '...als wat we gisteren zagen. Lachen met God.' Haar ogen gingen wijdopen en ze draaide zich om naar haar moeder.
'Goed, zou je willen dat ik daarnaar verlangde?'
De ogen van haar dochter knepen zich iets vragend samen en toen knikte ze langzaam. 'Ja. Ja, dat denk ik wel.'
'Zelfs al zou dat betekenen dat ik mijn leven zal moeten verliezen?'
'Ja, ik vermoed van wel.'
Helen glimlachte en haalde diep en tevredengesteld adem. 'Goed.'
Ze liep naar Gloria toe, legde haar armen om het middel van haar dochter en trok haar dicht naar zich toe. 'Ik hou van je, lieverd,' zei ze en legde haar wang tegen die van haar dochter.
'Ik hou ook van jou.'
Ze hielden elkaar zo een tijdje vast.
'Mam?'
'Ja?'
'Je gaat toch nog niet dood, hè?'
'Ik hoop dat dat ooit wel zal gebeuren. Hoe eerder, hoe beter. Hoe dan ook, onze levens zullen veranderen, Gloria. Alles wordt binnenstebuiten gekeerd.'

5

Kent werd op vrijdag om zes uur wakker, en was meteen klaarwakker. Zijn vliegtuig zou om negen uur vertrekken, dus had hij twee uur om zich aan te kleden en naar het vliegveld te gaan. Hij gooide de dekens van zich af en zwaaide zijn benen uit bed. Gloria kreunde zacht en draaide zich om.
'Eruit en ertegenaan, schat. Ik moet mijn vliegtuig halen.'
Gloria gromde haar instemming en bleef liggen waar ze lag, om de laatste seconden slaap zoveel mogelijk uit te melken.
Kent liep door de toog die toegang gaf tot hun zeer ruime badkamer en stak zijn hoofd onder de kraan. Een kwartier later dook hij weer op, half aangekleed, en wilde al naar de keuken lopen om Gloria te vragen waar hij sokken

kon vinden. Maar de tocht naar beneden werd hem bespaard – hij zou haar daar niet vinden, omdat ze namelijk nog in bed lag, met haar arm over haar gezicht geslagen.

'Gloria? We moeten weg, lieverd. Ik dacht dat je al uit bed zou zijn.'

Ze rolde naar hem toe en ging met een duf hoofd zitten. 'Oooh... lieve help! Ik heb het gevoel alsof er een trein over me heen is gewalst.'

Ze zag er ook niet echt denderend uit. Hij ging naast haar zitten en legde een vinger onder haar kin. 'Je ziet bleek. Ben je wel in orde?'

Ze knikte. 'Mijn maag doet een beetje raar.'

'Misschien dat je wel een tik van de griep hebt meegekregen,' opperde Kent. Hij legde een hand op haar knie. 'Waarom doe je het niet lekker rustig aan. Ik kom alleen ook wel op het vliegveld.'

'Ik wilde je graag brengen.'

'Maak je maar niet druk. Rust maar lekker uit. We hebben morgen nog een lange reis voor de boeg.' Hij stond op. 'Het heerst op het ogenblik bij de bank. Wie weet heb ik het wel mee naar huis genomen. Weet jij trouwens waar mijn donkerblauwe zijden sokken zijn?'

Gloria gebaarde naar de deur. 'In de droger. Eerlijk gezegd, lieverd, voel ik me verder best. Weet je zeker dat je niet wilt dat ik je breng?'

Hij draaide zich om en knipoogde naar haar. 'Ja, zeker weten. Wat stelt nu een rit naar het vliegveld voor? We kunnen ons beter op Parijs richten. Rust maar lekker uit. Ik red me wel.' Kent rende energiek de trap af naar de wasruimte en rommelde in de droger tot hij zijn sokken vond. Hij hoorde geluiden in de keuken en besefte dat Gloria hem naar beneden was gevolgd.

Toen hij om de koelkast heen liep, stond Gloria in haar roze badjas koffie in het koffiezetapparaat te scheppen. Hij liep naar haar toe en liet zijn armen om haar middel glijden. 'Lieverd, ik kan dit ook zelf.'

Ze wuifde zijn opmerking weg. 'Nee, ik voel me alweer iets beter. Het komt waarschijnlijk door de asperges van gisterenavond. Wil je koffie? Het minste wat ik kan doen is je een fatsoenlijk ontbijt geven voor je vertrekt.'

Hij kuste haar in haar hals. 'Koffie en toast lijkt me heerlijk. Dank je, schat.'

Ze aten met zijn drieën aan de keukentafel, Kent strak in het pak, Spencer die de slaap uit zijn ogen wreef en Gloria die eruitzag alsof ze voor deze gelegenheid even uit haar doodskist was gestapt. Koffie pruttelde, porselein rinkelde en vorken kletterden. Kent keek naar Gloria en negeerde de bezorgdheid die hem bekroop.

'Moet je nog tennissen vandaag?'

Ze knikte. 'Om één uur. Ik speel tegen Betsy Maher in de kwartfinales.' Ze bracht een wit kopje naar haar mond en nam een slokje. 'Als ik me tenminste iets beter voel dan nu.'
Kent wierp haar een tedere glimlach toe. 'Je voelt je straks echt wel weer beter. Ik kan me niet heugen dat je ooit een wedstrijd hebt gemist. Ik kan me sowieso niet herinneren dat je ooit iets hebt gemist doordat je je niet in orde voelde.' Kent grinnikte en nam een hap van zijn toast. 'Ik herinner me nog wel de eerste keer dat we tennisten. Weet je dat nog?'
Zijn vrouw glimlachte. 'Hoe kan ik dat vergeten wanneer je me er om de paar maanden aan herinnert?'
Kent richtte zich tot Spencer. 'Je had haar moeten zien, Spencer. Mevrouw hotshot met haar tennisbeurs die een hardloper eruit probeerde te spelen. Ze kon de bal plaatsen waar ze wilde, maar ik rende haar er gewoon dubbel en dwars uit. Ze wilde niet stoppen en ik wist dat ze moe zou worden na de vierde set, omdat ik nog amper op mijn benen kon blijven staan en zij ook stond te tollen. Ik ben nog nooit iemand tegengekomen die zo graag wilde winnen.' Hij wierp een blik op Gloria. Er was weer wat kleur op haar gezicht teruggekeerd.
'Tot ze begon over te geven.'
'Smerig, pap!'
'Dan moet je niet naar *mij* kijken. Kijk maar naar je moeder.'
Gloria glimlachte alleen maar. 'Vergeet er niet even bij te vertellen wie er gewonnen heeft, lieverd.'
'Je moeder heeft me er inderdaad goed van langs gegeven die dag – voor ze over haar nek ging dan. Ik denk dat ik toen verliefd op haar ben geworden, terwijl ze stond over te geven bij de zijlijn.'
'Smerig!' giechelde Spencer.
'Verliefd, ha! Zover ik me kan herinneren was je op dat moment tot over je oren verliefd op een of ander ding in een kort rokje.'
'Misschien, maar toen is het tussen ons begonnen.'
'Nou, het heeft daarna nog lang genoeg geduurd voor je de eerste stap nam. We zijn pas voor de eerste keer met elkaar uitgegaan toen je al van school af was.'
'Inderdaad. En kijk nu wat ervan gekomen is.' Hij stond op, zette zijn bord op het aanrecht en kwam weer terug om haar op haar wang te zoenen. Haar huid was warm. 'Het was het wachten waard, nietwaar?'
Ze glimlachte. 'Als je erop staat.'

Twintig minuten later stond Kent met zijn reistassen in de hand bij de voordeur en zei hun gedag. 'Oké, jullie hebben een routebeschrijving, hè? Ik zie jullie morgenmiddag om vijf uur. Het vliegtuig vertrekt om zes uur. En vergeet het fototoestel niet mee te nemen. Dit wordt een reis die in de annalen van de familie Anthony zal worden bijgeschreven.'
Gloria liep naar hem toe, nog steeds gekleed in haar roze badjas. 'Zorg goed voor jezelf, mijn prins,' zei ze en ze kuste hem zachtjes op zijn wang. 'Ik hou van je.' Hij keek even in haar hazelnootvormige ogen en glimlachte, waarna hij zich vooroverboog en haar op haar voorhoofd kuste. 'En ik hou ook van jou, meer dan je ooit zal beseffen, lieverd.'
'Tot ziens, pappa,' zei Spencer schaapachtig. Hij liep naar zijn vader toe en legde een arm om zijn middel.
Kent roste door zijn haar. 'Tot ziens. Zorg je goed voor je moeder, jong?' Hij kuste hem op zijn voorhoofd.
'Dat is goed.'
Hij liet hen achter in de deuropening, zijn zoon in de armen van zijn vrouw. Er was een band tussen die twee die hij nooit helemaal kon vatten. Een veelbetekenende blik in hun ogen die hem van zijn kracht beroofde en waardoor hij even moest knipperen. Het was de avond ervoor in het restaurant pijnlijk duidelijk geweest. Maar hij had hen rijk gemaakt; het was te verwachten, vermoedde hij. Ze bleven maar blikken uitwisselen en toen hij hun er ten slotte naar vroeg, haalden ze alleen maar hun schouders op.
Man, wat hield hij veel van hen.
De vlucht van Denver International Airport naar Miami was een gedenkwaardige vlucht. In ieder geval voor Kent, omdat op dit moment iedere minuut dat hij niet sliep automatisch gedenkwaardig was. Hij was een nieuwe man geworden. En nu, in de cabine van de DC-9, zagen zelfs zijn collega's hem in een ander licht. Nog vijf anderen van de Niponbank in Denver maakten de verlate vlucht naar de vergadering in Florida. Hij slenterde door het gangpad en praatte met allemaal. En ze hadden allemaal naar hem gekeken met een schittering in hun ogen. Misschien wel een zekere mate van jaloezie. Of een sprankje hoop voor hun eigen carrière. *Ooit, met een beetje geluk, sta ik in jouw schoenen, Kent*, zouden ze misschien denken. Maar er was natuurlijk altijd de mogelijkheid dat de glinstering gewoon werd veroorzaakt door het licht dat door de ovale raampjes scheen.
Zijn chef, Markus Borst, zat drie rijen verderop en zijn kale hoofd stak net boven de rij stoelen uit, als een eiland van zand in een donkere zee. Borst had

tot vorig jaar nog met een toupetje rondgelopen, totdat een hele serie opmerkingen hem ertoe had overgehaald het ding weg te doen, waarna hij zich dagenlang had verscholen in zijn kantoor. Wat zijn superieur achter die deur uitvoerde – Kent had geen flauw vermoeden. Hij had zich maar bitter weinig druk gemaakt over het coördineren van softwareontwikkeling, zoals zijn titel suggereerde. En wanneer hij al eens uit zijn grot tevoorschijn kwam, deed hij weinig meer dan over Kents schouder meekijken en mompelen hoe *hij* het zou hebben aangepakt.

En nu zou het wel eens kunnen gebeuren dat Borst binnen een week voor *hem* werkte. Kent stak een vinger achter zijn boordje en strekte zijn nek. De rode stropdas was een goede keuze geweest. Het accentueerde het donkerblauwe kostuum uitstekend, vond hij. De perfecte uitdossing om de bobo's van de bank te ontmoeten. Ze zouden ondertussen natuurlijk van hem hebben gehoord. Jonge vent, stevige handdruk, briljant stel hersens. Uit het westen van de Verenigde Staten. Hij heeft het.

Er vormde zich in zijn gedachten een beeld van een podium en een stuk of duizend directeuren rond overvloedig gedekte tafeltjes. Hij stond bij de microfoon. *Ach, het was niet zo moeilijk meer toen ik eenmaal het geavanceerde tijdsmodel had ontworpen. Natuurlijk is het allemaal een kwestie van verhoudingen. Het gaat hier meer om de bestemming dan om de reis ernaartoe. En ik verzeker u, vrienden, dat we op een bestemming zijn aangekomen die we ons nooit hadden kunnen voorstellen, laat staan dat we er zouden arriveren.* De vergaderzaal zou op zijn grondvesten schudden onder het donderende applaus dat op zijn speech zou volgen. Dan zou hij zijn hand opsteken. Niet nadrukkelijk, maar meer als een simpele beweging. Er was niet veel voor nodig om een groep mensen te commanderen.

Niet eens zo lang geleden introduceerde een man met de naam Bill Gates een besturingssysteem dat het computertijdperk voor altijd veranderde. Vandaag introduceert de Niponbank het Advanced Funds Processing System, dat de wereld van het bankieren voor altijd zal veranderen. Op dat punt zouden ze allemaal zijn opgestaan en klappen. Natuurlijk zou hij niet de directe verantwoordelijkheid voor het werk opeisen. Ze zouden toch wel begrijpen wie erachter zat. De top zou het in elk geval begrijpen.

Naast hem schraapte Will Thompson zijn keel. 'Hé, Kent. Vraag jij je wel eens af waarom sommige mensen zo verschrikkelijk snel de maatschappelijke ladder beklimmen, terwijl anderen nooit een stap vooruit komen? En dan heb ik het over mensen met in beginsel dezelfde talenten.'

Kent keek de veertig jaar oude boekhouder aan en vroeg zich af hoe die zijn achterwerk in dit reisje had gedraaid. Will hield vol dat zijn chef, die al in Miami was, hem nodig had om enkele innovatieve ideeën waaraan ze hadden gewerkt, uit te leggen aan een paar hoge pieten. Maar Kent wist niet beter dan dat Will nog geen grammetje innovatieve hersencellen in zijn schedel had. Het haar van zijn collega begon hier en daar al grijs te worden en hij had een bril met een goudkleurig montuur op zijn neus staan. Gele bretels sierden een wit overhemd, naar de mode van de Oostkust. Als hij iemand bij de bank al als een vriend beschouwde, was het Will wel.

'Hmm?'

'Nee, echt. Kijk nu eens naar ons. Ik herinner me nog steeds de eerste dag dat jij bij de bank kwam werken. Hoe lang is dat geleden – zeven jaar?' Hij grinnikte en nipte van de martini die op zijn uitklapbare tafeltje stond. 'Je was echt nog zo'n groentje, man. Haar stijl achterover gekamd, klaar om de wereld te veranderen. Niet dat ik nu zoveel meer ervaring had. Ik denk dat ik nog geen week voorsprong op je had. Maar we zijn onderaan de ladder begonnen. En zie ons nu eens. We hebben al heel wat cijfers achter de komma en zijn nog steeds aan het stijgen. En neem dan eens iemand als Tony Milkins. Hij is nog geen half jaar na jou binnengekomen en heeft het nog niet verder geschopt dan kasbediende.' Will grinnikte nog eens en nipte van zijn drankje.

Kent haalde zijn schouders op. 'Sommigen zijn er gewoon meer op gespitst. Het hangt allemaal af van de prijs die je ervoor wilt betalen. Jij en ik gaan ervoor, maken lange dagen, hebben de juiste opleiding. Als ik zou berekenen hoeveel tijd en energie ik erin heb gestoken om zover te komen, zouden de meeste studenten van schrik het leger ingaan.'

'Je meent het.' Will nam weer een slokje. 'Dan heb je nog van die types als Borst. Je vraagt je af hoe dat soort mensen ooit zijn geworden wat ze zijn. Je zou bijna gaan denken dat zijn ouweheer eigenaar van de bank is.'

Kent glimlachte, keek uit het raam en bedacht dat hij nu moest uitkijken met wat hij zei. Ooit zouden mensen als Will zo over *hem* praten. Het was waar, Borst hoorde niet op die positie thuis, maar zelfs de mensen die *wel* op de juiste plek zaten, kregen dit soort kritiek van hun ondergeschikten. En dan alleen als ze er niet bij waren.

'Dus het lijkt erop dat je nu weer een paar treden gaat stijgen,' zei Will. Kent keek hem aan, maar zag geen greintje jaloezie.

Will schatte de blik juist in en schoot in de lach. 'Nee, prima gedaan, vriend.' Hij stak een vinger omhoog en trok zijn wenkbrauwen op. 'Maar let op je

rugdekking. Ik zit vlak achter je.'
'Vanzelfsprekend,' reageerde Kent met een glimlach.
Maar hij bedacht dat zelfs Will wel wist dat het idee dat hij Kent voorbij zou fietsen, absurd was. Het enige vooruitzicht dat de boekhouder had, was dat hij ten slotte als totaal onbekende met pensioen zou gaan, zoals miljoenen andere boekhouders. Boekhouders werden simpelweg nooit beroemdheden zoals een Bill Gates of een Steve Jobs. Niet dat dat Wills fout was. De meeste mensen hadden gewoon niet de juiste talenten. Ze wisten eenvoudigweg niet hoe ze hard genoeg moesten werken. Maar dat was Will zijn probleem.
Kent realiseerde zich plotseling dat hij op dezelfde manier naar Will keek als Will naar Tony Milkins. Een luilak. Een sympathieke luilak, maar toch een sufferd. En als Will al een zoutzak was, waren mensen als Tony Milkins lege zoutzakken. Goed genoeg om het hoofd boven water te houden, maar niet goed genoeg om iets van hun leven te maken.
'Let jij ook maar op je rugdekking, Will,' zei Kent. 'Want Tony Milkins zit je op de hielen.'
Zijn vriend schoot in de lach en Kent lachte met hem mee, terwijl hij zich afvroeg of de man zijn steek onder water had gevoeld. Nog niet, vermoedde hij.
Het vliegtuig landde met wat bandengegil en het hart van Kent ging iets sneller slaan. Binnen een half uur hadden ze hun bagage en namen twee taxi's naar het Hyatt Regency in het centrum van Miami.
Een drager in kastanjebruin uniform, met een hoge kapiteinspet en een naamplaatje waarop 'Pedro Gonzalas' stond, laadde snel hun bagage uit, zette dat op een karretje en leidde hen door een grote foyer naar de receptiebalie. Aan hun linkerkant spoot een fontein water over marmeren zeemeerminnen in een blauwe vijver. Er groeiden palmbomen in een perfecte cirkel om het water en hun bladeren ruisten door de koele lucht die uit de airconditioning stroomde. De meeste gasten die daar rondliepen, waren voor de vergadering gekomen. Ze hadden hun filialen over de hele wereld verlaten om samen te komen in donkere pakken om op te scheppen over hoeveel geld ze hadden gemaakt. Een groep Aziaten zat aan een rooktafeltje te lachen en Kent vermoedde, gezien hun gedrag, dat ze dicht bij de top zaten. Belangrijke mannen. Ze vonden zichzelf in ieder geval belangrijk. Misschien wel sommigen van zijn toekomstige collega's. Zoals die kleine grijze, die de meeste aandacht naar zich toe trok en zat te nippen aan een geelkleurig drankje. Een man met macht. Smerig rijk. De tweehonderd dollar die je in dit hotel voor een verblijf van één

nacht betaalde, was voor hem niet meer dan een fooitje.
'Dit is nog eens een eersteklas tent,' zei Todd naast hem.
'Dat is nu eenmaal de Niponbank,' was Borst het met hem eens. 'Alleen het beste van het beste. Ik vermoed dat ze het hele hotel hebben afgehuurd. Wat denk je dat *dat* kost?'
'Tjonge. Denk je dat we toegang hebben tot van die kleine, gevulde koelkastjes op de kamers?'
Mary keerde zich met een opgetrokken wenkbrauw om naar Todd. 'Natuurlijk. Denk je dat ze die op slot doen voor de programmeurs? Om ze helder te houden of zo?'
'Nee, ik snap wel dat ze open kunnen. Ik bedoel of ze gratis zijn. Denk je dat we moeten betalen voor wat we gebruiken?'
Borst grinnikte. 'Doe niet zo idioot, Todd. Ze betalen de hele reis en dan ga jij je druk maken over een paar gratis drankjes in van die miniflesjes. Ik weet zeker dat er in de bar genoeg te drinken zal zijn. Trouwens, je moet je hoofd helder houden, jongen. We zijn hier niet om te feesten. Waar of niet, Kent?'
Kent wilde het liefst bij de groep vandaan, zich distantiëren van hun gebabbel over koetjes en kalfjes. Ze klonken meer als een groep padvinders dan programmeurs die zojuist de geschiedenis van het bankwezen een andere wending hadden gegeven. Hij keek om zich heen en hoopte dat niemand hun gesprek had opgevangen.
'Dat klopt,' reageerde hij, waarbij hij zich een meter of wat naar links bewoog. Met een beetje geluk zouden omstanders denken dat hij niet bij deze groep clowns hoorde.
Ze arriveerden bij een lange, kersenhouten incheckbalie en Kent stapte op een donkerharige, Latijns-Amerikaanse vrouw af, die vormelijk stond te glimlachen. 'Welkom in het Hyatt,' zei ze. 'Waarmee kan ik u van dienst zijn?'
Nou, ik ben kortgeleden nogal belangrijk geworden, dus hebt u misschien een suite...
Hij kapte de gedachte af. *Doe even normaal, man.* Hij glimlachte ondanks zichzelf. 'Ja. Mijn naam is Kent Anthony. Volgens mij is er een kamer voor me gereserveerd. Ik hoor bij de Niponbank Groep.'
Ze knikte en sloeg een paar toetsen aan. Kent leunde tegen de balie en keek om naar de Aziaten die met elkaar zaten te praten en te lachen. Er waren er nu een paar die elkaar de hand schudden, alsof ze elkaar feliciteerden met iets wat ze hadden bereikt. *Geweldig jaar, meneer Bridges. Verbijsterende winsten. Trouwens, heb jij al iets gehoord over die jonge vent in Denver?*

Die programmeur? Is die hier ook? Die is briljant, heb ik gehoord.
'Neem me niet kwalijk, meneer.'
Kent knipperde met zijn ogen en richtte zijn aandacht weer op de balie. Het was de receptioniste, de knappe, donkerharige vrouw. 'Kent Anthony, zei u toch?' vroeg ze.
'Klopt.'
'Ik heb een bericht voor u, meneer.' Ze haalde een rode envelop onder de balie vandaan. Kents hartslag versnelde. Het was dus al begonnen. Iemand anders dan de groep sufferds onder het commando van Borst had hem een bericht gestuurd. Ze hadden het niet aan Borst geadresseerd, maar direct aan hem.
'Het is urgent,' zei ze terwijl ze hem de envelop overhandigde.
Kent pakte hem aan, maakte hem open en haalde er een strook papier uit. Hij las vlug de tekst door.
In eerste instantie wilde het kwartje niet vallen en bleven de woorden betekenisloos. Daarna begonnen ze wel betekenis te krijgen, maar dacht hij dat iemand een fout had gemaakt, dat dit niet over *zijn* Gloria ging. Dat kon niet.
Zijn ogen vlogen voor de tweede keer door de brief, toen zijn bloed door zijn aderen begon te razen en zijn handen begonnen te beven.
'Gaat het wel goed met u, meneer?' vroeg een stem. Misschien die van de receptioniste.
Kent las het telegram nog eens.

KENT ANTHONY:

UW VROUW GLORIA ANTHONY LIGT IN DENVER MEMORIAL HOSPITAL STOP
ONBEKENDE COMPLICATIES STOP
CONDITIE VERSLECHTERT SNEL STOP
KEER ALSTUBLIEFT ONMIDDELLIJK TERUG STOP
EINDE BERICHT

Het beven van zijn handen was ondertussen trillen geworden en Kent voelde de paniek naar zijn keel stijgen. Hij draaide zich met een ruk om naar Borst, die helemaal niet had staan opletten. 'Markus.' Zijn stem klonk onvast.
De man draaide zich om en glimlachte om iets wat Betty zojuist had gezegd. De glimlach verdween onmiddellijk toen hij Kents gezicht zag. 'Wat is er?'
Ja, wat zou er zijn? Moest hij degenen die zich in de hoogste regionen van de bank bevonden, achterlaten, zonder dat hij de kans had gehad hun duidelijk

te maken wie hij was? Moest hij alles aan Borst overlaten? Lieve help! Wat een absurd idee!

Natuurlijk zou Gloria het wel redden. Niets aan de hand.

Keer alstublieft onmiddellijk terug, stond er in het bericht. En het ging wel om Gloria!

'Ik moet gaan. Ik moet terug naar Denver.' Zelfs toen hij het zei, wilde hij de woorden nog inslikken. Hoe kon hij nu op dit moment vertrekken? Dit was het grootste moment in zijn carrière. De mannen die daar verderop zaten te lachen, zouden zijn leven voor altijd gaan veranderen. Hij had net een dikke drieduizend kilometer gevlogen om hen te ontmoeten. Hij had net *vijf jaar* hard werken achter de rug om hen te ontmoeten!

'Het spijt me. Jij zult de honneurs voor me moeten waarnemen.' Hij schoof het telegram naar zijn chef en strompelde langs hem heen, plotseling woest over wat hem overkwam.

'Geweldige timing, Gloria,' mopperde hij tussen opeengeklemde kaken door, maar had onmiddellijk spijt.

Zijn tassen stonden nog steeds op het karretje, realiseerde hij zich, maar eigenlijk interesseerde het hem geen moer waar zijn tassen waren. Trouwens, hij zou zo weer terug zijn. Misschien morgenochtend al. O nee, morgenavond vertrok de vlucht naar Parijs. Misschien op weg naar Parijs dan.

Oké, jongen, rustig blijven. Er is niets aan de hand. Een kleinigheidje. Ze is alleen maar voor de zekerheid naar het ziekenhuis.

Kent hield een taxi aan en liet de drukte van het Hyatt achter zich. Gloria zou in orde zijn. Dat *moest* gewoon. Ze was in goede handen. En wat stelde zo'n jaarvergadering nu helemaal voor? Er borrelde angst op in Kent en hij moest even heel diep ademhalen.

Dit stond niet in de planning. Absoluut niet.

6

De muren van de wachtkamer op de Intensive Care van het Denver Memorial waren roestkleurig, maar Helen vond het rood en vroeg zich af waarom ze de kleur van bloed hadden gekozen.

Helen greep dominee Bill Madison bij de elleboog en stuurde zo de veel grotere man naar het raam. Het was nauwelijks voor te stellen, maar het was de jonge Griek geweest waardoor ze zich tien jaar eerder in eerste instantie aangetrokken had gevoeld tot de Community Church. Hij kwam toen vers van de theologische faculteit, was nog geen vijfentwintig en stroomde over van liefde voor God. Ergens onderweg had de bureaucratie van de kerk zijn echte hartstocht getemperd, maar dominee Madison had nooit getwijfeld aan wat hij geloofde.

Hij was ergens die nacht aangekomen, maar ze kon zich niet meer precies herinneren wanneer, omdat alles nu een beetje wazig was. Ze waren allemaal uitgeput, dat was duidelijk, en haar knieën bonkten met een doffe pijn. Ze moest gaan zitten. Achter hen zat Spencer onderuitgezakt in een van de roestkleurige stoelen.

Helen wist dat haar stem haar bezorgdheid verraadde, maar gegeven de omstandigheden kon haar dat nauwelijks iets schelen. 'Nee, ik beweer niet dat ik *denk* dat ik dat heb gezien. Ik *weet* dat ik het heb gezien.' Ze kneep hard, alsof hij het daardoor eerder zou begrijpen. 'Hoor je me?'

De ogen van Bill werden groter, maar ze wist niet of dat kwam door wat ze zei of door het knijpen. 'Wat bedoel je met dat je het hebt *gezien*?' vroeg hij.

'Ik bedoel gewoon dat ik het heb *gezien*!' Ze stak een bevende arm uit naar de dubbele deur. 'Ik zag mijn dochter daarbinnen. Dat is wat ik zag.' De boosheid keerde terug toen ze zich haar visioen voor de geest haalde.

Hij keek haar met een opgetrokken wenkbrauw aan, sceptisch tot op het bot, zag ze. 'Kom nou, Helen. We hebben allemaal nu en dan wel eens een bepaalde indruk ergens van. Dit is nu niet bepaald het moment om over bepaalde inzichten te gaan debatteren.'

'Je twijfelt dus aan mijn beoordelingsvermogen? Denk je dat ik niet heb gezien wat ik heb gezien?'

'Ik zeg alleen maar dat we niet te snel zulke conclusies moeten trekken op dit soort momenten. Dit is een tijd van behoedzaamheid, vind je niet? Ik weet dat het allemaal moeilijk is, maar...'

'Behoedzaamheid? Wat heeft behoedzaamheid te maken met het feit dat mijn dochter daarbinnen op die tafel ligt uitgestrekt? Ik heb het gezien, dat zeg ik toch?! Ik weet niet waarom ik het heb gezien of waarom God het me heeft laten zien, maar ik zag het, Bill. Ieder detail.'

Hij keek de wachtkamer rond en trok haar verder naar het raam. 'Helen, praat alsjeblieft wat zachter.' Er liep een dun straaltje zweet langs zijn slaap. 'Wanneer heb je dit gezien?'

'Twee dagen geleden.'

'Je hebt dit allemaal twee dagen geleden gezien?'
'Dat zei ik toch?'
'Ja.' Hij ging op de vensterbank zitten. Zijn handen beefden. Helen bleef voor het raam staan.
'Luister, Helen… ik weet dat je bepaalde dingen anders ziet dan de meeste-'
'Hou maar op, Bill. Ik wil het niet horen. Niet nu. Dat zou behoorlijk tactloos zijn.'
'Nou ja, ik probeer tactvol te zijn, Helen. En ik denk aan je kleinzoon. Het is een beetje te vroeg om haar in gedachten al te begraven.'
Helen keek naar Spencer, die zijn kin in zijn handpalmen liet rusten. Zijn benen slingerden heen en weer onder zijn stoel en er hingen donkere wallen onder zijn bloeddoorlopen ogen. Hij had die nacht hooguit een uurtje liggen slapen, meer niet.
'Dat doe ik ook niet, Bill. Maar ik zag dit allemaal en het maakt me doodsbang dat het precies gaat zoals ik het heb gezien.'
Hij reageerde daar niet op.
Ze staarde uit het raam en vouwde haar handen. 'Feit is dat ik er nog minder aan vind dan jij. Sinds dat moment vreet het aan me als kanker. Ik vat het gewoon niet, Bill.' Ze kreeg een brok in haar keel. 'Ik snap gewoon niet waarom God dit doet.'
Hij stak een hand uit en legde die op haar schouder. Het gebaar gaf haar enigszins troost. 'En hoe weet je zo zeker dat het God is?'
'Dat maakt niet uit. Hij laat het in ieder geval toe.'
'Misschien. Hij is God – alomtegenwoordig, almachtig. En als het God is, is het aan Hem om te beslissen waarom Hij zoiets doet.'
'Dat *weet* ik, Bill! Maar mijn dochter ligt nu aan zo'n apparaat!' Ze liet haar hoofd hangen en was verward en boos door de emoties die in haar oplaaiden.
'Het spijt me vreselijk voor je, Helen.' De stem van Bill klonk gespannen.
Ze zwegen enkele lange momenten en dachten na. Helen wist niet zeker wat ze nu eigenlijk van hem verwachtte. In elk geval geen dooddoeners. *Kom, kom, Helen. Alles komt weer goed. Je zult het zien. Vertrouw maar op God.* Zij zou het moeten weten. Ze had dit al meer meegemaakt – in het aangezicht van de dood staren.
'Maar heb je dan nog meer gezien?' vroeg Bill. 'Heb je haar zien sterven?'
Ze schudde haar hoofd. 'Nee, ik heb haar niet zien sterven.'
Ze hoorde hem slikken. 'Laten we dan bidden,' zei hij.

Helen probeerde haar emoties het zwijgen op te leggen. 'Ik heb haar niet zien doodgaan, maar ik heb wel andere dingen gezien, Bill.'
Hij reageerde niet gelijk. En toen hij dat wel deed, klonk hij aarzelend. 'Wat... wat heb je dan gezien?'
Ze schudde haar hoofd. 'Dat kan ik niet zeggen. Ik... ik weet het niet.'
'Als je het hebt gezien, hoe kan het dan dat je het niet weet?'
Ze sloot haar ogen en wilde plotseling dat ze niets tegen hem had gezegd. Ze kon nauwelijks van hem verwachten dat hij het zou begrijpen. 'Het was... mistig. Zelfs wanneer we iets zien, zien we het niet altijd kristalhelder. Maar dat wist je al, nietwaar, Bill?'
Hij reageerde niet gelijk, waarschijnlijk beledigd door haar neerbuigendheid. 'Ja,' zei hij ten slotte zwakjes.
'Het spijt me, Bill. Dit is nogal moeilijk voor me. Ze is mijn dochter.'
'Laten we dan bidden, Helen. Laten we bidden tot onze Vader.'
Ze knikte en hij begon te bidden. Maar haar hoofd zat vol verdriet en ze ving nauwelijks op wat hij bad.

Kent neusde tussen de hebbedingetjes in de cadeaushop om de tijd te verdrijven en voor de eerste keer sinds hij acht uur geleden dat telegram had gekregen, lukte het hem een beetje te ontspannen. Hij had een verbinding naar Chicago kunnen krijgen en wachtte nu op een vlucht die om drie uur die ochtend zou vertrekken naar Denver.
Hij boog zich voorover en wond een speelgoedaap op die twee goudkleurige bekkens in zijn handen had. De primaat paradeerde luidruchtig over de glazen plaat waarop hij stond en produceerde een lijpe grijns. *Klang-ka-tsjing, klang-ka-tsjing*. Kent moest glimlachen, ondanks het banale ervan. Spencer zou hem geweldig vinden. Zeker tien minuten. Daarna zou het onding onderin zijn kast verdwijnen, bedolven onder duizend andere tien-minuten speeltjes. Tien minuten voor twintig dollar. Dat was eigenlijk pure diefstal.
Aan de andere kant veroorzaakte de gedachte aan een sprankelende glimlach op het gezicht van zijn zoontje, ook al was het maar voor tien minuten, een glimlach op zijn eigen gezicht.
En het was niet bepaald zo dat ze het geld er niet voor hadden. Dit soort dingen werd gekocht door totaal onverantwoordelijke mensen of door mensen die zich niet druk hoefden te maken om hun uitgavenpatroon. Mensen

zoals Tom Cruise of Kevin Costner. Of Bill Gates. Hij zou aan het idee moeten wennen.

Kent stak de aap onder zijn arm en slenterde naar de hebbedingetjes voor volwassenen, die netjes naast elkaar op een rij waren gezet naast enkele rekken met *I love Chicago* sweaters. Waar Gloria haar fascinatie voor duur kristal vandaan had, wist hij niet. En het maakte nu ook niet meer uit. Ze gingen rijk worden.

Hij pakte een kruisje op dat op een ingewikkelde manier was gegraveerd met roosjes en met de woorden 'Door Zijn dood leven wij'. Perfect. Hij beeldde zich in dat ze in een ziekenhuisbed lag, twee kussens onder haar hoofd en haar groene ogen stralend door het cadeautje in zijn hand. *Ik hou van je, lieverd.*

Kent liep naar de kassa en betaalde voor de cadeautjes.

Hij kon er maar beter het beste van maken. Hij zou Borst bellen op het moment dat hij thuiskwam – hij moest zeker weten of zijn kale chef en de rest van het gajes de boel niet verziekten in Miami. In de tussentijd zou hij aan Gloria's zijde blijven zolang ze ziek was. Daar hoorde hij te zijn.

En ze zouden sowieso nog op het vliegtuig naar Parijs kunnen stappen. Ze zou natuurlijk wel in staat zijn te reizen. Opeens werd hij overvallen door een vlaag van paniek. En wat als ze iets ergers had dan de een of andere ernstige vorm van voedselvergiftiging? Dan zouden ze Parijs moeten annuleren.

Maar dat was vast niet het geval, toch? Hij had ooit eens gelezen dat menselijke angsten voor 99 procent nooit waarheid worden. Een man die zich die waarheid eigen maakte, kon zo tien jaar aan zijn leven toevoegen.

Kent liet zichzelf in een stoel zakken en keek naar de vluchtgegevens op de monitors boven zijn hoofd. Hij kon net zo goed een tukje gaan doen. Hij liet zich onderuit zakken en sloot zijn ogen.

Spencer zat naast zijn oma, tegenover de voorganger, en probeerde een braaf joch te zijn. Maar zijn borst, keel en ogen werkten niet mee. Ze bleven maar pijn doen en opspelen en lekken. Twee uur en een uitputtende serie computerspelletjes later had Spencer die ochtend naar zijn moeder geroepen, maar kreeg alleen wat zwak gekreun vanuit de slaapkamer van zijn ouders als reactie. Zijn moeder lag om tien uur nog steeds in bed. Hij klopte en liep naar binnen zonder op antwoord te wachten. Ze lag op haar zij, opgekruld als een onge-

boren baby, en kreunde. Haar gezicht deed hem denken aan dat van een mummie die hij op Discovery Channel had gezien – leeg en wit.
Spencer was naar de telefoon gerend en had zijn oma gebeld. Tijdens de vijftien minuten die het haar kostte om hun huis te bereiken, had hij naast zijn moeders bed geknield gezeten en haar gesmeekt iets tegen hem te zeggen. Daarna had hij hard gehuild. Maar zijn moeder gaf geen reactie en kreunde alleen maar. Ze lag daar alleen maar en hield haar buik vast.
Toen was zijn oma gearriveerd en had iets gemompeld over voedselvergiftiging en had hem alle kanten op lopen bevelen, alsof ze precies wist wat ze in dit soort situaties moest doen. Maar hoezeer ze alles ook onder controle leek te hebben, zijn oma wist ook geen reactie van haar dochter los te weken.
Ze hadden zijn moeder letterlijk naar de auto gesleept en zijn oma had haar naar de Eerste Hulp van het ziekenhuis gereden. Er zaten donkerblauwe vlekken op haar huid en hij vroeg zich af hoe voedselvergiftiging zulke vlekken kon veroorzaken. Toen had Spencer twee verpleegkundigen met elkaar over zijn moeder horen praten. De een zei tegen de ander dat de vlekken werden veroorzaakt door interne bloedingen. Dat de organen van de patiënt bloedden.
'Ik ben bang,' zei hij met een dun stemmetje.
Helen nam zijn hand in de hare en zei: 'Dat hoeft niet, Spencer. Het is niet raar dat je verdrietig bent, maar je hoeft niet bang te zijn.' Maar ze zei het met vochtige ogen en hij wist dat zij ook bang was.
Ze trok zijn hoofd tegen haar schouder en liet hem uithuilen. Zijn vader zou er onderhand moeten zijn. Hij had om zes uur vanaf het vliegveld gebeld en had tegen de verpleegkundige gezegd dat hij om negen uur een vlucht naar Chicago had, waardoor hij om zes uur de volgende ochtend in Denver zou kunnen zijn. En het was nu zeven uur en hij was er nog steeds niet.
Ze hadden vannacht allerlei slangetjes in zijn moeder gestopt en nog wat andere dingen gedaan. Dat was het moment geweest dat hij dacht dat het niet zo slecht ging. Nee, het ging *verschrikkelijk* slecht. Toen hij zijn oma vroeg waarom zijn moeder zo begon op te zwellen, zei ze dat de artsen haar lichaam volstopten met antibiotica. Ze probeerden de bacteriën te doden.
'Welke bacteriën?'
'Mamma heeft een bacteriële hersenvliesontsteking, lieverd,' had zijn oma gezegd.
Het leek wel of er iemand een rotsblok op zijn maag had gelegd. Want dat klonk niet best. 'Wat betekent dat? Gaat ze nu dood?'

‘Niet aan de dood denken, Spencer,’ zei zijn oma zacht. ‘Denk maar aan het leven. God zal mamma meer leven geven dan ze ooit heeft gehad. Je zult het zien. Het komt goed. Ik weet wat er aan de hand is. Dit is allemaal heel pijnlijk, maar het wordt snel beter. Veel beter.’

‘Dus ze wordt weer beter?’

Zijn oma keek naar de dubbele deur waarachter de artsen zijn moeder behandelden en ze begon weer te huilen.

‘We zullen ervoor bidden dat ze weer beter wordt, Spencer,’ zei dominee Madison.

Toen stroomden de tranen weer langs Spencers wangen en hij dacht dat zijn keel zou scheuren. Hij sloeg zijn armen om zijn oma heen en begroef zijn gezicht in de holte van haar schouder. Het duurde zeker een uur voor hij kon stoppen met huilen. Toen realiseerde hij zich dat zijn moeder niet dood was en dat hielp een beetje.

Toen hij zijn hoofd optilde, zag hij dat zijn oma zat te praten. Met gespannen gezicht en gesloten ogen mompelde ze wat voor zich uit. Haar wangen waren nat van de tranen. Ze praatte tegen God. Maar nu glimlachte ze niet, zoals ze gewoonlijk deed wanneer ze met Hem sprak.

Er sloeg een deur en Spencer schrok. Hij draaide zijn hoofd om. Daar stond zijn vader, bij de deur. Hij zag er bleek en verfomfaaid uit, maar hij was er. Spencer krabbelde op en rende naar hem toe, waarbij hij zich plotseling heel erg moe voelde. Hij wilde het naar hem uitschreeuwen, maar zijn keel zat weer dicht, dus knalde hij maar tegen hem op en voelde zich worden opgetild in sterke, veilige armen.

Toen begon hij weer te huilen.

Op het moment dat Kent de deur naar de wachtkamer opengooide, wist hij dat het fout zat. Heel erg fout.

Hij zag het aan hun houding, van Helen en van Spencer. Zijn zoon rende naar hem toe en hij trok hem met een ruk tegen zich aan.

‘Alles komt goed, Spencer,’ mompelde hij. Maar de hete tranen in zijn nek vertelden een ander verhaal en hij zette hem weer met bevende handen neer.

‘Wat is er aan de hand?’ wilde hij weten.

‘Ze heeft een bacteriële meningitis, Kent.’

‘Bacteriële meningitis? Hersenvliesontsteking?!’ Wat betekende dat? Opereren? Of erger? 'Hoe is het met haar?' Hij haalde diep adem en zag meer in die oude, wijze ogen dan hij wilde zien.

'Niet goed.' Ze pakte zijn hand en glimlachte vol medeleven naar hem. Er rolde een traan langs haar wang. 'Het spijt me voor je, Kent.'

Nu begonnen alle alarmbellen te rinkelen – allemaal tegelijk. Hij draaide zich met een ruk om en rende op rubberen benen naar de dubbele deur toe. Erboven stond aangegeven dat het de intensive care was. Zijn innerlijke alarmbellen rinkelden op volle sterkte in zijn oren, waardoor alle omgevingsgeluiden werden gedempt.

Alles komt wel weer op zijn pootjes terecht, Kent. Houd jezelf in bedwang, man. Zijn hart bonkte in zijn oren. *Alsjeblieft, Gloria, geef niet op. Ik ben er voor je. Ik hou van je, lieverd. Geef niet op.*

Hij keek om zich heen en zag bijna alleen maar wit. Witte deuren en witte muren en witte jassen. De geur van medicijnen drong in zijn neusgaten. Een penicilline-alcohol luchtje.

'Kan ik u ergens mee helpen?'

De stem kwam van rechts en hij draaide zich om naar een figuur die achter een balie stond. De zusterpost. Ze was in het wit gekleed. Zijn paniek begon een beetje minder te worden. *Zie je, alles komt goed. Dat is een verpleegkundige. Dit is een ziekenhuis. Gewoon een ziekenhuis waar ze mensen beter maken. Er is hier genoeg medische kennis en technologie aanwezig om te doen wat er gedaan moet worden.*

'Kan ik u ergens mee helpen?' vroeg de verpleegkundige nog een keer.

Kent knipperde met zijn ogen. 'Ja, kunt u me vertellen waar ik Gloria Anthony kan vinden? Ik ben haar man.' Hij probeerde de droogte weg te slikken, die zich als de inhoud van een stofzuigerzak in zijn keel had genesteld.

Hij begon de verpleegkundige nu scherper waar te nemen en hij zag 'Mary' op haar naamplaatje staan. Ze was blond, net als Gloria – ongeveer dezelfde lengte. Maar ze glimlachte niet zoals Gloria. Nee, ze fronste haar voorhoofd en Kent vocht tegen de neiging om naar de balie toe te lopen en haar eroverheen te trekken. *Luister, dame! Ik ben hier voor mijn vrouw. Stop onmiddellijk met me op die manier aan te kijken en breng me naar haar toe!*

De donkere ogen van Mary keken de gang in. Kent volgde haar blik. Door een groot raam van veiligheidsglas waren twee artsen te zien die over een ziekenhuisbed gebogen stonden. Hij begon naar de kamer toe te lopen zonder op toestemming te wachten.

'Het spijt me, meneer, maar u kunt niet...'

Hij sloot zich af voor haar stem. Wanneer Gloria hem eenmaal zag, wanneer hij in haar mooie, hazelnootvormige ogen zou kijken, zou deze waanzin ophouden. Hij vatte wat moed. *O, Gloria... lieverd. Alles komt weer goed. Alsjeblieft, Gloria, lieverd.*

Plotseling doemden er vier gezichten in zijn gedachten op, met een abruptheid die hem liet stoppen tussen de zusterpost en de kamer met de artsen. Het eerste was dat van dat wicht daar met die donkere ogen. Het tweede was dat van Spencer. Hij zag het gezicht van zijn zoon weer voor zich. Niet alleen maar bezorgd. Nee, helemaal verpletterd. Het derde was het lieve, glimlachende gezicht van Helen, maar dan zonder glimlach. Absoluut zonder glimlach. Gerimpeld van verdriet, misschien, maar in ieder geval zonder glimlach. Hij geloofde niet dat hij haar ooit zo had zien kijken.

Een van de artsen had zich bewogen en hij zag het vierde gezicht door het raam, liggend op dat bed. Maar hij herkende het in eerste instantie niet eens. Er hingen slangetjes uit haar neus en haar mond. Paarse vlekken kleurden haar huid. Haar gezicht was opgeblazen als een meloen.

Kent knipperde met zijn ogen en zette de voet neer die halverwege een stap in de lucht was blijven hangen. Maar hij liep niet verder. *Kon* niet verder.

Maagzuur vond zijn weg naar zijn keel en hij moest diep ademhalen en slikken om alles binnen te houden. Hij kon even niet op een rijtje krijgen wat dit gezicht te maken kon hebben met de anderen. Hij kende dit gezicht niet. Hij had nog nooit een gezicht gezien dat zo verkrampt en vertrokken was van verschrikkelijke pijn.

En hij kende dit gezicht niet. De waarheid raasde door zijn gedachten als een tornado die alles op zijn weg vernietigde.

Het was Gloria die daar in dat bed lag!

Opeens begon zijn hart als een wilde tegen zijn ribben te bonken, wanhopig proberend een weg naar buiten te vinden. Zijn mond viel langzaam open. In gedachten begon hij te schreeuwen – een hoog, hard geluid dat deze waanzin aanklaagde, deze idioterie vervloekte. Dit had net zoveel overeenkomst met Gloria als het een of andere lichaam dat uit een massagraf in een oorlogsgebied was opgediept. Dit was Gloria niet.

Hoe kon hij hier blijven staan als een marionet die bevroren was in de tijd, terwijl alles verder in orde was? Ze hadden een vergissing gemaakt, dat was alles. Hij zou erheen lopen en het even regelen.

Het probleem was, dat Kent geen stap kon verzetten. Er stroomde zweet uit al zijn poriën en zijn adem kwam snel en raspend over zijn lippen. *Nee!* Spencer

bevond zich in de wachtkamer, zijn tien jaar oude zoon die zijn moeder zo nodig had. Dit kon Gloria niet zijn! Hij had haar nodig! Lieve, onschuldige Gloria met haar mond die naar honing smaakte. Dit... dit niet!
De arts stak een hand uit en trok het witte laken over het opgeblazen gezicht. En waarom? Waarom deed hij dat zo met dat laken?
Er echode een gegrom door de gang – zijn gegrom.
Toen kwam Kent weer in beweging. Met vier grote stappen was hij bij de deur. Achter hem begon iemand iets te roepen, maar het zei hem niets. Hij greep de metalen deurknop en gaf er een harde ruk aan.
De deur gaf geen krimp. *Draaien dan! Draai dan aan dat rotding!* Hij draaide aan de knop en trok weer. Nu zwaaide de deur open en hij struikelde achteruit. Op hetzelfde moment zag hij het naamplaatje naast de deur.
Gloria Anthony.
Kent begon zacht te kreunen.
Daar stond het bed en in twee stappen stond hij ernaast. Hij schoof een in het wit gehulde dokter opzij. Er begonnen mensen van alles te roepen, maar hij verstond het niet. Hij wilde nu maar één ding; dat laken wegtrekken en bewijzen dat ze de verkeerde vrouw hadden.
Een hand greep zijn pols beet en hij snauwde iets. Hij draaide zich woest een kwartslag om en kwakte de man tegen de muur. 'Nee!' schreeuwde hij. Een infuusstandaard wankelde en knalde tegen de vloer. Een monitor liet nog wat spikkels zien en werd toen zwart, maar die details bestonden alleen maar in de verafgelegen en donkere horizon van Kents gedachten. Hij was gefixeerd op de stille, witte vorm in het ziekenhuisbed.
Kent greep het laken en rukte het van het lichaam af.
Er klonk een licht suizen toen het laken wegzweefde en op de grond viel. Kent bevroor. Een naakt, bleek lichaam dat was overdekt met paarse aderen en vlekken ter grootte van een appel, lag levenloos voor hem. Het was opgezet, als een opblaaspop, met slangen die nog steeds haar mond openduwden.
Het was Gloria.
Als een gekarteld mes stak de realiteit dwars door hem heen. Hij deed een wankele stap naar achteren en stond te zwaaien op zijn benen.
De wereld om hem heen begon te draaien. Hij was zich er vaag van bewust dat hij duizelde en probeerde te rennen. Hij ramde de deur, zijn gezicht eerst. Hij voelde geen pijn, maar kon wel het gekraak horen toen zijn neus brak. Hij was misschien wel dood. Maar hij *kon* niet dood zijn, omdat zijn hart brandde en vuur zijn keel verteerde.

Hij zag op de een of andere manier kans door de deur te komen, terwijl zijn overhemd rood kleurde en hij gorgelend ademhaalde, half stikkend in zijn eigen bloed. Er ontsnapte een jammerende schreeuw uit zijn keel. Hij schreeuwde het uit naar het Opperwezen, Die hier waarschijnlijk de hand in had.

'O, God! *Oooh, God!*'

Rechts van hem stonden Helen en Spencer met grote ogen naar hem te kijken, maar hij zag hen nauwelijks. Warm bloed liep over zijn lippen en dat gaf hem vreemd genoeg een bepaalde troost. De keelklanken stroomden hard uit zijn opengesperde mond en weigerden zich te laten indammen. Hij kon amper stoppen om adem te halen. Daar achter hem was zijn vrouw zojuist gestorven.

'O, God! *Ooh, God!*'

Kent vluchtte door de gangen, zijn gezicht wit en rood, huilend in een lang, dodelijk gekreun, waarbij hij de aandacht trok van iedereen die in de buurt was.

Tientallen omstanders gingen voor hem opzij toen hij de parkeerplaats oprende, druipend van het bloed en snikkend en naar adem snakkend. Hij was buiten adem van het schreeuwen en wist zich iets te beheersen. Hij zag de auto's, zijn beeld wazig door de tranen, en hij strompelde naar ze toe.

Kent bereikte zijn zilvergrijze Lexus voor hij zich de waanzin van zijn vlucht realiseerde. Hij beukte met zijn vuist op de motorkap, waarbij hij misschien nóg wel een bot brak. Toen gleed hij langs het dure metaal neer op het warme asfalt en trok zijn knieën op tegen zijn borst.

Hij sloeg zijn armen stijf om zijn benen heen, gebroken, snikkend, mompelend. 'O, God. O, God. O, God!'

Maar hij voelde God niet.

Hij voelde alleen zijn borst maar exploderen.

7

Week drie

Kent Anthony had Spencer op schoot en streelde zacht een van zijn armen. Boven hun hoofd draaide een plafondventilator zijn lome rondjes en er stond een oude CD van Celine Dion op, die zachtjes de middag voortduwde. De ademhaling van zijn zoon ging ongeveer gelijk op met die van hemzelf. Hij voelde niet of Spencer nu wakker was of dat hij sliep – ze hadden zich al een uur lang amper bewogen. Maar dit zitten en elkaar vasthouden en gewoon in leven zijn, was de nieuwe thuissituatie geworden in de week die was voorbijgegaan sinds de plotselinge dood van Gloria.

De eerste dag had aangevoeld als een trein die over zijn borst was gedenderd, onophoudelijk. Nadat hij een tijdje bij de Lexus had zitten huilen, had hij zich opeens gerealiseerd dat Spencer hem nodig had. Het arme jong zou wel helemaal in de war zijn. Zijn moeder was zojuist van hem weggerukt. Kent was naar de wachtkamer teruggestrompeld en vond Helen en Spencer in elkaars armen, huilend. Hij had hen omarmd en zijn tranen hadden zich met die van hen vermengd. Een uur later waren ze bij het ziekenhuis weggereden, doodstil en verbijsterd.

Helen had hen in de woonkamer neergeplant en was boterhammen voor hen gaan smeren. De telefoon had niet stilgestaan. Gloria's vriendinnen uit de kerk, die belden om hen te condoleren. Geen enkel telefoontje van Kents collega's.

Kent knipperde even met zijn ogen bij die gedachte. Hij verschoof Spencers hoofd, zodat hij een glas thee kon pakken dat naast de bank stond. Dat was de goede kant van de kerk, vermoedde hij. Je had snel vrienden. Het was meteen ook de *enige* goede kant van de kerk. Dat en hun zorg voor de doden.

Kents gedachten zwierven terug naar de begrafenis, eerder die week. Ze hadden het op de een of andere manier voor elkaar gekregen nog wat blijdschap in die gebeurtenis te mixen en daar was hij dankbaar voor, hoewel de glimlachjes om hem heen nooit zijn eigen gezicht wisten te bereiken. Toch zorgde het ervoor dat het draaglijk was. Anders was hij misschien wel compleet in elkaar gestort, daar vooraan. Er zweefde een beeld door zijn gedachten: een snikkende man, in het zwart gekleed, ineenkrimpend op zijn bank, terwijl een stuk of honderd stoïcijnse gezichten het een of andere geestelijke lied aanhieven. Dan hadden ze hem net zo goed ook onder de grond kunnen stoppen.

Er biggelde een traan uit een van zijn ooghoeken. Ze stopten gewoon niet, die tranen. Hij haalde diep adem.

Helen en twee van haar oude vriendinnen hadden op de begrafenis iets gezongen over de andere kant. *Dat* was pas een godsdienstig geval apart. Helen. Nadat ze boterhammen voor hen had klaargemaakt, had ze zich verontschuldigd en was vertrokken. Toen ze drie uur later terugkeerde, leek er een nieuwe vrouw binnen te komen wandelen. De glimlach was teruggekeerd, haar rooddoorlopen ogen waren weer wit en er zat wat veerkracht in haar lopen. Ze had Spencer in haar armen genomen en hem stevig omhelsd. Toen had ze een hand op Kents arm gelegd en had warm en met een veelbetekenende blik geglimlacht. En dat was dan dat. Als ze nog verdriet had over de dood van haar dochter, wist ze dat goed te verbergen. Hij was er eigenlijk een beetje verbolgen over. Hij had natuurlijk weinig of niets te klagen over de zorg waarmee ze hen de laatste dagen had omringd. Ze had gekookt, schoongemaakt en de telefoon opgenomen, terwijl Kent en Spencer als geesten door het huis dwaalden.

Ze was nu op weg om Spencer even op te halen. Ze had voorgesteld hem een paar uur mee te nemen. Kent had ermee ingestemd, hoewel het hem beangstigde dat hij vanmiddag een paar uur alleen thuis zou zijn.

Hij haalde zijn vingers door het blonde haar van zijn zoon. Ze zouden het nu met zijn tweeën moeten redden, in een huis dat plotseling veel te groot leek. Te leeg. Twee weken geleden had hij hun volgende huis voor Gloria beschreven, terwijl ze biefstuk en kreeft zaten te eten bij Antonio's. Dat huis zou twee keer zo groot worden als het huidige, had hij haar verteld. Met gouden kranen en een indoortennisbaan. Ze zouden zich dat nu kunnen permitteren. 'Stel je eens voor, Gloria. Spelen op je eigen airconditioned tennisbaan.' Zijn vrouw had breed geglimlacht.

In gedachten zag hij haar beginnen aan een forehand, haar korte witte rokje wapperend door de versnelling, en hij kreeg een brok in zijn keel.

Hij liet zijn hoofd achterover zakken en kreunde zacht. Hij voelde zich gevangen zitten in een onmogelijke nachtmerrie. Welke idioot had besloten dat het voor zijn vrouw tijd was om te sterven? Als er dan een God was, wist Hij wel heel goed hoe hij pijn moest veroorzaken. Tranen vertroebelden Kents blik, maar hij hield zichzelf in bedwang. Hij moest zich een beetje sterk tonen. Voor Spencer, maar ook voor zichzelf. Maar het was allemaal waanzin. Hoe had hij zo afhankelijk kunnen worden? Waarom had haar heengaan hem zo leeg en dood van binnen achtergelaten?

De arts had wel tien keer geduldig aan hem uitgelegd wat bacteriële meningitis precies was. Waarschijnlijk hield het beestje zich op in de helft van de mensheid, zich verschuilend achter een soort slijmvlies dat hem in bedwang hield. Heel af en toe – het gebeurde maar zelden – zag hij kans door het slijmvlies heen te breken en in de bloedstroom terecht te komen. Als het niet onmiddellijk werd tegengehouden, had het de neiging een spoor van vernielingen achter te laten in het lichaam, door organen op te vreten. In Gloria's geval had het zijn klauwen al onherstelbaar in haar gezet voor ze het ziekenhuis bereikte. Achttien uur later was ze gestorven.

Hij had er al zeker duizend keer over nagedacht. Als hij haar vrijdagmorgen naar het ziekenhuis had gebracht, in plaats van met zijn hoofd in de wolken van zijn eigen successtory te lopen, zou ze vandaag waarschijnlijk nog in leven zijn.

De aap en het kruisje die hij op het vliegveld had gekocht, lagen nog steeds onaangeroerd in zijn reistas, absurde hebbedingetjes die hem uitlachten, iedere keer als hij aan ze dacht. *'Kijk eens, Spencer. Kijk eens wat ik voor je heb meegebracht!'*

'Wat is dat?'

'Het is een belachelijke aap om je aan de dood van je moeder te herinneren. Kijk, hij lacht en klapt in zijn handjes omdat mamma in de hemel is.' Om misselijk van te worden!

En het kristallen kruis... Hij zou het vermorzelen zodra hij de moed had die tas open te doen. De deurbel ging en Spencer tilde zijn hoofd op. 'Oma?'

'Waarschijnlijk wel,' zei Kent, terwijl hij de rug van zijn hand over zijn ogen haalde. 'Waarom ga je niet even kijken?'

Spencer sprong van zijn schoot en liep snel naar de voordeur. Kent schudde zijn hoofd en haalde zijn neus eens stevig op. *Houd jezelf in bedwang, ouwe jongen. Je kon altijd alles aan wat er op je pad kwam en dit red je ook.*

'Hallo, Kent,' zei Helen terwijl ze achter Spencer de kamer inkwam. Ze glimlachte. Ze had een jurk aan. Een gele jurk die bij Kent een gevoel van herkenning opriep. Het was het soort jurk dat Gloria gedragen zou kunnen hebben. 'Hoe is het ermee?'

Wat denk je, muts? Ons leven ligt in puin, maar voor de rest gaat het uitstekend. 'Prima,' zei hij.

'Ik geloof er niets van, maar het is goed te zien dat je een poging doet.' Ze zweeg even. Het leek erop alsof ze dwars door hem heen keek. Hij deed geen moeite om op te staan. Helens blik hield hem even vast. 'Ik bid voor je, Kent. Er zullen dingen gaan veranderen. Ooit zal het beter worden. Je zult het zien.'

Hij wilde tegen haar zeggen dat ze wel kon ophouden met bidden. Dat het logisch was dat alles beter zou worden, omdat alles beter was dan dit. Dat ze een oud, excentriek fossiel was en dat ze haar mond zou moeten houden over die achterlijke theorieën van haar over hoe de dingen zouden moeten lopen. Dat ze die ideeën maar moest delen met wat van die andere borduurclubtypes

uit de donkere middeleeuwen. Maar hij had de energie gewoon niet om het eruit te gooien.
'Ja,' zei hij. 'Neem je Spencer mee?' Natuurlijk deed ze dat. Dat wisten ze allebei.
'Ja.' Ze keerde zich naar haar kleinzoon en legde een hand op zijn schouder. 'Klaar?'
Spencer wierp een blik op zijn vader. 'Ik kom gauw weer terug, pap. Red je het wel?'
De vraag maakte hem bijna aan het janken. Hij *wilde* eigenlijk helemaal niet dat Spencer wegging. Zijn hart deed pijn en hij haalde diep adem. 'Tuurlijk, Spencer. Ik hou van je, jochie.'
Spencer rende om de bank heen en vloog hem om zijn nek. 'Oké, pap. Ik kom gauw terug, dat beloof ik.'
'Weet ik.' Hij klopte hem op zijn rug. 'Veel plezier.'
Een zacht klikken van de voordeur en weg waren ze. Alsof het voorgeprogrammeerd was, stopte Celine Dion net met zingen.
De enige geluiden die nu nog hoorbaar waren, waren zijn ademhaling en de ventilator. Hij tilde het glas ice tea op en was blij met het getingel van het ijs. Hij zou het huis nu verkopen. Een nieuwe kopen, wat minder groot. De tennisbaan schrappen. In plaats daarvan een fitnessruimte voor Spencer laten aanleggen.
Kent keek op naar het schilderij met Jezus erop, die een in spijkergoed geklede man met bloed aan zijn handen vasthield. *Vergeven*, had de kunstenaar het genoemd. Ze zeiden dat Jezus was gestorven voor de mensheid. Hoe kon iemand een geloof aanhangen dat zo geobsedeerd was door de dood? Dat was God, zeiden ze. Jezus was God en Hij was naar de aarde gekomen om te sterven. Daarna had Hij Zijn volgelingen opgeroepen om ook hun kruis op te nemen en dus hadden ze als symbool een martelwerktuig genomen, een kruis, en in het begin waren er dan ook heel wat doodgegaan.
Vandaag de dag zou Jezus ter dood zijn gebracht met een spuitje. Het beeld van een naald dreef door Kents gedachten en hij huiverde toen hij dacht aan de naalden die Gloria te verduren had gehad. *Sterf voor me, Gloria.* Waanzin. En dan te bedenken dat Gloria zo vol was geweest van het christendom, alsof ze daadwerkelijk verwachtte dat ze Christus op zekere dag zou ontmoeten. Dat ze op dat kruis zou klimmen en met Hem naar de hemel zou zweven. Tja, daar kreeg ze dan nu de kans voor, vermoedde hij. Ze was alleen nergens heen gezweefd. Ze was een dikke tweeënhalve meter onder de rode klei gestopt.

Een lege hopeloosheid daalde op Kent neer en hij zat daar maar en liet het schrijnen.
Hij zou weer eens terug moeten naar zijn werk. Het kantoor had hem een boeket bloemen gestuurd, maar niemand had verder contact met hem gezocht. Hij dacht na over de vergadering in Miami en de bekendmaking van zijn programma. Grappig eigenlijk hoe zoiets belangrijks nu opeens zo ver van zijn bed leek. De gedachte liet zijn hart iets sneller kloppen. Waarom had niemand hem gebeld om te vertellen hoe die vergadering was afgelopen?
Respect, besloot hij vlug. Je gaat niet iemand zitten bellen die zojuist zijn vrouw heeft verloren om te zeuren over zijn werk. Hij had in elk geval een schitterende carrière in het verschiet. Hoewel, zonder Gloria leek niets meer te kunnen schitteren. Maar dat zou mettertijd wel veranderen.
Kent liet de gedachten door zijn hoofd cirkelen, zoals hij al dagenlang had gedaan. Niets leek te passen. Alles voelde te los aan. Hij kon zich nergens aan vasthouden wat hem die sprank hoop kon geven waar hij zich al die jaren zo sterk door had laten voortdrijven.
Hij leunde achterover en staarde naar het plafond. Zijn ogen waren weer droog. Heel erg droog.

Spencer zat in zijn favoriete groene stoel tegenover zijn oma, met zijn benen in de kleermakerszit. Hij had die morgen zijn witte X-games skateboard T-shirt en zijn beige skatebroek aangetrokken, omdat hij van skateboarden hield en hij had gedacht dat zijn moeder zou willen dat hij de dingen bleef doen die hij leuk vond. Hij had alleen na haar dood nog niet op zijn deck gestaan. Het was lang geleden dat hij meer dan een week niet had geskateboard.
Maar goed, er was de afgelopen week nogal wat veranderd. Voor altijd. Zijn vader leek de weg kwijt te zijn. Het huis was zo groot en stil geworden. Hun levensritme was ook nogal veranderd en bepaalde dingen waren zelfs helemaal weggevallen. Zijn hart deed nu zo'n beetje iedere minuut van de dag pijn.
Spencer haalde zijn hand door zijn blonde haar en liet zijn kin in zijn handpalmen rusten. Maar dit was niet veranderd. De kamer rook naar versgebakken brood. De zwakke geur van rozen dreef voorbij – oma's parfum. Het bruine tapijt lag nog precies zo als het twee weken geleden had gelegen; de stoelen waren niet verplaatst; glimmend porselein met kleine blauwe bloemetjes stond

nog steeds op de antiek uitziende kast tegen de muur. De hele kamer stond eigenlijk vol met porseleinen dingetjes, in meerdere of mindere mate beschilderd.

Tegen de muur die verderop overging in de keuken, stond een grote kast die oma *het hok* noemde. De glas-in-lood deurtjes waren dicht en het glas verstoorde een beetje het zicht op wat erin stond, maar toch zag hij genoeg. Een kristallen flesje, misschien een centimeter of tien, vijftien hoog, stond midden op de hoogste plank. De inhoud leek wel zwart. Misschien wel kastanjebruin of rood of een andere donkere kleur. Zijn oma had hem verteld dat er maar weinig dingen in het hok stonden die belangrijk voor haar waren, behalve dan die kristallen fles. Ze zei dat het de grootste kracht op aarde symboliseerde. De kracht van de liefde. En toen ze het zei, welden er tranen op in haar ogen. Toen hij haar had gevraagd wat er in het flesje zat, had ze haar hoofd omgedraaid, helemaal in tranen.

Aan zijn rechterkant hing een groot schilderij van Jezus aan de muur. De Zoon van God hing aan het kruis en een doornenkroon was verantwoordelijk voor het bloed dat over zijn wang stroomde. Hij staarde Spencer met droeve ogen recht aan en op dat moment wist Spencer niet wat hij daarvan moest denken.

'Spencer.'

Hij keek zijn oma aan, die tegenover hem zat te glimlachen. Er lag een veelbetekenende blik in haar hazelnootvormige ogen. Ze had met beide handen een glas ijsthee vast.

'Gaat het, lieverd?'

Spencer knikte en voelde zich opeens vreemd genoeg thuis. Zijn moeder was er natuurlijk niet, maar verder was alles er. 'Ik denk het wel.'

Helen hield haar hoofd een beetje schuin, medeleven in haar ogen. 'Och, arm kind. Ik vind het zo erg voor je.' Er rolde een traan langs haar wang. Ze snoof een keer.

'Maar dit gaat voorbij, jongen. Sneller dan je zult beseffen.'

'Ja, dat zegt iedereen.' Hij voelde een brok in zijn keel opkomen en slikte hem weer terug. Hij wilde niet huilen. Niet nu.

'Ik wilde al met je praten sinds je moeder ons verliet,' zei Helen, nu met een beetje autoriteit. Ze had iets te zeggen en Spencer voelde zijn hart lichter worden. Wanneer zijn oma iets te zeggen had, kon je maar beter luisteren.

'Je weet dat toen Lazarus stierf, Jezus huilde. In feite huilt God op dit moment.' Ze verschoof haar blik naar het raam, dat openstond. 'Soms hoor ik het. Ik heb het op die eerste dag gehoord, toen Gloria stierf. Mijn benen begaven het bijna toen ik Hem zo hoorde huilen, weet je, maar het gaf me ook troost.'

'Ik heb lachen gehoord,' zei Spencer.

'Ja, lachen. Maar ook huilen. Over mensenzielen. Over de pijn van de mens. Over verlies. Hij verloor Zijn Zoon, vergeet dat niet.' Ze keek hem in zijn ogen. 'En er waren geen artsen bij die hun best deden om Hem te redden. Er was wel een menigte die Hem sloeg en Hem in Zijn gezicht spuugde en...' Ze maakte de zin niet af.

Spencer probeerde zich het tafereel in te beelden. Vreemd.

'Mensen realiseren het zich niet vaak, maar God lijdt in één seconde meer pijn dan de mensheid in de hele menselijke geschiedenis,' zei Helen.

Vreemd genoeg bereikte dat idee Spencer als balsem voor zijn ziel. Misschien omdat zijn eigen pijn daarbij vergeleken maar onbetekenend leek. 'Maar kan God er dan niet voor zorgen dat al die pijn verdwijnt?' vroeg hij.

'Natuurlijk kan Hij dat. En dat doet Hij ook. Maar Hij geeft ons de kans ervoor te kiezen om Hem lief te hebben of om Hem af te wijzen. En de meesten wijzen Hem af. En dat doet Hem verschrikkelijk pijn.'

'Dat is maf. Zo heb ik nooit over God gedacht – dat Hij pijn of verdriet heeft.'

'Lees de oude profeten maar. Lees Jeremia of Ezechiël. Je ziet daar vaak dat God huilt. Tegenwoordig wordt die realiteit in onze kerken alleen een beetje genegeerd.'

Ze glimlachte en staarde uit het raam. 'Aan de andere kant zullen sommigen ervoor kiezen Hem uit vrije wil lief te hebben. En die liefde, kind, is het grootste offer waard dat God maar kon bedenken. Dat is waarom Hij ons schiep, voor die paar mensen die van Hem zouden houden.'

Ze zweeg en keek hem weer aan. 'Zoals je moeder.'

Een niet te peilen blik gleed over het gezicht van zijn oma. Ze nam een slokje en hij zag haar hand licht beven. Ze leunde een stukje voorover. 'Dat is pas een mooi gezicht, Spencer,' zei ze half fluisterend.

Spencers handpalmen begonnen te zweten. 'Wat is er mooi?'

'De andere kant.' Ze grijnsde nu als een kind dat niet in staat was een geheim voor zich te houden.

'De andere kant van deze pijn en dit lijden. De omgeving van God.' Ze liet dat bij hem bezinken zonder er verder over uit te weiden. Spencer knipperde met zijn ogen en wilde dat ze verder zou gaan, in de wetenschap dat ze dat zou doen – *moest*.

Helen aarzelde maar even voor ze de vraag stelde waarvoor ze hem hierheen had gebracht. 'Wil je het zien?'
Spencers hart stuiterde heen en weer in zijn borstkas en zijn vingers tintelden. *Of ik het zien wil?* Hij haalde diep adem. 'Zien?' vroeg hij. Zijn stem kraakte een beetje.
Ze greep de armleuningen van haar stoel beet en leunde naar voren. 'Wil je zien hoe het is aan de andere kant?' Ze sprak op fluistertoon, enthousiast, snel. 'Wil je weten waarom de dood ooit zal verdwijnen? Waarom Jezus zei: "Laat de doden hun doden begraven?" Het zal je helpen, kind.'
Plotseling kromp zijn hart weer ineen en deed zijn keel pijn. 'Ja,' zei hij. 'Kan ik dat zien?'
Zijn oma produceerde een brede glimlach. 'Ja! Eigenlijk had je het de eerste dag al kunnen zien, denk ik, maar ik moest wachten tot na de begrafenis, snap je? Ik moest je eerst de gelegenheid geven om te rouwen. Maar om de een of andere reden is er wat veranderd, Spencer. Hij geeft ons de mogelijkheid om het te zien.'
De atmosfeer in de kamer was dik door het onzichtbare. Spencer kon het voelen en hij voelde het kippenvel op zijn armen en in zijn nek. Er rolde een traan over zijn wang, maar het was een goede traan. Een vreemdsoortig welkome traan. Helen hield zijn blik even vast en nam toen snel een slokje van haar ijsthee.
'Ben je er klaar voor?'
Hij was er niet zeker van wat ze precies met *klaar* bedoelde, maar knikte toch maar en voelde zich nu wanhopig. Hunkerend.
'Doe je ogen dicht, Spencer.'
Dat deed hij.
Het kwam onmiddellijk, alsof het begon te waaien en er licht over hem heen spoelde. Een wervelwind in zijn gedachten, of misschien niet alleen in zijn gedachten – hij wist het niet. Zijn adem werd volkomen afgesneden, maar dat maakte niet uit, omdat de wind zijn borst met genoeg zuurstof vulde om het een leven lang mee te kunnen uithouden. Zo voelde het tenminste aan.
Het donker achter zijn oogleden werd plotseling gevuld met lichten. Zielen. Mensen. Engelen. Ze vlogen helder langs de horizon. Ze stonden stil in de lucht, vlogen weer verder, maakten bochten, draaiden. Zijn mond viel wagenwijd open.
Het trof hem dat de lichten niet zomaar alle kanten opgingen, maar dat ze dat in volmaakte symmetrie deden. En dat deden ze in het hele beschikbare blik-

veld, alsof ze een show aan het opvoeren waren. En toen besefte hij dat ze inderdaad een show aan het opvoeren waren. Voor hem!
Als miljoenen stuntvliegers, die je haren te berge deden rijzen. Als miljarden ballerina's, draaiend in verbijsterende eenheid. Maar het was het geluid dat ze maakten waardoor de kleine Spencer het gevoel had dat zijn hart zou exploderen. Want iedereen – honderden miljoenen – schreeuwde.
Schreeuwde van het lachen.
Lange halen nauwelijks gecontroleerd lachen. En daar bovenuit – onmiskenbaar – klonk de stem van zijn moeder. Gloria was daar bij hen, buiten zichzelf van blijdschap dat ze erbij mocht zijn.
Toen, in een flits, vulde haar hele gezicht zijn gedachten, of misschien wel het hele universum. Haar hoofd was een ietsje achterovergebogen en haar mond stond iets open. Ze lachte van blijdschap, zoals hij nog nooit iemand had zien lachen. De tranen stroomden over haar wangen en haar ogen sprankelden. Dit beeld deed twee dingen met Spencer – tegelijkertijd. Er stroomde iets van die blijdschap naar zijn eigen hart, zodat ook hij uitbarstte in gelach en in tranen. En hij wilde ook dat hij daar zou zijn, zoals hij nog nooit iets in zijn leven had gewild. Een diepe hunkering om erin mee te mogen delen.
Het hele visioen duurde misschien twee seconden.
En toen was het weer verdwenen.
Spencer viel terug in zijn stoel, als een schuddebuikende lappenpop.
Toen zijn oma hem ten slotte twee uur later weer naar huis bracht, leek de aarde in zijn ogen net een vreemde, nieuwe plek, alsof dit een droomwereld was en dat de wereld die hij bij zijn oma thuis had gezien, de werkelijkheid was. Maar hij besefte dat deze wereld, met bomen en huizen en de Lexus van zijn vader op de oprijlaan, ook heel echt was.
Het maakte hem weer bedroefd, omdat zijn moeder in deze wereld dood was.

8

Week vier

Kent toetste de cijfers nog een keer in, in de hoop dat Borst deze keer op zijn kantoor was. De laatste twee weken had hij drie keer een bericht voor zijn superieur achtergelaten en de man moest nog steeds terugbellen. Hij had de

eerste week gebeld en had tegen Betty gezegd dat hij een week of drie nodig zou hebben om zichzelf weer bij elkaar te rapen, om alles weer op een rijtje te zetten.
'Natuurlijk,' had ze gezegd. 'Ik zal het gelijk doorgeven. Doe wat je moet doen. Ik weet zeker dat iedereen het zal begrijpen. We denken aan je.'
'Dank je. En zou je Borst kunnen vragen me even terug te bellen?'
'Tuurlijk.'
Dat was zeventien dagen geleden. *Hij* was niet overleden. Het minste wat ze konden doen, was in elk geval terugbellen. Zijn leven lag al genoeg overhoop. Het had hem twee weken gekost om weer terug te keren naar de realiteit van het dagelijkse leven. Terug naar het besef dat buiten Spencer, en misschien wel vanwege Spencer, zijn carrière nu alles voor hem was.
En nu ontweek Borst hem.
De telefoon ging drie keer over voor Betty's stem in zijn oor klonk. 'Met Niponbank Information Systems; u spreekt met Betty.'
'Hoi, Betty met -'
'Kent! Hoe is het met je?' Ze klonk normaal genoeg. Haar reactie luchtte hem een beetje op.
'Wel oké eigenlijk. Het gaat steeds beter. Luister, ik *moet* Borst spreken. Ik weet dat hij het druk heeft, maar denk je dat je me even kunt doorverbinden?'
Dat was natuurlijk onzin, want Borst had nog nooit van zijn leven een drukke dag gehad.
Ze aarzelde. 'Eh, natuurlijk, Kent. Ik zal kijken of hij er is.' Er begon iets in zijn middenrif te kriebelen. Borst was er *altijd*. Wanneer hij niet in zijn kantoor zat, zat hij wel op de plee, met een boek van Grisham. *Ik zal kijken? Wie dachten ze wel niet dat hij was?*
Betty kwam weer terug. 'Ogenblikje, Kent. Ik verbind je zo door.'
Betty verdween weer en voor haar in de plaats klonk een wachtstandmuziekje. De muziek verduisterde Kents hart. Dat was een van de problemen met rouwen; het kwam en ging zonder enig gevoel voor de omstandigheden.
'Kent!' De stem van Borst klonk geforceerd. Kent zag de man voor zich, zittend achter zijn monitor in zijn overdreven nette driedelig blauw dat hij zo graag aanhad. 'Hoe gaat het ermee, Kent?'
'Prima.'
'Mooi. We hebben ons zorgen over je gemaakt. Heel rot voor je. Er is een tijdje geleden nog een nicht van me overleden.' Borst wijdde er verder niet over uit, misschien wel omdat hij besefte hoe idioot dat klonk. *En vergeet je*

cavia niet, sukkel. Die was ook doodgegaan, toch? Dat moet er hebben ingehakt!

'Ja, het valt niet mee,' zei Kent. 'Het spijt me dat ik zo lang ben weggeweest, maar -'

'Nee, dat geeft allemaal niets. Echt. Neem alle tijd die je nodig hebt. Niet dat we je hier niet nodig zouden hebben, maar we hebben er alle begrip voor.' Hij sprak snel. 'Geloof me, geen enkel probleem.'

'Bedankt, maar ik denk dat ik maar beter weer aan het werk kan gaan. Maandag ben ik weer terug.' Het was nu vrijdag. Dat gaf hem het hele weekend om zijn gedachten weer in het juiste spoor te zetten. 'En trouwens, ik moet nog wat dingen bijwerken in het funds processing system.' Dat zou wel iets losmaken over de jaarvergadering in Miami. Natuurlijk was het systeem warm onthaald. Waarom liep Borst er niet over op te geven?'

'Ja, natuurlijk,' zei zijn superieur vrij lusteloos. 'Ja, maandag is prima.'

Kent kon zijn nieuwsgierigheid niet langer bedwingen. 'En, wat zeiden ze op de jaarvergadering?' vroeg hij zo nonchalant mogelijk.

'O, ze vonden het prachtig, Kent. Ik wilde dat je erbij was geweest. Het is alles wat we hoopten dat het zou worden. Misschien zelfs wel meer.'

Natuurlijk! Hij wist het wel. 'Heeft de raad van commissarissen het er verder nog over gehad?' wilde Kent weten.

'Ja. Ja, inderdaad. Ze hebben het zelfs al ingevoerd – in het hele systeem.'

Kent sprong van enthousiasme op uit zijn stoel, die achter hem over de vloer kletterde. 'Wat? Hoe? Dat had ik moeten weten. Er zijn nog wat dingetjes -'

'We vonden het geen goed idee om je daarmee lastig te vallen. Omdat je vrouw was gestorven en zo. Maar maak je niet druk, het werkt precies zoals we het hebben ontworpen.'

Niks 'we', dikkop. Het was mijn programma. Je had op mij moeten wachten! Nou ja, het werkte tenminste. 'Dus het was een klapper, hè?' Hij raapte zijn stoel op en ging weer zitten.

'Een hele grote klapper. Iedereen sprak erover.'

Kent was uitgelaten. Plotseling wilde hij weer terug zijn. Hij stelde zich voor dat hij maandag de bank in kwam wandelen en van tientallen mensen een schouderklopje kreeg.

'Goed. Oké. Dan zie ik je maandag, Markus. Ik zal blij zijn als ik weer terug ben.'

'We zien ernaar uit, Kent.'

Hij dacht eraan de man iets te vertellen over de veranderingen die hij in het

programma had aangebracht voor ze afreisden naar Miami, maar hij besloot dat dat het weekend wel kon wachten. En trouwens, hij vond het wel een prettig idee dat hij de enige was die het AFPS echt begreep. Een beetje macht kon geen kwaad.
Kent hing op en voelde zich voor de eerste keer sinds Gloria's dood redelijk. Vanaf maandag zou hij weer verder bouwen aan zijn flitsende carrière. Het zou hem nieuw leven inblazen.

Het duurde Kent veel te lang voor het weer maandagochtend werd. Hij was met Spencer in het weekend naar de dierentuin geweest en ook naar een pretpark. Het leidde hen een beetje af van hun verdriet. Helen had hen 's zondags mee naar de kerk gesleept. Hoewel, Spencer hoefde niet meegetrokken te worden. In feite was het juister om te zeggen dat Spencer *hem* had meegesleept – met de volledige steun van Helen, natuurlijk. Dominee Bill Madison had hen onderwezen over de kracht van God, wat Kent alleen maar vreselijk irriteerde. Hij dacht eerder aan de kracht van de dood en daarna waren zijn gedachten afgedwaald naar de bank. Maandag.
En nu was het dan maandag.
Alles was geregeld. Maandag zou Spencer bij Helen zijn. Linda, één van Helens vriendinnen uit de kerk, zou woensdagmorgen op hem passen. Spencer beweerde dat hij het thuisonderwijs dit jaar alleen wel kon afmaken. Dan zou hij volgend jaar naar een gewone school gaan.
Kent stond een uur te vroeg op, gejaagd. Hij kon niet precies zeggen waarom. Hij douchte, trok een blauwe broek en een wit gesteven overhemd aan en wisselde drie keer van stropdas voor hij het bij een rood zijden exemplaar hield. Daarna liep hij naar de keuken, nam een bak koffie en keek om de twee minuten naar de klok. De bank ging om acht uur open, maar hij zou tien minuten later naar binnen gaan. Dat leek hem het beste. Een statement maken, hoewel hij niet zeker wist waarom hij een statement zou moeten maken. Of zelfs wat voor statement. Misschien genoot hij wel van het idee om door de bank heen te lopen als iedereen er al was, vriendelijk terugknikkend vanwege hun bemoedigende glimlachjes, hun felicitaties. Hij wierp het idee van zich af. Hij zou nog het liefst naar binnen sluipen en de voorspelbare blijken van medeleven ontwijken. Maar een paar felicitaties zouden welkom zijn.
Er vlogen honderden scenario's door zijn hoofd, gevolgd door een gezonde

dosis zelfcorrectie, voordat hij helemaal op zou gaan in zijn fantasieën. Ten slotte gooide hij het allemaal op de gestreste staat waarin hij verkeerde. Sommige psychiaters opperden dat mannen die gericht waren op hun succes, meer aan hun werk hingen dan aan hun vrouw. Getrouwd met hun werk. Hij betwijfelde of hij ooit zo extreem was geweest, maar het idee trok hem nu zelfs wel aan. Tenslotte was Gloria er niet meer. Misschien had hij wel een soort verliefdheidskriebels.

Kent lachte om het idee en stond op van tafel. Genoeg onzin. Tijd om te gaan. Hij stapte achter het stuur van de zilvergrijze Lexus en reed naar de bank. De vlinders in zijn buik stegen op toen het gerenoveerde kantoorgebouw waarin nu de Niponbank was gezeteld, in zijn blikveld verscheen. Hij had hier al duizenden keren gereden, zonder zich echt bewust te zijn van zijn omgeving. Hij had vanaf de stoplichten al zo vaak naar het gebouw gestaard, dat daar stond op de hoek van Fifth en Grand, met zijn rode bakstenen muren, als een uit zijn krachten gegroeide brandweerkazerne.

Maar nu maakte hij ieder moment bewust mee. Een nieuwslezer op zijn autoradio ratelde maar door over de inflatie. Auto's stroomden voorbij, waarvan de bestuurders zich volkomen onbewust waren van het feit dat hij weer in hun wereld terugkeerde na een afwezigheid van drie weken. Voetgangers kwamen voorbij in willekeurige richtingen, natuurlijk met een bepaald doel voor ogen, maar vanuit zijn positie gezien verder doelloos. Hij vroeg zich af of er iemand bij liep die onlangs nog iemand had verloren. Maar zelfs al was dat zo, zou niemand dat weten. De wereld draaide door, op volle snelheid, met of zonder hem.

Het laatste verkeerslicht voor de bank leek irritant lang op rood te blijven staan. Twee volle minuten. Minstens. In die tijd zag hij achttien mensen de trappen van de bank opklimmen of afdalen. Waarschijnlijk van de hogere verdiepingen van het gebouw.

De bestuurder achter hem toeterde en hij schrok op. Het licht was op groen gesprongen. Hij reed het kruispunt over en draaide de Lexus met een zwieper de parkeerplaats aan de zijkant op. Bekende auto's stonden op hun gebruikelijke plaats. Met een laatste blik in de spiegel, zijn hartslag was nu regelmatig, liet Kent zich uit de auto glijden. Hij griste zijn koffertje van de achterbank en beende naar de hoofdingang.

Het voelde aan als zijn eerste afspraakje. Belachelijk!

Lange, gepolijste treden rezen als de toetsen van een piano op naar de met glimmend koper omlijste glazen deuren. De facelift stond het gebouw goed.

Hij greep de koperen trapleuning en klakte de treden op. Met een laatste tinteling langs zijn ruggengraat liep hij naar binnen.
De drie verdiepingen hoge entreehal was ruimtelijk en voelde prettig aan en Kent bleef net achter de deuren even staan. Het lange, koperkleurige jacht zweefde recht voor hem, statig en schitterend, en het leek nog steeds alsof het alleen werd ondersteund door die ene dunne standaard. Sidney Beech, de adjunct vice-president van deze vestiging, liep klakkend over de marmeren vloer, een meter of tien bij Kent vandaan. Ze zag hem, begroette hem met een vriendelijk knikje en liep verder naar de door glas omgeven kantoren aan de rechterkant. Twee bankiers voor de particuliere markt, Ted en Maurice, stonden wat te praten bij de deur van de directeur. Een stuk of tien kastanjebruine gastenstoelen stonden in kleine groepjes in perfecte symmetrie te wachten op klanten die vanaf negen uur zouden komen opdagen.
Aan Kents linkerkant voerde de grijs gevlekte vloer naar een lange rij baliemedewerkers. Tijdens piekuren zouden er vijftien medewerkers geld uit staan te tellen over de lange, jagergroene balie. Er waren er nu een stuk of zeven bezig om hun werkplek in orde te brengen voor de dagelijkse gang van zaken. Kent stapte af op het gapende gat van de gang tegenover hem, waar de marmeren vloer overging in tapijt en naar de administratieve vleugel voerde. De grote zeemeeuw die aan de muur boven de gang hing, leek hem aan te staren. Rechts van Kent stond Zach, de grijze veiligheidsmedewerker, er belangrijk uit te zien en te doen wat hij al vijf jaar deed: niets. Hij had het allemaal al duizend keer gezien, maar nu leek het opeens allemaal nieuw. Als een déjà vu. *Ik ben hier toch al eerder geweest? Ja, natuurlijk.* Er kon ieder moment iemand naar hem roepen. Het zou gegarandeerd iemand opvallen dat Kent Anthony het gebouw had betreden. De man die verantwoordelijk was voor het nieuwe systeem. De man wiens vrouw nog maar zo kort geleden was overleden. Dan zouden ze allemaal weten dat hij er was.
Maar er werd niet naar hem geroepen.
En dat stak wel een beetje. Hij liep het tapijt op en slikte, met de gedachte dat ze hem gewoon niet hadden gezien. En natuurlijk waren de mensen die in de hal werkten niet zo bekend met zijn wereldje als de rest. Het waren natuurlijk degenen uit *zijn* gedeelte van het gebouw die ervoor zorgden dat alles op rolletjes liep. Dat wist iedereen.
Kent haalde een keer diep adem, liep de gang in en opende de deur naar zijn kleine uithoek van de wereld.
Betty Smythe zat achter haar bureau aan de linkerkant, compleet met

geblondeerd haar en zo. Ze had een felrode lippenstift in haar hand, een paar centimeter van haar naar Kents smaak al te rode lippen. Haar gezicht werd meteen een tint bleker en ze knipperde met haar ogen. En dat was precies hoe Kent had verwacht dat sommige mensen zouden reageren bij een herrijzenis uit de dood. Alleen was hij niet degene die was gestorven.

'Hoi, Betty,' zei hij.

'Kent!' Ze raapte haar gedachten bij elkaar, verplaatste de lippenstift met een ruk naar haar schoot en schoof heen en weer op haar stoel. 'Je bent terug.'

'Ja, Betty. Ik ben terug.'

Hij had altijd gedacht dat Borsts keuze om Betty aan te nemen, het resultaat was van de maat van haar beha, in plaats van haar herseninhoud. En nu wist hij het zeker. Hij keek de receptie rond. Achter de blauwe stoelen met armleuningen was de gang leeg. Alle vier de eiken kantoordeuren waren dicht. De naamplaatjes flitsen door zijn gedachten. Borst, Anthony, Brice, Quinn. Dat was nu al drie jaar zo.

'Hoe gaat het hier?' vroeg hij afwezig.

'Prima,' zei ze, friemelend aan de sluiting van haar tasje. 'Ik weet niet wat ik moet zeggen, in verband met je vrouw. Ik vind het zo rot voor je.'

'Zeg maar niets.' Ze had het nog niet over het AFPS gehad. Hij draaide zich om en glimlachte naar haar. 'Echt, het gaat goed met me.' Hij had de receptie alweer gezien.

Kent liep naar de eerste deur aan de linkerkant en stapte zijn kantoor binnen. De tl-lampen startten flikkerend op boven zijn zwarte pc, die er nog precies zo bijstond als hij hem had achtergelaten. Hij sloot de deur en zette zijn koffertje neer.

Goed, hij was er weer. Weer thuis. Er stonden drie computermonitors op de hoek van zijn bureau, die alledrie tegelijk dezelfde tropische onderwater screensaver afdraaiden. Zijn zwartleren bureaustoel met hoge rugleuning stond tegen het toetsenbord aangeschoven.

Kent stak zijn hand uit en trok zijn stropdas iets losser. Hij liet zich in zijn stoel zakken en raakte de muis aan. De beeldschermen kwamen allemaal tegelijk tot leven. Een groot, driedimensionaal logo, *Advanced Funds Processing System*, rolde zich uit op de schermen als een rode loper die uitnodigend naar je toe kwam. 'Welkom bij de bank,' was de laatste mededeling. En inderdaad, met dit apparaat had een programmeur toegang tot een bank op een manier waarvan veel criminelen alleen maar konden dromen.

Hij ging verzitten, tikte zijn gebruikelijke toegangscode in en tikte op de ENTER toets. Het scherm werd even zwart. Daarna verscheen er in grote gele letters: TOEGANG GEWEIGERD.

Hij bromde wat en toetste het password weer in, er zeker van dat hij de naam van zijn eigen zoon niet was vergeten te spellen: SPENCER.

TOEGANG GEWEIGERD, zei het scherm weer. Borst moest tijdens zijn afwezigheid de code hebben gewijzigd. Natuurlijk! Ze hadden het programma al geïntegreerd. Om dat te doen, hadden ze een algemeen password moeten instellen, dat automatisch het oude password zou verwijderen.

Kent keek aarzelend naar de deur van zijn kantoor en stond er even bij stil dat hij nu al een volle vijf minuten in zijn kantoor zat en nog niemand hem was komen feliciteren. De gesloten deur van Borst bevond zich recht tegenover het kantoor van Kent. Hij zou er gewoon even naar binnen moeten lopen om bij te laten praten. Of misschien kon hij beter eerst even bij Todd of Mary langswippen. De twee jonge programmeurs zouden wel weten wat er speelde.

Op het laatste moment besloot hij eerst even naar Will Thompson van de loonadministratie te gaan. Will zou wel op de hoogte zijn van wat er in de wandelgangen werd besproken en hij had niets met Kents afdeling te maken. Hij vond Will achter zijn bureau, één verdieping hoger, over zijn monitor gebogen. Hij probeerde het beeld scherp te krijgen.

'Hulp nodig?' vroeg Kent grijnzend.

Will keek verbaasd op. 'Kent! Je bent terug!' Hij stak met een snelle beweging zijn hand uit. 'Wanneer ben je teruggekomen? Man, wat rot voor je.'

'Tien minuten geleden.' Kent stak een hand uit en draaide aan een knop aan de achterkant van de monitor. Het menu op het scherm werd onmiddellijk scherp.

Will meesmuilde en ging zitten. 'Bedankt. Ik kan ook altijd op jou rekenen. Maar hoe gaat het? Ik vroeg me af of we je hier ooit nog terug zouden zien.'

Kent ging in een andere stoel zitten en haalde zijn schouders op. 'Ik red het wel. Het is goed om hier weer terug te zijn. Het leidt mijn gedachten misschien een beetje af.'

De boekhouder tilde een wenkbrauw op. 'Dus je kunt het allemaal wel een beetje accepteren?'

Kent keek zijn vriend aan, onzeker over wat die bedoelde. 'Wel, ik heb niet veel keus, Will. Gedane zaken nemen geen keer.'

'Tja, je hebt gelijk. Ik dacht dat je na de dood van je vrouw en zo, toch wat anders tegen de dingen aan zou kijken.' In het kantoor leek opeens een doodse stilte te hangen. Kent had het gevoel dat er iets mis was. En net als Betty, had

ook Will hem niet gefeliciteerd met het succes van zijn programma. Er liep een koude rilling over zijn rug.
'Hoe bedoel je; anders tegen dingen aankijken?' vroeg hij.
Will staarde hem aan. 'Je... je hebt Borst toch al gesproken, nietwaar?'
Kent schudde ontkennend zijn hoofd. Er was inderdaad iets heel erg mis. Dit klonk niet goed. 'Nee.'
'Dat meen je niet! Heb je nog niets gehoord?'
'Over wat? Waar *heb* je het over?'
'Och, Kent...' Zijn vriend kromp een beetje ineen. 'Het spijt me voor je, man. Je moet echt even met Borst gaan praten.'
Dat deed de emmer overlopen. Kent stond abrupt op en beende het kantoor uit, waarbij hij Will verder negeerde, die hem nog iets achterna riep. Het borrelde in zijn binnenste toen hij in de lift stond. Hij stapte een verdieping lager de computerafdeling in en liep Betty, die met grote ogen naar hem opkeek, straal voorbij naar de achterste kantoren, waar Todd en Mary ijverig aan het werk zouden zijn.
Hij knalde eerst de deur van Todd open.
'Hé, Todd.'
De jonge roodharige vent schrok op en schoof zijn stoel naar achteren. 'Kent! Je bent terug!'
Er zat een onbekende naast de jonge programmeur en dat bracht Kent even van zijn apropos. De man rees tegelijkertijd met Todd op en glimlachte. Hij was net zo lang als Kent, had kort haar, en zijn ogen waren de groenste die Kent ooit had gezien. Net twee smaragden kralen. Bleef nog over een smetteloos gesteven wit overhemd over brede schouders. De man stak zijn hand uit, maar Kent verplaatste zijn blik zonder hem aan te nemen.
Todd stond er een beetje sullig bij. Er was een knoop van zijn groene overhemd opengesprongen, waardoor een harige witte buik zichtbaar werd. De ogen van de programmeur waren net zwarte gaten, tot aan het randje gevuld met schuldgevoel.
'Ik ben weer terug, ja. Dus vertel me eens wat hier gebeurt, Todd. Wat is er hier aan de hand waar ik niets vanaf weet?'
'Eh, Kent, dit is Cliff Monroe. Ik laat hem zien hoe alles werkt.' Hij gebaarde naar de man naast hem. 'Hij is nieuw hier.'
'Fijn voor je, Cliff. Beantwoord mijn vraag, Todd. Wat is er hier veranderd?'
'Wat bedoel je?' De jonge programmeur haalde zijn schouders op in een poging om losjes te doen. De beweging vergrootte de opening bij zijn buik en

Kent weerstond de plotseling opkomende neiging om zijn hand uit te steken en er wat haren uit te trekken.
Kent slikte een keer. 'Dus er is niets veranderd sinds ik weg ben?'
'Wat bedoel je?' Todd haalde weer zijn schouders op, maar zijn ogen spraken boekdelen.
Kent gromde afkeurend naar de ruggengraatloze vetzak. Hij draaide zich om en liep de gang door naar het kantoor van Mary. Hij duwde de deur open en Mary zat achter haar bureau met haar telefoon tegen haar oor gedrukt. Ze keek niet in de richting van de deur en was in gesprek. Ze draaide zich langzaam met grote ogen om.
Doe maar niet alsof, schat! Je wist dat ik eraan kwam. Je voert waarschijnlijk een belangrijke discussie met een ingesprektoon. Passende metgezel.
Kent sloot de deur met een klap en beende naar de deur van Borst. Het kippenvel stond nu op zijn armen. De man zat stijf rechtop in zijn stoel, zijn driedelige pak in de vouw en het zweet op zijn voorhoofd. Zijn kale kop glom alsof hij hem in de was had gezet. Zijn grote haakneus leek wel een kerstboomversiering. Zijn superieur deed enorm zijn best om verrassing te veinzen toen Kent binnenkwam.
'Kent! Je bent terug!'
Natuurlijk ben ik terug, schijterige dwaas, antwoordde hij bijna. In plaats daarvan zei hij: 'Ja,' en liet zich in een van de overige stoelen in het kantoor van Borst neerploffen. 'Ik heb je vrijdag gebeld, weet je nog? Wie is die nieuwe medewerker?'
'Cliff? Ja, dat is een overplaatsing uit Dallas. Een geweldige programmeur, van wat ik heb gehoord.' De man van middelbare leeftijd likte zijn lippen en haalde een hand door het haar dat hij nog over had. 'En, hoe is het met de vrouw?'
Het werd gelijk doodstil in het kantoor. De vrouw? Gloria? Borst moest zich hebben gerealiseerd dat hij zwaar blunderde, omdat er een idiote grijns op zijn gezicht verscheen en hij nogal rood werd.
Kent begon al te praten voor de man zijn vergissing kon goedmaken. '*De vrouw* is dood, weet je nog, Markus? Dat is de reden dat ik drie weken niet aanwezig ben geweest. Weet je, aan de overkant van de gang bevindt zich een kantoor waar mijn naam op staat en daar werk ik nu al weer vijf jaar. Of ben je dat ook vergeten?'
Borst werd vuurrood en nu waarschijnlijk niet van schaamte, vermoedde Kent. Hij ging verder voor de man zijn gedachten bij elkaar kon rapen. 'Maar goed,

hoe ging de presentatie van het AFPS, Markus?' Hij forceerde een glimlach. 'Hebben we het gemaakt?' Hij bedoelde, heb *ik* het gemaakt, maar hij wist zeker dat Borst het zou snappen.

De telefoon die op het bureau stond ging over. Borst staarde Kent even aan en griste toen de hoorn van de haak.

'Ja... ja, verbind maar door.'

Kent leunde achterover en sloeg zijn benen over elkaar, zich ervan bewust dat zijn hart bonkte. De andere man trok zijn stropdas recht en ging rechtop zitten, aandachtig luisterend naar wie er dan ook aan de andere kant van de lijn hing. Hij draaide zich weg van Kent en zei: 'Zeker, meneer Wong... Ja, dank u, meneer.'

Meneer Wong? Borst bedankte *de* meneer Wong?

'Het is me een genoegen.' Hij draaide zich weer om en keek Kent expres aan. 'Ja. Ik heb woensdag een lunchafspraak aan de Oostkust, maar ik zou donderdag naar Tokyo kunnen vliegen.' Kent besefte dat er hier iets heel belabberds gebeurde. Hij zweette nu als een molenpaard, ondanks de airco.

'Het is me een genoegen,' zei Borst. 'Ja, het was een hoop werk, maar ik had dan ook een prima team... Ja, dank u. Tot ziens, meneer Wong.'

Hij legde de telefoon neer en staarde Kent lang aan. Toen hij ten slotte iets zei, kwam dat er gekunsteld en van te voren geoefend uit. 'Kom op, Kent. Je verwachtte toch niet echt dat alleen jou alle eer te beurt zou vallen, of wel? Dit is tenslotte *mijn* afdeling.'

Kent slikte een keer en vreesde het ergste. Maar dat zou praktisch onmogelijk zijn.

'Wat heb je gedaan?' Zijn stem kraakte.

'Niets. Ik ben het programma aan het implementeren. Dat is alles. Het is *mijn* programma.'

Kent begon een beetje te beven. 'Hoho, wacht eens even. Op de vergadering in Miami zou *ik* het AFPS introduceren. Waar of niet?' Hij klonk wat neerbuigend, maar hij kon het niet helpen.

Borst knikte een keer en fronste zijn voorhoofd.

'Maar ik werd weggeroepen, weet je nog. Mijn vrouw lag op sterven. Ben je er nog?'

Deze keer reageerde Borst niet.

'Dus vroeg ik jou de honneurs voor me waar te nemen. En ik neem aan dat je dat hebt gedaan. Maar ergens zul je in je verhaal toch mijn naam hebben genoemd, nietwaar. Ere wie ere toekomt?'

Borst leek wel op zijn stoel vastgevroren.

Kent schoof naar het puntje van zijn stoel. Hij kookte ondertussen. 'Ga me nu niet vertellen dat je alle lof voor het AFPS naar jezelf toe hebt getrokken, Markus!'

De afdelingschef zat met een asgrauw gezicht tegenover hem. 'Dit is *mijn* afdeling, Kent. Dat betekent dat het werk dat hier wordt verricht, onder *mijn* verantwoordelijkheid valt. Jij werkt voor mij.' Hij werd rood toen hij verder praatte. 'Of ben *jij* soms *dat* simpele feit vergeten?'

'Jij geeft alleen maar het papierwerk door! Dit is altijd *mijn* geesteskind geweest! Daar hebben we het wel honderd keer over gehad! Je hebt dus gewoon mijn naam niet genoemd?!'

'Nee. Jij bent één van de teamleden, net als Todd en Mary.'

'Todd en Mary?' flapte Kent er ongelovig uit. 'Jij zet mijn naam er in kleine lettertjes bij, naast die van Todd en Mary?' En hij wist dat dat precies was wat er was gebeurd.

Hij wees naar de deur. 'Dat zijn leerling-programmeurs, Markus! Die schrijven codes die ik aan hen opgeef. AFPS is *mijn* code!' Hij schreeuwde nu bijna, zijn chef aanstarend met steeds dikker wordende nekspieren.

'Ik heb het van de grond af ontworpen. Heb je ze dat verteld? Het was *mijn* geesteskind! Ik heb tachtig procent van de code geschreven! Niet te geloven! Jij hebt zelf amper een luizige vijf procent gedaan, waarvan ik het meeste weer heb moeten weggooien.'

Die laatste opmerking duwde Borst over het randje. De aderen in zijn nek zwollen op. 'Let op je woorden, jochie! Dit is *mijn* afdeling. Ik was verantwoordelijk voor het ontwerp en de implementatie van AFPS. Ik neem aan en ontsla wie ik wil. En even ter informatie, ik heb toestemming gekregen om vijfentwintigduizend dollar weg te geven aan de programmeur van wie ik dacht dat hij het verdiende. Ik was van plan dat aan jou te geven, Kent. Maar je bent hard bezig me van gedachten te doen veranderen!'

Nu knapte er iets diep binnenin Kent en hij zag allemaal rode sterretjes in zijn blikveld. Voor de eerste keer in zijn leven had hij zin om iemand te vermoorden. Hij haalde twee keer diep adem om het beven van zijn ledematen te stoppen. Toen hij weer iets zei, deed hij dat tussen opeengeklemde tanden door.

'Vijfentwintigduizend dollar!' grauwde hij. 'Er zat een prestatiebonus op dat programma, Markus. Tien procent van de kostenbesparingen die het bedrijf er de komende tien jaar mee zou maken. Het is miljoenen waard!'

Borst knipperde met zijn ogen en leunde achterover. Hij wist het natuurlijk.

Daar hadden ze het al vaker over gehad. En nu betekende dat dat hij die hele bonus voor zichzelf opeiste. De man gaf geen antwoord.
De woede borrelde in hem op als een vulkaan, vanuit Kents borst zo zijn schedel in. Blinde razernij. Hij kon nog steeds zien, maar alles was wazig. Hij wist dat hij ging exploderen, dat Borst het allemaal kon zien – zijn rode gezicht, zijn trillende lippen, zijn uitpuilende ogen.
Hij balde zijn handen tot vuisten en besefte plotseling dat hij Borst zou aanvliegen en hem zou proberen te vermoorden. Hij had nog maar kort geleden zijn vrouw verloren en was niet van plan zich zijn levensonderhoud af te laten nemen. Hij zou alles wat tot zijn beschikking stond, gebruiken om zijn recht te krijgen. En in dat proces zou hij als eerste deze ruggengraatloze zak onder de grond stampen.
Die gedachte veroorzaakte een enorme kilte in zijn binnenste, waardoor hij zich weer enigszins in de hand kreeg. Hij stond op en staarde Borst nog steeds woest aan. 'Jij bent een ruggengraatloze worm, Borst. En je hebt gewoon mijn werk gestolen.'
Ze staarden elkaar een dikke tien seconden aan. Borst weigerde om iets te zeggen.
'Wat is de nieuwe code?' vroeg Kent op eisende toon.
Borst tuitte zijn lippen en zweeg.
Kent draaide zich met een ruk om, knalde de deur wild open en stormde naar het kantoor van Todd. Hij gooide de deur open.
'Todd!' De jonge programmeur schrok op. 'Wat is de nieuwe toegangscode van het AFPS?'
Todd leek in zijn stoel ineen te krimpen. 'M-B-A-O-K,' zei hij.
Kent verdween weer zonder hem te bedanken.
Hij had rust nodig. Hij had tijd nodig om na te denken. Hij greep zijn koffertje en liep kwaad langs Betty heen zonder iets tegen haar te zeggen. Deze keer riep één van de caissières iets naar hem, terwijl hij zich door de grote lobby haastte, maar hij negeerde het en knalde de glazen deuren open.

9

De waanzin van dit hele gebeuren daalde op Kent neer toen hij een blok bij de bank vandaan was. Toen pas begon het brandende besef van zijn verlies pas

goed te bezinken. Als Borst dit flikte – gezien het telefoontje met Wong lukte hem dat uitstekend – zou hij Kent alles voor zijn neus wegkapen. Miljoenen dollars. Die imbeciel had gewoon zijn levenswerk gestolen.
Er sloeg een golf paniek door Kent heen. Dit was onmogelijk! Hij zou iedereen vermoorden die probeerde te stelen wat van hem was. Misschien wel een vuurwapen achter in hun keel duwen en hun hersens aan flarden schieten. Niet te geloven! Waar was hij mee bezig? Hij had amper het lef om een kat om te leggen, laat staan een ander mens. Aan de andere kant had Borst hiermee gewoon zijn recht op leven verkwanseld.
En hoe moest het met Spencer? Ze zouden vrijwel blut zijn. Al die blabla over Euro Disney en jachten en strandhuizen zou hem nu opbreken. Het beeld van die grijnzende aap op het vliegveld van Chicago klapperde met zijn bekkens door zijn gedachten. *Klang-ka-tsjing, klang-ka-tsjing.*
Kent graaide naar zijn mobieltje en toetste een zevencijferig nummer in. Er werd na twee keer overgaan opgenomen door een receptioniste. 'Advocatenbureau Warren.'
'Hallo, met Kent Anthony.' Zijn stem was een beetje onvast en hij schraapte zijn keel. 'Is Dennis aanwezig?'
'Een ogenblikje. Ik zal eens kijken of hij beschikbaar is.'
De lijn bleef ongeveer een minuut lang stil voor de stem van zijn voormalige kamergenoot uit hun studententijd zijn oor vulde. 'Hallo, Kent. Dat is lang geleden. Hoe staat het leven?'
'Hé, Dennis. Tja, eigenlijk niet zo best. Ik heb wat problemen. Ik heb een goede advocaat nodig. Heb je even tijd?'
'Gaat het wel goed met je? Je klinkt niet bepaald denderend.'
'Zoals ik al zei, ik heb wat problemen. Kunnen we even ergens praten?'
'Tuurlijk. Absoluut. Even kijken...' Kent hoorde het vage omslaan van papier. 'Wat denk je van donderdagmiddag?'
'Nee, Dennis. Ik bedoel nu. Vandaag.'
Dennis aarzelde even voor hij antwoord gaf. 'Dat wordt krap, maat. Ik zit hartstikke vol. Kan het niet wachten dan?'
Kent reageerde niet. Zijn keel zat plotseling dicht door een golf van emoties.
'Blijf even hangen. Ik zal even kijken of ik mijn lunchafspraak kan verzetten.'
De telefoon klikte en produceerde een typisch wachtstandmuziekje.
Twee minuten later was Dennis terug. 'Oké, vriend. Maar je staat bij me in het krijt. Wat dacht je van Pelicans om twaalf uur precies? Ik heb al gereserveerd.'

'Mooi. Bedankt, Dennis. Dit betekent veel voor me.'
'Mag ik je vragen waarover dit gaat?'
'Het heeft met mijn werkgever te maken. Er is me zojuist een gigantische bonus door mijn neus geboord. Ik praat hier over miljoenen.'
Hij hoorde alleen even statische ruis van de andere kant. 'Miljoenen?' De stem van Dennis Warren klonk wat schor. 'Wat voor soort bonus is er miljoenen waard? Ik wist niet dat jij omging met dat soort bedragen, Kent.'
'Tja, ach, dat *doe* ik ook niet als we niet snel handelen. Ik vertel je het hele verhaal wel tijdens de lunch.'
'Twaalf uur dan. En zorg ervoor dat je je arbeidsovereenkomst bij je hebt. Die heb ik nodig.'
Kent begaf zich weer in het verkeer en voelde een klein beetje tevredenheid door zich heen stromen. Dit was niet de eerste keer in zijn leven dat hij een obstakel was tegengekomen. Hij wierp een blik op het klokje op het dashboard. Negen uur. Hij moest drie uur zien door te brengen. Hij zou thuis even zijn arbeidsovereenkomst ophalen – dat zou hem een uur kosten als hij het zo rustig mogelijk aan deed.
'Heer, help me,' mompelde hij... Maar dat sloeg nergens op, omdat hij niet in God geloofde. Maar misschien bestond Satan wel en was Kents nummer bij *hem* in de prijzen gevallen. *Tijd om achter Kent aan te gaan. Pak hem, jongens!*
Belachelijk.

Pelicans Grill zat vol met lunchgangers die graag dertig dollar neertelden voor het privilege om onder het eten naar de skyline van Denver te kijken. Kent zat bij het raam en keek uit over Interstate 25. Hij staarde naar zijn bord en bedacht dat hij in ieder geval zijn kalfsbiefstuk naar binnen moest zien te werken. Buiten een hapje van zijn aardappelpuree en een miezerig stukje vlees had hij zijn lunch nog niet aangeraakt, ondanks dat hij al een uur aan tafel zat.
Dennis zat tegenover hem, strak in het pak, dat op maat was gemaakt om zijn gespierde lichaam goed uit te laten komen. De inktzwarte snor en donkere huid verraadden zijn Mediterrane afkomst. Aan de Rolex om zijn pols en de ring met smaragd om zijn rechterwijsvinger te zien, leek het Kents voormalige kamergenoot niet bepaald slecht te gaan. Hij had bijna in vervoering naar

Kents verhaal geluisterd, waarbij hij agressief in zijn biefstuk had gebeten en op de juiste momenten had gegromd. Hij had nu pas voor het eerst van de dood van Gloria gehoord en dat nieuws zorgde ervoor dat zijn vork op zijn bord kletterde en hij Kent als bevroren aanstaarde, zijn mond lichtelijk open hangend.

'Dat meen je niet,' stamelde hij met wijdopen ogen. Natuurlijk had hij Gloria gekend. Hij had haar ontmoet op hun bruiloft, drie jaar na college, toen ze allebei net de gang in hun carrière wisten te krijgen. 'O, Kent, wat vind ik dat rot voor je.'

'Tja. Het gebeurde allemaal zo snel, weet je. De helft van de tijd kàn ik maar nauwelijks geloven dat het allemaal echt gebeurd is.'

Dennis veegde zijn mond af en slikte een laatste hap door. 'Het is ook nauwelijks te geloven.' Hij schudde zijn hoofd. 'Als er iets is wat ik kan doen... Wat dan ook.'

'Help me gewoon om het geld te krijgen waar ik recht op heb, Dennis.'

Zijn vriend schudde zijn hoofd. 'Ongelofelijk hoe dit soort dingen als uit het niets kunnen opdoemen. Je weet van Lacy, hè?'

Lacy? Er begon een belletje bij Kent te rinkelen. 'Lacy?' vroeg hij.

'Lacy Cartwright. Je hebt op college twee jaar verkering met haar gehad. Ik neem aan dat je je haar nog wel herinnert!'

Natuurlijk herinnerde hij zich Lacy. Ze waren drie maanden voor hij afstudeerde uit elkaar gegaan. Ze was er klaar voor geweest om te trouwen en die gedachte had hem alle moed in de schoenen doen zakken. Het laatste wat hij van haar had gehoord, was dat ze was getrouwd met de een of andere vent van de Oostkust, in hetzelfde jaar dat hij met Gloria was getrouwd.

'Tuurlijk,' zei hij.

'Ze heeft haar man een paar jaar geleden verloren aan kanker. Van wat ik heb gehoord, was het nogal snel gegaan. Heb je geen berichtje gehad? Het laatste wat ik het gehoord, is dat ze naar Boulder is verhuisd.'

'Nee.' Kent schudde zijn hoofd. Niet dat het hem verbaasde, trouwens. Na de manier waarop hij haar had gedumpt, zou Lacy er niet over peinzen nog iets van zich te laten horen, laat staan bij de begrafenis van haar man. Principieel was ze wel.

'Dus wat denk je over deze zaak?' vroeg Kent, waarbij hij het gesprek weer op de juridische reden van hun lunchafspraak bracht. Dennis sloeg zijn benen over elkaar en leunde achterover. 'Nou...' Hij zoog een restje vlees tussen zijn tanden vandaan en dacht na. 'Dat hangt helemaal af van de arbeidsovereenkomst die je hebt getekend. Heb je hem bij je?'

Kent knikte, haalde de papieren uit zijn koffertje en gaf ze aan Dennis, die erdoorheen bladerde, zijn ogen snel over de alinea's liet glijden en iets mompelde over hete aardappel jargon. 'Ik zal dit wat nauwkeuriger op kantoor moeten doorlezen, maar... ah, hier staat het.'

Hij las snel en Kent knabbelde op een koud geworden erwt.

De advocaat liet de papieren met een plof op tafel vallen. 'Behoorlijk standaard overeenkomst. Alles is natuurlijk van hen, maar er zijn uitwegen. Je kunt er op twee manieren naar kijken.' Hij stak twee vingers in de lucht. 'Nummer één is dat je die lui kunt aanklagen, wat de overeenkomst ook zegt. Sleep ze voor de rechter en zeg dat je deze papieren hebt getekend zonder dat je volledig op de hoogte was van de inhoud.'

'Waarom? Zijn die papieren niet in orde?' onderbrak Kent hem.

'Hangt ervan af. Voor jou, in jouw situatie, niet echt. Denk ik. Door dit te tekenen heb je in principe afstand gedaan van alle gebruikelijke eigendomsrechten, *wat* er ook uit je werk voortkomt. Je bent ook specifiek overeengekomen dat je geen compensatie zult eisen voor dingen die niet specifiek in het contract zijn opgenomen. Dat wil zeggen dat mits je een contract hebt dat bepaalt dat je tien procent van de besparingen krijgt die voortvloeien uit dat... hoe heet het?'

'AFPS.'

'AFPS... is het aan het bedrijf om te bepalen of dat geld jou toekomt.'

Kents hart begon te bonken. 'En wie in het bedrijf bepaalt dat soort dingen?'

'Dat wilde ik *jou* net vragen. In principe zou dat jouw chef zijn.'

'Borst?'

Dennis knikte. 'Je kunt hem natuurlijk voorbijlopen. Wie zit er boven hem en weet van het werk dat jij in dat project hebt gestopt?' Kent liet zich achterover zakken en voelde zich beroerd. 'Price Bentley. Dat is de vestigingsmanager. Ik heb ik weet niet hoeveel vergaderingen met hem en Borst gehad. Die *moet* weten dat Borst de hersens van een poffertje heeft. Kan ik er niet enkele medewerkers bij betrekken?'

'Als je er een rechtszaak van wilt maken, zeker. Maar uit hun reacties lijkt het me dat ze meer aan de kant van Borst dan aan die van jou staan. Het lijkt erop dat die vent niet heeft stilgezeten toen jij er niet was. Je maakt volgens mij de grootste kans als je direct naar de directeur stapt en daar je zaak bepleit. Je zult hoe dan ook behoorlijke steun van binnenuit moeten hebben. Als ze allemaal de kant van Borst kiezen, zullen we moeten bewijzen dat het hier om een samenzwering gaat. En dat, waarde vriend, is bijna onmogelijk.'

Kent liet die woorden langzaam bezinken. 'Dus het komt erop neer dat ik moet zien aan te pappen met één van de superieuren van Borst en hem van binnenuit bevechten, en dat ik anders gewoon de pineut ben. Klopt dat zo ongeveer?'

'Nou ja, zoals ik al zei, ik moet dit nog eens even goed doorlezen. Maar als er verder geen verborgen clausules in zitten, komt het daar wel op neer. Oké, we kunnen altijd een rechtszaak aanspannen, maar zonder iemand die jouw verhaal bevestigt, kun je je geld net zo goed in de plomp gooien.'

Kent glimlachte moedig, maar zijn gedachten waren al bij Price Bentley. Hij vervloekte zichzelf voor het feit dat hij niet meer tijd had gestoken in het contacten leggen met het hogere management. Maar goed, ze hadden hem ingehuurd als programmeur, niet als hofnar. En geprogrammeerd had hij. Hij had de beste software ontwikkeld die de bank in tien jaar tijd had gezien.

'Dus ik kan maar beter teruggaan en vrienden gaan maken,' zei hij, terwijl hij uit het raam naar het verkeer keek dat beneden langsstroomde. Vanuit zijn ooghoeken zag hij Dennis knikken. Hij knikte mee. Natuurlijk was die oude Price slim genoeg om te weten wie de eer te beurt zou moeten vallen voor AFPS. Maar het idee dat een andere vent zijn toekomst in handen had, lag als een zwerfkei op zijn maag.

10

Kent liep die dinsdagmorgen regelrecht naar het kantoor van Price Bentley voor hij zich verder druk ging maken om Borst.

Hij had de middag en de avond ervoor doorgebracht met nagelbijten, wat nogal een probleem was, omdat hij nauwelijks nagels had. Spencer had graag op een bankje in het park kip willen eten, maar Kent had het niet op kunnen brengen om net te doen alsof hij dat leuk vond. 'Ga maar, jong. Maar praat niet met onbekenden.'

Die nacht was een ziekmakende angst op hem neergedaald, als een soort statisch geladen douchegordijn. Het maakte niet uit hoe hij ging liggen, hij kreeg het niet van zich afgeschud. Om het nog erger te maken, was hij om drie uur die morgen wakker geworden, hijgend van de paniekgevoelens en gaandeweg steeds kwader toen de gedachte aan Borst hem aanvloog. Hij bleef nog een

uur liggen draaien, maar smeet toen de dekens woest van zich af en sprong uit bed. De uren daarna waren gekmakend geweest.
Tegen de tijd dat het eerste licht door de ramen viel, had hij zich in zijn beste pak gehesen en had hij al drie koppen koffie achter zijn kiezen. Helen had om zeven uur Spencer opgehaald en een wenkbrauw opgetrokken. Misschien wel door zijn in het zweet badende handpalmen. Of de donkere wallen onder zijn ogen. Maar haar kennende, had ze waarschijnlijk zo bij hem naar binnen gekeken en de chaos daar gezien.
Hij had bijna een rode Mustang geraakt op het kruispunt voor de bank, omdat zijn ogen zich al richtten op de stappen die hij die dag zou gaan nemen en niet op het verkeerslicht. Hij reed als eerste de parkeerplaats bij de bank op en besloot niet te dicht bij de ingang te parkeren. Ten slotte, om precies acht uur, stapte hij uit de Lexus, streek door zijn blonde lokken en liep op de grote deuren af.
Hij liep vlak bij het kantoor van de bankmanager Sidney Beech tegen het lijf.
'Hoi, Kent,' zei ze. Haar lange gezicht, dat werd geaccentueerd door kort bruin haar, leek zelfs nog langer onder haar opgetrokken wenkbrauwen. 'Ik heb je gisteren nog gezien. Gaat het met je? Het spijt me zo voor je wat er is gebeurd.'
Hij kende Sidney maar oppervlakkig, maar haar stem was als warme melk voor zijn door en door koude botten. Als hij dan toch vrienden moest maken met de dure pakken, zou een praatje met de adjunct vice-president geen kwaad kunnen. Hij produceerde een oprechte glimlach.
'Dank je, Sidney.' Hij pakte haar hand en vroeg zich af hoeveel te veel zou zijn. 'Heel erg bedankt. Ja, het gaat beter. Dank je.'
Een vreemde blik in haar ogen deed hem knipperen en hij liet haar hand weer los. Was ze alleenstaand? Ja, hij dacht van wel. De linkerhoek van haar onderlip hield een haar vast. 'Dat is goed te horen, Kent. Als ik iets voor je kan doen, hoor ik het wel.'
'Oké. Trouwens, weet jij hoe meneer Bentleys schema van vandaag is? Ik moet iets heel belangrijks met hem -'
'Ik denk dat je hem het beste nu aan zijn jasje kunt trekken. Ik weet dat hij om half negen een vergadering met de staf heeft, maar ik zag hem zojuist zijn kantoor inlopen.'
Kent wierp een blik in de richting van het kantoor van de directeur. 'Mooi. Bedankt, Sidney. Aardig van je.'
Toen hij wegliep, was hij bang dat hij het een beetje overdreven had, maar

goed, misschien viel het alles mee. Politiek was nooit zijn sterkste kant geweest. Maar het korte gesprek had hem een gevoeligheid opgeleverd die iets van de manische gekte uit zijn hoofd haalde die hem de hele nacht in zijn greep had gehouden.

Price Bentley zat inderdaad in zijn kantoor en was bezig zijn post te sorteren. Er gingen geruchten dat de weegschaal van Price de helft van zijn salaris aangaf: 125. Maar zijn salaris werd wel uitbetaald in duizenden U.S. dollars, niet in kilo's. De grote man droeg een grijze krijtstreep. Behalve het gedeelte dat aan het oog werd onttrokken door een overdaad aan vet vlees, zag het kraagje van zijn overhemd er smetteloos uit. Het hoofd van de man leek op een enorme tomaat. Hij keek op naar Kent en glimlachte. 'Kent! Kent Anthony. Kom binnen. Ga zitten. Waar heb ik dit bezoekje aan te danken?' De directeur stond niet op, maar bleef door de stapel post bladeren.

Als de man al afwist van het overlijden van Gloria, zou hij daar in ieder geval niet op ingaan. Kent liep naar een stoel toe en ging zitten. Hij had het idee dat het nogal warm was in het kantoor.

'Dank u, meneer. Hebt u even?'

'Natuurlijk.' De directeur van de bank leunde achterover, sloeg zijn benen over elkaar en liet zijn kin op een van zijn handen leunen. 'Ik heb wel een paar minuten. Waarmee kan ik je helpen?'

De ogen van de man waren rond en grijs, en glansden. 'Eh, het gaat over het AFPS,' begon Kent.

'Ja. Gefeliciteerd. Jullie hebben goed werk geleverd. Het spijt me voor je dat je niet op de conferentie aanwezig kon zijn, want het sloeg in als een bom. Geweldige job!'

Kent glimlachte en knikte. 'Dat hoorde ik ook. Dank u.' Hij aarzelde. Hoe zou hij dit kunnen zeggen zonder al te klagerig over te komen? *Maar meneer, zijn medaille was groter dan mijn medaille.* Hij haatte klagers. Maar dit ging nu even niet over medailles, toch? In de verste verte niet.

'Meneer, het lijkt erop dat er ergens een fout is gemaakt.'

Bentleys wenkbrauwen trokken zich samen. 'O? Hoe dat?' Hij leek bezorgd te zijn. Dat was prima. Kent kreeg wat meer moed.

'Het Advanced Funds Processing System was mijn geesteskind, meneer. Daar ben ik vijf jaar geleden aan begonnen. Ik heb u ooit al eens het globale idee laten zien, herinnert u zich dat nog?'

'Nee, ik geloof het niet. Maar dat betekent nog niet dat je dat niet hebt gedaan. Ik zie wel duizend voorstellen per jaar. Maar ik ben me ervan bewust

dat jij een groot aandeel had in de ontwikkeling van het systeem. Heel goed.'
'Dank u.' Tot zover ging het goed. 'Om precies te zijn, heb ik negentig procent van de code geschreven.' Kent leunde voor de eerste keer iets achterover. Hij maakte het zich zelfs een beetje gemakkelijk in de stoel. 'Ik heb vijf jaar lang honderd uur per week in de ontwikkeling ervan gestoken. Borst hield enkele delen van het proces in de gaten, maar hij liet me voor het grootste deel mijn gang gaan.'
De directeur bleef rustig zitten en voelde nog niet aan waar Kent naartoe wilde. Of hij negeerde het doelbewust. Kent gaf hem een seconde om erop in te gaan, maar toen er geen reactie kwam, ging hij verder.
'Ik heb al die jaren gewerkt met maar één doel voor ogen, meneer. En nu lijkt het erop dat Borst heeft besloten dat ik dat doel niet verdien.' Daar. Kon hij nog duidelijker zijn?
De directeur staarde hem aan zonder met die vlakke grijze ogen te knipperen, en van zijn gezicht viel niets af te lezen. Kent voelde zijn nek warm worden. De stilte in het kantoor was om te snijden. Kent bedacht dat hij misschien verder zou moeten gaan – wat luchthartig politiek jargon deponeren, misschien van onderwerp veranderen nu hij het zaadje had geplant. Maar zijn gedachten waren leeg. Hij was zich ervan bewust dat zijn handpalmen nat waren van het zweet.
Plotseling vertrok Bentley zijn wangen in een grijns en hij grinnikte een keer met getuite lippen. Kent was er nog steeds niet zeker van wat de man dacht, maar hij grinnikte maar mee. Het leek de meest natuurlijke reactie.
'De besparingsbonus?' vroeg de directeur. Hij was oprecht verbaasd of deed juist heel neerbuigend. Kent hoopte op het eerste, maar hij voelde het prikkelen op de achterkant van zijn schedel.
'Ja,' antwoordde hij, waarna hij zijn keel schraapte.
Bentley grinnikte nogmaals en zijn wangen stuiterden over zijn kraagje bij iedere hik. 'Jij dacht echt dat er een stevige bonus zat aan te komen, nietwaar?'
Kent had het gevoel alsof hij een stoot in zijn maag kreeg.
'Dat soort bonussen zijn zelden voor personeel buiten het management, Kent. Natuurlijk realiseerde je je dat wel. Management, ja. En deze bonus zal inderdaad behoorlijk zijn. Ik snap best waarom je daar de smoor in zou kunnen hebben. Maar je kunt niet verwachten dat je een paar miljoen dollar wordt toegestopt omdat je het meeste werk hebt gedaan.'
Het had weinig gescheeld of Kent was over het bureau geklommen om de

vetzak een klap te verkopen, maar de verwarring zorgde ervoor dat hij bleef zitten waar hij zat en alleen even met zijn ogen knipperde. De Niponbank had altijd hoog opgegeven van zijn besparingsbonussenprogramma en iedereen wist dat het was bedoeld voor de man op de vloer. Er waren diverse documenten die dat onderstreepten. Het afgelopen jaar had een kasbediende een idee gelanceerd dat hem honderdduizend dollar had opgeleverd.

'Dat is niet wat de handleiding van het programma zegt,' zei Kent, nog steeds te geschokt om boos te kunnen zijn. De directeur dacht toch niet dat hij daar zomaar mee wegkwam. Ze zouden hem voor de rechtbank levend villen!

Bentleys grijns verdween. 'Luister nou eens even goed naar me, Anthony. Het interesseert me geen hout wat die handleiding zegt. In deze branche gaat die bonus naar het management. Jij werkt voor Borst en Borst werkt voor mij.' De woorden kwamen naar buiten als kogels uit een pistool met een geluiddemper.

De directeur haalde een keer diep adem. 'Het werk dat je voor de bank hebt gedaan, heb je in onze tijd gedaan, op ons verzoek, en daar hebben we je een dikke honderdduizend dollar per jaar voor betaald. En daar houdt het mee op. Begrepen? Als je er zelfs maar over denkt om dit aan te vechten, begraven we je levend.' De grote man uitte die laatste woorden met van woede bevende wangen.

Kent voelde zijn mond openvallen. Dit was niet te beschrijven! 'Dat kunt u niet zomaar doen!' protesteerde hij. 'U kunt me niet zomaar mijn bonus afnemen omdat...' En plotseling besefte Kent precies waar hij mee te maken had. Bentley zat er ook in. Hij stond op het punt enorme sommen geld uit die bonus te vangen. Hij en Borst hadden dit samen uitgeknobbeld. Dit was pure samenzwering.

De man staarde hem kwaad aan, hem met zijn blik uitdagend zijn zin af te maken. Wat hij dan ook deed.

'Luister!' Hij beet de woorden af met dezelfde intensiteit als Bentley had gedaan. 'U weet net zo goed als ik dat als ik in Miami was geweest, ik die presentatie zou hebben gedaan en ik het grootste deel of misschien wel de hele bonus zou hebben gehad.' Een brok zelfmedelijden welde op in zijn keel, om de bitterheid gezelschap te houden, en hij beefde. 'Maar daar was ik niet, nietwaar? Omdat ik op dat moment mijn uiterste best deed om zo snel mogelijk terug naar huis te komen, waar mijn vrouw op sterven lag. En daarom hebben u en Borst jullie slijmerige koppen bij elkaar gestoken om mijn bonus te jatten! Waar of niet?!' Kent liet zijn hoofd spottend heen en weer wiebelen.

'"Ach, arme kleine Anthony. Zijn vrouw ligt op sterven. Maar dan is hij wel lekker afgeleid terwijl we hem een mes in zijn rug zetten en hem een poot uitdraaien!" Is het zo ongeveer gegaan, Bentley?'
De directeur reageerde onmiddellijk. Zijn ogen werden groot en hij haalde diep en onvast adem. 'Jij durft zo in mijn eigen kantoor tegen me te praten? Nog één woord en je staat vandaag nog op straat!'
Maar Kent was door zijn woede zijn gevoel voor verhoudingen totaal kwijt. 'Je hebt absoluut niet het recht om dat te doen, Bentley! Dit is pure diefstal en in dit land gooien ze mensen achter de tralies voor diefstal. Of is dat ook al nieuw voor je?'
'Eruit! Wegwezen!'
'Ik ga hiermee naar de hoogste regionen van de bank. En als ik daarbij het loodje leg, ga jij met me mee. Haal het dus maar niet in je hoofd om te proberen me eruit te smijten. Iedereen weet dat ik die code heb geschreven.'
'Je moest eens weten wat iedereen weet,' spuwde Bentley terug. Hij had zijn professionele masker afgegooid en Kent voelde om die reden een vlaag van bevrediging.
'Ja, natuurlijk. Je besodemietert natuurlijk iedereen, neem ik aan?' sneerde hij.
Het werd weer stil in het kantoor. Toen Bentley zijn mond weer opentrok, sprak hij zacht en streng, maar hij wist het beven niet te onderdrukken. 'Verdwijn uit mijn kantoor, Anthony. Over een paar minuten heb ik een vergadering. Als het je niet uitmaakt, zou ik me daar graag nog even op voorbereiden.'
Kent staarde de man enkele momenten aan. 'Op het ogenblik maakt alles me iets uit, meneer. Maar goed, dat wist u al, nietwaar?' Hij stond op en liep om de stoel heen voor hij zich weer omdraaide.
'En als u probeert me mijn baan af te nemen, sleep ik u persoonlijk met uw hele hebben en houden voor de rechtbank. Die bonus mag dan een interne aangelegenheid zijn, maar er zijn wetten die werknemers in bescherming nemen. Haal het zelfs maar niet in uw hoofd om me mijn inkomen af te nemen.'
Hij draaide zich om naar de deur en liet Bentley met zijn vadsige wangen en zijn loensende ogen alleen.
Pas toen de deur achter hem dichtsloeg, besefte Kent pas echt hoe slecht dit gesprek was verlopen. Het raakte hem als een blok beton en zijn gedachten werden troebel. Hij haastte zich naar de toiletten aan de andere kant van de lobby.

Wat had hij gedaan? Hij moest Dennis bellen. Zijn ergste nachtmerries waren zojuist tot leven gekomen. Het was een vooruitzicht dat hij niet kon behappen. Niet *wilde* behappen. Toen hij door de lobby liep, voelde hij zich opeens alsof hij zich in een stoombad bevond. Meer dan wat dan ook, waarschijnlijk meer dan het geld dat hij mis dreigde te lopen, wilde hij ontsnappen uit deze nachtmerrie.

Hij negeerde een jongeman die hij herkende als een van de kasbedienden, boog zich over de wastafel en gooide wat water over zijn verhitte gezicht. Hij richtte zich weer op en zag het water van zijn gezicht druipen. Daarna beende hij naar de telefoon in de hoek zonder zijn gezicht droog te maken. Er spatte water op zijn gesteven overhemd, maar dat interesseerde hem helemaal niets. Laat Dennis aanwezig zijn. Laat hem alsjeblieft aanwezig zijn.

De jonge kasbediende verdween met grote ogen naar buiten.

Kent toetste het nummer in.

'Advocatenbureau Warren,' zei de vrouwenstem.

'Is Dennis aanwezig?' Stilte. 'Is Dennis aanwezig?'

'Met wie spreek ik?'

'Kent.'

'Kan ik hem zeggen waar het over gaat?'

'Zeg gewoon tegen hem dat Kent aan de lijn is. Kent Anthony.'

'Een momentje, alstublieft.'

In de daaropvolgende stilte vormden zich nieuwe gedachten. Zijn hoofd werd steeds leger.

'Kent! Hoe gaat-ie?'

Kent vertelde het hem. Hij zei het allemaal in een hele lange zin die eindigde met: 'En toen gooide hij me eruit.'

'Wat bedoel je met dat hij je eruit gooide?'

'Hij zei dat ik kon vertrekken.'

Weer een stilte.

'Goed, luister naar me, oké?' Dat waren goede woorden, omdat het woorden van een vriend waren. Een vriend die iets te zeggen had. Dat was okay, nietwaar?

'Ik weet dat het op het ogenblik onmogelijk klinkt, maar dit is nog niet voorbij, hoor je me? Wat die Bentley daarbinnen deed, verandert de zaak. Ik wil niet zeggen dat ons dat de zaak in handen geeft, maar het geeft ons behoorlijk goede munitie. Het is duidelijk dat een politieke benadering geen zin heeft. Die heb je flink om zeep geholpen. Maar het is je tegelijkertijd gelukt om ons een sterke positie te bezorgen.'

Kent wilde in huilen uitbarsten. Gewoon gaan zitten en janken.

'Maar je moet iets voor me doen, maat. Oké? Ik wil dat je teruggaat naar je kantoor, achter je bureau gaat zitten en de rest van de dag aan het werk gaat alsof er niets gebeurd is. Als we geluk hebben, ontslaan ze je. En als ze je ontslaan, zullen we ze met de grootste rechtszaak om een onrechtmatig ontslag om de oren slaan die deze staat ooit heeft gezien. Maar als ze je niet ontslaan, wil ik dat je gewoon door blijft werken. We moeten hun geen enkel handvat geven. Ze zouden die confrontatie van vanmorgen kunnen beschouwen als opstandigheid, maar er waren geen getuigen bij, toch?'

'Inderdaad.'

'Dan ga je gewoon weer aan het werk, alsof je alleen maar naar Bentleys kantoor bent geweest om wat paperclips af te leveren. Hoor je me? Lukt je dat?'

Kent was daar nog niet zo zeker van. De gedachte aan Borst in de buurt deed zijn bloed koken. Aan de andere kant moest hij alle mogelijkheden openhouden. Hij had een hypotheek en een auto op afbetaling en hij moest nog eten ook. En dan was er nog Spencer.

'Ja, dat lukt wel,' antwoordde hij. 'Denk je echt dat we iets in handen hebben?'

'Het is misschien een beetje een zootje en het zal wel even duren, maar ik denk het wel.'

'Oké. Oké. Bedankt, Dennis. Ik sta bij je in het krijt.'

'Maak je daar maar niet druk om. Als alles naar wens gaat, krijg je vanzelf de rekening op de deurmat.'

Kent probeerde te grinniken om de opmerking van zijn vriend, maar het kwam er meer uit alsof hij moest hoesten.

Hij hing op, rechtte zijn rug voor de spiegel en wachtte tot zijn blik weer helder werd. Tien minuten later verliet hij de toiletruimte en beende naar de administratie toe. Zijn kaakspieren spanden zich. Hij was al door een hel gegaan. Het kon alleen maar beter worden.

Helen schuifelde over de geul die jaren van ijsberen in het tapijt van haar slaapkamer hadden uitgesleten, ter hoogte van de dubbele openslaande deuren naar het balkon op de tweede verdieping. Dat was haar gebedskamertje.

Haar gebedsgeul. De plaats waarvandaan ze zo vaak de hemel bestormde. In betere tijden kon ze zo uren doorlopen, zonder ook maar één keer te gaan zitten. Maar tegenwoordig was het al veel als ze twintig minuten aan één stuk op de been kon blijven. Daarna *moest* ze wel gaan zitten. Op de schommelstoel. Of op haar bed.

Ze droeg een lange, roze ochtendjas die rond haar blote voeten zweefde. Haar haar zat in de war. Ze had wallen onder haar ogen. Haar mond drukte de laatste paar dagen bijna alleen maar bezorgdheid uit. Ondanks dat ze bepaalde dingen heel goed begreep, was het heengaan van haar dochter haar niet in de koude kleren gaan zitten. Het was heel fijn om in de hemel te hebben kunnen kijken en het lachen daar te horen, maar het was weer iets heel anders om hier vast te zitten en te hunkeren naar die plek.

Ze trok aan de huid van haar hals en glimlachte kort. *Veltrekkers*. Gloria had gelijk. Het was inderdaad een belachelijke naam.

Het waren meestal de herinneringen die de tranenvloed op gang brachten, maar ten slotte besloot ze dat het goed was, al dat huilen en zo. Per slot van rekening had Jezus zelf ook gehuild.

Anderhalve meter naar rechts wachtte haar bed al met teruggeslagen lakens op haar. Ernaast stond een schaal potpourri, die de geur van kaneel door de kamer verspreidde. De plafondventilator draaide lui zijn trage rondjes, waarbij hij de lucht nauwelijks in beweging bracht. Helen bereikte het einde van haar geul en draaide zich om, waardoor het bed zich nu aan haar linkerkant bevond.

Maar daar wilde ze nog niet heen, ondanks het feit dat het al middernacht was. Niet voordat ze doorbrak, hier in haar geul. Ze kon het in haar geest voelen – of preciezer, haar geest *wilde* iets voelen. Die wilde dat er tegen haar werd gesproken. Gekalmeerd door balsem uit de hemel. En dat betekende meestal dat de hemel haar wilde troosten, tegen haar wilde spreken. Dat was de manier waarop God stervelingen trok, had ze ooit voor zichzelf besloten. Hij legde een verlangen in gewillige harten. Wat het eerst kwam, het verlangen of het willen, was een beetje de kip of het ei verhaal – een behoorlijk belachelijke oefening van de geest die maar het beste kon worden overgelaten aan theologen.

Hoe dan ook, Helen wist dat ze op haar gevoel kon vertrouwen en dat gevoel vertelde haar dat ze tussenbeide moest komen – tussenbeide komen tot ze erachter was welke rust haar geest zocht. Al was het alleen maar omdat ze geen andere manier kende. De problemen waren begonnen toen haar ogen waren geopend voor die gebeurtenis in de hemelse gewesten, vlak voor Gloria's dood. Ze had haar dochter in dat ziekenhuisbed zien liggen en daar was ze helemaal van in de war geweest.

O, ze had zich snel genoeg weer hersteld, maar het was de rest van dat visioen dat haar de afgelopen weken dag en nacht had achtervolgd.

Helen sloot haar ogen en ijsbeerde op gevoel verder, waarbij ze de doffe pijn in haar knieën negeerde en ze onbewust de zeven stappen van het ene einde van de geul naar het andere einde deed. Haar gedachten dreven af naar haar ontmoeting met dominee Madison die middag. Hij had met geen woord meer over hun gesprek in het ziekenhuis gerept, maar toen ze vandaag zijn kantoor was binnengewandeld en zich tegenover hem in een stoel had laten vallen, had hij dwars door haar heen gestaard. Toen wist ze dat hij het niet zomaar van zich af had kunnen zetten dat ze had beweerd meer te zien.

'Hoe gaat het ermee, Bill?' had ze gevraagd.

Hij had niet de moeite genomen die vraag te beantwoorden. 'Wat is er aan de hand, Helen?'

'Ik weet het niet, Bill. Ik ben hierheen gekomen om daarachter te komen. Zeg jij het maar.'

Hij glimlachte en knikte om haar onmiddellijke reactie. 'Kom op, Helen. Jij bent voor mij net zo goed een voorganger als ik dat voor de rest hier ben. Je hebt enkele behoorlijk stevige beweringen geuit in het ziekenhuis.'

'Tja. Nou ja, het is er niet beter op geworden. En je zit ernaast als je denkt dat ik jou niet nodig zou hebben als voorganger. Ik weet niet wat ik hiervan moet denken, Bill.'

'En *ik* weet *helemaal* niet wat ik ervan moet denken, Helen. Het heeft weinig zin om de blinde de blinde te laten leiden, nietwaar?'

'Ja, maar jij bent hier in dit kantoor neergeplant met gaven die je van God hebt gekregen. Gebruik ze. Wees hierin mijn voorganger. En doe niet net alsof je alleen maar de een of andere kerkelijke beambte bent zonder bovennatuurlijke leiding – daar zijn er al genoeg van.'

De grote Griek glimlachte en vouwde zijn handen boven zijn grote eiken bureau. Hij was een statige verschijning, zoals hij daar zat in zijn zwarte pak met rode strop, omgeven door boekenplanken vol duur uitziende boeken.

'Oké, Helen, maar je kunt niet van me verwachten dat ik kijk op de manier waarop jij kunt kijken. Vertel me wat je zag.'

'Ik heb je al verteld wat ik zag.'

'Je vertelde me dat je Gloria in het ziekenhuis zag liggen. Dat is het enige wat

je me vertelde. Maar ook dat je meer zag. Dus wat heb je gezien?'
Ze zuchtte. 'Ik zat te bidden met Gloria en Spencer en we werden ergens mee naartoe genomen. In gedachten of wat dan ook – ik weet niet precies hoe dat werkt. Maar twee dagen voor Gloria stierf, werd het me vergund een blik van bovenaf in haar ziekenhuiskamer te werpen. Ik zag alles, tot de groene pen in de jas van de betrokken arts toe.'
Ze zei het met gespannen kaakspieren, zichzelf pantserend tegen de emoties. Ze had genoeg verdriet om het jaar vol te janken, bedacht ze.
Dominee Madison schudde langzaam zijn hoofd. 'Dat lijkt zo ongelofelijk. Ik bedoel... ik heb nog nooit van zo'n levendige voorkennis gehoord.'
'Dat was het ook niet. Het was net zo echt alsof ik er zelf bij was.'
'Jawel, maar het gebeurde ervoor, een visioen over wat er zou gaan gebeuren.'
'God is niet aan tijd gebonden, jongeman. Dat zou jij moeten weten. Ik was erbij. Misschien alleen in de geest, maar ik was er. Het is niet mijn taak om te begrijpen hoe ik daar was, dat laat ik over aan de meer geleerde types in de kerk. Maar begrip verandert niet per se de ervaring. Het legt haar alleen maar uit.'
'Ik wil hier niet met je over bekvechten, Helen. Ik ben de vijand niet.'
Helen sloot even haar ogen. Bill had natuurlijk gelijk. Hij was misschien wel haar enige medestander in dit gebeuren. Het zou wijs zijn als ze haar woorden met meer zorg koos.
'Ja. Het spijt me. Het is gewoon... gekmakend, weet je.' Herinneringen aan Gloria verstopten haar gedachten. Ze schraapte haar keel. 'Ik ben bang dat ik de laatste dagen niet helemaal mezelf ben.'
'Maar je bent wel jezelf, Helen.' In zijn diepe stem klonk troost door. 'Je bent een vrouw die haar dochter heeft verloren. Ik zou me pas zorgen maken als je niet gefrustreerd en boos zou zijn.'
Ze keek hem aan en glimlachte. Nu gedroeg hij zich als haar voorganger en dat voelde aan zoals het zou *moeten* aanvoelen – vertroostend. Ze had hier een week geleden al moeten komen.
'Je zei dat je nog iets anders zag, Helen. Wat was de rest?'
'Dat kan ik je niet vertellen, Bill. Niet omdat ik dat niet wil, maar omdat ik alleen maar flitsen heb gezien die me niets zeggen. En ik heb dingen gevoeld. Het waren vooral de gevoelens die me dwarszitten en die zijn moeilijk uit te leggen. Net alsof God tot mijn hart fluistert maar ik Zijn woorden niet hoor of zie. Nog niet.'
'Ik snap het. Maar vertel me dan hoe het voelt.'

Ze keek langs zijn schouder naar een lange rij groene boeken met een Duits lijkende naam in gouden letters op elke rug gedrukt: kennis.

'Vragen? Kom maar op! Wij hebben de antwoorden. Jazeker, mevrouw. U, in die gele jurk.'

'Ja. Waarom doodt God onschuldige mensen?'

'Nou, dat hangt af van wat u bedoelt met doden. Of met onschuldig -'

'Ik bedoel doden! Dood. Hoofd tegen de rotsen. En onschuldig. Gewoon rechttoe rechtaan onschuldig!'

'Helen?'

Ze keek weer naar Bill. 'Je vertellen hoe het voelt? Het voelt net aan als gefluister tot je hart. Alsof je net een donkere kerker bent ingelopen. Je hebt nog maar één schedel gezien en het haar in je nek staat recht overeind, want je weet dat er nog veel meer moet zijn. Maar zie je, dan wordt het allemaal wat onduidelijk, want ik weet niet of het Gods kerker of Satans kerker is. Ik bedoel, je zou denken dat hij van Satan is. Wie zou er op het idee komen dat God een kerker heeft. Maar er turen ook anderen in die donkere ruimte. Engelen. God zelf. En dan heb je het geluid van rennende voeten – wegrennend. Maar ik weet dat de schedel die daar op de zwarte aarde ligt, van Gloria is. Dat weet ik gewoon. En ik weet ook dat het allemaal deel uitmaakt van een plan. Het heeft allemaal te maken met de rennende voeten. Dat is het. Want zie je, mijn dochter werd opgeofferd.'

Helen zweeg even en haalde bewust adem, omdat ze merkte dat ze adem tekort kwam. 'Er zijn nog meer dingen, maar dat zou nu weinig of geen betekenis hebben.' Ze keek afwachtend naar hem op.

'En dit wel?'

Ze haalde haar schouders op. 'Je vroeg erom.'

Dominee Madison keek haar met grote ogen aan. 'Ik denk niet dat je er zo zeker van kunt zijn dat je dochter was opgeofferd. God werkt zo niet.'

'Denk je? Wanneer je leest dat God lang geleden duizend vervelende Amalekieten afslachtte, accepteer je dat, maar wanneer Zijn bijl op de nek van je dochter neerkomt, gaan de gordijnen dicht, nietwaar?'

Bill leunde achterover zonder zijn blik van haar af te wenden. Zijn donkere wenkbrauwen trokken zich samen, waarbij er rimpels boven zijn neus verschenen. Hij was gestopt met de herder uit te hangen, dacht ze. Niet dat ze het hem kwalijk nam. Zij was gestopt met blaten.

'Het is oké, Bill. Ik snap het ook niet echt. Nog niet. Maar ik wil graag dat je met me bidt. Dat je *voor* me bidt. Ik maak hier deel van uit en het is nog niet over, dat weet ik wel. Het is nog maar net begonnen. En nu maak ook jij er deel van uit. Ik heb je nodig, dominee.'

'Ja,' zei hij. 'Natuurlijk wil ik dat. Maar ik wil wel dat je op zijn minst de mogelijkheid overweegt dat je die beelden verkeerd zou kunnen uitleggen.' Hij stak zijn hand afwerend op. 'Ik weet dat het niet in je karakter ligt, Helen, maar het enige wat er tot nu toe is gebeurd, is dat je dochter is gestorven. Ik wil de schok en het verdriet over haar dood niet bagatelliseren, absoluut niet, maar misschien is haar dood juist de oorzaak van dit alles. Wil je in ieder geval mijn manier van denken proberen te begrijpen?' Zijn wenkbrauwen gingen hoopvol omhoog.

Ze knikte en glimlachte, in de overtuiging dat hij degene was die het verkeerd begreep. Het leek alsof hij het punt waar het om draaide helemaal had gemist.

'Ja, dat kan ik. Iedere psychiater die bij zijn verstand is, zou me hetzelfde vertellen.' Ze stond op. 'Maar je zit ernaast, Bill. Gloria's dood is niet het enige wat er is gebeurd. Ik denk dat er nogal wat gaande is in de hemelse gewesten en dat er nog veel meer aan zit te komen. En *daar* heb ik je gebed voor nodig. Dat en mijn gezonde verstand. Maar ik verzeker je, jongeman, dat ik dat nog niet kwijt ben.'

En toen was ze vertrokken.

Hij had haar twee uur later gebeld en haar verteld dat hij aan het bidden was. Dat was prima, dacht ze. Het was een goede man en ze mocht hem graag.

Helen liet de herinnering wegdrijven en dacht weer aan het heden. Een gebrek aan begrip leek voor God net zo waardevol als begrip. Het vereiste van de mens dat die in het zwarte gat van het geloof dook. Maar in dat gat duiken leek soms heel veel op door de kerker lopen.

Ze liet haar hoofd achterover zakken en fluisterde naar het plafond: 'O, God, blijf niet zwijgen. Heer, blijf niet zwijgen.' Ze haalde de Psalmen aan, zoals ze zo vaak deed als ze in gebed was. Het was een soort bidden dat bij haar nieuwe leven leek te passen. 'Ik ben moede door mijn roepen, mijn keel is hees, mijn ogen zijn bezweken van het uitzien naar mijn God.'

Inderdaad. Op Zijn manier was Gods stilte even krachtig als Zijn aanwezigheid. Al was het alleen maar om je naar dat gat te drijven. De duik nemen was weer een ander verhaal. Daarvoor was geloof nodig. Geloven dat God aanwezig was wanneer je het gevoel had dat Hij afwezig was.

Ze sloot haar ogen en kreunde naar het plafond. 'Heer, waar bent U heengegaan?'

Ik ben nergens heengegaan.

De stem sprak zacht in haar geest, maar luid genoeg om haar halverwege haar geul stil te zetten.

Bid, dochter. Bid tot het over is.

Nu begon Helen zachtjes te beven. Ze deed een stap opzij naar het bed en ging op de rand zitten. 'Over?' vroeg ze.

Bid voor hem en vertrouw Me.

'Maar dat is zo moeilijk wanneer ik niets zie.'

Herinner je dan de momenten waarop je wel zag. En bid voor hem.

'Ja, dat zal ik doen.'

De stem zweeg.

Een golf warmte stroomde door Helens botten. Ze strekte haar armen uit naar het plafond en liet haar hoofd weer achterover zakken. Hoe kon ze ooit hebben getwijfeld? Dit Wezen dat nu door haar heen ademde? 'O, God, vergeef me!'

Haar borst zwol op en de tranen stroomden oncontroleerbaar over haar wangen. Ze opende haar mond en kreunde – smeekte om vergeving, mompelde woorden van liefde, probeerde de emoties die in haar keel brandden, in woorden te vatten.

Helen zonk twintig minuten later neer op haar matras, volkomen tevreden, niet in staat de brede glimlach van haar gezicht te vegen. Hoe kon ze ooit hebben getwijfeld? Ze zou het Bill de volgende morgen gelijk vertellen. Het was nu allemaal pijnlijk duidelijk.

Een uur later was alles anders.

Omdat God een uur later, een half uur nadat ze zeer tevreden in slaap was gevallen, weer tot haar sprak. Haar iets nieuws liet zien. Maar deze keer was het niet als een kalmerende adem die door haar botten waaide. Deze keer voelde het aan als een emmer gesmolten lood die door haar keel werd gegoten.

Ze werd wakker door een gil, die haar gedachten vulde als een aanhoudende claxon die haar uit haar slaap rukte. Pas toen ze rechtop in bed zat, realiseerde ze zich pas dat de gil uit haar eigen mond kwam.

'God, neeeeee! Neeee! Neee -'

Ze stopte midden in een gil. *Wat* nou God nee? Waarom was ze zo bezweet? Waarom ging haar hart tekeer als een stoomlocomotief?

Het visioen kwam terug als een vloedgolf.

Toen wist ze waarom ze gillend wakker was geworden. Ze kreunde, plotseling weer doodsbang.

Duister overspoelde haar en ze keek de kamer rond voor referentiepunten, voor iets wat betekenis had in deze maalstroom van waanzin. Ze zag haar kledingkast tegen de verste muur. De deuren naar het balkon gloeiden door het maanlicht. De werkelijkheid kwam weer terug. Maar daarmee ook het krachtige visioen dat ze zojuist had gezien.

Helen liet zich op haar rug vallen en haalde weer adem, in lange, wanhopige teugen. 'God, waarom? Dat kunt U niet doen!'

Maar ze wist dat Hij dat wel kon. Dat Hij dat *zou* doen.

Het kostte haar drie uur om weer in slaap te vallen en pas nadat ze twee keer haar kussensloop had verschoond. Ze dacht dat het misschien haar tranen op het kussen waren die haar uit haar slaap hielden, maar uiteindelijk besefte ze dat het gewoon de verschrikkelijke angst was.

God handelde in verschrikkingen.

11

Kent sleepte zichzelf op woensdagmorgen naar de bank, terwijl hij tandenknarste van vernedering en woede. Na het Bentley fiasco was het hem gisteren gelukt weer naar zijn kantoor te komen – gelukkig zonder een levende ziel te ontmoeten. Hij had twee uur lang geprobeerd wat werk te verzetten en had zich miserabel gevoeld. Om elf uur was hij vertrokken. Hij had zich langs Betty gehaast en had iets gemompeld over een afspraak. Hij was niet meer teruggekomen.

Vandaag kwam hij binnen via de voordeur, maar alleen omdat zijn advocaat erop had aangedrongen dat hij zich normaal zou blijven gedragen – doen alsof het leven hem toelachte, terwijl hij van binnen langzaam kapot ging. Hij haastte zich door de lobby met zijn hoofd naar beneden gericht en rommelde wat aan een knoop van zijn jasje, alsof hij met iets bezig was dat al zijn aandacht opeiste. Een van de kasbedienden riep zijn naam, maar hij deed net of hij het niet hoorde. De knoop nam hem veel te veel in beslag.

Hij liet zijn hand tegen de deur van de afdeling Information Systems rusten en sloot zijn ogen.

Oké, Kent. Doe wat je moet doen. Hij duwde de deur open.

Betty staarde hem ongemakkelijk aan. Overdreven grote zwarte nepwimpers schermden haar ogen af tegen het TL-licht. Hij kreeg de neiging er een af te

plukken. Als ze dan met haar ogen knipperde, zou er maar één wimper zijn die de lucht in de receptie in beweging hield; de ruimte was sowieso te klein voor twee van die exemplaren.
Hij knikte. 'Môgge.'
'Môgge,' beantwoordde ze zijn groet. Haar stem kraakte.
'Borst aanwezig?'
'Die is vandaag in Phoenix. Hij is morgen weer terug.'
God zij dank voor dit cadeautje.
Kent liep zijn kantoor in en sloot zichzelf op. Tien minuten later kwam hij tot de conclusie dat hij niet zou kunnen werken. Het ging gewoon niet. Hij kon doen alsof hij werkte en Dennis Warrens spelletje spelen als dat hem een vette schikking zou opleveren, maar nu de deur dicht was, voelde het absurd om te doen alsof.
Hij selecteerde een spelletje patience op zijn computer en vond het na de tweede keer delen al oervervelend. Hij probeerde Dennis te bellen, maar kreeg van dat kleine mokkel achter de receptiebalie te horen dat die in de rechtszaal zat.
Toen er om tien uur op zijn deur werd geklopt, was dat een opluchting. Kent klikte het spelletje van zijn scherm en riep 'Kom binnen,' terwijl hij uit gewoonte zijn stropdas rechttrok.
De nieuwe medewerker verscheen in de deuropening en deed de deur achter zich dicht. Cliff Monroe. Strak in het pak en klaar om de maatschappelijke ladder te beklimmen. Hij glimlachte breed en stak zijn hand uit – dezelfde hand die Kent twee dagen eerder had genegeerd.
'Hoi, Kent. Goed je te ontmoeten. Ik heb veel over je gehoord.' Zijn grijns raakte bijna zijn oren. 'Sorry voor de vorige keer.'
Kent pakte de hand aan en werd enigszins rood bij de gedachte aan *de vorige keer*. 'Dat was niet jouw fout. Ik zou me moeten verontschuldigen. Niet de beste eerste indruk, vermoed ik.'
Cliff moest Kents woorden hebben opgevat als een uitnodiging om te gaan zitten, want hij greep een stoel en liet zich vallen. Zijn ogen waren diepgroen. 'Nee, maakt niet uit. Van wat ik tussen de regels door heb begrepen, als je begrijpt wat ik bedoel, had je alle reden om overstuur te zijn.'
Kent ging meer rechtop zitten. 'Weet je dan wat er gaande is?' Cliff grijnsde nog steeds. Zijn tanden leken onnatuurlijk wit, net als zijn overhemd. 'Laat ik het zo zeggen, ik weet dat Kent Anthony verantwoordelijk was voor het creëren van AFPS – dat wist ik al toen ik nog steeds in de vestiging in Dallas

zat. Daar kom ik namelijk vandaan. Ik vermoed dat de grote jongens hadden besloten dat je nog een fatsoenlijke programmeur kon gebruiken. Het is nog niet permanent, maar geloof me, ik hoop dat het dat wel wordt, want ik vind het hier geweldig. Zelfs al heb ik nog geen eigen kantoor.' Ergens in die lange inleiding was Cliff zijn grijns kwijtgeraakt. Hij ging verder voor Kent de kans had te reageren. 'Zeker weten. Ik zou echt verschrikkelijk graag verhuizen naar de bergen hier in Denver. Doordeweeks een beetje stevig programmeren en leuk wat poen verdienen, en in het weekend zijn de pistes voor mij. Doe jij aan snowboarden?'

Wat een type. Kent bleef even naar de jonge programmeur zitten staren. Hij had van dit soort gehoord: een en al hersens wanneer het om het toetsenbord ging en een en al spieren wanneer het om het weekend ging. Voor de eerste keer die dag glimlachte hij.

Cliff beantwoordde die glimlach met een eigen grijns die zijn gezicht bijna doormidden spleet en Kent had het gevoel dat het joch precies wist waar hij mee bezig was.

'Ik heb in mijn tijd een blauwe maandag geskied,' zei hij.

'Mooi, dan kunnen we een keer samen gaan.' De nieuweling trok opeens een lang gezicht. 'Het spijt me voor je wat er met je vrouw is gebeurd. Ik bedoel, ik hoorde het pas. Dat moet moeilijk voor je zijn.'

'Uh-huh. Maar wat weet je buiten het feit dat ik verantwoordelijk was voor het AFPS?'

'Ik weet dat tijdens de vergadering de hele boel een beetje verdraaid werd. Op de een of andere manier werd je naam een beetje weggemoffeld. Het leek er sterk op dat Borst alle eer naar zich toetrok.' Cliff grijnsde weer.

Kent knipperde met zijn ogen en besloot niet mee te grijnzen. 'Ja, maar je mag dan misschien denken dat het een laten-we-er-maar-om-lachen kwestie is, maar het feit is dat Borst niet alleen alle eer heeft gekregen, maar ook al het geld.'

Het joch knikte. 'Ja... weet ik.'

Kent maakte vanbinnen even pas op de plaats. Dat wist het joch ook al? 'En daar heb jij geen problemen mee?'

'Natuurlijk wel. Ik vind het ook een probleem dat de skipistes twee uur rijden hiervandaan liggen. Ik kwam naar Denver met de gedachte dat de ski-resorts bijna in je achtertuin begonnen, weet je. Maar mits we een manier vinden om bergen te verzetten, denk ik dat we allebei vastzitten.'

Inderdaad, Cliff was geen dombo. Waarschijnlijk een van die mannetjes die al computercodes begonnen op te hoesten, terwijl ze nog in de luiers zaten.

'We zullen zien.'
'Nou, als je mijn hulp nodig hebt, trek maar gewoon aan de bel.' Cliff haalde zijn schouders op. 'Ik wel.'
'*Wat* jij wel?'
'Hulp nodig. Van jou. Ik moet in de code duiken en de zwakke plekken zien op te sporen. Ik heb de eerste drie al gevonden.'
'Zwakke plekken opsporen, hè? En waarom denk jij dat er zwakke plekken in zitten? Welke drie?'
'Todd, Mary en Borst.' Dezelfde grijns verscheen weer op zijn gezicht.
Kent kon het deze keer niet helpen. Hij grinnikte. Cliff leek steeds meer een bondgenoot te worden. Misschien wel een tweede cadeautje van God. Deze zou hij aan Dennis vertellen.
Hij knikte. 'Je hebt gelijk, Cliff, maar ik zou dat als ik jou was niet te hard zeggen. Je weet wat ze over macht zeggen. Het corrumpeert. En het lijkt erop dat Borst de laatste tijd heel wat macht naar zich toe heeft getrokken.'
Cliff knipoogde. 'Maak je maar geen zorgen, Kent. Ik zit erbovenop. Je hebt mijn stem.'
'Bedankt.'
'Maar even serieus, ik heb wat vragen. Heb je even tijd om wat schema's met me door te nemen?'
Dat joch was een wandelende paradox. Op het eerste gezicht een strak gestreken hielenlikker voor de dichtstbijzijnde superieur, maar onder de oppervlakte iets totaal anders. Een snowboarder. Spencer zou het te gek vinden.
'Tuurlijk. Wat wil je weten?'
De rest van de morgen en het begin van de middag waren ze zoet met door software te ploegen. Kent had het goed aangevoeld; Cliff was een regelrecht programmeerwonder. Niet zo vloeiend en precies als Kent, maar dichterbij dan wie dan ook die hij ooit had ontmoet. En nog innemend ook. Hij had verderop in de gang een kantoortje voor zichzelf ingericht dat tot zijn komst had gediend als rommelhok voor de afdeling. Kort na één uur trok hij zich daarin terug.
Kent staarde naar de deur nadat Cliff was verdwenen. Wat nu? Hij pakte de telefoon en begon het nummer van Dennis Warren in te toetsen. Maar toen herinnerde hij zich dat de advocaat in de rechtszaal zat. Hij legde de telefoon weer neer. Misschien dat hij even een praatje moest gaan maken met Will Thompson, een verdieping hoger. Een beetje steun zoeken voor de zaak van de gemiste bonus. Dat zou betekenen dat hij weer langs Betty moest en die

gedachte kon hij nauwelijks verdragen. Maar misschien had zij de late lunch genomen.

Kent sloot zijn computer af, greep zijn koffertje en verdween naar buiten.

Helaas was Betty al terug en deelde haar make-up met het mondstuk van haar telefoon, terwijl ze met wie dan ook zat te kwekken. Een andere dame die waarschijnlijk totaal geen kaas had gegeten van bankieren. Misschien haar schoonheidsspecialiste wel.

Kent vond het niet nodig te melden waar hij heen ging. Hij vond Will een verdieping hoger, die alweer tegen zijn monitor zat te beuken. 'Hulp nodig, jongeman?'

Wil keek met een ruk op. 'Kent!' Hij liet zich achteroverzakken en knikte naar een nawiebelend beeldscherm.

'Heb je nog steeds problemen met die monitor?'

'Iedere keer dat jij langskomt, lijkt het wel zo te zijn. Dat ding blijft maar knipperen. Eigenlijk zou ik hem gewoon per ongeluk van mijn bureau moeten schuiven en een nieuwe aanvragen. Misschien eentje van eenentwintig inch.'

'Net als de lonen. Des te hoger, des te beter.'

Will knikte nog een paar keer en glimlachte. 'Ik hoorde dat jij gisteren even bij Bentley naar binnen bent gelopen,' zei hij.

Kent ging rustig in de stoel tegenover Will zitten en negeerde de warmte die plotseling langs zijn nek over zijn schouders uitwaaierde. 'Hoe weet jij dat?'

'Dit is maar een klein wereldje, Kent, compleet met vrije communicatielijnen. Geruchten gaan snel.'

Goedemorgen! Wie wist er nog meer vanaf? Als die grote mond hier het wist, zou binnen no-time iedereen het weten. Wat waarschijnlijk al zo was. Kent blikte het kantoor rond en zag een paar ogen die hem van de andere kant aankeken. Hij keek weer naar Will.

'Wat heb je gehoord?'

'Ik heb gehoord dat je daar bent binnengelopen en hebt geëist dat je tot medewerker van de maand zou worden gebombardeerd voor je aandeel in de ontwikkeling van het AFPS. Ze zeiden dat je behoorlijk stond te schreeuwen.'

Het tintelde langs Kents ruggengraat. 'Medewerker van de maand?! Die vette imbeciel! Ik zou...' Hij slikte de rest in en sloot zijn ogen. Ze zaten dus niet stil. Hij was hun hofnar geworden. Die arme vent die een steviger klopje op zijn rug wilde hebben.

'Je hebt toch niet echt tegen hem geschr-'

'Zeker weten dat ik tegen die zak heb geschreeuwd!' zei Kent. 'Maar niet over de een of andere belachelijke medewerker-van-de-maand parkeerplaats.' Hij haalde zwaar adem en probeerde kalm te blijven. 'En iedereen hier slikt dat nog ook?'
'Ik in ieder geval niet.' Will keek het kantoor rond. 'Een beetje zachter, man.'
'En wat zegt de rest allemaal?'
'Weet ik niet. Ze zeggen in ieder geval dat iedereen die tegen Bentley schreeuwt over een medewerker-van-de-maand status, een schroefje los heeft zitten.' Een flauwe grijns gleed over het gezicht van de boekhouder. 'Ze zeggen ook, dat als er al iemand medewerker van de maand zou moeten worden, het de hele afdeling zou moeten zijn, omdat die het AFPS heeft ontwikkeld.'
Er knapte iets in Kents hersens, alsof iemand daar een dieptebom had laten vallen en was weggerend. *Boem!* Hij stond op. Dat *wilde* hij tenminste. Het resulteerde meer in een ongecontroleerde slingerbeweging. De kamer zweefde voor zijn ogen.
Hij moest Dennis bellen! Dit ging helemaal niet goed!
'Ik moet gaan,' mompelde hij. 'Ik ben al laat.'
Will leunde voorover. 'Kent, ga alsjeblieft zitten! Zo erg is het nu ook weer niet. Iedereen weet dat jij het echte brein bent achter het AFPS, man. Kop op.'
Kent boog zich voorover om zijn koffertje te pakken en liep behoedzaam bij het bureau vandaan. Hij wilde op het ogenblik maar één ding. Weg. Gewoon weg, weg, weg.
Als er een nooduitgang in de gang was geweest, had hij die genomen. Alles liever dan iemand anders tegen te komen. Maar er was geen nooduitgang. En er bevond zich wel iemand anders in de lift. Geen flauw idee wie het was, want hij weigerde oogcontact te maken. Hij maakte zich zo klein mogelijk in de hoek en bad dat de lift er snel zou zijn.
De achterdeur kwam uit op een steeg en tranen vertroebelden zijn blik voor hij weer in het slot viel. Instinctief brulde hij het uit, woedend. Het geluid echode door de steeg en hij keek snel om zich heen, terwijl hij zich afvroeg of iemand het gedrag van deze volwassen vent had gezien of gehoord. De steeg was beide kanten op leeg en donker. Er gromde een dieselmotor ergens in de buurt – misschien een shovel, die de grond bouwrijp maakte voor de droom van iemand anders.
Kent voelde zich erg klein. Heel, heel, heel erg klein. Klein genoeg om ter plekke te sterven.

Terwijl Kent het op zijn werk bestierf, deed Helen haar best om de beelden te vergeten die haar de afgelopen nacht zoveel angst hadden aangejaagd. Maar zonder veel succes.

Ze draaide langzame rondjes met de kan ijsthee en luisterde naar Spencer, die in de andere kamer 'Jesus, Lover of my soul' zat te zingen. Hun hele leven leek te draaien om de inhoud van dat liedje, dacht ze, toen ze zich herinnerde hoe Spencers opa dat altijd graag met zijn warme baritonstem zong. Van grootvader op kleinzoon. Er tinkelde ijs in de thee en ze begon zacht met hem mee te zingen. 'Jesus, Lover of my soul...'

De jongen moest eens weten.

Nou ja, vanaf vandaag zou hij wat meer weten. Genoeg om een en ander duidelijk te krijgen.

Ze hobbelde langs Spencer heen, die, zoals gewoonlijk, in kleermakerszit op de vloer zat, waarna ze zich in haar versleten groene schommelstoel liet zakken. Er stond een kleine glazen fles in *het hok*, oud en rood, die haar met zijn historie aanstaarde. Het glazen ding bevatte geheimen, geheimen die nog steeds de rillingen over haar rug lieten lopen. Ze slikte en verlegde haar blik naar het schilderij met Jezus erop, stervend aan dat ellendige hout, die haar recht aanstaarde. Ze bleef met haar beverige sopraanstem zachtjes met haar kleinzoon meezingen. '...laat me naar Uw boezem vlieden...' Ze zou zichzelf in de hand moeten houden – in ieder geval met Spencer erbij. Ze zou moeten vertrouwen zoals ze nog nooit vertrouwd had. Zolang ze er maar op vertrouwde dat Gods balans werkte zoals hij behoorde te werken, hoewel haar eigen balans in gedachten aan de verkeerde kant doorsloeg, zou ze het wel redden.

Maf eigenlijk dat zoveel mensen dat kruis zagen als een brug over de kloof tussen God en de mens – tussen hemel en aarde – en er toch maar zo weinig de moeite namen die brug over te steken. Hoevelen waren er niet druk bezig een *andere* weg over de kloof te zoeken? Hoeveel christenen ontweken niet de dood van God? Neem dagelijks je kruis op, had Hij gezegd. Dat was pas een paradox.

'Spencer.'

'Ja, oma?' Hij keek op van de lego waarmee hij het laatste half uur had zitten spelen. Hij had een ruimteschip gebouwd, zag ze. Hoe treffend.

Ze keek de kamer rond en dacht erover na hoe ze het hem het beste kon vertellen. 'Heeft je vader gisterenavond nog met je gepraat?'

Spencer knikte. 'Tuurlijk.'
'Over zijn werk?'
Spencer keek haar nieuwsgierig aan. 'Hoe wist u dat?'
'Dat wist ik ook niet. Daarom vroeg ik het. Maar ik wist wel dat hij... moeilijkheden op zijn werk heeft.'
'Ja, dat zei hij al. Heeft hij het u ook verteld?'
'Nee, maar ik wilde je vandaag helpen enkele dingen over je vader te leren begrijpen.'
Spencer liet de lego op de vloer liggen en ging nieuwsgierig rechtop zitten. 'Hij heeft het niet gemakkelijk.'
'Dat is zo, nietwaar?' Ze zweeg enkele seconden. 'Spencer, hoe lang denk je dat we al hebben gebeden dat je vader het licht zou zien?'
'Al heel lang.'
'Vijf jaar. Vijf jaren bonken op een koperen hemel. En toen vlogen de scheuren erin. Herinner je je dat nog? Drie weken geleden?'
De jongen knikte. Zijn ogen stonden wijdopen. 'Met mamma.' Spencer krabbelde op en klom in 'zijn' stoel, tegenover zijn oma. De lucht leek plotseling elektrisch geladen te zijn.
'Het lijkt erop dat onze gebeden aardig wat in beweging hebben gezet in de hemel. Je moet weten, Spencer, dat alles wat er met je vader is gebeurd, al van tevoren is uitgedacht.'
De jongen hield zijn hoofd een beetje scheef en dacht daarover na. 'Mamma's dood?'
Die jongen was niet dom. 'Dat had zijn doel.'
'Welk doel kan God nu hebben met de dood van mamma?'
'Laat me je een vraag stellen: wat was er groter bij de dood van je moeder? *Haar* geluk of je vaders verdriet?' Plotseling wilde ze haar eigen verdriet op de balans gooien en de vraag weer inslikken. Maar daar ging zij nu niet over – dat was in ieder geval duidelijk.
Hij keek haar enkele momenten bedachtzaam aan. Zijn mondhoeken krulden iets omhoog en vormden toen een schaapachtige grijns. 'Mamma's geluk?' zei hij.
'Inderdaad, schat. Vergeet dat niet. En wat er verder ook met je vader gebeurt, vergeet niet dat er honderdduizend paar ogen uit de hemel op hem neerkijken en volgen wat hij doet. Er kan van alles gebeuren en er gebeurt niets voor niets. Begrijp je dat?'
Spencer knikte, zijn ogen groot van verwachting.

'Heb je ooit van een man met de naam C.S. Lewis gehoord? Hij schreef eens: "Er is geen neutraal terrein in het universum. Iedere vierkante centimeter, iedere fractie van een seconde, wordt opgeëist door God en betwist door Satan." Zo gaat het ook ongeveer bij je vader, Spencer. Geloof je dat?'

Spencer sloot zijn mond en slikte. 'Ja. Soms is het moeilijk om te begrijpen...'

'Maar je gelooft het wel, nietwaar?'

'Ja, dat wel.'

'En waarom geloof je het, Spencer?'

Hij keek haar aan en zijn ogen leken bijna licht te geven. 'Omdat ik de hemel heb gezien,' zei hij. 'En ik weet dat de dingen anders zijn dan de mensen denken dat ze zijn.'

Haar gevoelens voor de jongen borrelden naar de oppervlakte en ze voelde een brok in haar keel. Hij had Gloria's gezicht. *Och, mijn God, mijn God. Wat gaat er in Uw gedachten om?* Toen ze naar haar kleinzoon keek, voelde haar borst aan alsof hij zou exploderen van verdriet.

Ze voelde een traan over haar wang lopen. 'Kom eens hier, lieverd,' zei ze.

De jongen kwam naar haar toe en ging op de leuning van haar stoel zitten. Ze pakte zijn hand, kuste die zachtjes en legde hem toen in haar schoot. 'Ik hou van je, kind. Ik hou verschrikkelijk veel van je.'

Hij bloosde en kuste haar op haar voorhoofd. 'Ik hou ook van u, oma.'

Ze keek hem in zijn ogen. 'Je bent een gezegend kind, Spencer. Ik denk dat we nog maar pas zijn begonnen. En jij hebt zo'n kostbare rol te vervullen. Geniet ervan, voor mij, wil je?'

'Dat doe ik, oma.'

'Beloofd?'

'Beloofd.'

Lange tijd hield Helen haar kleinzoon vast, terwijl ze in stilte de stoel heen en weer wiegde. Opmerkelijk genoeg liet hij haar begaan. Hij leek de omarming te koesteren. Al snel stroomden de tranen vrijelijk over haar gezicht en doorweekten haar blouse. Ze wilde niet dat de jongen haar zag huilen, maar ze kon er niets aan doen. Haar leven werd aan flarden gescheurd.

Behoorlijk letterlijk.

12

Kent viel halverwege de woensdagnacht in een slaap die aan bewusteloosheid grensde, met visioenen van gieren die traag door zijn dromen cirkelden. Hij werd pas laat wakker en kleedde zich met moeite aan om naar zijn werk te gaan. De gedachte om weer naar dat rovershol terug te keren, maakte hem al misselijk, maar hij kon met geen mogelijkheid om de raad van Dennis heen om tenminste zijn status als werknemer van de bank vol te houden. En het was hem de vorige middag niet gelukt de advocaat aan de lijn te krijgen, ondanks een tiental pogingen daartoe. Hij vermoedde dat dat mokkel van zijn advocaat een hekel aan hem begon te krijgen.

En nu was het ochtend. Dat betekende dat het tijd was om terug te gaan naar de bank. Terug naar de hel. Misschien zou hij vandaag wel de voeten van Borst wassen. Hem misschien wel een stevige massage geven. Hem feliciteren omdat hij Kent werknemer van de maand had gemaakt. Niet te geloven!

'Pap.'

Kent keek op van de rand van zijn bed, waar hij net zijn laatste sok had aangetrokken. Spencer stond in de deuropening van zijn slaapkamer, helemaal aangekleed. Zijn haardos zag er niet uit, maar goed, hij ging vandaag nergens heen.

'Hé, Spencer.'

Zijn zoon kwam binnen en ging naast hem zitten. 'Je bent laat uit bed,' merkte de jongen op.

'Ja, ik was weer in slaap gevallen.'

Plotseling legde Spencer een arm om zijn schouder en drukte hem tegen zich aan. 'Ik hou van je, pap.'

Die tentoonspreiding van genegenheid bezorgde Kent een zwaar gevoel in zijn borst. 'Ik hou ook van jou, jong.'

Zo bleven ze samen even zwijgzaam naast elkaar zitten.

'Je weet dat het nu goed is met mam, hè pap?' Spencer keek op. 'Ze is in de hemel, pap. Met God. En ze lacht daar.'

Kent moest even knipperen. 'Natuurlijk, Spencer, maar wij zijn hier beneden. Hier beneden is geen hemel.'

'Soms wel,' reageerde Spencer.

Kent woelde door het haar van de jongen en glimlachte. 'De hemel op aarde. Je hebt gelijk. Soms wel.' Hij stond op en deed zijn stropdas om. 'Zoals toen je moeder en ik trouwden. *Dat* was pas een stukje hemel. Of toen ik de Lexus kocht. Weet je nog dat ik voor de eerste keer thuiskwam met de Lexus?'

'Dat soort hemel bedoel ik niet.'

Kent liep naar de spiegel die aan de muur hing. Had nu geen zin in dit gesprek. Nu wilde hij alleen maar Borst kapot maken. In de spiegel zag hij zijn wenkbrauwen samentrekken. Daarachter staarde Spencers spiegelbeeld hem aan. Dat was zijn jongen, daar op dat bed, met ronde ogen en zijn benen bijna op de grond hangend.

'Kom op, Spencer. Je weet dat ik de dingen niet zie zoals jij. Ik weet dat je het beste voor mamma wilt, maar ze is gewoon verdwenen. We zijn nu met zijn tweeën, maatje. En we komen er wel uit.'

'Weet ik.'

Zo is het, zoon. Laat maar waaien.

'Maar misschien zouden we dezelfde weg moeten gaan als mam.'

Kent sloot zijn ogen en klemde zijn kaken op elkaar. Dezelfde weg als mam? En wat was die weg dan wel? Die weg leidde alleen maar naar de dood. *Tja, waarom gaan we niet allemaal gewoon dood en naar de hemel?*

Hij trok zijn stropdas aan en draaide zich om naar Spencer. 'We leven niet in een fantasiewereld. We leven in een echte wereld, waar mensen echt doodgaan. En wanneer ze doodgaan, is dat het einde. Twee meter onder de grond. Game over. En het heeft geen zin te doen alsof het anders is.'

'En hoe zit het dan met God?'

De deurbel klonk in de hal. Dat zou Linda zijn, de oppas die Helen had geregeld en die vandaag voor Spencer zou zorgen. Kent liep naar de deur.

'Waarom geloof je niet gewoon in God?'

Kent stopte en draaide zich weer om naar Spencer. 'Ik geloof wel in God. Ik bekijk het alleen wat ruimer, dat is alles.'

'Maar God houdt van je, pap. Ik denk dat Hij probeert je aandacht te trekken.'

Kent keek zijn zoon aan en zijn maag draaide zich om. Hij wilde zeggen: *Doe niet zo simplistisch, Spencer. Doe niet zo achterlijk!* Hij wilde het hem in zijn gezicht schreeuwen. Als al die verschrikkelijke gebeurtenissen in zijn leven te maken hadden met de een of andere schriftgeleerde met witte baard in de lucht, dan was God dement aan het worden op Zijn oude dag. Dan werd het tijd dat iemand met wat meer bewogenheid het roer ging overnemen.

Kent keerde zich weer om naar de deur, zonder te reageren.

'Hij laat je niet los, pap. Daarvoor houdt Hij te veel van je,' zei Spencer zacht.

Kent draaide om zijn as, opeens woedend. De woorden kwamen over zijn lippen voor hij ze kon tegenhouden. 'Jouw God interesseert me geen moer, Spencer! Houd gewoon je kop!'
Hij draaide zich weer om en liep kokend naar de voordeur, in de wetenschap dat hij een grens had overschreden. Hij trok de deur open en staarde woest naar de oppas die op de stoep stond.
Ze stak haar hand uit. 'Meneer Anthony?'
'Ja.' Kent hoorde dat Spencer ook naar de deur liep en hij wilde zich omdraaien naar zijn zoon en hem om vergeving smeken. Linda staarde hem aan met heldere grijze ogen en hij keek langs haar heen naar de straat. *Spencer, mijn lieve zoon, ik hou zoveel van je. Ik zou nog geen haar op je hoofd kunnen krenken. Nooit, nooit, nooit!*
Hij zou zich nu moeten omdraaien en de jongen in zijn armen moeten nemen. Spencer was alles wat hij nog had. Kent slikte een brok weg en stapte langs haar heen. 'Pas goed op hem,' droeg hij haar op zonder haar de hand te schudden. 'Hij kent de regels.'
Iedere vezel in Kents lichaam wilde zich omdraaien en terugrennen naar Spencer. Toch beende hij verder naar de Lexus die op de oprit stond te wachten. Toen hij het portier dichtsmeet, zag hij vanuit zijn ooghoeken zijn zoon. De jongen stond met hangende pootjes in de deuropening.
Kent scheurde de straat uit en schaamde zich kapot. Hij snapte niet waarom het onderwerp God hem zo woest maakte. De dood leek mensen meestal op hun knieën te brengen, de man daarboven smekend om een beetje begrip. Maar de dood van Gloria leek een bittere wortel in zijn hart te hebben geplant. Misschien wel omdat ze zo wreed aan haar einde was gekomen, ondanks haar geloof. En de gebeden van zijn schoonmoeder waren geëindigd waar alle gebeden eindigen: vervlogen in het niets.
Hij arriveerde bij de roodstenen bank en parkeerde de Lexus een beetje achteraf. Hij zou vandaag Dennis bellen om uit te vinden hoe snel ze een rechtszaak konden aanspannen. Dan kon hij daarna misschien vertrekken.
Kent verdween in de steeg die achter de bank langs liep. Voor geen goud nam hij nu de chique voordeur, met het risico die vadsige Bentley tegen het lijf te lopen. De achteringang was op het ogenblik goed genoeg.
Witte vingers van stoom rezen op uit het rooster halverwege de steeg dat op het riool uitkwam. Er lag vuilnis naast de container, alsof iemand het grote stalen ding had omgekiept en weer rechtgezet. Misschien een dakloze die vannacht nog honger had gehad. Of een slaapplaats zocht. Kent haalde een sleu-

telbos uit zijn zak en vond het exemplaar dat hem was verstrekt nadat hij een jaar eerder had geklaagd dat hij moest kunnen blijven doorwerken. Sinds dat moment was hij gekomen en gegaan wanneer hij wilde en had vaak tot laat in de avond doorgewerkt. Die herinnering lachte hem nu smalend uit.

Hoeveel extra uren van zijn leven had hij de bank niet gegeven? Dat moesten er duizenden zijn. En allemaal voor Borst en Tomatenhoofd. Als Spencers God nog iets met deze wereld te maken had, moest dat als kwelgeest zijn. Laten we eens kijken wie we vandaag het hardst kunnen laten schreeuwen.

Kent stak de sleutel in het slot.

Een gefluister vermengde zich raspend met de wind achter hem. 'Het is nog maar amper begonnen, idioot.' Kent tolde om zijn as.

Niets!

Zijn hart bonkte in zijn keel. De rolcontainer bewoog geen millimeter. De steeg was naar beide kanten leeg en witte stoomslierten stegen traag op van het rooster. Maar hij had het gehoord, luid en duidelijk. *Het is nog maar amper begonnen, idioot!*

Hij begon te stressen. Kent keerde zich weer om naar de grijsstalen nooduitgang en stak de sleutel er nogmaals met bevende hand in.

Aan zijn linkerkant zag hij een beweging en met een ruk draaide hij zijn hoofd die kant op. Een man met een versleten rood Hawaï-shirt en een smerige flodderbroek, die waarschijnlijk ooit blauw was geweest, leunde tegen de vuilcontainer en staarde hem aan. Kent schrok zich wezenloos en zijn hand bevroor om de sleutel. Nog geen drie seconden geleden zou hij hebben gezworen dat de steeg verlaten was.

'Wat een rotleven,' zei de man. Hij zette een bruinpapieren zak tegen zijn mond en nam een slok uit een verborgen fles. Hij hield zijn ogen op Kent gericht. Slierten vettig haar hingen in zijn nek. Een knobbelige neus vormde het rode middelpunt van zijn gezicht.

'Echt een *rotleven!*' Hij grijnsde nu en ontblootte daarbij een hele rij afgebrokkelde gele tanden. Hij kakelde en tilde de bruine zak weer op.

Kent zag de zwerver nog een slok nemen. Hij rukte de deur open en stapte vlug naar binnen. Hij werd ergens door achtervolgd. *Houd jezelf in de hand, Kent. Je verliest je grip op de werkelijkheid.*

De deur viel met een klap achter hem dicht en het was plotseling aardedonker in de ruimte erachter. Hij greep de muur beet, vond de schakelaar en lange tl-buizen flikkerden aan en verlichtten daarbij de lege gang. Lang en leeg, zoals de vooruitzichten van zijn leven. Bleek, wit, lang, leeg.

Wat een rotleven.

Kent dwong zichzelf in beweging te komen en aan het eind de hoofdgang in te stappen. Op de een of andere manier was hij in een achtbaan terecht gekomen, waarbij hij omhoog en omlaag suisde en met duizelingwekkende snelheid door de bochten raasde, met als doel hem om zeep te helpen. Een soort dodenrit uit de hel. En hij was niet in staat uit te stappen. Elk uur ging over in het volgende en elke dag zat vol met nieuwe bochten en loopings.

Betty was er niet toen hij de afdeling Information Systems bereikte. Waarschijnlijk naar het toilet om nog een extra laag mascara op haar meterslange nepwimpers aan te brengen. Kent glipte zijn kantoor binnen en deed zachtjes de deur dicht. *Daar gaan we dan.* Hij ging zitten en probeerde het zoemen in zijn hoofd tot stilte te manen.

Een volle minuut lang staarde Kent naar de tropische vissen die hun voorspelbare rondjes draaiden over de drie monitoren. Toen pas besefte hij dat hij nog steeds zijn koffertje in zijn hand geklemd hield. Hij liet het op de vloer vallen en pakte de telefoon.

Het kostte de geïrriteerde secretaresse van Dennis zeker vijf minuten om hem door te verbinden en dan nog alleen na Kents dreigement dat als ze het niet deed, hij iedere drie minuten zou terugbellen.

Dennis kwam aan de lijn. 'Kent. Hoe is het ermee, maat? Een beetje voorzichtig met mijn meiden.'

'Ze zat chagrijnig tegen me te doen. Je moet niet chagrijnig doen tegen klanten, Dennis. Slecht voor de zaak.'

'Je bent geen klant, Kent. Nog niet, tenminste.' Hij grinnikte. 'Wanneer je een rekening op de deurmat krijgt, ben je pas een klant. Dus wat is er aan de hand?'

Kent besloot niet te reageren op de plaagstoot. 'Niets. Of je moet acht uur in een kantoor zitten en niets doen terwijl iedereen om je heen luistert naar je nietsdoen, iets vinden. Het loopt hier een beetje uit de hand, Dennis. De hele bank weet het.'

'Kop op, maat.'

'We moeten verder, Dennis! Ik weet niet hoe lang ik dit nog volhoud.'

Er viel een lange stilte, wat nogal ongebruikelijk was voor zijn vriend, die nooit om woorden verlegen leek te zitten. Maar nu zweeg Dennis plotseling. Ademde, eigenlijk. Ademde zwaar. Toen hij weer wat zei, kraakte zijn stem. 'We kunnen hiermee verder wanneer jij positief bent, Kent.'

'Positief? Over wat? Ik *ben* positief! Ze denken hier dat ik mijn verstand kwijt

ben! We stampen die gasten onder de groene zoden, al is dat het laatste wat we doen!' Hij liet die opmerking bezinken en vroeg zich af of hij op de gang te horen was geweest. 'Toch?'
Er werd aan de andere kant van de lijn gegrinnikt. 'Tja, we zullen best wel wat onder de groene zoden stampen, maar hoe zit het met jou, Kent?' Dennis sprak nu tussen korte ademteugen door en pauzeerde na iedere zin om zuurstof binnen te krijgen. 'Ben jij wel positief over waar je staat?' Een nieuwe ademteug. 'Je kunt niet halverwege afhaken.' Weer een ademteug. Nog één. Kent fronste zijn voorhoofd.
De advocaat vervolgde: 'Het is niet bepaald zo dat God zomaar eventjes uit de hemel naar beneden reikt en je wat pasklare antwoorden geeft, weet je. Als je besluit een bepaalde kant op te gaan, loop je die weg ook helemaal uit, helemaal tot het eind. En draai ze allemaal de nek om als ze hun krukken nodig hebben!' Een serie korte ademstoten. 'Nietwaar, Kent? Dat is toch zo?'
Kent trok nog diepere rimpels in zijn voorhoofd. 'Waar *heb* je het over, man? Wie heeft het hier over halverwege afhaken? Ik zeg je dat we ze twee meter onder de grond moeten trappen! We draaien ze allemaal hun nek om.' Hij liet de opmerking over die krukken maar voor wat hij was. Geen idee waar dat op sloeg.
'Zo is het, Kent,' raspte de stem van de advocaat. 'Je moet doen wat nodig is. Dit gaat om leven en dood. Als je wint, wordt het leven. Als je verliest, wordt het de dood.'
'Inderdaad. En zoals het er nu vanaf hier uitziet, ben ik al zo goed als dood. We moeten *nu* handelen.'
'Als je het op hun manier doet, kom je gegarandeerd onder de groene zoden terecht. Als de een of andere idiote martelaar.' Een raspende pauze. 'Kijk maar naar Gloria.'
Gloria? Kent voelde zijn hart sneller kloppen. Hij begreep wat Dennis aan het doen was en dat was briljant. De man strekte zich uit naar hem, verbond zich emotioneel gezien met hem, zette de hoofdlijnen voor de strijd uit.
'Inderdaad,' zei hij. En Dennis zei dat de bank en God aan dezelfde kant stonden. Die wilden allebei het een en ander onder de groene zoden stoppen. God had zijn aandeel al geleverd door Gloria af te serveren. En nu deed de bank een duit in het zakje. Met hem.
Zijn nekharen gingen recht overeind staan. 'Goed, maar begraven zullen ze me niet, Dennis. Dan zullen ze me eerst moeten vermoorden.'
De telefoon lag enkele seconden zwijgend in zijn hand voor Dennis weer iets

zei. 'Nee, doden is tegen de regels. Maar er zijn andere manieren.'
'Nou ja, ik bedoel sowieso niet letterlijk iemand doden, Dennis. Dat is maar bij wijze van spreken. Maar ik snap je. Helemaal. En ik ben er klaar voor. Wanneer gaat dit balletje aan het rollen?'
Deze keer was het wel erg lang stil aan de andere kant van de lijn.
'Dennis? Hallo?'
'Nee.' Dennis was weer terug. Zijn stem klonk van veraf, als een echo. 'Ik denk dat je er nog niet klaar voor bent. Ik denk dat je er nog lang niet klaar voor bent, beste vriend. Misschien dat je er vanmiddag klaar voor bent.'
De telefoon klikte. Kent hield hem verbijsterd tegen zijn oor. Vanmiddag? Wat had vanmiddag in vredesnaam met wat dan ook te maken? Er welde een plotselinge paniek in hem op. Wat was er aan de hand? Wat -
De telefoon begon hard in zijn oor te boeren. Een elektronische stem vertelde hem op vriendelijke manier dat een telefoon tegen je oor houden zonder dat er een verbinding was, niet al te briljant overkwam.
Hij gooide de hoorn op de haak.
Inderdaad, de achtbaan uit de hel. *Grijp hem, jongens! Grijp hem!*
En nu? Wat moest hij nu op deze vervloekte plek? Hier naar zijn tropische vissen gaan zitten staren, terwijl Borst aan de andere kant van de gang zat uit te vogelen hoe hij zijn miljoenen zou gaan spenderen?
Cliff had zijn hoofd nog een keer om de hoek gestoken en een 'Goedemorgen' gelanceerd met die ananasetende grijns van hem. Kent forceerde een zuinig glimlachje en mompelde hetzelfde terug.
'Houd je taai, hè?' zei Cliff.
'Altijd. Taaier dan ik kan niet,' reageerde hij. Hij probeerde wat luchthartigheid te ontlenen aan zijn eigen ironie, maar hij faalde.
'Oké. Gewoon volhouden. Het wordt vanzelf zonniger als je volhoudt.'
Toen Kent opkeek, was Cliff alweer verdwenen. De deur klikte dicht. Moest je dat nu toch horen. Net een vader die wat wijsheden liep te spuien. *Hou vol, zoon. Hup, kom eens even op schoot zitten.*
Hij probeerde zich Cliff in actie op zijn snowboard voor te stellen. Het beeld raakte hem vol in het gezicht. Het vermengde zich met dat van Spencer, maar die stond op een skateboard.
Kent was het daaropvolgende uur zoet met het nakijken van zijn e-mail en idiote verhandelingen van de bank. Het meeste ging met een muisklik de prullenbak in. Hij verwachtte dat ieder moment een van de anderen binnen zou komen lopen en iets zou zeggen, maar dat gebeurde niet en dat begon aan

hem te vreten. Hij hoorde nu en dan hen gedempte stemmen, maar ze leken hem totaal te negeren. Misschien hadden ze niet eens gemerkt dat hij er was, maar het was waarschijnlijker dat ze zich door de hele situatie in verlegenheid voelden gebracht. *Heb je het gehoord van Kent en Bentley? Hij is echt helemaal geflipt, hè? Arme vent. Heeft zijn vrouw verloren – dat heeft hem over het randje geduwd. Zeker weten.*

Een paar keer dacht hij erover na Dennis terug te bellen – hem te vragen wat hij bedoelde met 'vanmiddag'. Maar de herinnering aan hoe de stem van Dennis had geklonken, zorgde ervoor dat hij het telefoontje uitstelde.

Hij riep het AFPS op en voerde het nieuwe password in: MBAOK. Het bekende bewegende beeld verscheen op het scherm en hij liet het een paar keer voorbijkomen voor hij het systeem inging. Een programma zoals dit zou voor iedere willekeurige bank miljoenen waard zijn. Hij zou eigenlijk gewoon de broncode op een CD-ROM moeten zetten en daarmee aan de weg gaan timmeren. Het was tenslotte zijn geesteskind.

Maar dat was het probleem. Het was niet van hem. Juridisch gezien tenminste niet.

Kent schrok van het plotselinge zoemen van zijn telefoon. Waarschijnlijk Dennis, die terugbelde om zich te verontschuldigen voor dat stompzinnige telefoongesprek. Hij wierp een blik op zijn nummermelder.

Het was Betty. Hij was niet in de stemming om over zakelijke aangelegenheden te praten. Hij liet het irritante ding gaan. Na een tiental keer dezelfde toon te hebben opgerispt, zweeg hij eindelijk.

Er bonkte een vuist op de deur en hij draaide zich met een ruk om. Betty stond in de deuropening, lijkbleek. 'Er is telefoon voor je,' zei ze. Het leek net of ze ziek was. 'Het is urgent. Ik zal hem nog een keer naar jouw toestel doorzetten.'

Ze trok de deur weer dicht. Deze keer griste Kent de hoorn van de haak. 'Hallo?'

'Hallo. Meneer Anthony?' Het was een vrouwenstem. Een zachte, beverige vrouwenstem.

'Ja, ik ben Kent Anthony.'

Een korte stilte. 'Meneer Anthony, ik ben bang dat er een ongeluk is gebeurd. Hebt u een zoon met de naam Spencer Anthony?'

Kent stond op. Zijn handen werden klam. 'Ja.'

'Hij is geraakt door een auto, meneer Anthony. Hij ligt in het Denver Memorial. U kunt maar beter snel komen.'

De adrenaline stroomde door Kents bloedvaten als kokend ijs. Het kippenvel stond in zijn nek en op zijn schouders. 'Is... hoe is het met hem?'

'Hij is...' Een ziekmakende pauze volgde. 'Het spijt me. Ik kan niet...'

'Vertel het me gewoon! Hoe is het met mijn zoon?'

'Hij is in de ziekenwagen overleden, meneer Anthony. Het spijt me...'

Heel even stopte de wereld met draaien. Hij wist niet of de vrouw nog meer zei. Als dat wel zo was, hoorde hij het niet, omdat het zoemen onder zijn schedeldak weer begon.

De telefoon viel uit zijn handen en bonkte op de vloer. Spencer? *Zijn* Spencer? Dood?

Hij stond als aan de grond genageld, zijn rechterhand nog steeds bij zijn oor, waar de telefoonhoorn zich had bevonden, zijn mond openhangend. De paniek kwam in golven en verspreidde zich langs zijn armen en benen als vuur. Kent draaide zich met een ruk om naar de deur. Die was dicht. Wacht eens even, dit zou een van die stemmen kunnen zijn geweest! Hij was gek aan het worden, toch? En nu hadden die stemmen van zijn waanzin hem geraakt waar ze wisten dat hij het meest zou worden gekwetst. Ze probeerden zijn hart uit zijn borstkas te rukken.

Hij is in de ziekenwagen overleden, had de stem gezegd. Een beeld van Spencers blonde hoofd dat geknakt op een brancard lag, flitste door zijn gedachten. De armen van zijn jongen schudden heen en weer als de ziekenwagen over een bobbel reed.

Hij struikelde naar de deur en trok hem open, zich nauwelijks bewust van wat hij deed. Betty zat achter haar bureau, nog steeds erg bleek. En toen besefte Kent dat het een echte stem was geweest.

Een golf inktzwarte duisternis spoelde over hem heen en hij verloor alle besef van zijn omgeving. De dagen hiervoor hadden hem verzwakt en alles viel nu weg, als kaf dat verwaait.

Hij kreunde ongegeneerd, zich onbewust van de deuren die rondom hem opengingen voor een nieuwsgierige blik op de commotie. Een klein gedeelte van zijn bewustzijn wist dat hij door de gang sjokte, zijn armen slap langs zijn lichaam, kermend als een gewond dier. De werkelijkheid om hem heen hing als een klein, onbetekenend detail aan een zwarte horizon. De rest zoemde om hem heen en was diepzwart.

Kent strompelde de gang uit, nu op de automatische piloot. Hij was halverwege de hoofdlobby toen de wreedheid van dit alles tegen zijn bewustzijn crashte en hij begon gejaagd en heftig raspend adem te halen, als een vis die door een woedende golf op de rotsen was gesmeten. Spencers lieve, onschuldige gezicht zweefde voor zijn ogen. En toen Gloria's opgezwollen lichaam, nog steeds vlekkerig paars.

Hij bracht zijn handen naar zijn slapen en begon onvast te rennen. Hij wilde alles stopzetten; het kreunen, de pijn, de waanzin. Gewoon stopzetten.

Maar het kwam allemaal als een vloed opzetten, en in plaats van dat het stopte, begon hij te snikken. Als een bezetene rende Kent door de hoofdlobby, terwijl hij het haar bij zijn slapen beetgreep en luid jammerde.

Heel even stopten alle activiteiten in de bank.

Twaalf kasbedienden draaiden zich als één man geschrokken om. De hand van Zach, de bewaker, zweefde al naar de kolf van zijn splinternieuwe .38, waarschijnlijk voor de eerste keer.

Kent ramde door de zwaaideuren heen, rende met drie treden tegelijk de betonnen trappen af en haastte zich de hoek om. Hij knalde tegen zijn auto aan en besefte nauwelijks dat die van hem was.

Spencer! Nee, nee, nee! Alstublieft, niet Spencer!

Het gezicht van zijn zoon zweefde glimlachend door Kents gedachten. Zijn blonde haar hing voor zijn blauwe ogen. Kent voelde een golf duizeligheid door zich heen spoelen.

Het portier van zijn Lexus ging niet al te gemakkelijk open en hij rommelde wild met zijn sleutelbos, waarbij hij hem een keer liet vallen en met zijn hoofd hard in aanraking kwam met de buitenspiegel toen hij de sleutels weer wilde oprapen. Maar hij voelde geen pijn van de snee boven zijn linker oog. Het warme bloed liep langs zijn wang en dat voelde op een vreemde manier geruststellend aan.

Toen zat hij achter het stuur en bevond zich in het verkeer. Gillende banden, blèrende claxon en met zijn handen wild in zijn ogen wrijvend om zijn beeld helder te krijgen.

Hij was er zich nauwelijks van bewust wat hij deed en wat er om hem heen gebeurde. Het enige besef dat hij had, waren de pijn en de duisternis die door zijn bewustzijn raasden. Hij vloog kriskras door het verkeer heen, ramde op het stuur en probeerde de pijn van zich af te schudden. Maar toen hij met gillende banden tot stilstand kwam voor het ziekenhuis en een verpleegkundige hem geschrokken probeerde tegen te houden, wist hij dat het maar weinig uitmaakte.

Spencer was dood.

Ergens in de verwarring vertelde een goedbedoelende man in een witte jas hem dat zijn zoon, Spencer, van achter door een auto was geraakt. De auto was doorgereden. Een van de buren had hem op het trottoir gevonden, in de buurt van het park, met een gebroken rug. Spencer heeft waarschijnlijk niet geweten waardoor hij werd geraakt, zei hij. Kent schreeuwde tegen de man en vertelde hem dat *hij* zich maar eens in zijn rug moest laten raken door een auto die zestig kilometer per uur reed, om eens te zien hoe dat voelde.

Hij strompelde de kamer in waar Spencers gebroken lichaam op een brancard lag. Hij had nog steeds zijn korte broek aan, hoewel zijn bovenlijf ontbloot was. Ze waren met zijn lichaam bezig geweest, maar Kent zag gelijk dat het bovenlijf van zijn zoon een rare hoek maakte met zijn heupen. Hij beeldde zich in dat dat lichaam dubbel knakte en gebroken op de grond terechtkwam, en ging over zijn nek op de grijze linoleum vloer. Hij strompelde verder naar het lichaam en zag alles om zich heen dansen. Toen raakte hij de bleke huid van zijn zoon aan, liet zijn wang op de bewegingloze borstkas rusten en huilde.

Het voelde aan alsof er een withete ijzeren pook uit het vuur van de hel was gehaald, waarmee zijn ziel werd gebrandmerkt. Niemand verdiende dit. *Niemand.* Dat schroeide diep na.

De pijn brandde zo sterk dat Kent zichzelf erin verloor. Ze vertelden hem later dat hij gigantisch tekeer was gegaan en had lopen vloeken – vooral vloeken – en dat dat zeker een uur had geduurd. Maar hij kon zich er niets meer van herinneren. Ze hadden hem een kalmerend middel gegeven, zeiden ze, en daarna was hij in slaap gevallen. Op de grond, in de hoek, opgerold als een foetus.

Maar dat herinnerde hij zich niet. Hij herinnerde zich alleen dat er die dag een groot deel van hem gestorven was. En hij herinnerde zich dat brandijzer dat onder zijn schedeldak had geschroeid.

13

Week zes

Helen Crane stuurde de prehistorische, bleekgele Ford Pinto door een perfect gemanicuurde voorstad en werd geraakt door de afschuwelijke façade. Als een Barbiedorp nauwkeurig neergezet om de smerig ruikende beerputten en

kerkers eronder aan het zicht te onttrekken.
Het voelde vreemd aan om door de wereld te rijden. Eenzaam. Alsof ze droomde en de huizen met hun groene tuinen van een andere planeet waren – omdat ze wist wat zich hier echt bevond en het veel meer verwant was aan een riool dan aan een perfecte buurt.
Dat was het probleem als je jezelf een week lang opsloot in gebed en je ogen werden geopend. Je zag de dingen wat helderder. En God zorgde er ook voor dat ze op het ogenblik alles wat helderder zag, net zoals hij had gedaan met de dienaar van de profeet Eliza. Hij had haar inzicht gegeven in het enorme drama dat zich buiten het blikveld van stervelingen afspeelde. Ze fungeerde als voorbidder – die ene sterveling die beide werelden kon zien, zodat ze kon bidden. En gebeden had ze, bijna tien dagen non-stop nu.
Maar dit was nog maar het begin. Net als het verdorren van de bladeren de herfst aankondigde, wist ze dat er meer zou volgen. Een heel seizoen lang.
Ze begon Gods oordeel in deze zaak te accepteren. Net zoals een vrouw soms de leiding van haar man accepteert – met een plastic glimlach, om een confrontatie te vermijden. Natuurlijk, het ging hier om God, niet om de eerste de beste man met zijn gebreken en zwakheden. Toch kon ze niet zomaar accepteren wat Hij had gedaan – of misschien wat Hij had toegestaan, wat met Zijn macht op hetzelfde neerkwam. Haar tijd leek verdeeld te zijn tussen twee werkelijkheden. De werkelijkheid waarin ze bittere tranen huilde en God Zijn idiote plan kwalijk nam, smekend om verlossing, en de werkelijkheid waarin ze zich boog voor Hem en beefde en huilde, in het besef wat het betekende om Gods stem te hebben gehoord.
God iets kwalijk nemen was natuurlijk belachelijk. Pure nonsens. Een mens had niet het recht God de schuld te geven van zijn moeilijkheden, alsof Hij precies wist wat Hij aan het doen was toen Hij sterrenstelsels creëerde, maar uitglijders maakte nu Hij zich bezighield met die wezentjes op de planeet Aarde.
Aan de andere kant was het God zelf, in al Zijn wijsheid, die de mens met zo'n wispelturige ziel had gemaakt. De ene dag gelovend en de volgende alweer twijfelend. Het ene moment liefhebbend en het volgende alweer vergetend. De mensheid.
'O, God, verlos ons van onszelf,' mompelde ze en reed de hoek om naar het huis van Kent.
Ze worstelde niet langer met haar geloof, zoals de meesten deden. Maar dat liefhebben… Soms wist ze niet wat ze daarmee aanmoest. Als de menselijke

natuur een magneet was, dan was zelfbevrediging staal, koppig vastklevend. En liefhebben… liefhebben was als hout, weigerend om aan de magneet te blijven hangen, hoeveel druk er ook werd uitgeoefend. Maar goed, ze was nog steeds een mens, zelfs na alles wat ze had meegemaakt voor dit allemaal begon. En Kent was een heilige, vergeleken met wat zij was geweest.

'Waarom leidt U ons op deze weg, Vader, en waar eindigt hij? Wat houdt u nog voor mij verborgen?'

In de vijf weken sinds ze voor de eerste keer de hemel open had gezien, samen met Gloria en Spencer, had ze iedere dag een glimp van het licht opgevangen. Maar slechts drie keer had ze een specifiek visioen gehad over wat zich daar afspeelde. De eerste keer had ze deze hele puinhoop gezien. De tweede keer zag ze Spencers dood. En een derde, een week geleden, net nadat Spencer was overreden.

Iedere keer had ze iets meer mogen zien. Ze had Gloria zien lachen en ze had ook Spencer gezien, lachend. Ze wist niet of ze de hele tijd lachten – dat zou je op een gegeven moment toch ook zat worden. Maar goed, daar zou tijd overheen gaan en er was in de hemel toch geen tijd? Ze had trouwens ook andere beelden gezien. In het laatste visioen zag ze Spencer en Gloria minstens twee keer stil zijn, huiverend, hun ogen gericht op iets wat zij niet kon zien. Zich wentelend in genot. En dan kwam het lachen weer, als afsluiting van zo'n moment. Een lach van verrukking en extase, niet veroorzaakt door humor. In feite was er niets grappigs aan waar haar dochter en kleinzoon mee bezig waren in de hemel.

Het was genot in zijn ongerepte vorm. Als ze dat niet had gezien, was ze waarschijnlijk stapelgek geworden.

Helen knipperde met haar ogen en keek naar Kents huis. Het leek wel een grafmonument van twee verdiepingen, afstekend tegen een bleekgrijze lucht. In haar laatste visioen had Helen een glimp opgevangen van het belang van het ding en was verbijsterd geweest. Ze had het in de verte gezien, achter de ruimte die werd ingenomen door Gloria en Spencer, en maar voor een kort moment. Er waren daar miljoenen, misschien wel miljarden schepsels verzameld. En *waar* was daar? Daar was de hele lucht, ook al leek dat onmogelijk. Ze waren bij elkaar gekomen in twee helften, alsof een kosmische tribune op één enkel veld neerkeek. Of was het een kerker? Het was de enige manier waarop Helen het visioen kon vertalen naar sterfelijke beelden.

Een eindeloze zee van engelen straalde wit aan de rechterkant. Ze deden allemaal hun best een goed zicht te krijgen op het veld beneden hen. Ze versche-

nen in diverse vormen, onbeschrijfelijk en anders dan wat ze zich ooit had kunnen voorstellen.
Aan de linkerkant creëerde een inktzwarte duisternis een soort vacuüm, dat alleen werd gevuld door het rood en geel van ontelbare knipperende ogen. De hardnekkige stank van braaksel dreef haar bij hen vandaan en ze was wit weggetrokken op de groene stoel in haar woonkamer.
Toen zag ze waar iedereen gespannen naar keek. Het was de man op het veld daar beneden. Hij rende alsof hij een gladiator was die door een leeuw werd achternagezeten. Maar er was geen leeuw te zien. Er was helemaal niets te zien. Toen vervaagden de hemelse gewesten en ze zag dat het Kent was en dat hij huilend door het park liep te rennen.
Ze was die middag naar hem toegegaan en had hem proberen te troosten. Hij had dat gelijk afgewezen. Ze had hem ook gevraagd waar hij om tien uur die morgen was geweest, het moment waarop ze haar visioen had gehad.
'Ik ben wezen hardlopen,' had hij gezegd.
Helen reed de oprit op en parkeerde de Pinto.
Kent deed de deur open na de derde keer bellen. Aan de wallen onder zijn ogen was te zien dat hij niet had geslapen. Zijn blonde haar zat in de war en zijn normaal zo heldere blauwe ogen keken onder halfgesloten oogleden door.
'Hallo, Kent,' probeerde Helen met een glimlach.
'Hallo.' Hij liet de deur open staan en liep weer terug naar de woonkamer. Helen liet zichzelf binnen en deed de deur dicht. Toen ze onder de open overloop doorliep, hing hij alweer onderuit in een stoel.
De geur van een dag oude afwas hing in de lucht. Waarschijnlijk al een afwas van een week. Dezelfde muziek die hij al dagenlang draaide, zweefde melancholiek door de verduisterde woonkamer. Celine-nog-wat, had hij haar verteld. Dion. Celine Dion en het was een CD, zoals de initialen van haar naam. CD.
Ze keek de onopgeruimde kamer rond. De lamellen waren gesloten en ze knipperde met haar ogen om te wennen aan het gedimde licht. Een hele stapel vuile borden en ander servies kwam aan haar rechterkant boven de bar uit. Aan haar linkerkant produceerde de televisie zwijgzaam beelden zonder betekenis. Pizzadozen lagen gebroederlijk naast lege bierflesjes. Als hij het zou toestaan, zou ze hier het een en ander opruimen voor ze weer wegging.
Er was iets veranderd in de woonkamer. Haar ogen rustten op de schoorsteenmantel. Het grote schilderij met de titel *Vergeven* was weg. Een iets lichtere plek markeerde de plek waar een in spijkerbroek geklede moordenaar

met een hamer en bloederige spijkers in zijn handen werd vastgehouden door Jezus.
Ze liet zich op de bank zakken. Kent was niet zo gemakkelijk te benaderen. *Vader, open zijn ogen. Laat hem Uw liefde voelen.*
Kent keek naar haar alsof hij die gedachte had gehoord. 'Wat wil je van me?'
'Ik wil dat het beter met je gaat, Kent. Gaat het een beetje?'
'Zie ik eruit alsof het goed met me gaat?'
'Nee, eigenlijk zie je eruit alsof je net terug bent van een bezoek aan de hel.' Ze produceerde een gemeende glimlach en voelde plotseling een golf van medelijden voor haar schoonzoon. 'Ik weet niet wat ik tegen je moet zeggen om je te troosten, Kent, maar ik dacht dat je misschien wat gezelschap wilde hebben. Gewoon dat er iemand bij je was.'
Hij keek haar met hangende ogen aan en nipte aan een drankje dat hij in zijn linkerhand hield. 'Nou, dan heb je dat verkeerd ingeschat. Als ik gezelschap wilde hebben, denk je dat ik hier dan naar die zwijgende kijkkast zou zitten loeren?'
Ze knikte. 'Wat mensen zouden *moeten* doen en wat ze in werkelijkheid doen, zijn vaak twee heel verschillende dingen, Kent. En ik denk inderdaad dat je hier in je eentje naar die vreselijke muziek zou zitten luisteren als je gezelschap wilde hebben.'
Hij keek een andere kant op en negeerde haar.
'Maar jouw situatie is niet zo uniek. De meeste mensen in jouw situatie zouden hetzelfde doen.'
'Wat weet jij nou van *mijn* situatie?' vroeg hij. 'Wat een onzin! Hoeveel mensen ken je die in één maand hun vrouw en hun zoon hebben verloren? Praat niet over iets waarvan je niks weet!'
Helen voelde dat haar mond verstrakte. In een opwelling wilde ze naar hem toelopen en hem een klets in zijn gezicht geven. Hem een dosis van haar eigen verleden geven. Hoe durfde hij te praten alsof hij de enige was die pijn te verduren kreeg!
Ze beet op haar tong en haalde diep adem.
Aan de andere kant had hij niet helemaal ongelijk. Niet dat zij niet zou snappen wat zo'n verlies met je deed. God wist dat niets verder van de waarheid kon staan. Maar wel dat er maar weinigen waren die in zo korte tijd zo'n groot verlies te verwerken hadden gekregen. In ieder geval in dit land. In een andere tijd of op een andere plaats zou zo'n verlies helemaal niet zo uniek zijn. Maar in het Amerika van vandaag de dag was zo'n verlies niet gebruikelijk.

Vader, geef me vriendelijkheid. Geef me geduld. Geef me liefde voor hem.

'Je hebt gelijk. Ik heb te snel mijn mond opengetrokken,' zei ze. 'Vind je het erg als ik de keuken een beetje opruim?'

Hij haalde zijn schouders op en ze beschouwde dat als een *ga je gang*. Dat deed ze dan ook. 'Heb je geen andere muziek?' vroeg ze terwijl ze opstond. 'Iets snellers?'

Hij snoof alleen maar.

Helen deed de lamellen open en stortte zich biddend op de afwas. Op een gegeven moment stond Kent op en zette de een of andere popdeun op die ze niet kende. Ze neuriede wat mee met de refreintjes.

Het kostte haar een uur om de keuken weer in de vlekkeloze staat te krijgen waarin Gloria hem had gehouden. Ze vroeg zich wel af hoelang het zo zou blijven. Niet meer dan een dag, waarschijnlijk.

Helen keerde terug naar de woonkamer, met de gedachte dat ze maar beter gelijk kon zeggen wat ze te zeggen had en dan weer verdwijnen. Hij was duidelijk niet in de stemming om getroost te worden. En zeker niet door haar.

Ze keek naar het plafond en haalde zich de kosmische tribunes weer voor ogen, stampvol met nieuwsgierige blikken. Ze ging achter de bank staan en bestudeerde Kent zoals een van die hemelse schepsels hem zou bestuderen. Hij zat er neerslachtig bij. Nee, niet neerslachtig. Neerslachtigheid zou meer gekarakteriseerd worden door een droeve frons. Hij leek meer suïcidaal, helemaal geruïneerd, uitgerafeld als een touw waar een hond op had geknaagd.

'Ik heb de keuken schoongemaakt,' zei ze. 'Je zou in ieder geval kunnen oppassen dat je niet alles ondersteboven loopt wanneer je daar rondstruint.'

Hij keek haar aan en zijn adamsappels ging op en neer. Misschien herinnerde haar stem hem aan Gloria – daar had ze nog niet aan gedacht.

'Hoe dan ook. Is er nog iets anders wat ik voor je kan doen nu ik hier ben?'

Kent schudde zijn hoofd. Het was nauwelijks zichtbaar.

Toen begon ze. 'Weet je, Kent, je doet me denken aan iemand die ik ken die ook zijn zoon had verloren. Een beetje hetzelfde als jij, eigenlijk.'

Hij negeerde haar.

Ze dacht er hard over om weg te gaan zonder haar verhaal af te maken. *Weet u het zeker, Vader? Misschien is het nog te vroeg. Hij ziet er niet uit.*

God reageerde niet. Dat had ze trouwens ook niet echt verwacht.

'Hij was gek op dat joch. Ze waren onafscheidelijk en deden alles samen. Maar die jongen was niet zo – hoe zal ik het zeggen – niet helemaal... Laat ik zeggen dat het niet bepaald een knapperd was. Natuurlijk interesseerde dat

zijn vader helemaal niets.' Ze wuifde met haar hand. 'Helemaal niets. Maar anderen begonnen de draak met hem te steken. En dat niet alleen, ze wezen hem zonder meer af. Ze begonnen hem te haten. En hoe meer ze hem haatten, hoe meer begon zijn vader van hem te houden, als dat nog mogelijk was.'
Helen glimlachte. Kent keek haar nu met een lichte interesse aan. Ze ging verder.
'De jongen werd vermoord door een van zijn vrienden. De vader was er kapot van. Dat doet me aan jou denken. Hoe dan ook, ze kregen de dader te pakken. Hij had het wapen nog in zijn hand en het bloed zat er nog aan. Het was een dakloos en ongeïnteresseerd type – op weg naar een leven achter de tralies. Maar de vader diende geen aanklacht in. Hij zei dat het al een leven had gekost. Dat van zijn zoon. In plaats daarvan bood hij zijn liefde aan aan degene die zijn zoon had vermoord.'
Ze keek naar Kent voor een teken van herkenning. Zijn ogen staarden in die van haar, blanco. 'De onverwachte genegenheid brak bijna het hart van de jonge moordenaar. Hij ging naar de vader toe en smeekte om vergeving. En weet je wat de vader deed?'
Kent reageerde niet.
'De vader had de moordenaar lief als zijn eigen zoon. Hij adopteerde hem.' Ze zweeg even. 'Dat is toch niet te geloven?'
Kent keek vuil. 'Ik zou dat joch vermoorden.' Hij nam weer een slok uit zijn glas.
'Die vader had al een zoon verloren. Aan het kruis. Hij was niet van plan er nog een te laten kruisigen.'
Hij zat daar maar als een vaatdoek die over een droogrek was gehangen, zijn ogen half gesloten en zijn mond iets open gezakt. Als hij de betekenis van haar woorden al begreep, liet hij dat niet merken.
'God de Vader en God de Zoon. Je weet hoe dat voelt, nietwaar? En toch heb je Hem in je eigen hart vermoord. De Zoon. De laatste keer dat ik hier was, hing er nog een schilderij van jou boven de open haard.' Ze wees naar de muur waar het schilderij had gehangen. 'Jij was degene die de hamer en de spijkers vasthield. Het lijkt erop dat je er niet meer tegen kon om naar jezelf te kijken.'
Ze grijnsde.
'Hoe dan ook. Nu wil Hij *jou* adopteren. Hij houdt van je, meer dan je ooit zult bevatten. En Hij weet hoe je je voelt. Hij heeft hetzelfde meegemaakt. Zegt dat je iets?'

Kent reageerde niet. Hij knipperde en sloot zijn ogen, maar ze was niet van plan zijn bewegingen te gaan interpreteren. Ze wilde alleen maar het zaad planten en vertrekken.

Heel even dacht ze dat hij zou reageren. Maar toen zag ze dat zijn kaakspieren zich spanden en wist ze wel beter.

'Denk hier maar eens over na, Kent. Open je hart.' Helen draaide zich om en liep naar de deur, zich afvragend of dat alles was.

Dat was inderdaad alles.

'Tot ziens, Kent,' zei ze en liep naar buiten.

Plotseling voelde ze zich uitgelaten. Ze realiseerde zich dat haar hart bonkte van de opwinding over de boodschap die ze had afgeleverd.

Haar Pinto stond nog steeds op de oprit. Ze pakte haar sleutels en liep ernaartoe. Maar ze wilde niet rijden.

Ze wilde lopen. Echt lopen. Een absurd idee – ze was al te lang op de been en haar knieën deden behoorlijk pijn.

Dat besef hield haar tegen toen ze drie stappen van de auto vandaan was, de autosleutels nog slingerend in haar hand. Ze kon natuurlijk niet gaan lopen. Helen keek achterom naar de voordeur. Die bleef gesloten. De lucht boven haar was staalblauw. Een schitterende dag om te gaan lopen.

Ze *wilde* lopen.

Helen keerde zich weer om en liep naar de straat. Ze *zou* gaan lopen. Alleen maar naar het eind van dit blok huizen. Oké, haar knieën waren niet meer wat ze waren geweest, maar ze zouden haar dat stukje wel houden als ze langzaam liep. Ze neuriede in zichzelf en hobbelde het trottoir over.

Kent zag de deur dichtgaan en de klap bleef lang in zijn hoofd naklinken. Behalve dat hij zijn blik van de voordeur afwendde, bewoog hij niet. Maar zijn ogen stonden wijdopen en zijn vingers beefden.

Wanhoop spoelde over hem heen als een oceaandeining en op zijn gezicht werd een verdriet zichtbaar dat hem de adem benam. Zijn keel zat opeens helemaal dicht en hij gromde om de spanning in zijn spieren kwijt te raken. De golf omgaf hem en zoog hem mee.

Kents schouders begonnen te schokken en de snikken kwamen alsof ze werden afgeschoten. Zijn borst leek vast te zitten in een bankschroef en hij wist niet of het nu verdriet of verlangen was dat zijn adem uit zijn longen wrong.

Spencer had gelijk.
O, God! Spencer had gelijk!
Die erkenning kwam boven als een uitbarstende vulkaan en Kent voelde zijn mond vertrekken in een geluidloze schreeuw. Schrapend kwamen de woorden over zijn lippen.
'O, God!' Hij kneep zijn ogen dicht. Moest wel – ze brandden. 'O, God!'
De woorden brachten troost, als een verdovingsmiddel dat de verkrampte pijn uit zijn hart deed wegvloeien. Hij zei het nog eens. 'O, God.'
Kent bleef lange tijd in de golf ondergedompeld. Hij koesterde vreemd genoeg ieder moment, hunkerend naar meer. Hij verloor zichzelf daar, in het diepste verdriet en in de balsem van de troost.
Hij herinnerde zich een gebeurtenis, die zich als een oude acht millimeter film op de wanden van zijn geest afspeelde. Het waren Gloria en Spencer, dansend in de woonkamer, een keer laat op de avond. Ze hielden elkaars handen vast en zongen over gouden straten. Zijn camera zoomde in op hun gezichten. Ze staarden elkaar verrukt aan. Hij had dat moment toen grinnikend afgedaan, maar nu kwam het terug als het suikerlaagje over zijn leven. En hij besefte dat ergens in die uitwisseling het doel van het leven verborgen lag.
De herinnering maakte een nieuwe tranenstroom los.
Toen Kent ten slotte opstond en de woonkamer rondkeek, was het al schemerig. Uitgeput strompelde hij naar de keuken en deed de koelkast open zonder zich te bekommeren om het feit dat het licht in de keuken nog steeds niet brandde. Hij trok er een één dag oude pizza uit, liet zich op een barkruk zakken en knabbelde een tijdje aan de zompig krokante eetwaar.
Zijn spiegelbeeld staarde hem aan vanaf een spiegel die in het halfduister tegenover hem aan de muur hing. Het was een man met hangende wangen en rode ogen, zijn haar in de war en de dood op zijn gezicht. Hij stopte met kauwen en staarde naar de spiegel, er maar half van overtuigd dat hij naar zichzelf zat te kijken. Maar hij besefte dat dat de nieuwe Kent was – een gebroken, uitgerangeerde dwaas.
Hij keerde de spiegel zijn rug toe en at nog een stuk pizza, voor hij de rest wegmikte en hij weer achter de televisie kroop. Twee uur later viel Kent in slaap bij het drukke, maar verder monotone gebrabbel van een Spaanstalige voetbalcommentator.
De groene analoge cijfers van de klok vertelden hem dat het elf uur de volgende morgen was toen zijn ogen knipperend opengingen. Rond de middag was het hem gelukt een douche te nemen en schone kleren aan te trekken. Het

was hem ook gelukt een conclusie te trekken.
Het was tijd om verder te gaan.
Er waren pas zes dagen voorbijgegaan sinds de dood van Spencer. Vier weken sinds het overlijden van Gloria. Door hun dood was hij alleen achtergebleven. Maar dat was het hem nu juist – er was niemand over om mee te rouwen. Behalve Helen dan. En Helen kwam van een andere planeet. Dus bleef alleen hij over en hij kon niet leven met zichzelf. Niet alleen met zichzelf.
Hij zou spoedig de dood moeten vinden of weer iets van het leven maken.
Zichzelf van het leven beroven trok hem ergens wel – een soort definitieve gerechtigheid ten opzichte van de waanzin. Hij had de afgelopen dagen lange uren zitten broeden op dat idee. Als hij zichzelf om zeep zou helpen, zou hij dat met een overdosis van de een of andere verdovende drug doen. Dat had hij beslist na een honderdtal andere mogelijkheden de revue te hebben laten passeren. Als hij dan toch ging, dan liever zo stoned als een garnaal.
Aan de andere kant – er broeide iets in zijn hoofd, iets wat in gang was gezet door wat Helen had gezegd. De kwestie met God. De herinnering hing als een dikke mist in zijn gedachten, aanwezig, maar een beetje verward. De emoties hadden hem bijna vernietigd. Een soort roes waarvan hij zich niet kon herinneren dat hij die ooit eerder had gevoeld.
Hij herinnerde zich dat hij, net voor hij in slaap was gevallen, had gedacht dat het zijn liefde voor Spencer was die deze emoties had losgemaakt. Ja, dat zou het wel zijn, omdat hij er wanhopig naar verlangde zijn zoon weer te zien. Hij zou alles geven – alles – om hem het leven weer te geven. Ongelofelijk dat één klein leven zoveel kon betekenen. Er krioelden zes miljard mensen over de aardbol, maar de dood van één joch van tien bezorgde hem meer pijn dan hij kon dragen.
Kent verliet zijn huis. Hij kneep zijn ogen halfdicht tegen het felle zonlicht.
Het werd tijd om verder te gaan.
Ja, dat was de uiteindelijke conclusie.
Maar het was eigenlijk ook niet echt een conclusie. Verdergaan met wat? Naar wat? Werken bij de bank trok hem net zo aan als een trektocht op blote voeten door de Sahara. Hij had nu al in geen week meer contact gehad met zijn collega's. Hoe zou hij Borst nu onder ogen kunnen komen? Of nog erger, die vetzak van een Bentley? Die rommelden gegarandeerd lekker verder, genietend van zijn beloning, terwijl hij er alleen twee doden aan overgehouden had. Als hij ook maar één gewelddadig bot in zijn lijf had gehad, zou hij het negen millimeter pistool pakken dat hij van zijn oom voor zijn dertiende ver-

jaardag had gekregen en ermee naar die rotbank gaan.
Hij kon natuurlijk ook een rechtszaak aanspannen – wat juridische projectielen afvuren in hun richting. Maar de gedachte met Dennis Warren te moeten samenwerken, bezorgde hem een misselijk gevoel. Dennis was volgens hem tijdens dat laatste gesprek gestoord geworden. De woorden van zijn advocaat bleven nog steeds nagalmen. *Ik denk dat je er nog niet klaar voor bent. Ik denk dat je er nog lang niet klaar voor bent, beste vriend. Misschien dat je er vanmiddag klaar voor bent.*
Die middag? Toen was Spencer gestorven.
Nee, Dennis was geen optie, concludeerde Kent. Als hij de bank zou aanklagen, zou dat met een andere advocaat zijn.
Dan bleef over een andere baan vinden, een gedachte waar hij nog zieker van werd dan het idee de bank aan te moeten klagen. Maar dan zou hij tenminste wel zijn rekeningen kunnen blijven betalen. Een rechtszaak kon hem tenslotte ook aan de bedelstaf helpen.
Hij zou hoe dan ook weer met Helen moeten gaan praten. Voor de troost die ze leek te kunnen bieden. God. Misschien had Spencer tenslotte toch gelijk gehad. Kent voelde een brok in zijn keel ontstaan en hij vloekte zacht. Hij wist niet hoeveel van dit soort emotionele vlagen hij nog zou kunnen verdragen.
De dag was in een zucht voorbij, verdeeld tussen het park en het huis, maar Kent had zijn hersens tenminste weer in beweging gezet. Het was een begin.
Ja, het werd weer tijd om verder te gaan.

14

Kent kreeg die nacht, tegen de morgen, het visioen, als een zwarte bliksemstraal door de schaduwen van zijn geest.
Of misschien was het wel geen visioen. Misschien was het wel echt.
Hij stond weer in de steeg achter de bank. Er rees weer stoom op vanonder het rooster dat toegang gaf tot het riool. De container lag nog steeds op zijn kant en verspreidde een smerige lucht. Kent keek naar de zwerver die de inhoud uit zijn fles slurpte. Hij sloeg de fles nu echter niet achterover. Hij stak een lange, roze tong in de flessenhals en gebruikte die als rietje. Het was meer iets dat je zou verwachten in een droom. Dus het moest wel een visioen zijn geweest. Een droom.

De zwerver droeg niet langer versleten kleren, maar een zwart kostuum met glimmende schoenen en een gestreken overhemd. Heel respectabel. Behalve dan het piekerige haar dat in zijn nek en aan zijn kin hing. Het leek net alsof de man een tiental rode wratten probeerde te verbergen, maar de lange slierten haar benadrukten ze alleen maar en dat kwam in ieder geval niet respectabel over. Ook dat trucje met die tong niet.
De zwerver die veranderd was in een respectabele burger, bleef maar wauwelen over wat een geluksvogel Kent was met zijn chique auto en zijn topbaan. Kent onderbrak het gezeur met de opmerking: 'Ik ben niet beter af dan jij, ouwe jongen.'
'Ouwe jongen?' De zwerver likte zijn lippen met die lange roze tong. 'Denk je dat ik oud ben? En hoe oud zie ik er volgens jou dan uit, maat?'
'Het was maar een uitdrukking.'
'Nou ja, je hebt gelijk. Ik ben inderdaad oud. Behoorlijk oud zelfs. En ik heb in die jaren een paar dingen geleerd.' Hij grijnsde en stak zijn tong weer in de fles, zonder Kent uit het oog te verliezen.
Kent fronste zijn wenkbrauwen. 'Hoe doe je dat?' vroeg hij.
De tong werd snel uit de fles teruggetrokken. 'Hoe doe ik *wat*?'
'Dat met je tong.'
De zwerver grinnikte en krabbelde aan een van de wratten onder zijn kin. 'Dat is een van de dingen die ik door de jaren heen heb geleerd, jongen. Iedereen kan dat. Je moet gewoon je tong iedere keer een beetje verder oprekken. Kijk maar.' Hij deed het nog een keer en Kent huiverde.
De man stak zijn tong in zijn mond en vervolgde: 'Heb je wel eens van die Afrikanen gezien die hun nek zo'n twintig centimeter oprekken? Dat is zo'n beetje hetzelfde. Je rekt de boel gewoon op.'
Het leek kil te zijn geworden in de steeg. De witte stoom uit het riool zweefde langs de grond weg en Kent bedacht dat hij eens aan het werk moest. Wat programmeerwerk afmaken.
Maar dat was nu juist het probleem. Hij wilde die deur niet meer binnengaan. In feite, nu hij eraan dacht, was daarbinnen iets beroerds gebeurd. Hij kon zich alleen niet meer herinneren wat.
'Wat houdt je eigenlijk tegen, jongen?' De man wees naar de deur. 'Ga toch naar binnen. Pak die miljoenen van je.'
'Hè? Is dat wat je denkt?' reageerde Kent. 'Jij denkt dat mensen zoals ik miljoenen verdienen met slavenwerk voor de een of andere grote bank? In de verste verte niet, oude man.'

De grijns verdween van het gezicht van de zwerver en zijn lippen tuitten zich. 'Denk je dat ik gek ben? Je noemt me wel een oude man, maar je praat tegen me alsof ik helemaal niets weet? Je bent een idioot die uit zijn nek kletst!'
Kent deed een stap terug, geschrokken door de plotselinge woede-uitbarsting. 'Rustig aan, man. Ik kan me niet herinneren dat ik heb gezegd dat je dom bent.'
'Dat had je net zo goed wel kunnen doen, imbeciel!'
'Luister, ik wilde je echt niet beledigen. Ik ben sowieso niet beter af dan jij. Het heeft helemaal geen zin om je beledigd te voelen.'
'En als jij denkt dat je niet beter af bent dan ik, dan ben je pas echt een idioot. En verder, het feit dat je er niet eens aan denkt om te doen wat ik in jouw plaats zou doen, bewijst dat je een nog grotere idioot bent!'
Kent trok een rimpel in zijn voorhoofd, afgeschrikt door de onbeschoftheid van de zwerver.
'Luister, ik weet wat jij denkt dat je zou doen, maar mensen zoals ik verdienen gewoon niet zoveel geld.'
'Mensen *zoals* jij? Of *jij*? Hoeveel heb *jij* verdiend?'
'Het lijkt me niet dat jij daar ook maar iets...'
'Vertel het me nu maar gewoon, halve gare,' zei de man. 'Hoeveel geld heb je rechtmatig in die betonnen doos daar verdiend?'
'Hoeveel... rechtmatig?'
'Natuurlijk. Hoeveel?'
Kent zweeg even en dacht na over dat woord. *Rechtmatig*. Rechtmatig had hij de bonussen verdiend die uit het AFPS zouden voortvloeien. Miljoenen. Maar dat telde nauwelijks mee als inkomen. En daar had die mafketel hier sowieso geen snars mee te maken.
Er gleed een lichte grijns over de lippen van de zwerver. Hij hield zijn hoofd een beetje scheef en kneep zijn ogen een beetje dicht. 'Kom op, Kent. Zo moeilijk is het nu ook weer niet, nietwaar?'
Kent knipperde met zijn ogen. 'Hoe weet jij hoe ik heet?'
'Och, ik weet gewoon dingen. Zoals ik al zei, loop ik al wat langer mee. En ik ben niet zo dom als jij denkt. Ik denk dat je miljoenen hebt verdiend, jongen. En die kun je maar beter pakken.'
'Miljoenen? Ik kan hier niet zomaar naar binnen wandelen en een paar miljoen uit de kluis halen.'
'Nee. Maar je hebt de sleutel, toch?'
'Een sleutel? Doe niet zo idioot, man. De sleutel van deze deur heeft niets te

maken met de kluis. En trouwens, het lijkt erop dat je niet veel kaas hebt gegeten van beveiliging. Je kunt niet zomaar een bank inlopen en een miljoentje of wat stelen. Je krijgt nog geen cent los.'

'Stop met me uit te maken voor idioot, achterlijke dweil! Stop daarmee, stop daarmee, stop daarmee!'

Kents hart bonkte in zijn keel.

De zwerver bewoog zich nauwelijks. Hij staarde woest naar Kent en zijn stem werd een laag grauwen. 'Niet *die* sleutel, stommerd. De sleutel in je hoofd. De achterdeur naar die software. Jij bent de enige die de achterdeurcode hebt. Ze weten niet eens dat die bestaat.'

Het werd stil in de steeg. Doodstil. Kent had het idee dat hij was gestopt met ademen.

'Ik zeg tegen niemand wat,' zei de man grijnzend. Hij deed zijn mond wijdopen en begon te kakelen. Het geluid echode tegen de hoge stenen muren.

Kent struikelde van schrik een stukje achteruit.

De mond ging nog verder open, waardoor achter in de keel van de zwerver een zwart gat zichtbaar werd. Zijn tong kronkelde als een lange weg het duister in. Het werd een draaikolk en verzwolg de steeg in echoënd gekakel.

Kent ging met een ruk recht overeind zitten.

De plotselinge stilte raakte hem als een schokgolf. Hij zag alleen maar duisternis. Nat geworden lakens kleefden aan zijn lichaam. Zijn hart bonkte als een Afrikaanse drum.

Hij zat in bed, klaarwakker, verlamd door de gedachte die zijn nachtrust zo wreed had verstoord. De beelden van de zwerver verdwenen langzaam in de vergetelheid, overschaduwd door het idee dat hij in Kents gedachten had achtergelaten. Geen sterveling wist af van de achterdeur die hij die laatste week in de software van het AFPS had geprogrammeerd. Hij had het in Miami aan Borst willen vertellen en de documentatie willen overhandigen wanneer ze weer terug zouden zijn. Dat was voor alles misging.

ROOSTER.

Dat was de toegangscode. Daarmee kon elke geautoriseerde bankmedewerker het systeem binnengaan via een niet te traceren route, alle beveiligingen omzeilen en weer uit het systeem verdwijnen zonder de normale lopende processen te verstoren. Natuurlijk zouden niet zomaar alle bankmedewerkers een autorisatie krijgen. Maar één of twee misschien. De directeur en de adjunctdirecteur, die de code strikt geheim zouden moeten houden.

Kent zwaaide zijn benen over de rand van het bed en staarde in het duister.

Het meubilair begon vaag zichtbaar te worden. Het besef van wat hij met ROOSTER zou kunnen doen, kolkte als een nucleaire paddenstoel in zijn gedachten op. Als de bank de achterdeur niet had ontdekt, dan stond die nog steeds open voor iedereen die in het bezit was van de toegangscode.
En hij had de code. De sleutel van de zwerver.
ROOSTER.
Wat kon een bankmedewerker niet voor elkaar krijgen met ROOSTER? Alles. Zolang je maar de juiste vakkennis had. De vakkennis van een softwareprogrammeur. De vakkennis die hijzelf bezat en waar hij beter in was dan iedereen die hij kende. Zeker met betrekking tot het AFPS. Hij had tenslotte de code geschreven!
Kent duwde zichzelf bibberend van het bed. Hij wierp een blik op de klok: twee uur in de ochtend. De bank zou natuurlijk totaal verlaten zijn. Hij *moest* weten of ze ROOSTER hadden gevonden tijdens de implementatie van het programma. Borst kennende, zou dat wel niet zo zijn.
Hij liep naar zijn kledingkast en bleef stilstaan. Waar was hij mee bezig? Hij kon daar nu niet zomaar naar binnen gaan. Het beveiligingsbedrijf zou zijn vroege binnenkomst registreren. Geen optie.
Kent liep naar de badkamer. Hij moest hier eens goed over nadenken. *Rustig aan, jongen.* Halverwege zijn gang naar de badkamer liep hij weer terug naar zijn slaapkamer. Hij moest helemaal niet naar het toilet. *Houd jezelf in de hand, man.*
Toen hij weer op bed lag, begon hij voor de eerste keer die nacht helder na te denken. Feit was dat als ze ROOSTER over het hoofd hadden gezien, hij ongemerkt toegang had tot het AFPS en een verbinding tot stand kon brengen met welke bank dan ook op het federale reservesysteem. En wat hij allemaal kon doen als hij daar eenmaal inzat, was natuurlijk weer een heel ander verhaal.
Hij kon natuurlijks niets voor zichzelf pakken. Dat was regelrechte misdaad. Mensen verdwenen voor jaren achter de tralies voor witte boorden criminaliteit. En hij was geen crimineel. Om maar te zwijgen over het feit dat banken hun geld niet zomaar naar buiten lieten wandelen zonder het na te trekken. Elke dollar was geregistreerd. Rekeningen moesten kloppen. Transacties werden nagetrokken.
Kent pakte een kussen en drukte die tegen zijn borst. Aan de andere kant, door het AFPS zonder de hulp van Kent eigenlijk te vroeg te implementeren, had Borst niet alleen onbedoeld zijn flank onverdedigd gelaten, maar ook de achterdeur opengelaten naar miljarden bankrekeningen over de hele wereld.

Kent voelde een rilling over zijn rug lopen. Alleen al de Niponbank had wereldwijd bijna honderd miljoen rekeningen. Privé-rekeningen, zakelijke rekeningen, federale rekeningen – en ze waren allemaal bereikbaar met ROOSTER. Hij zou zo de privé-rekening van Borst binnen kunnen wandelen als hij wilde. Smerige opmerkingen op zijn afschrijvingen achterlaten. De idioot de schrik van zijn leven bezorgen. Ha! Kent moest glimlachen. Er verschenen zweetdruppeltjes op zijn bovenlip en hij veegde met zijn arm over zijn mond.

Hij stelde zich het gezicht van Bentley voor wanneer die zijn bankafschrift las en daar in plaats van een bonus van honderdduizend dollar een stevig tekort vond. Hij zou misschien wel paars aanlopen en ter plekke dood neervallen.

Kent knipperde een keer met zijn ogen en schudde die gedachten van zich af. Absurd. Het hele idee was absurd.

Maar aan de andere kant was alles in zijn leven absurd geworden. Hij was de drang om verder te leven kwijtgeraakt. Waarom zou hij niet gebruik maken van de situatie, de misdaad van de eeuw begaan, de bank bestelen die hem had belazerd? Dan had hij weer een reden om verder te leven. Hij had de afgelopen tijd veel verloren. Wat terugpakken had wel iets van gerechtigheid. Natuurlijk zou het bijna onmogelijk zijn een streek uit te halen zonder te worden opgepakt. *Bijna* onmogelijk. Maar hij *zou* het kunnen. Als hij alles maar goed van te voren plande. *Stel je eens voor!*

En dat deed Kent. Hij beeldde zich het hele scenario eens in. En daar bleef hij mee bezig, zijn ogen wijdopen, tot de dageraad aanbrak. Van slapen kwam even niets, want des te meer hij erover nadacht, des te meer hij zich realiseerde dat als ROOSTER nog steeds bestond, hij een rijk man zou kunnen worden. Smerig rijk. Hij zou een nieuw leven kunnen beginnen. Zelf voor wat gerechtigheid kunnen zorgen. Een leven in de gevangenis riskeren, maar desalniettemin een leven. Het alternatief was een ploeterend bestaan langs het spoor dat het bedrijf voor hem trok en dat voelde aan als een langzame dood. En hij had genoeg van de dood.

Het was woensdag. Vandaag zou hij naar de bank gaan en terloops uitzoeken of ROOSTER nog steeds intact was. En zo ja…

Hij huiverde. Het was inderdaad tijd om verder te gaan. Maar hoe zat het dan met Helen? En met die kwestie met God? Dat zou natuurlijk moeten wachten. Als de ROOSTER, de haan, nog leefde, kon hij aan de slag.

15

Kent reed om half negen langs de bank, parkeerde in een zijstraat en beende naar de steeg toe. Hij besefte dat de zwerver er nog zou kunnen zijn, zich verbergend in de schemer. Die gedachte deed zijn hart sneller kloppen. Hij keek om de hoek van de steeg en verwachtte min of meer een lange roze tong een flessenhals in te zien glijden. Maar de steeg leek leeg, op de container na dan, maar die was ook geleegd. Kent haastte zich naar de achterdeur en glipte de bank binnen. Hij haalde een keer diep adem, trok zijn stropdas recht en beende naar de afdeling Information Systems.

Betty's ogen vlogen open toen hij de deur opendeed en binnenkwam. Hij glimlachte en gaf een galant knikje met zijn hoofd. 'Goedemorgen, Betty.'

Haar mond ging open, maar er kwam geen enkel geluid uit.

'Wat is er aan de hand? Tong ingeslikt? Is Borst er?'

Ze knikte. 'Goedemorgen. Ja.'

'Goedemorgen,' herhaalde hij en liep naar het kantoor van Borst.

Hij klopte op de deur en stapte naar binnen na een gedempt gemompel. Borst zat achter zijn bureau, strak in een nieuw bruin pak. Het toupetje had zijn comeback gemaakt, waardoor zijn kalende hoofd werd bedekt door sluik zwart haar. Echt inktzwart. Vuurrode bretels maakten het plaatje af.

De ogen van Borst rolden bijna uit hun kassen en hij sprong op van zijn stoel alsof die onder stroom stond. De bretels trokken zijn broek strak in zijn kruis toen hij opstond. Hij zag er clownesk uit.

'Goedemorgen, Borst.' Dit zou rustig moeten gebeuren. Stap voor stap. 'Ik ben terug. Ik neem aan dat ik hier nog steeds werk?'

De man knipperde enkele keren met zijn ogen en haalde zijn tong over zijn roze lippen. 'Kent, man, ik schrik me dood. Ik had er geen idee van dat je vanmorgen weer zou beginnen. We hadden niets meer van je gehoord.' Zijn lippen wisten een grijns te produceren. 'Ja, natuurlijk werk je nog hier. Ga zitten. Hoe is het met je?'

'Eigenlijk zou ik graag even tien minuten hebben om me weer te installeren. Geen probleem?'

'Tuurlijk niet. Ik vertrek rond de middag naar Phoenix.' De wenkbrauwen van de man gingen omhoog. 'Je bent dus van plan te blijven?'

Kent draaide zich weer om naar de deur. 'Geef me even een paar minuten, dan praten we verder.' Hij trok de deur dicht en zag dat Borst al naar de telefoon greep. Ongetwijfeld om Chefmans te bellen. Kents hart klopte in zijn keel. Wisten ze het?

Natuurlijk niet. Hoe konden ze van die droom afweten? Hij had nog niets uitgespookt.

Kent knikte naar Betty met haar ogengesperde ogen en ging zijn kantoor binnen. Hij deed de deur achter zich op slot. De gele tropische vis draaide nog steeds zijn rondjes over de beeldschermen. Zijn vingers beefden hevig toen hij ze uitstak naar het toetsenbord en hij balde even zijn vuisten om het op te laten houden.

Oké, rustig aan. Het enige wat je doet, is het controleren van een stukje van je eigen code. Daar is niets mis mee.

Het plan was simpel. Als ROOSTER nog steeds intact was, zou hij weer naar Borst gaan en mooi weer spelen. Zichzelf wat tijd geven om dit uit te denken. En als ze ROOSTER hadden afgesloten, zou hij direct ontslag nemen.

Een lichte aanraking van de muis liet de vis verdwijnen. Een tiental icoontjes hing voor een diepblauw oceaanpanorama. Kent verplaatste de muis over het rood met blauwe AFPS-icoontje naar het icoontje van Explorer. Iedere verbinding met het systeem zou worden geregistreerd – in ieder geval als je je toegang verschafte via de deuren waarvan ze zich bewust waren. En als hij geluk had, was de beveiliging niet zover uitgebreid dat ze zijn terminal helemaal konden afsluiten van het systeem.

Zijn hart bonkte luid in de stilte van zijn kantoor. Kent vloog door de menu's naar een verborgen map die zijn eigen password vereiste om erin te komen. Hij toetste het in. De inhoud kwam tevoorschijn. Hij scrolde naar beneden en zocht naar de file waarin hij ROOSTER had gestopt. De lijst kwam te snel voorbij en hij deed het nog eens langzaam over. *Schiet op. Je moet hier ergens zijn.* En daar was het: MISC. Hij verplaatste de muis ernaartoe en gaf een dubbelklik.

Het scherm werd zwart. Kent hield zijn adem in, zich ervan bewust dat zijn benen trilden. Hij zette zijn hielen op de grond om het te stoppen. *Schiet op.* Het beeld werd wit, bezaaid met zwarte letters en symbolen. Code. Ken ademde luidruchtig uit. De code van ROOSTER! Een levensvatbare, niet na te trekken haak in het Funds Processing System, recht voor zijn neus.

Hij staarde er een minuut lang naar, zonder een vin te verroeren, dolblij met het feit dat hij de helderheid van geest had gehad om dit nog even snel aan het pakket toe te voegen. Het was niet mooi. Nog geen kleurtjes of icoontjes. Alleen maar rauwe code. Maar nu een andere vraag: verschafte het programmaatje hem nog steeds toegang tot het systeem? Kent voelde een plotselinge vlaag van paniek in zich opborrelen. Wat als ze het hadden gevonden en de code hadden laten zitten maar de verbinding met het systeem hadden verwijderd?

Hij tikte op een toets en voerde één woord in: RUN. Er verscheen ogenblikkelijk een nieuwe regel, die om een password vroeg. Hij toetste de naam in. R-O-O-S-T-E-R.

Het scherm werd weer donker en na een seconde verscheen het bekende blauwe menu waaraan hij zoveel jaar had gewerkt. Kent knipperde een keer met zijn ogen. Hij zat in het AFPS! Achter de beveiliging langs. Vanaf hier kon hij doen wat hij wilde zonder dat een andere sterveling erachter zou komen.

In de juiste handen was het een beveiligingssysteem op zich, ontworpen om sabotage en virussen aan te pakken. In de verkeerde handen was het een toegangskaartje tot de kluizen van de bank. Of erger nog, naar iedere rekening die verbonden was met deze bank.

Kent ging vlug weer uit het systeem. Zijn handen waren zweterig. Toen hij weer terug was bij de diepblauwe oceaan, liet hij zijn handen in zijn schoot vallen. Niemand kon nu op wat voor manier dan ook ontdekken dat hij zijn computer zelfs maar had aangeraakt, laat staan dat hij onder de rokken van de bank had gegluurd.

Hij haalde diep adem en stond op. Dit was waanzin. Die idiote gedachten aan diefstal waren echt over het randje. Absurd. Ze zouden hem slopen. Hij dacht opeens aan Spencer en bewoog zijn hand naar zijn voorhoofd. Wat een chaos. Hoe dan ook, hij wist nu wat hij wilde weten.

Er werd op de deur geklopt en Kent sprong bijna een meter de lucht in. Hij draaide zich met een ruk om naar de computer en keek of alles in orde was. Nee, geen spoor. Ontspan je. *Ontspan je, ontspan je!*

'Wie is daar?' riep hij.

'Cliff.'

Cliff. Beter dan Borst. Kent liet hem binnen. 'Sorry, ik wist niet dat hij op slot zat,' loog hij.

'Waar ben je mee bezig, Kent?' glimlachte de nieuwe aanwinst van de afdeling. 'Iets wat ik zou moeten weten?' Hij gaf Kent een stootje met zijn elleboog alsof ze en geheim deelden.

'Ja ja.' Kent dwong zijn hart tot rust te komen. Hij ging zitten en sloeg zijn benen over elkaar. 'Maar wat kan ik voor je doen?'

'Niets. Betty vertelde me net dat je terug was. Het leek me sympathiek om je

even welkom te heten.' De grijns verdween. 'Ik hoorde wat er is gebeurd. Je weet wel… met je zoon. Het is niet te geloven. Ben je wel oké?'
'Eigenlijk weet ik niet meer wat oké betekent, maar ik ben zover dat ik weer aan het werk kan, als je dat bedoelt.'
'Het zal best wat tijd kosten. Misschien is het wel het beste om weer aan het werk te gaan, als afleiding. En over werk gesproken, ik ben overal behoorlijk diep ingedoken sinds de laatste keer dat je hier was.' Hij glimlachte weer. 'Je kunt trots op me zijn. Ik heb dingen gevonden waarvan ik zeker ben dat alleen jij er vanaf weet.'
Er liep een rilling over Kents rug bij die worden. ROOSTER? 'O ja? Wat dan, bijvoorbeeld?'
'Bijvoorbeeld links naar de Chinese bankcodes die nog steeds niet actief zijn. Dat noem ik nog eens vooruitzien, man.'
'Nou ja, het is toch een mondiaal systeem, Cliff. Maar wat heb je nog meer opgedoken met die lange neus van je?'
'Een paar geintjes die in de code zijn verstopt – dat soort dingen. "Borst heeft de hersens van een poffertje."' Hij grijnsde breed.
'Heb je dat gevonden?! Dat had ik echt ver weggestopt. Ik denk dat ik het er maar beter uit kan halen.'
'Nee, laat maar zitten. Dat vindt hij nooit.'
Ze knikten. Glimlachend.
'Nog meer?' vroeg Kent.
'Dat was het tot zover. Goed, het is fijn dat je er weer bent.' Cliff stond op en liep naar de deur. 'Als je bent gesetteld, heb ik nog een code die je even moet bekijken. Zie je dat zitten?'
'Tuurlijk.'
De jongere man gaf een klap tegen de muur en verdween. Dat scheelde niet veel. Of wel? De kans dat Cliff of iemand anders ROOSTER zou vinden, zou net zoiets zijn als de juiste zandkorrel uit een hele emmer met zand halen. Hoe dan ook, hij zou hem in de gaten moeten houden.
Kent haalde een paar keer diep adem om zijn tot het maximum gespannen zenuwen tot rust te brengen en liep het kantoor van Borst weer in.
'Ga zitten, Kent.'
Kent ging zitten.
'We waren er niet zeker van of we je ooit nog terug zouden zien.'
Dat mocht je willen. Jij en je maatje Bentley. 'Nou, om eerlijk te zijn, was ik daar zelf ook niet zo zeker van. Maar goed, hoe is het hier gegaan tijdens mijn

afwezigheid?' vroeg hij. Eigenlijk een belachelijke vraag, maar hij kon geen betere manier verzinnen om te beginnen met de lijmpoging waartoe hij zichzelf dwong.

'Prima, Kent. Heel goed. Tjonge, je bent wel door een hel gegaan, zeg.'

Kent knikte. 'Het leven kan hard zijn.' Plotseling walgde hij van het feit dat hij hier was. Hij zou nu moeten opstaan en bij deze idioterie vandaan lopen. 'Maar ik ben er weer. Ik moet weer aan het werk, Markus.' *Prima, word maar persoonlijk tegen hem. Spreek hem aan op zijn behoefte aan vriendschap.* 'Het enige wat ik nog over heb, is mijn carrière. Ik mis het werk hier, wil je dat wel geloven?' Zijn stem was zacht en gevoelig.

'Dat geloof ik best.' De man had in het aas gehapt. Hij zweeg even en zijn ogen dwaalden wat heen en weer. 'Luister, Kent, het spijt me van dat misverstand over het AFPS. Ik ben...'

'Nee, zeg maar niets. Dat soort dingen gebeuren gewoon. Sorry dat ik zo uit mijn slof ben geschoten. Dat was helemaal niet nodig geweest.' *Kots. Je moest eens weten, slijmbal.*

Borst knikte, vrijwel zeker helemaal verheugd achter die gecontroleerde glimlach. 'Nou ja, we zijn allemaal een beetje in de war geweest, denk ik. Misschien is het maar het beste dat we dat incident achter ons laten.'

Kent sloeg zijn benen over elkaar. Het koude zweet stond in zijn nek. 'Je hebt gelijk. Zand erover. Maar vertel eens, hoe gaat het op dit moment met het AFPS?'

Markus lichtte op. 'In één woord ongelofelijk. We hebben iets moois in elkaar gesleuteld, Kent. Ze zeggen al dat het een derde aan arbeidsuren scheelt met het oude systeem. Price heeft berekend dat het de bank zo'n twintig miljoen dollar per jaar scheelt.'

Price? Hij spreekt hem nu al aan met zijn voornaam? Dievenmaatjes. Dineren waarschijnlijk elke avond samen. 'Schitterend. Dat is mooi. Geen gekke dingen tegengekomen?'

'Natuurlijk. Zat. Maar die stellen niet veel voor. Het is misschien maar het beste dat jij je daarop stort.' De manager van de afdeling Information Systems had zichzelf blijkbaar wijs gemaakt dat hij de eigenaar van het systeem was, dacht Kent.

De man bracht het gesprek weer op wat vandaag de dag blijkbaar zijn stokpaardje was: geld. 'Hé, ik heb nog steeds die bonus van vijfentwintigduizend dollar aan niemand toegewezen,' zei hij met een glinstering in zijn ogen. 'Nog niet alles tenminste. Ik geef Betty, Todd en Mary ieder vijfduizend. Dat bete-

kent dat er nog tienduizend overblijft. Nog een extraatje nodig, Kent?' Hij trok licht grijnzend zijn wenkbrauwen een paar keer hoog op. 'Hmm?'
Kent kon zich nog maar net inhouden. Hij was bijna over het bureau heen gedoken om zijn chef te wurgen. Een paar seconden lang was hij niet eens in staat te reageren. De andere *drie?* Kreeg Betty ook een bonus van vijfduizend dollar? Maar dat was natuurlijk prima, want hij, Kent Anthony, de schepper van het bewuste programma, kreeg het dubbele. Geweldig! Een vorstelijke tien ruggen. En Borst? Hoeveel zou *zijn* extraatje bedragen? Borst was de verantwoordelijke man van de afdeling. Hij zou tien jaar lang tien procent van de besparingen vangen. Een miljoen of vijftien, twintig.
'Tuurlijk,' reageerde Kent ten slotte. 'Wie zou er geen tienduizend dollar kunnen gebruiken? Dan hoef ik nog maar de helft van mijn Lexus af te betalen.' Die laatste opmerking glipte eruit voor hij hem kon inslikken. Hij hoopte dat Borst het cynisme niet had opgevangen.
'Goed, dan is dat voor jou. Ik zal het vanmiddag met Price bespreken.'
'Ik dacht dat je vandaag naar Phoenix zou gaan.'
'Gaan we ook. Ik praat wel met hem in het vliegtuig.'
Een niet te stoppen goederentrein, die twee. Kent slikte zijn woede in. 'Bedankt.' Hij stond op. 'Nou ja, dan ga ik maar beginnen. Ik wil nog even wat bijpraten met de anderen – je weet wel, er even zeker van zijn dat er geen misvattingen blijven hangen.'
'Goed. Heel goed. Fijn dat je weer terug bent.'
Kent draaide zich om toen hij bij de deur was. 'Nog één ding, Markus. Ik heb het pas nogal verziekt met Bentley. Zou jij een goed woordje voor me willen doen? Ik had nogal een rotweek.' Hij zuchtte een keer diep voor het effect en was verrast door de plotselinge emoties die ermee gepaard gingen. Ze zeiden dat het verdriet zeker een jaar kon duren en maar langzaam zou wegtrekken. Hij bevond zich duidelijk nog in het stadium dat hij het al kon oproepen met een doodgewone zucht.
'Natuurlijk, Kent. Beschouw dat maar als gebeurd. En maak je geen zorgen. Hij en ik kunnen de laatste tijd uitstekend met elkaar opschieten.'
Dat zal best, dacht Kent. Hij verdween voor hij iets stoms zou gaan doen, zoals over de vloerbedekking van Borsts kantoor kotsen.

Dominee Bill Madison parkeerde zijn grijze Chevy in de straat voor Helens huis en beende naar haar voordeur toe. Ze had anders geklonken door de telefoon. Bijna opgewonden. Als iemand die zojuist heel goed nieuws had ontvangen. Of als iemand die zijn zelfbeheersing had verloren.

Gezien de gebeurtenissen van de afgelopen weken vreesde hij het laatste. Maar goed, dit was Helen. Met Helen wist je het maar nooit. Het Nieuwe Testament karakteriseerde volgelingen van Jezus als eigenaardig. En dat was Helen dan ook. Een van de weinigen die hij zou typeren als eigenaardig, wat haar geloof betrof. Wat op zich vreemd was, nu hij erover nadacht. Misschien zouden ze allemaal behoorlijk afwijkend moeten zijn. Christus was dat in ieder geval wel.

Ze had hem gevraagd om te bidden en dat had hij inderdaad gedaan. Maar niet alleen maar omdat zij dat wilde. Er was hier iets aan de gang. Hij mocht dan niet de geestelijke ogen hebben waarvan Helen beweerde dat ze ze had, maar hij voelde wel bepaalde dingen aan. Inzicht, noemden sommigen het. Een geestelijke gave. Het vermogen om naar een situatie te kijken en de geestelijke wortels ervan te voelen. Zo ongeveer van: *Dat gezicht geeft me de rillingen; die persoon moet wel slecht zijn.* Niet dat dat altijd al te accuraat werkte. Hij had dat gevoel ook wel eens gehad toen hij op televisie naar een vreemd, bijna buitenaards hoofd had gekeken. Compleet demonisch, wat hem betrof. Maar toen had zijn zoon hem verteld dat het een close-up was van een vriendelijk diertje dat ze in het Amazonegebied hadden gevonden. Eén van Gods schepselen.

Dat had hem wel een beetje verward. Maar nu met dat gedoe met Helen – dat was meer dan een vreemd gezicht op een televisiescherm. Het was iets wat haar volgde. Hij vermoedde dat mensen zoals Elia en Eliza hetzelfde moesten hebben gehad.

Hij belde aan. De deur ging onmiddellijk open, alsof Helen op hem had gewacht met haar hand op de deurknop.

'Kom erin, Bill.' Ze droeg een gele jurk, sportsokken en hardloopschoenen, een belachelijk gezicht voor iemand die al moeite had om een trap op te lopen.

'Dank je, Helen.' Bill liep naar binnen en deed de deur achter zich dicht, waarbij hij een blik op haar benen wierp. De geur van rozen hing in de lucht. Het parfum van de oudere vrouw was overal te ruiken. Ze ging hem glimlachend voor naar de woonkamer.

'Is alles in orde?' vroeg hij terwijl hij haar volgde.

Ze reageerde niet direct, maar liep over het tapijt en neuriede 'Jesus, Lover of my soul.' Ze had hem ooit verteld dat dat liedje het allemaal in zich had. Het maakte de dood de moeite waard. Bill stopte achter haar grote, groene gemakkelijke stoel, gefixeerd op het lopen van Helen. Het leek wel of ze zich amper bewust was van zijn aanwezigheid.

'Ben je wel in orde?'

'Sssst.' Ze gebaarde hem stil te zijn en hief haar beide armen in de lucht, terwijl ze heen en weer beende. Haar ogen bleven gesloten. 'Hoor je dat, Bill?'

Bill hield zijn hoofd scheef en luisterde, maar hij hoorde niets. Behalve dan haar zachte geneurie. 'Wat zou ik moeten horen dan?'

'Het lachen. Hoor je het lachen?'

Hij probeerde lachen te horen, maar hij hoorde alleen haar sopraanstem. *Let me to Thy bosom fly...* en rook de rozen.

'Misschien dat je je hart een beetje verder moet openen, maar het is er, mijn beste voorganger – heel zacht, als een briesje dat tussen de bomen door ruist.'

Hij probeerde het nog eens en deed deze keer zijn ogen dicht, waarbij hij zich nogal dwaas voelde. Als een van de ouderlingen wist dat hij hier in het huis van Helen Crane samen met haar naar een vermeend lachen stond te luisteren, zou het best eens zo kunnen zijn dat ze op zoek zouden gaan naar een nieuwe herder. Omdat hij echt niets hoorde, gaf hij het na enkele momenten op en keek haar aan.

Helen stopte plotseling met heen en weer lopen en opende haar ogen. Ze giechelde en liet haar handen zakken. 'Het geeft niet, Bill. Ik verwachtte ook niet echt dat je iets zou horen. Zo gaat dat hier. Soms is het dagenlang stil en dan opent Hij opeens mijn oren voor het lachen en dan zou ik het liefst door het huis gaan lopen om van alles te kussen. Gewoon alles kussen. Zoals vandaag. Heb je trek in thee?'

'Lekker.'

Ze schuifelde naar de keuken. Ze had haar sokken tot halverwege haar kuiten opgetrokken. Een rood Reebok logo sierde de achterkant van haar schoenen. Bill zuchtte eens diep en ging zitten. Voor hetzelfde geld was ze compleet malende, dacht hij.

Helen kwam terug uit de keuken met twee glazen thee. 'Zo. En nu denk je waarschijnlijk dat ik niet helemaal meer spoor. Waar of niet?' Ze glimlachte.

'Met die gedachte heb ik inderdaad wel even gespeeld.' Hij grijnsde. 'Maar het is vandaag de dag dan ook soms bijna niet te doen om het verschil te zien tussen *vreemd* en *gek*.' De grijns verdween. 'Ze dachten ook dat Jezus gek was.'

'Ja, dat weet ik.' Ze gaf hem zijn thee en ging ook zitten. 'En in deze tijd zouden we hetzelfde denken.'
'Vertel me eens,' zei Bill, 'heb je Spencers dood ook zien aankomen?'
'Ja.'
'Wanneer?'
'De avond nadat we elkaar voor de laatste keer hadden gesproken. Ongeveer een week geleden. Toen we elkaar spraken, wist ik dat er nog meer schedels in de kerker zouden komen te liggen. Dat voelde ik aan. Maar ik had niet verwacht dat het Spencers schedel zou zijn. Ik wist niet meer waar ik het zoeken moest.'
'Dus het gebeurt allemaal echt.' Hij zei het kalm, maar hij beefde bij de gedachte. 'Dit hele gedoe gebeurt dus echt. Ik bedoel... georchestreerd.'
'Jij zou het moeten weten. Voor mij zag het er echt genoeg uit.'
'Het is gewoon moeilijk om te aanvaarden dat jij hun dood zag aankomen en zo. Misschien dat als ik ook in de hemelse gewesten zou kunnen kijken, net als jij, ik het wat gemakkelijker te accepteren zou vinden.'
'Het is niet voor iedereen weggelegd de dingen zo duidelijk te zien, Bill. We hebben allemaal onze gaven. Als de hele wereld de dingen zo duidelijk zou zien, zouden onze kerken overstromen. Het hele land zou zich en masse naar het kruis haasten. Wat moet je dan nog met geloof? Dan zouden we niet meer zijn dan marionetten.'
'Tja, maar ik zou het niet erg vinden om met een volle kerk te zitten.'
'En ik ben er niet zo zeker van of de dood van mijn dochter en kleinzoon nou wel zo nodig waren. Maar wanneer ik ze hoor lachen, wanneer ik de gelegenheid krijg een blik te werpen op de andere kant, snap ik het. Dat zijn ook de momenten dat ik van alles wil kussen.'
Hij glimlachte om haar gezichtsuitdrukking. In veel opzichten leken hij en Helen op elkaar. 'Dus, dan...' Hij zweeg en probeerde zijn gedachten bij elkaar te rapen.
'Ja?'
'Vorige week vertelde je me op mijn kantoor dat je een visioen had gehad waarin je het geluid van rennende voetstappen in een kerker hoorde. Van wie zijn die rennende voeten?' Hij wierp een blik op haar voeten, die in witte Reeboks staken. 'Jij?'
Ze schoot in de lach. 'Nee.' Ze hield plotseling haar hoofd scheef en dacht na. 'Daar heb ik tenminste nog niet over nagedacht. Maar nee, ik denk het niet. Ik denk dat die rennende voeten van Kent zijn.'

'Kent?'
'Hij is de speler in deze wedstrijd. Ik bedoel, we zijn allemaal spelers, maar hij is degene die rent.'
'Dus Kent rent. En waarheen rent Kent dan wel?'
'Kent rent weg van God.'
'Gaat dit allemaal om Kent?'
Ze knikte. 'En over jou en mij en Gloria en Spencer. Wie weet? Misschien gaat dit wel over de hele wereld. Ik weet ook niet alles. Soms weet ik niets. Dat is ook de reden waarom ik jou gevraagd heb hierheen te komen. Vandaag weet ik wel iets.'
'Ik snap het.' Hij keek afwezig naar haar voeten. 'En waarom draag jij trouwens hardloopschoenen, Helen? Ben je meer gaan lopen?'
'Met die knieën van mij?' Ze liet haar voeten heen en weer wiebelen. 'Nee hoor, ze zitten gewoon lekker. Misschien heb ik wel gewoon de kriebels om weer jong te zijn.' Ze staarde uit het raam dat zich achter Bill bevond. 'Het lijkt de pijn in mijn hart te verzachten, weet je.'
Helen nam een slokje van haar thee en zette die toen neer. 'Ik ben geroepen om voorbede te doen voor Kent, Bill.'
Hij reageerde niet. Ze was een voorbidder. Daar was niets vreemds aan.
'Voorbede doen zonder ophouden. Acht uur per dag.'
'Je bidt acht uur per dag voor Kent?'
'Ja. En dat blijf ik doen tot het afgelopen is.'
'Tot *wat* afgelopen is, Helen?'
Ze keek hem recht aan. 'Tot deze wedstrijd is afgelopen.'
Hij bestudeerde haar en zocht naar tekenen van onoprechtheid. Hij vond ze niet. 'Dus nu is het een spel? Ik weet niet zo zeker of God spelletjes speelt.'
Ze haalde haar schouders op. 'Zeg het dan maar in je eigen bewoordingen. Ik ben geroepen om te bidden tot het afgelopen is.'
Bill schudde ongelovig zijn hoofd. 'Dit is ongelofelijk. Ik heb net het gevoel alsof we teruggetransporteerd zijn naar een oudtestamentisch verhaal.'
'Denk je? Dit is nog niets. Moet je Openbaringen eens lezen. Dan gaan we pas gekke dingen zien.'
Haar woorden raakten hem. Hij had er nog nooit in die termen over nagedacht. Altijd was daar die bijbelse historie geweest, de tijd van de brandende struiken en pratende ezels en tongen van vuur. En dan had je het heden – de tijd dat alles er normaal aan toeging. Wat als Helens vreemde blik achter de schermen in werkelijkheid een ongebruikelijke blik was op hoe de dingen

echt in elkaar staken? En wat als ook hij de gelegenheid zou krijgen een blik te werpen op die buitengewone 'normaalheid'?
Ze bleven hier lang over doorpraten, maar Helen was niet in staat meer licht te werpen op zijn vragen. Hij vermoedde dat dat kwam doordat ze zelf maar weinig meer wist. Ze keek door matglas, maar ze zag wel het een en ander. En als ze gelijk had, dan was dit dramastuk van haar – deze wedstrijd – nog maar net begonnen.

16

Week zeven

Lacy Cartwright leunde achterover in de gemakkelijke houten stoel die op haar balkon stond, dronk koffie en genoot van de koele ochtendbries. Het was tien uur. Een dag door de week vrij hebben had zo zijn voordelen, dacht ze, en één daarvan was de rust hierbuiten, wanneer iedereen in Boulder aan het werk was. Ze keek naar haar lichaam, blij met haar figuur. De afgelopen week had Jeff Duncan haar een miezertje genoemd. Hoe verzon hij het! Ze was misschien fijntjes gebouwd en nog geen één meter zestig, maar miezerig? Haar collega bij de bank had het met een glinstering in zijn ogen gezegd en ze had het idee dat hij op haar viel. Maar het was nog geen twee jaar geleden dat haar man was overleden. Ze was er nog niet klaar voor.
De bries streelde haar gezicht en ze stak haar hand uit om enkele blonde lokken uit haar gezicht te vegen. Haar haar rustte in lome krullen op haar schouders en omlijstte een paar hazelnootvormige ogen die glimlachten. Een dun laagje zonnebrandolie glom op haar bleke buik, tussen een wit topje en een korte spijkerbroek. Sommige vrouwen vonden het heerlijk om in de zon te liggen bakken – leefden er zelfs bijna voor. Haar niet gezien. Het beeld van een hot dog die op een grill lag te sissen zweefde voor haar ogen en bleef daar een tijdje hangen. Plotseling spatte het rode vel open en het beeld verdween.
Lacy draaide haar hoofd en bestudeerde de zwarte wolken die een heel eind verderop langzaam naar het zuidwesten dreven. Denver had de laatste tijd al behoorlijk wat beroerd weer gehad en het leek erop dat dat nog niet over was. En dat was een van de andere redenen dat ze liever hier woonde dan in de grote stad. Als je in Denver geen last had van het weer, had je wel last van de

smog. En anders wel van het verkeer, dat nog erger was dan de andere twee. Zij kon het weten – ze had er het grootste deel van haar leven doorgebracht. Maar nu niet meer. Na de dood van John, twee jaar geleden, was ze hierheen verhuisd. Ze had een baan als caissière aangenomen en was begonnen aan de zware taak om die beklemmende pijn uit haar borst weg te krijgen. Het was haar allemaal aardig afgegaan, vond ze. Ze kon weer verder leven en weer van de dingen genieten. Zoals in de zon liggen en wachten tot de UV-straling haar huid, net als die hot dog, open liet barsten. Brr!

Een hoog gegil rukte haar uit haar bespiegelingen. Ze draaide zich met een ruk om en realiseerde zich dat dat afschuwelijke geluid uit *haar* appartement kwam. Alsof een varken met zijn snuit tussen de deur zat en luidkeels zijn ongenoegen bekend maakte. Ze had echter geen varken, maar wel een wasmachine en als ze het goed had, kwam het geluid uit die richting, waar ze een kwartier geleden een witte was had aangezet.

Het geluid werd plotseling een octaaf hoger en de machine huilde als een sirene. Lacy krabbelde uit de luie stoel en rende naar de badkamer. Ze zag het sop al voor ze de deur bereikte en haar hart sloeg een slag over. Niet dat ze nog nooit sop had gezien, maar nooit onder een deur door schuimend als een ongewerveld monster uit de een of andere enge film. Ze voelde anderhalve meter van de deur vandaan al de nattigheid uit het zompige tapijt tussen haar tenen door geperst worden. Ze gaf een gilletje en liep verder op haar tenen. Dit ging niet goed.

De deur ging open boven ruim twee centimeter grijs water. De wasmachine stond hevig te schudden, gillend en wel, en Lacy dook naar de bedieningsknop. Ze gaf er een klap op die het ding bijna verbrijzelde, maar het oude apparaat bleef maar schudden en krijsen.

De stekker! Ze moest de stekker eruit trekken. Een van die grote stekkers achter het apparaat. Het water bobbelde over de rand van de bovenlader en stroomde langs de zijkant naar de vloer. Met wilde bewegingen liet Lacy zich op haar buik op de bovenkant van het schuddende ding vallen en dook naar de stekker. Die zat muurvast. Ze schoof nog verder naar voren en voelde haar kleren drijfnat worden. Ze gooide haar hele gewicht in de volgende ruk. De stekker vloog uit het stopcontact, waardoor ze haar evenwicht verloor en op haar achterste in de twee centimeter water terechtkwam.

Ze stond met enig geworstel op en was blij met de weldadige stilte. In alle commotie was ook haar haar doornat geworden en droop van het water. Ze staarde beduusd rond en kreeg een knoop in haar maag van wat ze zag. Er had beter een varken klem kunnen zitten tussen de deur.

Voor John was gestorven, zou dit allemaal anders zijn geweest. Ze zou simpelweg iemand hebben laten komen om het op te knappen. Zij zou even een snelle douche nemen en dan zou ze waarschijnlijk buiten de deur gaan lunchen.

Maar dat was tot twee jaar geleden, voor de kanker zijn lichaam had verwoest en hem het graf in had geholpen, twee maanden voordat hij tot sergeant zou worden bevorderd. Een beeld van haar overleden echtgenoot in zijn uniform met die glimmende koperen knopen zweefde door haar gedachten. Hij glimlachte, want hij had altijd geglimlacht. Een goede man. Een perfecte politieagent. De enige man met wie ze zichzelf samen voor kon stellen. En dat bleef zo.

Lacy boog zich een half uur later over haar eiken eettafel, met het telefoonboek voor haar neus, opengeslagen op het bedrijvengedeelte. Er zaten al zwarte vlekken op van haar handen, die er niet meer uitzagen na een ijdele poging de wasmachine zelf te repareren. Er klonk een slome stem in haar oor.

'Frank,' klonk het lijzig. Aan het ritmische smakken te horen, kauwde Frank op een stuk kauwgom. Hij had blijkbaar geslapen toen ze het tijdens zijn opleiding over etiquette hadden gehad.

'Hoi, Frank. Met Lacy Cartwright. Als ik het goed heb, ben jij een gecertificeerde Goldtech monteur, waar of niet?'

'Zeker, mevrouw. Wat kan ik voor u doen?' *Smak, smak.* Ze zuchtte.

'Nou, ik heb hier een probleem, Frank. De waterpomp van mijn wasmachine is op de een of andere manier open blijven staan en heeft de boel hier laten onderlopen. Hij moet gerepareerd worden.'

'Open blijven staan, hè?' Hij klonk alsof hij zat te grijnzen. 'En over welk model hebben we het hier? Wat is het typenummer?'

'J-28,' zei ze.

'Een J-28? Dan kan die pomp nooit zijn blijven openstaan. J-28's gebruiken pompen die met een in ruststand gesloten solenoïde zijn uitgerust en als die blijven hangen, is dat dus in gesloten stand. Hebt u vreemde geluiden gehoord toen het apparaat de geest gaf?'

'Hij krijste.'

'Hij krijste, hè? Dat zal best.' Hij grinnikte. 'Jazeker, mevrouw, die Monroe pompen weten hoe ze moeten gillen, dat is een ding dat zeker is.' Het werd stil aan de andere kant van de lijn. Lacy vroeg zich af waar ze die Frank hadden gevonden. Hij leek verstand van pompen te hebben, dat wel, maar misschien

werkte zijn eigen pomp niet helemaal juist meer.
Toen hij verder niets zei, merkte ze op: 'En wat nu?'
'U hebt een nieuwe pomp nodig, mevrouw Cartwright.'
Weer een korte stilte. 'Kun jij dan een nieuwe pomp voor me installeren?'
'Natuurlijk kan ik dat. Het is niet de vraag of ik het *kan*, mevrouw. Ik installeer al tien jaar nieuwe pompen.' Halverwege die laatste zin had zijn stem een scherp randje gekregen. Ze keek in de spiegel die tegenover haar aan de muur hing. Haar blonde haar was in klitten opgedroogd.
'Het probleem is dat we geen Monroe pompen in voorraad hebben. Dus ziet u, zelfs al zou ik naar u toe willen komen, waar ik sowieso de komende drie dagen geen tijd voor heb, zou ik het nog niet kunnen doen, omdat ik niets met Monroe te maken heb.' Hij grinnikte weer.
Lacy knipperde. Ze was er niet eens zeker van of ze wel zou *willen* dat Frank haar wasmachine zou repareren. 'Is het moeilijk?'
'Is *wat* moeilijk?'
'Denk je dat ik die pomp zelf zou kunnen vervangen?'
'Iedere idioot kan die pomp vervangen, mevrouw.' *Dat blijkt.* 'Drie bouten en een paar draadjes en u bent klaar voor u het in de gaten hebt. Mij zou het nog lukken met een blinddoek om.' *Fijn voor je, Frankie.* 'Maar zoals ik al zei, schat. We hebben geen pompen.'
'Waar kan ik dan wel zo'n pomp krijgen?'
'Nergens. Niet in Boulder, tenminste. Misschien bij de fabrikant in Denver.'
Denver? Ze staarde uit het raam naar de dreigende wolken in het zuidwesten. Het zou haar een uur kosten om er te komen, nog een uur in het drukke stadsverkeer en dan nog eens een uur om weer terug te rijden. Dan was gelijk haar hele dag verziekt. Ze wierp een blik op de klok. Elf uur. Aan de andere kant, haar dag was al verziekt en ze kon geen hele week zitten wachten tot Frankie de tijd had om hierheen te komen, om geblinddoekt in haar appartement rond te lopen terwijl hij zijn klus klaarde.
'Maar goed, dame, ik heb niet heel de dag de tijd.'
Lacy schrok op. 'O, sorry. Ja, ik denk dat ik Monroe maar eens ga proberen. Heb je hun telefoonnummer toevallig?'
Een half uur later zat ze achter het stuur, op weg naar de snelweg, met de oude J-28 pomp in een kartonnen doos naast haar. Frank had gelijk gehad. Toen ze het eenmaal voor elkaar had gekregen het zware apparaat te kantelen en er iets onder te schuiven, zodat hij in die stand bleef staan, was het varkentje zo gewassen. Ze had zelfs een keer even haar ogen dichtgedaan terwijl ze een

bout losdraaide, zich afvragend wat iemand bezielde om zoiets te proberen. Lacy draaide de snelweg op en ze bedacht dat de loop van een dag wel erg plotseling kon veranderen. Het ene moment lag ze te genieten van het ochtendzonnetje en het volgende moment lag ze in een plas grijs water te spartelen. Niet te geloven.

De week was voorbijgevlogen, stuiterend over Kents zenuwen, als een windsurfer die door een straffe wind wordt voortgestuwd. Tegen het einde van de eerste dag was Kent eruit. Hij wist precies wat hij zou gaan doen.
Hij zou de bank helemaal leegroven.
Letterlijk. Hij zou iedere cent pakken die hem toekwam. Alle twintig miljoentjes. En de bank zou blind zijn voor wat er gebeurde. Hij zat achter zijn bureau, opgewonden door zijn idee, zijn vingers als bevroren boven het toetsenbord zwevend, terwijl zijn hersens overuren maakten.
Hij probeerde zich tevergeefs te concentreren op de vragen van Cliff; waarom hij deze werkwijze had gevolgd, of waar hij die bepaalde link kon vinden. En dat was een probleem, omdat hij moest doen voorkomen dat hij er alles aan deed om geruisloos zijn taken weer op te pikken. En hij had nog het een en ander recht te trekken en te lijmen. Hij zou zich moeten concentreren op zo normaal mogelijk overkomen, zodat hij weer helemaal bij al die andere dwazen zou passen die geloofden dat ze op de een of andere manier belangrijk waren in dit financiële pretpark. Dan was er natuurlijk nog de kwestie van zijn overleden vrouw en zoon, maar die moest hij dan maar weg zien te slikken, nietwaar? Hij moest zo weinig mogelijk van zijn verdriet laten merken, de controle houden over zijn gedachten en gevoelens. En dat allemaal vanwege ROOSTER.
Maar zijn gedachten bleven afdwalen naar andere dingen.
Zoals wat hij eens zou gaan doen met twintig miljoen dollar. Zoals hoe hij twintig miljoen dollar zou kunnen verbergen. Zoals hoe hij die twintig miljoen dollar zou moeten *stelen*. De details zweefden langs en vertroebelden zijn analytische geest. Honderden smerige details, die elk weer honderden nieuwe details leken te produceren.
Ten eerste moest hij besluiten waar hij het geld vandaan zou halen. Door gebruik te maken van ROOSTER zou hij het praktisch overal vandaan kunnen halen. Maar dat zou natuurlijk niet gaan. Het zou ergens vandaan moeten

komen waar twintig miljoen dollar niet al te snel zou worden gemist. Hoe onmogelijk de transactie zelf ook te achterhalen zou zijn, de opbrengst ervan zou bijna onmogelijk te verbergen zijn. Bijna.

Dan moest hij ook nog beslissen waar hij het geld het beste kon laten. Hij zou het geld natuurlijk niet gelijk fysiek in handen krijgen, maar twintig miljoen was genoeg om in ieder geval ergens een belletje te laten rinkelen. En dat soort aandacht kon hij missen als kiespijn. Als het geld ooit ergens gemist zou worden, zou de FBI alles uitkammen. Hij zou een manier moeten vinden om tussen de tanden van de kam door te glippen.

Het moment van de eigenlijke diefstal zou hij natuurlijk nauwkeurig moeten plannen. Hij kon het niet riskeren dat iemand per ongeluk getuige zou zijn van het downloaden van twintig miljoen dollar. 'Wat zijn dat voor grote getallen op je scherm, Kent?'

'O, niets. Dat is eigenlijk mijn bonus voor het AFPS, als je het echt wilt weten. Ik neem gewoon alvast wat op.'

Hij zou ook een manier moeten vinden om zijn huidige leven achter zich te laten. Het kon niet zo zijn dat hij als miljonair nog steeds voor Borst zou werken. Niet na alles wat er was gebeurd. Hij had twintig jaar lang als een brave jongen de maatschappelijke ladder beklommen en was in dertig dagen weer op de eerste trede beland. Terug naar Stupid Street, waar het beton hard was en de nachten koud.

Nu hij de tijd had gehad om er eens rustig zijn gedachten over te laten gaan, was er geen haar op zijn hoofd die erover peinsde die ladder weer opnieuw trede voor trede te gaan beklimmen. Voor geen goud. Het had hem dertig dagen gekost om van de ladder te vallen. Als alles meezat, zou het niet meer dan dertig dagen kosten om weer bovenaan te eindigen.

Het moeilijkste gedeelte van dit hele schema zou wel eens het uitgeven van het geld kunnen zijn. Hoe kon Kent Anthony, computerprogrammeur, een duur leven leiden zonder argwaan te wekken? Hij zou zich op de een of andere manier moeten losmaken van zijn verleden. Geen probleem. Zijn recente verleden was toch al niet iets om zich aan vast te klampen. Hij zou het zo ver mogelijk achter zich laten, het helemaal uit zijn geheugen wissen. Een heel nieuw leven beginnen.

In feite zou hij zichzelf pas in het laatste stadium van het hele plan terugvinden. De gedachte eraan gaf hem een zekerheid die als geladen elektronen door zijn botten gierde. Na weken van leegte kwam het als een euforische drug.

Kent keek over Cliffs schouder heen naar de muur – naar de ingelijste foto van een groot wit jacht. Zo'n zelfde foto, maar dan kleiner, had hij thuis op de koelkast geplakt. Zijn belofte aan Gloria. *Geloof me, Gloria, ooit zullen we eigenaar zijn van dat jacht.*

Hij kreeg een brok in zijn keel. Niet dat het haar nu zoveel zei. Ze was vaak te druk bezig geweest met de godsdienst van haar moeder om de betere dingen des levens te kunnen waarderen. Kent was altijd blijven hopen dat dat nog eens zou veranderen. Dat ze die dwaze obsessies zou laten vallen en achter zijn dromen aan zou rennen. Maar nu was ze weg.

De eerste paar dagen zweefden de gedachten onophoudelijk fluisterend door zijn hoofd en hij begon oplossingen te verzinnen voor de problemen die hij in zijn plan ontmoette. Het leek veel op debuggen. Een natuurlijke oefening voor zijn geest. Terwijl Cliff druk bezig was met de code die op het scherm stond, was Kent in gedachten druk bezig met een heel andere code. Alleen die morgen al moest hij zich driemaal excuseren voor zijn afdwalende gedachten. Cliff vermoedde dat het te maken had met zijn overleden vrouw en zoon. Kent knikte, maar vond het ergens wel hypocriet om zich achter die sentimenten te verschuilen.

Het liep al tegen enen voor hij Cliff wegbonjourde. 'Oké, slimmerd, ik moet nog wat dingetjes hebben geregeld voor de lunchtijd over is. Als het goed is, heb je nu sowieso wel genoeg om de komende dagen druk bezig te zijn.' Hij stond op en rekte zich uit.

'Ik denk dat je gelijk hebt. Bedankt voor je tijd. Ik zal blijven graven. Je weet maar nooit wat je tegenkomt.'

Kent bedacht zich iets. 'Ik denk dat je je de komende dagen beter kunt richten op het debuggen en je het graven even beter even kunt laten rusten. Ik bedoel, je graaft maar een eind weg, maar een beetje zinloos door mijn code wandelen is nu niet bepaald een zinnige bezigheid voor een whizzkid zoals jij.' Hij haalde zijn schouders op. 'Het is maar een idee natuurlijk, maar als je iets zoekt, kun je het beter aan mij vragen. Dat scheelt je een berg tijd.'

Cliff produceerde een brede glimlach. 'Zolang jij hier bent, ja. Ik denk dat ik me daar zorgen over maakte. Wat gebeurt er als Kent Anthony verdwijnt?'

'Wel, een week geleden had die strategie nog zin, maar dat is ondertussen achterhaald. Ik blijf. Vertel dat maar aan iedereen die je probeert uit te horen.' Kent grijnsde om te zorgen dat die opmerking bleef hangen.

Cliff salueerde voor de gein. 'Begrepen, sir.'

'Oké dan. Wegwezen.'

Cliff verdween met een grijns van oor tot oor. Kent voelde zich echt bijna vrolijk. De drug van het plannen smeden vond zijn weg door zijn aderen. Het voelde aan alsof hij uit een nachtmerrie was ontwaakt en aan het begin stond van een nieuwe, onontdekte wereld. En hij was van plan iedere uithoek ervan te verkennen.

Hij deed zijn kantoor op slot, maakte een opmerking tegen Betty over hoeveel werk er op hem lag te wachten en verdween via de achterdeur. Normaal gesproken nam hij liever de voordeur, maar niets was op het ogenblik normaal. Hij was zelfs nog liever door een valluik in zijn kantoor verdwenen, als die mogelijkheid er was geweest.

Hij haastte zich de steeg uit naar zijn auto en liet zich in het dure leder zakken. De bibliotheek. Daar moest hij heen. Hij moest even wat boeken doorkijken. Nee, dat zou een spoor achterlaten. De boekwinkel dan. Hij moest de boeken kopen. Met contant geld. De dichtstbijzijnde Barnes & Noble bevond zich vijf kilometer verderop aan Sixth Avenue. Hij maakte een 180 graden draai en reed met de verkeersstroom mee.

Kent was niet iemand die gauw gestrande voertuigen zou helpen. Levensgevaarlijk, volgens hem. Als die idioten niet het benul hadden om te zorgen dat hun voertuig in optimale conditie verkeerde en ze geen lid waren van de wegenwacht, dan verdienden ze zeker geen helpende hand. De gestrande auto's waren sowieso meestal oude auto's vol mensen uit Stupid Street. Wat hem betrof, was een beetje pech in druk verkeer een prima les in verantwoordelijkheid, een zeldzaam goed in deze tijd.

Dat was dan ook de reden dat hij het vreemd vond dat de witte Acura die aan de linkerkant van de drukke verkeersader met gescheiden rijbanen stond, zijn aandacht trok. En nog vreemder was het simpele feit dat toen hij hem eenmaal zag, hij nauwelijks zijn ogen van het voertuig kon afhouden. Dat was ook eigenlijk geen wonder, want het was net een lichtbaken recht voor hem, wit opgloeiend, alsof het door de bliksem werd getroffen. Hij besefte dat de lucht er inderdaad nogal onweerachtig uit zag – ronduit donker zelfs. Maar de Acura stond daar maar te gloeien en alle andere auto's vlogen er voorbij alsof hij niet bestond. Kent greep zijn houten stuur steviger beet.

Een vrouw met blond haar, gekleed in spijkerbroek en groen T-shirt, klom uit het voertuig. Ze draaide zich om naar waar het verkeer, en dus ook Kent, vandaan kwam en Kents hart sloeg op hol. Hij had geen idee waarom, maar het gebeurde. Misschien iets in haar gezicht. Maar dat was het nu juist; hij kon haar gezicht nauwelijks zien vanaf deze afstand.

Toen was Kent de Acura voorbij, verscheurd door besluiteloosheid. Als er ooit iemand was geweest die hulp verdiende, was het deze automobiliste wel. Aan de andere kant, hij liet zich liever niet aan flarden rijden. Het duurde dertig meter voor hij impulsief een ruk aan het stuur gaf en met slippende banden tot stilstand kwam, enkele centimeters van de vangrail vandaan, terwijl de auto's aan zijn rechterkant voorbijzoefden.

Op het moment dat hij stopte, bedacht hij dat hij een vergissing had begaan. Hij dacht er even aan om door te rijden. In plaats daarvan stapte hij snel uit en jogde hij de veertig meter naar de Acura terug. Mocht de auto echt even hebben opgelicht, dan was dat nu verdwenen. Iemand had de stekker eruit getrokken. De vrouw had de motorkap omhoog gezet, zodat de auto hem aangaapte als een stalen alligator. Ze stond hem min of meer op te wachten. Kent bevond zich vier meter van de vrouw vandaan toen de herkenning hem als een moker raakte. Hij bleef verbaasd staan.

Dat gold ook voor haar, vermoedde hij. Haar mond viel open en haar ogen werden groot. Ze stonden aan het wegdek genageld als twee reeën, gevangen in het licht van de felle koplampen.

'Kent?'

'Lacy?'

Ze reageerden tegelijkertijd. 'Ja.'

Haar ogen leken wel zo groot als schoteltjes. 'Kent Anthony! Niet te geloven. Mijn... auto heeft zojuist de geest gegeven...'

Hij grijnsde en voelde zich op een vreemde manier van slag. Ze was knapper dan hij zich herinnerde. Slanker misschien. Haar gezicht was nog steeds vrij alledaags, maar die ogen. Die keken de wereld in als twee glimmende smaragden. Geen wonder dat hij zich op college tot haar aangetrokken voelde. En de jaren waren haar niet vijandig gezind geweest.

'Lacy Cartwright. Hoe ben jij hier in vredesnaam op de vluchtstrook terecht gekomen?' *Haar auto heeft de geest gegeven, idioot. Dat heeft ze je net verteld.*

Ze produceerde een brede grijns. 'Ik weet niet wat er is gebeurd. Hij kapte er gewoon mee...' Ze grinnikte. 'Maar hoe is het met jou?'

'Goed. Ja, wel goed,' zei hij. Het was een grote leugen en tegelijkertijd de waarheid.

Hij bleef haar tien volle seconden stilzwijgend staan aanstaren, niet wetend wat hij nu moest zeggen. Maar goed, zij deed precies hetzelfde, dacht hij. *Kom op, man. Doe even normaal.*

Kent gebaarde ten slotte naar de auto. 'Maar goed, wat is er aan de hand?'

Ze staarde naar de wirwar van draden en leidingen rond de motor. 'Ik weet het niet. Hij stopte er gewoon mee. Ik ben blij dat het me gelukt is hem hier neer te zetten zonder de vangrail te raken.'

De sfeer was verwachtingsvol geladen. Hoog boven hun hoofd bliksemde het. 'Ik ben dan wel geen monteur, maar misschien kun jij even starten, dan rommel ik hier wat aan de draden.'

'Oké.' Ze hield zijn blik even vast, alsof ze er iets in probeerde te lezen. Hij voelde een vreemd strak gevoel in zijn borst.

Lacy sprong achter het stuur en keek naar hem door de voorruit. Hij dook onder de openstaande motorkap. Ongelofelijk! Hij had het verleden in het gezicht gestaard.

De startmotor begon te draaien en met een ruk trok hij zijn hoofd terug, onmiddellijk hopend dat ze de schrikbeweging niet had gezien.

De motor pakte en kwam tot leven.

Kent ging staan, bestudeerde enkele seconden de perfect lopende motor, zag of hoorde niets ongebruikelijks en gooide de motorkap dicht.

Lacy stond al naast hem. 'Wat heb je gedaan?'

Hij haalde zijn schouders op. 'Niets.'

'Hou jezelf voor de gek. Ik zweer je dat hij zo dood was als een pier.'

'En ik zweer je dat ik niets anders heb gedaan dan erop ademen. Misschien had ik automonteur moeten worden. Ik kan ze repareren door erop te ademen.' Hij grijnsde.

Lacy grinnikte en hij grinnikte mee. Kent schopte tegen een steentje, plotseling een beetje verlegen. Hij keek op. 'Goed, het lijkt erop dat hij het blijft doen. Ik hoorde dat je was verhuisd naar Boulder.'

'Jep.'

'Misschien moeten we weer eens afspreken.'

De glimlach verdween van haar gezicht en hij vroeg zich af of ze het had gehoord. 'Je hebt het zeker al gehoord, van Gloria?' vroeg hij.

'Gloria?'

'Ja. Mijn vrouw is pasgeleden gestorven.'

Op haar gezicht stond schrik te lezen. 'O, wat erg! Dat wist ik niet.'

Hij knikte. 'Tja. Hoe dan ook, ik denk dat ik weer verder moet. Ik moet terug naar mijn werk.'

Ze knikte. 'Ja, en ik moet terug naar Boulder. Mijn wasmachine heeft de geest gegeven.' Ze gaf geen verdere uitleg.

Hij knikte nog een keer en wist niet zo goed wat hij verder moest zeggen.

'Tja.' Ze bewoog zich niet.
'Het spijt me echt voor je, van je vrouw, Kent. Misschien zouden we samen een kop koffie moeten gaan drinken, dan kunnen we even bijpraten.'
'Ik hoorde dat jij een paar jaar geleden je man hebt verloren.'
Ze knikte. Ze knikten veel. Dat was een goede manier om de hiaten in te vullen na, hoeveel – dertien jaar?
'Heb je een visitekaartje?' vroeg hij. Dat klonk dom. Dat klonk alsof hij op haar viel en hij had niet de bedoeling om op wie dan ook te vallen. Zat hij helemaal niet op te wachten.
'Tuurlijk.' Ze stak haar arm door het geopende portierraam van de Acura, haalde er een handtasje uit en gaf hem haar kaartje. Rocky Mountain Bank, klantenservice.
'Ik wist niet dat je in het bankwezen zat.' Hij keek haar aan. 'Je wist toch dat ik bij een bank werkte?'
'Heb ik van iemand gehoord, ja. Information Systems, nietwaar?'
'Ja. Goed. Ik bel je nog. Kunnen we wat bijpraten.'
'Ik kijk ernaar uit,' zei ze en hij dacht dat ze het meende.
'Goed.' Een hoop *goeds* en *ja's* en veel geknik. 'Ik hoop dat je auto het blijft doen,' zei hij en knikte tot ziens.
Toen jogde hij terug naar zijn auto. Aan de horizon knetterde de bliksem en de donder rolde over de stad. Grote kans dat het zo zou gaan regenen, dacht hij. Toen hij zijn auto bereikte, kwam Lacy's witte Acura voorbij en claxonneerde. Hij zwaaide, gleed achter het stuur en scheurde weg.

Lacy reed in de stromende regen westwaarts, met een paar knopen in haar maag. De wel erg toevallige ontmoeting met Kent had haar compleet van slag gebracht. Ze spoedde zich over het asfalt, gefixeerd op het *wap, wap* van de ruitenwissers, en verliet al snel de stad. Maar haar hart lag nog op de vluchtstrook, kilometers terug, en staarde in die verloren blauwe ogen.
Kent zag eruit alsof hij uit een vergeten hoekje van haar geest was opgedoken, een kopie van de grappige collegestudent die het was gelukt haar hart te veroveren. Haar eerste liefde. Het was hem ernst geweest, had ze wel duizend keer zitten peinzen. Een man die net zo serieus en eerlijk was als ambitieus. De unieke mix van die karaktereigenschappen had iets in haar losgemaakt wat ze nog nooit had meegemaakt.

Hij had zijn vrouw verloren. Had hij niet ook nog een zoon? Arm kind.
'Heer, help hem,' fluisterde ze. En ze meende het. Ze bedoelde niet alleen dat hij troost zou vinden, maar dat *God* hem zou troosten. Want Lacy geloofde in God. Ze was een jaar geleden voor Zijn voeten neergevallen, terwijl ze uit haar eigen wanhoop omhoog klom, lerend dat zij de wereld niet in haar zak had.
'Vader, troost hem alstublieft,' fluisterde ze. De ruitenwissers piepten.
Lacy weerstond de plotselinge aandrang om de auto in een 180 graden slip te gooien en Kent achterna te gaan. Dat was natuurlijk belachelijk. Zelfs al zou dat mogelijk zijn geweest, sloeg het nergens op om achter een oude vlam aan te gaan die net zijn vrouw had verloren. En sinds wanneer was ze een type dat achter mannen aanjoeg? *Denk zelfs niet in die termen! Niet te geloven! Ik bedoel niet achternajagen als een loopse hond, maar meer... om te proberen hem te helpen.*
Ze keek naar de nieuwe waterpomp die op de stoel naast haar lag en herinnerde zich de kapotte wasmachine. Als dat apparaat niet was kapotgegaan, zou ze hem niet zijn tegengekomen. Als die maffe monteur van een Frankie wat toeschietelijker was geweest en de pomp op voorraad had gehad, als ze niet naar Denver was gereden, als haar auto niet tijdelijk de geest had gegeven... Als er maar iets in deze lange opeenvolging van gebeurtenissen anders was gelopen, zou ze Kent niet hebben ontmoet.
En dan nog. Kent was gestopt zonder te weten wie hij ging helpen.
Aan de andere kant was alles wat er gebeurde het gevolg van een lange keten van andere gebeurtenissen.
Lacy wierp een blik op een bruine vlek op haar rechtermouw – vet. Had hij dat gezien? Ze keerde weer terug naar haar vorige gedachte. Statistisch gezien was bijna alles mogelijk. Maar het vreemde gevoel in Lacy's hart suggereerde dat deze ontmoeting niet zomaar een toevallige samenloop van omstandigheden was. Het was op de een of andere manier georchestreerd. Dat moest wel.
Aan de andere kant gebeurden er wel vreemdere dingen.
Lacy knarste met haar tanden en zette het van zich af. Maar dat was minder eenvoudig dan ze dacht. Binnen een minuut waren dezelfde gedachten weer terug en knabbelden aan de randen van haar geest.
Ten slotte besloot ze dat het allemaal niet van belang was. Kent had haar kaartje. Hij zou bellen of hij zou niet bellen. En dat had niets met toeval te maken. Dat had alles te maken met zijn bewuste keuze. Haar hart sprong op bij de gedachte.

Een verborgen herinnering uit haar jeugd flitste door haar gedachten. Ze was helemaal opgedoft voor het afscheidsfeest van school, gekleed in een roze jurk met witte roesjes en haar haar naar achter in een bos krullen. Het had haar en haar moeder drie uur gekost om dit resultaat te krijgen. Het was haar eerste afspraakje en haar vader had haar gezegd dat ze er schitterend uitzag. Ze zat op de bank in de woonkamer en had een witte anjer in haar hand voor haar afspraakje. Peter. Maar Peter was laat. Tien minuten, een half uur, toen een uur. En zij zat daar maar op de bank. Haar benen slingerden heen en weer, raakten nog steeds de grond niet. Ze voelde zich rot, maar probeerde dapper te lijken, terwijl haar vader op de telefoon afstormde. Maar Peter was nooit gekomen en zijn ouders wisten niet waar hun zoon uithing of wat hij had afgesproken. Haar vader was nog ergens met haar een enorme ijscoupe gaan eten, maar ze durfde die avond niemand meer aan te kijken.
Er vormde zich een brok in haar keel bij die herinnering. Afspraakjes waren bij haar nooit zo goed uitgepakt. Zelfs haar verkering met Kent, die haar had laten zitten toen ze ook maar even liet blijken dat ze iets vasters met hem wilde. Ze kon dat maar beter in haar achterhoofd houden.
Waar dacht ze ook aan, hem *achternagaan*? Ze zat nu net zo hard op een relatie te wachten als op een ontstoken kies.
Aan de andere kant – hij *zou* kunnen bellen.

17

Week acht

Helen lag maar te draaien in bed en zelfs in haar slaap kon ze haar ogen heen en weer voelen schieten langs haar gesloten oogleden. Rennende voetstappen echoden door haar hoofd. Het klonk als een marathonloper die een verkeerde afslag had genomen en nu door een tunnel liep te rennen. De tunnel was het leven van Kent.
De voeten renden maar door – *plaf, plaf, plaf* – zonder ophouden. Een zware ademhaling begeleidde de voetstappen. De hardloper ademde doelbewust de muffe, donkere lucht in. Misschien wel *te* doelbewust, alsof hij zichzelf probeerde wijs te maken dat dit zware ademhalen puur was om zijn longen met de benodigde zuurstof te vullen, in plaats van dat het nodig was om de paniek

van zich af te vechten. Want dat is wat regelmatig klinkende geluiden doen – ze duwen de onzekerheid van zich af met hun ritme. Maar deze hardloper leek de strijd met de onzekerheid te verliezen. De doelbewuste ademhalingen hadden een raspend randje.

De rennende voeten waren de afgelopen week regelmatig in haar gedachten te horen geweest en dat baarde haar zorgen, omdat ze wist dat die voetstappen iets te zeggen hadden. Ze was alleen nog niet in staat geweest hun bericht te ontcijferen. Niet helemaal tenminste.

Ze wist dat het de voeten van Kent waren. Dat Kent liep te rennen. Bij God vandaan. De rennende man. Ze had ooit van een film gehoord die zo heette. *The Running Man.* Met een of andere gladiatorachtige figuur die in een soort spelshow voor zijn leven moest rennen.

Dominee Madison hield er niet van dat ze dit een wedstrijd noemde, maar in haar eigen gedachten kon ze het noemen zoals ze wilde. En het leek erop dat de wedstrijd die ze zag, een serieuze wedstrijd was. De inzet was de dood. De prijs was het leven. Maar op een soort kosmische manier verschilde die prijs niet veel van het winnen van een koelkast van een bekend merk met een ingebouwde ijsblokjesmaker of een Mustang cabrio uit '64, toch?

Ze haalde diep adem en probeerde haar gedachten bij elkaar te rapen. *Even erbij blijven, Helen. Je hebt het hier niet over het Rad van Avontuur.*

Haar geest zweefde weer naar de kerker en luisterde naar de rennende voeten. Hoe lang kon iemand dat blijven volhouden? Er bonkte nog een ander geluid rond in het donker. Een stampend geluid. Een bonkend hart dat bij de zware ademhaling en de rennende voeten hoorde. En dat was logisch, want haar hart zou ook zo bonzen als ze rende.

Ze stelde zichzelf voor dat ze zo zou kunnen rennen.

De gedachte raakte haar als een scherpe tik op haar hoofd.

Ze hield haar adem in.

Nu waren er nog maar twee geluiden in de tunnel: de rennende voeten – *plaf, plaf, plaf* – en het bonzende hart – *kaboenk, kaboenk, kaboenk*. Het ademhalen was gestopt.

Helen zat opeens rechtop in bed, klaarwakker, met een enkele gedachte die door haar schedel fluisterde: *Dat ademhalen stopte, toen jij stopte met ademhalen, Helen! Diegene daarbinnen ben jij!*

Ze greep naar haar borst. Haar hart bonkte in dezelfde cadans als ze in haar droom had gehoord. In de tunnel. Het enige wat nog ontbrak, waren de rennende voeten. En hoe vreemd sommige dingen ook waren, ze wist zeker dat

ze niet in haar slaap heen en weer door haar eigen huis had lopen rennen.
Toen snapte Helen het. Als ze zich niet echt in de wedstrijd bevond, was dat *wel* de bedoeling. Het was de *bedoeling* dat haar voeten door die tunnel renden. De waanzinnige drang om te lopen was geen seniel hersenspinsel; het was de invloed van God op haar geest. *Loop, kind, loop. Ga misschien zelfs rennen. Maar loop in ieder geval.*
Het kon wel zijn dat Kent daar liep te rennen voor zijn leven, maar zij was daar ook, vlak achter hem. Ze bad daar voor hem. Ze zat ook in het spel. En haar aandeel was voorbidden. Dat was het!
Helen gooide de lakens van zich af en ging naast haar bed staan. Het was vijf uur in de ochtend. Misschien zou ze wel gewoon moeten gaan lopen. Die gedachte zette haar even stil. Ze was geen wandelaar. De dokter had haar nog geen jaar geleden nieuwe knieën willen geven! Wat ging ze in vredesnaam doen? Heen en weer hobbelen over haar oprit tot de buren de politie zouden bellen over die halve gare die ze zagen lopen? Heen en weer lopen over haar tapijtje met hardloopschoenen aan was al op het randje, maar als de een of andere profeet biddend over de straten zwalken, ging ook een stapje te ver.
En wat belangrijker was, waarom zou God sowieso willen dat ze rond ging lopen struinen? Wat had lopen met deze waanzin te maken? God had geen oude wandelende dame nodig om bepaalde dingen voor elkaar te krijgen.
Maar aan de andere kant, Hij had ook Jozua en zijn troepen niet nodig gehad om net zo lang om Jericho heen te slenteren tot de muren naar beneden kwamen, toch? En toch had Hij dat bevolen. Eigenlijk was dit niet veel anders.
Ach! Natuurlijk was dit wel anders. Dit was anders omdat dit nu was en dat toen en dit was zij en dat Jozua!
Helen gromde iets en ging op weg naar de badkamer. Ze was nu toch wakker. Ze kon zich net zo goed aankleden. En er was *nog* een reden waarom dit anders was. Dit was anders omdat het gewoon belachelijk was! Wat zou dominee Madison zeggen? Man-o-man!
Ze stond halverwege de badkamer opeens stil. *Ja, maar wat zou God zeggen? Het was toch God die daarnet tegen je zei dat je moest lopen?*
Ja.
Loop dan.
Ja.
Dat was dan duidelijk. Op dat moment.
Twintig minuten later stapte Helen op haar witte Reeboks en met de over haar kuiten heen getrokken sportsokken haar voordeur uit, in een ritselende

groene jurk met gele zonnebloemen.

'O, God, wees mij genadig,' mompelde ze en stapte het trottoir op. Ze begon de straat uit te lopen zonder dat ze een doel voor ogen had. Ze zou gewoon gaan wandelen.

En ze zou ook bidden.

De eerste twee weken gingen voor Kent de uren voorbij met het ritme van een jojo. Het ene moment werd hij helemaal in beslag genomen door zijn allesoverheersende intrige. Het volgende moment zat hij zijn tranen weg te knipperen bij de gedachte aan Spencer of Gloria.

De ideeën kwamen op als onkruid, alsof de een of andere waanzinnige geleerde er een supergroeimiddel overheen had gemorst. Hij besefte na een week dat al dat denken en peinzen zelfs niet stopte wanneer hij in slaap viel. In feite leken de beste ideeën hun weg naar zijn gedachten te vinden wanneer hij uitstekend sliep. In zijn dromen.

Net als de zwerver met de veel te lange tong, die Kent vertelde hoe hij over de situatie dacht, leken andere stemmen andere ideeën te lanceren. Hij kon zich achteraf nooit precies herinneren wat ze hadden gezegd, maar als hij wakker werd, had hij een gevoel in welke richting hij verder moest zoeken. Kent maakte zich er niet druk om. Hij was ervan overtuigd dat het zijn eigen vondsten waren.

De ontmoeting met Lacy knaagde af en toe aan hem, maar de groeiende vooruitzichten op een nieuw leven overschaduwden de vreemde gebeurtenis. Meerdere keren haalde hij haar kaartje tevoorschijn, met de bedoeling haar te bellen, maar de redenen waarom hij haar wilde bellen, verwarden hem nogal. *O, hoi, Lacy. Wat dacht je van een romantisch etentje vanavond? Had ik je al verteld dat mijn vrouw en mijn zoon pas gestorven zijn? Want dat is belangrijk. Ik ben een vrij man, Lacy*. Kots! Hij had helemaal geen zin in een relatie. Aan de andere kant hunkerde hij naar een vriendschap. En een vriendschap was een relatie, dus in die zin zat hij langzamerhand te springen om een relatie. Misschien iemand die hij kon vertellen... Iemand om zijn geheim mee te delen. Maar dat zou waanzin zijn. Geheimhouding was hier zijn vriend.

Het leven op kantoor herkreeg zijn normale ritme, dat niet zoveel verschilde van het leven dat hij had geleid voor zijn wereld ondersteboven werd gekeerd. En dan had je de avonden nog. Kent werkte gewoon iedere avond door, zodat zijn collega's niet beter wisten dan dat hij 's avonds laat nog op kantoor te vinden was. Zijn hele plan hing ervan af.

Het was onmogelijk het gebouw af te sluiten of open te doen zonder dat er bij het beveiligingsbedrijf een signaal binnenkwam. De vestigingsmanager kreeg die gegevens iedere morgen doorgemaild. Dus Kent arriveerde en vertrok steevast via de achterdeur, zodat zijn werkuren constant werden bijgehouden, en de dag erna rapporteerde hij dan de vorderingen die hij de avond ervoor had gemaakt aan Borst.

Wat ze niet wisten, was dat het debuggen dat hij 's avonds deed, maar een marginaal deel van zijn tijd in beslag nam. Hij kon in een uur meer onvolkomenheden uit de code halen dan de anderen in een hele dag. Hij had niet alleen twee keer zoveel grijze massa als de anderen, maar werkte ook nog eens aan zijn eigen code.

Niet zijn eigen code in het AFPS, maar wel die in ROOSTER. De software die stevig zou gaan huishouden in de wereld van het bankwezen.

Cliff maakte er een gewoonte van iedere dag zijn hoofd even om de hoek van de deur te steken, maar Kent deed zijn best om hun contacten zo kort mogelijk te houden. En dat betekende dat hij ervoor moest zorgen dat hij iedere dag wist waar die maffe snowboarder mee bezig was en dat hij hem constant een stap voor was.

'Je lijkt je weer aardig aan het gewone leven te hebben aangepast na zo'n groot verlies,' merkte Cliff op aan het einde van de eerste week dat Kent terug was.

Kent zocht naar een aannemelijke verklaring. 'Ontkenning,' zei hij terwijl hij zich van Cliff wegdraaide. 'Dat zeggen ze tenminste.'

'Wie zegt dat?'

Hij was niet naar een psychiater geweest. 'De dominee,' loog Kent.

'Schei uit! Ik wist niet dat jij naar een kerk ging. Ik ook, namelijk!'

Kent kreeg onmiddellijk spijt van zijn leugen.

'Hoe lang ben jij al christen?'

'Eh, eerlijk gezegd gaat het niet zo diep bij mij.'

'Dat kan. Ze zeggen dat het bij 80 procent van de kerkgangers buiten de zondagse diensten niet zo diep zit. Maar ik hoorde dat je vrouw wel overtuigd gelovig was.'

Kent keek op. 'Echt? En wie heeft je dat verteld?'

'Dat heb ik gewoon ergens gehoord.'

'Waar ergens? Ik wist niet dat dat hier algemeen bekend was.'

Cliff haalde ongemakkelijk zijn schouders op. 'Eh, van Helen, om precies te zijn.'
'Helen? Mijn schoonmoeder heeft met jou gepraat?'
'Nee, rustig aan Kent. We hebben een keer eventjes gepraat toen ze hierheen belde.'
'En dan praat jij zomaar per ongeluk over mij en mijn vrouw? Dat is nog eens aardig van je – "Arme Kent, laten we eens wat over zijn geloof roddelen, vind je ook niet? Of laten we liever zeggen, zijn gebrek aan geloof."'
'We zijn christenen, Kent. Sommige dingen zijn niet zo heilig als andere. Maak je geen zorgen. Verder dan mij komt het niet.'
Kent keerde zich af, boos, zonder eigenlijk te weten waarom. Helen had zo haar rechten. Gloria was tenslotte haar eigen dochter. Hij begon Cliff vanaf dat moment te mijden. Maar die breed grijnzende whizzkid ontlopen was moeilijker dan hij had gedacht.
Het duurde twee weken voor Borst gewend was aan Kents hernieuwde houding, maar een dagelijkse dosis vriendelijkheid was een prima smeermiddel voor het verroeste mechaniek dat hun arbeidsrelatie ooit was geweest. Kent moest zijn neus dichthouden terwijl hij het smeermiddel toediende, maar het werd elke dag iets gemakkelijker.
Borst was begonnen over zijn werkschema toen Kent hem de oplossing had overhandigd van een zwakke plek in het programma die Borst zelf had proberen te verhelpen, maar waarin hij niet was geslaagd. Het had Kent precies negenentwintig minuten gekost om het euvel te verhelpen.
'Je hebt het dus gevonden? Dan kan ik het maar beter aan jou geven, Anthony. Jij weet er wel raad mee.' Hij keek Kent peinzend aan. 'Je lijkt de laatste tijd het beste 's avonds te werken, is het niet?'
Er steeg een withete vuurpijl op in Kents gedachten. Zijn hart sloeg een slag over en hij hoopte maar dat Borst zijn reactie niet had opgevangen. 'Ik heb 's avonds altijd al beter gewerkt, Markus.' Hij had ontdekt dat Borst het liefst Markus werd genoemd door vrienden. Hij sloeg zijn ogen neer. 'Maar sinds de dood van Gloria en Spencer zit ik er niet om te springen om 's avonds alleen thuis te zitten zonder iets om handen te hebben, weet je.'
'Ja... Dat begrijp ik.' Hij wuifde met de papieren die Kent hem zojuist had gegeven. 'Je hebt dit allemaal gisterenavond gedaan, hè?'
Kent knikte.
'Hoe laat ging je hier dan weg?'
Kent haalde zijn schouders op. 'Ik ben om, eh, een uur of acht teruggekomen

en ben tegen middernacht weer vertrokken.'
Borst glimlachte. 'Vier uur? Zoals ik al zei, je bent goed in je vak. Als je nog even zo doorgaat, hebben wij straks niets meer te doen.' Hij grinnikte. 'Goed werk.' Toen knipoogde hij en Kent slikte de neiging in om hem een oog uit te steken.

In plaats daarvan glimlachte hij. 'Bedankt.'

In de eerste paar dagen had hij ook zijn vriendschap met Will Thompson weer opgepakt. Net zoals daarvoor hadden hun gesprekken niets om het lijf, maar dat vond Kent best.

'Ik kan maar niet geloven dat je gewoon weer aan het werk bent gegaan na wat ze je hebben geflikt,' zei Will tegen hem, toen ze op dag drie samen gingen lunchen. Kent wilde niets liever dan de lunch vermijden, maar hij was bezig om zo normaal mogelijk over te komen en af en toe lunchen zou dat beeld versterken.

'Weet je, als Spencer niet overleden zou zijn, denk ik niet dat ik terug was gekomen, maar wanneer je diegenen verliest van wie je het meest houdt, veranderen de dingen, Will. Je perspectief verandert. Ik moet nu gewoon weer aan het werk, dat is alles.' Hij keek naar de overkant van de straat, naar Antonio's Italian Cuisine. 'Wie weet? Misschien wanneer alles een beetje is gezakt, dat ik dan iets anders ga doen, maar nu heb ik stabiliteit nodig.'

Will knikte. 'Klinkt logisch.'

Touché, Will. Dat klinkt zeker logisch. Alles moet logisch klinken. Onthoud dat maar wanneer ze jou ondervragen over mij.

Betty Smythe werd ook weer een van die meubelstukken in het bedrijf, smakkend met haar lippen achter de balie, belangrijke telefoontjes opnemend voor Borst en haar kleine wereldje in glurend met haar te grote ogen. Het maakte Kent weinig uit. Hij deed gewoon zijn deur dicht. Maar wanneer eenmaal duidelijk zou worden wat hier aan de hand was, zou haar mond niet meer stilstaan, gegarandeerd. Maar omdat hij wilde dat ze niets liever zou doen dan het hem naar de zin te maken in plaats van hem achterdochtig te bekijken, begon hij aan de walgelijke taak om bij haar in een goed blaadje te komen.

Een boeket rozen voor al haar steun raakte de juiste snaar. Het feit dat ze geen vinger had uitgestoken om hem te steunen, leek haar waardering niet te temperen. Maar aan de andere kant, gezien de lading acryl die aan iedere vingertop hing, zou het ook geen gemakkelijke taak zijn om ze uit te steken.

'O, Kent! Dat had je nu niet hoeven doen!'

Hij had zich altijd afgevraagd of vrouwen die met grote ogen bleven doorwauwelen over hoe mooi ze de bloemen vonden, ze net zo fantastisch vonden als ze deden voorkomen. Hij zag in gedachten een koe die vergenoegd aan een bos vegetatie stond te plukken, maar vrouwen waren niet echt te vergelijken met koeien. Nou ja, de meeste niet. Betty kwam een aardig eind in de buurt, wat waarschijnlijk verklaarde waarom ze zojuist met haar ogen omhoog rolde alsof ze ging sterven en naar de hemel ging vanwege de rode bloemen in dit bosje vegetatie.

'Dat hoefde *wel*,' reageerde hij zo serieus als hij kon opbrengen. 'Ik wil gewoon dat je weet dat ik veel aan je steun heb gehad.'

Een snelle flikkering in haar ogen maakte dat hij zichzelf afvroeg of hij het er niet te dik bovenop had gelegd. Als dat zo was, had ze zich snel weten aan te passen. 'Heel lief, Kent. Het was niets, echt. Iedereen zou hetzelfde hebben gedaan.' Ze glimlachte en rook aan de rozen.

Kent had totaal geen idee waar ze op doelde, maar dat maakte niet langer uit. 'Nou ja, toch bedankt, Betty. Ik sta bij je in het krijt.' *Kots!*

'Dank je, Kent.' Op de een of andere manier had één van de bloemblaadjes losgelaten en was aan haar onderlip blijven hangen. Het zag er belachelijk uit. Ze leek het niet te merken. Kent was niet van plan het haar te vertellen. Hij wist een oprechte glimlach te produceren en verdween naar zijn kantoor.

Todd en Mary waren geen probleem. Ze wilden allebei maar al te graag Borst tevreden houden en beseften dat ze daarbij Kent hard nodig hadden. Ze waren dan ook allebei zeer regelmatig in zijn kantoor te vinden. 'Kent, hoe zou je dit doen?' Of: 'Kent, ik heb dit zus of zo aangepakt, maar het werkt niet helemaal goed.' Niet dat het hem nu zo veel kon schelen. Soms had hij net het gevoel alsof er eigenlijk niets echt was veranderd – hij had zich altijd al in het centrum van hun werkzame leven bevonden.

Het was de manier waarop ze zich gedroegen wanneer Borst voorbijkwam waardoor Kent weer met beide voeten op de grond kwam te staan. Uiteindelijk lag hun loyaliteit bij Chefmans.

Todd verontschuldigde zich op een bepaald moment zelfs voor zijn gedrag. 'Het spijt me van... nou ja, je weet wel.' Hij zat in Kents kantoor en had zijn benen over elkaar geslagen, plotseling een tintje roder in het gezicht. Hij duwde zijn zwartgerande bril iets verder op zijn neus.

'Van wat, Todd?'

'Je weet wel, van de manier waarop ik me die eerste dag gedroeg.'

Kent reageerde niet. Laat die jongen zich maar een beetje in bochten wringen.

'Het is niet gemakkelijk om knel te zitten in kantoorpolitiek, weet je. En technisch gesproken is Borst onze chef, dus willen we hem niet tegen ons in het harnas jagen. En trouwens, hij had gelijk. Het is eigenlijk *zijn* toko, toch?'

Een tiental stemmen schreeuwde een hoop rottigheid in Kents hoofd. Het liefst was hij hem aangevlogen om hem wakker te schoppen, maar hij beet alleen maar op zijn onderlip en knikte langzaam.

'Tja, je hebt waarschijnlijk wel gelijk.'

Todd grijnsde schaapachtig. 'Het is verder wel oké, Kent. Borst beloofde goed voor ons te zorgen.'

Todd vertelde Mary vrijwel zeker over dit gesprek, want de volgende keer dat ze haar gedrongen gestalte in een van de andere stoelen in zijn kantoor parkeerde, glimlachte ze zo hard dat ze er wel kramp van *moest* krijgen. Ze dook gelijk in een vraag, zonder over het incident te beginnen, maar Kent wist dat ze hadden gepraat. Hij wist het, net zoals hij wist dat zowel zij als Todd ruggengraatloze softies waren.

Tijdens zijn tweede week terug op kantoor begon Kent het gebouw door de voordeur te verlaten als hij ging lunchen. Ondanks zijn aversie ertegen, had hij dat voorheen ook gedaan, dus deed hij het nu weer. Hij liep nonchalant, vermeed oogcontact, maar reageerde op iedere begroeting zo enthousiast als hij kon opbrengen.

Ze waren er allemaal, als opwindpoppen die hun riedeltje speelden. De kasbediendes fluisterden over hun denkbeeldige relaties en telden geld. Zach, de beveiligingsmedewerker, beende heen en weer en zwaaide nu en dan met zijn knuppel, zoals hij dat in de een of andere Hollywoodfilm had gezien. Twee keer zag Kent Sidney Beech, de adjunct vice-president, over de marmeren vloer klikken toen hij de lobby inkwam en allebei de keren deed hij net of hij haar niet zag. Eén keer zag hij Porky – Price Bentley – over diezelfde vloer wandelen en Kent had onmiddellijk zijn koers verlegd naar het toilet. Als de bankdirecteur hem al had gezien, liet hij dat niet blijken. Kent koos ervoor te geloven dat hij hem niet had gezien.

Tegen het einde van de tweede week ging zo'n beetje alles weer zijn gewone gangetje en waren Kents onenigheden met de bank zo goed als vergeten. Dat hoopte hij tenminste. Alles had zijn oude ritme weer terug, net als vroeger. Dat dachten ze tenminste.

In werkelijkheid stonden Kents zenuwen met de dag strakker gespannen, als een van die speeltjes die je met een veer moest opwinden, in de handen van een overenthousiast kind. Ieder moment kon de veer breken en dan zou hij

helemaal uit zijn dak gaan.
Maar het plan nam steeds vastere vormen aan, zoals een mooie vrouw die uit de mist opdoemde. Stap voor stap begonnen de rondingen zichtbaar te worden. Dat naderende beeld was Kents enige barrière tussen zin en waanzin. Het weerhield hem ervan om stapelgek te worden tijdens de lange uren dat hij zichzelf niet kon zijn. Het werd een geliefde voor hem die hij streelde in de donkere uithoeken van zijn geest. Het werd... alles.
Het mes dat hij hun in de rug zou planten, lag al klaar.
Hij zou de boel helemaal leegroven.

18

Week negen

De zonsopgang in Denver was rood. Bill Madison wist het zeker, omdat hij de zon had zien opkomen. Van grijs via rood naar strak blauw, met een beetje smog erbij om hem eraan te herinneren waar hij woonde.
Helen had hem de vorige avond gebeld en hem gevraagd om haar deze morgen te vergezellen. Sinds de laatste keer dat ze elkaar hadden ontmoet, hadden ze twee keer met elkaar getelefoneerd en iedere keer waren de woorden van Helen zeker twee uur na het gesprek in zijn hoofd blijven rondgalmen. Het vooruitzicht om haar weer te zien, had hem een knoop in zijn maag bezorgd, maar geen beroerde knoop, bedacht hij. Meer het gevoel dat je zou verwachten als je voor de eerste keer in een nieuwe achtbaan stapt.
'En waarom zou ik je dan wel vergezellen?' had hij goedgemutst gevraagd.
'We hebben nog wat te bepraten,' zei ze. 'Een beetje wandelen, praten en bidden. Trek gemakkelijke schoenen aan. Je zult niet worden teleurgesteld, domineetje van me.' En hij wist dat dat zo zou zijn. Hoewel hij betwijfelde of hij inderdaad veel zou lopen. Niet met die slechte knieën van haar.
Hij stond om zes uur op haar veranda en voelde zich ronduit dwaas met die tennisschoenen aan. Helen deed de deur open na de eerste keer aanbellen en liep langs hem heen de straat op zonder een woord te zeggen.
Bill deed de deur dicht en ging achter haar aan. 'Wacht even, Helen. Ook goedemorgen! Wat heb jij nou?' Hij zei het grinnikend. Als hij haar niet zou

kennen, zou hij denken dat ze een eendagskuiken was, aan de manier waarop ze haar benen bewoog.
'Môgge, Bill,' zei ze. 'Laten we eerst even een minuutje lopen voor we beginnen te praten. Ik moet even opwarmen.'
'Tuurlijk.'
Dat zei hij. *Tuurlijk*. Alsof het de gewoonste zaak van de wereld was dat ze in het donker uit bed klommen om elkaar te ontmoeten voor een zeer-vroeg-in-de-ochtend wandeling. Maar eigenlijk wilde hij weten wat ze in vredesnaam aan het doen was. Wandelen als een marathonloper in een knielange jurk en sportsokken die tot over haar kuiten waren opgetrokken. Het zag er belachelijk uit. En dat gold ook voor hem, omdat hij met haar zou worden geassocieerd door de eerste de beste voorbijganger. En hij had haar nog nooit zulke stevige stappen zien maken, zeker niet zonder zichtbare mankheid.
Hij duwde die gedachte van zich af en liep achter haar aan. Hij was tenslotte haar voorganger en, zoals ze had gezegd, had ze zijn herderlijke steun nodig. Hoe kon tenslotte van hem worden verwacht dat hij zijn schapen zou voeden als hij zeker drie meter achterbleef?
Bill deed enkele snelle passen en was weer bij. Geen probleem – ze zou snel genoeg beginnen af te zakken. Tot dat moment zou hij haar tegemoet komen.
Ze liepen zwijgzaam drie huizenblokken verder voordat het Bill begon te dagen dat mevrouw Kniekous hier nog geen spetter langzamer was gaan lopen. Het was eerder zo dat hij het ging voelen. Teveel uren achter een bureau en veel te weinig beweging.
'Waar gaan we heen, Helen?' vroeg hij.
'O, dat weet ik niet. We wandelen gewoon. Bid je nog?'
'Ik wist niet dat het de bedoeling was dat we zouden bidden.'
'Ik weet ook niet zeker of dat ook voor jou de bedoeling is. Maar zolang ik aan het bidden ben, kun jij dat net zo goed ook doen.'
'Uh-huh,' zei hij. Haar Reeboks waren niet langer smetteloos wit, zoals ze een week eerder waren geweest. Dit waren trouwens andere Reeboks. Veel gebruikt en al een eind heen. Haar kuitspieren, die zich bij elke stap spanden, werden grotendeels aan het oog onttrokken door een dun laagje vet dat schommelde onder de sokken, die haar benen net onder haar knieën met rode kringen insnoerden. Ze deed hem denken aan een basketballer uit de zeventiger jaren – zonder de lengte dan, natuurlijk.
Haar vingers hingen losjes naar beneden en zwaaiden met iedere stap heen en weer.

'Heb je je ooit afgevraagd waarom God een ezel gebruikte om te spreken, Bill? Kun je het je sowieso voorstellen een ezel te horen spreken?'
'Ik denk het wel. Vreemd, nietwaar?'
'En hoe zit het met Jona? Kun jij je voorstellen dat een man drie dagen in de buik van een vis in leven blijft? Ik bedoel – vergeet het verhaal even – kun jij je voorstellen dat zoiets vandaag de dag zou gebeuren?'
Hij liet zijn blik naar het trottoir zakken en bestudeerde scheuren in het beton.
'Hmm. Ik denk het. Waarom vraag je dat?'
'Ik probeer gewoon even vast te stellen hoe je denkt, Bill. Wat je echt gelooft. Omdat veel christenen die oude verhalen in de Bijbel lezen en net doen alsof ze die geloven, maar wanneer het er echt op aan komt, kunnen ze het zich nauwelijks voorstellen, laat staan dat ze geloven dat het echt gebeurd is. En ze zouden er zeker voor terugschrikken als dat soort dingen in hun tijd zouden gebeuren, denk je niet?'
Ze bleef met een flinke pas doorwandelen en hij merkte dat hij er een beetje aan moest trekken om haar bij te houden. Wat was er met haar aan de hand?
'Och, ik weet het niet, Helen. Ik denk dat de mensen best wel accepteren dat God in staat is een walvis zover te krijgen dat hij iemand inslikt of een ezel kan laten praten.'
'Dus jij kunt het je wel voorstellen?'
'Tuurlijk.'
'Hoe ziet dat er dan uit, Bill?'
'Hoe ziet *wat* eruit?'
'Hoe ziet een walvis eruit die een volwassen man inslikt? We hebben het er hier niet over dat hij die man in hapklare brokken naar binnen werkt, maar dat hij hem in één keer inslikt. En dat die man daarna een paar dagen lang in die maag rondzwemt, temidden van stinkende en bijtende zuren. Kun je je *dat* voorstellen, Bill?'
'Ik weet niet zeker of ik me ooit de details wel eens heb voorgesteld. Ik weet trouwens niet eens of dat wel zo belangrijk is.'
'Nee? Maar wat gebeurt er wanneer mensen zich die details *wel* gaan voorstellen? Vertel je ze dan dat die details niet van belang zijn? Dan mikken ze die verhalen al snel in een mentale prullenbak met het opschrift: "Sprookjes."'
'Kom op, Helen! Door een paar onbelangrijke details zeg je niet je geloof vaarwel. Er zijn dingen die we gewoon door geloof accepteren. Dat betekent niet automatisch dat we niet accepteren dat God de mogelijkheid heeft te doen wat Hij wil – inclusief het openen van de buik van een walvis voor een man.'

'En toch schrok je terug toen ik je vertelde over mijn visioen over de dood van Gloria. En dat ging simpelweg over het openen van *ogen*, niet de bek van een walvis.'

'Maar ik heb het geaccepteerd, waar of niet?'

'Ja, dat heb je inderdaad gedaan.'

Ze liet het gaan met een flauwe glimlach. Helen wandelde verder, haar armen heen en weer zwaaiend in een strak ritme, waarbij ze nu zachtjes neuriede. *Jesus, Lover of my soul*... Duidelijk haar favoriete lied. 'Doe je dit elke dag, Helen?' vroeg hij, heel goed wetend dat dat niet zo was. Er was hier iets veranderd.

'Wat doe ik iedere dag?'

'Lopen, natuurlijk. Ik wist niet dat je zo kon lopen.'

'O, nee, ik ben daar pas mee begonnen.'

'Hoe ver loop je dan?'

Ze haalde haar schouders op. 'Ik weet het niet. Hoe snel denk je dat we nu lopen?'

'Op dit moment? Misschien een kilometer of vijf per uur.'

Ze keek hem verbaasd aan. 'Echt? Goed dan, hoeveel is vijf keer acht?'

'Acht?'

'Ja, wat is vijf keer acht?'

'Vijf keer acht is veertig.'

'Dan denk ik dat ik veertig kilometer per dag loop,' zei Helen met een tevreden glimlach.

Haar woorden klonken alsof er verdwaalde vogeltjes tegen het raam van zijn gedachten vlogen, niet in staat binnen te komen. 'Nee, dat is niet mogelijk. Misschien een kilometer per dag of zo. Of twee.'

'Schei uit! Het is zeker meer dan twee kilometer per dag, dat weet ik wel. Dat hangt waarschijnlijk af van hoe snel ik wandel. Maar vijf keer acht is inderdaad veertig. Je hebt gelijk.'

Toen begon bij Bill het kwartje te vallen. 'Jij... jij loopt echt... acht uur per dag?' Niet te geloven! Dat was onmogelijk!

'Ja,' zei ze eenvoudigweg.

Hij bleef van verbazing stilstaan en zijn mond viel open. 'Loop jij *acht uur per dag* op deze manier?'

Ze antwoordde zonder achterom te kijken: 'Stort nou niet in, beste dominee. Dat lopen van mij is in elk geval gemakkelijker te accepteren dan Jona en zijn walvis.'

Bill moest een stukje rennen om haar weer in te halen. ‘Helen! Loop eens even wat langzamer. Luister, jij wilt dus echt beweren dat je acht uur per dag op deze manier loopt? Dat is sowieso meer dan vijfendertig kilometer per dag! Dat is *onmogelijk*!’

‘Is dat zo? Ja, eigenlijk wel, hè?’

Hij wist dat ze hem niet voor de gek liep te houden en het begon hem te duizelen. ‘Hoe dan? Hoe doe je dat dan?’

‘Ik doe niets, Bill. God doet het.’

‘Jij zegt dus dat God je op de een of andere wonderlijke manier toestaat veertig kilometer te lopen op *jouw* benen?’

Ze keek hem aan en trok een wenkbrauw op. ‘Ik mag inderdaad hopen dat ik op mijn eigen benen loop. Ik zou niet graag een dag op die van jou lopen.’

‘Dat bedoel ik niet.’ Hij kon er niet om lachen. Bill keek weer naar die kuiten, die als een stevige plumpudding bij iedere stap op en neer drilden. Dit waren toch zeker dezelfde benen waarmee ze een week geleden nog niet meer kon dan een klein stukje heen en weer hobbelen? En dan nu dit?

‘Twijfel je aan me?’

‘Nee, dat zeg ik niet.’ Hij wist eigenlijk niet meer wat hij zei. Hij wist wel dat de prullenbak met het labeltje ‘Sprookjes’ heel hard stond te rammelen.

‘Wat bedoel je dan?’

‘Wat ik wil zeggen is... Weet je zeker dat je iedere dag de volle acht uur loopt?’

‘Loop maar met me mee. Dan kun je het zelf zien.’

‘Ik weet niet zeker of ik dat wel acht uur volhoud.’

‘Tja...’

‘En je neemt dus absoluut geen pauzes...’

Toen was het genoeg. Ze stopte abrupt voor de melkboer op de hoek van Kipling en Sixth en plantte haar handen op haar heupen. ‘Luister, *jij* bent de man van God hier! Het is jouw taak mij naar Hem toe te leiden, niet bij Hem vandaan. Vergeef me als ik ernaast zit, maar je begint te klinken alsof je niet al te zeker meer bent. Ik loop, nietwaar? En ik loop al een week lang acht uur per dag, vijf kilometer per uur. Als je het niks vindt, mij best. Doe je oogkleppen maar weer voor. En als je me aan ziet komen; gewoon recht voor je uit blijven staren.’

Hij zette grote ogen op door deze uitbarsting. Hij voelde de warmte tot achter zijn oren langs zijn nek omhoog klimmen. Op dit soort momenten zou hij moeten zijn voorbereid met een logische reactie. Het probleem was alleen dat dit niet over logica ging. Dit ging over onmogelijkheden en één daarvan staarde hem recht in het gezicht. En daardoor werd het dus meteen een mogelijkheid. Maar ergens besefte hij dat al. Zijn ik probeerde het alleen maar in een jasje te steken dat hij begreep.

'Helen...'

'Luister, ik had er in eerste instantie ook problemen mee om het te accepteren, dus ik geef je wat ruimte. Maar wanneer ik je de simpele feiten voorspiegel, zoals dat ik *acht uur per dag* wandel, moet je me niet gaan lopen analyseren alsof ik een steekje los heb zitten.'

'Het spijt me, Helen. Echt. En ik geloof je, wat dat ook waard mag zijn. Dit soort dingen kom ik alleen niet iedere dag tegen.' Hij vroeg zich gelijk af of hij haar wel echt geloofde. Je gelooft niet zomaar een oudere dame die beweert kryptonite te hebben gevonden en ook nog eens te hebben ontdekt dat Superman toch bestond. Aan de andere kant, dit was niet zomaar de eerste de beste oudere dame.

Ze bestudeerde zijn gezicht een volle vijf seconden. Toen snoof ze een keer en liep doelbewust door.

Bill bleef een minuut lang zonder iets te zeggen naast haar lopen, een beetje van slag. Er vlogen honderden vragen door zijn gedachten, maar hij bedacht dat hij het allemaal eerst maar even beter kon laten zakken. Mits hij niets had gemist, beweerde Helen dat God haar had gesterkt met een soort bovennatuurlijke kracht die haar in staat stelde rond te lopen met het gemak van een twintigjarige. Een sterke twintigjarige zelfs. En ze beweerde het niet alleen, ze liet het hem ook nog eens zien. Ze had erop gestaan dat hij mee zou gaan en het met eigen ogen zou zien. Nou, hij zag het dan ook duidelijk. Ze stapte stevig naast hem voort, stap voor stap, zoals Mozes trots door de woestijn liep.

Hij wierp een blik op haar gezicht en zag haar lippen bewegen. Ze liep te bidden. Net als die zendingsteams die ergens in een ander land rond gingen lopen om te bidden. De geestelijke bolwerken verbreken, of zoiets. Maar in Helens geval was het Kent die er waarschijnlijk van zou profiteren.

Dit gebeurde dus echt! Het maakte niet uit dat hij nog nooit zoiets had gehoord, laat staan *gezien*, maar dit gebeurde vlak voor zijn neus. Net als honderden verhalen uit de Bijbel, maar dan levend en wel hier en op dit moment. Bill stopte plotseling, zich realiserend dat zijn mond openhing en dat hij er niet al te slim uit moest zien. Hij deed hem dicht en slikte.

Helen liep door, zich er waarschijnlijk niet eens van bewust dat hij was gestopt. Haar schreden vertoonden niet de geringste vermoeidheid. Het was alsof haar benen onder haar hun werk deden zonder dat ze precies begreep waarom of hoe ze bewogen. Ze deden het gewoon. Zij maakte zich alleen maar druk om Kent, niet om de natuurkundige onmogelijkheden van wat ze deed. Ze was een wandelend wonder. Letterlijk.

Twijfel voelde opeens aan als een dwaas iets. Hoe kon je nu twijfelen aan wat je zag?

Bill ging haar weer achterna en zijn hart bonkte nu van opwinding. Niet te geloven. Hoeveel mensen hadden wel eens zoiets als dit gezien? En waarom was het zo moeilijk te accepteren? Hij was tenslotte een voorganger. Ze had gelijk, het was zijn taak om de waarheid in de schijnwerpers te zetten, niet om daaraan te twijfelen.

Hij beeldde zich in dat de kerkbanken vol zaten met glimlachende kerkleden. *En vandaag, broeders en zusters, willen we aan zuster Helen denken, die om Jericho heen loopt te marcheren.*

Er kroop een tintelend gevoel lang zijn botten. Hij hinkelde een keer om zijn ritme aan te passen aan dat van Helen en ze keek hem met opgetrokken wenkbrauwen aan.

'Bid je alleen maar tijdens het lopen?' vroeg hij en stak onmiddellijk afwerend zijn hand op. 'Ik twijfel er niet aan. Ik vraag het je alleen maar.'

Ze glimlachte en grinnikte zelfs. 'Ja, ik bid. Ik loop en ik bid.'

'Voor Kent?'

'Voor dit waanzinnige duel om zijn ziel. Ik weet nog niet het precieze hoe en waarom. Ik weet alleen maar dat Kent bij God vandaan rent en dat ik achter hem loop en hem op de hielen zit met mijn gebeden. Ik denk dat het symbolisch is, maar soms ben ik daar niet eens zeker van. Wandel in geloof, niet door wat je ziet. Wandel in de Geest. Wie de Here verwachten, putten nieuwe kracht. En zij lopen, maar worden niet moede; zij wandelen, maar worden niet mat. Dat gold toen niet letterlijk, maar nu wel. In elk geval voor mij.'

'Wat lijkt te betekenen dat dat hele gedoe rond Kent ook echt is, omdat het niet meer alleen om visioenen en andere onzichtbare dingen gaat, maar nu ook om dit lopen,' zei Bill. 'Besef je wel hoe ongebruikelijk dat is?'

'Ik weet niet of dat wel zo ongebruikelijk is. Ik denk dat *ik* eerder ongebruikelijk ben – dat zei je tenminste zelf. Misschien gebruikt God juist wel expres een beetje ongebruikelijkheid om te werken zoals Hij wil. En ter informatie, ik wist al dat het echt was voor dit loopgedoe. Ik vind het jammer om van jou te horen dat je dacht dat mijn visioenen waanideeën waren.'

'Hou even op, Helen. Heb ik dat gezegd?' Hij fronste zijn voorhoofd en keek opzij, zodat hij haar gezichtsuitdrukking kon zien.
'Dat was niet nodig.' Ze stak haar kaak naar voren en beende verder.
'Kan ik ze aanraken?' vroeg hij.
Ze trok een rimpel tussen haar ogen. 'Wat aanraken? Mijn benen? Nee, je mag mijn benen niet aanraken! Niet te geloven, Bill!'
'Niet *zo* aanraken! Mens!' Hij liep verder, een beetje in verlegenheid gebracht. 'Zijn ze warm of zo? Ik bedoel, kun je voelen dat ze anders zijn?'
'Ze zoemen.'
'Zoemen, huh?' Hij keek er weer naar en vroeg zich af hoe God een lichaam veranderde zodat het in staat was tot zoiets. Ze zouden haar moeten laten onderzoeken door een paar wetenschappers. Maar hij wist dat ze dat nooit zou toelaten.
'Wat bedoel je trouwens met *duel*? Je zei iets over een waanzinnig duel om Kents ziel. Dat is nou niet bepaald iets uit het boekje.'
'Zeker wel. De boeken mogen dan andere woorden gebruiken, maar het komt allemaal op hetzelfde neer. Het is oorlog, Bill. We vechten niet tegen vlees en bloed, maar tegen machten en overheden. We duelleren. En wat is er nu een grotere prijs dan de ziel van een mens?' Ze bleef doelbewust recht voor zich uit kijken. 'Het staat er allemaal in. Zoek maar op.'
Bill grinnikte en schudde zijn hoofd. 'Dat zal ik doen. Alleen voor jou, Helen. Er moet toch iemand voor zorgen dat je niet regelrecht van deze planeet af loopt.'
'Dus dat is jouw idee van herder zijn?' Haar ogen twinkelden boven een glimlach.
'Je vroeg erom. Zoals je al zei, dat is mijn gave. En als God jouw benen in bionische loopmachines kan veranderen, kan Hij mij wel een beetje wijsheid geven. Om jou te helpen lopen.'
'Zo is het. Maar kijk uit dat het niet je eigen wijsheid is, dominee.'
'Ik doe mijn best. Dit is echt ongelofelijk!'
'Je kunt nu maar beter teruggaan, Bill.' Helen beende door. 'Ik heb nog zat te bidden. En trouwens, ik zou niet willen dat je hier strandt.'
'Moet ik niet met je meelopen en bidden?'
'Heeft God dan tegen je gezegd dat je moet meelopen en bidden?'
'Nee.'
'Ga dan doen waarvoor je geroepen bent – voorganger zijn.'
'Oké. Oké, dan ga ik dat maar doen.' Bill draaide zich om en had het gevoel

alsof hij er nog iets gevats achteraan zou moeten zeggen – iets gedenkwaardigs. Maar hij kon zo gauw niets verzinnen, dus keerde hij maar terug naar zijn auto.

Ze zeggen dat een gespleten persoonlijkheid wordt gevormd door jaren van dissociatief gedrag. Als een treinspoor dat door knoestige boomwortels na verloop van tijd uit elkaar wordt gedrukt en opgesplitst in twee losse rails. Maar de ontwikkeling van Kents dubbelleven was niet zo'n langzaam proces. Het leek meer op twee locomotieven die op topsnelheid in twee verschillende richtingen reden en met een enorm elastiek aan elkaar waren verbonden. En Kents geest werd opgerekt zoals dat elastiek.

De ene persoon was degene die men bij de bank gewend was – de man met hersens die hart voor de zaak had. Maar tijdens de late uren dat hij alleen was, trok hij een nieuwe huid aan. Hij werd een nieuw mens.

De dromen zweefden iedere nacht door zijn hoofd en fluisterden hem briljante oplossingen in, als een soort alter ego dat dit al duizenden keren had gedaan en nu het wonderkind op weg hielp. *Hoe zit het met het lichaam, Kent? Lichamen zijn bewijsstukken. Je weet dat ze de doodsoorzaak zullen ontdekken wanneer ze het lichaam vinden. En het lichaam heb je nodig – je kunt het niet naar de bodem van een meer laten zinken, zoals ze in van die idiote films doen, Kent. Jij bent geen idioot, Kent.*

Kent luisterde naar de dromen, terwijl hij vast in slaap was.

Hij verorberde een evenwichtig dieet van ibuprofen voor de pijn die niet meer uit zijn nek wilde verdwijnen en hij begon regelmatig een slaapmutsje te nemen. Maar na de derde dag werd regelmatig een vaste gewoonte. En wat eerst een slaapmutsje was geweest, werd nu een shot tequila, het spul dat hem tijdens zijn studie bijna zijn leven had gekost. Hij dronk natuurlijk niet zoveel dat hij helemaal van de wereld was. Gewoon net genoeg om zijn gierende zenuwen tot rust te brengen.

Wanneer hij niet aan het werk was, verdiepte Kent zich in onderzoek of was hij aan het nadenken. Vooral veel nadenken. Honderd keer op hetzelfde detail broeden. Denken aan iedere mogelijke invalshoek en zoekend naar iedere mogelijkheid die hij nog niet had overwogen.

Discovery Channel had een dagelijks programma dat *Forensic Detectives* heette. In een van de bibliotheken in het centrum van Denver bleek een verzameling van vijftig uitzendingen op video te liggen. In het programma werd langzaam en methodisch ingezoomd op misdadigers, waarbij de allernieuwste technieken op gebied van forensisch onderzoek werden getoond. Vingerafdrukken, zoolafdrukken, haren, telefoongegevens, parfum, noem maar op. Als iemand in een bepaalde ruimte was geweest, vonden de experts van de FBI bijna altijd wel een spoor.

Bijna altijd. Kent bekeek de programma's bijna zonder te knipperen, om maar niets te missen. Zijn analytische geest viste al hun zwakheden eruit. En hij zou ieder klein detail van zijn plan nog eens onder de loep nemen.

Een voorbeeld. Hij had al besloten dat hij de diefstal zelf *vanuit* de bank zou uitvoeren – in het gebouw dus. En dat betekende dat hij naar de bank toe zou moeten gaan. Vraag: Hoe? Hij kon zich niet door een taxi laten brengen. Taxi's hielden hun ritten bij en afwijken van een gewoonte kon een wenkbrauw doen rijzen. Hij moest die wenkbrauwen laag zien te houden. Dus zou hij natuurlijk in zijn eigen auto moeten gaan, zoals altijd als hij naar de bank ging. Mogelijk. Aan de andere kant vertegenwoordigden auto's een fysieke aanwezigheid. Ze lieten sporen na. Ze konden worden gezien door voorbijgangers of zwervers, zoals degene die hij in de steeg achter de bank had gezien. Maar goed, maakte dat wat uit? Wat zou hij erna met de auto doen? Ermee wegrijden? Nee, hij kon er in ieder geval niet mee wegrijden. Auto's konden nagetrokken worden. Hem in de fik steken? Dat was een idee. Hij kon een jerrycan benzine in de achterbak zetten, alsof hij benzine had gehaald voor de grasmaaier thuis, en de brandstof met een losse draad ontsteken. *Boem!* Nee, dat was natuurlijk belachelijk. Veel te verdacht. Of anders met een volle tank van een klif laten rijden. Toekijken wanneer hij in vlammen op de rotsen uiteenspatte. Maar auto's exploderen zelden bij een inslag.

Aan de andere kant, waarom zou hij zich sowieso ontdoen van de auto?

Dat detail zorgde de daaropvolgende dagen voor uren denkwerk. En dan was het nog wel het minste van zijn op te lossen problemen. Maar langzaam, stukje bij beetje, kwamen de oplossingen. En wanneer die kwamen, wanneer hij ze in gedachten had uitgeprobeerd en had ontdaan van iedere mogelijke dubbelzinnigheid, vond Kent iets wat hij nooit bij zulke ontdekkingen had verwacht. Hij vond blijdschap. Regelrechte euforie. Het soort gevoel dat ervoor zorgt dat je je handen tot vuisten knijpt en je kiezen op elkaar klemt om niet te exploderen. Hij stak nu en dan zijn rechtervuist in de lucht, op een manier zoals hij nog niet zo lang geleden had gedaan, toen hij samen met Gloria en Spencer helemaal uitgelaten was over het feit dat het AFPS af was.

Zonder uitzondering vroegen dit soort momenten om een shot tequila.
Hij stopte maar zelden lang genoeg om de waanzin van zijn plan te overwegen. Het was een complete obsessie voor hem geworden. Dit hele gedoe, het stelen van zo'n enorme som geld en dan verdwijnen – opnieuw beginnen – was doorspekt met waanzin. Wie had er ooit zoiets gedaan? Als je honderdduizend kinderen bij elkaar had gezet, zou niet *hij* later zoiets flikken, maar degene wiens moeder heroïne was blijven gebruiken tijdens haar zwangerschap.
Of de man die zijn vrouw, zijn zoon en zijn fortuin had verloren in een tijdsbestek van een maand.
Nee, het was meer, dacht hij. Het was een ongelofelijke dorst naar wat hem toekwam. Voor een nieuw leven. Uit wraak. Maar het was meer. Simpel gezegd, was er niets anders meer wat ertoe deed. Het alternatief van weer opnieuw aan die klim op de ladder te moeten beginnen, lag als een loden bal op zijn maag. Uiteindelijk was het die gedachte die ervoor zorgde dat hij de rest van de tequila achterover sloeg en ieder voorbehoud dat hij nog had van zich afschoof.
Door alles heen bleef Kent een plastic witte boorden grijns tentoonspreiden bij de bank en negeerde de knopen van angst die zich in zijn maagstreek hadden vastgezet en het gevoel van verwachting dat zijn borst bijna deed exploderen. Gelukkig zweette hij niet snel. Een nerveuze zweter zou in Kents huidige staat van doen de hele dag op het tapijt lopen druipen en ieder half uur een identiek schoon overhemd moeten aantrekken om maar rustig en nonchalant over te blijven komen.
Helen, zijn maffe godsdienstige schoonmoeder, had in haar oneindige wijsheid blijkbaar besloten hem de eerste twee weken met rust te laten. En dat was al een klein wonder op zich. Helens God had Zijn eerste wonder gedaan. Ze had Kent één keer gebeld en hem gevraagd of ze wat van Gloria's oude tennisschoenen kon lenen. Het leek erop dat ze besloten had dat ze wat beweging nodig had en ze het onzin vond voor zestig dollar splinternieuwe Reeboks te kopen terwijl die van Gloria ergens in een kast lagen te verteren. Kent had alleen geen idee waarom ze alle vier de paren wilde hebben. Hij had instemmend gegromd en haar verteld dat ze de volgende dag maar langs moest komen. Dan zouden ze buiten bij de voordeur staan. Toen hij uit zijn werk kwam, waren ze weg.
Wandel ze, Helen. En als het je verder niet uitmaakt, mag je van mij zo van een klif afwandelen.

Op een donderdagavond, twee weken na hun vreemde ontmoeting en bijna drie weken na zijn besluit de bank te beroven, vond Kent de oplossing voor de verwarring die Lacy Cartwright met zich meebracht.

Tegen middernacht, op een van die opwindende momenten net nadat er weer zo'n lumineus idee uit het niets was komen aanwaaien, moest hij aan Lacy denken. Misschien wel omdat de zojuist gevonden oplossing zijn gedachten op de toekomst richtte. De periode na de diefstal. Zijn nieuwe leven. Niet dat Lacy in dat nieuwe leven zou passen. Alsjeblieft niet, zeg. En toch, toen haar gezicht eenmaal door zijn hoofd spookte, kon hij het niet van zich afzetten. Hij toetste met een bevende hand haar nummer in en leunde achterover.

Lacy beantwoordde de telefoon na de vijfde keer overgaan, net toen hij alweer wilde neerleggen. 'Hallo?'

'Lacy?'

'Met wie spreek ik?' Ze klonk niet al te blij nu ze rond middernacht door een onbekende werd gebeld.

'Met Kent. Het spijt me. Bel ik te laat?'

'Kent?' Haar stem werd onmiddellijk vriendelijker. 'Nee, ik stond juist op het punt om naar bed te gaan. Hoe is het met je?'

'Oké. Ik dacht alleen... Ik had gewoon even iemand nodig om tegenaan te praten.' Hij zweeg even, maar ze zei niets.

'Luister. Het klinkt belachelijk, ik weet het -'

'Hou maar op, Kent. Ik heb het ook meegemaakt, weet je nog? Jij bent net zo min *oké* als ik een boomstekelvarken ben.'

Hij leunde achterover tegen de kussens op de bank en klemde de draadloze telefoon tussen zijn schouder en zijn oor. 'En toch gaat het behoorlijk goed met me. Verrassend goed, eigenlijk. Ik heb niemand op de wereld om mee te praten, maar buiten dat onbelangrijke detail zou ik zeggen dat ik aardig aan het opknappen ben.'

'Hmm. Hoe lang is het geleden?' Haar stem klonk lief en zacht door de telefoon.

'Een paar maanden.' Had hij haar over Spencer verteld? Plotseling kreeg hij een brok in zijn keel. 'En mijn zoon is vier weken geleden door een auto geschept en ook overleden.' Hij moest stevig slikken.

'O, Kent! Wat spijt me dat voor je. Dat is verschrikkelijk!' Haar stem beefde van verbijstering en Kent moest even met zijn ogen knipperen tegen de opdringende tranen. Ze had gelijk. Het *was* verschrikkelijk. En toch had hij die tragedie al aardig achter zich gelaten. Zo snel al. Was hij daarom een monster? 'Hoe oud was je zoon?'

'Tien.' Misschien was dit toch niet zo'n goed idee. Ze bracht weer allerlei herinneringen in hem naar boven.

'Kent, wat... wat verschrikkelijk erg.'

'Ja...' Zijn stem klonk onvast – een beetje verstikt ook. Er slopen twee gedachten door zijn hoofd. De eerste was dat deze emotie bevrijdend was – het kon hem toch iets schelen; hij was geen monster. De tweede was dat deze emotie eigenlijk meer zelfmedelijden was dan verdriet over een verlies – daarmee het idee versterkend dat hij inderdaad een monster was.

'Ik weet niet wat ik moet zeggen, Kent. Ik... Ik denk dat ik weet hoe het voelt. Heb je ergens hulp gezocht?'

'Een therapeut? Nee, maar ik heb een schoonmoeder, als dat ook meetelt.'

Ze grinnikte nerveus. 'En een voorganger?'

'Godsdienstige hulp? Er was tijdens de begrafenis genoeg te krijgen, geloof me. Genoeg voor zeker honderd jaar.' Wat als zij nu *wel* godsdienstig was? 'Maar nee, niet echt.'

De telefoon rustte zwijgend tegen zijn wang. 'Hoe dan ook,' vervolgde hij. 'Misschien dat we eens een keer wat kunnen praten.'

'We praten al, Kent.'

Die opmerking bracht hem even van zijn stuk. 'Ja, dat is waar ook.' Ze was sterker dan hij zich herinnerde. Misschien was die opmerking over godsdienstige hulp niet helemaal geslaagd geweest.

'Maar we kunnen verder praten wanneer jij daar klaar voor bent,' zei ze. 'Ik kan toch niet zomaar een oude vriend in nood laten zitten, nietwaar?' Haar stem klonk weer zacht. 'Echt, bel me maar wanneer je een luisterend oor nodig hebt. Ik ken de waarde van het op een rijtje zetten van dingen door gewoon even met iemand te praten.'

Hij wachtte even voor hij antwoordde: 'Dank je, Lacy. Ik geloof dat ik dat wel prettig vind.'

Ze praatten nog een half uurtje verder, voornamelijk over losse dingen – een beetje bijpraten. Toen Kent ophing, wist hij dat hij opnieuw zou bellen. Misschien morgen wel. Ze had gelijk – praten was belangrijk en er waren enkele dingen waar hij over wilde praten.

19

Week tien

De eerste echte put in de weg kwam die maandag.
Kent zat in de koffiehoek van de boekhandel Barnes and Noble over het minieme koffietafeltje gebogen. Hij had de schappen afgestruind, twee boeken gevonden en wilde zeker weten of ze de gegevens bevatten die hij zocht, voor hij ze aanschafte. *De Grote Verdwijntruc* lag op een hoek van het groene tafeltje. Het andere boek, *Gerechtelijke Lijkschouwing*, lag open in zijn handen bij een gedeelte over beenderresten.
Binnen vijf minuten wist hij dat dit precies was wat hij nodig had, maar hij besloot nog een stukje verder te lezen in een bepaald hoofdstuk. Zoals hij ook al in een artikel op het internet had gelezen, zei deze schrijver dat een schotwond niet verder bloedde nadat de dood was ingetreden. Als de pomp niet pompte – als het hart niet meer klopte – stroomde het bloed niet meer. Maar dat wist hij al. Het was dit stukje over de effecten van hoge temperaturen op vlees en botresten dat Kent bovenmate interesseerde.
Hij sloeg de bladzijde om. Menselijk vlees was vrij onvoorspelbaar. Soms verkoolde het en andere keren doofde het vuur halverwege. Verschillende stoffen stimuleerden de verbranding, maar de meeste daarvan lieten een residu achter dat gemakkelijk kon worden opgespoord bij een lijkschouwing. Benzine, bijvoorbeeld, of andere aardolieproducten.
Kent keek vlug de bladzij door, gespannen nu. Wat dan? Als hij er maar zeker van zou zijn dat het vlees zou branden... Eén zin sprong eruit. 'Magnesium wordt soms bij lijkverbrandingen gebruikt om -'
'Neem me niet kwalijk, meneer.'
Kent schrok van de stem en klapte het boek dicht. Tegenover hem stond een man van middelbare leeftijd, glimlachend en met een bril met draadmontuur op zijn neus. Zijn zwarte haar zat keurig gekamd op een puntig hoofd. Een punthoofd. Hij was min of meer gekleed zoals Kent: een zwart maatpak, een onberispelijk wit overhemd en een rode stropdas die in het gareel werd gehouden door een gouden dasspeld.
Maar wat Kents hartslag pas goed versnelde, was dat de vreemdeling nu bij hem aanschoof, zijn ellebogen op tafel plantte en naar hem glimlachte. En dan die indringende groene ogen. Net als die van snowboarder Cliff. Kent

bleef lichtelijk verbijsterd zitten en wist niet wat hij moest zeggen.
'Hallo.' De vreemdeling produceerde een brede grijns. Zijn stem klonk alsof hij in een olievat sprak. 'Ik zag toevallig dat boek. *Gerechtelijke Lijkschouwing*, hè? Is dat niet dat boek dat je vertelt hoe je je van iemand kunt ontdoen zonder te worden opgepakt?' Hij grinnikte. Kent niet.
De man nam wat gas terug. 'Sorry. Eigenlijk ben ik altijd nogal geïnteresseerd geweest in wat er na de dood gebeurt. Mag ik dat boek even zien? Misschien koop ik er zelf ook wel een.' De man stak een grote, gebruinde hand uit.
Kent aarzelde, inwendig terugdeinzend door de vrijpostigheid van de man. Hij gaf het boek aan. Was dit niet toevallig een rechercheur die achter hem aan zat? *Ontspan je, Kent. De misdaad zit alleen nog maar in je hoofd.* Hij klemde zijn kaken op elkaar en zei niets, in de hoop dat de man zijn desinteresse zou opvangen.
De vreemdeling bladerde door het boek en stopte plotseling bij een bepaalde bladzijde. Hij draaide het boek om en liet een uitklapplaat van een lijk zien. 'Waar denkt u dat deze man zich bevindt?' vroeg hij.
'Die is dood,' antwoordde Kent. 'Die zal wel ergens begraven liggen.'
'Denkt u?' De wenkbrauwen van de man gingen omhoog. 'U denkt dan dus ook dat uw zoon ergens begraven ligt, neem ik aan?'
Kent knipperde met zijn ogen en staarde de man hard aan. 'Mijn zoon?' Nu werd hij kwaad. 'Wat weet u van mijn zoon?'
'Ik weet dat hij een maand geleden door een auto is geraakt. Heeft hij nog iets tegen u gezegd voor hij stierf? Misschien voordat u die morgen van huis ging?'
'Hoezo?' wilde Kent weten. Toen drong het besef tot hem door. 'Bent u van de politie? Is dit een gedeelte van het onderzoek naar de dood van mijn zoon?'
'In zekere zin wel, ja. Laten we zeggen dat we nog eens naar de omstandigheden van de dood van uw zoon kijken. Ik begreep dat u nogal boos was toen u wegging.'
Linda! Ze hadden de oppas ondervraagd. 'Nou nee, niet echt boos. Luister, ik hield meer van mijn zoon dan u ooit zult begrijpen. Natuurlijk, we hadden een meningsverschil, maar dat was dan ook alles.' Wat was hier aan de hand? Kent kreeg een beklemmend gevoel in zijn borst. Wat wilde deze man insinueren?
'Meningsverschil? Waarover?'
De ogen van de man staarden hem aan als twee groene smaragden met gaten erin, precies in het midden. Het viel Kent op dat de ogen niet knipperden. Hij knipperde wel en vroeg zich af of de man misschien hetzelfde deed in de

fractie van een seconde dat Kent zijn ogen dicht had. Maar ze zagen er niet uit alsof ze hadden geknipperd. Ze staarden maar, rond en vochtig. Vochtig betekende dat hij inderdaad had geknipperd, wat betekende dat hij misschien toch had geknipperd. Als dat zo was, timede hij dat verrekte goed.
De agent schraapte zijn keel en stelde zijn vraag nog eens. 'Waar ging dat meningsverschil over, Kent?'
'Hoezo? Eigenlijk hadden we niet echt een meningsverschil. We hadden het gewoon ergens over gehad.'
'Gewoon ergens over gehad, hè? Dus je voelde je eigenlijk best prettig toen je hem daar in de deuropening achterliet?'
Kent beet terug: 'Hoe ik me voelde gaat je niets aan. Misschien had ik wel het gevoel dat ik moest overgeven. Misschien had ik wel iets verkeerds gegeten en had ik niets liever gedaan dan midden op straat over mijn nek gaan. Maakt dat me dan gelijk een moordenaar?'
De man glimlachte vriendelijk. Zijn ogen knipperden nog steeds niet. 'Niemand heeft gezegd dat je een moordenaar bent, Kent. We willen je gewoon helpen bepaalde dingen te zien.'
'Vind je het erg als ik je papieren even wil zien? Bij welk corps hoor je sowieso?'
De man stak nonchalant zijn hand in zijn binnenzak. Hij vond zijn portefeuille en haalde die tevoorschijn.
Kent had geen idee waar de man naartoe wilde. Begreep niet eens wat hij had bedoeld. Waar hij zich wel van bewust was, was de warmte die langs zijn nek tot over zijn schedel kroop. Hoe durfde die man hier zomaar te gaan zitten en hem naar zijn motieven te vragen? Hij had meer van Spencer gehouden dan van zijn eigen leven!
'Luister, makker, ik weet niet wie je bent, maar ik zou zelfs mijn leven hebben gegeven voor mijn jochie.' Het was niet de bedoeling dat dat er beverig uit zou komen, maar dat gebeurde wel. Plotseling werd zijn blikveld vertroebeld door tranen, maar hij praatte verder. 'Ik zou zonder aarzelen mijn leven geven voor dat joch en ik kan het moeilijk hebben als iemand die liefde in twijfel trekt! Begrepen?'
De vreemdeling haalde een kaartje uit zijn portefeuille en gaf dat aan Kent zonder zijn ogen te bewegen. Hij leek niet te zijn aangedaan door Kents emoties. 'Prima, Kent.'
Kent liet zijn ogen op het kaartje vallen. 'Jeremy Lawson, Zevende District,' stond er in goudkleurige letters op. Hij keek op. De draadglazen bril van de

agent stond keurig recht op zijn neus, boven een flauwe glimlach.

'Ik doe gewoon mijn werk, weet je. Goed, als je dat liever hebt, kan ik je ook meenemen en het formeel aanpakken. De andere mogelijkheid is dat je hier gewoon wat vragen beantwoordt zonder dat je hier tegen mij over de rooie gaat.' Hij haalde zijn schouders op. 'Wat je maar wilt.'

'Nee, hier is prima, maar hou op over mijn zoon. Je moet echt ziek zijn om te denken dat ik ook maar *iets* te maken had met zijn dood.' Zijn stem beefde weer en heel even overwoog hij om gewoon op te staan en te vertrekken.

'Oké, Kent. En om eerlijk te zijn, ik ben ervan overtuigd dat je van je zoon hield.' Meer zei hij niet, maar hij zat daar maar naar Kent te glimlachen, zonder één keer met zijn ogen te knipperen. En toen knipperde hij, zomaar één keer, als de sluiter van een camera.

'Dat is dan duidelijk,' zei Kent. 'Als je je huiswerk hebt gedaan, weet je dat ik de laatste paar maanden al genoeg ellende heb meegemaakt. Dus als je klaar bent – ik moet nodig weer terug naar mijn werk.'

'Tja, dat is het nu juist, Kent. Het lijkt mij dat hier meer achter zit dan je zo op het eerste gezicht zou denken.'

Kent bloosde. 'Wat bedoel je daarmee?'

'Heb je hier al met iemand anders over gepraat?'

'Met iemand anders over *wat* gepraat?'

De agent grijnsde veelbetekenend en likte aan zijn wijsvinger. Hij bladerde nog even verder in het boek en wierp een blik op de inhoud. 'Beantwoord gewoon de vraag, Kent. Heb je er met iemand anders over gepraat? Een vreemde misschien?'

Kent voelde zijn handen beven en hij haalde ze van tafel. 'Luister, je had net zo goed Russisch kunnen praten, want ik snap geen fluit van waar je het over hebt. Je komt hier zomaar binnenvallen om over mijn zoon te praten – je beschuldigt me er praktisch van dat ik hem heb vermoord – en nu wil je weten of ik de laatste tijd nog met vreemden heb gepraat. Wat heeft dit allemaal met mij te maken?'

Aan de reactie van de agent was niet af te leiden of hij naar hem had geluisterd. 'Bijvoorbeeld een zwerver? Of een dakloze man in een steeg? Heb je de laatste tijd niet toevallig met zo iemand gesproken?'

De man verschoof zijn blik van het boek naar Kent en staarde hem aan, waarbij een brede grijns zijn gezicht in tweeën spleet. Kent kneep zijn ogen iets samen en vroeg zich af of meneer de smeris hier ze allemaal nog wel op een rijtje had. Zijn eigen angst dat deze bizarre woordenwisseling ergens toe zou

leiden, smolt langzaam weg. Wat kon een zwerver nou te maken hebben met...? Toen drong het besef tot hem door en hij verstijfde. De agent had het gemerkt, omdat zijn rechterwenkbrauw gelijk nieuwsgierig omhoog ging.
'Ja...?'
De zwerver in de steeg! Ze hadden met die luie zwerver gepraat!
Maar dat was onmogelijk! Dat had zich in zijn gedachten afgespeeld!
'Nee,' zei Kent. 'Nee, ik heb niet met een zwerver gepraat.' En dat was eigenlijk de waarheid. Je praat niet echt in je dromen. Maar aan de andere kant had hij die zwerver wel *gezien*, nog voordat hij over hem had gedroomd, nietwaar? De levensbeschouwing van de man zweefde nog steeds fluisterend door zijn gedachten. *Echt een rotleven...* Maar hij had ook niet echt met de zwerver gesproken.
'Waarom vraag je me niet of ik de laatste tijd nog een neut heb gedronken met de president en zijn vrouw? Die vraag wil ik ook wel voor je beantwoorden.'
'Ik denk dat je in een steeg met een vreemde hebt staan praten, Kent. En ik denk dat hij je het een en ander heeft verteld. Ik wil weten wat hij je heeft verteld. Dat is alles.'
'Wat een onzin. Heeft de een of andere gek toevallig tegen je gezegd dat hij me het een en ander heeft verteld? En dat zou mij dus als verdachte aanmerken voor de misdaad van de eeuw?' Kent verslikte zich bijna in die laatste woorden. *Houd jezelf in bedwang, man!*
'Misdaad van de eeuw? Ik heb niets over een misdaad gezegd, vriend.'
'Dat was bij wijze van spreken. Het punt is dat je naar een aanknopingspunt loopt te zoeken dat eenvoudigweg niet bestaat. Je valt me lastig met vragen over gebeurtenissen die helemaal niets met mij te maken hebben. Ik heb in de afgelopen maanden mijn vrouw en mijn zoon verloren. Dat plaatst me niet automatisch op de lijst van meest gezochte criminelen, of wel? Dus als je geen zinnigere vragen hebt, heb ik liever dat je vertrekt.'
De glimlach van de man verdween. Hij knipperde nog eens. Enkele seconden lang bleef de agent hem peinzend aanstaren, alsof die laatste opmerking Punthoofd duidelijk had gemaakt met wie hij te maken had.
'Je bent niet bepaald dom, dat moet ik je nageven. Maar we weten meer dan je je realiseert, Kent.'
Kent schudde zijn hoofd. 'Onmogelijk, of je moet meer over mij weten dan ikzelf. En dat is nogal absurd, vind je niet?'
De man glimlachte weer. Hij schoof zijn stoel achteruit en leek te willen vertrekken. Gelukkig maar.

Hij knikte beleefd en gaf Kent nog een laatste hap om op te herkauwen. 'Ik wil dat je over één ding goed nadenkt, Kent. Ik wil dat je niet vergeet dat ten slotte alles aan het licht komt. Je bent een briljante vent, maar wij zijn zelf ook niet achterlijk. Let op je rugdekking. Wees voorzichtig met wiens advies je opvolgt.'

En daarmee beende de agent weg. Hij stak zijn handen diep in zijn zakken, liep een paar meter verderop om een boekenkast heen en verdween.

Kent bleef daar lange tijd zitten, probeerde zijn hart te kalmeren en vroeg zich af waar dit allemaal op sloeg. De woorden van de man knaagden aan hem als een hongerige bergmarmot en groeven zich in onder zijn schedel. Het beeld van de man met de brede grijns bleef in zijn gedachten rondzwerven.

Tien minuten later verliet hij de boekwinkel zonder de boeken te hebben gekocht.

20

Kent zat op maandagavond op de grote leren bank die tegenover de televisie stond. De Forty Niners stonden met 16-10 voor op de Bronco's en Denver had de bal op de fifty yard lijn. Kent zag het nauwelijks. Het gejuich van de menigte was niet meer dan achtergrondgeruis voor de beelden die door zijn gedachten raasden.

Hij zat de balans op te maken van waar hij mee bezig was. Hij zou alle feiten op een rijtje zetten en conclusies trekken die hem zouden bijblijven tot hij het loodje legde.

Daar was zijn zelfanalyse tenminste mee begonnen, toen Denver nog voorstond met 6-3. Nog voordat hij was begonnen aan zijn slaapmutsje. Hij had zijn slaapmutsje trouwens allang verruild voor de hele fles. Dat getut met zo'n glaasje schoot ook niet op. Dit waren serieuze zaken.

Bovenaan zijn lijstje met afwegingen stond de smeris die hem had gestoord bij Barnes en Noble. Iemand had lont geroken en dat punthoofd was op de zaak gezet. Okay, niet op *de* zaak, maar wel op hem, en dat zat hem dwars. Kent nam een slokje tequila. Het brandde in zijn slokdarm en hij zoog aan zijn tanden.

Wat betekende dat eigenlijk precies, *op de zaak*? Het betekende dat Kent wel gek zou zijn om door te gaan met die diefstal als rechercheur Punthoofd liep

rond te neuzen. *Dat* betekende het. Kent nam nog een slokje uit de fles in zijn hand. Gejuich knalde door de kamer. Iemand had gescoord.
Maar aan de andere kant, hoe kon ook maar iemand méér weten dan er al was gebeurd? Geen levende ziel wist iets af van waar hij mee bezig was – hij had niemand iets verteld. Hij was bezig geweest met het vervolmaken van ROOSTER, maar niemand anders had toegang tot dat programma. En zeker niet zo'n punthoofd van een smeris die een computercode en lettertjesvermicelli waarschijnlijk niet eens uit elkaar kon houden.
'We weten meer dan je denkt, Kent.'
O ja? En wie zijn 'we' dan wel? Ik denk dat je ernaast zit, Punthoofd. Ik denk dat je helemaal niets weet. En al wist je tien keer zoveel, is dat nog steeds niets!
Het simpele feit was dat Punthoofd niets kon weten van de geplande diefstal, of hij moest gedachten kunnen lezen. Hij blufte. Maar waarom? Wat was de reden dat Punthoofd hem verdacht genoeg vond om zelfs maar te bluffen? Even buiten het hoe en waarom, gezien de laatste ontwikkelingen zou het gekkenwerk zijn om door te gaan. Het was alsof er een grote alarmklok werd geluid. *Bong, bong, bong! Sufferd, sufferd, sufferd! Rot op, terug naar Stupid Street, natnek!*
Maar hij zou door blijven gaan met plannen maken, want wie zei dat Punthoofd in zijn nek zou blijven hijgen? En trouwens, zelfs met Punthoofd in de buurt waren zijn plannen nog onfeilbaar, nietwaar? Wat voor verschil zou een onderzoek nou helemaal maken? En er *zou* een onderzoek komen, hoe dan ook. O ja, er zou een enorm onderzoek komen. Je kunt niet zomaar iemand vermoorden en dan een stevig applaus verwachten. Maar dat was het juist. Er zou een onderzoek komen, wat hij ook deed. Punthoofd of geen Punthoofd. Dus het maakte in principe helemaal geen verschil of die smeris op de zaak zat of niet.
Een aflevering van *Forensic Detectives* die Kent zaterdag had gezien, speelde door zijn hoofd. Er werd een zaak in behandeld waarin de een of andere idioot de perfecte moord had gepland. Maar hij had één probleem – hij vermoordde de verkeerde. Uiteindelijk had hij het nog eens geprobeerd, maar nu bij de juiste persoon. Het mislukte echter. En nu zat hij in de gevangenis weg te rotten.
Dat was het probleem als de politie al in je nek liep te hijgen; er was meer kans dat ze over een toevallige aanwijzing zouden struikelen die je de kop kostte. Als je de perfecte misdaad wilde begaan, moest die als uit het niets

komen en zeker niet worden begaan onder het wakend oog van oom agent. Maar dit was een ander geval. Dit was *de* perfecte misdaad. Dit werd de misdaad die in geen enkele aflevering van *Forensic Detectives* zou komen, omdat niemand zelfs maar zou weten dat de misdaad zou zijn begaan.

Kent tilde de fles op en zag dat hij half leeg was.

En die smeris was niet de enige die in zijn nek liep te ademen. Cliff, de snowboarder-programmeur, ergerde Kent met zijn opdringerige manier van doen. *Laten we even je code onder de loep nemen, Kent.* Wat als dat joch per ongeluk over ROOSTER struikelde? Dat zou het einde van zijn plannen betekenen. Het hele plan berustte op de geheimhouding van ROOSTER. Als het beveiligingsprogramma zou worden ontdekt, zou het over zijn. En als iemand het kon vinden, was het Cliff wel. Was het niet het resultaat van zijn briljantheid, dan wel door zijn vasthoudendheid. Er was een enkele link in het AFPS begraven die naar ROOSTER leidde: een extra 'm' in het woord 'extreemm', dat ook weer was begraven in een nog niet actief deel van het programma. Als de 'm' werd ontdekt door het een of andere spellingcontroleprogramma, zou de link automatisch verschuiven naar de tweede 'e' in hetzelfde woord. Alleen iemand met veel te veel tijd zou dit eventueel kunnen ontdekken.

Iemand zoals Cliff.

Kent nam een flinke slok van de tequila en sloot zijn ogen toen het vocht brandend in de richting van zijn maag gleed. De wedstrijd zat in de tweede helft. Hij had het een en ander gemist. Maakte niet uit.

'Wees even realistisch,' mompelde hij tegen zichzelf. 'Niemand gaat hier een link vinden. Niemand aan deze kant van het dodenrijk.'

En hij wist dat hij gelijk had.

Een beeld van Lacy dreef door de mist in zijn gedachten. *Dat* was nog eens een oplossing voor deze hele zooi. Hij zou de details van een federaal misdrijf met Lacy kunnen bespreken. Betrek haar erbij. Een lusteloos gegrinnik ontsnapte aan zijn lippen bij die gedachte. Het klonk meer als de boer die erop volgde.

Het feit was, dat zelfs al zou hij een relatie met een vrouw willen, dat simpelweg niet uitvoerbaar was. Niet met maîtresse ROOSTER in zijn leven. Niet dat ze hem niet zouden willen delen. Het was meer dat ze dat niet *konden*. Aangenomen dat ze het zouden willen. En dat was weer een volgend probleem: hij dacht aan ROOSTER alsof het een echt persoon was met een eigen wil. ROOSTER was niet meer dan een link! Een plan. Een programma.

Hoe dan ook, hij zou niet kunnen samenwonen met ROOSTER en tegelijkertijd met een echt persoon. Punt uit. ROOSTER vereiste dat. Het plan zou in duigen vallen.

Dus wat dacht hij dan dat hij met Lacy aan het doen was?

Goede vraag. Hij zou met haar kappen.

Maar hoe dan? Hij had natuurlijk geen relatie met haar. Een belachelijk toevallige ontmoeting op een vluchtstrook en een telefoongesprek kon je niet bepaald een relatie noemen.

Aan de andere kant, Lacy was natuurlijk ook weer geen vreemde. In Kents gedachten stond ze daar bij haar auto, als een geest die tevoorschijn kwam uit de bladzijden van zijn jeugd.

Toch had hij geen trek in een relatie die verder ging dan een platonische vriendschap. Hij dacht aan Gloria – al drie maanden begraven. Zo lang al? Niet te geloven. En dan had je ook nog maîtresse ROOSTER.

Niet je kop verliezen, Kent.

Hij nam weer een slok van de brandende vloeistof en krabde aan zijn kin. Onder stoppels van twee dagen was zijn huid nat van het zweet. Hij keek naar zijn shirt. Dat was hetzelfde Super Bowl T-shirt waar hij al een week in sliep. Maakt niet uit. Nu hij zijn eigen was moest doen, had schone kleren aantrekken zijn aantrekkingskracht verloren. Behalve wat zijn ondergoed betrof, natuurlijk. Maar ondergoed kon hij één keer in de twee weken in de wasmachine en daarna in de droger stoppen, zonder dat hij vastzat aan dat strijkgedoe en zo. En dat herinnerde hem eraan dat hij nog wel veertien onderbroeken kon gebruiken. Dan hoefde hij het maar één keer in de maand te doen. Dat kon makkelijk in de machine. Eén keer in de maand was duidelijk te verkiezen boven één keer in de twee weken.

Kent keek naar de tv. De wedstrijd was bijna afgelopen. Buiten was het aardedonker. Hij likte aan de fles en dacht weer aan Punthoofd. Bezorgdheid stak als een naald door de huid in zijn nek. Waanzin. *Bel me wanneer je er klaar voor bent*, had ze gezegd met een stem die een echo uit het verleden leek. Lacy. Toen nam hij de beslissing, impulsief, met nog twee minuten te gaan, terwijl de Bronco's voor stonden met 21-19.

Hij klom van de bank en pakte de telefoon. Zijn hart bonkte plotseling bijna zijn borst uit. En dat was absurd, omdat hij absoluut geen gevoelens voor Lacy had die dat bonzen rechtvaardigden. Behalve dan dat hij haar wilde zien. Dat kon hij niet ontkennen. Dat besef deed het bonzen alleen maar sterker worden toen hij haar nummer intoetste.

Lacy had net haar badjas aangedaan toen de telefoon begon te rinkelen. De nummermelder liet alleen maar zien dat de beller niet in de omgeving woonde en ze besloot hem op te pakken vanwege de kleine kans dat het het telefoontje was waarop ze zat te wachten.

'Hallo.'

'Hallo. Lacy?'

Kent! Haar hart sloeg een slag over. Ze zou die stem overal herkennen.

'Ja.'

'Hoi, Lacy. Bel ik niet te laat?'

'En u bent...?'

'O, het spijt me. Met Kent. Hè, sorry. Knap stom, hè? Iemand opbellen en vragen of ik niet te laat bel, zonder mezelf voor te stellen. Ik wilde niet...'

'Wat wil je, Kent?'

Het bleef enkele momenten stil aan de andere kant van de lijn. Waarom deed ze zo kortaf? En waarom ademde ze zo zwaar? *God, help me.*

'Misschien kan ik beter een andere keer terugbellen,' zei Kent.

'Nee. Nee, sorry. Je verraste me alleen. Het is pas tien uur. Prima.'

Hij grinnikte en ze vond hem klinken als een schooljongen. 'Ik vroeg me af of ik even met je kon praten,' zei hij.

'Tuurlijk. Ga je gang.' Lacy ging aan de eetkamertafel zitten.

'Ik bedoel naar je *toekomen* en met je praten.'

Nu vloog haar polsslag omhoog. 'Hier? Wanneer?'

'Eh... vanavond.'

Lacy ging staan. 'Vanavond?! Wil je hier vanavond nog naartoe komen?'

'Ik weet dat het een beetje laat is, maar ik moet gewoon even met iemand praten.'

Nu was het haar beurt om stil te vallen.

'Lacy?'

Wat moest ze nu toch zeggen? *Kom maar, Don Juan.*

Daar kwam zijn stem weer, zachter. 'Oké, misschien is het wel niet zo'n goed idee...'

'Nee, het is oké.' Was dat zo? Eigenlijk helemaal niet.

'Weet je dat zeker? Misschien kunnen we elkaar in de Village Inn ontmoeten.'

'Prima.'

'Over een uur?'

Het besef van wat hier gebeurde, verspreidde zich als ijswater door haar gedachten. Kent kwam vanavond naar Boulder. Hij wilde met haar praten.
'Prima,' zei ze.
'Goed. Dan zie je me over een uur verschijnen.'
'Prima.'
Het gesprek viel weer stil en Lacy voelde zich plotseling net een meisje van de middelbare school dat mee uit werd gevraagd door de meest populaire gozer van de klas. 'Waar wil je eigenlijk over praten?' vroeg ze. Ze realiseerde zich dat de vraag zowel volmaakt legitiem was als absurd. Aan de ene kant zou hun relatie volledig platonisch blijven, om duidelijke redenen. Redenen die door haar hoofd denderden als bommenwerpers uit de Tweede Wereldoorlog die op het punt stonden hun dodelijke lading af te werpen. Een van die redenen was bijvoorbeeld dat hij haar al eens had laten vallen als een baksteen. Het had haar toen flink gekwetst en het zou haar nu kunnen slopen. En hij had pas zijn vrouw verloren.
Aan de andere kant, sinds wanneer was logica de bestuurder van het hart?
'Niets bijzonders,' zei hij.
Dat was het verkeerde antwoord, bedacht ze zich. Omdat 'niets' veel meer betekende dan 'iets' wanneer het om hartszaken ging.
'Oké, dan zie ik je daar,' zei ze en legde de telefoon met een bevende hand neer.

Het kostte Lacy vijfenveertig van de zestig minuten om ervoor te zorgen dat ze klaar was, wat belachelijk was, omdat ze niets anders hoefde te doen dan haar kleren aantrekken. Buiten dat was ze verder klaar. En toch kostte het haar vijfenveertig minuten, mede veroorzaakt door het feit dat ze vond dat de blouse die het best paste bij deze gelegenheid, nodig gestreken moest worden. Niet dat dit nu zo'n gelegenheid was, trouwens.
Kent was er, in de Village Inn, en hij zat in een kop koffie te roeren toen ze arriveerde. Hij keek op toen ze op de bank tegenover hem ging zitten. Zijn ogen lichtten op, wat een goed teken was, omdat ze een beetje rood en wazig leken, alsof hij had gehuild. Zijn adem rook sterk naar mint.
'Hoi, Kent.'
Hij glimlachte breed en stak een hand uit. 'Hoi.'
Ze pakte hem aarzelend aan. Waarom deed hij dat? Dit was geen zakenafspraak.

Nu ze hem in het licht bekeek, zag Lacy dat zich donkere wallen onder zijn ogen hadden gevormd. Ogen die behoorlijk uitgeblust de wereld inkeken. De lijnen in zijn gezicht leken dieper te zijn geworden. Zijn haar was nog net zo blond als op de dag dat hij tegen haar had gezegd dat ze kon opzouten, maar het zat nu in de war. Het was maandag – hij was vast niet zo naar zijn werk gegaan. Iets had hem geradbraakt, dacht ze, maar ja, dat wist ze natuurlijk al. Hij was door een hel gegaan.

Ze dronken van hun koffie en praatten in het daaropvolgende uur wat over koetjes en kalfjes – het weer, het nieuwe stadion, de Bronco's – allemaal onderwerpen waar ze geen van tweeën in geïnteresseerd leken te zijn. Zonder het over hun verleden te hebben, hadden ze niet echt veel gespreksstof. Maar dat maakte nauwelijks iets uit. Gewoon daar tegenover elkaar te kunnen zitten na zoveel jaar had zijn eigen charme, hoe opgelaten ze zich misschien ook voelden.

De gedachte aan het ophalen van hun verleden deed haar een beetje pijn. Ze konden natuurlijk altijd over de dood praten. Dat was hun overeenkomst. De dood. Maar Kent was niet bezig met de dood. Er speelde zich iets heel anders af achter die ogen.

'Ik heb vandaag een politieagent ontmoet,' zei hij zomaar opeens terwijl hij in zijn koffie zat te staren.

'Een agent?'

'Ja. Ik zat gewoon in een boekwinkel en die agent gaat zitten en gaat me gelijk zitten verhoren in verband met Spencer. Over mijn zoon, Spencer.' Zijn gezicht zag er snauwerig uit toen hij het vertelde. Hij keek op en zijn ogen flitsten. 'Kun je je die onbeschoftheid voorstellen? Ik bedoel...' Hij keek uit het raam en stak hulpeloos een hand op. 'Ik zat daar gewoon en dan begint dat punthoofd van een agent me zomaar te beschuldigen.'

'Waarvan beschuldigde hij je dan?'

'Dat weet ik zelfs niet eens. Dat was het nu juist. Hij ging maar door alsof ik iets te maken had met...' Hij stopte en slikte. Zijn adamsappel ging op en neer vanwege de emoties die door zijn borst stroomden. '...met Spencers dood,' maakte hij zijn zin af.

'Kom op, Kent! Dat is absurd!'

'Dat weet ik. Het *is* ook absurd. En hij bleef maar op me inhakken, alsof hij bepaalde dingen wist.'

'Wat voor dingen?'

'Ik weet het niet.' Hij schudde zijn hoofd. De arme man zat daar als iemand die alleen nog maar bij elkaar werd gehouden door wat pezen en spiervezels. Natuurlijk had hij niets te maken met de dood van zijn zoontje! Toch? Natuurlijk niet!

'Het was net zo'n scène uit *The Twilight Zone*.'

'Nou ja, je hoeft je verder nergens druk om te maken. Dat zijn gewoon routineonderzoeken. Belachelijk. Die man zie je vrijwel zeker nooit meer terug.'

'Misschien, maar misschien heb je wel ongelijk,' zei hij. Ze knipperde met haar ogen door de klank van zijn stem. 'Misschien is er wel genoeg waar ik me druk om zou moeten maken. Het laatste wat ik nu kan gebruiken, is een punthoofd met een badge die zijn lange neus in mijn leven steekt! Ik kon zijn hoofd wel van zijn romp schoppen!'

Ze staarde hem aan, er niet zeker van hoe ze nu moest reageren. 'Misschien moet je het maar gewoon van je afzetten, Kent. Je hebt toch niets te verbergen? Laat het je niet van je stuk brengen.'

'Jij hebt makkelijk praten. Hij loopt niet in jouw nek te hijgen.'

Ze voelde haar gezicht rood worden. 'En ook niet in die van jou. De politie doet gewoon zijn werk. Zij zijn wel de laatsten om wie jij je druk hoeft te maken. En mocht je een en ander door de war halen, ik werk niet bij de politie, maar bij een bank, weet je nog?'

Kent keek naar het plafond en zuchtte. 'Het spijt me. Je hebt gelijk.' Hij raapte zijn gedachten bij elkaar en knikte langzaam, alsof hij tot een besluit kwam. Toen sloot hij zijn ogen en schudde met zijn hoofd, waarbij hij tandenknarste van frustratie.

Ja, hij was echt door een hel gegaan. Ze vroeg zich af wat er de afgelopen dagen met hem was gebeurd dat hij zich in zo'n vreemde toestand bevond.

Hij glimlachte naar haar en zijn blauwe ogen stonden opeens zacht en helder, zoals ze hem zich herinnerde uit het verleden. 'Je hebt gelijk, Lacy. Zie je, dat is gewoon wat ik even moest horen. Jij had altijd al alles op een rijtje, weet je.'

Ze moest hard slikken en hoopte dat hij het niet had opgemerkt. Het was niet zozeer *wat* hij zei, maar meer de manier *waarop*, net alsof hij op dat moment overliep van bewondering voor haar.

Ze grinnikte zenuwachtig. 'Als ik het me goed herinner, was jij ook niet bepaald een sukkel.'

'Tja, we hadden ook onze goede momenten, nietwaar?'

Ze moest deze keer wegkijken. Een beeld van Kent die over haar heen leunde toen ze onder de grote populier achter haar studentenkamer lagen, vulde haar gedachten. 'Ik hou van je,' fluisterde hij en raakte toen met zijn lippen de hare

aan. Ze wilde het beeld uit haar gedachten bannen, haar hart weer kalmeren, maar ze zat daar maar en deed net alsof er niets aan de hand was achter haar ribben.
'Inderdaad,' zei ze.
Er hing een spanning in de lucht, alsof iemand plotseling de ruimte had gevuld met geladen deeltjes. Lacy kon zijn ogen op haar wang voelen en keek hem ten slotte aan. Ze gaf hem een gecontroleerde grijns. Dit was waanzin! Twee minuten geleden liep hij nog te tieren over de een of andere politieagent en dat hij het hoofd van zijn romp wilde schoppen, en nu zat hij haar aan te staren alsof hij smoorverliefd was.
Dat doet de dood nu met mensen, Lacy, redeneerde ze snel. *Daardoor hebben ze geen controle meer over hun emoties. En je denkt veel te veel in die blik te zien. Het is niet zo erg als het lijkt.*
En toen werd het nog erger, omdat Lacy haar gezicht rood voelde worden, ondanks haar pogingen dat tegen te houden. Ja, ze werd inderdaad vuurrood. En hij zag het allemaal gebeuren. En dat wist ze omdat ook hij plotseling zat te blozen.
Er vloog paniek door haar heen en ze werd overspoeld door een impulsieve drang om te vluchten. Natuurlijk zou dat net zo fijngevoelig zijn als een agent zijn hoofd van zijn romp schoppen, dus in plaats daarvan deed ze het enige wat nog voor haar openstond. Ze glimlachte. En dat maakte het nog erger, dacht ze.
'Het is goed je weer te zien, Lacy.' Hij schudde zijn hoofd en verschoof zijn blik naar iets anders. 'Ik bleef mezelf maar voorhouden dat het laatste wat ik nodig had een relatie was, zo snel na Gloria's dood. Het is amper drie maanden geleden, weet je. Maar ik realiseer me nu dat ik ernaast zat. Ik denk dat ik *wel* een relatie nodig heb. Een goede vriendschap, zonder alle bagage die een romance met zich meebrengt. Geen banden, snap je. En ik zie nu dat jij die vriendin voor me kunt zijn.'
Hij keek haar weer aan. 'Denk je niet?'
Om eerlijk te zijn, *wist* ze niet wat ze moest denken. Haar hoofd zoemde nog na van die laatste hittegolf. Zei hij nu dat hij niet méér wilde dan een platonische relatie? Ja, en dat was goed. Toch?
'Ja. Het kostte me zes maanden om over de dood van John heen te komen. Niet echt overheen, natuurlijk. Ik denk dat je er nooit meer overheen komt. Maar gewoon dat ik op een punt kwam dat ik de wereld om me heen weer helder kon zien. Sommigen redden het in een paar maanden en anderen doen

er een jaar over, maar we hebben allemaal iemand nodig die ons steunt. Ik denk niet dat ik het had gered als ik God niet had leren kennen.'

Als hij op dat moment toevallig een kerstomaatje in zijn mond had gehad, was hij er gegarandeerd in gestikt. Hij hoestte.

Ze negeerde het. 'Uiteindelijk is dat de enige relatie die echt vrede brengt. Ik denk dat er soms iemand moet sterven om dat te begrijpen.' De ogen van Kent volgden het randje van zijn koffiekopje. 'Maar je hebt gelijk, Kent. Het is goed om een vriendschap te hebben waar verder niets achter steekt.'

Hij knikte.

Ze praatten nog een uurtje door en vertelden elkaar voor de eerste keer over hun verlies. Lacy's gedachten bleven maar terugzweven naar dat moment dat die hittegolf hen had overvallen, maar besloot ten slotte dat dat soort dingen nu eenmaal gebeurden met mensen die door hetzelfde dal waren gegaan. Die waren soms wat overgevoelig.

Tegen de tijd dat ze elkaar de hand schudden en elkaar een goede nacht toewensten, was het al na middernacht. Toen Lacy eenmaal thuis in slaap viel, was het al ver na tweeën. Natuurlijk was dat lang nadat Kent thuis was gekomen en in een rustige slaap was gevallen in zijn grote, lege huis, dacht ze.

Ze had het mis.

21

Helen Crane woonde ruwweg dertien kilometer van het voorstadje Littleton vandaan, waar het huis van Kent stond. Afhankelijk van de verkeersdrukte kostte het haar in haar gele Pinto een minuut of twintig om er te komen. Maar vandaag reed ze niet in de Pinto. Vandaag liep ze op Reeboks en de wandeling duurde nu twee uur.

Het was de eerste keer dat ze echt ergens heen liep. Op het moment dat ze van haar veranda afstapte, met de zon die de bovenste toppen van de Rockies al verlichtte, had ze een aandrang gevoeld om westwaarts te lopen. Dus had ze een uur lang westwaarts gelopen voor ze zich realiseerde dat ze zo recht naar Kents huis liep.

De stille aandrang in haar was als een stuk staal dat werd aangetrokken door een sterke magneet. Als dominee Madison gelijk had gehad, zou haar normale loopsnelheid zo'n vijf kilometer per uur bedragen, maar nu was dat zeker zes of zeven. Minstens. En ze had helemaal geen last van de slijtage in haar knieën, mocht er op het ogenblik iets slijten in die oude botten van haar. En ze voelde ook geen vermoeidheid. Haar benen tintelden nu en dan, alsof ze zouden gaan slapen of zo, maar ze hielden haar nooit op.

Drie dagen terug had ze geprobeerd nog langer te lopen dan haar dagelijkse acht uur en uiteindelijk had ze precies op de tien uur moeten stoppen omdat ze uitgeput raakte. De energie kwam als manna uit de hemel, dagelijks en precies genoeg. Maar ze had nooit gevoeld dat die energie haar een bepaalde richting opstuurde, behalve dan door de straten van haar eigen buurt.

Nu voelde ze zich zoals een zalm zich moest voelen wanneer hij ervandoor ging naar de paaigronden. De Reeboks van haar dochter pasten haar perfect. Ze had haar eigen paar al in de vuilnisbak gegooid en was overgestapt op een zwart paar dat Gloria het liefst had gedragen. Ze beende over het trottoir in haar zwarte sportschoenen en haar witte basketballsokken. Ze had zichzelf een keer bekeken in de grote spiegel in de gang en vond die sportoutfit belachelijk staan bij een jurk. Maar het kon haar niet schelen – ze was nu eenmaal iemand voor een jurk. Punt uit.

Helen bereikte de straat die haar langs Kents huis zou leiden en richtte haar blik op het twee verdiepingen hoge bouwsel aan het eind. Nog niet zo lang geleden zou ze het huis hebben aangeduid als Gloria's huis. Maar nu wist ze wel beter. Gloria was er niet meer. Nee, dit was nu Kents huis.

Dat is jouw huis.

Die gedachte zorgde ervoor dat Helen een stap miste. Ze begon weer te bidden en negeerde die gedachte.

Vader, de man die daar woont, is een egoïstische aso, als je het goed bekijkt. In deze stad wonen honderdduizenden mensen die meer waard zijn dan hij. Waarom wilt U hem zo graag redden?

God antwoordde niet. Dat deed Hij meestal niet wanneer ze zo liep te klagen. Maar het had natuurlijk geen zin haar bedenkingen voor Hem te verbergen. Hij wist wat ze dacht.

Ze beantwoordde de vraag zelf. *En hoe zit het dan met jou, Helen? Hij is een heilige in vergelijking met wat jij ooit bent geweest.*

Helen bad verder. *Maar waarom hebt U me hierbij betrokken? Wat wilt U nu eigenlijk met dat rare geloop van mij? U hoort mij niet klagen, maar dit is behoorlijk ongelofelijk.* Ze glimlachte. *Maar goed, U hebt die langeafstandswandelingen van mij niet nodig, toch?*

Weer antwoordde Hij niet. Ze had wel eens iets van C.S. Lewis gelezen waarin hij schreef over waarom God erop staat dat we ergens voor bidden, terwijl Hij de uitkomst al weet. Volgens Lewis ging het om de ervaring. De interactie. Zijn reden om mensen te maken, draaide om een verlangen naar interactie. Liefde. Het is een doel op zich.

Voor dat wandelen van haar gold dat eigenlijk ook. Het was als wandelen met God op aarde. De dwaasheid ervan maakte het om de een of andere reden veelbetekenend. God leek van dwaze gebruiken te houden. Zoals modder op je ogen smeren, rond Jericho lopen, een maagdelijke geboorte.

Ze mompelde haar gebed nu hardop. 'Oké, dus hij is Uw liefde waard. Gooi er dan maar wat van over hem heen. Laat het gewoon over zijn. Of leg hem om. Laat hem vallen. Dat zou U kunnen doen. Waarom doet U dat niet?'

Hij gaf nog steeds geen antwoord.

Ze deed heel even haar ogen dicht. *Vader, U bent heilig. Jezus, U bent waardig. Waardig om alle eer en glorie en macht te ontvangen. Voor eeuwig. Uw wegen gaan de wegen van de mens te boven.* Er tintelde iets in haar botten. Dit gebeurde echt, nietwaar? Haar onderstel werd fysiek van kracht voorzien door een onzichtbare hand. Soms leek het ongelofelijk. Net als... als wandelen op het water.

U bent God. U bent de Schepper. U hebt de kracht om werelden tot leven te roepen en ik hou van U met heel mijn hart. Ik hou van U. Echt waar. Ze deed haar ogen open. *Ik raak gewoon af en toe in de war door de man die in dat huis woont*, dacht ze.

Dat is jouw huis, Helen.

De innerlijke stem sprak nu behoorlijk duidelijk en ze stopte. Het huis lag voor haar, drie adresjes verder, als een verlaten mortuarium waarin de dood rondwaarde. En het was haar huis niet. Ze *wilde* het huis niet eens.

Dat is jouw huis, Helen.

Deze keer was de stem zo duidelijk dat ze er niet meer omheen kon. Dit waren niet haar eigen gedachten, dit was God. En God zei tegen haar dat Kents huis eigenlijk van haar was. Of voor haar was bedoeld.

Ze liep verder, een beetje aarzelend nu. Hoog boven haar hing de zon. Een lichte bries drukte haar jurk tegen haar knieën. Er was geen mens op straat. De buurt leek uitgestorven. Maar Kent bevond zich in zijn huis, achter die dichtgetrokken blinderingen. De zilvergrijze auto die op de oprit stond, was daar het bewijs van.

'Is dat dan ook mijn Lexus?' Haar mondhoeken krulden zich omhoog om haar eigen grapje. Natuurlijk wilde ze ook de Lexus niet.

Deze keer antwoordde God. *Dat is jouw huis, Helen.*
En toen begreep ze opeens wat Hij bedoelde. Ze stopte twee huizen terug en werd plotseling doodsbang. O, nee! Dat kan ik nooit! Wandelen, oké, maar *dat*?
Helen keerde zich om en liep bij het huis vandaan. Ze was hier klaar. In ieder geval voor vandaag. Ze stond niet helemaal vast meer op haar benen. *Dat is jouw huis. Dat is jouw huis.* Dat kon alles betekenen.
Maar het betekende niets. Het betekende maar één ding en helaas voor haar begreep ze de boodschap precies.
Helen wandelde nog een uur door, mompelend en smekend en biddend. Maar dat veranderde niets. God had gezegd wat Hij wilde zeggen. En hoeveel zij nu ook zei, Hij sprak niet meer.
Ze was op weg naar huis, minder dan een uur van haar huis verwijderd – haar *echte* huis – voor ze er min of meer wat vrede over vond. Maar dan ook niet meer dan een vingerhoedje vol. Ze begon weer voor Kent te bidden, maar dat was niet zo gemakkelijk als het tijdens het eerste gedeelte van haar wandeling was geweest.
Het begon interessant te worden. Misschien wel krankzinnig.

De tweede echte put in Kents weg kwam twee dagen later, op woensdagmorgen, vlak na de smeris-in-de-boekhandel put.
De dag was best aardig begonnen. Kent was vroeg opgestaan en had zich gladgeschoren. Hij glimlachte en knikte en groette diverse kasbedienden op weg door de lobby. Hij maakte zelfs oogcontact met Sidney Beech op weg naar binnen en ze glimlachte. Een sexy glimlach. Alles begon weer heel erg te lijken op de oude, normale situatie. Kent liep fluitend door de gang naar de afdeling Information Systems.
'Môgge, Betty.' Kent forceerde een glimlach.
'Goedemorgen, Kent,' reageerde ze stralend. Als hij zich niet vergiste, zag hij enige interesse in haar ogen. Hij slikte een keer en liep langs haar heen.
'O, Kent. Ze hebben een vergadering in de vergaderruimte achter in de gang. Ze wachten op je.'
Hij draaide zich snel om. 'Een vergadering? Vanmorgen? Sinds wanneer?'
'Sinds Markus gisteren met nieuwe marsorders is teruggekomen uit San José, zei hij. Ik weet het niet. Iets over meer verantwoordelijkheid nemen.'

Kent liep weer verder en probeerde zichzelf te kalmeren. Dit ging buiten de normale gang van zaken om en alles wat buiten de normale gang van zaken om ging, was niet oké. Zijn plan zou werken onder de huidige omstandigheden en misschien niet zoals hij zou willen als er een en ander veranderde. *Rustig aan, sukkel. Het is alleen maar een vergadering. Zorg er nu voor dat je daar niet de hele tafel onder gaat zitten zweten.* Kent haalde diep adem en liep zo nonchalant mogelijk de vergaderruimte in.

De anderen zaten allemaal al om de lange tafel heen en waren in een beste bui. Borst zat aan het hoofd van de tafel en leunde achterover. Zijn donkerblauwe vestje stond strak. Als een van die knopen zou knappen, zou die zo bij Mary in een oog kunnen schieten. Ze zat naast Borst en leunde bewonderend in zijn richting. Als je op hun lichaamstaal afging, zou je denken dat ze de beste vrienden waren.

Todd zat tegenover Mary, zijn zware lijf schuddend van het lachen om de een of andere briljante opmerking waarmee Borst hem blijkbaar had vereerd. Het was het gebulder van Todd die het open en dichtgaan van de deur had gecamoufleerd, vermoedde Kent. Cliff zat twee plekken bij Mary vandaan en keek naar Borst met zijn gebruikelijke ananasgrijns.

'Kent! Het werd tijd,' bulderde Borst. De anderen vonden dat nogal grappig en lachten nog wat meer. Hij moest toegeven dat de joviale sfeer bijna aanstekelijk werkte. Kent glimlachte en trok een stoel bij tegenover Cliff.

'Sorry, maar ik wist niet dat we een vergadering hadden,' zei hij.

Ze dimden allemaal weer en begonnen. Borst beet de spits af door wat naar complimenten te vissen, waar de anderen hem ruimschoots van voorzagen. Zelfs Kent wist er een te produceren. De een of andere belachelijke opmerking over hoe vooruitziend Borst was geweest om Cliff aan te trekken.

De discussie draaide voornamelijk om het beschermen van de controle over het AFPS. Het was duidelijk dat de mensen van de hoofdafdeling Information Systems van het administratieve filiaal in Californië het erover hadden dat ze hun spieren gingen spannen. Of, zoals Borst het noemde, *graaien wat je kunt.*

'Daar gaat het om, niet meer en niet minder,' zei hij. 'Ze hebben daar een tiental hebberige ingenieurs zitten die zich buitengesloten voelen, dus nu willen ze de hele zooi hebben. En ik ben niet van plan haar op te geven.'

Kent was ervan overtuigd dat die woorden niet bij Borst vandaan kwamen. Die waren van Bentley. Hij zag Vetzak en Vetzakje elkaar al opstoken op de vlucht terug naar huis.

'En dat betekent dat we op onze tellen moeten passen. Die mannen zitten op dit moment al te speuren naar zwakke punten in het programma. Er komen er de komende vrijdag zelfs al drie deze kant uit gevlogen om de boel hier in de gaten te houden.'

'Belachelijk!' flapte Todd eruit. 'Ze kunnen hier toch niet zomaar naar binnen marcheren en de boel overnemen.'

'O, zeker wel, Todd. Dat is een feit. Maar we geven ze geen enkele kans.'

'Hoe dan?' vroeg Mary met grote ogen.

'Precies. Hoe? Daar gaan we eens even over nadenken.'

'Beveiliging,' zei Cliff.

Toen pas realiseerde hij zich de betekenis van deze kleine discussie. Als een granaat die zijn schedel binnenstuiterde. Of die vertraagde reactie nu het resultaat was van een restje tequila of van zijn fascinatie voor de dikke, bewegende lippen van Borst kon hij niet zeggen, maar toen het besef kwam, ging er een schok door Kent heen.

'Heb jij hier iets over te zeggen, Kent?' vroeg Borst. En Kent was ervan overtuigd dat ze het allemaal hadden gezien. Om het nog erger te maken, stelde hij de vraag die alleen een volslagen idioot in die situatie zou stellen.

'Wat?'

Borst wierp een blik op Cliff. 'Cliff zei beveiliging en jij keek alsof je daar iets aan toe wilde voegen.'

Beveiliging?Niet te geloven! Kent raapte zijn gedachten bij elkaar. 'Eigenlijk denk ik dat ze geen enkele kans maken, Markus.'

Dat maakte een glimlach bij hen los. *Onze jongen, Kent.* Allemaal behalve Cliff. Die trok zijn wenkbrauwen op. 'Hoe dat?' vroeg hij.

'Wat hoe dat?'

'Waarom zou het die jongens uit Californië niet lukken om het AFPS onder controle te krijgen?'

Kent leunde achterover. 'Hoe moeten ze een systeem in stand houden waar ze helemaal niets van weten?' Natuurlijk sloeg die opmerking nergens op. Iedere fatsoenlijke afdeling zou het programma onder de knie krijgen. In feite was Cliff zelf al een heel eind gekomen. Eigenlijk had hij dat zojuist gezegd.

'Echt? Ik ben hier nu drie weken en ik ben al een heel eind. De code wordt niet eens actief beschermd.'

Er viel een doodse stilte in de vergaderruimte. Een betere beveiliging kon zijn hele plan in de war schoppen. Kent voelde het zweet uitbreken ter hoogte van zijn haarlijn en een druppel liep langs zijn slaap. Hij krabde nonchalant over zijn slaap, alsof er iets kriebelde.

‘Ik dacht dat jij je over de beveiliging zou buigen,’ zei Borst, waarbij hij Kent direct aanstaarde.
‘We hebben voor ieder filiaal een beperkte toegang tot het systeem. Niemand kan erin zonder een password,’ antwoordde hij. ‘Wat wil je dan nog meer?’
‘Dat gaat over financiële beveiliging, maar hoe zit het met een beveiliging tegen hackers of andere programmeurs?’ vroeg Cliff vlak. De nieuwkomer begon een behoorlijk probleem te worden.
Alle ogen waren op Kent gericht. Zonder dat ze het wisten, vroegen ze hem naar ROOSTER, en zijn hart sloeg een keer over, waarna die op dubbele snelheid zijn ritme voortzette. Precies om deze reden had hij ROOSTER bedacht.
Toen maakte Cliff een opmerking over het gedeelte waar niemand iets vanaf wist. ‘Het lijkt er trouwens op alsof iemand aan een bepaald systeem is begonnen, maar dat nooit heeft afgemaakt. Ik weet niet; ik ben er nog mee bezig.’
Dat joch zat aan ROOSTER! Hij had iets gevonden wat hem naar de link had geleid. Kent moest de grootste moeite doen om te blijven zitten. Als hij hen nu niet tegenhield, was het over!
‘We hebben inderdaad een tijdje geleden het een en ander opgestart, maar als ik het me goed herinner, hebben we dat lang geleden al weggegooid. Het stelde eigenlijk nog nauwelijks iets voor.’
Cliff keek Kent strak aan. ‘Ik ben er niet zo zeker van dat dat is weggegooid, Kent. Het zou wel eens zo kunnen zijn dat ik het heb gevonden.’
Kents hart voelde aan alsof het zou exploderen. Hij forceerde een nonchalante blik. ‘Hoe dan ook, het was veel te onbeholpen om er in de huidige structuur iets mee te kunnen.’ Kent verplaatste zijn blik naar Borst. ‘Eerlijk gezegd denk ik dat je dit helemaal verkeerd benaderd, Markus. Natuurlijk kunnen we de beveiliging verbeteren, maar dat houdt het gegraai van die sukkels uit Californië niet tegen. Wat je nodig hebt, is politiek overwicht.’
Borst trok een wenkbrauw op en zijn toupet ging aan die kant een stukje omhoog. ‘Ja? En?’
‘Nou ja, je hebt nu wat macht in handen. Waarschijnlijk meer dan je beseft. Je moet erop staan dat jij de controle over het systeem behoudt, omdat dat niet meer dan eerlijk is. Jij, als toegewijd werknemer, was verantwoordelijk voor de totstandkoming van het programma en het zou simpelweg niet eerlijk zijn als ze je je baby afnamen, waarbij ze ook nog eens de kans zouden verspelen dat je er nog verbeteringen in zou hebben aangebracht, mocht het onder jouw toezicht zijn gebleven. En ik denk dat je heel wat gewone werknemers achter

je hebt staan als je zo'n standpunt inneemt, nietwaar?'
De glimlach kwam traag opzetten, maar toen hij er eenmaal was, spleet het gezicht van Borst doormidden van oor tot oor. 'Jij bent ook niet bepaald dom, nietwaar, Kent?' Hij wierp een blik op de anderen. 'Dat is briljant! Ik denk dat je helemaal gelijk hebt. De kleine man tegenover het grote bedrijf en zo.'
Kent knikte. Om deze deur goed dicht te spijkeren terwijl hij de hamer nog in zijn hand had, voegde hij er nog aan toe: 'Als die jongens in Californië het AFPS willen hebben, houdt geen enkele beveiliging hen tegen. Ze pakken gewoon alles af en lopen iedereen ondersteboven die hen in de weg staat. Je moet een politiek obstakel in de weg zetten, Markus. Dat is de enige manier.'
Cliff had zijn plastic grijns verloren en Kent verbaasde zich daarover. Wat voor verschil maakte het voor die nieuwkomer hoe dit verder zou verlopen? Of hij moest meer weten dan hij liet blijken.
'Het verbaast me dat Bentley daar niet aan heeft gedacht,' dacht Borst hardop. Hij knipoogde naar de groep en zei: 'Hoe dan ook, ik denk dat ik dit onmiddellijk met hem moet gaan bespreken.' Hij stond al. Zoals de jonge, enthousiaste student die op weg was om zijn professor te zoeken. Cliff staarde Kent even zonder te glimlachen aan. Hij richtte zich tot Borst.
'Mag ik dan in ieder geval voorstellen dat we iets aan de beveiliging doen, omdat dat onderwerp toch ter sprake kwam?' vroeg Cliff.
'Ja, natuurlijk. Zet jij dat maar op, Cliff,' zei hij. Maar in gedachten zat hij al in het kantoor van Bentley. 'Ik moet weg.'
Borst verliet de ruimte met een zelfgenoegzaam lachje op zijn gezicht.
Cliff had zijn grijns weer terug.
Kent knipperde met zijn ogen. Het was alsof er een emmer met lava over zijn hoofd werd uitgegoten. Het liep nog steeds langs zijn ruggengraat toen de anderen opstonden en zonder verder een woord te zeggen Borst de vergaderruimte uit volgden.
Cliff *moest* iets weten. Kent liet zijn hoofd zakken en masseerde zijn slapen. Het hele plan was in elkaar aan het storten. In een tijdsbestek van tien minuten was zijn link met een geestelijke gezondheid eenvoudigweg doorgeknipt door een snowboarder uit Dallas die meer wist dan goed voor hem was.
Denk! Denk, denk, denk, jongen!
Okay, dit is het einde nog niet. Gewoon een kleine put in de weg. Een uitdaging. En niemand is beter in uitdagingen dan jij, vent.
Plotseling wilde Kent weg uit dit gebouw. De gedachte aan teruggaan naar

zijn kantoor om daar Cliff aan te treffen met die belachelijke grijns van hem, stuitte hem verschrikkelijk tegen de borst. Hij wilde Lacy zien.
Hij had een borrel nodig.

22

Kent bracht het grootste gedeelte van de middag door met door zijn kantoor ijsberen en probeerde zo de dodelijke bleekheid van zijn gezicht te verbergen voor zijn collega's.
Hij nam in zijn eentje de late lunch en stond op het punt bij Antonio's binnen te stappen toen hij Cliff zag. Hij dacht tenminste dat het Cliff was. De jonge programmeur liep aan de overkant naar de hoek van de straat en het hart van Kent begon hevig te bonzen. Hij stond aan de grond genageld. Niet omdat hij Cliff zag lopen, maar omdat rechercheur Punthoofd naast hem liep en met de verrader liep te babbelen alsof ze goede vrienden waren.
Of was het hem nu niet? En toen waren ze verdwenen.
Kent bestelde een salade en liet alleen de twee zwarte olijven over die erbovenop hadden gelegen. Dat die agent hier nu zomaar weer opdook. En nog wel terwijl hij met Cliff liep te praten! Of hij had zich in één van de twee vergist. Dat moest het zijn! Hij begon in zijn achterdocht gewoon dingen te zien. Daar hield hij zich maar aan vast. Er begonnen rotsblokken uit de lucht te vallen, maar het waren geen rotsblokken. Het waren mussen en ze vielen niet uit de lucht. Ze vlogen gewoon wat rond.
Houd jezelf in de hand, Kent.
Toen hij die avond thuiskwam, liep hij regelrecht naar de kast en haalde er een fles tequila uit. Drie glazen en een douche later was het hem nog steeds niet gelukt het zieke gevoel uit zijn lijf te laten verdwijnen. Hij had een knallende koppijn van de gebeurtenissen van vandaag. Feit was dat dit niet *zijn* uitdaging was. Het was de uitdaging van Cliff. Als Cliff ROOSTER vond, was het spel over. En er was niets wat Kent ertegen kon doen. Helemaal niets.
Hij had net zijn vierde glas achterover gekiept toen de deurbel ging, voor het eerst sinds een week. Kent schrok zich wezenloos. Hij morste tequila over zijn hand en hij vloekte. Gelukkig was hij in de buurt van het aanrecht en hij spoelde snel het vocht van zijn hand. Wie kon er nu toch in vredesnaam voor de deur staan om acht uur 's avonds?

Het antwoord zou hem niet moeten hebben verbaasd. Hij zwaaide de deur open voor een fronsende Helen. Er hing een grote reistas aan haar schouder.
'Helen! Kom erin,' zei hij. *Helen, rot op*, dacht hij.
Ze kwam binnen zonder iets te zeggen en zette haar tas op de grond. Kent keek naar de zwarte, plunjezakachtige tas en dacht eerst dat ze haar interesse voor hardlopen had verloren en nu de schoenen kwam terugbrengen. Maar hij zag al dat er meer in de tas zat dan schoeisel.
'Kent,' zei Helen. Ze glimlachte. Hij vermoedde dat deze glimlach een beetje geforceerd was.
'Wat kan ik voor je doen?' vroeg hij.
'Kent...' Ze haalde diep adem en Kent begreep plotseling dat dit geen beleefdheidsbezoekje was. 'Ik moet je om een gunst vragen, Kent.'
Hij knikte.
'Als ik je echt ergens voor nodig zou hebben – echt heel erg nodig – zou je me dan helpen?'
'Tuurlijk, Helen. Het hangt er natuurlijk wel vanaf waar je me voor nodig hebt. Ik bedoel, ik ben nu niet bepaald de rijkste man ter wereld.' Hij grinnikte, terwijl hij tegelijkertijd zijn best deed te raden wat haar volgende stap zou zijn. Ze probeerde hem klem te zetten; dat was wel duidelijk. Ze ging hem vragen om haar te helpen haar garage leeg te ruimen of een ander belabberd klusje waar hij helemaal geen zin in had.
'Nee, het kost je geen cent. Het maakt me zelfs niet uit of ik huur moet betalen. Ik koop de helft van de etenswaren. Dat scheelt jou ook weer.'
Hij glimlachte breed en vroeg zich af waar dit gesprek heen zou gaan. Gegarandeerd dat ze niet bij hem zou willen intrekken. Ze haatte het om bij hem in de buurt te zijn. Op een schoonmoederachtige manier. Nee, ze zat naar iets anders te vissen, maar wat?
'Wat is er aan de hand, Kent? Je tong verloren? Ach, kom op.' Ze liep langs hem heen naar de woonkamer en hij volgde haar. 'Zo erg is het nu ook weer niet als wij samen in één huis moeten wonen.'
Kent sprong op, helemaal overdonderd. 'Wat?!'
Ze keerde zich naar hem om en keek hem recht aan. 'Ik vraag je of ik bij je kan intrekken, jongeman. Ik heb zojuist een dochter en een kleinzoon verloren en ik kan eenvoudigweg niet meer in mijn eentje in dat grote huis wonen.' Ze draaide haar blik weg. 'Ik heb gezelschap nodig,' zei ze.
'Heb je gezelschap nodig?' Zijn nekharen gingen overeind staan. 'Ik wil niet grof zijn of zo, maar ik ben op het ogenblik niet bepaald prettig gezelschap. Ik

ben de duivel, weet je nog?'
'Ja, dat weet ik nog. Desalniettemin zou ik je erg dankbaar zijn als ik een van je ongebruikte slaapkamers hier beneden zou mogen gebruiken. De logeerkamer tegenover de kamer van Spencer, misschien.'
'Helen, dat kun je niet menen!' Kent liep om de bank heen en bij haar uit de buurt. Dit was absurd! Wat dacht ze wel niet? Ze zou alles verzieken! Een beeld van hemzelf, stiekem de keuken in duikend om een borrel te pakken zweefde door zijn gedachten. Ze zou het hier een hel op aarde voor hem maken. 'Dat gaat absoluut niet werken.'
'En toch vraag ik het je, Kent. Je gaat toch geen familie op straat zetten?'
Kent draaide zich weer om. 'Schei uit. Stop hiermee, Helen. Dit is waanzin. Gewoon pure waanzin! Je zou het hier verschrikkelijk vinden! We hebben niets gemeenschappelijks. Ik ben een echte *zondaar*, in hemelsnaam!'
Ze leek hem niet te horen. 'Ik kan ook de afwas doen. Och, mensenkinderen, kijk die keuken nu toch eens. Heb je daar nog iets aan gedaan sinds ik hem de laatste keer heb schoongemaakt?' Ze waggelde weg naar de ontbijtbar.
'Helen! Nee. Het antwoord is nee. Jij hebt je eigen huis. En dat is niet voor niets. Dit is *mijn* huis. Ook niet voor niets. Je kunt hier niet blijven. Ik heb privacy nodig.'
'Ik loop nu iedere dag, Kent. Heb ik je dat al verteld? Dus ik ben 's morgens vroeg al weg om een eind te gaan wandelen. Jij bent al weg tegen de tijd dat ik terug kom, maar misschien kunnen we iedere avond samen dineren. Wat denk je daarvan?'
Kent staarde haar aan en was sprakeloos door haar krankzinnige gedrag. 'Ik denk dat je niet naar me hebt geluisterd. Ik zei nee! N-E-E! Nee, je kunt hier niet blijven.'
'Ik weet dat de logeerkamer op het ogenblik vol met rommel staat, maar dat ruim ik zelf wel op. Ik wil je niet in de weg zitten.' Ze liep om de bar heen en zette de kraan aan. 'Goed, je weet dat ik een hekel heb aan de televisie. Het is een doos uit de hel, weet je. Maar ik dacht dat jij dan boven zou kunnen kijken.' Ze verdraaide de hendel van de kraan en voelde met haar pols hoe warm het water was. 'En ik ben ook niet gek op alcohol. Als je alcohol wilt drinken, zou ik het prettig vinden als je dat ook boven deed. Maar ik houd wel van muziek. Het maakt niet uit wat voor muziek het is, zolang de woorden maar -'
'Helen! Je luistert niet naar me!'
'En jij luistert ook niet!' reageerde ze. Haar blik was messcherp en leek hem

bij zijn nekvel te grijpen. De adem stokte in zijn keel.
'Ik zei dat ik een plekje nodig heb waar ik kan blijven, lieve schoonzoon! Ik heb je mijn dochter een jaar of twaalf gegeven. Ze hield je bed warm en streek je overhemden. Het minste wat je kunt doen, is me voor een paar nachten een kamer geven. Is dat nou echt te veel gevraagd?'
Kent bezweek bijna onder die woorden. Hij besefte dat zijn mond open hing en hij deed hem dan ook snel dicht. De tequila begon zich nu te roeren en kermde loom door zijn geest. Hij bedacht dat hij er misschien maar beter gelijk een eind aan kon maken. Gewoon naar buiten lopen en die negen millimeter tegen zijn hoofd zetten. De dag beëindigen met een knal. Maar wat hij in ieder geval kon doen, was gaan staan schreeuwen tegen de oude trut die in zijn vorige leven zijn schoonmoeder had gespeeld.
Maar hij kon niet schreeuwen, omdat ze hem in een soort betovering gevangen hield. En het werkte. Hij begon zelfs te denken dat ze gelijk had.
'Ik... Ik denk niet -'
'Nee, stop met denken, Kent.' Ze begon zachter te praten. 'Begin eens met iets te *voelen*. Betoon eens wat vriendelijkheid. Geef me een kamer.' Toen glimlachte ze. 'Ik bijt je echt niet. Dat beloof ik.'
Hij wist niets te zeggen. Behalve dan oké. En dat woord kwam dan ook over zijn lippen. 'Oké.'
'Mooi. Ik haal morgen de rest van mijn spullen uit de auto, nadat ik de kans heb gehad de logeerkamer op te ruimen. Houd je van eieren, Kent?'
Wat een verschrikkelijk mens. 'Ja,' zei hij, maar hij hoorde het zichzelf nauwelijks zeggen.
'O, maar dat is waar ook. Ik ben al weg voordat jij opstaat. Ik begin bij zonsopgang te wandelen. Nou ja, misschien kan ik 's avonds wel een keer een eierschotel maken.'
Een minuut lang bleven ze elkaar staan aankijken. Toen begon Helen weer te praten. Haar stem klonk nu zacht, bijna verontschuldigend. 'Het komt goed, Kent. Echt. Op een gegeven moment zul je het zien. Het komt echt goed. Ik denk dat je al hebt geleerd dat we niet alles in het leven in de hand hebben. Soms gebeuren er dingen waar we niet op hebben gerekend. Je kunt alleen maar hopen dat het ten slotte allemaal ergens goed voor was. En dat was het ook. Geloof me.'
Kent knikte. 'Misschien,' zei hij. 'Je weet de weg hier. Maak het jezelf gemakkelijk.'
Toen trok hij zich terug in zijn slaapkamer op de bovenverdieping, blij dat hij

nog een fles in het zitgedeelte had staan. Het was nog vroeg. Misschien moest hij Lacy eens bellen. Of misschien wel naar haar toe rijden. Dat idee gaf een sprankje hoop. En dat was goed, omdat vandaag bijna al zijn hoop de grond in was geboord.

Lacy was als een gek de boel aan het opruimen, de hele tijd vechtend tegen de vlinders in haar buik en tegen haar angstgevoelens. Ze zou Kent dus weer zien. En hij zou deze keer naar haar appartement komen. En hij had maandag die hittegolf veroorzaakt. Haar hernieuwde relatie met hem was gewoon platonisch en dat zou ze zo houden. Absoluut.

'Lacy, ik *moet echt* even met je praten,' had hij gezegd. En aan de klank van zijn stem te horen, *was* dat ook inderdaad zo. *Lacy, ik moet.* Dat klonk haar goed in de oren. En het was prima om over de telefoon graag naar iemands platonische stem te luisteren.

Indirect licht wierp een zachte gloed over de lederen bank die onder het gewelfde plafond stond. De open haard was zwart en vlekkeloos. Er stond een foto van John, haar overleden man, op de schoorsteenmantel. Ze dacht er even over om hem te verwijderen, maar duwde de gedachte van zich af. Het idee was absurd. Of erger.

Ze had een spijkerbroek aangetrokken met daarboven een kanariegele blouse, waarna ze haar make-up nog even had bijgewerkt. Ze koos voor een rode lippenstift en een lichte oogschaduw. Daarna ging ze koffie zetten. Haar hand beefde een beetje toen ze de koffie in de filter schepte en ze mompelde tegen zichzelf: 'Rustig aan, Lacy.'

De deurbel ging toen het koffiezetapparaat net was opgehouden met pruttelen. Lacy haalde diep adem en deed de deur open. Kent droeg een spijkerbroek en een wit overhemd dat eruitzag alsof het de afgelopen nacht in de wasdroger was blijven zitten. Hij grijnsde nerveus en liep naar binnen. Volgens haar waren zijn ogen een beetje rood. Misschien was hij wel moe.

'Kom binnen, Kent.'

'Dank je.'

Hij keek de kamer rond en ze zag nu zijn ogen in het licht. Een klein sneetje in zijn wang verraadde een recente scheerbeurt. Ze gingen aan de keukentafel zitten en praatten over koetjes en kalfjes. Hoe was je dag? Goed. En die van jou? Goed. Mooi. Maar Kent zag er helemaal niet zo goed uit. Hij moest de woorden eruit persen en zijn ogen schoten teveel heen en weer. Hij had een beroerde dag gehad, dat kon hij niet verbergen. Ze wist niet of deze dag slechter was dan afgelopen maandag, maar hij was duidelijk nog niet uitgeworsteld.

Lacy schonk twee koppen koffie in, die ze tijdens hun gebabbel leegdronken. Er gingen tien minuten voorbij voor Kent heen en weer begon te schuiven in zijn stoel en Lacy had het idee dat hij op het punt stond haar te vertellen waarom hij haar zo snel al weer wilde zien. Buiten dat hij haar gewoon wilde zien dan. Of haar antenne moest afgebroken zijn tijdens de tien jaar huwelijk die ze achter de rug had, maar er was meer dan dat. In ieder geval iets, ondanks al dat platonische gepraat.

Hij staarde in zijn zwarte koffie en fronste zijn voorhoofd. Ze kreeg een beklemmend gevoel in haar borst. Het leek wel alsof hij zou gaan huilen. Dit was niet alleen maar een slechte dag. Er was iets ergs gebeurd.

Lacy leunde voorover en dacht na of ze nu haar hand zou moeten uitsteken en die van hem pakken of zoiets. Maar hij zou haar bedoelingen wel eens verkeerd kunnen uitleggen. Of misschien legde zijzelf haar bedoelingen wel verkeerd uit. Ze slikte. 'Wat is er aan de hand, Kent?'

Hij schudde zijn hoofd en liet hem iets zakken. 'Ik weet het niet, Lacy. Het is gewoon dat...' Hij zette zijn elleboog iets verder op de tafel en liet zijn voorhoofd in zijn hand rusten. Hij zag eruit alsof alle bloed uit zijn gezicht was weggetrokken.

Nu maakte Lacy zich erg bezorgd. 'Kent. Wat is er aan de hand?'

'Niets. Ik heb het gewoon moeilijk, dat is alles. Ik heb het gevoel alsof mijn hele leven in elkaar stort.'

'Je leven *is* al in elkaar gestort, Kent. Je hebt nog maar pas je gezin verloren. Het is normaal dat je je zo voelt.'

Hij knikte, niet overtuigd. 'Tja.'

'Wat? Geloof je me niet? Denk je dat je van staal bent en dat je deze ingrijpende dingen zomaar van je af kunt laten glijden alsof het onbetekenende details zijn?' *Niet te grof, Lacy. Dit is een gewonde man. Het slaat nergens op om hem om zeep te helpen met goede bedoelingen.*

Kent keek langzaam op. Een blik in zijn ogen deed bij haar de gedachte opkomen dat hij wel eens aan de drank kon zijn. En niet zo weinig ook. 'Dat is het niet. Ik wed dat het de bedoeling is dat ik er verdriet van heb, dat ik moet rouwen. Maar ik *wil* niet rouwen,' gromde hij tussen opeengeklemde kaken door. 'Ik wil een nieuw leven beginnen en het is dat nieuwe leven waar ik stapelgek van word. Het is nog niet eens begonnen en het begint nu al in elkaar te storten.'

'Er stort hier niets in elkaar, Kent. Alles komt goed. Je zult het zien. Ik beloof het je.'

Kent sloot zijn ogen. En toen, alsof er een vonk oplichtte achter zijn blauwe ogen, leunde hij opeens naar voren en greep haar hand. Er flitste een bliksemschicht door haar hart. 'Beeld je eens in dat je dit allemaal achter je zou kunnen laten, Lacy. Beeld je eens in dat je alle geld zou hebben dat je je maar kon wensen – opnieuw beginnen, waar dan ook ter wereld. Vraag je je wel eens af hoe dat zou zijn?'

Hij wierp een blik op zijn hand om die van haar en hij trok hem bewust terug.

'Eh... nee, niet echt,' antwoordde ze.

'Nou, ik wel. En ik zou het kunnen doen.' Hij balde zijn rechterhand tot een vuist. 'Als niet al die idioten hun neus in mijn zaken zouden steken...' Zijn stem klonk nu eerder razend dan boos en hij beefde licht.

Lacy knipperde met haar ogen en hield haar hoofd een tikje scheef. Geen idee waar hij het over had. 'Neem me niet kwalijk, maar waar heb je het over? Over *wie* heb je het? Je werkt toch nog steeds bij de bank, nietwaar?'

'Die smeris in de boekwinkel, bijvoorbeeld. Die raak ik maar niet kwijt.'

'Die raak je niet kwijt? Heb je hem dan weer gezien?'

'Nee. Eh... ja, misschien. Ik weet niet zeker of ik hem heb gezien, maar hij blijft in de buurt, zie je. Hij blijft maar in mijn gedachten rondspoken.'

'Kom op, Kent. Nu overdrijf je. Voor hetzelfde geld is dat een nepagent geweest. Je weet helemaal niets over het onderzoek waar ze mee bezig zijn.'

Zijn ogen schoten wijdopen. 'Nepagent?'

'Dat weet ik niet. Ik zeg alleen maar dat je dat niet weet. Ik zeg niet dat het een nepagent is, maar het is niet nodig om zo bang voor hem te zijn terwijl je niets van hem afweet. Je hebt niets te verbergen.'

Hij knipperde een paar keer snel met zijn ogen en knikte een paar keer. 'Ja... Hmm. Daar had ik nog niet aan gedacht.' Zijn glazige ogen staarden nu naar haar kopje. De arme vent was in de war.

'En ik word gek van Cliff. Ik zou hem wel kunnen vermoorden.'

'Cliff – de nieuwe programmeur? Ik dacht dat je hem wel mocht. En nu wil je hem om zeep helpen?' Lacy stond op en liep naar het koffiezetapparaat. 'Je klinkt angstaanjagend, Kent.'

'Tja... Maakt niet uit. Je hebt gelijk. Het gaat best met me. Ik ben gewoon...'

Maar het ging helemaal niet best met hem. Hij zat met zijn rug naar haar toe en wreef nu over zijn slapen. Hij was gewoon in elkaar aan het storten. Maar zo te horen niet door de dood van zijn vrouw, maar door redenen die kant noch wal raakten. Ze zou naar hem toe moeten lopen om hem een tik voor zijn hersens te geven, zodat hij weer met beide benen op de grond kwam te staan. Of misschien naar hem toe gaan en hem vasthouden.

Haar maag kromp ineen bij die gedachte. *Een vrouw houdt een man niet vast in een platonische relatie, Lacy. Zijn hand schudden, misschien, maar niet hem vasthouden. Hem over zijn wang strelen. Haar vingers door zijn haar -*

Haar duim raakte iets heets.

'Au!' Lacy stak vlug haar duim in haar mond en zoog erop. Ze had het kopje veel te vol gedaan.

Kent draaide zich naar haar om. 'Gaat het?'

'Ja.' Ze glimlachte. 'Hete koffie.' Ze keerde terug naar haar stoel.

'Helen is bij me ingetrokken,' zei hij.

Lacy ging zitten. 'Je schoonmoeder? Schei uit! Ik dacht dat jullie elkaar wel konden schieten.'

'Klopt ook. Klopt ook. Ik weet eigenlijk niet goed hoe het is gebeurd – het gebeurde gewoon. Ze slaapt in de logeerkamer.'

'Voor hoe lang?'

'Ik weet het niet.' Hij schudde weer zijn hoofd en deze keer lekte er een traan uit zijn rechterooghoek. 'Ik weet gewoon helemaal niks meer, Lacy.' Kent liet plotseling zijn hoofd op zijn gekruiste armen vallen en begon zachtjes te snikken. Hij was helemaal kapot.

Lacy voelde haar hart samentrekken. Als ze niet uitkeek zou zij ook in huilen uitbarsten. Ze wist dat ze niet zomaar kon toekijken zonder hem te troosten. Ze wachtte net zolang als haar voornemen haar toestond. Toen stond ze wankelend op van haar stoel en ging bij hem staan. Ze stond even over hem heen gebogen en haar hand zweefde bewegingloos boven zijn hoofd. Zijn blonde haar zag er nog net zo uit als jaren geleden en hield halverwege zijn nek op. Lacy bokste nog een laatste ronde op tegen een innerlijke stem die bleef volhouden dat ze deze relatie beter puur platonisch kon houden. Ze vertelde de stem ten slotte dat hij dan zijn interpretatie van het woord *platonisch* maar moest oprekken.

En toen liet ze haar hand zakken en raakte hem aan.

Ze voelde de elektrische schok door zijn lichaam gaan bij haar aanraking. Of ging die schok door *haar* lichaam? Ze hurkte neer en legde een arm om zijn schouder. Hij schokte van het huilen.

'Sssst.' Haar wang was nu nat van de tranen. 'Het komt goed,' fluisterde ze. Toen draaide Kent zich naar haar om en hielden ze elkaar vast.
Dat was alles wat ze deden – elkaar vasthouden. Maar ze hielden elkaar erg lang vast en toen Kent ten slotte een uur later vertrok, was Lacy het er met zichzelf over eens dat *platonisch* een woord was dat maar het beste uit het woordenboek kon worden geschrapt. Wat een belachelijk woord.

23

Kent sleepte zichzelf op donderdagmorgen naar zijn werk en probeerde constant de angst weg te slikken die zich in zijn maag had genesteld. Het herinnerde hem aan het gesprek met de belastingdienst, drie jaar geleden. Hij had zich als een opgepakte Jood gevoeld die werd ondervraagd door de Gestapo. Maar deze keer waren de omstandigheden duidelijk belabberder. Toen had hij niets meer te verbergen dan de aftrekpost die hij misschien wat had overdreven. Nu moest hij zijn hele leven verbergen.
Zijn ogen waren weer gaan lekken – zoals de eerste paar weken na Gloria's dood. De tranen kwamen zonder waarschuwing, waardoor de verkeerslichten om hem heen en zijn dashboardverlichting één grote zee van vreemde symbolen leken. Een doffe pijn zeurde door zijn hoofd – een herinnering aan de 'slaapmutsjes' die hij had genomen na zijn terugkomst uit Boulder. Als hij niet dat sprankje hoop had gehad, zou hij vandaag waarschijnlijk thuis zijn gebleven. Om nog wat meer slaapmutsjes te nemen. Natuurlijk zou hij een beetje op zijn tellen moeten passen nu Helen het voor elkaar had gekregen zich met zijn leven te bemoeien. Alles leek weer totaal te mislukken en hij was nog maar nauwelijks met dat waanzinnige plan van hem begonnen.
De dingen die Lacy gisteren had gezegd, hadden een nieuwe gedachtegang opgestart. Een wanhopig plan, als hij er goed over nadacht, maar wel eentje waar hij zich op dit moment aan vast kon grijpen. 'Voor hetzelfde geld is dat een nepagent geweest,' had Lacy gezegd. Het was waar dat die agent niet zijn badge had laten zien. En iedereen kon binnen het halfuur bij Kinko's een visitekaartje laten drukken. Maar toch, hij had te veel geweten om te doen alsof. Dat was het niet. Maar de opmerking had een andere gedachte opgeroepen die draaide om het woord *nep*. En dat had te maken met Cliff, niet met die agent.

Het leek er namelijk sterk op dat Cliff hem op zijn nek zat. Op de een of andere manier had die kleine etter iets gevonden en hij vond dat iedereen dat moest weten. Dus waarom zou hij dat joch dan niet ondermijnen? Ook al had hij bewezen een competente programmeur te zijn, dat wilde nog niet betekenen dat hij helemaal clean was. Het feit alleen al dat hij een snowboarder was. Iedereen wist dat snowboarders niet het meest in de maat lopende volkje waren. Er moest iets over Cliff te vinden zijn. Al was het maar net genoeg om bepaalde twijfels te laten rijzen. *Wist je al dat Cliff de celleider is van de groep satanisten die die vent in Naperville heeft vermoord?* Het maakte niet uit of er zo'n groep was, of een moord, of zelfs een Naperville. Nou ja, misschien dat het een beetje uitmaakte.

Tegen de tijd dat Kent aan het werk ging, wist hij precies wat hij die morgen zou gaan doen. Hij zou zijn best doen de naam van Cliff door het slijk te halen. En als dat nodig zou zijn, zou hij dat slijk zelf wel maken, met een paar muisklikken. Ja, twintig jaar hard studeren en werken zouden zich vanmorgen bewijzen.

Zijn rituele *goedemorgens* kwamen er met moeite uit, alsof hij probeerde te praten met een mondvol opgeboerde gal. Maar het lukte hem en hij haastte zich zijn kantoor in, waarna hij de deur achter zich op slot deed. Hij was pas halverwege zijn bureau toen er al werd geklopt. Kent grimaste en dacht erover om die idioot te negeren – welke idioot het ook was. Het maakte niet uit, het waren allemaal idioten. Het was waarschijnlijk Cliff de hond, die aan zijn deur stond te snuffelen.

Kent deed de deur open. Ja hoor, daar stond Cliff, inclusief zijn ananasgrijns.

'Hé, Kent. Wat ga *jij* vanmorgen doen?'

'Werken, Cliff.' Hij kon zijn afkeer niet verbergen. Het besef dat hij sarcastisch tegen het joch liep te doen, vloog door zijn hoofd, maar hij kon het niet tegenhouden.

Cliff scheen er niet van onder de indruk te zijn. 'Is het goed als ik even binnenkom, Kent? Ik heb wat dingetjes waar jij misschien even naar zou willen kijken. Het is niet te geloven wat je soms vindt als je diep genoeg graaft.' Ananasschijf.

Kents rechterhand schoot bijna uit om dat grijnzende gezicht in puin te slaan, maar het bleef bij een trilling in zijn vingers. Een en ander was hier dus duidelijk aan het escaleren. Het kon heel goed zijn dat het op dit moment allemaal afgelopen kon zijn, nietwaar? Toen viel hem een idee in.

'Wat dacht je van een uur of één? Kun je het tot dan ophouden?'

Cliff aarzelde en verloor zijn grijns. 'Ik zou het liever nu meteen doen, eigenlijk.'

'Dat zal best, maar ik moet nu even hoognodig iets anders doen, Cliff. Wat dacht je van één uur?'

'En wat moet je dan wel zo hoognodig eerst doen, Kent?'

Ze staarden elkaar zeker tien seconden zwijgend aan.

'Eén uur, Cliff. Om één uur ben ik beschikbaar.'

De jonge programmeur knikte langzaam en stapte zonder iets te zeggen achteruit. Kent deed de deur dicht en begon zwaar te ademen. Hij haastte zich op weke knieën naar zijn bureau. Dit was het einde. Als hij nog een beetje verstand in zijn kop had, zou hij nu vertrekken. Gewoon naar buiten lopen en de Niponbank in zijn eigen sop laten gaarkoken. Hij had nog geen enkele wet gebroken, dus zijn collega's zouden geen andere keus hebben dan een beetje over hem te roddelen. Hij zou 'die arme man die zijn vrouw en kind en toen ook nog eens zijn verstand verloor' worden. Heel jammer, want hij leek zo veelbelovend. De rechterhand van Borst. Hij werd al misselijk bij die gedachte. Dit hele idee om twintig miljoen dollar te stelen, was al vanaf het allereerste begin dwaasheid geweest. Waanzin! Zoiets verzin je gewoon niet. Hij pakte een tissue uit een doosje dat op zijn bureau stond en veegde het zweet uit zijn nek.

Aan de andere kant, als hij vertrok, zou hij zichzelf wel eens dood kunnen drinken.

Kent veegde zijn handpalmen droog aan zijn broek en begon op zijn toetsenbord te tikken. Even later zat hij in de beveiligde gegevensbestanden van de werknemers van de bank. Als iemand zou zien dat hij zonder toestemming hierin zat te neuzen, zou hij op staande voet worden ontslagen. Hij liet een zoekfunctie starten op Cliff Monroe. Er knipperde een kleine zandloper op zijn scherm. Ook dit leek alweer een achterlijk idee. Wat was hij eigenlijk van plan? De gang in rennen en iedereen vertellen dat de nieuwe programmeur in werkelijkheid een weerwolf was? Misschien dat die blondjes in de lobby hem zouden geloven. *Echt waar, meiden! Hij is een weerwolf! Geef het door – snel, voor hij om één uur naar mij toe komt.*

Er verschenen wat gegevens op het scherm. Een huisadres aan Platte Street in Dallas, een sofi-nummer en wat andere onbelangrijke gegevens. Volgens dit dossier was Cliff pas een week voor zijn overplaatsing naar Denver aangenomen in Dallas, naar aanleiding van een aanvraag van Markus Borst. Als reden was opgegeven: vervanging. Dus Borst had hem niet terug verwacht. *Ver-*

rassing, kale! Hier ben ik weer!

De rest van Cliffs dossier vermeldde een normale opleiding met hoge cijfers en een lijst van eerdere werkgevers. Dat joch had zo te zien met de besten gewerkt. *Nou, niet voor lang, maatje.*

Kent wierp een snelle blik op de deur. *Hier vind ik niks.* Met een druk op een toets verwijderde hij Cliffs gegevens van zijn scherm. Hij wijzigde snel de naam van het dossier, sloeg dat op en verwijderde het originele dossier uit het bestand. Alle historische gegevens van Cliff waren nu verdwenen. In elk geval voor een tijdje.

Hij leunde achterover. Eenvoudig genoeg, als je wist waar je mee bezig was, hoewel zijn bonzende hart iets anders beweerde. Nu de echte test.

Kent pakte de telefoon en belde Dallas. Hij werd doorverbonden met ene Mary van personeelszaken.

'Goedemorgen, Mary. Met Kent Anthony van IS in Denver. Ik ben even de kwalificaties van een werknemer aan het doornemen. Ene Cliff Monroe, dossiernummer 3678B. Kun je dat even voor me opzoeken?'

Hij staarde naar het aangepaste dossier op zijn scherm.

'Ja, daar is het. Waar kan ik u mee helpen?'

'Ik probeer zijn arbeidsverleden te pakken te krijgen. Kun jij me vertellen waar hij heeft gewerkt voor hij hier in dienst kwam?'

'Een momentje...' Kent hoorde vaag wat toetsen klikken. 'Hmm... Het lijkt erop dat hij geen arbeidsverleden heeft. Dit is waarschijnlijk zijn eerste baan.'

'Dat meen je niet! Is dat niet een beetje vreemd voor een programmeur op hoog niveau? Kun je me vertellen wie hem heeft aangenomen?'

Mary begon weer te klikken en bladerde toen door wat papieren voor ze antwoordde: 'Het lijkt erop dat Bob Malcom hem heeft ingehuurd.'

'Bob? Dan moet ik misschien even een babbeltje met Bob maken. Werkt die daar?'

'Jazeker. Praat beter maar even met Bob. Het lijkt inderdaad een beetje vreemd, nietwaar?'

'Kun je me even doorverbinden?'

'Tuurlijk. Blijf even hangen.'

Het duurde een volle vijf minuten, waarin hij ook nog eens moest weigeren een boodschap achter te laten, voor hij de man eindelijk aan de lijn kreeg.

'Bob Malcom.'

'Bob, met Kent Anthony uit Denver. Ik zit naar het dossier van ene Cliff Monroe te staren...' Hij draaide het hele verhaal nog eens af en liet ook Bob even rondkijken. Maar het kwam op hetzelfde neer.

'Hmm... Je hebt gelijk. Er staat hier inderdaad dat ik hem heb aangenomen, maar ik herinner me daar niets meer van... Blijf even hangen. Ik kijk het even na in mijn eigen papieren.'

Kent leunde achterover. Hij beet op de nagel van zijn wijsvinger en staarde naar het scherm.

Daar was de stem van Bob weer. 'Ja. Wij hebben hem inderdaad aangenomen. Hier staat het. Hoe lang zei je dat hij al bij jullie werkt?'

Kent schoof naar het puntje van zijn stoel. 'Zes weken.'

'Bij wat voor project?'

'AFPS.'

'Dat nieuwe systeem? En werkt hij onder jou?' Plotseling hoorde hij de bezorgdheid in Bobs stem.

'Nee. Tenminste, ik ben niet zijn directe chef. Ik bekijk alleen even zijn dossier om hem op waarde te schatten voor een project waarbij hij voor me werkt. En het gaat inderdaad over het nieuwe systeem. Is dat een probleem?'

'Niet per se. Maar je kunt nooit voorzichtig genoeg zijn.' Hij zweeg even, alsof hij even over het zojuist gehoorde nadacht.

Het klonk te mooi om waar te zijn. Kent beefde weer, maar nu van de opluchting dat de kansen keerden. 'Wat bedoel je?'

'Ik zeg gewoon dat je nooit voorzichtig genoeg kunt zijn. Het is vreemd dat we iemand zonder arbeidsverleden op zo'n belangrijke taak hebben gezet. Je weet maar nooit. Luister, ik zeg niet dat meneer Monroe niet is wat hij lijkt te zijn; ik zeg alleen dat we voorzichtig moeten zijn zolang we ergens niet zeker van zijn. Bedrijfsspionage is vandaag de dag big business en met de implementatie van dat nieuwe systeem van jullie – wie weet? Waarom laat je die meneer Monroe niet even naar mij bellen?'

Nee, laten we dat maar niet doen. 'Eigenlijk, Bob, als er een grond van waarheid zit in wat jij nu zegt, weet ik niet of het slim is om meneer Monroe te laten blijken dat we hem verdenken.'

'Hmm... Ja, natuurlijk. Je hebt gelijk. We kunnen beter gelijk een stilzwijgend onderzoek opstarten.'

'Misschien dat we hem in de tussentijd terug moeten fluiten. Ik neem wel contact op met de afdelingschef, maar gezien zijn tijdelijke status als vervanger, zie ik niet in waarom we hem op zo'n gevoelige post zouden moeten laten zitten. Het AFPS is te waardevol om risico's te nemen, op welk niveau dan ook.'

‘Hem overplaatsen?’
‘Onmiddellijk overplaatsen,’ hield Kent vol. ‘Het liefst vandaag nog. Zo gauw ik met Borst heb gesproken, natuurlijk.’
‘Daar zit wat in. Geef me even een belletje zodra dat is gebeurd.’
‘Oké. En misschien dat jij hem in de tussentijd om een boodschap kunt sturen – maakt niet uit wat. Gewoon dat hij hier even weg is terwijl we alles regelen.’
‘Ik ga hem gelijk bellen.’
‘Bedankt, Bob. Op jou kan ik bouwen.’
Kent hing op met het gevoel alsof de wereld hem zojuist op een dienblaadje was aangereikt. Hij stond op en maakte een stootbeweging. ‘Yessss!’ Hij liep zijn kantoor rond en dacht na over zijn volgende stap. Hij zou het met Borst over de mogelijkheid hebben dat er een spion in hun midden werkte. Perfect! Cliff de nepper. Een spion.
Nog geen half uur later was het voor elkaar. Kent praatte met Borst, die bijna zijn toupet verloor toen hij van zijn stoel opsprong. Natuurlijk moest Borst Bob zelf bellen – ervoor zorgen dat Cliff onmiddellijk werd overgeplaatst. Hij blafte orders alsof hij de eigenaar van de bank was. Kent keek toe en moest alle zeilen bijzetten om ervoor te zorgen dat hij er niet bij zou gaan staan grijnzen.
Het plan werkte zonder haperen. Cliff verliet om elf uur de afdeling, nadat hij nog even zijn hoofd bij Kent naar binnen had gestoken om hem eraan te herinneren dat ze om één uur een afspraak hadden, zich niet bewust van zijn aanstaande nederlaag. Dat was voorlopig het laatste wat ze van hem zagen terwijl personeelszaken zijn verleden natrok. Ze zouden misschien ontdekken dat Cliffs dossier per ongeluk was gewist, maar dat zou er dan al niet meer toe doen.
Binnen het uur had Borst de toegangscodes tot het AFPS gewijzigd. Cliff Monroe was een bekeken zaak. En dat betekende dat alles weer als vanouds leek. Zolang ROOSTER niet was ontdekt, hoefde hij verder niets te ondernemen.
Eigenlijk waren er genoeg redenen om het hierbij te laten. Iedere vezel in zijn lijf protesteerde bij de gedachte om dat niet te doen.
Het was middag voor Kent de rust vond die hij nodig had om de status van ROOSTER te controleren. Hij stortte zich praktisch op het toetsenbord en vloog door menu’s heen alsof ze niet bestonden. Als Cliff de link had ontdekt, zou hij sporen hebben achtergelaten.
Kent hield zijn adem in en scrolde naar de MISC folder waar ROOSTER in zat. Toen liet hij zijn adem langzaam uit zijn longen ontsnappen en leunde achter-

over in zijn stoel. Het dossier was een week geleden voor de laatste keer geopend, om kwart voor twaalf. En dat was mooi, omdat hij dat zelf was geweest.
Hij kreeg een sprankje hoop, dat snel groter werd. Hij sloot zijn ogen en liet de euforie door zijn aderen stromen. Mooi. Heel mooi. Want dit was alles wat hij had. Dit was zijn alles.
Het gezicht van rechercheur Punthoofd zweefde voor hem langs, maar hij knipperde het beeld weg. De autoriteiten hadden verder geen contact gezocht en hij besefte dat Lacy gelijk had gehad – ze deden gewoon hun werk. Dat *wilde* hij tenminste geloven. Ze konden eenvoudigweg niets weten over ROOSTER en zonder ROOSTER hadden ze niets. Helemaal niets. Dat gezeur over Spencer sloeg helemaal nergens op. Kent had geen idee waarom Punthoofd had doorgezaagd over dat alles ooit aan het licht zou komen. Die man was niet bepaald gestoord, maar hij wist verder geen verklaring te bedenken. Punthoofd paste in geen één redelijke verklaring.
Wanneer hij eenmaal het plan ten uitvoer had gebracht, zou het er sowieso niet meer toe doen. Het zou hier dan vergeven zijn van de agenten.
Hij moest het nu doen, voor er weer iets anders in de weg stond. Voor een andere idioot met een ananasgrijns zijn leven binnenwandelde. En *nu* betekende binnen een week. Of het komende weekend. Wat weer betekende dat hij er nu aan moest beginnen.

'*Wat* heb je gedaan?'
'Ik ben bij hem ingetrokken.'
'Je bent bij Kent ingetrokken?' Ze gaf geen antwoord. 'Waarom?'
'Ik had geen keus. Oké, ik had wel een keus. Dan had ik Hem gewoon moeten negeren.'
'Heeft *Kent* je gevraagd bij hem in te trekken?'
'Nee. Ik bedoelde dat ik dan God had moeten negeren. God zei tegen me dat ik bij Kent moest intrekken. En denk nu niet dat ik daar zo'n zin in had. Geloof me, dat heeft me heel wat gekost.'
Bill Madison schudde langzaam zijn hoofd. Helen was nu al twee weken aan het rondwandelen. Acht uur en dus zeker dertig kilometer per dag, zonder tekenen van verzwakking. Het was Jericho in de eenentwintigste eeuw en Bill kon er maar slecht van slapen. Zijn vrouw had hem al bij diverse gelegenhe-

den gezegd dat hij er met zijn hoofd niet bij was en dat had hij dan ook niet ontkend. Hij had haar ook niet verteld over de dagelijkse tripjes van Helen. Het leek op de een of andere manier op een soort Godslastering om er zomaar over te beginnen. En om eerlijk te zijn, was een klein deel van hem er nog steeds niet helemaal van overtuigd dat ze hem niet in de maling nam. Een seniele voorbidder die leidde aan waanvoorstellingen over wandelen in Gods kracht. Dat was niet ondenkbaar. Eigenlijk zelfs meer steekhoudend dan haar te geloven.

Maar dat was het probleem – hij geloofde haar wel. Hij had het met eigen ogen *gezien*.

'Maar hoe heb je hem zover gekregen?'

'Dat was geen prettig gesprek.'

'Daar twijfel ik niet aan.' Hij zweeg even en formuleerde zijn vragen zorgvuldig. Ze spraken elkaar ongeveer om de dag en Bill realiseerde zich dat hij ernaar uitkeek en dat als ze met elkaar aan de lijn hingen, hij voor iedere minuut vocht. Zij was altijd degene die ten slotte het gesprek moest beëindigen.

'Het verbaast me dat hij niet stomweg weigerde.'

'Dat deed hij wel.'

'Ik snap het. En toch ben je daar nog steeds. Hoe is het met hem?'

'Hij is geen stap dichter bij de waarheid gekomen dan tien jaar geleden,' reageerde ze vlak. 'Als ik in kringetjes zou lopen en hij de muur van Jericho was, zou ik zeggen dat we pas aan het einde van de eerste dag waren.'

'Dus jij denkt dat het nog zo ver weg is?'

'Nee, dat *denk* ik niet. Dat *gevoel* heb ik.'

Hij moest glimlachen. 'Er moet toch ondertussen een scheurtje in zijn pantser zitten. Je loopt hem nu al weken in zijn nek te hijgen, zoals jij dat noemt. Jij bent speciaal geroepen om voor die man op de bres te staan en dat betekent natuurlijk dat God je zal verhoren.'

'Dat zou je wel denken, hè? Aan de andere kant ben ook jij speciaal geroepen om te bidden voor de mensen die bij *jou* horen, Bill. Zou God mijn gebeden eerder verhoren dan die van jou?'

'Ik weet het niet. Een maand geleden zou ik nog nee hebben gezegd, maar toen zou ik ook hebben gezegd dat jij malende was.'

'Dat denk je soms nog steeds, nietwaar, Bill?' Hij gaf geen antwoord. 'Geeft niet. Dat doe ik ook. Maar je hebt gelijk; God luistert naar me. En we hebben beiden een hoop plezier van dit gebeuren nu ik het heb geaccepteerd.'

'Jij hebt altijd op de bres gestaan voor anderen, Helen. In veel opzichten is dit niet zoveel anders.'
'Inderdaad, je hebt gelijk. Maar op één punt verschilt het wel. Ik wandel nu in geloof, zie je. Behoorlijk letterlijk. Ik leef nu in de bres van iemands leven en bid niet alleen meer voor hem. Het verschil tussen pootjebaden en in de zee duiken.'
'Hmm, goede vergelijking.'
'Hij drinkt te veel, Bill. En hij glijdt weg. De duistere afgrond tegemoet.'
'Het spijt me voor je, Helen. Het is ongetwijfeld niet gemakkelijk.'
'Och, zo moeilijk is het niet meer, Bill. Dat lopen helpt. Het is... nou ja, het is misschien wel een beetje de hemel op aarde.'
'Hmm.'
'Maar goed, ik ga het eten voor hem opzetten. Dat heb ik beloofd. Ik ga Foe Yong Hai maken. Tot ziens, Bill.'

24

Week elf

Kent zag Helen elke avond tijdens het diner, maar verder was alleen de smetteloze keuken er het bewijs van dat hier nog iemand anders woonde. Tegen de tijd dat hij zichzelf iedere morgen uit bed had weten te slepen, was ze al verdwenen. Wandelen, had ze gezegd, hoewel hij zich niet kon voorstellen waarom een vrouw van haar leeftijd om vijf uur 's morgens opstond om te gaan wandelen. Als hij om een uur of zes thuiskwam, stond het diner al op de tafel of nog te pruttelen op het fornuis.
Hij had een keer om het hoekje van de logeerkamer gegluurd, gewoon om te zien wat ze ermee had gedaan. Het bed was netjes opgemaakt geweest met een dekbed dat hij nog nooit had gezien en er lag een stapeltje gestreken wasgoed aan het voeteneinde, klaar om opgeborgen te worden. Verder was er nauwelijks een teken dat Helen de smetteloze kamer bewoonde. Alleen het nachtkastje naast het bed verraadde haar aanwezigheid. Onder de schemerlamp lag een opengeslagen Bijbel en ernaast stond een leeg, wit porseleinen theekopje. Maar hij keek op van het kristallen flesje. Het enige prulletje dat ze met zich had meegenomen. Het was haar meest waardevolle bezit, had Gloria

hem ooit verteld. Een eenvoudig flesje met God wist wat erin. Kent deed de deur dicht zonder er binnen te zijn geweest.

Hij was dinsdagavond thuisgekomen en hij zou gezworen hebben dat hij Gloria hoorde zingen. Hij had naar haar geroepen en was naar de keuken gerend, waar hij alleen Helen had gevonden, die bij het aanrecht stond te neuriën. Als ze hem al had gehoord, liet ze dat niet blijken. Hij had zich teruggetrokken naar zijn slaapkamer voor een paar slokken tequila, zonder dat zij het wist.

De maaltijden zelf bestonden uit getingel van servies en wat gepraat over koetjes en kalfjes. Helen probeerde niet één keer met hem over haar godsdienstige ideeën te praten. Hij vermoedde dat ze dat expres niet deed. Door de manier waarop ze zich gedroeg, vroeg hij zich verscheidene keren af of ze niet een bepaald medicijn slikte dat haar met haar hoofd in de wolken hield. Haar ogen leken te sprankelen van zelfvertrouwen en ze glimlachte veel. Misschien had ze een van haar bijsluiters niet gelezen en slikte ze een overdosis.

Maar zelfs al was dat echt zo, dan was ze noch haar scherpzinnigheid, noch haar analytische inborst kwijtgeraakt. Dat was hem opgevallen toen hij eens over haar sokken was begonnen.

'Die sokken zien er echt niet uit onder een jurk. Dat weet je best, of niet?'

'Inderdaad. Dat was me ook al opgevallen. Maar ze houden mijn benen warm.'

'Een broek ook.'

'Nee, Kent. Jij bent degene met de broek aan in de familie. Ik draag de jurk. Als je al vindt dat deze sokken er niet uitzien, moet je je eens voorstellen hoe jij er in een jurk zou bijlopen.'

'Maar je *hoeft* er toch niet zo bij te lopen,' zei hij grinnikend.

'Je hebt gelijk. Maar om eerlijk te zijn, is dit de enige manier om mannen naar mijn benen te laten kijken.'

Hij reed die donderdag naar huis en was benieuwd wat Helen vanavond had klaargemaakt. Een bepaald gevoel zorgde ervoor dat toen hij op de oprit parkeerde, hij met één been uit de auto bleef zitten. Feit was dat hij ernaar uitzag om zijn huis binnen te lopen, toch? Dat was het enige waar hij op het ogenblik naar uitkeek, buiten zijn plan dan. Het plan was er natuurlijk altijd. En dan had je Lacy nog.

Ze hadden biefstuk vanavond.

Kent maakte gestaag vorderingen. Hij verbeterde zijn plan, belde Lacy, dronk. Hij dronk heel wat, meestal laat op de avond, zowel in het zitgedeelte van zijn slaapkamer als op zijn kantoor, want hij bleef zijn late werkschema volhouden.

Ze stapten allemaal gemakkelijk over het vertrek van Cliff heen en praatten onophoudelijk over hoe de concurrentie hun AFPS had proberen te stelen en dat dat nog bijna gelukt was ook. Die speculaties versterkten alleen nog maar hun gevoel van belangrijkheid. En het hele gebeuren bezorgde Borst een zoveelste veer in zijn achterwerk. De afleiding bleek een perfecte dekmantel te zijn voor Kents laatste dagen op hun afdeling.

Stap voor stap begon de perfecte misdaad zich met een verbijsterende helderheid te ontwikkelen en dat was geen illusie. Hij had fluitend en met zijn vingers in zijn neus al zijn opleidingen doorlopen en bleek een van de scherpste en meest analytische geesten ten oosten van Tokyo te zijn. Niet dat hij bij dat feit bleef hangen; hij wist het gewoon. En dat analytische verstand van hem vertelde hem het een en ander over zijn plan. Bijvoorbeeld dat dit plan absoluut een criminele daad was, waar zeer stevige straffen op stonden. Als hij faalde, was het afgelopen met hem. Dan zou hij net zo goed een kilootje cyanide kunnen slikken.

Zijn verstand vertelde hem ook dat het plan, hoe crimineel en gruwelijk ook, absoluut briljant was. De misdaad van de eeuw. Genoeg om een glimlach op de lippen van iedere politieagent te krijgen; genoeg om ieders bloed sneller te doen stromen.

En dat verstand vertelde hem ook dat wanneer dit voorbij was, als hij slaagde, hij stinkend rijk zou zijn, nieuw in zijn vel zou zitten en vrij zou zijn om te genieten van welke pleziertjes de wereld dan ook te bieden had. Geweldig!

Er was simpelweg helemaal niets wat hij over het hoofd had gezien.

Behalve Lacy dan. Hij had Lacy over het hoofd gezien. Nou ja, niet Lacy zelf – die werd steeds moeilijker over het hoofd te zien. Het was meer de onmogelijkheid om haar over het hoofd te zien die hij over het hoofd had gezien.

Ze spraken elkaar elke avond en hij was zich zeer bewust geworden van de tempoverhoging van zijn rikketik wanneer hij de telefoon pakte om haar te bellen. Het kwam door de manier waarop ze hem had aangeraakt, de laatste keer dat hij bij haar was. Toen ze zijn hoofd vasthield alsof het kon breken en hij haar adem in zijn oor voelde. Lang vervlogen herinneringen waren weer boven komen drijven.

En het telefoontje van de avond daarna had dat gevoel alleen maar versterkt.

'Gaat het met je, Kent?'

'Ja, een stuk beter. Ik weet niet hoe ik je moet bedanken, Lacy. Ik...' En toen had hij gaan zitten grienen. Niet te geloven. Hij zat gewoon aan de telefoon te huilen en hij had geen idee waarom.

'O, Kent! Het komt goed. Sssst, ssssj. Het komt allemaal goed, echt waar.'
Hij had toen de hoorn op de haak moeten smijten en niet meer in haar buurt moeten komen, maar hij kon het niet. En de rest van de week was het er al niet beter op geworden. Geen tranen meer. Maar de vriendelijke woorden, hoewel niet hartstochtelijk, konden nauwelijks de chemie verbergen die tussen hen was ontstaan.
En nu was het vrijdag. En dat was een probleem, omdat Lacy nu niet bepaald in zijn plan paste en dat plan zou hij morgen lanceren.
Helen vroeg hem tijdens het diner of er iets niet in orde was en hij schudde zijn hoofd. 'Nee. Hoezo?'
'Nee, zomaar. Je keek gewoon alsof je iets dwars zat.'
Het was het laatste wat ze erover had gezegd, maar de woorden bleven hangen. Irritant gewoon. Hij had verwacht heel erg opgewekt te zijn op de avond voor het grote weekend, niet om er bedrukt uit te zien, maar helaas... En toch was hij op een bepaalde manier heel erg opgewekt, bijna extatisch. Het was gewoon Lacy.
Kent trok zich terug in zijn kamer en sloeg drie glazen achterover voor hij de moed had verzameld om haar te bellen.
'Kent! Ik ben blij dat je belt! Je raadt nooit wat me vandaag op mijn werk is overkomen.' Haar stem had net zo goed een bankschroef kunnen zijn die zijn hart in een ijzeren greep hield en nog kneep ook.
'O? Wat is er gebeurd?'
'Ze hebben me gevraagd om een opleiding management te gaan volgen. Ze willen me een managementfunctie geven.'
'Mooi. Dat is mooi, Lacy.' Hij moest slikken. Het zou hemzelf geweest kunnen zijn, zes jaar geleden, toen hij de ladder begon te beklimmen. En hij was regelrecht naar de top geklommen... voor ze besloten hadden hem eraf te duwen.
'Mooi? Het is *geweldig*!' Ze zweeg even. 'Wat is er aan de hand, Kent?'
'Niks. Echt, ik vind het geweldig voor je.'
'Je klinkt alsof je zojuist een hele augurk hebt doorgeslikt. Wat is er aan de hand?'
'Ik moet je zien, Lacy.'
Haar stem werd zachter. 'Oké. Wanneer?'
'Vanavond.'
'Nu?'
'Ja.'

'Is er een probleem?'
'Nee.' Kent moest moeite doen om zijn stem stabiel te houden. 'Is het goed als ik naar je toe kom?'
Ze aarzelde en om de een of andere reden verergerde dat de pijn in zijn hart.
'Tuurlijk,' zei ze. 'Geef me een uur.'
'Oké, dan zie je me over een uur verschijnen.'
Kent hing op en had het gevoel alsof hij zojuist de schakelaar van een elektrische stoel had omgezet. Maar tegen de tijd dat hij naar haar appartement reed, had hij zijn besluit genomen. Hij zou doen wat nodig was en dat zou hij doen op de *manier* waarop dat moest gebeuren. Hij nam een flinke slok van de tequila uit de fles die op de stoel naast hem lag en duwde zijn portier open. *God, help me*, dacht hij. Dat was een gebed.

Ze zaten weer aan haar keukentafel, tegenover elkaar, net als bijna twee weken geleden. Lacy droeg een spijkerbroek met daarboven een wit shirt met in grote letters Cabo San Lucas erop. Kent had een vale spijkerbroek en een spijkeroverhemd aangedaan voor hij in de auto was gestapt. Zijn blauwe ogen waren nog steeds een beetje rood. Er hing een vage, zoete geur van alcohol om hem heen. Hij had verlegen gegrijnsd en vermeed oogcontact met haar toen hij binnenkwam. Niet dat ze een omhelzing of zo had verwacht, maar dit zei wel iets. *Wat* het zei, wist ze niet.
De eerste tien minuten praatten ze wat over koetjes en kalfjes, maar toen verschoof Kent wat in zijn stoel en ze wist dat hij haar iets wilde vertellen.
'Voel jij je ooit schuldig omdat je verder wilt?' vroeg Kent terwijl hij naar zijn koffie staarde.
Lacy voelde haar hart iets sneller gaan kloppen. *Verder willen?* dacht ze. *Wil je verder? Ik ben er niet zeker van of ik er al klaar voor ben om verder te gaan. In ieder geval niet in een relatie met een andere man.* 'Wat bedoel je?' vroeg ze en ze bracht haar kopje naar haar lippen.
'Verder gaan. Verder dan... John.' Hij knikte naar de schoorsteenmantel. 'Je verleden vergeten en opnieuw beginnen. Verlang je daar wel eens naar?'
'Op een bepaalde manier, ja. Ik weet alleen niet zeker of ik John ooit wel zou willen *vergeten*. Maar we moeten sowieso verder met ons leven.' Ze keek naar die babyblauwe ogen en plotseling wilde ze dat hij haar zou vertellen dat hij verder wilde – met haar. Ze zou hem natuurlijk afhouden, maar ze wilde

door hem worden gewild.
Hij knikte. 'Ja. Maar... misschien zelfs het verleden helemaal achter je laten. Want zolang je met al die herinneringen blijft rondlopen, kun je nooit helemaal opnieuw beginnen. Heb je dat gevoel ooit wel eens? Misschien een klein beetje?'
'Misschien. Ik denk er alleen nooit in die termen over na.'
'Maar goed, nu je dat wel doet – voel je je daar dan rot over? Je weet wel, vanwege het feit dat je je het verleden niet wilt herinneren.'
Lacy dacht na over de vraag en vond het eigenlijk een beetje raar. 'Ik weet het niet. Hoezo?'
'Omdat ik erover nadenk om compleet opnieuw te beginnen,' zei hij.
'O? En hoe zou je dat dan willen doen?'
Zijn mondhoeken gingen heel lichtjes omhoog. Zijn ogen werden helderder.
'Als ik het je zou vertellen, zweer je dan dat je het geheim houdt?'
Ze reageerde niet.
'Ik bedoel, absolute geheimhouding. Dat je het dus nooit aan iemand zult vertellen. Gewoon iets dat tussen jou en mij blijft. Zou je dat kunnen zweren op het graf van John?'
Lacy deinsde terug voor die vraag. Het graf van John? Kent zat nog steeds samenzweerderig te grijnzen en Lacy ging meer rechtop zitten. 'Hoezo? Ik bedoel, ik denk het wel. Dat hangt ervan af.'
'Nee, ik wil een definitief ja horen. Wat ik je ook vertel, ik wil dat je zweert dat je het geheim houdt. Zover moet ik je kunnen vertrouwen. Ja of nee?'
In alle andere omstandigheden zou Lacy hem vertellen dat ze dat niet eerder zou doen voor ze meer wist, maar dat was niet wat er over haar lippen kwam.
'Ja,' zei ze. En ze wist dat dat de waarheid was. Wat hij haar ook zou vertellen, ze zou het geheimhouden.
Kent keek haar een paar seconden onderzoekend aan. 'Ik geloof je,' zei hij.
'En als je deze belofte ooit breekt, help je me onder de groene zoden, vlak naast mijn vrouw. Ik wil dat je dat begrijpt.'
Ze knikte, totaal verward door zijn opmerking.
'Oké.' Hij nam een flinke slok van zijn koffie en zette zijn kopje voorzichtig neer, bloedserieus. 'Ik ga opnieuw beginnen, Lacy. Helemaal totaal opnieuw.'
Hij wachtte, alsof hij zojuist een sinister geheim had ontvouwd en haar de tijd gaf om haar onderkaak op tafel te laten vallen.
'Dat is toch prima, Kent.'
Kent liet zijn hoofd iets zakken en keek haar aan. Haar wenkbrauwen klom-

men steeds hoger tegen haar voorhoofd op. Zijn lippen krulden zich in een kwaadaardige grijns. 'Ik word rijk, Lacy.'

Tot zover verklaarden zijn woorden zijn gedrag niet. Waar wilde hij naartoe? Misschien ging het toch over hem en haar en probeerde hij haar op de een of andere vreemde manier over te halen. *Ik word rijk, schat, dus jij en ik kunnen samen een heel nieuw leven beginnen.*

'Ik ga twintig miljoen dollar stelen.'

'Kom op, Kent. Doe even serieus.'

'Ik ben bloedserieus, schat.'

Ze hoorde zijn woorden aan zoals iemand in de verte een nucleaire paddestoel ziet ontstaan, maar het duurde even voor de schokgolf haar bereikte en haar op haar grondvesten deed schudden. Haar eerste reactie was ontkenning. Maar de ontkenning smolt weg onder zijn starende blik en ze besefte dat hij inderdaad bloedserieus was.

'Ga je *stelen*?'

Hij knikte. Grijnzend.

'Ga je twintig *miljoen* dollar stelen?'

Hij knikte en had nog steeds dezelfde grijns op zijn gezicht. 'Dat is een hoop geld, nietwaar? Dat was het geld dat ik zou krijgen vanwege mijn bonus, als Borst en Bentley die tenminste niet onder mijn neus vandaan hadden gejat.' Hij noemde de namen met een grauw. En toen, min of meer langs zijn neus weg: 'Ik pak het tot de laatste dollar.'

Lacy was verbijsterd. 'Maar hoe dan? Van wie? Je kunt niet zomaar twintig miljoen dollar stelen en dan ook nog eens verwachten dat je zomaar een nieuw leven kunt beginnen zonder te worden gepakt!'

'O nee? Ik raak Borst of Bentley niet aan. Niet in eerste instantie tenminste. Zelfs al zouden ze dat geld hebben. Het zou inderdaad gelijk zijn aan zelfmoord om zo'n bedrag van iemand te stelen.'

Hij tilde zijn kopje weer op, langzaam, staarde erin, en begon te praten voor de rand zijn lippen raakte. 'En dat is de reden dat ik het van niemand steel.' Hij nam een slokje en zij kon alleen maar naar hem staren, gevangen in zijn dramatische openbaring.

Ze dacht dat hij zichzelf niet meer in de hand had – een en al theatraal drama en het sloeg nergens op. Hij zette het kopje weer op tafel, waarbij hij geen enkel geluid maakte. 'Ik haal het van honderd miljoen bankrekeningen af. De komende maand zullen de tarieven voor zo'n honderd miljoen interbancaire overboekingen van vooraf geselecteerde klanten enigszins worden verhoogd.

Geen hond zal zelfs maar vermoeden dat er een diefstal heeft plaatsgevonden.'

Ze knipperde enkele keren met haar ogen en probeerde het te begrijpen. En dat lukte. 'Ze zullen het zien!'

Die tarieven worden niet gecontroleerd, Lacy. Wanneer was de laatste keer dat je de moeite hebt genomen om die kleine kosten te controleren?' Hij trok een wenkbrauw op. 'Nou?'

Ze schudde haar hoofd. 'Je bent gek. Er zal best iemand zijn die het merkt. Het is gewoon te veel!'

'De banken zullen er niet achter komen, tenzij er wordt geklaagd door een klant. En wat doen ze als er een klant klaagt? Dan draaien ze een lijst uit. Een lijst die ik kan achterhalen. Iedere rekening die wordt opgevraagd, wat de reden er dan ook voor mag zijn, zal worden gecorrigeerd. In de computerwereld komen rare, eenmalige afwijkingen gewoon voor, Lacy. In dit geval zal die afwijking worden gecorrigeerd bij alle rekeningen waar ze worden gesignaleerd. Hoe dan ook, de transacties kunnen niet worden achterhaald.'

'O?' Hij liet het daarbij en staarde haar alleen maar aan, zijn hoofd nog steeds op een sinistere manier gebogen, vond ze.

Lacy staarde Kent aan en begon hem te geloven. Hij was tenslotte geen idioot. Ze wist niet veel af van de fijne kneepjes van de geldstromen in een bank, maar ze wist dat Kent daar wel verstand van had. Als iemand zo'n stunt zou kunnen uithalen, was hij dat. Niet te geloven! Hij was dus echt van plan om twintig miljoen dollar te stelen? Dat was krankzinnig! Twintig *miljoen* dollar! Haar hart bonkte in haar keel.

Ze moest hard slikken. 'Zelfs al zou het je lukken, dan nog is het... is het verkeerd. En je weet hoe het voelt om verkeerd te worden behandeld.'

'Probéér het zelfs niet te vergelijken met mijn verlies,' beet hij terug. 'En wie wordt hier nu helemaal benadeeld? Denk je dat het verlies van zo'n miniem bedragje iemand het gevoel geeft dat hij verkeerd is behandeld? Dat iemand zal uitroepen: *"O, nu ben ik vrijwel blut!"* En trouwens, je zult het moeten weten om ook maar iets in die richting te kunnen voelen. En dat is het nu juist – ze zullen het niet weten.'

'Het gaat om het principe, Kent. Je steelt twintig miljoen dollar. Dat is gewoon verkeerd.'

Zijn ogen vonkten. 'Verkeerd?! Wie zegt dat? Wat er met *mij* is gebeurd, *dat* is pas verkeerd. Zoals ik ernaar kijk, wordt de hele boel gewoon weer rechtgetrokken.'

'Maar daarom is het nog niet goed.' Dus dit wilde hij haar komen vertellen. Dat hij op het punt stond een topcrimineel te worden. Een maffiatype. En ze had nog wel haar gevoelens voor deze man blootgelegd.
Ze fronste haar voorhoofd. 'Zelfs al lukt het je, dan nog zul je de rest van je leven op de vlucht zijn. Hoe ga je uitleggen hoe je aan al dat geld komt? Op een gegeven moment hang je toch.'
'Nee. Weet je, dat is eigenlijk wat ik je kwam vertellen. Ik zal nooit worden gepakt, omdat ik niet van plan ben in de buurt te blijven om te kunnen worden gepakt. Ik vertrek. Voor altijd.'
'Kom op, Kent. Met al die internationale wetten en uitleveringsverdragen kunnen ze je overal vinden. Wat ben je van plan? Je verbergen in het een of andere tropische oerwoud?'
Zijn blauwe ogen twinkelden. Ze fronste haar wenkbrauwen weer.
Hij glimlachte alleen maar en sloeg zijn benen over elkaar. 'We zullen wel zien, Lacy, maar ik wilde dat je het wist. Want dit is waarschijnlijk de laatste keer dat je me ziet.'
Toen begreep ze waarom Kent was gekomen. Hij was niet gekomen om haar te vragen haar leven met hem te delen, maar om afscheid te nemen. Hij smeet haar uit zijn leven zoals hij al eens eerder had gedaan. Hij had haar deelgenoot gemaakt van deze... deze misdaad en nu gooide hij haar overboord.
Dat besef verspreidde zich in haar als roodgloeiende lava. Haar hart stopte bijna met kloppen. Ze wist het wel! Ze wist het, ze wist het, ze wist het! Ze was een sukkel geweest om hem zelfs maar in de buurt van haar hart te laten komen.
Kents zelfgenoegzame glimlach verdween en ze dacht dat hij haar emoties van haar gezicht had afgelezen. Maar dat bleek niet zo te zijn.
'Er zal een dode bij te betreuren zijn, Lacy, maar geloof niet wat je in de kranten leest. Schijn bedriegt, dat beloof ik je.'
Ze deinsde terug bij deze informatie en was totaal verbijsterd. *Dus dat beloof je me, Kent? Nou, dat doet mijn hartje opspringen van vreugde, mijn stoere jonge monster! Mijn blauwogige psychopaat...*
'Lacy.' De stem van Kent bracht haar weer terug bij haar keukentafel. 'Gaat het wel met je?'
Ze haalde diep adem en ging verzitten. Ze besefte opeens dat alle energie die ze had gestoken in het vliegensvlug schoonmaken van haar appartement en het optutten, verloren moeite was. Totaal. 'Ik weet het niet, Kent. Is dat de bedoeling dan?' Ze keek hem aan met een stekelige blik en kreeg de neiging

die blik te vervangen door een groot vleesmes.
Hij ging rechtop zitten en leek zich voor het eerst te realiseren dat ze dit niet al te enthousiast opnam. 'Ik deel hier iets met je, Lacy. Ik geef mezelf bloot. Aan jou. Ik hang het niet zomaar aan de grote klok. Kijk niet zo sip.'
'Kijk niet zo sip? Je komt mijn huis binnen, laat me geheimhouding zweren en stort dan deze hele zooi over me heen! Hoe durf je? En dan moet ik ook nog eens vrolijk gaan zitten glimlachen?' Ze voelde dat haar lippen iets trilden, maar ze kon er niets aan doen. 'En verwacht niet dat *iemand* gaat lopen juichen als je het vertelt!'
Lacy voelde een sterke drang opkomen om hem een klap in zijn gezicht te geven. *Imbeciel! Je kunt er niet zomaar vandoor gaan en twintig miljoen dollar stelen! En je kunt ook niet zomaar weglopen, punt uit! Deze keer niet!* En toen deed ze het nog ook. In blinde woede stak ze een hand uit en gaf hem een zaaier tegen zijn wang! Hard. *Klets!* Het geluid echode door de kamer alsof iemand een rotje had afgestoken. Kent deinsde achteruit en greep de tafelrand beet om in evenwicht te blijven, waarbij zijn mond verbijsterd openviel.
'Wa-'
'Niks wat, Kent Anthony!' Er vloog een hittegolf langs Lacy's nek. Haar hand tintelde. Misschien had ze een beetje te hard geslagen. Ze had nog nooit van haar leven een man geslagen! 'Je moest eens weten wat je me aandoet!'
Er flitste boosheid op in zijn ogen. 'Luister, *ik* ben hier degene die zijn nek riskeert. Het spijt me dat ik je heb opgezadeld met mijn leven, maar jij hoeft mijn leven in ieder geval niet te leiden. Ik ben alles kwijt!' Zijn gezicht werd roder. 'Alles, hoor je me?! Het is dit of zelfmoord. En als je me niet gelooft, moet je maar eens opletten, lieverd!' Met een ruk keerde hij zich van haar af. Ze zag dat zijn ogen vol met tranen stonden.
Lacy balde haar vuisten en deed haar ogen dicht. *Oké, rustig aan, Lacy. Ontspan je. Hij is gekwetst. Je bent zelf ook gekwetst.* Ze legde haar handpalmen plat op tafel, haalde een paar keer diep adem en keek hem ten slotte aan.
Hij stond haar weer onderzoekend aan te staren met die diepblauwe ogen van hem. Wat dacht hij te zien? Misschien had ze zijn signalen wel helemaal verkeerd geïnterpreteerd. Misschien zagen die blauwe ogen haar wel als een band met de werkelijkheid, als een medeplichtige, of eenvoudigweg een maatje. Zeker in de staat waarin hij nu verkeerde. En nu wist ze waarom – hij stond op het punt van een klif te stappen. Hij speelde met de dood. Dat was de reden waarom die ontmoeting met die agent hem zo dwarszat.

Ze zou kwader op zichzelf moeten zijn dan op hem, bedacht ze zich. Hij had haar niet misleid; zij had gewoon alles verkeerd geïnterpreteerd. Belachelijke gedachten over weer verliefd worden op Kent, terwijl hij alleen maar dacht over deze... deze misdaad en opnieuw beginnen. En een dode. Hij was van plan iemand te vermoorden!

'Ik zal er wel mee moeten leven, Kent,' zei ze vriendelijk. 'Wat er met jou gebeurt, gebeurt nu ook met mij. Dat snap je toch zeker wel? Je bent terug in mijn hart geklommen.' Ze haalde haar schouders op. 'En nu heb je een medeplichtige van me gemaakt, omdat je me geheimhouding hebt laten beloven. Dan snap je toch wel dat ik een beetje van streek ben, of niet?'

Hij knipperde met zijn ogen en leunde achterover. Ze zag dat deze gedachte nu pas voor de eerste keer door zijn hoofd zweefde. *Niet te geloven. Mannen kunnen soms zulke sukkels zijn.*

Ze redde hem. 'Maar je hebt gelijk. Je zult er zelf de grootste dosis van krijgen. Dus het kan zijn dat ik je niet meer zie? Nooit meer?'

Hij slikte. 'Misschien niet. Het spijt me, Lacy. Het zal wel belachelijk overkomen dat ik hierheen kom om je dit allemaal te vertellen. Dat is een beetje ongevoelig geweest.'

Ze stak een hand op. 'Nee, het is oké. Ik heb er niet om gevraagd, maar nu het eenmaal zover is, denk ik dat ik er wel mee zal kunnen leven.' Ze keek hem aan en besloot het niet te overdrijven. Genoeg was genoeg. 'En ik had je niet moeten slaan.'

'Nee, ik vermoed dat ik dat had verdiend.'

Hij snoof een keer nerveus. Hij was nu een beetje uit evenwicht.

'Dus je denkt echt dat een gestreepte pyjama en een kale knikker een goede vermomming zijn, Kent? Misschien nog een bal aan een ketting erbij om het plaatje af te maken? Dat zal inderdaad een nieuw leven worden. Maar maak je niet bezorgd. Ik zal je vaak komen opzoeken.' Ze wist een flauwe glimlach te produceren.

Hij grinnikte en de spanning ebde weg. 'Geen sprake van, schat. Als je denkt dat ik naar de gevangenis ga, ken je me nog niet zo goed als je misschien mocht denken.'

Maar dat was het probleem. Ze kende hem wel. En ze wist dat zijn leven hoe dan ook voor altijd zou veranderen. En daarmee waarschijnlijk ook dat van haar.

'Je hebt gelijk. Nou ja, dan wens ik je maar geluk, maar toch voelt het niet echt goed, als je begrijpt wat ik bedoel. En ik kan je ook geen mislukking

toewensen, omdat ik er niet van houd om naar mensen te kijken die zitten te roken en te schokken in een elektrische stoel. Dus ik hoop dat je nog van gedachten verandert. In de tussentijd houd ik mijn mond dicht. Oké?'
Hij knikte en grijnsde.
Ze dronken nog wat koffie en praatten nog een uurtje door voor Kent vertrok. Bij de deur gaf hij haar een kus op haar wang. Ze beantwoordde de kus niet.
Lacy huilde die nacht heel veel.

25

Zaterdag

Twintig miljoen dollar stelen, hoe goed het ook is gepland, brengt ontegenzeggelijk risico's met zich mee. Enorme risico's. Hoewel Kent iedere fase van de twee dagen durende operatie in gedachten wel duizend keer had doorgenomen, zouden zich tientallen onvoorziene problemen kunnen voordoen.
Kent dronk vrijdagavond zoveel dat hij helemaal van de wereld was. Na zijn gesprek met Lacy had hij een flink percentage alcohol nodig. En trouwens, met zenuwen die zo strak stonden als een snaar, zou hij sowieso niet best in slaap komen. Hij zou niet drinken tijdens de diefstal, wat betekende dat hij enkele dagen lang droog zou staan. Of misschien wel voor altijd. Het begon zichtbaar te worden dat hij een beetje veel van dat goedje gebruikte.
Toen hij zaterdagmorgen om een uur of zes weer bij bewustzijn kwam, ging hij met een schok rechtop zitten.
Het was zaterdag! *De* zaterdag. Zes uur? Hij was al laat! Hij keek zijn slaapkamer rond en kneep zijn ogen tot spleetjes door een stevige hoofdpijn. Zijn lakens waren een puinhoop en nat van het zweet.
Er liep een rilling langs zijn ruggengraat. Wie dacht hij wel niet dat hij was om twintig miljoen dollar te stelen? *Hallo. Ik ben Kent. Ik ben een crimineel. Gezocht door de FBI.* Het hele idee leek plotseling waanzinnig! Op dat moment, een paar seconden na zessen, zittend in zijn bed, besloot hij het hele plan af te blazen.
Er gingen zeven hele seconden voorbij voor hij zijn beslissing weer introk en de lakens van zijn benen trok. Er lagen twintig miljoen goeie ouwe Ameri-

kaanse bankbiljetten op hem te wachten en hij was niet van plan ze te laten liggen voor Borst en Tomatenhoofd.
De reis naar Salt Lake City zou negen uur duren, waardoor hij nog twee uur over had om zich om te kleden, de order voor de *vis* te bevestigen en de truck af te halen.
Kent rende de badkamer in en vervloekte zichzelf voor het teveel aan alcohol in zijn lijf. Hij stak zijn hoofd onder de kraan en droogde zich af. Geen tijd voor een douche. Hij was sowieso niet van plan iemand tegen te komen die dat iets kon schelen.
Hij kleedde zich al lopende aan – een gemakkelijk zittende kaki broek en een loshangend overhemd erboven. Tien minuten nadat hij wakker was geworden, was Kent klaar om te vertrekken. Voorgoed. Die gedachte deed hem stilstaan bij zijn slaapkamerdeur. Ja, voorgoed. Hij was niet van plan ooit nog naar dit huis terug te keren – een vooruitzicht waarvan hij had gedacht dat hij er wat nostalgische gevoelens bij zou krijgen. Maar nu hij de kamer rondkeek, wilde hij niets liever dan verdwijnen.
Het moest lijken alsof hij helemaal van plan was weer terug te komen en daarom nam hij niets mee. Geen tube tandpasta, geen extra paar sokken. Zelfs geen kam. Het was altijd iets eenvoudigs wat de onderzoekers een hint gaf. Van die echte, hersendode criminelen uit Stupid Street zouden eerst hun bankrekening plunderen voor ze ervandoor zouden gaan. Degenen die nog stommer waren, gingen nog even alle vrienden en bekenden af om afscheid te nemen, grijnzend van oor tot oor, alsof ze een geheim hadden. *Tjonge, het spijt me, Mildred, maar ik kan je niets vertellen. Maar geloof me, over een poosje zit ik op Hawaï in de zon te bakken, terwijl jij je hier voor de rest van je leven te barsten moet werken!*
Dat leek wel een beetje op zijn laatste gesprek met Lacy. Niet te geloven! Kent huiverde bij de gedachte en vroeg zich af of die trip naar Boulder hem niet de das om zou doen. Als dat bezoekje een misser was geweest, zou het direct zijn laatste zijn. Dat beloofde hij zichzelf, terwijl hij nog één keer de slaapkamer rondkeek.
Hij rende naar het zitgedeelte en zette de televisie aan. Hij liet zijn bed onopgemaakt en de tandpasta lag met het dopje eraf op het plankje boven de wastafel. Er lag een beduimeld boek van John Grisham op het nachtkastje, met een boekenlegger bij hoofdstuk negen. Hij rende naar de keuken en schreef een briefje voor Helen.

Helen,
Ik ga de bergen in om te vissen – even mijn hoofd helder krijgen. Ik kom pas laat terug. Sorry voor het avondeten. Als ik iets vang, kunnen we het morgen bakken.

Kent

Hij herlas het briefje. Goed genoeg.
Kent verliet het huis via de voordeur, deed nonchalant de garage open en pakte zijn visspullen. Bart hoe-heette-hij-ook-alweer – Matthews, dacht hij, Bart Matthews – zwaaide drie tuinen verder naar hem vanachter zijn grasmaaier. Kent zwaaide terug. Ja, buurman, Kent Anthony verlaat zijn huis om te gaan vissen. Meer niet. Hij ging vissen. Kent stak zijn hengel in de lucht met een beweging die zei: *Jazeker, Bart – ik ga vissen. Zie je wel? Niet vergeten.* Hij glimlachte, maar zijn handen beefden. Hij gooide de hengel op de achterbank, boven op een doos die hij de afgelopen nacht in de kleine uurtjes had gevuld.
Kent stak de zilvergrijze Lexus voor de laatste keer achteruit Kiowa Street op en reed weg uit het voorstadje Littleton, waarbij hij de gedachten van zich afschudde die hem vertelden dat hij volslagen gestoord was. *Idioot, idioot, idioot.* Misschien moest hij de beslissing intrekken om de beslissing in te trekken dat hij het plan zou afblazen. *Dat* was nog eens helder denkwerk.
Aan de andere kant, hoeveel criminelen in spe hadden zich al niet in dezelfde situatie bevonden – op een punt dat ze het hele gebeuren konden overzien en zich plotseling realiseerden dat de klif toch wel erg hoog was om vanaf te duiken? En er was geen bungee die hem weer omhoog zou veren als hij aan zijn vrije val begon. En hij had ook geen parachute om ertussenuit te knijpen, mocht hij halverwege besluiten er toch niet mee door te gaan. De statistieken zeiden dat 99 % uit elkaar spetterde op de rotsen beneden. Vogelvoer. De statistieken, de statistieken. De statistieken zeiden ook dat elk biljet van die twintig miljoen zijn naam lag te roepen.
En trouwens, op een zeker punt merkte je opeens dat je er al aan begonnen was, aan die vrije val van de klif, en Kent besefte dat hij dat punt al had bereikt. Hij had dat punt twee maanden geleden al bereikt, toen de hel in zijn leven losbrak.
Het kostte hem drie kwartier om Vleeswarengroothandel Front Range te bereiken. Hij had het bedrijf om diverse redenen tien dagen eerder al uitgezocht.

Dat maakte hij zichzelf tenminste wijs. Hij zou de waarheid minder geweld aandoen als hij zou zeggen dat hij toevallig op dat bedrijf was gestoten en dan nog alleen vanwege zijn dromen.

De dromen. Tja, die dromen. Hoewel hij zich nauwelijks de details van zijn dromen kon herinneren wanneer hij wakker werd, bleef de algemene indruk de hele dag in zijn hoofd hangen. Briljante indrukken, zoals de suggestie dat hij de truck aan de buitenrand van de stad moest zoeken, vlak bij de bierbrouwerij van Coors. Het was alsof de alcohol hem een diepe slaap bezorgde waarin alle dingen opeens helder werden. Hij was een keer midden in de nacht wakker geworden en merkte dat hij lag te trillen en te zweten, omdat hij het gevoel had dat er echt iemand in die droom bij hem was geweest en hem een rondleiding had gegeven.

De dromen hadden met zijn gedachten gespeeld zoals vingers op een pianoklavier, waarbij de klanken resoneerden met zijn eigen briljantheid. Hij had ten slotte geconcludeerd dat dat het was: zijn eigen briljantheid, in een hogere versnelling geschopt door de gebeurtenissen van de afgelopen weken. Pure logica die kwam bovendrijven in de stilte van de slaap.

En er waren verscheidene logische redenen aan te wijzen waarom de fabriek van *Vleeswarengroothandel Front Range* voldeed aan zijn eisen. De eerste en waarschijnlijk meteen de belangrijkste was de ligging. Het bedrijf was ondergebracht op een afgelegen industrieterrein ten zuiden van de 470. Het metalen gebouw riep beelden op van geheime operaties van de maffia die hij in tientallen films had gezien. En ze waren ook nog eens in het weekend gesloten, waardoor er een stuk of honderd vrieswagens op het terrein stonden geparkeerd en waar tot maandagmorgen niet meer naar werd omgekeken. Hij was dinsdags door het bedrijf gewandeld, waarbij hij een bril had gedragen en zijn haar plat achterover had gekamd als vermomming. Hij had zich voorgedaan als vleesinkoper van de nieuw op te starten Michael's Butcher Shop in Oost Denver en hij had zijn rol goed gespeeld. En hij had ook nog te horen gekregen waarom Iveco vriestrucks nog steeds de beste ter wereld waren. 'In die bakken bestaat er geen enkele kans dat het vlees bederft. Absoluut zeker weten,' had vleesvervoerder Bob 'the Cruiser' Waldorf hem bezworen terwijl hij over zijn sik streek.

En dat was de reden waarom hij in de eerste plaats zo'n vrachtwagen nodig had. Om het vlees – de *vis* – niet te laten bederven.

Kent reed naar het complex toe en bekeek het met de zenuwen in zijn lijf. Het was er uitgestorven. Hij stuurde de Lexus een steeg in en reed langzaam naar het belendende complex. Gravel kraakte onder de banden en het zweet stond in zijn nek. Hij besefte dat als ook maar één iemand hem hier zag, het plan over was. Niemand mocht getuige zijn van dit bezoek.

Op het ernaast gelegen terrein stonden over de honderd stuks twintigvoets opslagcontainers, waarvan de helft leeg was. Ze zagen er niet uit. Scheefhangende deuren, overal roest. Het was een wonder dat er nog mensen waren die hier een container hadden gehuurd. Dat was de volgende reden waarom hij voor deze locatie had gekozen. Het verschafte hem een plek om de Lexus te verbergen.

Kent parkeerde de auto met de neus voor container 89 en zette de motor uit. De stilte deed bijna pijn aan zijn oren.

Dat was het dan. Technisch gesproken had hij tot nog toe geen enkele misdaad begaan. Maar nu stond hij op het punt in te breken in een opslagcontainer om zijn auto te verbergen. Niet per se iets waarvoor ze hem zouden ophangen, maar het was wel crimineel gedrag. Zijn hartslag was stabiel. Er was nergens een mens te bekennen.

Oké, Kent. Daar gaat-ie dan.

Kent trok leren handschoenen aan en stapte uit. Met veel moeite wist hij de roldeur van de container open te duwen. Het harde metalige gepiep galmde tussen de gebouwen door en hij kromp ineen. Hij had net zo goed een rood zwaailicht op het ding kunnen zetten. *Komt dat zien! Er wordt hier een misdaad gepleegd! Komt dat zien!*

Maar er kwam niemand. Kent stapte weer in de Lexus, startte de motor en reed hem naar binnen. Hij greep zijn koffertje en trok de deur dicht, weer ineenkrimpend door het gepiep. Maar de steeg bleef leeg. Hij zakte snel door zijn knieën, haalde een kleine accutol en twee lange schroeven uit zijn koffer en schroefde daarmee de onderrand van de aluminium roldeur vast aan de houten vloer van de container, waarna hij de accutol weer opborg.

Hij keerde container 89 de rug toe en beende naar de gebouwen van Vleeswarengroothandel Front Range, waarbij hij het terrein naar alle richtingen in de gaten hield, uitkijkend naar de idioot die alles kon verzieken. Maar het terrein baadde stil en leeg in het morgenlicht.

Kent had zich verdiept in honderden manieren om een voertuig te stelen – misdaad nummer twee in de lange rij van misdaden die hij zou begaan. Hij had dit plan bedacht toen 'Cruiser' was begonnen over de vijf vrachtwagens die buiten het beveiligingshek van het hoofdterrein stonden. 'Kijk, van de 120 trucks zijn alleen die vijf momenteel niet in gebruik.'

‘Hoezo? Motorpech?’ had Kent half voor de gein gezegd.
‘Nee. Truck 24 bijvoorbeeld, die aan het eind, staat te wachten op een routinebeurt. We zorgen goed voor onze trucks. Dat hebben we altijd al gedaan en dat blijven we doen.’
Een cadeau uit de hemel. Kent stond even naar Cruiser te kijken en had het gevoel alsof hij hier al eerder was geweest. Alsof hem de sleutel naar het succes werd overhandigd. Misschien wel een déjà vu van een van die dromen. Er waren natuurlijk andere manieren, maar bij een operatie die bol stond van de mogelijke complicaties, zou hij wel gek zijn zo’n aanbod te weigeren. Hij was donderdagavond laat teruggekeerd en had de truck open gekregen met een draadstalen klerenhanger. Als ze er vrijdag achter zouden komen dat truck 24 open was gelaten, zouden ze hem waarschijnlijk verzetten, maar dat was een risico dat hij graag op de koop toe nam. Het had hem twee volle uren gekost om in de truck te komen. Hij kon moeilijk bij daglicht twee uur lang aan zo’n vrachtwagen lopen klooien.
Vrachtwagen 24 stond nog steeds op dezelfde plek en Kent rende er de laatste dertig meter naartoe. Hij greep de portierhendel, hield zijn adem in en trok eraan. Het portier ging open. Hij slaakte een zucht van verlichting, gooide zijn koffertje op de dubbele bijrijderstoel en klom naar boven, trillend als een espenblad. Het begin van een euforisch gevoel welde in hem op. Tot zover ging alles goed. Het was net snoep van een peuter afpakken. Hij zat in de cabine en de kust was veilig!
Een van de voordelen van een zes jaar durende hogere beroepsopleiding, was dat je leerde leren. Het was een vaardigheid die Kent had geperfectioneerd. En een van de dingen die hij de laatste tijd had geleerd, was hoe je zonder contactsleutel een vrachtwagen aan de gang moest krijgen. Vooral een Iveco 2400 diepvriestruck. Natuurlijk niet uit een boek met de titel *Hoe Steel je je Favoriete Truck*, maar wel uit een boek over het beschermen van je bezittingen, samen met een constructiehandleiding, een boek over auto-elektronica en natuurlijk het reparatiehandboek van een Iveco 2400. Toen hij alle benodigde gegevens bij elkaar had gesprokkeld, wist hij precies hoe hij het apparaat aan de praat moest krijgen. De hele procedure zou niet meer dan dertig seconden in beslag moeten nemen.
Het kostte Kent tien minuten. De schroevendraaier die hij had meegenomen, paste niet best en schoot iedere keer uit. Toen hij eindelijk het paneel onder het dashboard los had, zat de bedrading die hij moest hebben zover achter de stuurkolom, dat hij zijn handschoenen bijna openhaalde bij het tevoorschijn

peuteren ervan. Maar ten slotte bleek het urenlang spitten in de handleidingen niet voor niets te zijn geweest. Toen hij de rode draad met de witte verbond, kwam de dieselmotor van de truck tot leven.
Kent schrok van de plotselinge herrie, waardoor hij overeind schoot, de draden liet vallen en zijn hoofd tegen het stuur stootte. De motor viel weer stil. Kent vloekte en ging op de bestuurdersstoel zitten. Hij liet zijn ogen over het terrein dwalen en haalde zwaar adem. De kust was nog steeds veilig. Hij boog zich voorover en startte de motor nog een keer. Zijn handen zweetten in de leren handschoenen en hij dacht er even over om ze uit te trekken. Maar tientallen afleveringen van *Forensic Detectives* schoten hem in gedachten en hij verwierp het idee.
Hij zette de vrachtwagen in zijn achteruit, draaide de weg op en begon daarna naar de uitgang van het complex te rijden, een meter of honderd verderop. Als iemand met een beetje hersens in zijn hoofd hem zou zien, zou die zich realiseren dat de bestuurder van truck 24 niet het type chauffeur was dat je bestellingen voor de deur afleverde. Echte chauffeurs zitten bijvoorbeeld niet helemaal voor op hun stoel, waarbij ze het stuur vastgrijpen alsof het de veiligheidsstang van een achtbaan is. Maar goed, er was niemand in de buurt met een beetje hersens in zijn hoofd. Sterker nog, er bevond zich sowieso niemand in de buurt die Kent langzaam weg zag rijden met truck 24.
Binnen drie minuten bevond hij zich weer op de doorgaande weg, die hij in westelijke richting opreed. Hij zweette zich naar en blikte elke vijf seconden zenuwachtig in de achteruitkijkspiegels.
Hij keek naar de meters op het dashboard. De tank zat vol. *Je bent een beste vent, Cruiser.* Kent zette de koelinstallatie aan en keek nog eens op de meters. Om precies te zijn, controleerde hij de meters zeker vijftien keer in die eerste tien minuten, voor hij eindelijk gerustgesteld aan de zeven uur durende rit naar Salt Lake City begon.
Hij was echter niet echt gerustgesteld. Hij zat op zijn nagels te bijten en doorliep in gedachten ieder detail van zijn plan voor de duizendste keer. Nu hij daadwerkelijk van de klif was gedoken, leek de grond onder hem een klein beetje onregelmatiger dan voorheen. Zijn briljante plan, waarin werkelijk niets aan het toeval was overgelaten, leek vanaf dit punt helemaal aan elkaar te hangen van toeval. De Lexus had het die morgen kunnen laten afweten. Er hadden chauffeurs op het terrein van Vleeswarengroothandel Front Range kunnen rondlopen, ook al waren ze in het weekend gesloten. Ze hadden voor het weekend truck 24 binnen het beveiligde hek kunnen zetten. Het starten

van de Iveco had wel eens niet kunnen lukken.
En nu begon Kent steeds meer leeuwen en beren te zien. Misschien kreeg hij wel een lekke band. Misschien waren er wel wegopbrekingen. Of een routinecontrole door de politie. Of rotsblokken die de weg oprolden en de hele boel blokkeerden. Of nog erger, die de truck van de weg ramden en hem verpletterden als een kakkerlak. Dat laatste zou dan wel een ingrijpen van God zijn – als Gloria tenminste gelijk had gehad en er inderdaad een God was. Of het moest door een aardbeving komen en in dat geval was het Moeder Natuur die haar mening over het gebeuren gaf.
Niet doen, jongen. Niet doen.
Hij keek naar de snelheidsmeter, zag dat hij de ter plekke geldende zestig mijl per uur overschreed en liet het gaspedaal iets omhoog komen. Op een praatje met de politie zat hij niet te wachten.
Kent bereikte een half uur later de van tevoren uitgezochte onverharde weg en reed door tot hij de truck tussen de bomen kon parkeren, uit het zicht van de snelweg. Het kostte amper vijf minuten om de grote magnetische platen op de zijkanten van de laadbak te bevestigen. Truck 24 van Vleeswarengroothandel Front Range was nu truck 1 van begrafenisondernemer McDaniel's. Dat zeiden de platen op de zijkant tenminste. In een zwarte belettering in een stemmig grijs kader. Lekker duidelijk.
Kent reed terug naar de snelweg en trapte de truck op zijn staart. Ja, hij was nu ontegenzeggelijk van de klip gesprongen. Hij viel als een baksteen.

26

Het vinden van het juiste lichaam, de 'vis', en het regelen dat het werd opgehaald, kostte Kent het grootste deel van de afgelopen week. Hij had deze uitdaging in twee gedeeltes benaderd. Eerst regelen hoe het lichaam kon worden opgehaald en ten tweede het lichaam zelf vinden.
Hoewel hij begrafenisonderneming McDaniel's pas twee weken geleden in het leven had geroepen als een legitiem bedrijf, deed een blik op de website van de niet-bestaande onderneming vermoeden dat het om een van de oudere begrafenisondernemingen van het Westen ging. Plaatselijke begrafenisondernemingen zouden natuurlijk gelijk weten dat het allemaal nep was, dus moest hij afstand aanwenden als buffer tegen ontmaskering. Het zou wel erg toeval-

lig zijn als een mortuarium in bijvoorbeeld Los Angeles een begrafenisondernemer in Denver kende.

Het mortuarium dat hij zocht, moest groot genoeg zijn om regelmatig te maken te krijgen met vervoer van en naar andere steden. De aanvraag voor het vervoer van een gekoeld lichaam moest geen ongebruikelijke gebeurtenis zijn. En dat mortuarium moest ook nog eens gecomputeriseerd zijn, zodat Kent zich toegang kon verschaffen tot de databanken.

Deze drie voorwaarden brachten het aantal mortuaria terug van 9873 naar 1380. Maar het was de vierde voorwaarde die het aantal nog eens terugbracht tot drie onwetende participanten. Het mortuarium moest in het bezit zijn van het juiste lichaam.

Het juiste lichaam. Een lichaam dat één meter vijfentachtig lang was, mannelijk, qua uiterlijk uit de buurt van de Kaukasus, met een gewicht van tussen de vijfentachtig en de honderd kilo. En het lichaam moest ook nog eens geen bekende familieleden hebben en ook nog eens geen identificeerbare gebitsgegevens buiten de identificatiedossiers van de FBI.

In de meeste gevallen hielden mortuaria lijken niet langer dan een dag of twee á drie, wat weer de beschikbaarheid van het aantal lichamen verminderde. Een week lang vond Kent niets. Via het internet brak hij in in de servers van de verschillende bedrijven en zocht hij naar lichamen die aan zijn voorwaarden voldeden. Het was een kwestie van lijsten downloaden en die vergelijken met de centrale databank van de FBI – een relatief eenvoudig proces voor iemand als Kent. Maar het was ondanks dat toch een tijdrovend en zenuwslopend karwei. Hij lanceerde de zoektochten vanaf zijn computer thuis, terwijl hij nu en dan een slok nam uit de hoge fles die naast zijn beeldscherm stond. Het was dinsdag voor hij het eerste lichaam vond en dat was in Michigan. Hij had er de kriebels van gekregen en hij was een hele fles verder voor hij zijn zenuwen weer in bedwang had.

Op woensdag had hij drie lichamen gevonden, waarvan er één in Denver lag. Te dicht bij huis. De andere twee bevonden zich in Californië – te ver weg. Maar het waren er in ieder geval al drie.

Op donderdag had hij geen lichamen gevonden en hij had zijn toetsenbord met één woeste dreun van zijn vuist aan stukken geslagen, iets waar hij meteen spijt van had. Ten eerste had hij zijn pink goed pijn gedaan, ergens tussen de J en de U, en zijn avond was ook verziekt. Hij wist zo snel niet waar hij een toetsenbord vandaan moest halen.

Op vrijdag vond hij drie lichamen en hij haalde dan ook opgelucht adem.

Twee aan de Oostkust en één in Salt Lake City. Hij vierde het met twee grote slokken Tequila. Het lijk heette Tom Brinkley. *Dank je, Tom Brinkley. Ik hou van je, Tom Brinkley!*

Tom Brinkley was overleden aan een kogelwond in zijn maag en volgens de gegevens had niemand verder enig idee wie hij was of waar hij vandaan kwam. Het leek erop dat de man zichzelf had neergeschoten, wat Kent duidelijk maakte dat er in elk geval *nog* iets over de man bekend was. Het was een sukkel. Alleen een sukkel zou een zelfmoordpoging doen door zich in zijn maag te schieten. Maar goed, dat was wel de conclusie van de autoriteiten. Gooi maar in mijn pet.

Het lichaam van die arme Tom lag in het grootste mortuarium van Salt Lake City, Peace Valley Funeral Home, te wachten op een crematie. Kent had zijn 'vis' aan de haak geslagen door een order te sturen voor een overdracht door begrafenisonderneming McDaniel's in Las Vegas, Nevada. De reden? Er waren familieleden van de beste Tom gevonden en die wilden hem bij hen in de buurt begraven. Het mortuarium had hem per e-mail geïnformeerd dat het lichaam al was ontdaan van alle kleding en sieraden en was gereedgemaakt voor de crematie. *Geen enkel probleem. We pikken hem op zoals hij erbij ligt.* Het lijk lag in een afgesloten kist. Wilde hij het lijk in een lijkzak? Een lijkzak was gebruikelijk. *Geen probleem. We pikken hem op zoals hij erbij ligt.*

Hij zou zaterdag tussen drie en vijf bellen. Dan zou hij de vis oppikken. Hij wist natuurlijk wel dat het geen vis was, maar dat was een van die kronkels in een geest die over het randje was gegaan. Het was een dood lijk, zo koud als een vis en waarschijnlijk zo grijs als een vis, maar zeker geen vis. En hopelijk niet zo slijmerig als een vis.

Hij bevestigde de order een uur later vanuit een telefooncel. Het meisje dat zijn vragen beantwoordde, had de vervelende gewoonte om haar kauwgom te laten knallen terwijl ze luisterde, maar voor de rest leek ze behulpzaam genoeg.

'Maar we gaan om vijf uur dicht. Als je een minuut later komt, is hier geen levende ziel meer te bekennen,' waarschuwde ze.

Het koste hem vijfenveertig zenuwslopende minuten om de veranderingen in Tom Brinkleys FBI-dossier aan te brengen. En daarna was hij helemaal kortademig geweest door de opwinding. Eigenlijk was *dat* zijn eerste misdaad geweest. Hij was het vergeten. Inbreken in de gegevens van de FBI was geen kattenpis. Maar het had ook niet erg misdadig geleken.

Kent liet zijn gedachten nog eens over die gebeurtenissen gaan en hield zijn blik strak op de I-70, die hij in westwaartse richting bleef volgen. De tocht door de bergen was niet bepaald enerverend, of je moest het enerverend vinden iedere keer als er een politiewagen in je achteruitkijkspiegels opdoemde, je nagels tot op het bot toe af te kluiven. Tegen de tijd dat hij de buitenwijken van Salt Lake City bereikte, stond Kent helemaal stijf van de adrenaline en stonden zijn zenuwen op springen. Hij sloeg af naar een verlaten parkeerplaats langs de snelweg, haastte zich naar de achterkant van de vrachtwagen en trok voor de eerste keer de vriescontainer open.

Een wolk in de val zittende damp rolde eruit, koud en wit. De koeler werkte dus prima. Kent hees zichzelf in de container en probeerde met zijn hand de waterdamp weg te wuiven. Het interieur van de container werd zichtbaar. Er hingen metalen rekken aan de rechterkant. Aan de linkerkant hing een lange rij haken die wachtten op grote stukken vlees.

Kent huiverde. Het was koud. Hij zag dat kauwgomknallende mens van Peace Valley Funeral Home al met een klembord in haar handen naar die haken staren.

'Waar zijn die nou voor?'

'Die? O, we zijn erachter gekomen dat lijken veel gemakkelijker te vervoeren zijn als je ze uit hun kist haalt en ze verticaal aan het dak haakt. Doen jullie dat dan nog niet?'

Nee, die haken waren geen goed idee. Maar goed, hij was niet bepaald een sukkel uit Stupid Street, nietwaar? Och, nee zeg. Hij had hier al rekening mee gehouden. Cruiser had hem verteld dat alle trucks isolatiedekens bij zich hadden om in geval van nood het vlees te bedekken. De dekens lagen inderdaad netjes opgestapeld aan de rechterkant. Hij trok ze van het rek af en hing er twee zo op dat ze de vleeshaken aan het zicht onttrokken. Een afscheiding, zeg maar.

'Waar zijn die voor?'

'Die? O, daarachter verbergen we de echte lelijkerds, zodat de mensen niet over hun nek gaan. Doen ze dat bij jullie dan nog niet?'

Kent haalde een keer diep adem en klom de vriescontainer uit. Hij verliet de parkeerplaats en naderde langzaam het punt op de kaart waar het mortuarium zich zou moeten bevinden. Voor ieder ander voertuig dat bij een verkeerslicht naast hem stopte, leek hij gewoon op een vrachtwagen van een mortuarium die een klus moest doen op zaterdag. Toch? De magnetische platen zouden toch niet zijn weggezakt, waardoor het logo van de vleeshandelaar zichtbaar zou zijn, toch? Want dat zou compleet obsceen zijn. Dus waarom keek hij dan constant schichtig om zich heen in plaats van naar het verkeerslicht?

De smeedijzeren poorten van Peace Valley's verschenen aan Kents linkerkant, geflankeerd door lange rijen grove dennen. Hij zag een glimp van het witte gebouw dat een stukje bij de weg vandaan stond en zijn hart begon stevig in zijn keel te bonken. Hij reed een rondje om het blok en naderde de hoofdpoort weer, vechtend tegen de verschrikkelijke aandrang om door te rijden. Gewoon maar door te blijven rijden, rechttoe rechtaan naar Denver terug. Wat een waanzinnig plan eigenlijk. Hij ging een lijk stelen! *Briljante softwareontwikkelaar verliest verstand en steelt lijk uit mortuarium. De oorzaak is nog niet bekend, maar er gaan geruchten dat het hier om meer lichamen gaat, in stukken gesneden en verborgen.*

En toen doemde daar de poort op, recht voor zijn neus, en Kent reed naar binnen. Hij schraapte zijn keel om het brok weg te krijgen dat steeds groter was geworden sinds hij deze vervloekte stad was binnengereden.

De lange geasfalteerde oprijlaan rolde als een zwarte slang onder hem door. Hij volgde een bordje dat hem naar de achterkant leidde, waar hij een leeg laadperron vond. Er zoemde iets in zijn hoofd – het geluid van de banden van de vrachtwagen op het asfalt. Het gestage gekerm van krankzinnigheid. Hij draaide hem achteruit tegen het laadperron, zette hem op de handrem en liet de motor stationair draaien. Ze moesten hem natuurlijk niet zien rommelen met allerlei draden om hem weer aan de praat te krijgen.

Hij ging over op de automatische piloot om het van tevoren goed geoefende plan uit te voeren. Uit zijn koffertje haalde hij een bril en een snor. Hij bekeek na enkele seconden zijn uiterlijk in een achteruitkijkspiegel en haalde een klembord tevoorschijn.

Na een tweede keer bellen werd de achterdeur opengedaan door een blonde meid met wipneus. Ze kauwde kauwgom.

'Ben jij van McDaniel's?'

Hij voelde dat het zweet hem begon uit te breken. Hij duwde zijn bril iets verder op zijn neus. 'Ja.'

Ze draaide zich om en liep weer de schaars verlichte opslagruimte in. 'Mooi. Je was bijna te laat. We gaan over een kwartier al dicht, weet je.'

'Jep.'

'Dus jij komt uit Las Vegas.'

'Jep.'

'Nooit gehoord van McDaniel's. Ooit wel eens een grote klapper gemaakt?'

Een grote klapper? Zijn hart sloeg over. Wat wist zij over een grote klapper?

Ze voelde zijn aarzeling en keek hem glimlachend aan. 'Je weet wel, Las Vegas. Gokken. Heb je ooit wel eens een groot bedrag gewonnen?'
'Eh... nee. Ik gok eigenlijk nooit.'
Er stonden aan alle kanten kisten opgestapeld tot aan het plafond. Ongetwijfeld leeg. Hopelijk. Ze leidde hem naar een grote roestvaststalen deur. De deur van een koelruimte.
'Ik kan het je niet kwalijk nemen. Gokken is een zonde.' Ze trok de deur open en stapte naar binnen. Op brede liggers die aan de muren waren bevestigd, lagen tientallen kisten. Sommige chique en glanzend, en andere niet veel meer dan multiplex. Het meisje liep naar een van de eenvoudige uitvoeringen, controleerde het label en gaf er toen een klap op.
'Dit is hem. Pak die brancard daar maar. Hij is helemaal van jou.'
Kent aarzelde. De brancard. Natuurlijk. Hij greep het tafeltje op wielen en zette hem naast de kist. Samen trokken ze de multiplex kist uit het schap en tilden hem op de brancard, wat vrij gemakkelijk ging door rollers die op het schap waren bevestigd.
Het meisje gaf weer een klap op de kist. Het leek erop dat ze dat nogal leuk vond. 'Daar ga je dan. Even dit tekenen en het is voor elkaar.'
Kent tekende het papier en glimlachte naar haar. 'Bedankt.'
Ze beantwoordde de glimlach en deed de deur voor hem open.
Halverwege de buitendeur bedacht hij dat ze hem maar beter niet het lichaam kon zien inladen. 'Wat kan ik het beste met die brancard doen wanneer ik klaar ben?' vroeg hij.
'O, ik help je wel even.'
'Nee. Nee, dat hoeft niet. Ik red me wel. Dat hoop ik tenminste – ik heb het vaak genoeg gedaan. Ik zet hem wel om de hoek van de deur wanneer ik klaar ben.'
Ze glimlachte. 'Nee joh, ik help wel even. Ik moet sowieso de deur weer achter je dichtdoen.'
Kent dacht erover om weer tegen te sputteren, maar bedacht dat ze daar alleen maar nieuwsgierig van zou worden. Hij rolde de bruine kist de zon in en schrok zich wezenloos. Omdat het laadperron om de een of andere vreemde reden iets lager lag dan de rest van het bedrijf, keek hij net op de bovenkant van de laadbak van de Iveco. En dat was geen prettig gezicht.
Hij probeerde de schrikreactie te camoufleren door gelijk hard te hoesten, maar hij moest moeite doen om te voorkomen dat zijn ademhaling op hol sloeg. Grote letters sierden de bovenkant: *Vleeswarengroothandel Front Range*.

Hij wees snel naar de handgreep van de roldeur van de Iveco. 'Wil jij hem even opentrekken?' Als ze de opdruk op het dak zou zien, zou hij moeten improviseren en hij had geen idee wat hij zou moeten zeggen. Lijken stelen was iets dat hij nog niet had geperfectioneerd.

Maar mejuffrouw Kauwgomsmakker liep naar de roldeur en rukte hem open alsof ze een eersteklas motorzaagstarter was. Dat had ze duidelijk al meer gedaan. Kent stuurde de brancard het hellinkje af en kneep hard in de handgrepen om zijn zenuwen in bedwang te houden. Zolang ze hier beneden bleven, kon ze met geen mogelijkheid de bovenkant van de laadbak zien, maar wanneer hij wegreed... dat was een heel ander verhaal.

En toen besefte hij ook opeens dat de kist niet in de rekken van de vrachtwagen zou passen. Hij zou op de vloer moeten worden gezet.

'Hoe zet je dit ding lager?' vroeg hij.

Ze deed een stap naar voren en keek hem met opgetrokken wenkbrauwen aan. 'Weet je niet hoe je een brancard moet laten zakken?'

'Ik heb altijd die van ons bij me – helemaal elektrisch. Daar hoef je alleen maar op een knop te drukken. Maar dit is een nieuwe wagen en die is nog niet helemaal aangepast.' Dat was nog eens snel nadenken. Elektrische brancards? Er zou tegenwoordig best zoiets bestaan. Ze knikte, blijkbaar overtuigd, en liet de brancard zakken. Samen tilden ze de kist eraf en zetten hem op de laadvloer. En nu moest hij haar nog terug in de opslagruimte zien te krijgen zonder dat ze achterom keek.

'Wacht, laat ik je even helpen,' zei hij en liep snel langs haar heen naar de achterdeur van het mortuarium en hield die voor haar open.

Ze reed achter hem de brancard naar boven en duwde hem door de deur.

'Bedankt,' zei ze en liep de schemerige hal in.

'Bedankt. Prettig weekend.'

'Hetzelfde!'

Kent liet de deur los en hoorde hem in het slot klikken. Hij keek rond en haastte zich toen terug naar de truck. Wat als ze weer naar buiten zou komen? *'Hé, je vergeet je klembord!'* Maar die was hij niet vergeten. Hij had het in zijn rechterhand. Met een laatste blik naar het mortuarium sprong hij in de cabine, gooide het klembord opzij, zette de truck in de eerste versnelling en reed bij het laadperron vandaan, zijn hart in zijn keel.

Hij reed over de parkeerplaats heen en was al op weg naar de lange oprijlaan toen hij zich de achterdeur herinnerde. Die stond nog open!

Kent ging op zijn remmen staan, rende naar de achterkant en zette het beeld

van een versplinterde kist met inhoud op de parkeerplaats van zich af. Nee, alles was in orde, alles zat hem mee. De goden lachten hem vandaag toe. Hij trok de deur dicht en haalde opgelucht adem.
Hij reed door de poorten van Peace Valleys en beefde als een rietje. Hij was een heel blok verder voor hij in de gaten kreeg dat het onwillige gedrag van de truck het gevolg was van een omhoog staande handrem. Hij maakte hem los en voelde de truck vooruit springen. Hij moest erbij blijven met zijn hoofd! Twee blokken later begon een euforisch gevoel langs zijn ruggengraat omhoog te trekken. Kent gooide zijn hoofd achterover en schreeuwde: 'Yes!'
De bestuurder van de Cadillac naast hem wierp een blik in zijn richting. Het kon hem niet schelen.
'Yes, yes, yesss!'
Hij had een lijk. Een vis.

27

Helen las het briefje nog eens en wist dat er meer achter stak dan erop stond. Dat vissen was larie. Ze kreeg er een knoop van in haar maag. *Heer, wat gaat hij doen?*
Ze had het de hele dag al aan voelen komen, terwijl ze door de straten van Littleton wandelde. Het was een rustige dag in de hemelse gewesten. Een trieste dag. De engelen rouwden. Ze had nog energie zat, maar haar hart voelde niet al te licht aan en ze vond het moeilijk om te bidden. God leek wel afgeleid. Of misschien was *zij* wel afgeleid.
Helen had nu vijf dagen lang dezelfde route van vijfendertig kilometer gelopen en stopte iedere dag kort bij de hotdogverkoper op de hoek van Fifth en Grand om iets te drinken en een korte babbel te maken met de eigenaar, Chuck. Vanaf de eerste keer dat ze hem had gesproken vermoedde ze dat het een man was die zat vastgeroest in zijn godsdienstige denkbeelden.
Vandaag had ze hem uit zijn schulp weten te krijgen.
'Loop jij nou iedere dag, Helen?'
Ze had geknikt.
'Hoe ver?'
'Een heel eind. Verder dan ik kan bijhouden.'
'Meer dan een kilometer?'

'Een kilometer kan ik nog wel bijhouden, jongeman.'
'Verder dan?'
'Verder dan ik kan bijhouden.'
Hij had nerveus gegrinnikt. 'Vijftien kilometer?'
Ze nam een slokje van de frisdrank die hij haar had verkocht. 'Verder.'
'Dertig?' vroeg hij ongelovig.
Ze haalde haar schouders op. 'Zelfs nog iets meer, denk ik. Ik weet het niet zeker.'
'Maar dat is onmogelijk! Loop jij *iedere* dag meer dan dertig kilometer?'
Ze keek hem recht in zijn ogen. 'Ja. Ik ben een voorbidder, Chuck. Je weet toch wat dat is, nietwaar? Ik loop net zolang als God wil dat ik doe.'
Hij wierp een vlugge blik om zich heen. 'Je bedoelt dat je loopt te bidden?'
'Ik bid en ik loop. En zolang ik loop te bidden, heb ik absoluut geen last van mijn benen.' Ze bleef hem recht in zijn ogen kijken. 'Wat denk je daarvan, Chuck?'
Hij stond daar met open gezakte mond, met het idee dat deze vrouw die hij nu vijf dagen lang een blikje fris verkocht, stevig malende was. 'Klinkt dat vreemd? Nou, ik zal je vertellen, er is nog meer, Chuck. Ik *zie* ook dingen. Ik loop meer dan dertig kilometer per dag op versleten benen en ik zie dingen.'
Dit was de eerste keer dat ze hier zo open over was geweest tegen een vreemde, maar ze kon zich niet inhouden.
Ze wees naar de donkere lucht en staarde in de verte. 'Zie je die wolken daar? Of die lucht?' Ze zwaaide met haar hand door de lucht. 'Stel dat je die lucht kon wegtrekken en kon zien wat erachter zat. Wat denk je dat je zou vinden?'
Chuck de hotdogman stond haar nog steeds met grote ogen en wijd open mond aan te staren. Hij gaf geen antwoord.
'Ik zal je vertellen wat je zou vinden. Miljoenen wezens die naar beneden kijken, naar de keuzes die mensen maken. Je zou zien wat er echt speelt. Want alles draait om wat er aan de andere kant gebeurt, Chuck. En als je de hemelse gewesten open kon scheuren, zou je dat zien. Al het andere wat je hier op aarde ziet, komt alleen maar voort uit wat er daarboven gebeurt.' Ze grijnsde naar hem en liet dat even bezinken. 'Dat is tenminste een van de manieren om ernaar te kijken. En ik denk dat er ook een strijd om *jouw* ziel gaande is, jongeman.'
En zo had ze hem achtergelaten, met een hotdog in zijn ene hand en zijn mond nog steeds wijd open, alsof hij hem er zo in wilde schuiven.
Dat was het hoogtepunt van de dag geweest, want ze wist dat Chucks leven

nu zou veranderen. Maar de balans van haar wandeling was niet erg positief. Weer thuis had Helen de telefoon gepakt en haar voorganger gebeld.
'Met Bill Madison.'
'Hij is in het diepe gesprongen, Bill.'
'Helen?'
'Ja.'
'Wat bedoel je?'
'Dat Kent in het diepe is gesprongen en dat ik de dood ruik. Ik denk dat hij wel eens in moeilijkheden kan verkeren.'
'Ho, wacht even! Denk je dat hij gaat *sterven*? Ik dacht dat hij niet zou *kunnen* sterven in dit hele gebeuren.'
'Dat dacht ik ook, maar toch ruik ik de dood. En ik denk dat het *zijn* dood is, hoewel ik dat niet zeker weet. Het was vandaag nogal stil in de hemelse gewesten.'
'Dan moet je hem misschien waarschuwen. Hem hierover vertellen. Er is je toch niet... je weet wel... verteld dat dat niet mag, toch?'
'Nee, niet specifiek. Ik heb niet het verlangen gehad het hem te vertellen, wat meestal betekent dat ik het beter niet kan doen. Maar misschien heb je wel gelijk. Ik denk dat ik het hem vertel wanneer ik hem weer zie.'
Het werd even stil aan beide kanten van de lijn.
'Helen, ga je morgen lopen?'
'Ben jij vanmorgen wakker geworden, Bill?'
'Wat? Natuurlijk.'
'Zo natuurlijk is het toch ook dat ik iedere dag wandel?'
Hij praatte verder na zijn gedachten bij elkaar te hebben geraapt. 'Vind je het goed als ik morgen een stuk met je meeloop? Voor kerktijd?'
'Dat zou ik fijn vinden, Bill.'
'Goed. Vijf uur?'
'Half zes. Op zondag slaap ik uit.'

Als Kent had gedacht dat hij het zou redden, zou hij in één keer terug naar Denver zijn gereden, maar zijn lichaam was niet bepaald in een conditie dat hij vierentwintig uur door kon gaan zonder slaap. Hij *moest* eenvoudigweg ergens rusten. Zo had hij het tenminste op papier gepland.
Hij sloeg af bij Grady's Truck Stop, nog twee uur rijden bij Denver vandaan.

Het was bijna middernacht. Er stonden wel honderd vrachtwagencombinaties langs de kant, in de buurt van een restaurant dat vierentwintig uur per dag open was. Hij parkeerde de niet al te grote Iveco tussen twee grote, stationair draaiende trucks. Tot zover ging het goed. Geen lekke banden, geen verkeerscontroles, geen motorpech en geen rotsblokken die uit de lucht waren gevallen. Hij kon zo doorgaan voor een echte chauffeur van een mortuarium, bezig aan zijn zoveelste trip.

Kent deed de truck op slot en liep naar het restaurant. De koele avondlucht blies zacht langs de trucks die aan alle kanten boven hem uittorenden. Het zou wel erg toevallig zijn als iemand hem hier op zo'n afgelegen plek zou herkennen. Hij stopte even bij een zwarte trekker met oplegger die tractoren vervoerde en bestudeerde het restaurant dat dertig meter verderop stond. Het leek wel een kerstboom, zoveel neonverlichting was erop aangebracht. Er schoten twee gedachten door zijn hoofd die hem niet lekker zaten.

De eerste was dat de Iveco geen slot op de laaddeur had. Dat had hij totaal over het hoofd gezien. Hij had een hangslot moeten meenemen.

De tweede gedachte was dat als hij dat felverlichte restaurant zou binnengaan, hij misschien wel een fout zou maken die alleen maar één van die criminele knuppels uit Stupid Street zou kunnen maken.

Hij had zijn eigen eten moeten meenemen. Hoewel hij nog maar twee uur bij Denver vandaan was. Maar welke eventuele kennis zou hier nu om één uur 's nachts aanwezig kunnen zijn? Maar dat was het punt juist, nietwaar? Wat had *hij* hier te zoeken rond middernacht?

Kent trok zich terug in de schaduwen en klom in de vrachtwagen die de laatste zestien uur zijn thuis was geweest. Hij opende een blikje 7-up dat hij vier uur eerder aan de grens met Utah had gekocht en leegde hem in één keer. Er zou later nog tijd zat zijn om te eten en te drinken. Hij had nu slaap nodig.

Maar hij kon de slaap niet best vatten. Hij hunkerde naar een echte dorstlesser. Gewoon zo maar eentje om zijn zenuwen te kalmeren. In het restaurant hier zou hij waarschijnlijk wel een sixpack bier kunnen krijgen.

'Doe geen domme dingen,' mopperde hij en ging liggen.

Op dat moment, twee uur van Denver verwijderd, schoot hem de eerste grote tekortkoming van zijn plan te binnen, als een sirene die afging. Hij schoot overeind en staarde met wijd open ogen uit het raam.

Helen! Helen was bij hem ingetrokken *nadat* hij zijn tijdsplanning had vastgesteld. Terwijl de rest van zijn plan zich zou ontvouwen, zouden ze haar ondervragen en hij hoorde de vragen al, net zo veroordelend als de bijl van de beul.

'U zegt dus dat hij een briefje voor u had achtergelaten waarin hij schreef dat hij zaterdag ging vissen? Maar hij is dus niet teruggekomen, zelfs zondag niet?'
'Inderdaad, agent. Niet zover ik weet, tenminste.'
'Hij is dus gaan vissen – dat weten we van een buurman die hem heeft gezien – en is zesendertig uur later met zijn visspullen direct naar kantoor gegaan, zonder zelfs maar langs huis te gaan? Is dat niet een beetje vreemd?'
Hij had eenvoudigweg besloten om niet eerst terug naar huis te gaan, omdat hij een lijk bij zich zou hebben. Hij kon natuurlijk niet in die vleestruck naar huis rijden. En hij kon ook niet de hele dag in de stad rond blijven rijden met een lijk in de kofferbak van de Lexus. Dat gingen voorbijgangers op een gegeven moment toch ruiken.
Maar dat was *voor* Helen.
Er ging een alarm af in zijn hoofd. *Sukkel, sukkel, sukkel!* Hij moest naar Denver. Hij moest op de een of andere manier thuis zien te komen.
Kent zette de truck in zijn eerste versnelling en scheurde terug naar de snelweg. Een uur later, toen hij de buitenwijken van Denver binnenreed, schakelde hij over naar het enige plan dat op dit uur van de nacht zin zou hebben. Dat bracht weer nieuwe risico's met zich mee, maar niemand had hem beloofd dat twintig miljoen dollar stelen geen risico's zou inhouden.
Kent reed rustig terug naar het terrein van Vleeswarengroothandel Front Range, ten zuiden van de 470, en stuurde tussen de loodsen en andere bedrijfsgebouwen van het industrieterrein door. Hij deed de verlichting uit, waarna hij zijn ogen goed de kost gaf, zijn spieren tot het uiterste gespannen en zijn knokkels wit van het knijpen in het stuur.
Twee minuten later zette Kent de Iveco terug op zijn oude plek en trok de stroomdraden los, zodat het weer stil werd in de cabine. Volgens zijn horloge was het twee uur 's nachts.
Vijf minuten lang bleef hij in de stilte zitten en gaf hij zijn zenuwen de kans zich wat te ontspannen. Tenslotte klom hij uit de vrachtwagen en liep naar de achterkant. De roldeur zat nog steeds dicht. Hij trok aan de hendel en deed de deur een stukje omhoog. De kist stond op de laadvloer in een wolk koude damp. Hij deed de deur weer dicht.
Het kostte hem een kwartier om de doorgeknipte draad onder de stuurkolom te repareren en de cabine weer in originele staat terug te brengen. Blij dat hij niet langer in de cabine hoefde te zijn, deed hij de portieren op slot en deed ze daarna zachtjes dicht. Maandagmorgen zou niemand merken dat de truck

was weggeweest. Als de laadbak van de vrachtwagen nu ook nog eens kans zag het lijk de komende twaalf uur niet te laten ontbinden – de koelinstallatie stond nu natuurlijk uit – zou dit deel van het plan voor elkaar zijn.
Kent was al halverwege de container waar de Lexus in stond, toen hij zich realiseerde dat hij de platen van begrafenisondernemer McDaniel's nog niet van de truck had afgehaald. Hij haastte zich terug en trok ze eraf, waarbij hij zichzelf uitvloekte voor het feit dat hij dat bijna over het hoofd had gezien. Als hij onderweg de stommigheid van zich af had kunnen schudden, zou hij daar automatisch aan hebben gedacht. Hij ontdekte wat de meeste criminelen halverwege hun misdaad ontdekten: Stommigheid is iets wat je *tijdens* de misdaad overkomt, niet ervoor. Je kunt er niet aan ontsnappen, net zo min als je de zon kunt verbieden 's ochtends op te komen. Je kunt alleen maar hopen dat je je vuile zaakjes hebt opgeknapt voor de hemel naar beneden komt.
Kent begaf zich weer op weg naar de opslagcontainers, zijn koffertje in de ene hand en de opgerolde platen in de andere. Zijn overhemd was doornat van het zweet en hij kon zich even niet al te druk maken om zijn zichtbaarheid. Dat valt ook niet echt mee met drie meter lange rollen magnetische plaat onder je arm. Hij liet de rollen voor de deur van de container op het asfalt vallen, haalde zijn accutol weer uit het koffertje en draaide de twee grote schroeven uit de roldeur.
De Lexus glom in het maanlicht, onaangeraakt. Kent propte de platen in de achterbak, gooide het koffertje op de passagiersstoel en schoof achter het bekende stuur. Pas aan de rand van het industrieterrein deed hij zijn verlichting aan. Het was zondagmorgen, tien over half twee, toen hij eindelijk de 470 opreed en op weg naar huis ging, zich afvragend welke steken hij nog meer had laten vallen.
Maar het was hem gelukt, nietwaar? Nee, niet echt – eigenlijk helemaal niet. Hij was eigenlijk nog niet eens begonnen.
Kent liet de Lexus op straat staan, waar iedereen hem goed kon zien – klem naast het bordje met *niet parkeren*, recht voor zijn huis. De kleine zwarte letters die eronder stonden, beloofden de overtreders dat ze zouden worden weggesleept, maar zover hij wist hadden ze hier nog nooit een auto weggesleept, en hij durfde te betwijfelen of ze daar op een zondag mee zouden beginnen.
Hij stapte het huis binnen, trapte bij de voordeur zijn schoenen uit, maakte een beetje herrie in de keuken, verschoof wat dingen en ging op weg naar zijn slaapkamer. De truc was om te laten merken dat hij thuis was, zonder dat hij

Helen tegen het lijf zou lopen. Hij had er namelijk helemaal geen zin in om Helen tegen het lijf te lopen.

En gezien die wandelobsessie van haar, waarvan hij aannam dat ze dat iedere dag deed, moest het niet zo moeilijk zijn om haar later die dag mis te lopen.

Aan de andere kant – het was vandaag zondag. Misschien liep ze 's zondags wel niet. Maar zoniet, zou ze in ieder geval naar de kerk gaan. Hij zou voor de middag weg moeten zijn.

Kent deed de deur van zijn slaapkamer op slot, stroopte de kleren van zijn lijf en liet zich in bed vallen. Hij viel langzaam in een onrustige slaap.

28

Helen stapte naar buiten, de veranda op, gelijk toen de deurbel ging.

'Hij is hier, Bill.'

Haar voorganger reageerde niet onmiddellijk.

'Laten we gaan lopen.' Ze stapte langs hem heen en beende naar de straat. De zilvergrijze Lexus stond voor de oprit. Ze sloeg af naar links en liep er doelbewust langs.

'Hij is vannacht thuisgekomen.'

'Heeft-ie nog wat gevangen?' vroeg Bill, die nu naast haar liep.

'Weet ik niet. Hij verbergt iets.'

'Wat verbergt hij dan? Hoe weet je dat?'

'Ik weet niet *wat* hij verbergt, maar zodra ik weer thuis kom, zoek ik het uit. Er hangt hierboven een flinke spanning, daarom weet ik dat. Er hangt een doodslucht. Ik *voel* het gewoon.'

'Vind je het erg als we een iets langzamer tempo aanhouden, Helen? Je loopt behoorlijk snel.'

'We *moeten* ook snel lopen. Ik houd het vandaag kort. Echt kort. Ik moet zo snel mogelijk weer terug naar huis.' Ze keek naar haar Reeboks en zag dat de neuzen wat versleten begonnen te raken.

'Wil je bidden, Bill?'

'Tuurlijk.'

'Bid dan. Hardop.'

Kent schrok wakker. Er was iets mis. Zijn borst voelde aan alsof er een haas in was gekropen die zijn achterpoten testte. Maar het bleek zijn hart te zijn. En dat betekende dat hij weer gedroomd had.
Hij kon zich niets herinneren – zelfs niet waarom hij in zijn eigen bed lag. Toen herinnerde hij zich alles weer en hij sprong direct uit bed.
Gisteren had hij een vrachtauto gestolen, was hij naar Utah gereden en was hij weer teruggekeerd naar Front Range, waar het lijk zich nog steeds bevond en langzaam lag op te warmen in truck 24. Hij was naar huis teruggegaan vanwege Helen. Zijn lieve schoonmoeder Helen.
Daarom was hij ook plotseling wakker geworden – vanwege Helen. Helen moest hem niet zien. En dat was een probleem, want ze was nogal dicht in de buurt. Misschien stond ze wel aan de andere kant van de slaapkamerdeur te wachten tot er geluid uit deze slaapkamer zou komen.
Hij greep zijn kakikleurige broek en het overhemd dat hij vannacht had uitgegooid en trok ze weer aan. Voor de tweede keer moest hij de kamer verlaten alsof hij zo weer terug zou kunnen komen. Hij maakte snel een rondje, poetste zijn tanden met zijn wijsvinger en gooide de tube in de la; gooide de lakens los over het bed, maar half opgemaakt; sloeg een paar bladzijden van zijn boek om en legde hem weer terug op het nachtkastje. En dat deed hij allemaal zonder dat hij precies wist waarom.
Het maakte niet uit – Helen kwam eraan.
Kent deed heel voorzichtig de deur open en luisterde ademloos of hij beneden iets hoorde. Niets. Godzijdank. Hij glipte de gang in en vloog met twee treden tegelijk de trap af. Binnen een minuut had hij het voor elkaar de sinaasappelsap uit de koelkast te rukken, wat pindakaas op een bagel te smeren, de helft van allebei door zijn strot te krijgen en hopelijk de indruk achter te laten dat hij van een lui zondagmorgenontbijt had genoten. Hij griste een pen van tafel, haalde diep adem om zijn trillende hand rustig te krijgen en schreef onder het briefje dat hij gisteren had achtergelaten:

Hoi, Helen.
Sorry dat ik je ben misgelopen. Heb heerlijk gevist. Maar allemaal te klein om te bewaren. Wacht niet op me wanneer ik om zes uur nog niet terug ben.

Kent

Kent legde het briefje op de bar en rende naar de deur. Op de klok van de magnetron stond 9:30. Hij deed voorzichtig de voordeur open en hoopte niet de glimlach van zijn schoonmoeder tegen te komen. Het zonlicht stak in zijn ogen, waardoor hij ze tot spleetjes moest knijpen. De Lexus stond nog steeds op de plek waar hij hem vannacht had achtergelaten. De gele Pinto van Helen stond in de garage en een derde auto, een groene Accord, stond op de oprit. De auto van een vriendin? In het huis...? Nee, hij had geen enkel geluid gehoord. Helen was vrijwel zeker wandelen met een vriendin die een groene Accord had. En dat betekende dat Helen vrijwel zeker met die vriendin door zou lopen naar de kerk. En de kerk begon om tien uur, nietwaar?
Kent trok de deur achter zich dicht en liep naar de Lexus toe, zijn hoofd gebogen, zo nonchalant mogelijk. Als ze zich verderop in de straat bevonden, zou hij hen negeren. Hij moest wel. En waarom? Dat moest gewoon. Toen hij wakker werd, had dat besef door zijn hoofd gezoemd en het zoemde nog steeds.
Zonder op te kijken startte hij zijn auto. Op het moment dat hij zijn draai maakte, zag hij hen – twee figuren die liepen te wandelen alsof ze aan de marathon van Boston meededen. Hij schrok zich wezenloos. Het was goed dat hij het stuur vasthad, anders was hij zeker dertig centimeter van zijn stoel gekomen. Het zou een beetje ongeloofwaardig zijn geweest als ze hadden gezien dat hij zich rot schrok en daarna net had gedaan alsof hem niets was opgevallen. Kent gaf iets te veel gas, waardoor de auto een beetje slingerde, maar verder wist hij de u-bocht redelijk af te ronden.
Hij moest moeite doen ergens anders naar te kijken dan naar Helen. Zij en de man waren nog een blok bij hem vandaan en liepen snel door, waarbij ze ook nog naar hem zwaaiden. Ze droeg een gele jurk die wapperde, waardoor duidelijk die belachelijk hoog opgetrokken sokken zichtbaar waren.
Zou hij terugzwaaien? Het was duidelijk een stop-de-auto zwaai, maar hij zou net kunnen doen alsof hij het aanzag voor een heb-een-fijne-dag zwaai, zodat hij vriendelijk kon terugzwaaien en ervandoor gaan. Nee, beter maar net doen alsof hij hen niet zag.
De rechtervoet van Kent drukte stevig op het gaspedaal en in zijn achteruitkijkspiegel zag hij hen nog heel even rennen. Hij bleef stug voor zich kijken. Wat wisten ze? Hij zag dat ze het opgaven en hun armen lieten zakken. *Sorry, mensen, ik had jullie gewoon niet gezien. Echt waar. Weet je zeker dat ik het was?'*
Maar die vraag zou hij hen niet echt spoedig stellen, toch? Nooit zelfs. Hij

wierp een blik op de klok in zijn dashboard – half tien.
Het kostte Kent een dikke tien minuten om weer kalm te worden, waarbij hij driftig op zijn vingernagels beet en nadacht. *Denk na, denk na, denk na!* In de spiegel staarde zijn eigen gezicht hem aan, ongeschoren en nat van het zweet. Hij had zich een beetje moeten opknappen. In ieder geval wat deodorant op moeten doen. Hij begon zichzelf te ruiken. Kent rook aan zijn oksel. Nee, 'begon' was iets te zwak uitgedrukt. Hij stonk. Maar dat was geen probleem, want met een beetje geluk liep hij niemand tegen het lijf. En wat dan nog? Maar misschien dat het iemand zou opvallen.
'Kwam hij normaal op u over?'
'Nee, meneer de agent, zeker niet. Of u moet het normaal vinden dat iemand rondloopt met bloeddoorlopen ogen en een lucht alsof hij al dood is maar het zelf nog niet doorheeft.'
'Zo beroerd dus?'
'Ja, zo beroerd.'
Kent besloot nog even naar Boulder te rijden om een hamburger te halen. Hij moest nog wat tijd zien te doden en nu hij erover nadacht, had hij ook nog wat extra kilometers op zijn teller nodig. Hij was natuurlijk wezen vissen.
Twee uur later parkeerde hij de Lexus bij een truckstop die zich een kilometer of vijftien ten zuiden van Boulder bevond, waar hij het voor elkaar kreeg zonder problemen wat water tegen zijn oksels te spetteren en een droge sandwich te kopen. Hij bracht drie uur door in het gebied achter de truckstop en piekerde over zaken van leven en dood voor hij weer vertrok en via de toeristische route naar Denver terug reed. Had hij zijn creditcard nu gebruikt? Nee, natuurlijk had hij die niet gebruikt. Dat zou stompzinnig zijn. Stom, stom! En hij was niet stom.
Het begon al een beetje donker te worden toen Kent het industrieterrein opreed waar het lijk van Tom Brinkley vredig lag te rusten.
Het was nu een stuk eenvoudiger. Hij deed zijn lichten uit, blij met de bijna volle maan, en liet de Lexus vooruit kruipen tot hij bij het achterhek stond. Vrachtwagen 24 stond gebroederlijk naast zijn twee neven en Kent keek er tevreden naar. 'Je kunt maar beter thuis zijn, beste jongen,' fluisterde hij terwijl hij naar de roldeur van de truck staarde. 'Je kunt maar beter zijn blijven liggen waar ik je heb achtergelaten.' Dit was natuurlijk bedoeld voor het dode lichaam, dat hopelijk nog steeds in de multiplex kist lag. En hopelijk nog niet lag te stinken. Want er zat al een luchtje aan deze hele zaak.
Kent zette de Lexus een krappe meter van de achterkant van de truck vandaan

en deed de achterbak open. Hij deed latex handschoenen aan, pakte de hendel van de roldeur van de Iveco vast en trok hem ietsje open. Een zware, vochtige geur drong zijn neusgaten binnen – meer een beetje zoals natte sokken dan als een lijk, dacht hij, hoewel hij nog nooit eerder een lijk had geroken. Toch was het niet de lucht waarover hij had gelezen.

Kent haalde opgelucht adem. Het lichaam lag er nog.

Hij haalde een koevoet uit zijn achterbak en sprong in de laadbak. De kist was dichtgeschroefd, waardoor het openmaken een beetje herrie veroorzaakte, maar binnen drie minuten had hij het deksel los.

Het volgende karweitje had hij niet goed doorgenomen. Eigenlijk had hij dat helemaal niet in zijn planning opgenomen. Kent pakte het deksel vast, klaar om het eraf te wippen alsof het de gewoonste zaak van de wereld was, toen hij besefte dat hij op het punt stond naar de dode starende ogen van een vis te kijken. Maar het was geen vis. Het was een lijk. Hij bevroor. En hij ging er niet alleen naar staan *staren*, maar hij ging dat koude grijze vlees ook nog eens aanraken en optillen en rondsjouwen. Zijn nekharen gingen overeind staan. Een paar seconden gingen voorbij zonder dat er iets gebeurde. Hij kon maar beter eerst het plastic pakken.

Kent sprong uit de truck en haalde een rol plastic uit de achterbak van de Lexus. Hij klom weer terug in de laadbak en bleef bij de kist staan. *Het is nu of nooit, makker. Gewoon doen.*

Tom Brinkley lag grijs en een beetje gezwollen in de kist, met een gat ter grootte van een vuist in zijn buik. Hij had blond haar en zijn ogen stonden open. Een volle vijf seconden lang kon Kent zijn spieren niet in beweging krijgen. Het waren die ogen die hem aanstaarden. Door het schijnsel van de maan leek het alsof er leven in zat, maar ze waren natuurlijk zo dood als een pier. Toen bereikte de geur zijn neusgaten. Lichtjes, o zo lichtjes, maar het leek alsof zijn maag ergens in de buurt van zijn keel rondkroop.

Zoals het ernaaruit zag, zat de maag van Tom Brinkley ook niet helemaal op zijn plek. Het leek wel of een bazooka een einde aan zijn leven had gemaakt, gezien de grootte van het gat. Zijn e-mail naar het mortuarium flitste door zijn hoofd. *Geen probleem. We pikken hem op zoals hij erbij ligt.* En nu stond hij dan te staren naar *zoals hij erbij ligt* en het was *wel* een probleem.

Kent draaide zich met een ruk om en moest zich even vastgrijpen aan de stalen rekken. *Hlukg!* Dat maakte geen deel uit van zijn plan. *Het is maar een lichaam, sukkel! Een dood ding, zoals een vis, met een flink gat in zijn maag. Schiet op!* En wat als hij dat nou *niet* kon? Wat als hij het simpelweg niet zou kunnen opbrengen om met dit lijk te gaan slepen? Hij staarde naar de handschoenen die hij had aangetrokken. Die zouden hem wel beschermen tegen eventuele ziekten. De gevaren bevonden zich alleen maar tussen zijn oren, nietwaar?

Die gedachte hielp Kent op gang. Hij haalde diep adem, draaide zich snel om naar het lijk, stak zijn handen in de kist en rukte meneer Brinkley er in één vloeiende beweging uit.

Dat was tenminste zijn bedoeling.

Het probleem was dat het lijk al een dikke achtenveertig uur in deze positie lag en dan ook niet echt zin had om dat te veranderen. Ze noemen dat lijkstijfheid en laat de dode daar nu nèt last van hebben.

Kent had zomaar wat in de kist gegrepen, zonder echt te kijken. Hij pakte maar wat en zijn vingers hadden aan de ene kant een schouder te pakken gekregen en aan de andere kant een ribbenkast, allebei koud en klam. Het lichaam kwam een heel stuk omhoog voordat Kent zijn grip verloor. Meneer Brinkley draaide zich loom om en landde op de rand van de kist. Het stijve bovenlichaam gleed verder over de rand en landde met een schedelverbrijzelende klap op de laadvloer naast de kist. Het lichaam hing nu met het achterwerk omhoog in het maanlicht en de handen strekten zich uit naar buiten.

Kent slikte de gal weg die door zijn keel naar boven kroop en sprong uit de truck, bijna in paniek. Als er echt een God was, maakte die het hem wel erg moeilijk. Geen één van de boeken had iets gezegd over de klamme, glibberige huid. Als hij dat had geweten, had hij wel handdoeken of zoiets meegebracht. Natuurlijk hadden de boeken geen hoofdstukken gewijd aan het rondslepen met dode lichamen. Normaal gesproken bleven die vredig op een tafel of in hun kist liggen.

Nu hij op de grond stond, keek hij op naar het lijk achter in de truck. In het vage licht was het ding grijs, als het een of andere standbeeld voor gevallenen. Maar goed, als hij deze gevallene niet snel in zijn achterbak kreeg, zou er hier binnen no-time een horde politieagenten rondstruinen en hem moeilijke vragen gaan stellen over het standbeeld. Vragen zoals: *'Wat ben je eigenlijk met meneer Brinkley aan het doen, Kent?'*

Hij begon met hernieuwde moed aan de lugubere klus. Hij pakte meneer Brinkley bij zijn polsen en trok hard. Het lijk floepte uit de kist en gleed als een stijve vis over de laadvloer. Hij trok het lichaam half uit de laadbak voor hij hem bij zijn middel beetpakte. De gedachte aan het gat in meneer Brinkleys maag deed hem aarzelen. Hij had hem in het plastic moeten rollen.

Het plastic! Dat had hij bij de kist laten liggen. Het lichaam in de achterbak van de Lexus dumpen zonder het af te dekken, zou weer typisch iets zijn voor een crimineel uit Stupid Street. Als de forensische experts ooit de neiging kregen om daar te gaan zoeken, zouden ze een topdag hebben. Kent schoof het lichaam terug in de truck, greep het plastic en spreidde het uit in de kofferbak, waarbij hij de ene kant over de rand hing. Hij pakte Brinkley bij de polsen beet en rukte het naakte lichaam weer naar buiten.

In een enkele beweging, weigerend om erover na te denken wat het gat in de maag met zijn overhemd zou doen, trok Kent het lijk over zijn schouder, draaide zich een kwartslag en liet meneer Brinkley in de kofferbak vallen. Het lijk klapte met een luide bons op zijn rug. Aan het geluid te horen, zou het hoofd zo een deuk in het metaal hebben kunnen veroorzaken, maar er lag plastic onder, dus er zou geen bloed aan de auto komen. En trouwens, dode lichamen bloedden niet.

Het zweet droop van Kents voorhoofd en spetterde op het plastic. Hij keek om zich heen en hijgde net zo hard van walging als van de inspanning. De nacht bleef koel en stil. De geluiden van een verafgelegen snelweg zoemden in zijn kloppende oren, maar er waren nergens sirenes of helikopters of politieauto's met zwaailichten of andere bedreigende dingen te bespeuren. Behalve dan natuurlijk het lichaam dat in zijn achterbak lag.

Hij duwde snel de benen naar binnen en zorgde er nauwkeurig voor dat ze de auto niet raakten. De benen piepten en knapten en hij vroeg zich af of dat gewrichten of botten waren. Het moesten de gewrichten wel zijn. Botten zouden nooit zo gemakkelijk breken.

De twee koude grijze ogen staarden hem nog steeds aan. Het leek erop dat de neus de klap had opgevangen bij zijn val op de laadvloer. Kant gooide met een ruk het zwarte plastic over het lijk heen en sloot de kofferbak.

Dan zat hij nog met de kist. Maar op dat probleem had hij zich voorbereid. Hij haalde een deken van de achterbank, trok hem over de auto, haalde de multiplex kist uit de Iveco en bond hem met een enkel touw vast op het dak van de Lexus. Dat kwam niet zo krap – hij hoefde er niet ver mee.

Hij ruimde vlug de truck op, deed voor de laatste keer de roldeur dicht en reed weg, zijn route nog steeds alleen verlicht door de maan. Hij gooide de kist in een lege opslagcontainer, twee stuks verderop van degene waarin hij de Lexus de avond ervoor had geparkeerd. Mocht er ooit nog iemand die container gebruiken, zou hij alleen maar een kist vinden waar een zwerver in geslapen zou kunnen hebben.

Tegen de tijd dat Kent de snelweg bereikte, was het bijna negen uur 's avonds. Tegen de tijd dat hij de eerste keer langs de bank reed, was het bijna tien uur. Hij maakte zichzelf wijs dat hij er een keer langsreed om te kijken of het terrein was verlaten, maar in werkelijkheid begon hij aan het hele plan te twijfelen toen hij het bankgebouw vanuit de verte zag en tegen de tijd dat hij de parkeerplaats bereikte, hadden zijn *eigen* armen zo ongeveer last van lijkstijfheid. Hij kreeg simpelweg het stuur niet omgedraaid.

Een witte maan scheen als een zoeklicht tussen de donkere wolken op hem neer. De bank stak duister af tegen de wolken. De straten waren bijna verlaten, maar iedere auto die voorbij reed, leek op de Lexus te letten. Kent beeldde zich in dat dat kwam doordat het lijk van meneer Brinkley achter de auto aan sleepte, zijn ene arm tussen de achterklep en de kofferbak geklemd. Of misschien hing er wel een arm uit de auto. Hij haalde diep adem om zichzelf te kalmeren. Nee, er sleepte niets achter hem aan. En dat van die arm was ook belachelijk. De klep zou niet zijn dichtgegaan wanneer er iets als een arm had uitgestoken. Haar misschien? Kent gluurde in de achteruitkijkspiegel, maar zag niets flapperen in de rijwind.

'Houd jezelf in de hand, man!' grauwde hij. 'Je stelt je aan als een imbeciel!'

Kent bleef drie blokken rechtdoor rijden voor hij een zijstraat inschoot om te keren. De tegenwerpingen schreeuwden hem nu toe. De truck – dat was niets geweest. Het lijk stelen – eitje. Dit, *dit* was waar alles om draaide. Alleen een complete imbeciel zou dit echt proberen. Of iemand die sowieso verder niets meer had om voor te leven. Want dit overhoop halen zou wel eens zijn dood kunnen betekenen. *Dat weet je heel goed, nietwaar, Kent? Je zou vannacht kunnen sterven. Net als Spencer.*

Zijn leren stuur werd glad van het zweet en hij vroeg zich af of de rechercheurs dat ook zouden vinden. Hij zou ook het zweet van de stoel moeten vegen. Hij wilde niet dat de een of andere ambitieuze wijsneus zou concluderen dat hij was gearriveerd in een staat van opperste stress, waarbij hij hele emmers zweet over de stoel had gelekt. Maar aan de andere kant, hij had zijn vrouw en zijn kind verloren; hij had alle reden om gestrest te zijn.

Kent naderde de bank van de achterkant en parkeerde achter op het terrein, in de buurt van de steeg. *Oké, ouwe jongen, rustig nu. Je loopt daar gewoon even naar binnen om een kijkje te nemen. Je komt hier bijna iedere dag 's avonds. Niets ongebruikelijks. Je hebt nog steeds niets verkeerd gedaan. Niet veel dan.*

Kent haalde een keer diep adem, stapte uit de auto, zijn koffertje in de hand, en liep naar de achteringang. Zijn hand beefde verschrikkelijk toen hij de sleutel in het slot stak. Wat als ze er een ander slot in hadden gezet? Maar dat hadden ze niet. De deur ging soepel open en hij hoorde een zacht tjirpen. Het alarm.

Hij stapte naar binnen en toetste zijn code in. Nu wist het beveiligingsbedrijf dat Kent Anthony zondagavond om vijf over tien het gebouw had betreden via de achterdeur. Maakte niet uit – dat maakte onderdeel uit van de hele poppenkast. De achterste kantoren werden niet door bewakingscamera's in de gaten gehouden, zoals de rest van de bank. Hij was daar zo vrij als een vogeltje.

Kent liep door de donkere gangen, alleen verlicht door de groene nooduitganglampen. Zijn kantoor zag er nog precies uit zoals hij het had achtergelaten, onaangeraakt en stil, op het suizen van zijn computer na dan. De exotische vis zwom loom zijn rondjes, rode lampjes gloeiden op in het donker en zijn leren stoel stond als een zwarte schaduw voor de beeldschermen. Kents handen beefden.

Hij deed het licht aan en kneep zijn ogen tot spleetjes. Beetje fel. Hij zette zijn koffertje op het bureau en liet afwezig zijn vingers knakken. Kent schatte dat hij vijf uur nodig had om dit voor elkaar te krijgen. De eerste vier uur zouden relatief simpel zijn. Gewoon het AFPS binnenwandelen via ROOSTER, het kleine BANDIT-programma inschakelen dat hij de laatste drie weken had zitten perfectioneren en dan vertrekken. Maar dat laatste bezorgde hem nu juist de kriebels.

Kent liep een laatste keer door de gangen om zich ervan te vergewissen dat hij inderdaad de enige aanwezige was, en toen was het opeens nu-of-nooit tijd en hij beende terug naar zijn kantoor met de wetenschap dat het *nu* moest zijn, omdat het er anders *nooit* meer van zou komen.

Het is oké, jongen. Je hebt nog niets misdaan. Nog niet.

Hij haalde een floppy uit zijn koffertje, liet die in de floppydrive glijden, haalde nog een laatste keer diep adem en begon op zijn toetsenbord te timmeren. Er kwamen menu's tot leven en verdwenen dan weer, het ene na het andere, een diaserie van rood, blauw en geel. Hij haalde ROOSTER tevoorschijn en klikte die zonder aarzelen aan. Toen zat hij in het AFPS, via de verborgen link van ROOSTER, als een geest die zijn gang kon gaan zonder dat de stervelingen het in de gaten hadden.

Hij wist wat hij ging doen. Hij ging twintig miljoen dollar confisqueren. En twintig miljoen dollar stelen betekende nu alleen nog maar een paar toetsen indrukken.

Hij staarde een minuut lang naar het bekende scherm met programmeercode, zijn bevende vingertoppen licht op de toetsen rustend, terwijl zijn hart in zijn oren klopte.

Het is oké, jongen. Je hebt nog niets...

Tja, maar ik sta op het punt om dat wel te doen.

Hij tikte op zijn toetsenbord.

RUN a:\BANDIT.

Doe het dan. Doe het nou.

Hij slikte moeizaam en liet de ENTER knop los. De floppy begon te pruttelen, de harde schijf zoemde, het scherm werd even een paar seconden zwart en Kent hield zijn adem in.

Er verschenen hele rijen getallen op het scherm, die in een waanzinnige reeks opdoken en weer verdwenen. Het leek net een meter op een benzinepomp die doldraaide. De zoektocht was begonnen. Kent leunde achterover en vouwde zijn handen achter zijn hoofd, kijkend naar de hypnotiserende getallen.

Het programma werkte eigenlijk heel eenvoudig. Het zocht systematisch het hele elektronische geldverkeer van de banken af naar overboekingen. Voorbeeld: Sally, een klant van de Norwest bank, gebruikt haar pinpas in een tappenflap van Wells Cargo en wordt $1,20 in rekening gebracht voor de interbancaire overschrijving. Dat bedrag wordt automatisch van haar rekening afgeschreven. Sally krijgt haar afrekeningen, ziet de één dollar twintig staan, vindt dat zoals gewoonlijk afzetterij en denkt er verder niet meer aan. Zaak gesloten. Trekt Sally die $1,20 in twijfel? Nee. BANDIT zou naar honderd miljoen van die rekeningen zoeken en twintig cent toevoegen aan het bedrag dat de gastbank berekende, waarna Kent er die twintig cent van zou afromen en ze via een labyrint van al aangemaakte rekeningen zou zoekmaken. In Sally's geval zou noch Norwest, noch Wells Fargo worden benadeeld. Ze zouden berekenen én krijgen wat ze verwachtten: $1,20. Sally zou twintig cent extra kwijt zijn, omdat er $1,40 op haar afschrift zou verschijnen.

Maar stel nu dat Sally een zeur zou zijn en op hoge poten de bank zou opbellen. Dan zoekt de bank de rekening op in de computer. BANDIT identificeert onmiddellijk de zoekactie, stuurt een huurmoordenaar naar Sally's huis en die schiet haar dan overhoop.

Kent knipperde met zijn ogen. De getallen op het scherm bleven maar doorratelen.

Oké, het zou een beetje anders gaan. BANDIT zou Sally gewoon haar zuurverdiende twintig cent terugbetalen. Maar juist hierin, in het programma dat Kent had ontwikkeld om Sally haar geld terug te geven, bleek zijn briljantheid. Want BANDIT zou niet alleen zonder klagen het geld retourneren en zich verontschuldigen voor de blunder. Te veel blunders zouden argwaan wekken en dat was precies wat Kent niet wilde. In plaats daarvan handelde BANDIT als een virus dat zichzelf wiste, eentje die de zoektocht in Sally's bankrekening opspoorde en de twintig cent terugboekte *voor* de details van Sally's rekening op het beeldscherm van de bankmedewerker verschenen. Tegen de tijd dat de bankmedewerker Sally's gegevens op het scherm zou hebben staan, zou te zien zijn dat de bank maar $1,20 in rekening had gebracht. De computer zou gelijk daarna een mededeling oprispen over een interne, zelfcorrigerende fout en dat was dan dat. In werkelijkheid zou er nu en dan nog wat verder worden gezocht, maar ze zouden niets vinden. Dankzij het AFPS zouden de transacties weggesluisd worden via de achterdeur en zouden hun sporen netjes worden gewist. Normaal gesproken liet iemand die het AFPS gebruikte natuurlijk sporen na bij iedere toets die hij intikte.

Normaal gesproken. Maar natuurlijk niet met ROOSTER.

Hoe dan ook, het maakte niet echt uit. Het laatste uur van deze hele operatie zou bestaan uit het wissen van alles. In de tussentijd had hij een ontbindend lijk in zijn achterbak liggen. Kent liet de computer zijn werk doen, terwijl hij op zijn nagels kauwde en door zijn kantoor ijsbeerde. Hoeveel zweet hij tijdens die eerste drie uur verloor, wist hij niet, maar zijn overhemd was doorweekt.

Het kostte het programma drie uur en drieënveertig minuten om zijn slachtoffers te vinden. De klok aan de muur van zijn kantoor vertelde hem dat het twaalf voor twee 's nachts was toen het programma hem uiteindelijk vroeg of hij wilde doorgaan – of hij dit enorme geldbedrag naar zijn eigen rekeningen wilde sluizen en aan zijn vlucht wilde beginnen bij de lange armen van het Amerikaanse juridische systeem vandaan. Nou ja, niet in zoveel woorden dan. Er stond eigenlijk maar één woord op het scherm en dat was: TRANSFER? J/N. Maar hij wist wat het programma in werkelijkheid vroeg met dat ene simpele woord, want hij had dat woord geschreven.

Zijn hand zweefde boven de J die de rekeningen zou veranderen en het geld zou wegsluizen – een proces dat ruwweg een minuut of dertig in beslag zou nemen. Hij drukte de toets in, zich bewust van de gevolgen die dat had. De vraag verdween van het scherm en werd vervangen door een enkel woord dat aan en uit floepte: PROCESSING.

Kent schoof zijn stoel naar achteren en liet de computer zijn werk doen. *Oké, BANDIT, steel de boel maar leeg.* Zijn hart klopte twee keer zo snel als normaal en weigerde te kalmeren. En dan moest hij nog steeds aan de gang met dat klamme lijk.

Kent ging weer naar buiten en liep naar de Lexus, zenuwachtig om zich heen kijkend naar insluipers. Heel ironisch dat *hij* eigenlijk de insluiper was. Hij gooide de achterklep open en haalde snel het plastic van meneer Brinkleys lijf. Hij moest nu snel zijn. Het schoot niet op als een toevallige voorbijganger hem met een lijk zou zien slepen. De auto in de steeg zetten zou een stuk gemakkelijker zijn geweest, maar dat zou ook sporen hebben achtergelaten die daar niet hoorden. Eén van die Stupid Street vergissingen.

Het lijk staarde met zijn wijd openstaande grauwe ogen naar de maan en Kent voelde een rilling langs zijn rug lopen. Hij stak zijn handen uit, haalde diep adem, sloeg zijn armen om de koude torso en gaf een ruk. Het lichaam kwam eruit als een opgezwollen zak graan en Kent wankelde onder het gewicht. Het hoofd bonkte tegen de achterbumper en het scheelde niet veel of er was een stuk huid op het asfalt achtergebleven en dat zou weer problemen hebben gegeven.

Schiet op, man! Schiet op!

Kent hees het lichaam op en wist het in zijn armen te krijgen. Hij struikelde de steeg in en probeerde de inhoud van zijn maag te houden waar die thuishoorde. Als hij vandaag meer had gegeten, zou het er zo uit zijn gekomen terwijl hij door de steeg strompelde, zijn ogen half gesloten om te voorkomen dat hij zou zien wat er in zijn armen lag. Meneer Brinkley hobbelde op en neer, achterwerk in de lucht.

Het lijk gleed één keer bijna uit zijn handen, maar hij ving dat op door zijn knie omhoog te steken. Maar hij was zijn greep een beetje kwijt en moest de laatste paar meter rennen voor de vis helemaal uit zijn handen zou glijden.

De achterdeur zorgde voor een nieuwe uitdaging. Daar stond hij dan, gebogen onder het gewicht van het dode lichaam, in de wetenschap dat als het lijk viel, dat bewijs zou achterlaten.

Het probleem was dat zijn handen al trilden van de moeite die hij moest doen om meneer Brinkley vast te blijven houden en de deur zat dicht. Hij zou het lijk op zijn schouders moeten krijgen, zodat hij een hand vrij had.

'O, man!' Hij fluisterde het nu hoorbaar. 'O, man-o-man!' De woorden echoden spookachtig door de steeg.

Het kostte drie paniekerige pogingen om het naakte lichaam ter hoogte van zijn hoofd te krijgen en tegen de tijd dat hij het eindelijk voor elkaar had gekregen om er een schouder onder te zetten, hijgde hij als een verkouden walvis. Het lichaam voelde zacht aan op zijn schouder en visioenen van het gat in de maag vulden zijn gedachten. Maar het ventieltje van meneer Brinkley hing tegen zijn oor en dat besef bracht hem weer in beweging.

Kent opende de deur en strompelde naar binnen, onderwijl worstelend met de rillingen die over zijn lichaam liepen. De gedachte dat hij die deurknop zou moeten schoonvegen, plantte zich diep in zijn hersens. Hij had dood vlees aan zijn handen.

Hij rende zo goed en zo kwaad als dat ging naar zijn kantoor, met het lijk bonkend op zijn schouder. Hij gromde van de inspanning, maar goed, er was toch niemand in de buurt die het zou horen.

Hij tilde het lichaam van zijn schouder op het moment dat hij zijn kantoor binnenstruikelde. Het viel met een ziekmakende bons op het grijze tapijt. Kent rilde en duwde de deur dicht. Zijn gezicht was bijna verkrampt van de walgende blik die erop lag en hij beende heen en weer langs het lichaam, in een poging zichzelf weer onder controle te krijgen.

Aan zijn rechterkant maakte een van de beeldschermen duidelijk dat de computer nog steeds met zijn verachtelijke daad bezig was.

PROCESSING... PROCESSING... PROCESSING...

Hij had frisse lucht nodig. Kent rende weer naar buiten en liep naar zijn auto, blij met de koele wind tegen zijn met zweet doordrenkte overhemd. Hij pakte een groen met rode kartonnen doos van zijn achterbank, waar nog maar twee weken geleden twaalf flessen tequila in hadden gezeten, en ruimde voorzichtig de achterbak op. Tevreden dat de Lexus geen stoffelijke bewijzen van het lichaam bevatte, propte hij het plastic in de doos en liep naar een aantal pijpen met afsluiters die halverwege de steeg uit het beton staken. De kleinste afsluiter was van de sprinklerinstallatie van het gebouw. Hij draaide aan het stalen wieltje, waardoor de pijp werd afgesloten.

Kent haalde een paar hardloopschoenen uit de doos en verruilde die voor de schoenen die hij aanhad. Een paar keer door de steeg stampen zorgde ervoor dat ze afdrukken achterlieten. Bewijs. Hij veegde de achterdeurknop zorgvuldig schoon en liep de bank weer binnen.

Het lichaam lag met zijn gezicht omhoog, naakt en bleekjes. Hij huiverde. De computer was nog steeds bezig. PROCESSING... PROCESSING... PROCESSING...

Kent deed zijn kleren uit tot hij alleen zijn hardloopschoenen nog maar aan had. Hij wilde meneer Brinkley aankleden, maar besloot al snel dat hij niet naakt in dezelfde ruimte wilde verkeren met een naakte dode man. Oké, hij zou doen wat nodig was om zijn plan te laten slagen, maar naakt over een naakt lijk gebogen staan, ging hem toch wat te ver. Hij zou zich eerst aankleden. Hij pakte een spijkerbroek en een wit T-shirt uit de kartonnen doos en trok die aan. Daarna begon hij het lijk aan te kleden.

Bij het aankleden van een lijk kon je maar beter voortvarend te werk gaan – anders lukte het gewoon niet. Het hielp dat het lichaam enigszins stijf was, maar het dode gewicht bleef. Hij wist eerst zijn witte boxershort bij Brinkley aan te krijgen, terwijl hij de hele tijd zijn adem wist in te houden. Opgelucht worstelde hij met de lange broek, waarbij hij het lijk omrolde en de broek omhoog sjorde. Hij was bijna klaar met het overhemd toen zijn computer door een geluidssignaal liet merken dat er iets aan de hand was.

Kent keek met een ruk omhoog. TAAK UITGEVOERD, stond er op het scherm. $20.000.000,00 OVERGEMAAKT.

Er ging een rilling door hem heen. Hij ging verder met het aankleden van het dode lichaam en rukte er nu aan. Zijn horloge ging om de pols en zijn schoenen en sokken aan de voeten.

Met een tevreden gevoel trok hij de floppy uit de computer en sloot het programma af. Er vloog een kortstondige gedachte door zijn hoofd – de gedachte dat hij zojuist twintig miljoen dollar had overgemaakt naar zijn privérekeningen. De gedachte dat hij nu erg rijk was. Niet te geloven!

Maar de overweldigende noodzaak om ongezien te vluchten verdrong die gedachte weer. Hij gooide ongeveer de helft van de inhoud van zijn koffertje in de tequiladoos. De helft die bewijs voor zijn misdaad zou leveren. Wat in zijn koffertje achterbleef, vertegenwoordigde het werk van een toegewijd programmeur, inclusief een notitie voor zichzelf dat hij Borst maandagmorgen moest aanschieten over iets waarmee ze de efficiëntie op de afdeling konden verbeteren. Jazeker, laat ze maar zien dat hij absoluut van plan was om op maandagmorgen weer aan de slag te gaan, na een dagje vissen en een avondje extra werken.

Kent trok het lijk, dat nu helemaal gekleed was in zijn kleren, omhoog naar een staande positie, zodat hij tegen de bureaustoel leunde als de een of andere pop uit een wassenbeeldenmuseum. Leve de lijkstijfheid. Hij zag dat hij het overhemd verkeerd had vastgeknoopt en dat de broek aan de ene kant veel te hoog was opgetrokken. Meneer Brinkley leek zo net een computernerd die kortsluiting had gehad in zijn pacemaker. Maar dat was allemaal niet belangrijk.

Het lijk staarde met wijd open ogen naar de poster van het witte jacht. Nu Kent erover nadacht, had hij die grote ogen moeten sluiten zoals hij ze op televisie wel eens had zien doen.

Hij liep achteruit naar de deur, bekeek zijn werk en trok het negen millimeter semi-automatische pistool dat oom Jerry hem had gegeven uit de doos.

Hij hief het pistool op. Wanneer hij eenmaal de trekker had overgehaald, zou hij ervandoor moeten gaan. Geen idee tot hoever het te horen zou zijn.

Maar meneer Brinkley gleed plotseling zijwaarts weg en viel op de grond, stijf als een plank.

Kent vloekte en boog zich over het lijk heen. Hij trok meneer Brinkley overeind en zette hem weer op zijn plek. 'Blijf staan, rotte vis,' mompelde hij tussen opeengeklemde kaken door. 'Je zult staand sterven, of je het nu leuk vindt of niet.'

Hij zette zich schrap en het wapen schokte in zijn hand. *Beng!* Door de terugslag vloog het wapen bijna uit zijn hand. Half in paniek vuurde hij snel achter elkaar nog twee keer in het lichaam – *Beng! Beng!* Het lijk stond nog steeds rechtop en staarde dom voor zich uit, zich niet bewust van de kogels die zich zojuist in zijn koude vlees hadden begraven.

Kent slikte moeizaam en haalde een jerrycan uit de doos. Hij gaf meneer Brinkley een duwtje en die gleed languit op de grond. Hij goot de licht ontvlambare mix over het lijk en doordrenkte daarna het omringende tapijt ermee. Daarna keek hij het kantoor nog een laatste keer rond, pakte de doos en liep toen achteruit naar de deur.

Kent had het gevoel, net voor hij de lucifer naar het doorzeefde lijk gooide, dat hij hier over het randje ging, zo de een of andere afgrond in. Hij streek de lucifer af en keek ernaar. Waar was hij in vredesnaam mee bezig? Hij zette de puntjes op de i van de perfecte misdaad, dáár was hij mee bezig. Hij was bezig Kent Anthony te vermoorden. Hij ging Gloria en Spencer gezelschap houden, twee meter onder de grond. Dat was tenminste het plan en het was een briljant plan.

Kent liep de gang en gooide de lucifer zijn kantoor in.

Vvvvomp!

De luchtverplaatsing knalde hem de gang in en haalde hem onderuit. Hij krabbelde weer op zijn voeten en staarde ongelovig naar de vlammenzee. Een muur van oranje vlammen likte aan het plafond en produceerde dikke zwarte rook. Het hele kantoor stond in brand. Meneer Brinkleys lichaam lag als een haardblok met de rest mee te branden. De ontvlambare vloeistof werkte zoals in de reclame werd aangeprezen. Dit lijk zou goed branden. *Brand maar lekker af, jongen. Goed zo!*

Toen ontvluchtte Kent de bank. Hij knalde de buitendeur open, de tequiladoos in zijn handen. Zijn hart ging als een razende tekeer. De Lexus stond links om de hoek geparkeerd. Hij sloeg af naar rechts. Hij zou de auto niet meer nodig hebben. Nooit meer.

Hij was al drie blokken verderop voor hij de eerste sirene hoorde. Hij vertraagde bij een vuilcontainer, borg het pistool op en ontdeed zich van de doos. Achter hem kolkte grijze rook de nachtelijke lucht in. Hij wist dat de oude houten constructie van het gebouw goed zou branden, maar had niet vermoed dat het vuur zich zo snel zou verspreiden.

Kent keek vier blokken later achterom, zonder ook maar met zijn ogen te knipperen. De wolkenlucht werd nu verlicht door een oranje gloed. Een verwonderd glimlachje speelde over zijn gezicht. Sirenes gilden door het duister. Vijf minuten liep hij het busstation tussen Harmon en Wilson binnen, haalde de sleutel van kluisje 234 tevoorschijn en pakte daar een oude, versleten koffer uit. In de koffer zat elfduizend dollar in briefjes van twintig – reiskosten – een buskaartje, een deoroller, een tandenborstel met wat tandpasta en een paspoort met zijn nieuwe naam. Dat was alles wat hij op dit moment bezat. Dat en enkele tientallen bankrekeningen waar bij elkaar twintig miljoen dollar opstond.

Toen liep Kent de straat weer op en verdween in de nacht.

29

Acht dagen later

Helen bracht twee glazen ijsthee naar haar woonkamer en gaf er één aan dominee Madison. Terugkeren naar haar eigen huis was een van de kleine zegeningen in de gebeurtenissen van de afgelopen dagen. Het had geen zin daar te blijven nu Kent weg was.

'Dank je, Helen. Dus...'

'Dus,' herhaalde ze.

'Dus de conclusie van de politie was dat het vuur het resultaat was van een inbreker die ze niet allemaal op een rijtje had. Heb je dit verhaal gelezen?'

vroeg hij, toen hij de *Denver Post* in de lucht hield.
'Ja, die heb ik gezien.'
Haar voorganger ging hoe dan ook verder. 'Ze zeggen dat bewijsstukken die op de plaats van het misdrijf zijn gevonden, aantonen dat er een tweede partij in het spel was – waarschijnlijk een inbreker. Er wordt aangenomen dat die vent erachter kwam dat de achterdeur open was en dat hij naar binnen is gegaan in de hoop wat contant geld te vinden. Helaas was Kent daar op dat moment. Hij zat nog te werken, iets wat niet ongebruikelijk voor hem was. Hier staat: "De zesendertig jaar oude programmeur stond erom bekend dat hij op de meest vreemde tijden werkte, vaak ook 's nachts."'
'Hmm,' reageerde Helen.
'Er staat hier dat de onderzoekers er van uitgaan dat de inbreker over Kent is gestruikeld, in paniek is geraakt en hem heeft doodgeschoten. Daarna is hij weer teruggekeerd en heeft hij de hele tent in de fik gestoken – waarschijnlijk in een poging bewijs van zijn aanwezigheid te vernietigen. Hij is nog steeds op de vlucht en de zoektocht gaat door. De FBI heeft op dit moment geen verdachten. Er is niet echt iets gestolen... Ze schatten de brandschade op drie miljoen dollar, een fractie van wat het had kunnen kosten als de brandweer niet zo snel had ingegrepen.' Hij liet de krant zakken en nam een slokje van zijn thee.
'En natuurlijk weten we het vervolg. De begrafenis is nog maar net achter de rug.'
Helen reageerde niet. Er was niet zo veel meer te zeggen. Het ging haar pet te boven. Ze dreef nu op het soort geloof waarvan ze niet voor mogelijk had gehouden dat het bestond.
'Wat gaat er met zijn eigendommen gebeuren?' vroeg Bill.
'Volgens zijn testament gaat alles naar Gloria en Spencer. Ik denk dat het nu naar de staat gaat – ik weet het niet en eerlijk gezegd kan het me ook niet schelen. Van wat ik heb gezien, heb je toch niets aan zijn spullen in het hiernamaals.'
Hij knikte en nam nog een slok. Ze bleven zo even in stilte zitten.
'Ik zal je vertellen, Helen, dat dit me bijna te veel wordt.'
'Ik weet het. Het lijkt moeilijk, nietwaar?'
Bill liet zijn hoofd achterover zakken en ze wist dat hij zijn frustratie de vrije loop liet. 'Nee, Helen. Dit *lijkt* niet moeilijk. Niet alles *lijkt* dit of dat. Dit *is* gewoon moeilijk, oké?' Hij schoof ongemakkelijk heen en weer. 'Ik bedoel, eerst sterft de vrouw van Kent aan de een of andere vreselijke ziekte en dat

was pech. Ik begrijp dat dat soort dingen gebeuren. Maar dan wordt zijn zoon gedood bij een raar ongeval. En we hebben nauwelijks de graven dichtgegooid en nu wordt *hij* vermoord bij een vreemdsoortige overval. Dat is al vreemd zat, nietwaar? Maar nee, hoor. In de tussentijd loop jij, de moeder, de grootmoeder en de schoonmoeder, rond te wandelen – letterlijk zelfs – en praat maar over een strijd in de hemelse gewesten. Eén of ander groots plan dat het begrip van de mens overstijgt. En met wat voor resultaat? Ze zijn allemaal dood! Je hele familie is dood, Helen!'

'Wat je ziet is niet altijd...'

'...wat het lijkt,' maakte Bill haar zin af. 'Ik weet het. Dat heb je me al honderdduizend keer verteld. Maar soms is wat je ziet *wel* wat het lijkt te zijn! Gloria *lijkt* dood te zijn. En weet je? Ze *is* dood!'

'Je hoeft niet zo uit de hoogte te doen, jongeman.' Helen glimlachte vriendelijk. 'En in werkelijkheid is ze nu meer levend dan dood, dus zelfs daarmee zit je ernaast. Praktisch gezien zou je wel eens gelijk kunnen hebben, maar het koninkrijk van de hemelen is niet iets wat het gros van de mensen de praktijk zou noemen. Integendeel. Heb je ooit deze woorden van Christus gelezen? "Neemt iemand u uw mantel af, laat hem ook het hemd nemen." Doe je dat wel eens, Bill? "Als uw oog u tot zonde verleidt, ruk het uit." Heb je de laatste tijd nog wel eens iemand gezien die zijn televisie aan diggelen sloeg, Bill? "Een ieder die niet zijn kruis opneemt" -dat is de dood, Bill- "en Mij volgt, is Mij niet waardig... Laat de doden hun doden begraven." En God heeft deze woorden gesproken als een richtlijn om naar te leven.'

'Maar ik heb het nu niet over de dingen die Christus leerde. Ik heb het nu over mensen die zonder duidelijke reden sterven.'

Helen keek hem diep in de ogen. Ze voelde medelijden, maar wist niet precies waarom. Het was een goede vent. Hij had alleen nog niet gezien wat er te zien was. 'Nou, ik praat *wel* over de dingen die Christus leerde, Bill. En daarin werd, ook al vind je het niks, ook over de dood gesproken. Zijn eigen dood. De martelaarsdood. De dood van degenen op wiens bloed de kerk is gebouwd.' Ze keek weg en plotseling schoten honderden beelden uit haar eigen verleden door haar hoofd. Ze moest iets wegslikken. 'De reden die jij zoekt, bevindt zich hier, dominee van me.' Ze zwaaide langzaam met haar hand door de lucht. 'Om ons heen. We zien het alleen vaak niet zo duidelijk en wanneer we dat wel doen, is het minder vaak dan we zouden willen. We hebben het zo druk met ons leven vol geluk te proppen, dat we het zicht op God verliezen. En dan maken we onze eigen God.'

'God is een God van blijdschap en vrede en geluk,' wierp hij tegen.
'Ja, maar onze Meester dacht niet aan soaps die je aan het lachen maken, of prettige samenkomsten over hoe geweldig de smalle weg in werkelijkheid is. Wat is puur, Bill? Of voortreffelijk of bewonderenswaardig? De dood van een miljoen mensen in de Grote Vloed? God dacht duidelijk van wel. Hij is niet in staat dingen te doen die niet bewonderenswaardig zijn en *Hij* was degene die de Grote Vloed over de aarde bracht. En hoe zit het met het afslachten van de kinderen in Jericho? Er zijn maar een paar bijbelverhalen die wat minder verschrikkelijk zijn en waar wat meer blijdschap in voorkomt. We laten graag het verschrikkelijke gedeelte weg, maar dan wordt de blijdschap erin alleen maar een slap aftreksel van wat het zou moeten zijn.' Ze keek weer van hem weg en verschoof haar blik naar het schilderij van de gekruisigde Jezus.
'We worden aangemoedigd om te *delen* in het lijden van Christus en niet net te doen alsof dat iets is waarbij je je gelukkig moet voelen. "Doe dit tot Mijn gedachtenis. Dit is Mijn lichaam. Dit is Mijn bloed," zei Hij. En niet dat je tot Zijn gedachtenis een paashaaspak moet huren en naar chocolade eieren moet gaan zoeken. Er is ons verteld dat we over de Bijbel moeten *nadenken*. Zelfs over de helft die gaat over de consequenties van het kwaad en de overwinning over Jericho en dergelijke. En niet doen alsof onze God sinds de tijd van Christus opeens veranderd zou zijn. Het is duidelijk dat Paulus' ideeën over wat bewonderenswaardig en goed is, nogal verschillen van die van ons. We hebben de overwinning van God belachelijk gemaakt door de vijand te vergoelijken om maar door onze buren te worden geaccepteerd.'
Hij knipperde met zijn ogen en haalde diep adem. 'Zie je me dat al van de kansel preken? Ik denk dat een groot gedeelte van de gemeente een hartverzakking krijgt.' Hij liet zijn hoofd hangen, maar zijn kaakspieren stonden gespannen, zag ze. Plotseling schoten die beelden uit haar verleden weer door haar gedachten en ze sloot kort haar ogen. Ze moest het hem maar vertellen, bedacht ze.
'Laat me je een verhaal vertellen, Bill. Een verhaal over een man van God zoals ik er nog nooit één ben tegengekomen. Een soldaat. Hij was *mijn* soldaat.' Nu begonnen de emoties haar te overspoelen en ze merkte dat haar handen beefden. 'Hij kwam uit Servië, voor hij naar de Verenigde Staten verhuisde. Hij vocht in de oorlog daar met een klein team commando's. Hij diende onder een luitenant, een *verschrikkelijke* vent.' Ze rilde toen ze het zei. 'Een Godhater die met de duivel sliep.'
Ze moest even stoppen met haar verhaal. De herinneringen kwamen te snel,

met te veel intensiteit, en ze deed een schietgebedje. *Vader, vergeef me.* Ze wierp een blik op de rode fles in de 'hut', een roep uit het verleden. Vanuit haar ooghoeken zag ze dat Bill haar zat aan te staren.

'Hoe dan ook, ze liepen op zekere dag een bepaald dorpje in. De commandant leidde hen rechtstreeks naar de kerk in het centrum. De soldaat zag aan de luitenant dat hij wrede bedoelingen had. En dat was nog zwak uitgedrukt.' Ze slikte moeizaam en vervolgde haar verhaal. 'De commandant liet hen de mensen uit het dorp verzamelen, een stuk of honderd, denk ik, en toen begon hij met zijn spelletjes.' Helen keek weer naar het kruis. 'De priester was een Godvrezende man. De spelletjes die de commandant met de priester deed, waren gruwelijk, alleen maar om hem Christus te laten verloochenen voor de ogen van het hele dorp. Het was zo erg dat ik er nauwelijks over kan praten, Bill. Ik zou er nog steeds uren om kunnen huilen...'

Er rolden tranen over haar wangen, die druppel voor druppel in haar schoot vielen.

'De soldaat was ontsteld door wat hij zag. Hij probeerde tevergeefs de luitenant een halt toe te roepen, waarbij hij bijna zijn eigen leven verloor. Maar ten slotte stierf de priester. Hij stierf als martelaar, uit liefde voor Christus. Er staat nu een monument voor hem in dat dorp. Het is een kruis op een grasperkje, met de inscriptie: "Geen grotere liefde dan een man die zijn leven inzet voor zijn vrienden." De dag na de dood van de priester verzamelden ze wat van zijn bloed en deden dat in verscheidene kristallen flesjes, zodat ze het niet zouden vergeten.'

Ze stond op en liep naar de kast. Alleen haar dochter wist hier maar van, maar het werd eens tijd dat anderen er ook van hoorden, nietwaar? Ja, het werd tijd dat ze ook *dit* zaad verspreidde. Haar ademhaling werd moeizaam toen ze de glazen deurtjes opendeed. Ze pakte het flesje voorzichtig vast en haalde het eruit. Hij was maar ietsje groter dan haar hand.

Helen keerde terug naar haar stoel en ging langzaam zitten. Haar hoofd tolde van de beelden. 'De soldaat ging de volgende dag terug naar het dorp om hun om vergeving te smeken. Ze gaven hem een van de flesjes dat was gevuld met het bloed van de martelaar.' Helen hield het flesje omhoog. '"Nooit verafgoden of aanbidden," zeiden ze tegen hem. Maar om hem te herinneren aan de prijs die voor zijn ziel was betaald.'

Het was natuurlijk niet het hele verhaal. Als Bill het hele verhaal zou horen, zou hij verdrinken in zijn eigen tranen, dacht ze. Want het hele verhaal was net zo goed *haar* verhaal als dat van de soldaat. Misschien zou ze het hem op

zekere dag vertellen.
'Die ervaring veranderde zijn leven radicaal,' zei ze terwijl ze naar Bill keek. Zijn ogen waren vochtig en hij staarde naar de vloer. 'En ten slotte veranderde het mijn leven en dat van Gloria en Spencer en zelfs dat van jou en van ontelbare anderen. En nu misschien dat van Kent. Maar weet je, het begon allemaal met de dood. De dood van Christus. De dood van de priester. Zonder dat zij zouden zijn gestorven, zou ik hier nu niet zijn. En jij ook niet, Bill. Dat is de manier waarop ik nu naar de wereld kijk.'
'Ja.' Hij knikte en raapte zijn gedachten bij elkaar. 'Jij ziet meer dan de meesten van ons.'
'Ik zie maar een klein beetje meer dan jij en dan voornamelijk door geloof. Denk je dat ik net zo kijk als God?'
Hij knipperde met zijn ogen, niet wetend of het de bedoeling was dat hij zou antwoorden.
'Je ziet me rondwandelen, verstoord, bezorgd, met een gefronst voorhoofd. Maar denk je dat dat op het gezicht van God zichtbaar is? Natuurlijk niet! Hij is ongetwijfeld woest om de zonde en Zijn hart doet pijn omdat mensen Zijn liefde afwijzen, maar buiten dat is Hij uitzinnig van vreugde. Ik zie alleen de zoom van zijn mantel en dan alleen nog maar nu en dan. De rest komt door geloof. We mogen dan verschillende gaven hebben, maar we hebben ongeveer allemaal hetzelfde geloof. Wij verschillen niet zoveel van elkaar, domineetje.'
Hij staarde haar aan. 'Dat soort dingen heb ik je nog nooit horen zeggen.'
'Dan had ik ze misschien eerder moeten zeggen.Vergeef me. Ik ben soms een beetje een ezel, weet je.'
Hij glimlachte naar haar. 'Maak je niet druk, Helen. Als jij een ezel bent, mag God van mij onze kerk vullen met duizend ezels.' Ze grinnikten.
Enkele minuten lang zaten ze daar alleen maar en dachten na. In hun glazen tinkelden nu en dan de ijsblokjes, maar verder werd de stilte niet verstoord. Helen neuriede een paar zinnen van 'Jesus, Lover of my soul' en staarde naar het veldje achter haar huis. De herfst zou niet al te lang meer op zich laten wachten. Hoe zou het lopen dan zijn?
'Loop je trouwens nog steeds?' Bill stelde de vraag alsof dat de echte reden voor zijn bezoek was geweest en hij er nu pas over wilde beginnen.
'Ja. Ja, dat doe ik nog steeds.'
'Het hele stuk?'
'Ja.'

‘Maar hoe dan? Ik dacht dat je wandelde en bad voor de ziel van Kent?’
‘Dat is nu juist het probleem. Dat is het punt waarop het een en ander niet lijkt te zijn wat het lijkt te zijn. Ik loop nog steeds, omdat ik niet het gevoel heb dat ik ermee moet stoppen en mijn benen nog steeds niet moe worden en ik nog steeds voor Kent wil bidden.’
‘Kent is dood, Helen.’
‘Daar lijkt het inderdaad op. Maar de hemelse gewesten zijn het daar volgens mij niet mee eens. De eerste dag na die brand ben ik gaan lopen om van mijn taak ontheven te worden. Dat was te verwachten, dacht ik. Maar dat gebeurde niet.’
Ze keek hem aan en zag dat hij zijn hoofd ongelovig een beetje scheef hield.
‘En dan heb je ook nog die droom. In mijn hoofd loopt er ’s nachts nog steeds iemand te rennen. Ik hoor nog steeds zijn ademhaling en het zachte bonzen van voeten door de tunnel. Het drama ontvouwt zich nog steeds, Bill.’
Bill wierp haar een vriendelijk glimlachje toe. ‘Kom op, Helen. Ik heb twee dagen geleden zelf met het hoofd van het onderzoek gesproken. Hij vertelde me heel duidelijk dat de lijkschouwer het lichaam had geïdentificeerd als Kent Anthony. Dezelfde lengte, hetzelfde gewicht, hetzelfde gebit, hetzelfde alles. De gegevens van de FBI bevestigden dat. Het lichaam dat we drie dagen geleden hebben begraven, was van Kent. Misschien heeft hij wel op de een of andere manier hulp nodig in het hiernamaals, maar hij bevindt zich niet langer hier op aarde.’
‘Hebben ze dan een autopsie gedaan?’
‘Een autopsie waarop? Op verkoolde beenderen?’
‘DNA?’
‘Kom op, Helen. Je gelooft toch zeker zelf niet... Luister, ik weet dat dit moeilijk voor je is. Weer zo’n verschrikkelijke tragedie. Maar denk je niet dat je nu een beetje te ver doordraaft?’
Haar ogen boorden zich in die van hem. ‘Dit heeft niets met tragedie te maken, jongeman. Loop ik wel of niet acht uur per dag zonder moe te worden?’
Hij antwoordde niet.
‘Is het een illusie, dat lopen van mij? Zeg dan.’
‘Natuurlijk is dat geen illusie, maar -’
‘Natuurlijk? Je klinkt behoorlijk zeker. Waarom laat God mijn benen zo bewegen, Bill? Heeft Hij een nieuwe manier uitgevonden om die kleine mensjes daar beneden te laten bewegen? “Hé, kijk, Gabriël. We kunnen ze ook gewoon opwinden en ze voor eeuwig laten rondlopen.” Nee? Waarom dan wél?’

'Helen...'
'Ik zal je dit vertellen, Bill. Dit is nog niet over. En ik bedoel niet alleen in de hemelse gewesten, maar ook niet hier op aarde. En omdat Kent het belangrijkste was in dit hele gebeuren, denk ik inderdaad dat hij niet dood hoeft te zijn.'
Ze keerde zich van hem af. Niet te geloven, moest je haar nu horen. Dat klonk absurd. Ze had zelf in de kist gekeken en de verschroeide beenderen gezien. 'En als je denkt dat ik het snap – vergeet dat maar. Ik durf zelfs niet te zeggen dat hij per se nog in leven moet zijn. Het is gewoon eenvoudiger om te *geloven* dat hij nog in leven is, gezien het feit dat ik nog steeds lange dagen voor hem loop te bidden.' Ze keek hem weer aan. 'Slaat dat ergens op?'
Bill Madison haalde diep adem en leunde achterover in zijn stoel. 'Tja, Helen.' Hij schudde zijn hoofd. 'Misschien wel.'
Ze zwegen weer een paar minuten en staarden in verschillende richtingen, verdwaald in hun gedachten. Zijn stem verbrak de stilte.
'Het is heel vreemd, Helen. Het is niet van deze aarde. Jouw geloof brengt me van mijn stuk. Jij geeft je leven aan onmogelijkheden.'
Ze keek op en zag dat zijn ogen gesloten waren. Er vormde zich een brok in haar keel. 'Het is het enige wat ik heb, Bill. Het is het enige wat Noach had, toen hij die onmogelijk kleine boot bouwde, terwijl iedereen hem uitlachte. Het is het enige wat Mozes had, toen hij zijn staf over de Rode Zee uitstak. Het is het enige wat Hosea en Simson en Paulus en Stefanus en ieder ander bijbels figuur had. Waarom zou het voor ons vandaag de dag anders zijn?'
Ze zag zijn adamsappel op en neer gaan. Hij knikte. 'Ik denk dat je gelijk hebt. En ik ben bang dat mijn geloof niet zo sterk is.'
Hij begon het te zien, dacht ze. En dat betekende dat zijn geloof sterker was dan hij zich realiseerde. Het kon wel een duwtje gebruiken. Ze had wel eens ergens gelezen dat arenden nooit zouden leren vliegen als hun moeder hen niet uit het nest duwde wanneer ze daar klaar voor waren. En zelfs dan begonnen ze nog in paniek aan een vrije val voor ze hun vleugels uitspreidden en vlogen.
Ja, misschien was het tijd dat deze voorganger een duwtje kreeg.
'Zou je meer willen zien dan je tot nu toe hebt gezien, Bill?'
'*Wat* zien?'
'De andere kant. Zien wat zich bevindt achter dat wat je nu ziet.'
Hij verstijfde een beetje. 'Wat bedoel je met *zien*? Ik kan niet zomaar een schakelaar omzetten en -'

‘Het is een eenvoudige vraag, Bill, echt. Wil je zien?’

‘Ja.’

‘En zou je bereid zijn een en ander een beetje los te laten?’

‘Ik denk van wel, hoewel ik niet weet hoe je iets moet loslaten wat je niet kunt zien.’

‘Vergeet even hoe belangrijk je bent. Zet je kortzichtigheid even opzij. Open je hart maar voor één ding. Voor God. Hoe Hij er ook voor kiest Zich te openbaren, wat je er ook van mag denken. Laat het maar los.’

Hij glimlachte zenuwachtig. ‘Dat klinkt nogal riskant. Je kunt niet zomaar alle leerstellingen uit het raam gooien voor de een of andere ervaring.’

‘En wat als die ervaring God is, de Schepper? Wat is belangrijker, een ontmoeting met God of je leerstellingen?’

‘Tja, als je het zo bekijkt... Oké, je hebt jezelf duidelijk gemaakt. Ja, ik denk dat ik dat wel een beetje los kan laten.’

Er verscheen een trage glimlach op haar gezicht. ‘Laten we dan bidden.’

Helen zag hem zijn ogen sluiten en zijn hoofd buigen. Ze vroeg zich af hoe lang hij die houding zou volhouden. ‘Vader in de hemel,’ bad ze hardop, terwijl ze haar eigen ogen sloot, ‘als het U behaagt, opent U dan de ogen van dit kind van U voor waar U hem toe geroepen hebt. Geef hem de kracht om te zien hoe lang en breed en hoog en diep Uw liefde voor hem is.’

Ze zweeg en bad in gedachten: *Alstublieft, Vader, laat hem Uw aanwezigheid voelen. Al was het alleen maar dat, alleen maar proeven wie U bent, God in de hemelen.*

Een beeld van Kent vulde haar gedachten. Hij liep over een lange en verlaten straat, doelloos en verloren. Zijn haar zat in de war en hij had donkere wallen onder zijn ogen. Heel even dacht ze dat het zijn geest was, een soort spook dat door de straten van haar gedachten wandelde. En hij voelde zich eenzaam.

Ze vergat Bill even. Misschien zou ze moeten gaan wandelen. Misschien zou ze Bill hier gewoon moeten achterlaten en gaan wandelen – bidden voor Kent. Haar hart bonkte. *O, Heer, red de ziel van Kent! Verberg Uw gezicht toch niet voor deze man. Open zijn hart voor Uw Geest. Spreek woorden van liefde tot hem, laat Uw geur in zijn gedachten zijn, voor zijn ogen dansen, laat hem Uw glorie zien, sla Uw armen om hem heen, raak zijn koude huid aan met Uw warme aanraking, blaas leven in zijn neusgaten. U hebt hem gevormd. Toon hem toch Uw liefde.* Ze strekte haar handen uit naar de hemel. *Maar dat heb Ik al gedaan.*

Helen liet bij die woorden haar hoofd zakken en begon te huilen. *O, God, het spijt me. Dat hebt U al gedaan! U hebt zoveel van hem gehouden. Vergeef me!*

Ze zat minutenlang voorovergebogen in haar stoel en voelde golven van vuur door zich heen spoelen. Het was een mix van diepe zielenpijn en verlangen – een vaker voorkomend gevoel tegenwoordig. Het hart van God voor Kent. Of in ieder geval een klein stukje ervan. Het stukje dat Hij haar wilde openbaren.

Ze herinnerde zich plotseling Bill weer en haar hoofd schoot omhoog.

Hij zat nog steeds op zijn stoel en hield zijn hoofd achterover alsof hij een eendenkuiken was dat bedelde om voedsel. Zijn adamsappel stak duidelijk uit, zijn onderkaak hing naar beneden en zijn neusgaten stonden wijd open. En zijn lichaam beefde. Ergens was iets geopend. Zijn ogen misschien wel.

Helen ontspande zich en leunde achterover in haar kussens. Er verscheen een brede glimlach op haar gezicht. Nu zou hij het begrijpen. Misschien niet alle details van Kents toestand, maar de rest zou nu gemakkelijker te begrijpen zijn. Hij zou gemakkelijker geloof kunnen hebben.

Tranen stroomden in beekjes langs de wangen van de jonge voorganger en ze zag dat zijn overhemd al nat was. Ze kon het wel uitschreeuwen van blijdschap. Ze vroeg zich af hoe het kwam dat ze nog nooit een hartaanval had gehad. Hoe kon een gewone sterveling zulke emoties verdragen zonder een hartinfarct op te lopen? Ze glimlachte bij die gedachte.

Aan de andere kant zou zijn hart wel weer eens wat van zijn oude jeugdigheid en veerkracht terug kunnen krijgen. Met haar benen was dat tenslotte ook gebeurd.

Helen begon zachtjes haar schommelstoel heen en weer te wiegen. 'Wil je meer zien, Bill?' fluisterde ze glimlachend.

30

Lacy Cartwright knabbelde aan een vingernagel. Ze wist dat het een nare gewoonte was, maar het kon haar niet schelen. Om eerlijk te zijn, was er maar weinig wat haar kon schelen. Ze wierp een blik op de klok: 8:45. Over twaalf minuten zouden de deuren van de Rocky Mountain Bank opengaan voor klanten.

Jeff Duncan ving haar blik vanaf de andere kant van de lobby en ze glimlachte beleefd terug. Misschien was hij tenslotte toch meer haar type. Niet zo impulsief als Kent, maar levend en wel en hier. Hij was altijd hier en rende niet elke twaalf jaar in en uit haar leven. Hij haalde tenminste niet de een of andere onmogelijke verdwijntruc uit om daarna van haar te verwachten dat ze gewoon verderging met haar leven. Maar dat was juist het probleem – Lacy wist niet of Kent echt was verdwenen of niet. En wat ze wel wist, was niet goed voor haar nachtrust.

Kent was twee avonden voor de grote brand in Denver bij haar langs geweest; dat was in ieder geval realiteit. Hij had tegenover haar gezeten en had haar verteld wat nu inderdaad zo ongeveer was gebeurd. Of in ieder geval wat zou hebben *kunnen* gebeuren. Maar volgens de kranten was er niet gebeurd wat er zou *kunnen* gebeuren, maar meer precies wat Kent had gezegd dat er *zou* gebeuren. Een poging tot diefstal, een dode en wat belangrijker was, zijn verdwijning. Wat hij er even niet bij had verteld, was dat het om *zijn* dood zou gaan, maar ja, dan zou hij dat hele gedoe niet overhoop hebben gehaald. Aan de andere kant vroeg ze zich af of er niet iets heel anders was gebeurd. Misschien was Kent helemaal niet verrast door een inbreker, omdat Kent *zelf* de inbreker was. Zoiets had hij wel gezegd. Dus wat er misschien had moeten gebeuren, was waarschijnlijk helemaal niet gebeurd. Wanneer ze er goed over nadacht, was het allemaal behoorlijk verwarrend.

Maar goed, hij had haar weer verlaten. Deze keer misschien wel voorgoed. Misschien maar goed ook.

Er was één manier om erachter te komen of dat verkoolde lichaam in Denver aan Kent toebehoorde of van iemand anders waarvan iedereen *dacht* dat het Kent was. Als het Kent echt gelukt was deze ongelofelijke diefstal te plegen waarover hij het had gehad, had hij dat op een briljante manier gedaan, omdat er tot nu toe niemand was die zelfs maar *vermoedde* dat er een diefstal had plaatsgevonden. Aan de andere kant wist niemand *waar* hij moest kijken om erachter te komen dat er een diefstal had plaatsgevonden. Alle ogen waren gericht op de schade die de brand had veroorzaakt en op de zoektocht naar de vrij rondlopende moordenaar, maar niemand had het benul de mogelijkheid te overwegen dat er *wel* een diefstal had plaatsgevonden. En geen wonder ook – er was niets weg. Niet dat ze wisten tenminste.

Maar zij, Lacy Cartwright, wist het wel. En als ze zou ontdekken dat Kent in leven en extreem rijk was, zou ze dan verplicht zijn de autoriteiten in te lichten? Dat was de vraag die haar 's nachts wakker hield. Ze dacht van wel. Ze zou hem moeten aangeven.

Als hij inderdaad in leven was en als hij zelfs maar het kleinste spoortje had achtergelaten, zou ze het op haar computerscherm zien, in de een of andere lijst van interbancaire transacties. Helaas of niet, maar acht dagen lang zoeken had haar niets opgeleverd. Langzaam maar zeker begon ze te koken van woede.

'Môgge, Lacy.'

Lacy schrok en keek vliegensvlug op. Jeff glimlachte breed om haar reactie. 'Een beetje gespannen vanmorgen, nietwaar?'

Ze negeerde hem.

Hij grinnikte. 'Daar lijkt het tenminste op. Nou ja, welkom in het land der levenden.'

Die opmerking duwde Lacy voor even terug in het land der doden.

'Jep,' reageerde ze beleefdheidshalve en keek weer een andere kant op. Misschien was dat het probleem hier, dacht ze. Misschien leek het land der levenden hier bij de bank, met al die klanten en met alle zinloze gepraat en zo, in werkelijkheid meer op het land der doden en had het land waar Kent naartoe was meer met het leven te maken. In werkelijkheid was ze een beetje jaloers, als Kent inderdaad niet in de hel rondstruinde maar ergens hier op aarde.

Jeff leunde op de balie. 'Kom je dit weekend nog naar Martha's feestje? Dat zou op zich wel handig zijn, gezien het feit dat er een hoop bobo's zullen komen opdagen.'

Ze duwde zichzelf terug naar deze werkelijkheid. 'Moet ik nu gaan juichen? Wanneer is het precies?' Eigenlijk was ze helemaal niet van plan erheen te gaan en ze wist precies wanneer het gehouden zou worden, maar Jeff was iemand die graag informatie verschafte. Daardoor voelde hij zich waarschijnlijk belangrijk.

'Vrijdag. Zeven uur. En dat zou ik als ik jou was inderdaad maar toejuichen.'

'Vanwege hen of vanwege jou?'

Hij glimlachte quasi verlegen. 'Maar natuurlijk ben ik daar ook. En het zou me teleurstellen als je niet kwam.'

Ze wierp hem een vriendelijke glimlach toe. 'Ik zie wel.' Misschien zou het toch wel een goed idee zijn. Dan dacht ze misschien even niet aan Kent. 'Ik hou niet zo van feestjes die overlopen van de alcohol.' Ze bestudeerde zijn gezicht om te zien wat voor reactie hij zou geven.

'Ik ook niet,' zei hij zonder aarzelen. 'Maar, zoals ik al zei, de bobo's zullen er ook zijn. Zie het maar als een stap in je carrière. Je uitstrekken naar degenen die je toekomst bepalen. Zoiets. En natuurlijk een mogelijkheid om mij weer te zien.' Hij knipoogde.

Lacy staarde hem aan, verrast door zijn doortastendheid.

Jeff schrok een beetje. 'Sorry, ik wilde niet zo -'

'Nee, het is goed. Ik voel me gevleid.' Ze herstelde zich snel en glimlachte.

'Weet je dat zeker?'

'Ja, dat weet ik zeker.'

'Nou, dan beschouw ik dat maar als een veelbelovend iets.'

Ze knikte en wist even niet wat ze moest zeggen.

Duidelijk tevreden dat hij zijn bedoelingen in dit korte gesprek had weten duidelijk te maken, liep Jeff weer weg. 'Ik moet weer aan het werk. Mary Blackley zit met smart op mijn telefoontje te wachten en je kent Mary; als ze ook maar ergens een cent mist, is het oorlog.' Hij grinnikte. 'Echt, die oude dame zit volgens mij de hele dag naast haar brievenbus tot haar afschriften binnenkomen. Zover ik weet is er nog nooit een maand voorbijgegaan dat ze niet heeft gebeld en ik geloof niet dat ze ooit terecht heeft geklaagd.'

Lacy kende de oude vrouw. In gedachten zag ze haar de bank binnen komen hobbelen met haar stok. Ze glimlachte. 'Ja, ik snap wat je bedoelt. Wat is het deze keer? Een komma die verkeerd staat?'

'Het tarief voor een interbancaire overschrijving. Het is duidelijk dat we haar bestelen.' Jeff lachte en verdween.

Er liep een rilling over Lacy's rug, die boven op haar schedel eindigde. *Een tarief voor een interbancaire overschrijving?* Ze zag Jeff door de hal lopen. De klok boven zijn hoofd zei dat het 8:58 was. Nog twee minuten.

Lacy dook op haar toetsenbord af en hoopte dat niemand haar haast opmerkte. Ze zocht snel naar Mary's bankrekeningnummer, vond het en toetste het in. Ze liet een lijst maken van alle servicekosten. Het scherm werd even zwart, leek te aarzelen en liet toen een aantal getallen zien. De rekening van Mary Blackley. Ze scrolde snel naar de servicekosten... zes interbancaire transacties... allemaal $1,20. Eén dollar en twintig cent. Zoals het zou moeten zijn. Mary Blackley zag weer eens spoken. Behalve als...

Ze ging rechtop zitten en riep meer gegevens op van de eerste interbancaire transactie. Volgens de gegevens die op het scherm verschenen, had Mary haar pinpas gebruikt en daar veertig dollar mee gehaald, op 21 augustus, om 20:04. De bank die de service verleende, de Connecticut Mutual, had haar $1,20 gerekend voor het gebruik van het systeem van de bank.

Dus waarom had Mary dan gebeld?

Lacy schoof haar stoel achteruit en haastte zich door de lobby naar Jeffs kantoortje. Hij zat over zijn toetsenbord gebogen toen ze haar hoofd naar binnen stak en glimlachte.

'Lacy!' Hij deed geen poging zijn blijdschap te verbergen toen hij haar in zijn deuropening zag verschijnen.

'Ha, Jeff. Ik liep net langs. En, ben je er al uit wat Mary te klagen had?'

'Er is eigenlijk niet veel te zien. Ze was helemáál niet te hoog aangeslagen.'

'Wat was dan haar probleem?'

'Weet ik niet. Een printfout of zo. Ze had wel gelijk. Ze zei dat haar $1,40 was berekend in plaats van $1,20.' Hij liet haar een fax zien die op zijn bureau lag. 'Maar de computer geeft aan dat haar maar $1,20 in rekening is gebracht, dus wat er ook is gebeurd, is eigenlijk toch niet gebeurd. Zoals ik al zei, een printerprobleem of zo.'

Lacy knikte en draaide zich om voor hij haar bleek kon zien worden. Er stapte een klant binnen en ze zorgde dat ze weer achter haar balie kwam. Ze was verbijsterd en haar ademhaling was veel te gehaast.

Ze wist precies wat er was gebeurd. Dat was het werk van Kent! Die floepert had een manier gevonden om Mary twintig cent afhandig te maken en het weer terug te storten als ze klaagde, precies zoals hij haar had verteld. Zomaar, alsof het niets was.

Maar dat was onmogelijk – dus misschien was het dus toch niet zo.

Lacy ging weer op haar eigen plek zitten en haalde het 'gesloten' bordje voor haar raam weg. De eerste klant moest twee keer iets tegen haar zeggen voor ze reageerde.

'O, het spijt me. Wat kan ik vandaag voor u doen?'

De oudere vrouw glimlachte. 'Geeft niet. Ik weet hoe het voelt. Ik wil graag deze cheque verzilveren.' Ze schoof een cheque die was uitgeschreven aan Francine Bowls over de balie naar haar toe. Lacy ging over op de automatische piloot.

'Heer, help me,' mompelde ze iets te hard. Ze keek naar mevrouw Bowls en zag dat die een wenkbrauw optrok.

'Sorry,' zei ze.

Mevrouw Bowls glimlachte.

Lacy niet.

31

Een maand later
Woensdag

Kent zat op de rand van een gemakkelijke stoel naar de Caribische zonsopgang te staren. Hij had een knoop in zijn maag om wat hij nu ging doen.
Hij liet zijn handen op het toetsenbord rusten en voelde de vroege ochtendbries door zijn haar strijken. De heerlijke zoute geur van de zee drong zijn neusgaten binnen. Een hoog glas met een heldere vloeistof stond sprankelend op een zilveren dienblad naast de laptop. De wereld lag aan zijn voeten. Of in ieder geval dit kleine hoekje ervan.
Vanaf zijn hoge plek op het dakterras van de villa kon Kent de helft van het eiland zien. Luxueuze villa's waren tegen de heuvelruggen gebouwd, als kleine witte speelgoedblokken die de rots in waren geschoven. Ver onder hem liep zongebleekt zand een kristalheldere, blauwgroene Caribische Zee in, waar her en der de Caicos Eilanden uit het water oprezen. Het zat hier vol mensen die op de vlucht waren. Of het nu voor de belastingen of voor justitie was, of gewoon voor de gekte van het leven zelf, het was een prima plek om je te verbergen.
Maar dat was op dit moment allemaal van minder belang. Wat nu van belang was, was dat enkele satellieten hem van een goede verbinding hadden voorzien. Na zich al die weken gedeisd te hebben gehouden, was hij uit de dood verrezen om wat rotzooi te schoppen in de levens van twee sukkels die hem nog niet zolang geleden een rotstreek hadden geleverd. En dat was het enige wat er op dit moment toe deed. Kent keek weer naar het scherm van de laptop en vloog met zijn vingers over de toetsen. Hij nam er de tijd voor. Dat was iets waarvan hij tegenwoordig zat had – tijd.
Hij had vier dagen geleden $1,2 miljoen in contant geld voor de villa neergeteld. Hoe het de bouwers sowieso was gelukt om het huis neer te zetten, bleef een raadsel, maar er zou heel wat voor nodig zijn om dit fort van zijn fundamenten te rammen. Aan alle kanten werd het huis omgeven door palmbomen met tjilpende vogeltjes. Hij keek naar de woonkamer. Grote stapstenen leidden naar een binnenzwembadje dat zich naast het eetgedeelte bevond. Door het overzetten van een schakelaar kon je de complete buitenmuur omhoog laten komen of laten zakken, waardoor je kon kiezen tussen privacy of een

verbazingwekkend uitzicht. De vorige bewoners hadden een tiental van deze villa's laten bouwen, allemaal even extravagant. Hij had hen natuurlijk nooit ontmoet, maar de makelaar had hem verzekerd dat het mensen van het hoogste niveau waren. Arabieren met oliegeld. Ze waren zelf verhuisd naar groter en beter speelgoed.
Hij vond het best. Het huis had meer voorzieningen dan hij voor mogelijk had gehouden. En nu was het van hem. Iedere splinter hout, iedere steen, ieder draadje van het tapijt. Natuurlijk wel onder een andere naam.
Kent haalde diep adem. 'Oké, laten we eens kijken wat onze twee vette vrienden aan het doen zijn.' Hij begon met wat hij fase twee van het plan noemde, waarbij hij door middel van een aantal commando's eerst in een beveiligde site terechtkwam en toen in het systeem van de Niponbank zelf. Toen voerde hij een verzoek in dat hem direct naar een enkele computer voerde die op stand-by stond, wat ook zo hoorde om vier uur 's morgens. Borst was na de brand met zijn afdeling naar een andere vleugel van de bank verhuisd, maar Kent had hem zo weer teruggevonden. In de week na zijn verdwijning had hij regelmatig ingebroken in de computers van Borst en van Bentley.
Er bestond altijd een kans dat er om vier uur 's ochtends iemand achter een van de twee computers zat die genoeg hersens in zijn hoofd had om de inbreker direct op te sporen, maar daar lag Kent niet wakker van. Hij had Borst tenslotte nooit zien werken na zes uur 's avonds en zeker niet voor de bank 's morgens openging.
Kent kwam de computer van Borst binnen door een achterdeurtje en opende diens harde schijf. Kent grinnikte en leunde achterover. Hier kon hij van genieten. Hij zat letterlijk in het kantoor van de man zonder dat de ander er een flauw benul van had.
Hij pakte een kristallen glas van de tafel en nipte aan de Tequila Sunrise die hij voor zichzelf had gemixt. Er waren dertig dagen voorbijgegaan sinds die ellendige nacht in de bank, toen hij met dat lijk liep te slepen, en tot dusver was ieder puzzelstukje van zijn plan op zijn plek gevallen. Briljant gewoon!
Kent verplaatste zijn blik naar de blauwgroene zee beneden. Tot nu toe was alles vlekkeloos verlopen, maar op het moment dat hij aan de volgende stap zou beginnen, zou hij weer nieuwe risico's gaan nemen. Daarom had hij nog steeds een knoop in zijn maag, terwijl hij zich aan het panorama om hem heen vertoonde als een man die helemaal in balans was met zichzelf. Een vreemde mix van emoties, dat was een ding dat zeker was. Totaal tevreden met zichzelf en tegelijkertijd hevig verontrust.

Hij moest zich niet gek laten maken – hij had nog tijd zat om fase twee in werking te stellen.
Het was eenvoudig genoeg geweest om uit Denver weg te komen en de busreis naar Mexico City was aan hem voorbij gevlogen als een surrealistische scène op een groot filmdoek. Maar toen hij eenmaal in de enorme stad was gearriveerd, was hij overspoeld door een enorm euforisch gevoel. Hij had een kamer gehuurd in een obscure tent die de een of andere ondernemende ziel een hotel durfde te noemen en was onmiddellijk op zoek gegaan naar de plastisch chirurg waar hij een maand terug contact mee had gezocht, dokter Emilio Vasquez.
De chirurg pakte een dikke stapel bankbiljetten aan en gaf Kent een nieuw gezicht. Het feit dat Kents nieuwe gezicht eigenlijk in vier operaties had moeten gebeuren in plaats van één, was voor Vasquez niet van belang. Dat was tenslotte zijn handelsmerk – in één operatie doen waar zijn collega's minstens drie maanden voor nodig hadden. Dat was ook de reden dat Kent deze man had uitgekozen. Die drie maanden had hij eenvoudigweg niet. De rest van het plan lag te popelen om te worden uitgevoerd.
Vier dagen na de grote brand had Kent een nieuw gezicht, verborgen onder een dik masker van wit gaasverband. Maar hij had in ieder geval een nieuw gezicht, had Vasquez hem beloofd. Absoluut. Het twinkelen in de ogen van de man had hem zorgen gebaard. Dat was de eerste keer dat hij aan de mogelijkheid dacht dat hij wel eens de rest van zijn leven zou kunnen rondlopen als iemand die zo uit een goedkope horrorfilm was gestapt. Maar de operatie was al achter de rug. Hij had zichzelf opgesloten in zijn hotelkamer en kon niet wachten tot de insnijdingen onder het verband zouden zijn geheeld. Het was een periode die aan de ene kant het uiterste van zijn zenuwen vergde, maar hem aan de andere kant rust gaf.
Kent pakte het spiegelende dienblad van tafel en staarde naar zijn spiegelbeeld. Zijn gebruinde gezicht leek op een Kevin, dacht hij. Kevin Stillman, zijn nieuwe naam. De neus was voller, maar het waren de aangepaste kaaklijn en wenkbrauwen die zijn gezicht zo veranderden dat hij zichzelf nauwelijks herkende. De plastisch chirurg had geweldig werk geleverd – hoewel hij bijna in paniek was geraakt toen dokter Vasquez voor de eerste keer het verband had verwijderd en hem trots een spiegel had voorgehouden. De rode lijnen rond zijn neus en jukbeenderen gaven hem direct een Frankensteingevoel. Hij zag er inderdaad anders uit, maar dat deed een geplette pruim ook.
Hij had die avond erg veel gedronken. Tequila natuurlijk. En behoorlijk wat.

Maar nooit zo veel dat hij niet meer wist wat hij deed. Dat zou oerstom zijn en dat zou hem niet meer gebeuren.
En trouwens, te veel alcohol liet het computerscherm zweven en hij had die eerste twee weken heel wat naar zijn laptop zitten staren. Hoewel ROOSTER hem onnaspeurbaar toegang gaf tot het computersysteem van de bank, was het dat tweede programma, BANDIT, dat de grote klapper voor hem had gemaakt. Toen hij de diefstal in werking had gezet, had hij een klein cadeautje achtergelaten in iedere rekening waarvan hij twintig cent had afgehaald. En bij alle rekeningen had het programma zichzelf foutloos in werking gesteld. Inderdaad, BANDIT werkte met hetzelfde principe als een stealth virus, dat zich verborg bij het eerste teken als er naar hem werd gezocht. Maar dat was nog niet alles wat het programma deed. Als er een lijst zou worden uitgedraaid van de transacties, zou het programmaatje gelijk twintig cent van Kents rekeningen terugstorten naar die rekening, waarna het programma zichzelf onmiddellijk permanent zou verwijderen. Die hele operatie kostte precies anderhalve seconde en was klaar wanneer de gevraagde informatie op het scherm verscheen. Uiteindelijk zou er op papier van alles niet kloppen, maar het zou in de computer onnaspeurbaar zijn rechtgetrokken voor iemand het zag.
Kents virus stelde zichzelf in de eerste twee weken in werking bij 220.345 rekeningen en stortte in die tijd $44.069,00 terug. De virussen zouden in de rest van de rekeningen in slapende toestand aanwezig blijven. Als ze niet binnen veertien maanden weer geactiveerd zouden worden, zouden ze zichzelf wissen.
Het duurde twee weken voor hij genoeg rust in zijn lijf had om naar een bank in Mexico City te stappen. De lijnen op zijn gezicht waren nog steeds zichtbaar, maar door gebruik van wat make-up wist hij zichzelf ervan te overtuigen dat ze praktisch niet te zien waren. En hij werd ondertussen stapelgek in die hotelkamer. Hij kon ervoor kiezen een paar opgetrokken wenkbrauwen bij de bank riskeren of zichzelf in wanhoop met behulp van zijn beddenlakens ophangen.
De bankmedewerker had inderdaad zijn wenkbrauwen opgetrokken toen Kent hem bezocht onder de naam Matthew Brown. Maar dat kwam niet door hoe meneer Brown eruitzag, maar door de vijfhonderdduizend dollar in contanten die hij wilde opnemen. Natuurlijk had de medewerker vrijwel zeker de ongewone geldopname gerapporteerd – zelfs banken die discretie beloven, houden een lijst bij van zulke opnames. Maar dat interesseerde Kent nauwelijks. Het netwerk van rekeningen waarlangs het geld de afgelopen twee we-

ken had gereisd, was niet te ontwarren. Als er iemand zou zijn die deze rekeningen zou kunnen terugvoeren op Kent Anthony en de brand, mocht die van hem toekijken hoe hij op de elektrische stoel ging.

Maar dat zou niet gebeuren.

Die eerste vijfhonderdduizend dollar gaf Kent een gevoel dat hij de laatste maanden niet meer had gekend. Hij had het koffertje geopend dat hij voor die gelegenheid had gekocht en het op de door de motten aangevreten beddensprei geleegd. Toen had hij de elastiekjes van de stapeltjes bankbiljetten gehaald, had de biljetten in de lucht gegooid en was er doorheen gerold. Hij was helemaal door het dolle heen geweest. Het was een wonder dat de buren niet op zijn deur hadden staan bonken. Misschien wel omdat niemand zo dom was vijfhonderd peso's per nacht te betalen om in dit miserabele afbraakpand te slapen. Hij raakte ieder biljet aan, dacht hij, waarbij hij de hele handel wel drie keer telde. Hij had natuurlijk ook weinig anders te doen buiten zijn computer in de gaten houden – zo was zijn redenering. En daarna had hij zichzelf twee dagen onder tafel gezopen. Dat was zijn eerste alcoholische braspartij sinds de diefstal.

Toen begon hij aan zijn tot in de puntjes voorbereide terugtrekkingsplan. Hij vloog eerst naar Jakarta, toen naar Cairo, daarna naar Genève en toen naar Hong Kong. En ten slotte naar hier, naar de Caicos Eilanden. Bij iedere stop had hij met valse papieren gereisd, grote sommen geld van de bank gehaald en was snel weer vertrokken. Na ieder bezoek aan een bank had hij de vrijheid genomen om via zijn laptop in te breken in het systeem van die bank via ROOSTER, om de links naar de afgesloten rekening te isoleren. De reden daarvan was dat zelfs als de locale bank meer wilde weten over die vreemde vent die hun dagelijkse kasreserve leegde, ze niets zouden vinden.

Hij was een week geleden op deze eilandengroep terechtgekomen met zes miljoen dollar op zak. Alles contant en tot op de laatste dollar niet na te trekken. Hij had de identiteit van Kevin Stillman aangenomen en de villa gekocht. Verspreid over de hele wereld lag er ongeveer veertien miljoen dollar op hem te wachten, die alleen maar rente lag te verzamelen.

Het was inderdaad te zwak uitgedrukt dat hij het aardig gered had. Hij had een gigantische klapper gemaakt! Een dode man had twintig miljoen dollar onder de neus van het almachtige banksysteem van de Verenigde Staten vandaan gejat en er was zelfs niemand die vermoedde dat het weg was!

Dat was fase één geweest.

Fase twee was één week na de brand begonnen, twee dagen nadat Kent zijn nieuwe gezicht had gekregen. En het kwam door fase twee dat al die emoties door zijn lijf raasden, die onzekerheid die zijn rust dreigde te verstoren. Misschien had hij tevreden moeten zijn met die twintig miljoen min vierenveertigduizend en nog wat, maar dat kwam eigenlijk niet eens in hem op. Dit was niet eenvoudigweg een kwestie van binnenhalen wat hem toekwam, maar ook een kwestie van wat *Borst en Bentley* toekwam. Sommigen zouden het wraak noemen. Kent vond het simpelweg gerechtigheid. Gewoon het een en ander rechttrekken.

Dat was ook de reden dat hij een kopie van ROOSTER op de harde schijven van Borst en Bentley had gezet, enkele nachten voor hij de diefstal opstartte. En dat was ook de reden dat hij een week na de brand hun computers met een bezoekje had vereerd.

Ze hadden natuurlijk al hun normale toegang tot het AFPS, maar nu hadden ze ook nog eens een onnaspeurbare toegang, zonder het te weten. Alleen was het Kent die zich via hun computers en via ROOSTER toegang verschafte. En de gebieden waar hij zich toegang toe verschafte, waren gebieden waar hij niet mocht komen. Of beter gezegd, waar *zij* niet mochten komen. Foei, meneer Borst en meneer Bentley!

In een tijdsbestek van drie weken had Kent hen geholpen bij zeven verschillende gelegenheden geld te stelen. Kleine bedragen – tussen de driehonderd en vijfhonderd dollar per keer – net genoeg om een spoor achter te laten. Dat was zijn aandeel in het spekken van hun zakken, hoewel een blik op hun rekeningen hem vertelde dat ze daar geen hulp bij nodig hadden. Hun aandeel bestond uit het *houden* van het geld. Tot nu toe, in ieder geval. Of dat nu kwam doordat ze simpelweg schrapers waren of doordat dat ze het gewoon niet wisten, het kon Kent eigenlijk weinig schelen.

Hij dacht over al deze dingen na, zette zijn drankje terug op het zilveren dienblad en drukte zijn vingertoppen peinzend tegen elkaar. Het was allemaal zo verschrikkelijk gladjes verlopen. Waarom had hij dan de kriebels?

Omdat alles tot op dit punt meer warmlopen was geweest. En nu stond zijn computer op tafel en deze wilde dat hij de beslissende toetsen zou indrukken. Kent gromde en veegde het zweet van zijn handpalmen. 'Nou, je gaat nu niet terugkrabbelen, of wel?' Natuurlijk niet. Hoewel dat geen kwaad zou kunnen. En het zou alles bij elkaar genomen in ieder geval wel de meest wijze beslissing zijn. Het zou...

'Houd je kop!' beet hij zichzelf toe.

Kent leunde naar voren en ging snel aan het werk. Hij riep ROOSTER op van de harddisk van Borst en kreeg toegang tot het AFPS. Hij zat in de gegevens van de bank.

Hij huiverde van opwinding. Hij haalde de persoonlijke rekening van Borst tevoorschijn en keek naar de tientallen transacties van de afgelopen week. Alle zeven 'stortingen' van Kent waren nog steeds aanwezig. Hij grinnikte en keek verder.

Er werden ook nog wat andere stortingen vermeld. Grote stortingen. Stortingen die Kent ineen deden krimpen. De bank was duidelijk bezig hem te betalen voor zijn zogenaamde aandeel in het AFPS. Alles bij elkaar al tweehonderdduizend dollar!

'Niet zo snel, vetzak,' mompelde Kent.

Hij selecteerde alle stortingen, tien in totaal, en verhuisde ze van de rekening van Borst naar een rekening die hij in ROOSTER had ingebouwd. De rekening van Borst ging onmiddellijk de rode cijfers in. Dat kwam door de $31.000,00 aan cheques die Borst de afgelopen maand had uitgeschreven. Hij gaf zijn zuurverdiende centjes gemakkelijk uit. Nou ja, dat gaf hem wat ademruimte. *En van het volgende krijg jij last van je hartkleppen!*

Kent brak in in het centrale systeem van de bank, selecteerde de primaire reserves van de bank en boekte vijfhonderdduizend dollar over naar de rekening van Borst. Met gebruikmaking van ROOSTER natuurlijk. Hij wilde niet dat de autoriteiten zouden weten wat er met het geld was gebeurd. Nog niet. Hij zette een waarschuwing in de federale rekening en ging weer naar de rekening van Borst. De komende ochtend zou een bankmedewerker op het hoofdkantoor in Japan zijn computer opstarten en de waarschuwing zien die meldde dat er vannacht een half miljoen dollar was verdwenen van de hoofdrekening van de bank. Er zouden allerlei alarmbellen afgaan en de tent zou in paniek zijn. Maar niemand zou ontdekken waar het geld heen was gegaan, omdat het onvindbaar was. Dat was het mooie van ROOSTER.

De bankrekening van Borst toonde nu een alleraardigst bedrag. Ver over de vierhonderdduizend dollar. Hij staarde naar het bedrag en dacht erover na om het te laten staan. De ultieme wortel voor meneer Borst. *Ga je gang. Geef maar uit, jongen.*

Hij verwierp het idee. Een plan was een plan. In plaats daarvan boekte hij het geld over naar dezelfde verborgen rekening die hij had opgezet voor de andere stortingen, waardoor Borst weer in de rode cijfertjes kwam te staan. De man zou zijn dag beginnen met de schok van zijn leven.

Kent glimlachte. Hij voelde zich even bijzonder prettig.

Hij verdween weer van de rekening van Borst en zocht die van Bentley op. Daar deed hij precies hetzelfde. De vette tweeling was nu heel erg blut.

Het werd tijd dat hij uit het systeem verdween. Kent sloot af, verbrak de verbinding en liet zich achterover zakken in zijn stoel. Het zweet stroomde in kleine straaltjes langs zijn borst en zijn handen beefden.

'Eens zien hoe dat voelt, schraperige varkens,' sneerde hij. En toen leegde hij de rest van zijn glas.

Inderdaad. Het ging allemaal zoals hij het had gepland. En nog steeds wist geen sterveling wat er aan de hand was.

Behalve Lacy dan misschien. Hij had haar die avond iets te veel verteld.

Of misschien wel tegen agent Punthoofd.

Toen raakte de emotie hem als een loden gewicht dat met volle kracht vanuit de hemel naar hem werd gegooid. Het voelde aan alsof er een gat in zijn borst werd geponst. Een leegte. De knagende pijn dat het allemaal te gladjes was verlopen. De gedachte dat zijn droom uiteindelijk wel eens een nachtmerrie zou kunnen blijken te zijn. Dat hij zijn leven zou leiden, omringd door zijn miljoenen, maar zonder Gloria of Spencer... of Lacy... Hij schudde zijn hoofd bij die gedachte. Aan de andere kant was er geen enkel bewijs dat Lacy of die rechercheur iets wist. En ooit zou er misschien wel een andere Gloria of Lacy zijn. Misschien. En een andere Spencer.

Nee, nooit een andere Spencer.

Kent stond op, griste het glas van tafel en beende naar de keuken. Het werd tijd voor een volgend glas.

32

Dezelfde avond, maar dan ruim drieduizend kilometer naar het noorden, stond Lacy Cartwright bij het fornuis te worstelen om een enorme omelet die ze had gebakken, om te keren. Ze had geen idee hoe ze het gevaarte moest opeten, maar hij rook erg lekker en ze moest oppassen om niet te gaan staan kwijlen. Haar gedachten zwierven terug naar het feestje van Martha. Ze vond het niks. Ze was verdwenen nadat ze die waanzin een uurtje had aangekeken en had de volgende werkdag een tiental vragen moeten afweren. Ten slotte had ze maar een leugentje verzonnen. Ze was ziek geworden. En dat was in zekere zin ook weer geen leugen. Want ze was nog steeds ziek van dat gedoe met die diefstal. Ze wist dat hij het had gedaan, net zo goed als dat ze wist dat die lafaard nu ergens met zijn achterwerk in een tropisch oord zat te zonnebaden. Ze knarste met haar tanden, zette het fornuis uit en liet het enorme ei op een groot bord glijden. Als die idioot nog steeds in leven was, genietend van zijn miljoenen, haatte ze hem erom. En als hij dood was, terwijl hij met die idioterie bezig was, haatte ze hem zelfs nog meer. Hoe kon iemand zo ongevoelig zijn?

Lacy ging aan de eettafel zitten en stak haar vork in de omelet. Ze had een week geleden besloten dat ze naar de autoriteiten zou stappen, ook al had ze beloofd het niet verder te vertellen. Ze zou het kleine beetje informatie dat ze had aan de leiding van het onderzoek geven. *'Hé, FBI-meneer, heb je er ooit wel eens bij stilgestaan dat Kent Anthony de echte dief was?'* Dat zou hen op een nieuw spoor zetten. Het probleem was dat ze geen absolute zekerheid had, wat haar van iedere plicht ontsloeg, dacht ze. Ze kon het hun dus net zo goed vertellen, maar als ze dat deed, zou ze er wel de tijd voor nemen.

In de tussentijd zou ze haar normale leven weer proberen op te pakken. De laatste keer dat ze zich zo had gevoeld, was toen Kent haar voor de eerste keer liet zitten. Ze had een week lang rondgelopen met een gat in haar middenrif en ze had geprobeerd het brok in haar keel te negeren. En ze was tegelijkertijd woest geweest. Deze keer duurde het drie weken en dat brok bleef maar in haar keel hangen.

Ze had van hem gehouden, dacht Lacy, en liet haar vork zakken. Ze was echt verliefd geworden op hem. Om nog eerlijker te zijn en er geen doekjes om te winden; ze was stapelgek op hem geweest, maar dat was eigenlijk weer onmogelijk, omdat ze hem haatte.

'Mijn God, help me,' mompelde ze, terwijl ze opstond en naar de koelkast liep. 'Ik verlies mijn verstand nog eens.'

Ze keerde weer terug naar haar stoel met een kleintje melk en dronk zo uit het karton. Stomme gewoonte, maar wat maakte het uit. Er was toch niemand in de buurt. Als Kent nu hier was geweest -

Lacy sloeg gefrustreerd met het kartonnetje op tafel. De melk ging zeker een halve meter de lucht in voor hij op tafel landde. En nu is het genoeg! Weg met die Kent idioterie!

Ze propte een stuk omelet in haar mond en begon woest te kauwen. En de rest van het mannelijke deel van de mensheid kon haar ook wat, nu ze er over nadacht. Punt uit. Sluit ze allemaal ergens op in een bankgebouw en steek de hens erin. Dat was misschien wat wreed, maar goed, misschien was het hele-

maal nog niet zo'n slecht idee.
Wat zou Kent in vredesnaam doen met twintig miljoen dollar? Ze schrok van de deurbel. Wie kon dat nu zijn? Niet zolang geleden zou het Kent geweest kunnen zijn. Ach!
Stop daarmee, Lacy! Stop daar gewoon mee!
Ze liep naar de deur en deed hem open. Er stond een donkerharige man op de stoep. Hij had een bril met draadmontuur op en grijnsde breed. Zijn ogen waren erg groen.
'Zeg het eens?'
Hij haalde een kaartje uit zijn binnenzak. 'Jeremy Lawson, Zevende District,' zei hij. 'Zou u een paar vragen willen beantwoorden?'
Een politieagent? 'Tuurlijk,' mompelde ze en deed een stap opzij.
De man van middelbare leeftijd liep naar binnen en keek het appartement rond, waarbij hij geen reden gaf voor zijn aanwezigheid.
Lacy deed de deur dicht. Iets aan de agent kwam haar bekend voor, maar ze kon hem even niet plaatsen. 'Waar kan ik u mee helpen?'
'Lacy, nietwaar? Lacy Cartwright?'
'Ja. Hoezo?'
'Ik wil gewoon even zeker weten dat ik de juiste persoon voor me heb voor ik van wal steek, snap je.' Hij had nog steeds een brede grijns op zijn gezicht.
'Natuurlijk. Is er een probleem?'
'Eh, dat weet ik niet zeker. Ik doe wat onderzoek naar een brand in Denver. Hebt u iets gehoord over die brand die een maand geleden een bankgebouw in de as heeft gelegd?'
Ze wist niet of er iets aan haar te zien was, maar ze had het gevoel alsof haar hoofd pioenrood werd door die vraag. 'Ja. Ja, daar heb ik iets over gelezen. En wat heeft dat met mij te maken?'
'Niets... misschien. We praten gewoon wat met de mensen die de man hebben gekend die in het vuur is omgekomen. Vindt u het goed als we even gaan zitten, miss Cartwright?'
Kent! Hij onderzocht de dood van Kent! 'Natuurlijk.' Ze gebaarde naar de bank en ging zelf op de gemakkelijke stoel zitten die ertegenover stond. Wat zou ze moeten zeggen?
Nu ze wat beter naar hem keek, snapte ze waarom Kent hem Punthoofd had genoemd. Zijn hoofd leek onder dat glimmende zwarte haar in een punt uit te lopen.
'Ik heb maar een paar vragen en dan val ik u verder niet meer lastig,' zei de

agent. De grijns leek niet van zijn gezicht te willen wijken. Hij haalde een notitieboekje tevoorschijn en klapte het open. 'Ik begreep dat u Kent Anthony kende. En het schijnt dat u de laatste weken wat tijd met hem hebt doorgebracht. Klopt dat?'

'En hoe bent u daarachter gekomen?'

'Ik kan u natuurlijk niet mijn bedrijfsgeheimen vertellen, wel?'

Lacy maakte het zich min of meer gemakkelijk in haar stoel en vroeg zich wanhopig af wat hij wist. 'Ja, ik heb hem een paar keer gezien.'

'Verraste zijn dood u?'

Ze trok haar wenkbrauwen samen. 'Nee, ik verwachtte het. Natúúrlijk verraste het me! Ben ik soms een verdachte?'

'Nee. Nee, dat bent u niet.'

'Wat is dat dan voor vraag?! Hoe zou ik niet verrast kunnen zijn door zijn dood, behalve als ik van tevoren iets had geweten?'

'Misschien verwachtte je het wel, Lacy. Mag ik je Lacy noemen? Hij was depressief, nietwaar? Hij had zijn vrouw en zoon verloren in de maanden die aan de brand voorafgingen. Ik wil alleen weten of hij suïcidaal leek. Is dat nu zo vreemd?'

Ze haalde diep adem. *Rustig aan, Lacy. Gewoon even rustig aan nu.* 'Soms was hij nogal overstuur, ja. Net als iedereen die zoveel voor zijn kiezen heeft gehad. Hebt u ooit een vrouw of zoon verloren, rechercheur...' – ze keek op zijn visitekaartje – '...Lawson?'

'Nee. Maar u denkt dus dat hij in staat was zelfmoord te plegen? Gaat u daar vanuit?'

'Heb ik dat dan gezegd? Ik herinner me niet dat ik dat heb gezegd. Ik zei alleen dat hij af en toe overstuur was. U moet mijn woorden niet omdraaien.'

De agent leek totaal niet van zijn stuk gebracht. 'Overstuur genoeg om zelfmoord te plegen?'

'Nee, dat zou ik niet willen zeggen. In elk geval niet de laatste keer dat ik hem zag.'

Hij ging iets zachter praten. 'Hmm. En wist u iets van de probleempjes die hij op zijn werk had?'

'Wat voor probleempjes?'

'Als u ervanaf wist, zou u weten wat voor probleempjes, nietwaar?'

'O, u bedoelt dat gedoe met die chef van hem, die hem achter zijn rug om een loer draaide toen hij rouwde om de dood van zijn vrouw? U bedoelt dat onbetekenende probleempje?'

De agent bestudeerde even haar ogen. 'Dus dat wist u.'
Ze bleef hem strak aankijken, zonder te weten waarom. Ze had geen reden om Kent te verdedigen. Hij had haar tenslotte gedumpt. Als Lawson nu gerichte vragen zou gaan stellen, zou ze niet weten wat ze moest zeggen. Ze kon niet echt gaan zitten liegen. Aan de andere kant had ze aan Kent gezworen dat ze zou zwijgen.
'Je kende hem goed, Lacy. Naar jouw mening – en ik vraag je alleen maar om je mening, dus je hoeft niet gelijk aangebrand te zijn – denk je dat hij in staat was om zelfmoord te plegen?'
'Denkt u dan dat hij zelfmoord heeft gepleegd? Ik dacht dat de politie van mening was dat hij was vermoord door een inbreker.'
'Ja, dat is wat er wordt gezegd. En ik wil niet zeggen dat dat niet klopt, maar ik doe gewoon mijn best om ervoor te zorgen dat alles klopt, snap je?'
'Tuurlijk.'
'Dus... ja of nee?'
'Zelfmoord?'
Hij knikte.
'Ertoe in staat zijn... ja. Maar of hij dat heeft gedaan? Nee.'
De agent trok een wenkbrauw op. 'Nee?'
'Het was een trotse man, rechercheur Lawson. Alleen God zelf zou hem op zijn knieën hebben kunnen krijgen. Maar buiten dat denk ik niet dat hij in staat was ook maar iets op te geven, laat staan zijn leven.'
'Ik begrijp het. En van wat ik heb gehoord, moet ik het met je eens zijn. En dat is de reden waarom ik nog steeds met deze zaak bezig ben, begrijp je?' Hij zweeg, alsof dat alles kristalhelder moest maken.
'Nee, eigenlijk niet. Helemaal niet, eigenlijk.'
'Nou, als het zelfmoord was, zou er geen reden zijn voor verder onderzoek. Zelfmoord is dan een onfris iets, maar dan is de zaak zo gesloten.'
Ze glimlachte ondanks alles. 'Natuurlijk. En als iemand vermoord is, kost dat mensen zoals u een hoop meer werk.'
Hij glimlachte. 'Als hij vermoord was, zou het niet nodig zijn *hem* verder na te trekken. Dan zouden we naar de moordenaar op zoek zijn, nietwaar?'
'Dan lijkt het me dat u aan de verkeerde bel staat te trekken, rechercheur Lawson.'
'Behalve, natuurlijk, als jouw vriend Kent niet vermoord zou zijn. Als hij nu eens geen zelfmoord heeft gepleegd en hij ook niet is vermoord, wat blijft er dan nog over?'

'Een lijk?' Help! Waar wilde hij naartoe?
Lawson stopte zijn notitieboekje terug in zijn zak, waarin hij hooguit twee letters had geschreven. 'Een lijk! Heel goed. We zouden zo een rechercheur van je kunnen maken.' Hij stond abrupt op en liep naar de deur. 'Goed, bedankt voor je tijd, Lacy. Je hebt mijn vragen uitermate duidelijk beantwoord.'
Dat sloeg helemaal nergens op, dacht ze. Ze stond ook op en volgde hem naar de deur. 'Graag gedaan,' mompelde ze. Wat wist hij? Iedere vezel in haar lichaam wilde die vraag stellen. *Wist u dat we verliefd op elkaar waren, agent? Wist u dat?* Nee, dat niet!
Ze zei pas iets toen hij zijn hand op de deurknop legde, niet in staat zich in te houden.
'Denkt *u* dat hij dood is, rechercheur?'
Hij draaide zich om en keek haar in de ogen. Ze hielden elkaars blik lang vast. 'We hebben een lichaam, Lacy. Het is zo verbrand dat het niet meer herkenbaar is, maar onze gegevens vertellen ons dat wat overgebleven is, aan meneer Kent Anthony toebehoort. Klinkt dat dood? Het lijkt me duidelijk genoeg.' Hij grijnsde. 'Aan de andere kant is niet alles wat het lijkt te zijn.'
'Waarom dan al die vragen?'
'Maak je daar maar niet druk om, kind. Wij rechercheurs hebben er lang en hard op gestudeerd om verwarrende vragen te stellen.' Hij glimlachte warm en ze vermoedde dat hij oprecht was. Ze beantwoordde zijn glimlach.
Hij gaf een knikje met zijn hoofd. 'Goedenavond, mevrouw Cartwright.'
'Goedenavond,' beantwoordde ze zijn groet.
Hij draaide zich om om weg te lopen, maar aarzelde toen. 'O, nog een laatste vraag, Lacy. Kent heeft het zeker niet gehad over eventuele plannen, hè? Iets over een ingewikkeld plan om zijn dood in scène te ztten of zoiets?'
Ze viel bijna flauw toen Lawson de vraag stelde. Deze keer wist ze zeker dat hij haar rood zag worden. Dat kon hij eenvoudigweg niet missen.
En toen gooide hij nonchalant een hand in de lucht. 'Maakt niet uit. Stomme vraag. Ik ben je genoeg tot last geweest vanavond. Nou ja, dank je voor je gastvrijheid. Koffie was lekker geweest – wij rechercheurs zijn gek op koffie – maar verder was het gezellig. Goedenavond.'
Met die woorden deed hij een stap achteruit en trok de deur achter zich dicht.
Lacy liep naar een stoel toe en ging met een plof zitten. Haar hart bonkte bijna haar borst uit. Lawson zat hem op de hielen! Hij zat Kent op de hielen! Dat *moest* wel! En dat betekende dat Kent nog leefde!
Misschien.

Kent reed om zeven uur in zijn nieuwe zwarte Jeep de heuvel af, net toen de oranje zon in de golven wegzonk. Het geluid van de calypso drums en lachende mensen waaide met de warme bries mee. Brent de makelaar had de Sea Breeze aanbevolen. 'Het lekkerste eten ten zuiden van Miami,' had hij met een twinkeling in zijn ogen gezegd. 'Niet goed voor je portemonnee, maar het is het waard.' Daar gaf Kent niet om. Zijn portemonnee kon wel wat lichter zijn.

Hij liep de houten trap op en sprong van de laatste trede. Een fontein spoot rood water tussen de lippen van een zeemeermin door, die net achter de openstaande deur stond. Als de een of andere godin die dronken was van het bloed van zeelieden. Hij liep het schemerige interieur binnen. Hij zag dat de bar al aardig vol zat. Een mahoniehouten trap voerde aan zijn rechterkant naar de volgende verdieping.

'Welkom in de Sea Breeze, meneer. Hebt u gereserveerd?'

Kent keek de gastvrouw aan. Haar lange zwarte haar hing over haar blote schouders. Ze glimlachte voorzichtig onder donkere ogen en er zweefde een onduidelijk beeld door zijn hoofd van rood water dat tussen *haar* volle lippen vandaan spoot. Miss Meermin van vlees en bloed. Op haar naamplaatje stond 'Mary'.

'Nee. Het spijt me, maar ik wist niet dat je hier moest reserveren.'

'Ja. Misschien dat u morgenavond terug kunt komen?'

Morgen? Echt niet, Zwartoog. 'Ik zou hier liever vanavond eten, als het niet te veel gevraagd is,' reageerde Kent.

Mary knipperde met haar ogen. 'Het spijt me, maar misschien hebt u het niet begrepen. U hebt een reservering nodig. We zitten vanavond vol.'

'Dat is duidelijk. Hoeveel kost een tafel me?'

'Zoals ik al zei, meneer, we hebben geen -'

'Duizend dollar?' Kent trok zijn wenkbrauwen op en trok zijn portemonnee tevoorschijn. 'Ik weet zeker dat je voor duizend dollar wel een tafel voor me kunt vinden, Mary. Voor duizend dollar kun je me waarschijnlijk zelfs de beste tafel geven die er is. Heb ik gelijk of niet? En dat blijft ons geheim.' Hij glimlachte en zag haar donkere ogen wijd open gaan. Hij voelde de subtiele macht van het geld door zijn aderen vloeien. Op dat moment wist hij dat miss Meermin Mary voor het juiste bedrag zelfs zijn schoenzolen zou likken.

Ze keek rond en glimlachte. Aan het op en neer gaan van haar borst was te

zien dat ze sneller was gaan ademhalen. 'Tja. Volgens mij heb ik nog wel ergens een gaatje. Sorry, een vergissing. Deze kant op, graag.'
Mary leidde hem twee trappen op naar een met glas omgeven terrasje boven op het restaurant. Er stonden drie tafels in de kamer en ze waren alledrie gedekt met kaarsen en bloemen en kristal en zilver. De wat bedompte geur van potpourri hing in de lucht. Een aantal welgeklede klanten zat aan een van de tafels. Ze dronken wijn en knabbelden op iets wat op de tentakels van het een of andere beest leek. Ze keken geïnteresseerd naar hem toen Mary hem aan de andere kant van de cirkelvormige ruimte neerzette.
'Dank je,' zei Kent glimlachend. 'Ik zal het bij je fooi doen.'
Ze knipoogde. 'Heel vriendelijk van u, meneer...'
'Kevin.'
'Dank je, Kevin. Is er verder nog iets wat ik op dit moment voor je kan doen?'
'Niet op dit moment, Mary, nee. Dank je.'
Ze draaide zich om met een twinkeling in haar ogen en verliet de ruimte.
De twee serveersters die hem bedienden, hadden vrijwel zeker gehoord van zijn vrijgevigheid en waren niet te stuiten in hun pogingen het hem naar de zin te maken. Hij bestelde kreeft, biefstuk en wijn, en ze smaakten hem heerlijk. Net zo lekker als toen hij ze drie maanden terug had besteld, toen hij met Gloria en Spencer de voltooiing van het AFPS vierde. Hij tilde zijn glas wijn op en staarde naar buiten, naar de donkere zee, gekroond met door de maan verlichte golven. *Wel, het is af, schat. Iedere bit en byte ervan. En meer. En ik wilde dat je hier bij me was om het te vieren.*
Toen hij erop zat te kauwen, kwam het besef bij hem bovendrijven dat het eten, hoewel het behoorlijk goed was, niet anders of beter smaakte dan toen hij er in Littleton maar twaalf dollar voor had betaald. En de Heinz 57 saus kwam gegarandeerd uit dezelfde fabriek. En de wijn kwam waarschijnlijk van dezelfde wijngaard. Net als verschillende tankstations die merkbenzine verkochten waarvan iedereen met meer dan één hersencel snapte dat het van dezelfde raffinaderij kwam.
Kent deed lang over de maaltijd, met de bedoeling van iedere hap te genieten en hij was er zich tegelijkertijd van bewust dat iedere hap gewoon smaakte zoals hij zou moeten smaken. Maar toen hij klaar was, had hij niet het gevoel dat dit nu ruim duizend dollar waard was geweest. Hij zat gewoon net zo vol als anders.
Hij gaf een zeer ruime fooi, schoof Mary de duizend beloofde dollars toe en begaf zich naar de bar, waar tequila een gebruikelijker goedje was. Steve, de

barman, moest hebben gehoord van zijn fooi, want hij kwam gelijk aanlopen en zette een glas voor hem neer.
'Wat mag het zijn, meneer?'
'Cuervo Gold. Zonder iets erbij.'
Steve schonk de vloeistof in het glas en begon een ander op te poetsen. 'Ben je op doorreis?'
'Zo zou je dat kunnen zeggen. Ik heb een huis op de heuvel, maar inderdaad, soms ben ik er wel en soms ben ik er niet.'
De man stak zijn hand uit. 'Ik ben Steve Barnes. Welkom op het eiland.'
'Dank je. Kevin Stillman.'
De man bleef rondhangen en stelde nog wat meer vragen, die Kent kort, maar vriendelijk beantwoordde. Ten slotte dwaalde Steve in de richting van de andere klanten, die het hadden over een toerist die van een vissersboot was afgevallen en klem was komen te zitten in een net. Kent glimlachte een keer, maar hij voelde zich een buitenstaander en de leegte in zijn borst leek groter te worden. Misschien als hij een paar honderd dollar tevoorschijn trok en daarmee in hun buurt ging staan te wuiven. *'Hé, jongens, ik ben rijk. Stinkend rijk. Ja hoor, je mag best mijn tenen likken als je dat wilt. Eén tegelijk graag.'*
Tegen de tijd dat Kent op de cirkelvormige oprijlaan voor zijn villa parkeerde, waren zijn gedachten verdoofd door de alcohol. En dat was wel prettig, vond hij. Want iets in hem was pijn begonnen te doen toen hij die idioten aan de bar maar door had horen zeuren.
Maar morgen was er weer een dag en morgen zou de afrekening plaatsvinden. Zeker weten. Wat maakte hem die vijftienhonderd dollar dan nog uit die hij voor het diner had neergeteld. En wat maakte hem dan de dwaasheid nog uit van de mensen die nu nog steeds aan de bar hingen, kakelend tegen Steve, de barman.
Kent liet zich op bed vallen. Morgenavond zou hij de duimschroeven aandraaien.
Binnen een minuut was hij in dromenland.

33

Donderdag

Markus Borst rende door de bank heen, hijgend en puffend. Het kon hem niet schelen wie hem in deze staat van opperste verwarring zag die duidelijk van zijn gezicht afstraalde.

Hij was er niet aan gewend om te rennen en halverwege de lobby realiseerde hij zich dat het waarschijnlijk geen gezicht was, met zijn korte beentjes, zijn op en neer verende pens en zijn pompende armen. Maar de ernst van de situatie schoof die gedachte weg voor hij goed en wel was opgekomen. Tientallen blikken volgden hem, maar hij negeerde ze. Wat als Price niet in zijn kantoor zat?

Hij kwam Mary tegen toen hij de hoek omstormde in de richting van Bentleys kantoor, en ze maakte een sprongetje van schrik. 'O!' Er viel een vel papier uit haar handen en ze deinsde terug. 'Meneer Borst!'

'Niet nu!' zei hij. Hij haastte zich langs haar heen en knalde door de deur van Bentleys kantoor zonder zelfs maar te kloppen. Er was een tijd om te kloppen en een tijd om niet te kloppen, en dit was een tijd voor dat laatste, als er ooit een tijd voor dat laatste was.

Price Bentley zat achter zijn grote kersenhouten bureau en zijn kale hoofd gloeide rood op onder de felle tl-verlichting in het plafond. Zijn ogen werden groot van de schrik en hij stond half op uit zijn stoel voor zijn dijen de onderkant van zijn bureau raakten en hij teruggeworpen werd in zijn leren zetel. Hij greep onmiddellijk naar zijn benen en trok een pijnlijk gezicht.

Bentley vloekte. 'Waar ben jij in vredesnaam mee bezig, Borst! *Man*, dat doet pijn!' Hij deed zijn ogen weer open en knipperde een paar keer snel naar Borst. 'Doe de deur dicht, gek. En zet dat ding op je hoofd recht! Je ziet er belachelijk uit!'

Borst hoorde hem nauwelijks. Hij knalde de deur instinctief dicht. 'Het geld is weg!'

'Wat?! Schreeuw even niet zo en ga zitten, Borst. Je pruik glijdt van je hoofd, man. Doe er wat aan.'

Borst voelde aan zijn hoofd en merkte dat zijn toupet op zijn rechteroor bleef hangen. Misschien was dat de reden wel waarom Mary zo erg schrok. Het moest er niet uit hebben gezien. Zijn gezicht werd rood van schaamte. Hij

rukte het ding van zijn hoofd en propte hem in zijn borstzakje.
'We hebben een probleem,' zei hij, nog hard nahijgend.
'Fijn. Waarom ga je niet door de hal rondrennen en het rondbazuinen terwijl je je er over buigt. Ga zitten en gedraag je.'
Borst ging op de rand van een van de stoelen zitten en keek Bentley aan.
'Goed, vanaf het begin.'
Zijn directeur deed nogal kleinerend en Borst haatte dat toontje. *Hij* was het tenslotte die dit hele idee bij Bentley had aangedragen. Hij had nooit het lef gehad om terug te bekken, maar soms was het op het randje.
'Het geld is weg.' Zijn stem beefde toen hij het zei. 'Ik heb een paar minuten geleden mijn persoonlijke rekening bekeken en iemand heeft alle stortingen verwijderd. Ik sta nu dus gewoon dertigduizend in het rood!'
'Dus is er gewoon een fout gemaakt. Een beetje onzinnig om half in te storten vanwege een administratieve fout.'
'Nee, Price, ik denk dat je het niet begrijpt. Dit is niet een of ander simpel -'
'Luister, idioot. Er worden constant fouten gemaakt. Niet te geloven dat je hier als een idioot komt binnenstormen omdat iemand een komma op de verkeerde plek heeft gezet.'
'Maar Price, ik zeg net dat dit niet -'
'Vertel mij niet hoe de dingen hier in elkaar steken!' blafte Bentley. 'Dit is *mijn* bank, toch? Als het jouw bank zou zijn, zou je mij precies mogen vertellen hoe het hier werkt. En stop met me Price te noemen. Een beetje respect graag!'
Borst voelde die woorden tegen zijn trommelvliezen beuken. Diep van binnen, waar de man in hem zich verschool, ging een schakelaar om en hij voelde het bloed naar zijn hoofd stijgen.
'Zeur niet, Price! Houd je kop en luister naar me. Je bent een hersenloze heethoofd met een grote bek en je luistert voor geen meter. Dus houd je kop en luister!'
De directeur zakte achterover en zijn ogen rolden bijna uit hun kassen. Maar hij zei niets, waarschijnlijk door de schok.
'Goed, of je het nu leuk vindt of niet, wiens bank dit dan ook mag zijn, we hebben een probleem.' Borst slikte. Misschien was hij te ver gegaan met die uitval. Hij bond een beetje in en vervolgde: 'Het gaat hier *niet* om een simpele administratieve vergissing. Ik heb de lijsten al uitgedraaid. Het geld is niet verkeerd weggezet. Het is gewoon verdwenen. Alles. Inclusief die kleine stortingen; die stortingen die -'
'Ik weet welke je bedoelt. En praat nooit meer op die toon tegen me, anders

ben je hier uitgespit.' De directeur staarde hem aan zonder te knipperen. 'Met een paar telefoontjes kan ik met jou hetzelfde doen als we met Kent Anthony hebben gedaan. Knoop dat maar goed in je oren.'
Borst plofte bijna, maar de man had gelijk. En er was niets wat hij daartegen kon doen. 'Sorry. Ik ben even te ver gegaan.'
Duidelijk tevreden dat hij Borst weer op zijn plaats had gezet, keek Bentley naar zijn computer en drukte een paar toetsen in. Hij kneep zijn ogen even tot spleetjes, tuitte zijn lippen en werd erg zwijgzaam. Er werd een druppel zweet zichtbaar op zijn slaap en zijn ademhaling leek moeizamer te gaan.
'Zie je,' zei Borst, 'het is gewoon verdwenen.'
De directeur haalde diep adem. 'Dit is jouw rekening niet, idioot. Deze is van mij. En die staat ook in het rood.'
'Zie je nou wel!' Borst schoof naar het puntje van z'n stoel. 'Beide rekeningen leeg. Het zou wel erg toevallig zijn als dat een administratieve vergissing is! Iemand heeft die stortingen gevonden en probeert ons te pakken te nemen!'
'Onzin!' Bentley draaide zich van zijn beeldscherm naar Borst, liet zijn hoofd zakken en greep naar zijn slapen. Hij stond op en liep naar het raam, waarbij hij over zijn kin streek.
'Wat denk je?'
'Houd je kop. Laat me nadenken. Ik had al tegen je gezegd dat het houden van die kleine stortingen een slecht idee was.'
'Wie zegt dat we ze hebben gehouden? Ze staan er minder dan een maand op. Ze zijn erop gezet zonder dat we ervan wisten en we gaan ze rapporteren, nietwaar? Maar dat verklaart *dit* nog niet,' zei Borst.
'Je hebt gelijk. En je hebt een complete lijst uitgedraaid, toch? Is er geen enkel spoor van waar het heengegaan is?'
'Helemaal niets. Ik zei al, het is gewoon gejat!'
Bentley ging zitten. Zijn vingers vlogen over het toetsenbord. Menu's verschenen en verdwenen, plaatsmakend voor weer andere menu's.
'Je zult niets vinden. Ik heb al gekeken,' zei Borst.
'Ja, maar nu kijk *ik*,' beet Bentley hem toe.
'Tuurlijk, maar ik zeg je, er is hier iets niet in de haak. En je weet dat we dit niet zomaar kunnen rapporteren. Als er een onderzoek komt, vinden ze het andere geld. En dan ziet het er niet best uit, Price.'
'Ik heb net tegen je gezegd me geen Price te noemen.'
'Schei uit, zeg. We zijn hier allebei een paar honderdduizend dollar armer gemaakt en jij zit je druk te maken over hoe ik je noem?'

Bentley stopte met tikken. 'Je hebt gelijk. Het is weg.' Hij sloeg met een grote vuist op zijn bureau. 'Dat is onmogelijk! Hoe is dat nu mogelijk? Hè? Vertel jij me dat nu maar eens, meneer de computergenie. Hoe kan iemand zomaar een bankrekening binnenwandelen en die leeghalen?'

Er ging Borst een lichtje op. 'Dan heb je een behoorlijk krachtig computerprogramma nodig.' Hij kwam iets uit z'n stoel. 'Met het AFPS zou je het misschien kunnen doen.'

'Het AFPS? Het AFPS zou een spoor achterlaten zo breed als de I-70.'

'Dat hoeft niet. Niet als je de broncode kent.'

'Wat zeg je me nu?'

'Ik weet het niet zeker en ik weet ook niet precies hoe je dat zou moeten doen, maar het zou kunnen door de code zelf aan te passen.'

'Nou, dat is geen goed nieuws, Borst. En weet je waarom dat geen goed nieuws is? Dat zal ik je vertellen. Omdat jij, mijn beste vriend, voor die code verantwoordelijk bent! Jij bent die briljante vent die dit gedoe in elkaar heeft gezet, nietwaar? Dat betekent dat jij van jezelf en van mij hebt gestolen, of dat iemand anders je programma gebruikt om de boel leeg te stelen.'

'Doe niet zo achterlijk! Die apen op mijn afdeling hebben het lef niet en nog veel minder de ervaring om zoiets te flikken. En ik heb in ieder geval niet met mijn eigen rekening lopen knoeien.'

'Tja, *iemand* heeft het gedaan. En je kunt die iemand maar beter opzoeken, anders loopt het niet best met je af. Begrijp je me?'

Borst keek zijn directeur aan, verbijsterd door hetgeen waar die op zinspeelde. 'Als het niet best met *mij* afloopt, hoef je er niet op te rekenen dat jij buiten schot blijft.'

'Dat heb je dan mooi mis, beste vriend.' Bentley tikte met zijn wijsvinger op zijn bureaublad, waarbij hij een bonzend geluid maakte, iedere keer dat de vinger landde. 'Als dit mis gaat, ga jij alle klappen opvangen, alles. En denk maar niet dat ik daar niet toe in staat ben.'

'We zullen het ontkennen,' zei Borst, waarmee hij de bedreigingen van Bentley wegwuifde.

'Wat ontkennen?'

'We ontkennen dat we hoe dan ook iets over onze rekeningen weten. We negeren het gewoon allemaal en doen alsof onze neus bloedt, wanneer er moeilijkheden van komen.'

'En zoals je al zei, als ze een onderzoek starten, krijgen we het zwaar voor onze kiezen.'

'Ja, maar die kans is klein. Heb je dan een betere suggestie?'
'Ja. Vind die imbeciel en jaag hem een kogel door zijn kop.'
Ze staarden elkaar een volle dertig seconden aan en langzaam begon het besef te dagen van hetgeen waar ze mee te maken kregen. Wanhoop kwam om de hoek kijken. Dit was niet een probleem dat zomaar weg zou gaan door het indrukken van wat toetsen.
Toen Borst een half uur later uit het kantoor tevoorschijn kwam, was dat met een kaal hoofd en een wit gezicht. Maar dat was even niet van belang. De druk op zijn hersens deed hem moeizaam slikken terwijl hij terugliep naar zijn eigen kantoor. Hij wist even niet wat hij moest doen om zijn gedachten tussen die bankschroef uit te krijgen.

Kent werd halverwege de ochtend wakker en slofte naar het terras. Zijn hoofd klopte een beetje. Hij kneep zijn ogen tot spleetjes tegen de helderblauwe lucht en wreef over zijn slapen. De wind voerde het geluid van de branding met zich mee, maar verder was het doodstil. Geen stemmen, geen vogels, geen motor, helemaal niets. Toen hoorde hij het gedempte geklop van een hamer van iemand die verderop langs de weg een nieuw huis aan het timmeren was. En met dat geklop opende de leegte in Kents borst zich weer. Een ontnuchterende herinnering aan het feit dat hij alleen op de wereld was.
Hij wierp een blik op zijn horloge en was plotseling klaarwakker. Vrijdagmorgen tien uur. Zijn mondhoeken plooiden zich tot een trage glimlach. Borst en Bentley zouden ondertussen de kleine verdwijntruck wel hebben opgemerkt. Zo zie je het wel, zo zie je het niet. Hij zag hen in gedachten voor zich, zwetend boven hun toetsenborden. Wat ze nog niet wisten, was dat dat nog maar het begin was. Hoofdstuk één. Maak uw veiligheidsgordels maar vast, dames en heren.
Zijn tong voelde enigszins aan als een leren lap en hij bedacht dat het tijd werd voor een mix. Ondertussen was hij natuurlijk wel stinkend rijk. Dat moest hij niet vergeten. Hoeveel mensen zouden niet maar wat graag hun kinderen willen inruilen voor het leven dat hij nu leidde? Een beeld van Spencer op zijn skateboard zweefde door zijn gedachten. Ja, een borrel zou hem goed doen.
Kent maakte een mix klaar en slenterde weer naar het terras. Het gedempte

geluid van de golven die de kust bereikten, dreef mee op de zachte bries. Hij moest tien uur zien door te brengen voor hij het telefoontje zou gaan plegen. Hij kon hier nu niet zomaar blijven hangen en zich een slag in de rondte drinken. Niet met dat gesprek dat er aan zat te komen. Hij zou zijn hoofd helder moeten houden. Dan kon hij misschien maar beter een frisse kop gaan halen in die golven daar beneden.

Een uur later stond Kent bij de pier. Hij staarde naar de lange rij jachten en vroeg zich af wat die zouden moeten kosten. Een lichte opwinding stroomde door hem heen.

'Wooow, *mate*!' De stem had een Australisch accent.

Kent draaide zich snel om en zag een oudere zeeman aankomen die een kruiwagen met proviand over de pier duwde. 'Als je even een stap opzij doet, zoon, dan ben ik sneller voorbij dan een zwaardvis aan een lijn.' Hij grijnsde, waardoor het masker van grijze haartjes dat zijn gezicht bedekte, doormidden spleet. Jaren in de zon en de buitenlucht hadden de huid van de man leerachtig gemaakt, maar gezien de korte broek en het hemdshirt dat hij aanhad, leek hij zich daar niet zo druk om te maken.

'Sorry.' Kent deed een stap opzij, zodat de man kon passeren, en volgde hem toen. 'Eh, neem me niet kwalijk.'

'Even je mond houden, zoon,' zei de man met krakende stem en zonder om te kijken. 'Zoals je ziet, loop ik met een zwaar vrachtje in mijn handen. Ik kom zo bij je. Pak maar vast een biertje.'

Kent glimlachte en volgde de man naar een grote witte boot aan het eind van de pier. De *Marlin Mate*. Het was een *Roughwater*, zoals het kleine, roestvast stalen plaatje op de romp zei. Hij schatte het schip rond de vijftig voet. Een meter of vijftien.

'Is dit uw boot?' vroeg Kent.

'Je gehoor is zeker niet best? Hou effe je klep, *mate*.' De zeeman duwde de kruiwagen over de loopplank heen en het dek op, waarna hij met de spullen in de kajuit verdween. Hij gromde van de inspanning. Kent had zijn grijns verloren en vroeg zich af of de man wel helemaal spoorde. Hij zou in ieder geval wel een cursus sociale contacten kunnen gebruiken.

'Zo,' zei de man, terwijl hij weer uit de kajuit tevoorschijn kwam. 'Dat duurde niet lang, of wel? Ja, dit is mijn boot. Wat kan ik voor je doen?' De blauwe ogen van de schipper sprankelden net als de zee.

'Wat moet dit ongeveer kosten?' vroeg Kent, terwijl hij zijn ogen over het jacht liet zwerven.

‘Veel meer dan je zou denken. En ik verhuur hem niet. Als je een dagtocht wilt maken, heeft Paulie -’
‘Ik geloof niet dat u mijn vraag beantwoordt. Het was toch een heel eenvoudige vraag. Hoeveel zou een boot zoals deze me kosten?’
De man aarzelde, duidelijk verward door de brutale manier van doen van deze vreemdeling. ‘Wat wil je – hem kopen? Zelfs al zou je hem kunnen betalen, hij is niet te koop.’
‘En waarom denkt u dat ik hem niet zou kunnen betalen?’
‘Hij is nogal prijzig, *mate*. Ik heb hem al mijn halve leven en hij is nog steeds niet afbetaald.’ Het leren gezicht glimlachte. Zijn tanden stonden niet allemaal even recht en er ontbrak het een en ander. ‘Heb je vijfhonderdduizend dollar op zak?’
‘Vijfhonderd, hè?’ Kent liet zijn ogen weer over het jacht gaan. Het zag er bijna als nieuw uit. Als de Australiër hem al zo lang had als hij beweerde, had hij er goed voor gezorgd.
‘Hij is niet te koop.’
Kent keek de oude man aan, die nu een koppige blik op zijn gezicht had. ‘Hoeveel wilt u ervoor hebben? Ik betaal hem contant.’
De man keek hem even strak aan zonder iets te zeggen. Waarschijnlijk kraakte het nu onder zijn hersenpan.
‘Vijf en een halve ton dan?’ drong Kent aan.
De blauwe ogen werden groter. Een minuut lang zei hij niets. Toen gleed er een glimlach over zijn gezicht. ‘Zevenhonderdduizend Amerikaanse dollars en hij is van jou, *mate*. Als je gek genoeg bent om er zoveel voor neer te tellen, denk ik dat ik gek ben als ik hem niet verkoop.’
‘Ik betaal je zevenhonderd op één voorwaarde,’ reageerde Kent. ‘Dan stem je ermee in hem nog een jaar te houden. Je leert me ermee om te gaan en zorgt ervoor wanneer ik niet in de buurt ben.’
‘Ik ben geen steward, *mate*.’
‘En ik *zoek* geen steward. Je laat me gewoon wat rommelen, leert me een paar dingen en wanneer ik er niet ben, kun je doen wat je wilt.’
De man staarde hem nu met een doordringende blik aan. Waarschijnlijk probeerde de man hem in te schatten. ‘Als jij mij die contanten laat zien, laat ik jou het schip zien. Als het mij bevalt wat ik zie en als het jou bevalt wat jij ziet, hebben we een deal.’
Kent was een uur later terug met een koffertje. Het beviel het leren gezicht – of Doug Oatridge, zoals hij zichzelf noemde – wat hij zag. Kent wilde de zee

op, de bries door zijn haar voelen strijken, een paar biertjes drinken, zichzelf even een paar uur wat afleiding bezorgen. Even wat ontspannen op het dek van zijn eigen jacht, terwijl Borst en Bentley hun nagels tot op het bot afkloven. Rond de middag voeren ze met een snelheid van precies twintig knopen op zee. Er lag nu een permanente glimlach op het gezicht van Doug, terwijl hij het schip over de oceaan stuurde. Die dacht ongetwijfeld aan het geld. Ze zaten op gemakkelijke stoelen met kussens, aten sandwiches en dronken ijskoud bier. De zon stond al wat lager aan de hemel toen de eerste vis wilde bijten. Tien minuten later haalden ze een tonijn van bijna anderhalve meter aan boord en schoven hem de koeling in. Kent had geen idee wat ze met het beest moesten – misschien wel op de grill gooien, hoewel hij nooit zo van tonijn had gehouden. Hij had liever zwaardvis of zalm. In het halve uur daarna kreeg de vis gezelschap van nog drie neven en toen stopten ze met bijten. Doug had het erover dat tonijn in scholen zwom, maar Kent vermoedde dat de vissen het gewoon zat waren om zich zo zinloos op te offeren.

De enige domper op een verder perfecte dag kwam toen Kent de fout maakte om aan Doug te vragen hoe hij er ooit toe was gekomen een boot te kopen. De oude man was duidelijk gewend geraakt aan Kent en wat losser geworden van het sixpack, en dat maakte zijn verhaal er niet bepaald korter op. Hij was twee keer getrouwd geweest, zei hij. Eerst met Martha, die hem in Sidney had verlaten voor een basketballer. Toen met Sally, die hem drie zoons had geschonken en hen na tien jaar allemaal zat was geweest. Het was een erfenis van honderdduizend dollar die hem en zijn zoons naar deze eilanden had gebracht, op zoek naar een schip, om een nieuw leven te beginnen. Toen had hij de *Marlin Mate* gekocht. Twee van zijn zoons hadden het eiland binnen een jaar verlaten – naar Amerika, om zelf een nieuw leven te beginnen. En de jongste, Bobby, was een jaar later tijdens een storm overboord geslagen.

De oude man keerde zich van hem af en staarde met vochtige ogen naar de zee, nadat hij zijn verhaal als een loden gewicht in Kents gedachten had gedumpt. Het bier in Kents hand voelde opeens heel zwaar aan. Hij zag in gedachten een klein jongetje van het dek glijden, gillend om zijn vader. Hij kreeg een brok in zijn keel.

Een uur later legden ze de boot weer aan bij de pier en Kent toonde zoveel belangstelling voor de procedure als hij kon opbrengen. Hij schudde de oude man de hand. Of hij morgen weer het water op wilde? Nee, morgen niet. Kon hij morgen dan zelf de boot meenemen? Ja, natuurlijk. Doe wat je wilt, Doug. Hij klopte de man op zijn rug en glimlachte. Houd de boot ook eigenlijk

maar, dacht hij, maar beteugelde meteen die belachelijke gedachte.
'Hé, ik ga met mijn maten vanavond wat drinken. Ga je mee? Er zijn ook dames bij.'
'Dames?'
Dougs gezicht spleet weer in tweeën. 'Meiden, *mate*. Strandpoezen in bikini.'
'O, oké. En waar vindt dat feestje plaats?'
'Hier op de boot. Maar maak je geen zorgen, *mate*. De eerste die hier over zijn nek gaat, gaat overboord.'
Kent glimlachte. 'Nou, dat is een hele geruststelling. Misschien. Ik zie wel.'

34

Ondanks dat hij een helder hoofd nodig had, sloeg Kent toch twee stevige borrels achterover voor hij om acht uur zijn telefoontje ging plegen. Het schoot niet op als zijn tanden van de zenuwen tegen de hoorn zouden klapperen, want zijn zenuwen gingen met het uur strakker staan.
Het was donker geworden op het eiland. Vanaf het terras van de villa leek de zee wel zwart, onderbroken door een witte, blikkerende streep die de maan op het water wierp. Overal op de helling zag hij lichtjes branden. Het was nauwelijks voor te stellen dat de zon al was opgegaan over een drukke stad met de naam Tokyo. Hij had foto's gezien van het hoge, metaalkleurige gebouw waarin het hoofdkantoor van de Niponbank zich bevond, neergekwakt in het drukste gedeelte van de stad. Maar dat was in alle opzichten zover verwijderd van de serene stilte die hem omgaf. Hij voelde zich een beetje nevelig. Kwam dat door deze heerlijke omgeving of kwam het door de alcohol?
Er klonk een belletje achter hem en Kent schrok. Het was tijd.
Hij greep de draadloze telefoon van de tafel en staarde naar de knopjes. Zijn hart bonkte in zijn keel. Voor de eerste keer in een maand gaf hij zichzelf bloot. En waarom eigenlijk?
Kent schraapte zijn keel en sprak met een barse stem, een stem waarvan hij dacht dat hij met geen mogelijkheid te herkennen zou zijn. 'Hallo, met Bob.'
Te hoog. Hij had het wel duizend keer geoefend. 'Hallo, met Bob.'
Schiet toch op, vent.
Hij toetste snel de nummers in.

Een elektronische stem beantwoordde zijn telefoontje. 'Fijn dat u de Niponbank belt. Als u in het Japans te woord wilt worden gestaan, toets één. Als u in het Engels te woord wilt worden gestaan, toets twee.' *En als u belt om uzelf op te laten pakken voor grootschalige verduistering, toets drie.*
Kent haalde diep adem en toetste een twee in.
Het duurde bijna tien minuten voor hij de juiste persoon aan de lijn had. Ene meneer Hiroshito – de enige directeur van wie Kent wist dat die hem snel in contact kon brengen met de echt grote mannen aan de top. Hij kende Hiroshito, omdat die ooit Denver had vereerd met een bezoek en de medewerkers van de bank hadden een dag lang om hem heen gedanst als gieren om een vers kadaver.
'Hiroshito.' De man noemde zijn naam alsof hij een bevel gaf om aan te vallen.
Rustig aan, vriend. 'Meneer Hiroshito, u kent me niet, maar dat zou eigenlijk wel moeten. Ik ben -'
'Het spijt me. U bent waarschijnlijk verkeerd doorverbonden. Ik zal u doorverbinden met de telefoniste.'
Kent sprak snel voor de man hem kon afpoeieren. 'Uw bank is een miljoen dollar kwijt, is het niet?'
Er klonk alleen maar wat statische ruis. Kent vroeg zich af of hij toch niet snel genoeg was geweest. 'Hallo.'
'Wie bent u?'
'Ik kan u helpen die zoekgeraakte miljoen terug te krijgen. En doe geen moeite om dit telefoongesprek te laten traceren – u zult erachter komen dat dat onmogelijk is. Heb ik uw aandacht?'
Hij hoorde dat Hiroshito zijn hand over de hoorn had gelegd en in het Japans enkele bevelen fluisterde. 'Ja,' zei hij. 'Met wie spreek ik? Hoe weet u hiervan?'
'Het is mijn zaak hoe ik dit soort dingen weet, meneer. Goed, ik zal het u zo snel en zo duidelijk mogelijk uitleggen. Het zou het beste zijn als u dit gesprek opneemt. Hebt u opnameapparatuur?'
'Ja, maar ik moet weten wie u bent. U kunt natuurlijk niet van mij verwachten -'
'Als u mijn voorwaarden accepteert, zult u me snel genoeg leren kennen, meneer Hiroshito. Neemt u dit al op?'
Een stilte. 'Ja.'
Kent haalde diep adem.

‘Gisteren is er een miljoen dollar van de Niponbank gestolen, maar goed, dat wist u al. Wat u niet weet, is hoe *ik* dit weet. Ik weet dit namelijk omdat iemand binnen uw bedrijf, wiens naam ik niet zal noemen, me heeft getipt. Maar dat is redelijk onbelangrijk. Wat echter wel belangrijk is, is het feit dat ik kans heb gezien in te breken in uw systeem en de missende balans heb weten te achterhalen. Het is me ook gelukt het eerste traject van een wegsluistransactie te achterhalen. En ik ben ervan overtuigd dat ik de gehele diefstal zal kunnen blootleggen.
Goed, voordat u ernaar vraagt, laat me u dan vertellen *wat* u gaat vragen. Wie denk ik dan wel niet dat ik ben dat ik kan achterhalen wat de beste softwarespecialisten van uw bank niet kunnen achterhalen? Ik heb een nummer: 24356758. Schrijft u dat alstublieft op. Daarheen kunt u mijn beloning overmaken als ik kans zie de dief te achterhalen en u uw geld terug te bezorgen. Zoals u zult begrijpen, moet ik mijn identiteit beschermen, maar voor het gemak kunt u me Bob noemen. Van nu af aan heet ik Bob. Ik kan u verzekeren dat Bob behoorlijk handig is in het manipuleren van elektronische data. Zonder meer een van de besten ter wereld op zijn vakgebied. U hebt nog nooit van hem gehoord omdat hij er altijd op heeft gestaan in volledige anonimiteit te werken. Feit is dat hij daar zelfs van afhankelijk is. Maar niemand is beter in staat uw geld te achterhalen, dat is een ding dat absoluut vaststaat. Begrijpt u het tot zover?’
Hiroshito had de plotselinge vraag niet verwacht. ‘Eh... ja. Ja.’
‘Mooi. Dan zijn hier Bobs voorwaarden. U geeft hem ongelimiteerde toegang tot iedere bank waarvan hij denkt dat dat nodig is voor zijn onderzoek. Hij zal u uw geld terugbezorgen en de manier blootleggen waarop de dader uw geld heeft weggenomen. Jullie hebben duidelijk een gat in jullie systeem, waarde vriend. En hij zal u niet alleen uw geld terugbezorgen, hij zal ook nog eens dat gat dichten. Als... en alleen als hij daarin slaagt, zult u een vindersloon van 25% op de rekening op de Kaaiman Eilanden storten die ik u eerder heb genoemd: 24356758. U zult dat geld overboeken binnen een uur nadat u alles weer terug hebt. En verder, als hij slaagt in zijn opzet, zult u hem immuniteit verschaffen in verband met welke aanklacht dan ook in deze zaak. Dat zijn zijn voorwaarden. Als u die accepteert, kan ik u verzekeren dat u uw geld terugkrijgt. U hebt precies twaalf uur om te beslissen. Ik bel u dan terug om uw beslissing te horen. Volgt u me nog steeds?’
‘Ja. Maar hoe is dat mogelijk? Hoe kunnen we er zeker van zijn dat u oprecht bent, meneer... eh... Bob?’

'Dat kunt u niet. En wanneer u eenmaal de tijd hebt genomen om erover na te denken, zult u zien dat het ook niet uitmaakt. Als ik niet slaag, betaalt u niets. Maar u moet zich eens afvragen hoe ik weet wat ik weet. Niemand kent de werking van het elektronische geldverkeer zo goed als ik, meneer Hiroshito. Ik ben eenvoudigweg de beste. Geeft u deze boodschap alstublieft onmiddellijk door aan uw superieuren.'

'En hoe weet ik -?'

'U weet al genoeg,' onderbrak Kent hem. 'Speel uw opname maar af voor de hoogste man. Hij zal instemmen met mijn voorwaarden. Goedendag.'

Kent hing op terwijl een stamelende Hiroshito hem nog langer aan de lijn probeerde te houden, en liet langzaam zijn adem ontsnappen. Zijn handen beefden en hij balde ze tot vuisten. Man, wat voelde dat goed! Hij nam een flinke slok uit zijn glas, knalde dat terug op tafel en gooide zijn vuist in de lucht. 'Yes!'

Natuurlijk was het niet rond. Nog niet. Maar het was de daad op zich. Het plan. De opwinding van de jacht, zoals ze dat noemden. Binnen een uur zouden al die bobo's daar weten dat er een elektronische tovenaar rondliep die zo hun systeem kon binnenwandelen en doen wat hij wilde. Een gek die zichzelf Bob noemde. *Dat* was pas macht! Dat hij niet alleen in staat was het te doen, maar dat ook anderen geloofden dat hij het kon doen.

Kent liep op wankele benen naar de badkamer. Over twaalf uur zou hij zijn antwoord hebben. En wat als ze nee zeiden? Als ze nee zeiden, kon hij altijd opnieuw inbreken en nog een miljoen pakken. Dan zou hij terugbellen en hun vragen of ze niet nog eens over zijn voorstel wilden nadenken. *Ha!*

Inderdaad, dit was pas macht!

Kent ging naar Dougs feestje op de *Marlin Mate*, later die avond, bij gebrek aan een goed alternatief. Eigenlijk trok het idee om met twintig mensen op een schommelende boot te zitten hem ook niet erg. En dat er dames zouden zijn – waarschijnlijk niet erg dik gekleed – en drank interesseerde hem ook niet echt. Het klonk op het ogenblik allemaal een beetje saai. Maar om nu thuis uit zijn neus te gaan zitten eten, was ook niet alles, dus reed hij met de Jeep naar de pier en ging aan boord van de wiebelende boot.

Die Australiër wist hoe hij moest feesten. Het was waarschijnlijk het enige wat hij had geleerd, naast schipperen. Zoals beloofd, zwermde er een tiental meiden over de twee dekken. Op een bepaald moment moest Doug iets hebben laten vallen over het feit dat die blonde man die op het bovendek zat, goed in de slappe was zat, want de vrouwen begonnen zich om Kent heen te verzamelen met lonkende ogen en getuite lippen.

Het eerste uur genoot Kent van de aandacht, maar tegen middernacht realiseerde hij zich dat hij zich niet aangetrokken voelde tot deze schoonheden in badpak. Misschien had de alcohol zijn libido te ver ingedamd. Of misschien was de herinnering aan Gloria gewoon nog te vers. Misschien had dat gat in zijn borst wel het leven uit hem weggezogen – hem alle lust ontnomen. Dat besef viel als een natte deken over hem heen.

Tegen de tijd dat hij zichzelf de heuvel weer had opgesleept, het was ondertussen twee uur 's nachts, had de alcohol hem al beroofd van zijn vermogen om daar verder over na te denken. Dit was de laatste keer dat hij met Doug en zijn dames zou feesten.

Toen Kent weer in het land der levenden terugkeerde, kwam dat doordat er een eindeloos getjilp in zijn oren klonk. Iemand floot naar hem vanuit de steeg. Hij draaide zich met een ruk om, behalve dan dat hij zich niet met een ruk *kon* omdraaien, omdat het dode lichaam van meneer Brinkley over zijn schouder hing, met zijn achterwerk omhoog. Hij ging bijna onderuit.

Twiep, twiep, twiep!

Zijn hart ging als een razende tekeer door dat doordringende alarm. Ze hadden hem gevonden! Een figuur rende door de schaduwen naar hem toe, zijn hand beschuldigend uitgestoken, een fluitje in zijn mond.

Twiep, twiep, twiep!

Hij en meneer Brinkley waren op heterdaad betrapt bij de bank! De rest van die nonsens over het kopen van een villa en het varen met zijn jacht was een droom geweest. Hij was nog steeds bij de bank!

En toen doemde het gezicht van de fluitende figuur op uit de schaduw en het hart van Kent klopte in zijn keel. Het was de zwerver! En hij floot niet met een verchroomd fluitje van twee dollar, maar met die lange tong van hem.

Kent vloog overeind, nat van het zweet. Zijn hart ging tekeer als een gek.

Twiep, twiep, twiep.

Hij stak een hand uit en gaf een dreun op de wekker.

Acht uur! Hij sprong uit bed en gooide wat koud water over zijn gezicht. Hiroshito en zijn maatjes zaten te popelen bij de telefoon – dat hoopte hij tenminste. Klaar om zaken te doen. En zo niet, zou hij doorgaan met zijn spelletje en hun wereld nog wat meer op zijn kop zetten. Misschien zou hij de volgende keer wel *vijf* miljoen pakken! Daar zouden ze nog eens van opkijken. Natuurlijk zou hij het allemaal terug moeten geven – dit was niet zoiets als twintig onnaspeurbare centen jatten van miljoenen argeloze donoren; dit was gewoon grootschalige verduistering. Ze zouden erbovenop zitten, als mieren op een pot suiker. En ten slotte zouden ze de link vinden. En dat was de reden dat hij snel moest bellen en de deal maken voor ze het geld op *hun* manier zouden terugvinden.

Hij greep de telefoon en toetste het nummer in. Deze keer kostte het hem nog geen zestig seconden om Hiroshito aan de lijn te krijgen.

'Hallo.'

'Meneer Hiroshito, met Bob. Herinnert u zich mij nog?'

'Ja. Ik heb hier iemand die u graag wil spreken.'

Kent zat op een gemakkelijke stoel op zijn terras en keek uit over de blauwe zee. 'Prima.'

Er klonk een andere stem door de telefoon; sluw, en de eigenaar ervan kwam gegarandeerd oorspronkelijk ergens uit de Kaukasus. 'Bob? Spreek ik met Bob?'

'Jep.' De klank van de stem deed Kent aan die van een maffiabaas uit de een of andere gangsterfilm denken.

'Oké, Bob. Ik weet niet wie je bent en dat kan me ook eigenlijk niet schelen. Maar *jij* weet wie *wij* zijn en je moet weten dat wij geen zaken doen met afpersers en chanteurs. Dus waarom stop je niet met dit spelletje? Je kunt maar beter gewoon open tegen ons zijn in plaats van kiekeboe te spelen, oké, vriend?'

Kent knarste met zijn tanden, overspoeld door de plotselinge aandrang om de telefoon van de heuvel af te smijten. Misschien moest hij maar eens naar Tokyo vliegen en die makker verbouwen. Hij sloeg zijn benen over elkaar en zuchtte expres hard.

'Het spijt me, meneer...'

Een stilte. 'Noem me maar Frank.'

'Het spijt me, Frank, maar je snapt het niet helemaal. Sorry voor de verwarring. Misschien dat je net even naar het toilet was toen ze de tape hebben laten horen. Niemand die zo slim is als jij zou het lef hebben om een man in mijn positie te bedreigen. Luister naar de tape, Frankie. Ik bel je over tien minuten terug.' Kent hing op.

Er hamerde iets in zijn borstholte. Waar was hij mee bezig? Natuurlijk had Frank naar die tape geluisterd – dat was de reden waarom hij de term *afperser*

gebruikte. Want daar kwam het natuurlijk wel zo ongeveer op neer. Eigenlijk was hij gewoon een kidnapper die geld wilde zien. Hij had hun systeem gekidnapt en daar was hij zich zeer van bewust. Wat hij eigenlijk wilde, was de sleutel tot hun systeem omruilen voor immuniteit en natuurlijk $250.000,00.
Kent liep naar de keuken en schonk een borrel in. Een Tequila Sunrise zonder ijs en citroen. Als hij ooit een borrel nodig had gehad, was dat nu wel.
Toen hij tien minuten later terugbelde, verbonden ze hem gelijk door.
'Bob?' Het was Frank en hij klonk al een stuk minder zeker.
'Heb je naar de tape geluisterd, Frank?'
'Natuurlijk heb ik naar de tape geluisterd!' snauwde de andere man. 'En nu luister je eens goed -'
'Nee, want jij gaat naar *mij* luisteren, beste vent! Als je er ook maar een seconde aan twijfelt dat ik capabel genoeg ben om te doen wat ik beweer te kunnen doen, moet je gewoon mijn voorstel afwijzen. Kom niet aanzetten met al die macho blabla. Of je huurt me tegen een vindersloon van 25% en immuniteit, of je doet het niet. Is dat nu zo moeilijk?'
'En hoe weten we dan dat jij dat geld zelf niet hebt gestolen?'
'Slimme jongen, Frankie, maar ik geloof toch dat je niet goed naar de tape hebt geluisterd. Ik heb gezegd dat ik de daders aan jullie zou uitleveren en het lijkt me niet logisch dat *ik* dat zou zijn, of wel? En wat belangrijker is, jullie betaling van mijn vindersloon is afhankelijk van het sluiten van het gat in jullie systeem, door mij. Dat gat waardoor ze zich toegang hebben verschaft tot die miljoen dollar. Deze keer was het nog één miljoen. Wat als de bij de volgende klap *tien* miljoen pakken?'
'Ik ben er niet helemaal zeker van of ik dat als een bedreiging of als een waarschuwing moet beschouwen, Bob.'
'Beschouw het maar als een waarschuwing. Wees geen sukkel, Frankie. Ik ben hier niet de dief. Beschouw me maar als jullie cybercop. Oké, ik moet toegeven dat ik niet goedkoop ben, maar goed, ik stuur alleen maar een rekening als het me lukt jullie probleem op te lossen. Dus... hebben we een deal of niet? Er wachten andere klanten.'
Het bleef even stil aan de andere kant van de lijn. Ze waren aan het overleggen en Kent liet hen praten.
Toen er weer werd gesproken, was dat door Hiroshito. 'We accepteren uw voorwaarden, meneer... Bob. U hebt twee weken om het lek in de beveiliging te dichten en ons geld terug te vinden. Is er iets wat u in de tussentijd van ons nodig hebt?'

'Nee. Ik zal maandagmorgen contact met u opnemen met een lijst van banken waartoe ik vrije toegang nodig heb. Tot dan, rust uit, mijn vrienden. Jullie hebben de juiste beslissing genomen.'
'Dat hoop ik dan maar, Bob. Dit is heel ongebruikelijk.'
'We leven niet langer in een wereld waar postkoetsovervallers met Winchesters lopen te zwaaien, meneer Hiroshito. Vandaag de dag zijn het de toetsenborden waar we voor uit moeten kijken.' Het bleef stil aan de andere kant van de lijn en hij vroeg zich af of de Japanse directeur de vergelijking snapte.
'Tot ziens.'
'Tot ziens.'
Kent liet de telefoon op tafel vallen en haalde diep adem. Hij had het hem geflikt! Het leven als crimineel was zo slecht nog niet.
Natuurlijk zou hij meneer Hiroshito geen lijst geven van banken waar hij vrije toegang wilde hebben, want hij was helemaal niet van plan om een lijst banken te gaan bezoeken. Hij zou maar in één bank gaan wroeten en die stond in Denver, Colorado.
Maandag zou hij teruggaan naar waar hij vandaan kwam. Terug naar Stupid Street. Een roekeloos plan. Pure dwaasheid! Beangstigend eigenlijk. Zoals een moordenaar die terugkeert naar de plaats van de misdaad om te zien of de politie al iets heeft gevonden. *'Hé, jongens! Ik ben het! Wat vinden jullie ervan? Niet slecht gedaan, hè?'*
Kent stond wankelend op en pakte de fles die op de balie bij de keuken stond. Hier moest op gedronken worden. Hij ging echt niet compleet nuchter terug naar Stupid Street.

35

Zondag

Helen liep met Bill Madison onder de licht wuivende eiken door, een kilometer of acht van haar huis vandaan, nog lang niet moe. Het park ritselde en ruiste van door de wind voort geblazen bladeren. Het was alweer halverwege de herfst. Een dichtgetrokken lucht zorgde voor een grijze dag, maar het licht scheen helder in haar hart, dacht ze. Iedere dag een beetje helderder. En dat betekende dat er iets zat aan te komen.

'Ik moet echt eens nieuwe loopschoenen kopen,' zei ze.

Bill paradeerde naast haar voort, gekleed in een groen joggingpak en de hardloopschoenen die hij speciaal had gekocht voor dit soort wandelingen met haar. Die dag in haar woonkamer had het leven van de voorganger veranderd. De hemelse gewesten waren even voor hem opengetrokken en hij was een nieuwe man geworden. Hij had de volgende dag aangekondigd dat hij haar 's middags wilde vergezellen, wanneer zijn agenda dat tenminste toeliet. In feite *zorgde* hij er gewoon voor dat zijn agenda het toeliet. Volgens hem zou hij haar namelijk wat gemakkelijker bijhouden als hij haar op het laatste stuk vergezelde. En bijgehouden had hij haar, overlopend van een enthousiasme dat aanstekelijk was.

'Hoeveel paar heb je ondertussen versleten? Hoe lang loop je nu sowieso al – twee, drie maanden?'

'Drie. Ik loop nu ongeveer drie maanden en ik denk dat dit mijn tiende paar schoenen is. Maar nog wel steeds dezelfde benen. Die heb ik nog niet ingeruild.'

Hij grinnikte. 'Nee, dat zal niet.'

Ze liepen weer honderd meter voor Helen hem vertelde wat haar de laatste paar kilometer bezighield. 'Ik denk dat we het einde naderen.'

Hij keek haar verrast aan. 'Het einde? Van het lopen?'

'Ja.' Ze glimlachte. 'Het is heel wat, weet je – dat de Geest van God door je oude botten heen stroomt als de een of andere soort anabole steroïde. Dat geeft het wandelen in de Geest een nieuwe betekenis.'

'Dat zie ik, ja. Weet je, toen ik in jouw woonkamer dat visioen zag, kon ik er maar niet bij hoe duidelijk alles was. Alle vragen gingen gewoon in rook op. *Poef*, en weg waren ze. God is duidelijk God en de hemel bestaat gewoon en ieder woord dat hier op aarde wordt gesproken, heeft daar de aandacht. Maar ik moet je zeggen dat hier beneden niet altijd alles zo duidelijk is, zelfs na zo'n ervaring. De tijd verzwakt de herinneringen en wat enkele weken geleden nog zo duidelijk was, begint nu wat bewolkt te raken. Slaat dat ergens op?'

Helen knikte. 'Kristalhelder.'

'Nou, ik zal je vertellen, als je dat maffe wandelen niet had gedaan – dat ongelofelijke wonder dat God met je benen heeft gedaan – zou ik echt hebben gedacht dat je malende was geworden, omdat je iedere dag voor een dode man bidt.'

'Daar hebben we het al eens over gehad, nietwaar?'

'Jep. Maar de laatste tijd niet meer. Denk je nog steeds dat hij nog in leven is?'

'Dat denken laat ik maar aan anderen over, dominee. Er is een woord van God dat zegt: "Vertrouw op de Here met uw ganse hart en steun op uw eigen inzicht niet." Ken je die tekst?'
'Tuurlijk.'
'Ik heb geleerd wat dat betekent. Mijn eigen gedachten vertellen me van alles wat een volwassen man nog zou doen wegkruipen in een konijnenhol. Wat denk je van het idee van een vierenzestig jaar oude dame die in een jurk en sportsokken meer dan dertig kilometer per dag loopt om te bidden voor een dode vent? Absurd toch? Zo absurd dat er hele theologieën in elkaar zijn gedraaid om dat soort dingen veilig in het verleden te houden. Alsof God op zekere dag wakker was geworden en zich plotseling had gerealiseerd dat de manier waarop Hij altijd van alles had gedaan, met vallende muren en pratende ezels en brandende struiken en zo, eigenlijk een beetje kinderachtig was. De mensheid is daar een beetje groot voor geworden, nietwaar?' Ze grinnikte. 'Dus aan het einde van iedere wandeldag moet ik mezelf altijd even knijpen, zodat ik er zeker van ben dat ik niet droom. Dat het allemaal echt gebeurt. Mijn geest is zo anders dan die van jou, Bill. Ik ben geneigd een hoop dingen niet te geloven.'
'Het is goed om te horen dat je al net zo menselijk bent als ik. Misschien is dat wel de reden dat God jou dit fysieke teken heeft gegeven. Het helpt je je geloof te houden.'
'Daar ben ik van overtuigd.'
'Dus je denkt dat Kent nog steeds in leven is?'
'Je weet niet van ophouden, hè? Laten we het zo zeggen, Bill: waar Kent zich ook bevindt, hij heeft mijn gebed nodig. De aandrang om te bidden is niet minder geworden.'
'Wat in principe moet betekenen dat hij nog in leven is.'
'Daar lijkt het wel op.'
'Maar je zei zojuist ook dat het allemaal op zijn einde loopt.'
Ze sloot haar ogen even en liet haar gedachten over het heldere licht in haar gedachten gaan. Hoewel ze al een week geen visioenen meer had gehad, hing er een verwachtingsvolle spanning in de lucht. Een lichtvoetigheid. Een helderheid, net achter de wolken. Hoe ze wist dat het nu allemaal behoorlijk snel zou gaan, bleef een raadsel, maar ze wist het.
'Ik denk van wel, ja. Maar ik heb geen idee *hoe* het zal eindigen. Mijn geest is licht, maar misschien is dat wel meer vanwege mijzelf dan vanwege hem. Ik weet het gewoon niet. Maar ik weet één ding. Wanneer deze benen beginnen

te wankelen van uitputting, is het over.'
Haar voorganger deed wat hij de afgelopen dagen al vaker plotseling deed – hij begon te bidden. 'Jezus, we houden van U. Vader, U bent soeverein en Uw wegen gaan verder dan ons menselijke verstand. Dank U dat U ervoor hebt gekozen om in ons te wonen. U bent machtig, U bent heilig, U bent almachtig.'
Hoe dit dan ook zou eindigen, dacht Helen, de kleine Community Church op de hoek van Main en Hornberry kon rekenen op een kleine schok. En dat was geen ramp. Helemaal niet zelfs.

Kent tuurde door het ovale raam het duister in. Een knipperlicht op de vleugeltip van het verkeersvliegtuig verlichtte de romp iedere drie seconden en hij verwachtte min of meer de zwerver zich aan de vleugel te zien vastklampen tijdens een van die flitsen. Welkom in de Twilight Zone. Het gestage gedreun van de motoren werd minder en het vliegtuig begon te dalen in het duister. Een zee van opgloeiende speldenprikken werd zichtbaar. Denver lichtte op als een enorme kerstboom die was omgevallen. Kerst in oktober.
Kent liet het ijs in zijn glas tinkelen en nipte aan de tequila. Hij was de tel kwijt van het aantal miniflesjes dat Sally, de sensationeel mooie stewardess van de eerste klas hem had gebracht – genoeg om de angst te verdrijven die zich ergens boven de Atlantische Oceaan in zijn borst had genesteld. Het voelde ongeveer aan als in de val zitten tussen een nest adders en een klif die uitkeek over een inktzwarte afgrond. Denver was natuurlijk dat nest slangen. Ze zouden sissen en naar zijn hielen bijten als hij niet oppaste.
Maar het was de klif achter hem die hem naar de kleine drankflesjes deed grijpen. Het was een angst waarmee hij had geworsteld toen hij de afgelopen twee dagen op het eiland had zitten wachten op zijn vlucht naar de States, starend over de Caribische Zee. Om eerlijk te zijn, werd hij dat paradijs op de heuvel een beetje zat voor hij de kans had gehad van het goede leven te genieten. Er was vrijdagmiddag een sombere sluier over de villa neergedaald en die was niet meer weggegaan.
Het probleem was eigenlijk vrij simpel: alles begon eigenlijk alweer zo gewoon te worden. Het maakte niet uit hoe vaak hij tegen zichzelf zei dat hij helemaal dolenthousiast zou moeten zijn vanwege zijn nieuwe jacht – het was tenslotte altijd een droom van hem geweest – maar hij kon zich er niet toe zetten van de heuvel naar beneden te rijden om ermee de oceaan op te gaan.

Dit besef veroorzaakte een langzaam opkomende paniek die steeds harder aan hem begon te knagen. Het soort paniek dat je zou verwachten wanneer je je hele hebben en houden hebt verkocht om een villa aan het strand te kunnen kopen, om er dan achter te komen dat het een van de kakkerlakken vergeven vervallen hut aan een modderige rivier is.

Eenmaal zaterdag voelde de villa meer aan als een gevangenis dan als een klein paradijsje, de tropische zon was een hoogoven geworden en de stilte een wanhopige eenzaamheid. En ondertussen vond hij geen rust, een situatie die brandstof op het vuur van zijn groeiende paniek gooide. Gekte. Gekte in het paradijs: de klucht van de menselijke natuur. *Wanneer jullie daar eindelijk aankomen, mijn vrienden, zullen jullie de grote Grappenmaker aantreffen, met een flinke frons in zijn voorhoofd.*

Ten slotte had hij alles verdronken in de tequila. Heel veel tequila.

Het leek een eeuwigheid te duren voor het zondag werd, maar uiteindelijk was het zover. Kent nam een miljoen dollar aan contanten mee, die hij op zijn lichaam droeg en in zijn bagage stopte, en ging aan boord van zijn indirecte vlucht naar Denver.

Het verkeersvliegtuig raakte het asfalt met het korte gegil van gemarteld rubber en Kent sloot zijn ogen. Hij was nu Kevin Stillman. Kevin Stillman. *Niet meer vergeten, slimme vent. Kevin, Kevin, Kevin.* Op zijn paspoort stond dat hij Kevin heette, zijn visitekaartje zei dat hij Kevin heette en tientallen bankrekeningen over de hele wereld zeiden dat hij Kevin was. Behalve bij de Niponbank – daar zou hij Bob zijn.

Het was tien uur tegen de tijd dat Kent de balie van de autoverhuurder verliet om zijn Lincoln Towncar op te halen. Het was een zwarte. Een uur later nam hij een kamer in het Hyatt Regency in het centrum, tien blokken van de bank vandaan. Hij liep gespannen als een veer door de lobby, vechtend tegen de angst dat iemand hem zou kunnen herkennen. Dat gevoel was natuurlijk totaal ongefundeerd. Hij leek totaal niet meer op de oude Kent. En dat *was* hij in feite ook niet. Hij was Kevin Stillman en Kevin Stillman had een nieuw gezicht – breder en gebruind. En zijn haar had hij nu bruin geverfd. Hij was niet de slungelige blonde vent meer die ooit bekend had gestaan als Kent Anthony. Als deze hotellobby er al voor zorgde dat het zweet op zijn voorhoofd stond, wat zou dan een wandelingetje door de bank met hem doen?

Hij belde die avond om elf uur naar Japan. Hiroshito bevond zich op de plek waar alle hardwerkende bankdirecteuren werden verwacht te zijn op maandagmorgen Japanse tijd – in zijn kantoor.

'Meneer Hiroshito?'
'Ja?'
'Met Bob. Kent u me nog?'
'Ja.'
'Mooi. Ik heb toegang tot de directeur van uw hoofdvestiging in Denver nodig. Om negen uur 's morgens, plaatselijke tijd. Hij heet Bentley. Meneer Price Bentley. Levert dat problemen op?'
Hiroshito aarzelde. 'Negen uur? De bank gaat om acht uur open. Dat is kort dag.'
'Niet te kort, lijkt me. U kunt in veel minder tijd een miljoen dollar overmaken, dus zal een telefoontje plegen ook wel lukken.'
'Natuurlijk. Hij zal klaar zitten.'
'Dank u, meneer. U bent zeer hulpvaardig.' Kent hing op en liep naar het minibarretje. Hij kreeg het voor elkaar voor middernacht in slaap te vallen, behoorlijk bedwelmd.

De geluiden van de ochtendspits stroomden gedempt zijn hotelkamer binnen toen hij om zeven uur wakker werd. Hij was in Denver! Maandagmorgen!
Kent stapte uit bed en douchte. Hij kleedde zich in het driedelig zwart, het eerste pak dat hij in drie weken had gedragen, zover hij zich kon herinneren. Hij had daar een wit overhemd bij gezocht dat werd geaccentueerd door een strikt zakelijke stropdas. Bob ging zaken doen.
Tegen de tijd dat hij de bank bereikte, liep het zweet in straaltjes langs zijn rug. Hij parkeerde de Towncar drie vakken bij zijn oude plekje vandaan en zette de motor uit. Stilte. Aan zijn rechterkant gaapte de roodstenen steeg met zijn lichtelijk zwartgeblakerde muil. Dat was waarschijnlijk zijn werk geweest. Herinneringen dansten als rijen foto's langs zijn geestesoog. Hij depte zijn voorhoofd en zijn nek met een papieren handdoekje dat hij uit het hotel had meegenomen. Hij kon daar natuurlijk niet naar binnen lopen terwijl hij eruitzag alsof hij zo uit de sauna kwam.
Wat als ze hem om de een of andere bizarre reden *wel* herkenden? Door zijn haarlijn, of zijn woordgebruik, of de klank van zijn stem.
Hij schraapte zijn keel en probeerde de stem weer uit. 'Hallo, ik ben Bob.'
Kent beet op zijn lip, deed een donkere zonnebril op en stapte uit zijn auto. Zijn vingers trilden. Hij balde zijn handen even tot vuisten om het te laten stoppen. Hij trok zijn stropdas recht en keek naar de trap die hem naar de

voordeur zou voeren. Er stroomden al klanten naar binnen en naar buiten. Hij haalde drie keer diep adem en kwam in beweging. *Nu of nooit, jongen. Maak gehakt van ze. Denk aan wat ze jou hebben aangedaan.*
En dat deed Kent. Hij spande zijn kaakspieren en liep zelfverzekerd de trap op, waarna hij door de glazen deur naar binnen beende en gelijk stokstijf bleef staan.
Zach, de beveiligingsman, die met neergeslagen ogen zijn rondjes door de hal maakte; de lange rij kasbedienden, die mechanisch hun werk deden; het lange zeiljacht dat midden in de lobby hing; een zee van gedempte stemmen die praatten over geld; de geur van tientallen parfums.
Als Kent doorzichtig was geweest, zouden ze zijn hart in zijn keel hebben zien kloppen en daar blijven hangen, een bal bewegend vlees. Hij wist plotseling zeker dat dit een absolute vergissing was geweest. Een enorme, immens grote vergissing. Hij kreeg de onweerstaanbare neiging om zich om te draaien en weg te rennen. Maar zijn spieren reageerden niet zo snel en hij aarzelde. En toen was het al te laat, want op dat moment kwam Sidney Beech recht op hem af met een verwelkomende glimlach.
'Kan ik u ergens mee helpen?' vroeg ze, iets wat Sidney Beech normaal gesproken niet deed met iedere willekeurige klant die de bank binnenliep. Het was waarschijnlijk zijn Blues Brothers blik, besloot hij. Hij had nog steeds zijn zonnebril op. Goed idee. Als ze zijn uitpuilende ogen zou zien, zou ze de bewaking wel eens kunnen bellen, in plaats van glimlachend naar hem toe te komen lopen.
'Neem me niet kwalijk, maar kan ik u ergens mee van dienst zijn?'
Kent schraapte zijn keel. *Blijf zakelijk, Bob. Wees geen watje.*
'Eh, ja. Ik kom voor ene meneer Bentley. Price Bentley.'
Ze hield haar hoofd een beetje scheef, op een beleefde manier natuurlijk. 'En u bent?'
'Bob.'
Ze wachtte op meer.
'Hij verwacht me,' zei Kent.
'Bob?'
'Bob.'
'Ik zal hem vertellen dat je op hem wacht, Bob. Als je even in onze foyer zou willen gaan zitten...'
'Vertel hem maar dat ik niet veel tijd heb. Ik ben niet van plan om op hem te gaan zitten wachten.'

Ze trok een wenkbrauw op en wist een lichte grijns niet te verbergen. 'Natuurlijk.' Sidney wees naar de gemakkelijke stoelen en liep naar het kantoor van Bentley, zonder twijfel om hem over die mafketel te vertellen die zojuist was binnengekomen.

Kent slenterde naar het schip toe en bestudeerde het alsof het hem interesseerde. Verscheidene kasbedienden keken nieuwsgierig zijn kant uit. Misschien kon hij de donkere zonnebril beter afdoen. En misschien had hij beter ook nog van die gekleurde contactlenzen kunnen kopen – zijn blauwe ogen zouden zijn ziel wel eens kunnen blootleggen.

Sidney kwam met klikkende hakken aangelopen. Dat was het dan. Hij liet haar komen.

'Bob?'

Hij draaide zich om en knarste met zijn tanden. *Hou dit strikt zakelijk, Bob.*

'Hij heeft meteen tijd voor je.' Ze had haar glimlach onderweg verloren.

Kent beende naar het kantoor toe zonder te wachten tot ze hem de weg zou wijzen en realiseerde zich toen dat hij een fout beging. Stom! Hij draaide zich naar haar om. 'Deze kant op?'

'Om de hoek,' zei ze.

Dat was beter. Hij liep naar het kantoor toe, op een manier zoals een cybercop dat zou doen, zelfverzekerder bij iedere stap die hij deed.

Kent legde zijn hand op de koperen deurknop, haalde een keer diep adem, deed de deur zonder kloppen open en stapte naar binnen. De overmaatse bankdirecteur zat achter zijn bureau als een groot formaat plumpudding. Kent had het idee dat zijn rechthoekige gezicht wat opgezwollen was. De man at goed van zijn nieuw gevonden rijkdom. De knoopjes van zijn overhemd stonden nog steeds op springen. Zijn stropdas wurgde hem nog steeds bijna. Zijn grote kersenhouten bureau stond er nog steeds statig bij. De lucht rook hier nog steeds naar sigarenrook. Alleen was de blik in Bentleys ogen veranderd sinds de laatste keer dat Kent hem had gesproken. En hij wist niet zeker of de ogen van de man uitpuilden van angst of van ergernis.

'Price Bentley?'

'Ja.' De man stak een hand uit over het bureau heen. Zijn gezicht spleet doormidden door een gecultiveerde glimlach. 'En jij moet Bob zijn. Er was mij verteld dat je zou langskomen.'

'Is dat zo?' Kent deed de deur achter zich dicht. Hij deed nonchalant zijn zonnebril af en negeerde de uitgestoken hand. 'Pak de telefoon en bel Borst,' zei hij. 'Hem wil ik ook hier hebben.'

De gecontroleerde glimlach veranderde in bezorgdheid. 'Borst? Wat heeft die hiermee te maken?'
'Wat heeft hij met *wat* te maken, Bentley?' Kent staarde de man in zijn ogen en vanbinnen rilde hij enigszins van pure walging. 'Je weet niet eens waarom ik hier ben, klopt dat? Of heb ik het mis?'
Hij reageerde niet.
'Kijk niet zo appelig en bel hem,' zei Kent. 'En zeg dat hij moet opschieten. Ik heb niet de hele dag de tijd.'
Bentley belde Borst en legde de telefoon weer neer. Hij miste. De hoorn kletterde van het bureau en kwam op zijn schoot terecht. Met schokkerige bewegingen, waarbij zijn grote lichaam mee lilde, greep hij hem en legde hem op zijn plek. 'Hij komt eraan.'
Kent keek uitdrukkingloos naar de zielepiet.
'Kan ik iets te drinken voor je inschenken?'
'Zie ik eruit alsof ik iets nodig heb?' Kent legde zijn handen op zijn rug en liep langs Bentley heen naar het verste raam. 'Wat hebben ze je verteld?'
De bankdirecteur schraapte zijn keel. 'Ze zeiden dat jij iets voor hen onderzoekt.'
'Een onderzoek, huh? En hebben ze je ook verteld *wat* ik aan het onderzoeken ben?'
De deur barstte open en Borst kwam met een rood hoofd binnen. 'O, neem me niet kwalijk. Ik ben zo snel mogelijk gekomen.'
'Ga zitten, Markus,' zei Bentley terwijl hij opstond. 'Deze Bob... Bob... eh... Het spijt me, maar ik weet je achternaam niet.'
Kent draaide zich naar hem om. 'Gewoon Bob voor jou. Goedemorgen, meneer Borst. Fijn dat u erbij kon zijn.' Hij keek naar Bentley en knikte naar de stoel naast Borst. 'Als je het niet erg vindt, had ik graag dat je daar ging zitten.'
De directeur trok een wenkbrauw op. In die gastenstoel? Waarom?'
'Omdat ik je dat zeg. Ik wil dat je naast Borst gaat zitten. Is dat zo moeilijk te begrijpen?'
Borst trok wit weg. Bentley werd juist erg rood. 'Luister, ik denk dat je -'
'Eerlijk gezegd interesseert het me geen fluit wat je denkt. Ik heb geen zin in flauwe, lege praat. Goed, wanneer ik zeg dat je gaat zitten, dan *ga* je zitten. En als ik zeg dat je je overhemd moet openknopen om je harige pens te laten zien, dan *doe* je dat. Problemen mee? Als dat zo is, zeg je het maar. Dan pak *ik* de telefoon. Maar als je graag het abnormaal vette salaris wilt houden dat

je op de een of andere manier onze Japanse vrienden hebt weten te ontfutselen, kun je maar beter precies doen wat ik zeg. Is dat duidelijk?'

Het tomatenhoofd van Bentley leek nog dikker te worden. Kent keek naar Borst en knipoogde. 'Duidelijk toch, Borst?'

Zijn voormalige chef reageerde niet. Misschien had hij zijn tong wel opgevreten.

'Goed, dus als je het niet erg vindt, mag je nu bij je dievenmaatje gaan zitten.'

Bentley aarzelde even en stormde toen om het bureau heen om zich naast Borst in de stoel te laten vallen. Hij explodeerde bijna.

Kent vervolgde: 'Oké, voor ik verder ga, wil ik dat jullie beiden enkele dingen goed beseffen. Ten eerste wil ik dat jullie begrijpen dat ik hier gewoon mijn werk doe. Al waren jullie de president en zijn adviseur, dat zou me weinig uitmaken. Mijn taak is om de waarheid boven tafel te krijgen. Dat is alles.'

Kent ijsbeerde door het kantoor en zorgde ervoor dat hij naar hen bleef kijken als hij omdraaide.

'Ten tweede, jullie mogen misschien niet van mijn aanpak houden, maar de mensen die jullie miserabele hersens hebben ingehuurd, doen dat wel, anders zou ik hier niet zijn. Dus houd je snavel tot ik zeg dat je mag praten. *Capisce?*'

Ze staarden hem aan en het was duidelijk dat ze kookten door zijn brutaliteit. 'Kijk, *dat* was nou een vraag. Het is niet meer dan beleefd om antwoord te geven als ik een vraag stel, dus laten we het nog eens proberen. Ik zeg *capisce*, wat Italiaans is voor *begrepen*, en jullie zeggen...'

De angst was grotendeels uit Bentleys ogen verdwenen. Er was een smalende uitdrukking op zijn gezicht verschenen. Borst reageerde eerst. 'Ja.'

Bentley knikte, maar zei niets. Kent liet het er maar even bij.

'Mooi. Goed, ik weet dat jullie allebei grote jongens zijn bij deze bank. Jullie kunnen hier tientallen mensen voor je laten hollen, klopt dat? Die hoef je niet te beantwoorden. Hoe dan ook, ik ben niet een van die mensen. Is dat duidelijk, of moet ik het nog een keer vertellen?'

Borst knikte. Bentleys mondhoeken bewogen alleen even.

'Mooi. Ik ben hier omdat iemand jullie ervan verdenkt dat jullie iets te maken hebben met gerommel bij deze bank. Is dat zo?'

De plotselinge vraag verraste hen. Weer antwoordde Borst eerst. 'Nee, natuurlijk niet!'

'Houd je kop, Borst!' Bentley had zijn adem ingehouden. 'Ik denk dat we je vragen beter niet kunnen beantwoorden zonder dat onze advocaten erbij

zijn, maat.'
'Is dat zo?' Kent trok een wenkbrauw op. 'Heeft iemand je ooit verteld dat je hoofd nogal groot is, Bentley? Hmm? En dat bedoel ik niet alleen figuurlijk, maar ook letterlijk. Als ik naar jou kijk...' Hij zette een wijsvinger tegen zijn kin en keek naar het plafond, alsof hij hier voor het eerst over nadacht. '... een tomaat. Dat is het, een tomaat. Ik dacht echt bij mezelf, man, wat heeft die vent een hoofd. Net een tomaat. Oké, luister goed, meneer Tomatenhoofd. Je hebt een bepaald papiertje getekend toen je overeenstemming met deze bank bereikte over je buitensporige salaris. Dat heet een arbeidsovereenkomst. Ik denk dat je, als je goed leest, een clausule zult vinden die mij, dat is in dit geval de bank, het volste recht geeft om elk vermeend geval van gerommel te onderzoeken. Ik geloof dat dat in de arbeidsovereenkomst *fraude* wordt genoemd. Oké, als jullie vinden dat we jullie oneigenlijk hebben bejegend, zijn jullie vrij zoveel rechtszaken aan te spannen als je wilt, maar tot dan houden we het simpel. Mee eens? Goed, beantwoord dan nu mijn vraag. Meneer Price Bentley, bent u wel of niet betrokken bij fraude in dit bedrijf?'
'Nee.' Hij had zijn gedachten bij elkaar geraapt tijdens Kents lange monoloog, wat Kent best vond. Een beetje tegengas zou geen kwaad kunnen.
'Nee? Heel goed. Dan weet ik zeker dat je enige steekhoudende verklaringen hebt voor de dingen waar ik me zorgen over maak. Maar laten we beginnen bij jou, Borst. Trouwens, doe dat toupetje even weg. Het leidt me af.'
Het gezicht van Borst werd al roze en hij keek Kent schaapachtig aan.
Kent knikte en wuifde met een hand naar het zwarte toupetje. 'Ga je gang. Ruk het er maar af, mijn waarde vriend.'
Zijn voormalige chef realiseerde zich toen dat Kent het meende en zijn mond viel open. 'Jij... jij... dat is absurd!' sputterde hij.
'Hoe dan ook, doe hem alsjeblieft af. Ik kan me zo niet concentreren op mijn werk.'
Borst keek met een ruk naar Bentley, maar die negeerde hem.
Kent drong aan. 'Schiet op, vent. We hebben niet de hele dag de tijd. Doe af.'
Borst trok het haarstukje van zijn kalende schedel. De kleur van zijn gezicht zou prima in de vitrine van de slager passen.
'Prima. Oké, beste vriend, was jij je ervan bewust dat in deze bank wat geld weg was? Elektronisch gestolen?'
Borst haalde licht raspend adem. 'Nee.'
'Nee? Dat ik grappig, omdat dat geld op jouw privérekening heeft gestaan. Vreemd. Juist jij zou moeten weten dat geld niet zomaar vanzelf door het

systeem gaat zwerven. Is het trouwens niet jouw taak om ervoor te zorgen dat dat niet gebeurt?'
Borst reageerde niet.
'Dit zou een prima moment zijn om je lippen te bewegen, Borst.'
'Nee. Ik bedoel, ja. Min of meer...'
'Ja, wat is het nu? Jij gaat toch over dat nieuwe systeem waar iedereen de mond vol van heeft – het AFPS?'
'Ja.'
'En dat heb *jij* toch ontworpen. Toch?'
'Nee. Nee, *dat* is niet waar!'
Bentley trok zijn mond weer open. Hij spoog nu vuur. 'Houd je je klep nou een keer dicht, Borst?!'
Kent glimlachte. 'Ruzie tussen vrienden. Hoe tragisch. Hoe zit het, Bentley? Heeft hij het AFPS ontworpen of niet?'
'Ik kende het programma amper!' flapte Borst eruit. 'Ik geef leiding aan de programmeurs, zie je, dus ik ben niet zo heel erg op de hoogte van hoe de geldstromen lopen. Ik zweer je dat ik er geen flauw idee van heb hoe dat geld op onze rekeningen terecht is gekomen!'
'Houd je kop, Borst!' Bentley spetterde als hij sprak. 'Luister nu eens naar wat je zegt, varkenskop!'
Kent negeerde de directeur. 'Maar je wist dus wel van het geld af. En je wist ook van het geld op de rekening van Tomatenhoofd, wat betekent dat hij er ook vanaf wist. Maar daar komen we straks op terug. Ik wil nog even doorgaan op die flauwekul die je over het AFPS vertelt.' Hij schudde een vinger naar hen. 'Hebben jullie twee niet lopen strijken met de eer van deze ontwikkeling? Hebben jullie geen verklaring getekend waarin jullie beweren primair verantwoordelijk te zijn voor het ontwerp en de implementatie van het systeem? Ik bedoel, de laatste keer dat ik het controleerde, kwam er een hoop geld jullie kant uit stromen vanwege dat bonusprogramma van de bank. Of begrijp ik nu dat ook *dat* iets met fraude te maken heeft? Beantwoord jij die vraag eens, Bentley.'
De directeur zag eruit alsof zijn stropdas echt te strak zat. 'Natuurlijk heb ik een verklaring getekend waarin wordt gesteld dat ik primair verantwoordelijk was voor de ontwikkeling van het systeem. Dat *was* ik ook. En Borst ook. Je maakt hem gewoon helemaal in de war met dat belachelijke verhaal van je. Wat dacht je ervan als we eens naar het onderwerp gaan dat je *echt* interesseert, Bob? Wat zouden wij dan wel of niet precies gedaan hebben?'

'Och, heden. Hij spreidt eindelijk wat intelligentie tentoon. Hoorde je dat, Borst? Kwam dat er niet soepeltjes uit? Goed, laat me jullie vertellen waar het me precies om gaat. Ik denk dat jij en Borst het een en ander verbergen. Ten eerste zijn er illegale overboekingen gedaan, waarbij enkele duizenden dollars naar jullie rekeningen zijn gestroomd en ik kan maar niet geloven dat Borst er geen idee van had waar dat geld vandaan kwam. Zo idioot is niemand. Dus ik denk, meneer Price Bentley, dat je zojuist bent gesnapt met je hand in de koekjestrommel. Om maar eens mee te beginnen.'
'En *ik* denk dat dat de meest belachelijke bewering is die ik ooit heb gehoord. Je komt hier binnenwandelen en begint ons dan zomaar te beschuldigen van fraude. Absurd! Hoe durf je!'
Kent staarde Bentley een volle tien seconden aan, waarna hij zich weer op zijn voormalige chef richtte. 'Borst, wil je meneer Bentley hier alsjeblieft vertellen dat hij me begint te irriteren. Wil je hem vertellen dat ik al genoeg harde bewijzen heb om hem voor een paar jaar achter de tralies te krijgen en dat als hij zijn grote mond niet houdt, ik daarvoor ga zorgen. Zeg ook tegen hem dat hij zich maar beter een beetje kan ontspannen. Hij begint echt steeds meer op een tomaat te lijken en ik ben bang dat ik me straks vergis en er per ongeluk in bijt. Toe maar, vertel hem dat maar.'
Borst knipperde. Hij was duidelijk helemaal in de war. 'Kom op, Price. Rustig aan een beetje, man.'
Bentley snoof, maar hij hield zich in.
'Mooi.' Kent richtte zich weer tot de bankdirecteur. 'Goed, laat me je dit vertellen, Bentley. Ik ben niet helemaal uit het verre oosten gekomen om je op je handen te tikken voor een paar duizend dollar. Als dat zo was, zou het worden overgelaten aan de plaatselijke beveiliging en niet aan mij. Nee, ik zit achter een grotere vis aan. Maar nu heb je mijn gevoelens gekwetst en ik weet niet of ik je nog wel over mijn geheimpje wil vertellen. Ik krijg de neiging om weg te gaan en een rapport op te maken dat jullie gegarandeerd de kop kost. Die invloed heb ik.'
Hij bekogelde Borst met een harde blik en richtte zich weer op Bentley. 'Maar ik zal jullie vertellen wat ik van plan ben. Ik ben van plan die kleine bedragen door de vingers te zien en jullie te vertellen wat ik echt van jullie wil. Als jullie je tenminste verontschuldigen voor je vervelende houding. Wat dacht je daarvan? Jullie doen je handjes samen, alsof jullie gaan bidden, en zeggen tegen mij dat het jullie spijt en dan vergeef ik jullie alsof er niets is gebeurd. Allebei.'
Ze keken hem met open mond en wijd open ogen aan. Borst deed zijn handen

samen en keek naar Bentley. De directeur leek ter plekke in een standbeeld te zijn veranderd.
'Kom op, Price,' fluisterde Borst.
De vernedering van dat moment ging zelfs Kent eigenlijk iets te ver. Twee volwassen mannen die zonder reden hun verontschuldigingen moesten aanbieden en dan nog wel op zo'n manier. Ze hadden niets met die kleine stortingen te maken en alle drie de mannen in dit kantoor wisten dat. Maar Bentley was geen idioot. Hij kon niet weten *wat* 'Bob' wist.
Het duurde ruim dertig zwijgzame seconden voor Bentley langzaam zijn handen in elkaar sloeg en zijn hoofd liet hangen. 'Sorry. Ik eh... ik was iets te voorbarig.'
'Ja, het spijt mij ook,' echode Borst.
Kent glimlachte. 'Nou, dat is een stuk beter. Ik voel me een stuk beter. Jullie ook?'
Ze voelden zich ongetwijfeld te diep vernederd om te reageren.
'Goed dan. En houd het nu zo zolang ik hier aanwezig ben. Ik zal jullie nu vertellen waarom ik hier echt ben. Afgelopen week heeft iemand een miljoen dollar van de bank gestolen door middel van een serie spooktransacties. Transacties die verdacht veel lijken op de kleine stortingen op jullie privérekeningen. En om eerlijk te zijn, ben ik er behoorlijk van overtuigd dat jullie twee dat hebben gedaan. Ik denk dat jullie twee ergens een stapel geld hebben verborgen en dat jullie daar de een of andere variatie van het AFPS voor hebben gebruikt.'
Hun gezichten werden wit, langzaam, alsof het bloed traag door een afvoerputje wegliep. Hun monden vielen open.
Kent deed zijn mond weer open voordat zij dat zouden doen. 'Ik weet nu wat jullie denken. Jullie denken dat ik jullie nog geen twee minuten geleden iets anders vertelde. Jullie dachten dat ik het erbij liet zitten als jullie je zouden verontschuldigen. En jullie hebben gelijk, maar ik loog. Jullie zijn zelf behoorlijke leugenaars, nietwaar? Jullie hadden het moeten zien aankomen.'
Ze zaten als versteend in hun stoelen, totaal uit het veld geslagen. Kent spande zijn kaakspieren en staarde hen aan. 'Ergens in de diepste spelonken van de cyberspace ligt een hoop geld verborgen en ik garandeer jullie; ik ga dat geld vinden. En wanneer ik dat doe, ben ik ervan overtuigd dat ik jullie vettige vingerafdrukken overal tegenkom. Daar kun je je volgende twintig jaar om verwedden. Ik denk dat het me een week of twee gaat kosten. In de tussentijd ga ik jullie een telefoonnummer geven, voor het geval jullie geheugen beter

wordt en jullie plotseling *wel* iets zinnigs te zeggen hebben.'
Hij liep langs hen heen naar de deur en draaide zich om. Borst bewoog zijn lippen in een geschokt stil protest. Bentleys hoofd was weer opgezwollen als een tomaat.
Kent liet zijn hoofd hangen. 'Tot dan, mijn vadsige vrienden. En ik moet nog even zeggen dat die verontschuldiging een heel speciaal moment voor me was. Ik zal me dat voor eeuwig blijven herinneren.'
En met die woorden deed Kent de deur dicht en vertrok. Hij kon zich nauwelijks beheersen. Hij deed de donkere zonnebril weer op terwijl hij nog in de lobby was en knikte naar Sidney Beech toen hij haar passeerde. Toen was hij langs de glazen deuren en stond hij buiten.
Man, wat voelde dát goed. Tijd voor een borrel.

36

Het gat in Kents borst was diezelfde middag teruggekomen, drie uur na zijn kleine overwinning over de tweelingvarkens. Hij was natuurlijk nog niet klaar met hen, maar het zou twee weken duren voor hij weer iets van zich zou laten horen. Twee weken waarin hij niets anders kon doen dan wachten. Twee weken lege ruimte.
Hij zou kunnen terugkeren naar het eiland en de bloemetjes buiten zetten met Doug en zijn vriendinnen. Maar het idee voelde aan als de dood die weer was opgewarmd. Waarom zou hij zich terugtrekken in eenzaamheid? Waarom zou hij niet proberen deze leegte van zich af te schudden door zijn leven te vullen met wat dingen hier? Misschien zou hij even naar Boulder moeten rijden.
Je bent gek, Kent! Kijk uit wat je doet!
Hij besloot naar New York te vliegen. Het was een impulsieve beslissing, met een slok tequila in zijn keelgat. Waarom niet? Geld was geen probleem. Hij zou zo met de Concorde naar Londen kunnen vliegen als hij dat wilde. Als hij hier in Denver bleef zitten om herinneringen aan het verleden op te graven, zou hij stapelgek worden.
Hij checkte uit, betaalde contant het duizend dollar kostende ticket naar New York en zat rond vier uur die middag in de lucht.
De Big Apple was gewoon een volgende dichtgeslibde stad, maar had wel zijn

voordelen. Cafés, bijvoorbeeld. Die waren volop te vinden in de buurt van Kents hotel in Manhattan. Hij nam genoegen met die in het hotel – O'Malley's Pub – en trok zich om één uur 's nachts met een duizelig hoofd terug in zijn hotelkamer.

Hij werd net voor de middag wakker, in een verduisterde kamer, en hij vroeg zich af waar hij was. New York. Hij was naar New York gevlogen. Hij wist alleen niet meer waarom. Om aan Denver te ontsnappen of zoiets onzinnigs. Hij draaide zich om en deed zijn ogen weer dicht. Hij beeldde zich in dat er tientallen berichten op de voicemail stonden van het telefoonnummer dat hij had doorgebeld naar Bentleys assistent, voor hij Denver verliet. De directeur en zijn dievenmaatje waren waarschijnlijk wanhopig bezig om hem te spreken te krijgen. Hij zou ze laten zweten. Laat het ze maar eens voelen.

Kent dwong zichzelf om om één uur uit bed te stappen, vastbesloten wat afleiding te vinden die verder ging dan een fles tequila. Het werd ook een beetje te gek – hij sloeg alcohol achterover alsof het limonade was. Hij zou zich wat dat betreft een beetje moeten inhouden.

De piccolo vertelde hem dat de opera altijd wel een leuke ervaring was.

Die avond was hij dus naar de opera gegaan. Hij was bijna in tranen geweest door de solozangeres. Om de een of andere belachelijke reden werd ze in zijn gedachten Lacy, treurend over het verlies van haar geliefde. En dat was *hij* dan. Hij snapte niets van het plot, maar dat het stuk over dood en verdriet ging, was duidelijk.

Kent werd die woensdagmorgen wakker met een verfrissende gedachte. Niet verfrissend in de zin van dat hij het prettig vond, maar meer in de zin van dat het hem uit de windstilte haalde – als een emmer ijswater die over je heen werd gegooid terwijl je onder een warme douche stond. Het was een eenvoudige gedachte.

Wat als ze achter jou aanzitten, vriend?

Hij ging met een ruk rechtop in bed zitten. Wat als iemand in Denver wat puzzelstukjes bij elkaar had weten te leggen? Zoals die smeris die hem in die boekhandel had gestoord. Wat was er van hem geworden? Of Bentley zelf? Wat als die iets in zijn ogen had gezien? Of misschien zelfs Borst. Nee, Borst niet. Die was te dom.

Hij rolde uit bed en zijn maag kwam in opstand tegen deze onverwachtse beweging. En hoe zat het met Lacy? Hij had haar eigenlijk min of meer precies verteld wat hij ging doen! Een groot deel ervan, in elk geval. Het was idioot van hem geweest om naar de Verenigde Staten te komen. En het was helemaal een stompzinnige streek van hem geweest om naar de bank te gaan. Waar was hij mee bezig geweest?! Hij wilde gewoon even wraak nemen, meer niet.

Kent kleedde zich aan en liep naar de bar van het hotel. Het probleem was alleen dat de bar nog niet open was. Het was pas negen uur. Terug naar de hotelkamer om wat van die kleine flesjes uit de minibar achterover te slaan. Hij bracht de dag door met golfwedstrijden kijken op zijn hotelkamer, ziek van bezorgdheid en zich helemaal dood vervelend.

Hij wist zichzelf de volgende dag zover te krijgen dat hij elke stap van zijn plan nog eens grondig doornam. Het was eenvoudigweg een briljant plan. Ze hadden het verkoolde lichaam van meneer Brinkley begraven, ervan overtuigd dat het van Kent Anthony was. Tenzij ze dat lichaam weer hadden opgegraven, was Kent dood. En dode mensen begaan geen misdaden. En wat nog belangrijker was: er had helemaal geen misdaad plaatsgevonden. Ha! Dat moest hij wel even in gedachten houden. Geen diefstal en geen dief. Geen proces dus. En hij was de rijke dwaas die het allemaal had uitgedacht. Een heel erg rijke dwaas. Hij kon pootjebaden in zijn geld.

Het was op die dag, donderdag, in de drukke straten van New York, dat Kent de simpele feiten van een rijk leven begon te begrijpen. Het begon bij een lunch van tweehonderd dollar, in de buurt van het hotel, in *Bon Appétit French Cuisine*. Het eten was goed, dat kon hij niet ontkennen. Voor die prijs *mocht* dat dan ook wel. Maar toen hij een chique, gebakachtig iets in zijn keelgat propte, terwijl zijn maag al zover was uitgerekt dat hij er kortademig van werd, besefte hij dat hij er niet méér van genoot dan van een chocoladereep van nog geen halve dollar. Het was niet belangrijk, gezien de hoeveelheid geld die hij te besteden had, maar het liet hem niet meer los.

Nog zoiets. Het maakte niet uit hoeveel geld hij op zak had, individuele momenten veranderden niet. Zijn dromen dan misschien wel, maar niet de keten van gebeurtenissen die het leven maakten tot wat het was. Als hij liep, de ene voet voor de andere plaatste, was het niet meer dan dat, wat er dan ook in zijn portemonnee zat. Als hij op de knop van de lift drukte, was ook dat niet anders omdat zijn broekzakken bijna scheurden van het aantal biljetten dat erin was gepropt.

Maar vooral die avond, toen hij tegen middernacht in O'Malley's Pub zat te drinken, viel het als een berg modder over hem heen. Het was alsof de hemel werd geopend en hij werd overvallen door een hoosbui. Maar het kwam niet uit de lucht vallen. Het kwam uit de mond van een andere drinker, die maar

wat graag enige wijsheid om zich heen strooide.
Kent zat naast de man, die zichzelf Bono noemde – naar de leadzanger van U2, zei hij – een ex-orthodoxe priester. Hij zei dat hij de Griekse kerk had verlaten omdat hij daarop was afgeknapt. De man leek ergens in de veertig te zijn, met dikke wenkbrauwen en grijzend haar, maar het waren zijn groene ogen die Kent verbaasden. Sinds wanneer hadden Grieken groene ogen? Samen sloegen ze hun glas achterover. Tenminste, dat was wat Kent deed. Bono deed niet meer dan nippen aan een glas wijn.
'Weet je, het probleem met al die Wall Street yuppen,' begon Bono na een tijdje, 'is dat ze allemaal denken dat er meer is in het leven dan wat de gemiddelde man heeft.'
'En dan hebben ze nog gelijk ook,' reageerde Kent na een korte stilte. 'Gemiddeld zijn is luiigheid en luiigheid levert niet veel op.'
'Wooow, een filosoof, nietwaar? Nou, laat me je eens een vraag stellen, meneer de filosoof. Waarom is druk bezig zijn beter dan lui zijn?'
Dat was een simpele vraag. Verschrikkelijk simpel zelfs, want iedereen wist dat druk bezig zijn beter was dan lui zijn. Maar op dat moment kon Kent zich niet helemaal meer herinneren waarom dat ook al weer was. Misschien kwam het door de alcohol, maar het kon ook zijn dat hij nooit echt had geweten waarom druk beter was dan lui.
Hij deed wat iedere goede dwaas zou doen wanneer hij niet direct een antwoord wist. Hij ging harder praten en kaatste de vraag terug. 'Schei uit! Iedereen weet dat lui zijn stompzinnig is.'
'Dat zei je al, ja. En ik vroeg jou waarom.'
Bono was niet gek. 'Waarom? Omdat je nergens in zult uitblinken wanneer je lui bent. En dan zul je ook niets bereiken.'
'Uitblinken in wat? En *wat* bereiken?'
'Eh, wat dacht je van het leven zelf? Laten we daar eens mee beginnen. Ik weet dat het niet veel is, maar laten we eens beginnen met uitblinken op dat gebiedje.'
'Vertel me dan eens hoe dat voelt. Hoe voelt *uitblinken in het leven* precies?'
'Geluk.' Kent tilde zijn glas op en nam een slok. 'Genot. Vrede. Dat soort dingen.'
'Ah. Ja, natuurlijk. Ik was geluk en genot en vrede en zo even vergeten. Maar weet je, de gemiddelde man heeft daar net zoveel van als de yup van Wall Street. En uiteindelijk komen ze in hetzelfde graf terecht. Daar *gaan* ze toch heen, nietwaar?' De man grinnikte.

Daar, bij het woord *graf*, begon er weer iets te zoemen in Kents hoofd. 'Met een beetje geluk hebben we een jaar of tachtig voor we daar terecht komen,' zei hij rustig. 'Je leeft maar één keer, dus kun je er maar beter het beste van maken terwijl je hier bent.'
'Maar weet je, dat is waar jij en die yuppen van Wall Street ernaast zitten,' vervolgde Bono. 'Het is leuk verzonnen, dat moet ik je nageven. Maar wanneer je alles hebt gehad – en geloof me, dat heb ik – smaakt wijn nog steeds naar wijn. Je mag het dan misschien uit een gouden kelk drinken, maar toch zul je op zekere dag beseffen dat als je je ogen sluit, je met geen mogelijkheid kunt zeggen of dat koude metalen voorwerp in je hand nu van goud is of van tin. En wie heeft er trouwens besloten dat goud beter zou zijn dan tin? Tenslotte eindigen we allemaal in het graf. Misschien begint het leven wel *na* het graf. Heb jij iemand gekend die nog niet zo lang geleden is overleden?'
Kent slikte en nam gelijk nog een flinke slok. *Nog niet zo lang geleden?* Hij zag even dubbel en kwam met een vrij zwakke tegenwerping. 'Je bent te pessimistisch. Een mens zit vol leven. Bijvoorbeeld die man daar zit te lachen.' Hij gebaarde naar een man die een stuk verderop zat te bulderen van het lachen. 'Denk je dat die niet gelukkig is?' Kent glimlachte, blij met het respijt.
Bono staarde naar de man en grijnsde. 'Tja. Vandaag lijkt Clark best gelukkig te zijn, nietwaar?' Hij keek Kent weer aan. 'Maar ik ken meneer Clark. Hij is een hufter. Pas gescheiden en daar is hij behoorlijk blij mee, omdat hij niet langer verantwoordelijk denkt te zijn voor die snotapen van hem. Hij heeft er drie – zes, tien en twaalf – en hij kan ze niet uitstaan. Het probleem is dat hij zich het grootste deel van de tijd schuldig voelt over zijn opmerkelijk egoïstische opstelling. Hij probeert dat schuldgevoel nu al een jaar weg te spoelen met de fles. Geloof me, die jankt zichzelf vannacht in slaap.' Bono nipte van zijn glas, duidelijk tevreden dat hij zijn mening had kunnen ventileren. 'Kijk bij iedere man om het hoekje en je vindt hetzelfde verhaal. Gegarandeerd.'
Kent had zijn interesse in deze discussie verloren. Hij had het te druk met het negeren van het zoemen in zijn kop. De man had een gevoelige snaar geraakt. Clark daar zou hem kunnen zijn, zoals hij zijn uitglijder in de alcohol probeerde te verdrinken, op zoek naar plezier, maar er altijd naast grijpend. Behalve dan dat hij zijn zoon niet haatte, zoals Varkenskop deed. Sterker nog, hij zou zijn zoon tegen elke prijs hebben beschermd. Hij zou met liefde iedere cent hebben opgegeven voor Spencers leven. Die gedachte wierp een straaltje licht in Kents ziel.
Bono stond op. Hij schoof zijn glas naar de andere kant van de balie en

ademde tevreden uit. 'Jep, dit leven is behoorlijk triest. Niemand kan eraan ontsnappen.' Hij hield zijn hoofd een beetje scheef en trok zijn wenkbrauwen op, zodat zijn groene ogen op Kent neer staarden. 'Behalve natuurlijk wanneer je doorhebt wat er aan de andere kant van het graf ligt.' Hij glimlachte breed en klopte Kent op de schouder. 'Maar goed, ik weet zeker dat je dat allemaal al weet, nietwaar, Kent?' Hij slenterde de bar uit zonder nog om te kijken.

De woorden galmden nog een uur na in Kents hoofd en konden niet tot stilte worden gemaand met tequila, hoeveel hij er ook van dronk. Kent bleef nog een uur in zijn eentje zitten drinken voor hij terugwandelde naar zijn hotelkamer. Ergens in dat uur begon hij Gloria te missen. Niet zo'n ik-wilde-dat-ze-hier-bij-me-was gemis, maar een ik-kan-niet-verder-zonder-haar gemis. Het kwam door al dat gepraat over dat graf waar die groenogige Bono mee was komen aandraven. Daardoor zag hij beelden van Gloria die naar hem riep vanaf een geweldige, onzichtbare horizon. En wat als er iets van waarheid zat in haar gebabbel over God? Die gedachte bezorgde hem een vuistgrote brok in zijn keel.

Nou ja, Gloria was dood. Dood, begraven en naar een leven achter dat graf, waar dat dan ook mocht zijn. Maar dan had je ook nog Lacy – zij kon ook meepraten over het graf. En ze wist van God. Toch zou Lacy nooit een Gloria kunnen zijn. Kent viel ten slotte in slaap, zijn gedachten overspoeld met beelden van Gloria en Lacy.

37

In plaats van weer in een hotel te kruipen, had Kent op vrijdagmiddag een chique, gemeubileerd appartement gevonden in Denver. De tussenpersoon had geaarzeld toen Kent de waarborgsom van tienduizend dollar in contanten naar hem toe schoof, maar had het toen aangepakt. Kent was er ingetrokken, wat niet meer om het lijf had dan met de sleutel in de hand en een tas met kleren over zijn schouder over de drempel te stappen.

Het luxe appartement deed hem denken aan de huizen die je weleens zag in dure tijdschriften die een artikel schreven over wonen in de toekomst. Het meubilair was van metaal, glas en leer – een beetje koud naar zijn smaak. Maar het was schoon. En wat belangrijker was, er stond een uitgebreide

breedbeeldinstallatie met surround sound in de woonkamer.
Kent haalde een fles uit zijn tas en schonk zichzelf een stevige borrel in. Hij trok een verschrikkelijk lelijke, smeedijzeren stoel onder de glazen tafel vandaan en deed zijn laptop open. De Toshiba had het de laatste paar weken druk gehad. Hij zette hem aan en logde in op het internet. De communicatie van de laptop met het net liep altijd via een satellietverbinding, nooit via een vaste telefoonlijn. Hij mocht dan hier en daar wat domme zetten hebben gedaan, maar niet wanneer het op de computer aankwam. Op dat gebied had hij zijn sporen volledig uitgewist, grotendeels dankzij dit handzame apparaat.
De voicemail van het telefoonnummer dat hij bij Bentley had achtergelaten, liep inderdaad over van de berichten. Er stond een tiental berichten op van Bentley, van een week oud, waarin hij erop stond dat ze elkaar weer zouden ontmoeten, tot een versie, waarin hij schreeuwde over rechtszaken en dergelijke. Maar Kent luisterde al niet meer, omdat hij snel de rest van de voicemails beluisterde. Fase twee ontvouwde zich zoals gepland. Laat ze maar zweten.
Het laatste bericht kwam van een ongeïdentificeerd nummer vandaan en Kent ging meer rechtop zitten toen hij de stem zacht door de speakers van zijn laptop hoorde spreken. Er liep een rilling langs zijn ruggengraat. Hij kende die stem!
'Hallo, Bob. Je kent me nog niet...' *O, zeker wel! Jazeker!* '...maar ik zou het heel erg waarderen als je even naar me zou willen luisteren in verband met die zaak bij de bank. Price Bentley vertelde me dat ik je op deze manier kon bereiken. Ik ben een ordehandhaver die wat onduidelijkheden probeert weg te werken bij een hieraan gerelateerde zaak. Bel me alsjeblieft zo snel mogelijk om een ontmoeting te regelen. 565-8970. Bedankt, maat. O, en vraag naar Germy.'
Een politieman! Punthoofd? Onmogelijk! Germy? Wat was *Germy* nu weer voor een naam? Maar hij wist vrijwel zeker dat hij die stem al eerder had gehoord. En het was een smeris.
Kent wreef met zijn handen over zijn gezicht en probeerde na te denken. Wat als die vent inderdaad achter hem aan zat? Maar hij had al besloten dat dat onmogelijk was. Geen diefstal, geen dief, geen misdaad, geen probleem. Maar dit was *wel* een probleem, omdat hij in zijn eentje in zijn nieuwe appartement zat te zweten als een bokser.
Hij zou kunnen doen alsof hij dit bericht nooit had gekregen. En dan de nieuwsgierigheid van een smeris opwekken? Nee. Hij moest de man gewoon

bellen en onder die afspraak vandaan zien te komen.
Kent greep de telefoon en toetste het nummer in. Een dame beantwoordde het telefoontje. 'Zevende District. Waar kan ik u mee van dienst zijn?'
Het zevende district! 'Ja...' Zijn hart klopte in zijn oren. 'Er was mij verteld dat ik een agent op dit nummer moest bellen. Ene *Germy*?'
'O, u bedoelt waarschijnlijk die nieuwe jongen: Jeremy. Een ogenblik alstublieft.'
Punthoofd!
De telefoon kwam weer tot leven voor Kent iets had kunnen doen – de hoorn neerknallen of iets dergelijks. 'Met Jeremy. Wat kan ik voor u doen?'
'Eh... ja. Met... Bob. Je had een bericht voor me achtergelaten.'
'Bob! Ja, natuurlijk. Dank je dat je me zo snel hebt teruggebeld. Luister, ik heb alleen een paar vraagjes over die kwestie bij de bank. Heb je even tijd om een kop koffie te drinken? Morgenochtend bijvoorbeeld? Om tien uur?'
Wat moest hij zeggen? *Nee, niet om tien uur. Om die tijd begin ik aan de eerste fles, snap je? Wat dacht je van nooit?*
'Oké,' zei hij.
'Prachtig! Het kost maar een paar minuten. Wat dacht je van *Denny's*, tussen Broadway en Fifth? Weet je waar dat is?'
'Tuurlijk.'
'Goed. Dan zie ik je daar morgenochtend om tien uur.'
'Oké.'
De telefoon zweeg. Prima? *Glup!*
Kent sliep die nacht niet al te best.

De tijd leek wel in zijn achteruit te staan, dacht Kent. Hij werd die zaterdag om vijf uur wakker. 'Hij deed zijn ogen open' zou een betere omschrijving zijn, want hij was nooit echt in slaap gevallen. Na een douche, een kop koffie, een paar shots tequila tegen de zenuwen en twee kilometer ijsberen over het zwart-wit geblokte linoleum, was het dan eindelijk zover. Hij parkeerde zijn auto om tien uur voor Denny's, zonder eigenlijk te weten hoe hij daar nu precies gekomen was.
Kent deed zijn donkere zonnebril op en liep naar binnen. Het mocht dan belachelijk voor een volwassen man lijken om binnen een zonnebril op te houden, maar hij had net na middernacht besloten dat belachelijk beter was dan opgepakt.

Rechercheur Jeremy zat in het niet-roken gedeelte en staarde naar Kent toen die binnen kwam. En het was inderdaad Punthoofd. Compleet met achterovergekamd haar en een bril met draadmontuur. Hij glimlachte breed. *'Hallo, Kent. Jij bent toch Kent, nietwaar?'*

Kent haalde diep adem en liep naar het tafeltje, waarbij hij zich zo nonchalant mogelijk gedroeg.

'Bob?' De rechercheur stond half op en stak een hand uit. 'Fijn dat je gekomen bent.'

Kent veegde zijn hand af en pakte die van Punthoofd aan. 'Geen probleem.' Hij ging zitten. Punthoofd glimlachte naar hem zonder iets te zeggen en Kent bleef zitten waar hij zat, vastbesloten om normaal te doen, in de wetenschap dat hij daar jammerlijk in faalde. De ogen van de man waren nog net zo groen als hij zich herinnerde.

'Goed, ik neem aan dat je je afvraagt waarom ik je wilde spreken?'

Kent haalde zijn schouders op. 'Zeg het maar.'

'Price Bentley vertelde me dat jij een diefstal bij de bank onderzoekt. Ben jij een privédetective?'

'Zo zou je me wel kunnen noemen, ja.' *Cybercop*, zei hij bijna, maar dacht dat dat stom zou klinken. 'Tot nu toe is dit een strikt interne aangelegenheid.'

'Tja, dat hangt ervan af, Bob. Dat hangt ervan af of er een verband is.'

'Een verband met wat?'

'Met mijn onderzoek.'

'En wat mag dat dan wel zijn, Jeremy?' Dat was beter.

'De brand bij diezelfde bank, een maand geleden.'

Iedere spier in Kents lichaam verstrakte. Hij hoestte onmiddellijk om dat te verbergen. 'Die brand, ja. Daar heb ik over gehoord. Om eerlijk te zijn, heb ik me nooit met brandstichting beziggehouden.'

'Ik ook niet. Eigenlijk onderzoek ik meer de moord. Draag jij binnen trouwens altijd een zonnebril, Bob?'

Kent aarzelde. 'Mijn linkeroog is nogal gevoelig voor licht. Dat speelt af en toe op.'

Jeremy knikte, nog steeds grijnzend als een chimpansee. 'Natuurlijk. Kende je het slachtoffer?'

'Welk slachtoffer?' *Zo gaat-ie goed. Blijf rustig, vent. Blijf gewoon rustig.*

'De man die bij die bankroof is vermoord? Je weet wel, die brand.'

'Bankroof? Ik wist niet dat er ook gestolen was.'

'Dat zeggen ze, ja. Goed, een *poging* tot diefstal dan. Kende je hem?'

'Moet dat?'
'Gewoon nieuwsgierigheid, Bob. Je hoeft je niet aangevallen te voelen. Het was een simpele vraag, toch?'
'Wat wil je precies van me, Jeremy? Ik heb erin toegestemd je hier te ontmoeten omdat jij dat graag wilde, maar ik heb niet de hele morgen de tijd om jouw zaak met je te gaan zitten bediscussiëren. Ik heb zelf een zaak om me druk over te maken.'
'Rustig aan, Bob. Heb je trek in koffie?'
'Ik drink geen koffie.'
'Jammer. Ik vind koffie 's morgens heerlijk.' Hij schonk zichzelf nog een dampende kop in. 'Voor sommigen is het de fles; voor mij is het koffie.' Hij nam een slokje van het hete, zwarte goedje. 'Ahh. Perfect.'
'Fijn voor je, Jeremy, maar je begint me een beetje te irriteren. Kunnen we nu verder gaan?'
De rechercheur bleef onaangedaan glimlachen. 'Het is het mogelijke verband tussen deze twee zaken waar ik me zorgen om maak. Weet je, wanneer je twee diefstallen of *pogingen* tot diefstal in één bank hebt binnen een periode van zes weken, moet je jezelf gaan afvragen of er geen verband tussen die twee bestaat.'
'Ik zie nauwelijks verband tussen een gewone dief die op een open deur stuit en misbruik van de situatie maakt, en de hightech diefstal die ik onderzoek.'
'Nee, dat lijkt inderdaad zeer onwaarschijnlijk. Maar ik draai altijd iedere steen een keer om. Zie jezelf maar als één van die stenen. Je wordt gewoon even omgedraaid.'
'Nou, Jeremy, het is goed te horen dat je je taak zo serieus neemt.'
De rechercheur stak zijn kopje in de lucht, als om te proosten op die opmerking. 'Met plezier. Maar kende je hem?'
'Kende ik hem?'
'Het slachtoffer, Bob. De programmeur die werd vermoord door de gewone dief.'
'Moet dat dan?'
'Dat heb je al gevraagd. Ja of nee zou prettig zijn.'
'Nee, natuurlijk niet. Waarom zou ik een programmeur kennen die bij de Niponbank in Denver werkt?'
'Hij was verantwoordelijk voor het AFPS. Wist je dat?'
Kent knipperde achter zijn donkere bril. *Pas op, Kent. Kijk uit wat je zegt.* 'O, was hij dat? Ik dacht al dat het Bentley of Borst niet konden zijn. Dus ze

hebben toch iemand genaaid voor die bonus.'
'Het enige wat ik weet is dat Kent Anthony dat systeem van de grond af aan heeft opgebouwd. En toen ging hij dood. In de tussentijd lijken Bentley en de rest er aardig wat wisselgeld aan over te houden. Beetje vreemd.'
'Denk je dan dat Bentley iets te maken zou kunnen hebben gehad met de dood van die programmeur?' vroeg Kent.
'Nee. Dat hoeft niet. Hij schoot er niets mee op als hij Kent zou hebben vermoord. Maar dat is gewoon weer een andere steen die moet worden omgedraaid.'
'Wel, ik zal mijn bevindingen rapporteren, mocht mijn onderzoek wat licht werpen op de brand, maar behalve als Bentley en de rest iets te maken hebben met die brand, zie ik niet wat het verband tussen de twee zaken zou kunnen zijn.'
'Ja, daar heb je waarschijnlijk gelijk in.' De rechercheur leegde zijn kopje en keek uit het raam. 'En daarom zijn we weer helemaal bij af.'
Kent bestudeerde even zijn gezicht. Het leek er op dat Punthoofd toch niet zo'n bedreiging was. En dat was eigenlijk ook logisch, als je er dieper over nadacht. De diefstal was perfect gepland. Niemand, ook rechercheur Punthoofd hier niet, kon zelfs maar vermoeden wat er achter die brand stak. Mooi. Hij glimlachte nu voor de eerste keer. 'Er waar is *af* dan eigenlijk? Vertel nog eens waar we zijn begonnen. Ik ben het een beetje kwijt.'
'Met een misdaad die eenvoudigweg niet past bij de betrokkenen. Als Bentley en Borst niet in het plaatje passen, past er helemaal niets. Want zie je, als je de man zou kennen, zou je weten dat Kent er de man niet naar was om een deur open te laten staan voor een dief met een pistool. Zo stom was hij in de verste verte niet. Niet volgens zijn vrienden tenminste.'
'Vrienden?' De vraag was eruit voor hij er erg in had.
'Vrienden. Ik heb zijn vriendin in Boulder gesproken. Ze kon me een paar interessante dingen over de man vertellen.'
Kent voelde de spiertjes onder zijn hoofdhuid spannen. 'Iedereen maakt fouten,' zei hij, maar hij wist dat het zwak klonk. Hij kon natuurlijk geen man zitten verdedigen die hij niet kende. 'Mijn ervaring is dat de meest eenvoudige verklaring meestal de juiste is. Je hebt een lijk; je hebt kogels. Ook al was hij een Einstein, hij is nog steeds dood.'
Punthoofd grinnikte. 'Je hebt gelijk. Dood is dood.' Hij leek over zijn laatste opmerking verder te peinzen. 'Behalve als Kent niet dood is. Dat zou misschien logischer zijn.' De man doorboorde Kent met die groene ogen van

hem. ‘Weet je, Bob, niet alles is wat het lijkt. Eigenlijk ben ik niet wat ik lijk te zijn. Ik ben niet gewoon maar een domme smeris met wat mazzel.’

Kents gezicht werd rood; hij voelde een paniek opkomen. Zijn borst leek in een bankschroef te zitten. En Punthoofd keek hem strak aan. Het was plotseling moeilijk om gedachten te vormen, laat staan een reactie te verzinnen. De agent liet zijn blik ergens anders heen glijden.

‘Mijn en jouw zaak zouden verband met elkaar kunnen houden, Bob. Misschien zoeken we wel naar de verkeerde vent. Misschien zijn jouw hightech spook en mijn lijk wel dezelfde persoon! Een beetje vergezocht, maar niet onmogelijk, denk je niet?’

‘Nee. Dat kan nooit!’

‘O nee? En waarom zou dat niet mogelijk kunnen zijn?’

‘Omdat ik al weet wie het heeft gedaan!’

De agent trok een wenkbrauw op. ‘Wie?’

‘Bentley en Borst. Ik bent de puntjes op de i aan het zetten, maar binnen een week kan ik ze aan de schandpaal nagelen voor fraude.’

‘Zo snel al? Goed gedaan, Bob! Maar ik denk echt dat je er nog eens opnieuw over na moet denken. Met mijn theorie in gedachten natuurlijk. Dat zou wat zijn, nietwaar? Kent levend en wel en een ander lijk in zijn graf?’ Hij wuifde de theorie weg met zijn hand. ‘Ach, je hebt waarschijnlijk gelijk. De twee zaken houden waarschijnlijk geen verband met elkaar. Maar ik moet elke steen even omkeren, weet je.’

Op dat moment had Kent zin om een van die stenen van Punthoofd te pakken en die vierkant in de strot van de rechercheur te parkeren. *Wat dacht je van die theorie, Punthoofd!* Maar hij kon nauwelijks ademhalen, laat staan de mond van de man open krijgen.

‘Nou ja, bedankt voor je tijd, Bob. Misschien zien we elkaar weer terug. Spoedig.’ De rechercheur glimlachte.

En met die woorden stond hij op en vertrok. Kent bleef achter met soppende oksels en vastgenageld aan zijn stoel.

Dit was een probleem. Niet alleen maar een kleine uitdaging of een put in de weg, maar zo’n einde-van-de-wereld-zoals-we-die-op-het-ogenblik-kennen probleem. Hierheen komen was een vergissing geweest. Teruggaan naar dit *land* was een vergissing geweest. Teruggaan naar de bank – dat was waanzinnig! Maar er was nog steeds geen enkel bewijs, nietwaar? Nee, geen bewijs. Het was een theorie van Punthoofd. En nog een stompzinnige ook.

Toen ontvouwde zich een beeld in zijn gedachten dat het kleine beetje hoop vernietigde dat hij nog had. Het was een beeld van Lacy, zittend op haar bank, met gevouwen handen, knieën tegen elkaar, tegenover Punthoofd. Ze praatte. Ze praatte over haar geheimpje.

Kent liet zijn hoofd in zijn handen zakken en probeerde zijn ademhaling weer onder controle te krijgen.

38

Kent stond die maandagavond bij de pilaar net buiten Macy's, in een winkelcentrum in Boulder en staarde naar de vrouw, zijn hart bonkend als een Japanse pauk, zijn handpalmen doornat van het zweet.

Ergens die afgelopen zaterdag had hij zich iets nieuws gerealiseerd over het leven. Het was een idee dat zo diepgaand was dat de meeste mensen het nooit echt begrijpen. Het was het soort waarheid waarmee iemand in aanraking komt wanneer hij het helemaal heeft gehad, zoals Kent na die ontmoeting met Punthoofd. En die waarheid was simpelweg het volgende: wanneer je er echt alles uithaalt wat erin zit, blijkt het leven één groot riool te zijn.

Het probleem met de meeste mensen is alleen dat ze er nooit echt alles uithalen wat erin zit. Ze leven hun leven met de *gedachte* dat ze er alles uithalen wat erin zit, maar doen ze dat ook echt? Nee. *'Volgend jaar, Martha, dat beloof ik je, verkopen we de hele tent, kopen dat jacht en zeilen de wereld rond. Zeker weten.'* De dromen van de mens fungeren als een soort barrière tussen het leven en de dood. Haal die barrières weg – laat mensen hun dromen waarmaken – en je kunt de slachtoffers van zelfmoorden bij bosjes van de spoorwegovergangen schrapen. Kijk maar naar de enkelen die inderdaad hun dromen waarmaakten, zoals filmsterren en popsterren – degenen die echt het geld hebben om uit het leven te halen wat erin zit – en je vindt een spoor van gebroken harten. Gebroken harten omdat ze hebben ontdekt wat Kent nu ontdekte: wanneer je er echt alles uithaalt wat erin zit, blijkt het leven één groot riool te zijn.

Dat gegeven had ervoor gezorgd dat Kent zich nu op deze onmogelijke plek bevond, tegen de pilaar bij Macy's leunend, starend naar de vrouw, zijn hart bonkend als een Japanse pauk, zijn handpalmen doornat van het zweet.

Lacy zuchtte, duidelijk niet tevreden over wat er in het rek met afgeprijsde spullen lag. Ze liep naar hem toe. Kent hield zijn adem in en draaide zich langzaam weg, zo nonchalant mogelijk. In het uur dat hij haar had gevolgd, had ze hem niet herkend, maar ze had hem niet echt bestudeerd ook. Twee keer had ze hem recht in de ogen gekeken en allebei de keren was ze ook weer gewoon doorgegaan met waar ze mee bezig was. Maar iedere keer klopte zijn hart in zijn keel en dat was ook nu weer het geval.

Hij pakte een aanbiedingenblaadje uit een rek en deed of het hem interesseerde. Ze liep hem voorbij op nog geen meter afstand. De zoete geur van seringen dreef zijn neusgaten in en hij sloot zijn ogen. Dit hele gedoe was natuurlijk waanzin, niet alleen omdat iemand die zwetende man wel eens zou kunnen opmerken die naar die mooie vrouw stond te staren, zodat hij de beveiliging van het winkelcentrum op zijn dak zou kunnen krijgen, maar ook omdat hij inderdaad aan het *stalken* was. Als de een of andere opgefokte gek die zwaar over haar schouder stond te hijgen, wachtend op zijn kans.

Hij was die middag naar Boulder gereden, had zijn auto een paar honderd meter van Lacy's appartement vandaan geparkeerd en haar opgewacht. Ze was om zes uur uit haar werk teruggekomen en hij had een vol uur op zijn nagels zitten bijten, erover peinzend om naar haar huis te lopen. Het probleem was dat Gloria maar door zijn gedachten bleef rondslenteren. Om de een of andere reden die hem niet helemaal duidelijk was, had hij een vreemd schuldgevoel over Gloria. Nu nog meer, leek het, dan toen hij vóór de diefstal tijd met Lacy had doorgebracht. Misschien omdat hij toen niet echt de bedoeling had iets met Lacy te beginnen. Maar nu hij werd geconfronteerd met die gekmakende eenzaamheid, was hij daar niet zo zeker meer van.

Ze had op een gegeven moment haar appartement verlaten en was hierheen gereden. Waar hij nog het meest van baalde, was dat hij de fles tequila in de auto had laten liggen. Anders had hij een tiental keren naar het toilet kunnen gaan om een slok te nemen. Maar het zou te lang duren om hem te gaan halen. Dan zou hij haar kwijt kunnen raken, een gedachte waar hij zenuwachtiger van werd dan enkele uren droogstaan.

Hij hield zijn hoofd een beetje scheef en bekeek haar vanuit zijn ooghoeken. Lacy had een blauwe spijkerbroek aan. Haar in witte sportschoenen gestoken voeten leken over de glimmend marmeren vloer te zweven. De groene sweater rustte losjes op haar schouders en het kraagje werd omhuld door haar blonde haar. Haar lippen vormden zo nu en dan een glimlachje en haar hazelnootvormige ogen dartelden over de kleding waar haar vingers voorzichtig doorheen wandelden.

Kent zag haar zich naar het restaurant begeven dat zich in het winkelcentrum bevond. Hij veegde zijn voorhoofd af met de rug van zijn hand en liep omzichtig achter haar aan. Ze slenterde langs glimmende etalages en keek er nu en dan in, zonder aanstalten te maken de winkels binnen te gaan. Kent liep een sportartikelenzaak in, griste een flanellen overhemd uit de koopjesbak en rekende snel af. Hij liep daarna gelijk naar een van de kleedhokjes, verwisselde van overhemd en haastte zich langs de verbaasde verkoopster weer naar buiten om Lacy te achterhalen. Hij gooide het rode shirt dat hij had gedragen in de dichtstbijzijnde afvalbak. *Zie je, Lacy, ik heb er wat trucjes bij geleerd. Een beetje sneaky geworden. Je moet wel sneaky zijn om twintig miljoen dollar te jatten, weet je.*

Hij zag haar in het restaurant. Ze zat met over elkaar geslagen benen loom een ijsje te eten. Hij bekeek het tafereeltje over de schouder van een etalagepop in een sportzaak die zich tegenover het restaurant bevond. Zijn verlangen was niet seksueel getint – niet pervers of vreemd of obsessief. Misschien obsessief. Ja, eigenlijk was het obsessief, nietwaar? Hij knipperde bij die gedachte met zijn ogen en wendde zijn blik van haar af. Hoe kon hij het stalken van een vrouw anders omschrijven? Dit was niet bepaald een afspraakje. *Je bent je hoofd aan het verliezen, Kent.*

Er spoelde een golf van schaamte over hem heen vanwege het feit dat hij vanuit de schaduwen naar haar had staan gluren. Waar was hij nu helemaal mee bezig? Hij zou haar nooit de waarheid kunnen vertellen, of wel? Ze zou zich gedwongen voelen hem aan te geven. En dan zou het over zijn – alles.

En Gloria! Wat zou Gloria hiervan zeggen?

Die is dood, sukkel!

Hij reed terug naar Denver en vroeg zich af waarom hij geen einde aan zijn leven zou maken. Twee keer reed hij een spoorwegovergang over en vroeg hij zich af hoe het zou voelen als er een goederentrein over je heen dendert. Misschien wel een moment dat leek op gewichtsloosheid en dan een verwoestende klap. Het graf. Het einde. Zoals Bono had gezegd – uiteindelijk kom je allemaal in hetzelfde graf terecht. Kent schudde zijn hoofd en kneep zijn ogen tot spleetjes tegen de mist die zijn beeld vertroebelde. Hij gromde om het brok uit zijn keel weg te krijgen. Aan de andere kant, hij bevond zich nog niet in het graf. Hij had geld, meer dan hij kon opmaken. Hij was vrij van welke bekommernissen dan ook. Geen vrouw, geen kinderen, geen schulden, niets. Dat was dan toch iets waar je blij van kon worden, nietwaar? Kent glimlachte, maar het beeld dat naar hem terugstaarde vanaf de achteruitkijkspiegel, leek meer op dat van een boer met kiespijn dan op een tevreden man. Hij

stopte met doen alsof en zakte onderuit in zijn stoel.
Eenmaal thuis in zijn appartement en twee tequila's later, het was ondertussen al tegen middernacht, begon hij weer wat rustiger te worden. Met het glas in de hand zat hij onderuitgezakt in de zwartleren leunstoel naar een zwart televisiescherm te kijken. De herinnering aan zijn rit naar Boulder bleef nog een beetje in zijn hoofd hangen.
Een obsessie. En wat kleine pareltjes wijsheid van een Griek met de naam Bono. Inderdaad – het leven is een riool.
Nou ja, het zou in ieder geval de laatste keer in zijn leven zijn dat hij iemand stalkte, dacht hij wrang. Hij zou liever nog met honderdzestig kilometer per uur een gesloten spoorwegovergang oprijden dan ooit nog eens zoiets stoms te doen. De wereld lag aan zijn voeten! Alleen een absolute loser deed zoiets.
'Kiekeboe! Ik zie je. Ik heet Kent en ik ben smerig rijk. Zou jij je leven met mij willen delen? O ja, voor ik het vergeet, ik heb echt een rótleven. Maar maak je geen zorgen, want we liggen toch binnen niet al te lange tijd onder de groene zoden.'
Kent viel in de luie stoel in slaap voor de zon opkwam.

39

Lacy zat op donderdagavond in haar eentje in Chinees restaurant Wong Foo en knabbelde aan de mie die op haar bord lag. Indirect licht wierp een zwakke oranje gloed op haar tafeltje. Een tiental houtgesneden draken keek op haar neer vanaf het verlaagde plafond. Afscheidingen van rijstpapier gaven een gevoel van privacy. Glazen tinkelden door de ijsblokjes die erin ronddreven en stemmen murmelden om haar heen, achter die papieren afscheidingen. Ergens praatte een man in vloeiend Chinees. De geur van oriëntaalse kruiden zweefde door het restaurant.
Een meter of tien naar rechts zat een man alleen in een nis. Hij las de krant en at wat van zijn noodlesoep. Kort nadat hij was gaan zitten, nog geen tien minuten terug, hadden ze elkaar opgemerkt en zijn helderblauwe ogen deden haar in eerste instantie aan Kent denken. Hij had beleefd geglimlacht en zij had haar blik afgewend. Er liepen tegenwoordig zoveel gekken rond. *Dat weet je niet, Lacy. Misschien is hij wel een toonbeeld van oprechtheid.*
Lacy dompelde haar lepel in de kruidige soep en probeerde hem voorzichtig.

Ze had er moeite mee het beeld van Kent van zich af te schudden. Ze begreep niet helemaal *waarom* ze daar niet in slaagde. In de eerste week was dat begrijpelijk. De tweede en misschien nog wel de derde ook. Maar hij was nu al meer dan een maand verdwenen! En toch liet hij iedere dag nog diverse sporen na in haar gedachten. Absurd! Misschien kwam het wel door de gedachte dat hij ergens als een koning zou kunnen leven, nadat hij de brutaliteit had gehad haar zijn plannen in het gezicht te wrijven.
Ze keek stiekem naar de man die de krant zat te lezen en merkte dat hij weer naar haar keek. Ze wierp hem deze keer een neerbuigende grijns toe. *Niet te overdreven, Lacy. Je zou hem eens op verkeerde ideeën kunnen brengen.* Hij zag er fatsoenlijk genoeg uit. Blauwe ogen, net als Kent – *daar ga je weer!* – en een gezicht dat haar aan Kevin Costner deed denken. Hij zag er eigenlijk helemaal niet slecht uit.
Hij had zijn hoofd weer in de krant begraven en Lacy richtte haar aandacht doelbewust op het bord dat voor haar stond. Ze had niets meer van de rechercheur vernomen en ze had ook geen poging gedaan hem te bellen, omdat het haar, toen de dagen voorbijgingen, niet zo'n goed idee leek. Ze had geen absolute zekerheid over de vraag of de diefstal wel echt had plaatsgevonden en zelfs al had ze dat, dan had ze hem beloofd te zullen zwijgen. Niet dat ze hem ook maar iets verplicht was na wat hij had gedaan. Er waren vier gevallen van foutieve afschriften geweest, maar niemand leek zich daaraan te storen. Printfout of zoiets. Wat het ook was, het had zichzelf gecorrigeerd.
Inderdaad. Het enige wat zichzelf niet had gecorrigeerd, waren haar gedachten. Ze begon te denken dat ze zich eens zou moeten laten onderzoeken. Lacy tilde haar vork op en stak een stukje gemarineerde kip in haar mond. De draken keken met geelglazen ogen op haar neer, alsof ze iets wisten wat zij niet wist.
Maar de draken waren niet de enige die naar haar keken. Die perverse vent zat ook weer naar haar te gluren. Vanuit haar ooghoeken kon ze zien dat zijn gezicht naar haar toegekeerd was. Haar hartslag werd feller. Of misschien was het alleen maar haar fantasie en zat hij helemaal niet naar haar te gluren. Ze draaide zich langzaam zijn kant op. Nee, het was niet haar fantasie. Zijn ogen schoten met een ruk de andere kant op toen ze op hem scherp stelde. Wat was dat voor een vent? Ze kon misschien maar beter vertrekken voor hij naar haar ging zitten knipogen.
Toen sloeg hij zijn blauwe ogen op om haar aan te kijken en ze hielden elkaars blik voor een lange seconde vast. Lacy's hart hield in die seconde even op met

kloppen. En voor het ding weer op gang kwam, rees de man op van zijn stoel en liep naar haar toe.

Hij vertrekt, dacht ze. *Alsjeblieft, zeg tegen me dat hij vertrekt!*

Maar hij vertrok niet. Hij liep recht op haar tafeltje af en legde zijn hand op de rugleuning van de stoel tegenover haar.

'Het spijt me, mevrouw, maar ik zag u hier zo alleen zitten.' Hij glimlachte vriendelijk en was eigenlijk best knap. Maar goed, dat was Saddam in zijn jonge jaren ook. Zijn stem klonk haar als muziek in de oren, wat haar verbaasde. Er stond wat zweet op zijn voorhoofd. Lacy staarde de vreemde aan zonder iets te zeggen, niet in *staat* om iets te zeggen, eigenlijk, en dacht na over de tegenstellingen die deze man vertegenwoordigde.

Hij probeerde te glimlachen, waarbij hij heel onhandig met één kant van zijn gezicht trok. 'Ik weet dat het wat ongewoon klinkt, maar vindt u het goed als ik ga zitten?' vroeg hij.

Honderden stemmen schreeuwden tegelijk in haar hoofd: *Doe even normaal! Ga naar een straathoertje lopen knipogen! Donder op!*

De vreemdeling gaf haar zelfs niet de tijd om haar gedachten onder woorden te brengen. Hij ging snel zitten en vouwde twee bevende handen in elkaar. Ze deinsde instinctief terug, verbijsterd door zijn vrijpostigheid. De man zweeg. Hij ademde zwaar, keek haar respectvol aan, met een lichte glimlach op zijn lippen.

Niet te geloven! Ze leek wel gek om die man de gelegenheid te geven hier te gaan zitten. Zijn ogen waren opvallend, als blauwe saffieren, en stonden wijd open en bewonderend. *God, help me!*

'Kan ik u ergens mee helpen?' vroeg ze.

Hij knipperde met zijn ogen en kwam iets overeind. 'Het spijt me. Dit moet heel erg vreemd overkomen. Maar... is er iets...' Hij schoof ongemakkelijk heen en weer op zijn stoel. 'Ik weet niet... iets wat vreemd overkomt?'

Lacy kreeg haar gevoelens weer op een rijtje en die vertelden haar dat deze man belletjes in haar schedel liet rinkelen alsof het carillon van een kathedraal begon te spelen. Ze vertelden haar ook dat er wat draadjes bij deze man loszaten.

'Eigenlijk komt *u* me nogal vreemd voor. Wat dacht u ervan om te verdwijnen?'

Dat veegde de glimlach van zijn gezicht. 'Ja? Nou, misschien ben ik niet zo vreemd als u denkt. Misschien ben ik alleen maar vriendelijk en noemt *u* me vreemd. Is dat hoe u over vriendelijke mensen denkt? Dat ze vreemd zijn?'

Eén-één. Hij leek niet veel kwaad in de zin te hebben. 'Het komt niet veel voor dat mensen in Chinese restaurants rondstruinen, op zoek naar een vriendelijk gesprek. Neem me niet kwalijk als ik een beetje bezorgd klink.'
'Mensen zijn meestal niet zo vriendelijk, zegt u eigenlijk. Nou, misschien probeer ik alleen maar vriendelijk te zijn. Zou u dat kunnen accepteren?'
'En misschien heb ik wel helemaal geen nieuwe vrienden nodig.'
Hij slikte en keek haar even peinzend aan. 'En misschien moet je wel twee keer nadenken voor je een vriendelijke buurman afwijst.'
'Dus nu bent u opeens mijn buurman? Luister, u bent vast een geweldige man...'
'Ik probeer alleen maar vriendelijk te zijn, mevrouw. Bijt nooit de hand die je voedt.'
'Ik was me er niet van bewust dat u me had gevoed.'
Hij stak zijn hand uit, pakte haar rekening en liet die in zijn zak glijden. 'Nu wel.'
Lacy leunde achterover, verrast door de absurditeit van dit gesprek. 'Ik ken u niet eens! Ik weet niet eens hoe u *heet*.'
'Noem me maar... Kevin.' De vreemdeling glimlachte. 'En eerlijk gezegd, ben ik alleen maar een doodgewone vent die een vrouw zag zitten die er uitzag alsof ze wat vriendschap kon gebruiken. Hoe heet u, als ik vragen mag?'
Ze keek hem behoedzaam aan. 'Lacy.' De alarmbellen gingen nog steeds af, maar ze wist nog steeds niet precies waarom. 'En ga me nu niet vertellen dat het niet vreemd is om in een Chinees restaurant zomaar op een vrouw af te stappen en haar te vragen of je mag gaan zitten.'
'Misschien. Maar ze zeggen ook dat in liefde en oorlog alles geoorloofd is.'
'Dan is dit dus oorlog? Ik ben eigenlijk niet echt op zoek naar een gevecht. Daar heb ik genoeg van op mijn bord gehad,' zei ze.
'O, ja? Niet met mannen, hoop ik.'
'Inderdaad. Mannen vechten niet; die verdwijnen gewoon.' Dit absurde gesprek voelde plotseling een beetje therapeutisch aan. 'Ben jij van het heb-lief-en-verdwijn type, Kevin?'
De man slikte moeizaam en werd erg stil. Het hele restaurant leek even stil te vallen. 'Nee, natuurlijk niet.'
'Mooi, Kevin. Want als je wel zo'n type was, zou ik je direct persoonlijk de deur uittrappen.'
'Dat geloof ik graag.' Hij verschoof in zijn stoel. 'Je hebt het dus gehad met mannen?'

'Nogal.'
Hij keek haar behoedzaam aan. 'Wat... is er dan gebeurd?'
Ze reageerde niet.

Natuurlijk wist Kent precies wat er was gebeurd. Ze had het over *hem*. Hij had haar het hof gemaakt, haar vertrouwen gewonnen en had haar laten zitten. En nu dit.
Maandag had hij gezworen dat hij zichzelf liever om zeep zou helpen dan haar nog eens te volgen. Op woensdag had hij die belofte gebroken. Hij had zichzelf toegestaan te blijven leven, ondanks dat hij weer naar Boulder was gegaan om een kijkje te nemen. Ze was die avond etenswaren gaan inslaan en hij had bijna in paniek tussen de schappen door gezworven.
Maar dit... Hij zou betalen voor zijn krankzinnige daden. Maar het deed er niet langer toe. Het kon hem ook niet langer schelen. Het leven had op de een of andere manier zijn betekenis verloren. Hij was haar vandaag naar het restaurant gevolgd, had een stoel in het zicht genomen en had haar toen benaderd. Het had aangevoeld alsof hij op het slappe koord was gaan staan zonder vangnet.
En nu had hij het lef om haar te vragen wat er was gebeurd. Zijn handpalmen waren nat van het zweet en hij veegde ze af aan zijn knieën. De elektriciteit tussen hen liet zijn hart overuren draaien.
Ze reageerde niet en hij herhaalde de vraag. 'Wat is er dan gebeurd?'
'Ik bedoel er niets mee, Kevin, maar als je in een restaurant bevriend wilt raken met een dame, is het niet echt handig om gelijk te beginnen over haar liefdesleven en zo. Dat is eerder iets wat een pervers persoon zou doen.'
Dat stak en hij deinsde zichtbaar terug. *Wooow, jongen, niet overdrijven.*
'Je keek verbaasd,' zei Lacy terwijl ze haar hoofd schuin hield. 'Wat verwachtte je dan? Dat ik op een bank zou gaan liggen om je mijn levensverhaal te vertellen?'
'Nee, maar je hoeft mijn hoofd er niet af te bijten. Ik stelde gewoon een eenvoudige vraag.'
'En ik vertelde je min of meer dat je je met je eigen zaken moet bemoeien.'
Ze was dus echt bitter en liet dat blijken ook. Ze had gelijk, wat had hij anders kunnen verwachten? 'Oké, luister, het spijt me als je het zo ergerlijk vindt dat ik mezelf heb voorgesteld, maar misschien is niet iedereen op deze

aardbol zo cynisch als je denkt. Misschien lopen er nog wel een paar fatsoenlijke mensen rond,' zei Kent op iets luidere toon. Natuurlijk sloeg dit helemaal nergens op en dat wist hij best. Hij was net zo fatsoenlijk als een rioolrat.

Ze keek hem even aan en begon langzaam te knikken. 'Je hebt gelijk. Het spijt me. Het gebeurt me niet iedere dag dat er een man naar me toe komt lopen en zomaar neerploft.'

'Ach, ook van mijn kant sorry. Het was waarschijnlijk een domme zet. Maar je viel me gewoon op.' Hij zag haar gezicht verzachten. Dat was mooi. 'Het gebeurt niet iedere dag dat je een mooie vrouw alleen ziet zitten die er zo verloren uitziet.'

Lacy keek opzij, plotseling overspoeld door emoties. Hij zag het als een mist op haar neerdalen. Hij merkte op dat ze moeizaam slikte. Zijn eigen beeld vertroebelde. *Lacy! O, Lacy! Ik ben het, Kent! En ik hou van je. Echt waar!* Zijn keel brandde bij die gedachte. Maar zover zou hij nooit kunnen gaan. Nooit!

'Het spijt me,' zei hij.

Ze snoof en veegde vlug haar ogen af. 'Nee, het geeft niet. Ik denk gewoon dat ik van een andere man houd, Kevin.'

Een andere man?!

'Ik weet zelfs niet of ik wel vriendschap met je zou kunnen sluiten. Eigenlijk ben ik stapelgek op hem.'

Maar dat was niet mogelijk! 'Ja,' zei hij, maar hij had liever nee gezegd. Geschreeuwd! *Nee, Lacy! Je kan niet iemand anders liefhebben! Ik ben er toch?!*

'Ik denk dat je maar beter weg kunt gaan,' zei ze. 'Ik waardeer je bezorgdheid, maar ik zit niet echt te wachten op een relatie. Je kunt maar beter gaan.'

Kent bevroor. Hij wist dat ze gelijk had. Hij kon maar beter gaan. Maar zijn spieren zaten op slot. 'Wie?' vroeg hij.

Ze keek hem aan, verbijsterd. 'Wie?' Haar ogen boorden zich in die van hem en heel even dacht hij dat ze hem een mep zou verkopen. 'Een dode. Ga nu alsjeblieft,' zei ze. 'Ga nu alsjeblieft,' drong ze aan.

'Een dode?' raspte zijn stem.

'Ga nu!' zei ze en de klank van haar stem liet geen ruimte voor twijfel over wat ze bedoelde.

'Maar...'

'Nu! Ga weg!'

Kent ging bevend staan, zijn wereld grijs en vaag. Hij liep langs haar heen

naar de deur, vlak langs de kassa, zonder eraan te denken om voor hun maaltijden te betalen, zo de straat op, nauwelijks beseffend dat hij het restaurant had verlaten.
Lacy hield nog steeds van hem. Van Kent!
En was dat positief? Nee, natuurlijk niet. Want die was inderdaad dood. Kent was dood en Lacy had niet de minste interesse getoond in Kevin, met zijn chirurgisch aangepaste wangen en langere neus en scherpere kin.
Het besef raakte hem als een slopersbal. Hij was die nacht in de bank echt gestorven! Kent was echt dood. En Lacy bevond zich op het randje van de dood – in ieder geval haar hart. Alle hoop op liefde die tussen hen nog kon zijn, lag nu in het graf. Einde verhaal.
Kevin zou zijn eigen weg in het leven moeten zoeken, maar Kevin wilde zijn eigen weg niet vinden. Kevin wilde dood. Kevin bestond niet eens.
Hij was *Kent! Kent, Kent, Kent!*
Maar Kent was dood.
Dit was het dieptepunt van zijn dag. Dit was het dieptepunt van de afgelopen maand. Misschien was het zelfs wel het dieptepunt van zijn leven, hoewel de dagen dat Gloria en Spencer waren overleden, ook dieptepunten waren. En dat vormde weer een nieuw probleem, omdat hij al helemaal op het diepste punt was geweest voor hij vanavond naar dit restaurant was gekomen.
De gedachten van Kent dreven af naar Spencer en Gloria, die in hun graf lagen. Misschien zou hij hen wel spoedig gezelschap gaan houden. Het leven *boven* de groene zoden werd behoorlijk ingewikkeld zo. Hij slenterde de straat uit en dacht na over zijn mogelijkheden, maar de enige twee die hij kon verzinnen, waren zich voortslepen en doodgaan. Op dit moment zou hij het bij zich voorslepen houden, maar hij zou misschien al snel sterven. Hoe dan ook, die vrouw daar in dat restaurant was dood.
Dat wist hij, omdat hij haar had vermoord. Daar kwam het in elk geval wel op neer.

40

Kent stormde vrijdagmorgen om tien uur knarsetandend en binnensmonds mopperend de trappen van de Niponbank op. Vannacht in de kleine uurtjes was hij gaandeweg kwader geworden. Het soort woede dat voortkomt uit

zich opstapelende omstandigheden. Hoeveel kon een mens hebben? Natuurlijk, hij was stinkend rijk, maar tegelijkertijd waren er zoveel onrechtvaardigheden in zijn leven als rijke stinkerd.
Lacy, bijvoorbeeld. *'Ga weg! Nu!'* En dan had je die smeris – Punthoofd. *'Wil je weten wat ik denk, Bob? Of was het nu Kent?'* En daar was Bono, die zijn wijsheden over de dood spuide. En Doug de Aussie, met zijn tandeloze grijns op het jacht dat de dood van zijn zoon had betekend. En Steve de barman, om hem heen cirkelend als een gier. De beelden zwierven door zijn hoofd en stuwden zijn bloeddruk langzaamaan naar veel te hoge waarden.
Maar het waren de laatste paar flitsen die hem een uur eerder wakker hadden doen worden, zwetend en draaiend. De beelden waarvan hij dacht dat hij ze al begraven had. Gloria, gezwollen en paars en dood in het ziekenhuisbed; Spencer, zo koud als steen. Borst en Bentley, zittend achter hun bureaus, glimlachend. *Welkom terug, Kent.*
Op de een of andere manier kwamen alle beelden samen bij die van de tweelingvarkens, die in hun handen wreven van plezier vanwege hun *daad*.
En daarom stormde hij nu de trappen van de Niponbank op.
Hij ramde door de deuren heen en boog onmiddellijk af naar rechts, rechtstreeks naar de kantoren van het management. Geen nostalgische gevoelens deze keer, alleen een irrationele woede die door zijn aderen golfde. Sidney klikte ergens over de marmeren vloer heen, maar hij ving het geluid nauwelijks op.
Bentleys deur zat dicht. Maar niet lang. Kent draaide aan de knop en zwaaide hem open. Hij hijgde flink van het trappenlopen en van kwaadheid. Een donkerharige vrouw zat met over elkaar geslagen benen in een van de gastenstoelen, keurig gekleed in een helderblauw mantelpakje. Beiden keken met een ruk in zijn richting toen hij binnenstormde.
Kent staarde woest naar de vrouw, stapte opzij en wees naar de deur. 'Wegwezen! Weg!'
Haar mond viel open en toen keek ze met grote ogen naar Bentley.
Bentley schoof zijn stoel achteruit en greep de rand van zijn bureau vast. Zijn gezicht verloor alle kleur. Hij bewoog zijn lippen om woorden te gaan vormen, maar er klonk alleen gerasp.
De vrouw leek het te begrijpen. Ze wist vrijwel zeker niet wat hier aan de hand was, maar ze wilde er niets mee te maken hebben. Ze stond op en haastte zich naar buiten.
'Roep Borst hierheen,' zei Kent.

'Hij… hij kwam er al aan. Voor een vergadering.' Het jongetje in Bentley werd zichtbaar, als een man die werd gesnapt met zijn broek op zijn enkels. Maar als Kents eerdere ontmoetingen met hem een indicatie waren van hoe hij was, zou Bentley zich snel herstellen.

Borst liep nietsvermoedend het kantoor binnen. Hij zag Kent en hij hijgde van schrik.

'Fijn dat je er ook bij kunt zijn, Borst. Doe de deur dicht.' Kent sloot zijn ogen en maande zijn zenuwen tot rust.

Zijn voormalige chef deed snel de deur dicht.

'Waarom heb je mijn telefoontjes niet beantwoord?' wilde Bentley weten. Hij had zichzelf weer een beetje bij elkaar geraapt.

'Kop dicht, Bentley. Ik heb geen zin om mezelf bloot te stellen aan nog meer van die onzin van jou. Ik kan heel wat hebben, maar ik ben geen masochist.'

'En wat als ik informatie had gehad die kritiek was voor je onderzoek? Je kunt hier niet zomaar verdwijnen nadat je je beschuldigingen hebt geuit en dan van ons verwachten dat we het maar even oplossen, zonder dat we weten wat er aan de hand is!'

'En toch deed ik dat, nietwaar? En buiten een getekende bekentenis had je niets kunnen doen om mijn onderzoek te versnellen, neem dat maar van me aan. Maar zal ik je eens wat vertellen? Ik geef jullie *nu* een kans, wat dacht je daarvan?'

Bentley staarde hem verbijsterd aan.

'Kom op, man, voor de draad ermee. Wat was er zo belangrijk?'

Nog steeds niets. Hij had de man uit balans. Niet teveel tijd gunnen om zijn evenwicht terug te vinden.

'Niets dus. Goed, ga maar weer naast Borst zitten.'

'Ik -'

'Zitten!'

Bentley vloog uit zijn stoel en schuifelde naar Borst toe, nog steeds behoorlijk bleek.

'Goed, ik zal het kort houden en ik wil niet hebben dat jullie daar gaan zitten janken. Bewaar je commentaar maar voor de autoriteiten. Wat dacht je daarvan?'

Ze zaten als versteend in hun stoelen en geloofden hun oren niet.

'Laat ik bij het begin beginnen. Ik heb mijn uitgetypte bevindingen naar de mannen toegestuurd die jullie cheques uitschrijven, maar ik denk dat we nog wel tien minuten hebben om wat te babbelen voor de Japanners over die telefoon daar gaan lopen gillen. Heb je ooit wel eens iemand in het Japans horen vloeken, Borst? Ik kan je vertellen dat dat niet prettig klinkt.'

Kent haalde adem en vervolgde snel: 'Om te beginnen hadden jullie twee heel erg weinig te maken met het AFPS. In ieder geval niet met de ontwikkeling ervan. Maar jullie hebben duidelijk wel geleerd hoe je ermee om moet gaan. En in werkelijkheid komt jullie totaal geen eer toe waar het de implementatie van het programma betreft, nietwaar? Daar hoef je geen antwoord op te geven. Ik weet dat dat zó is. En dat geeft weer een probleem, omdat jullie je arbeidscontract hebben geschonden door de eer op te eisen voor het werk van een ander. En dat is niet alleen genoeg voor een onmiddellijk ontslag, maar betekent ook dat iedere cent moet worden terugbetaald die is verkregen na de verkeerde voorstelling van zaken.'

'Dat is niet waar!' zei Bentley.

'Houd je kop, Bentley. Kent Anthony was in zijn eentje verantwoordelijk voor het AFPS en dat weten jullie net zo goed als dat jullie hierin zitten, tot aan je nek.' Hij doorboorde hen met zijn ogen en liet de opmerking even bezinken. 'Gelukkig voor jullie dat Kent een vreemd en vroegtijdig einde vond, een maand na jullie ondeugende zet.'

'Dat is niet waar! We hadden niets te maken met de dood van Kent!' protesteerde Borst. 'Met de eer van een ander strijken is één ding, maar we hadden niets te maken met de dood van Kent!'

'Als je een man zijn levensonderhoud ontneemt, ontneem je hem zijn trots. Dan kan hij net zo goed dood zijn.'

'Dit is totaal niet steekhoudend en dat weet je best!' zei Bentley.

'We zullen de Japanners laten beslissen wat steekhoudend is en wat niet, maar ik heb wat meer tijd gestoken in het één miljoen dollar probleem dan in het Kent Anthony probleem. Het zat eerlijk gezegd slim in elkaar. Het heeft me bijna een week gekost om het boven water te halen.'

Er liep een rare rilling over het gezicht van Bentley, dat nu weer zo rood als een tomaat was. 'Waar heb je het over?'

'Je *weet* natuurlijk waar ik het over heb, maar ik zal het je sowieso vertellen. Zoals ik het zie, heeft Borst een programmaatje ontworpen met de naam ROOSTER. Het lijkt op een beveiligingsprogramma voor het AFPS. Het probleem is dat het niet is geactiveerd met de implementatie van de rest van het programma. In feite bestaat het alleen maar in twee computers in het hele systeem. Inderdaad, de computer op het bureau van Markus Borst en die op het bureau van Price Bentley. Interessant, gegeven het feit dat het deze twee schof-

ten waren die meneer Anthony zijn beloning afhandig hadden gemaakt. Maar zelfs *nog* interessanter wanneer je ontdekt waartoe het programma in staat is. Het is een ghostlink naar het AFPS. Een manier om in het systeem te komen die nauwelijks te detecteren is. Maar toch heb ik hem gevonden.'
'Maar... maar...' sputterde Borst.
'Kop dicht, Borst! Dat is nog maar de helft.' Kent uitte zijn beschuldigingen nu in lange staccato uitbarstingen. 'Het is juist het gegeven *hoe* het programma werd gebruikt dat werkelijk alles slaat. Heel erg slim trouwens. Een paar kleine, onnavolgbare overboekingen om te zien of het iemand opvalt en dan de grote klap. *Baf!*' Kent sloeg met zijn vuist op het bureau en ze kwamen allebei bijna los van hun stoel.
'Eén miljoen dollar in één graai en niemand weet waar het heen is. Behalve dan als je een kijkje neemt in de verborgen rekeningen op de computers van Borst en Bentley! Waarom zou je daar kijken?! Een miljoen dollar netjes weggemoffeld als appeltje voor de dorst. Geen slecht plan.'
'Dat is onmogelijk!' Bentley stoomde bijna en zweette zich naar. 'Zoiets hebben we nooit gedaan! Dit slaat nergens op!'
'Nee?' De woede die Kent had gevoeld toen hij de bank binnenstormde, kwam bulderend naar de oppervlakte. Plotseling stond hij te schreeuwen en priemde hij met twee wijsvingers in hun richting, terwijl hij wist dat hij geen reden had om te schreeuwen. Ze zaten maar anderhalve meter van hem vandaan. 'Nee? Dat heb je dan mis, varken! Niets, maar dan ook niets is onmogelijk voor inhalige smeerlappen zoals jullie! Je confisqueert iemands fortuin, maar raad eens – op zekere dag kun je erop rekenen dat dat van jullie óók wordt geconfisqueerd!' Hij hijgde. *Rustig aan, jongen.*
'Het zit allemaal daarin, idioot.' Hij wees naar Bentleys computer. 'Ieder detail. Je kunt het lezen als een misdaadroman. Wat je ook zegt, de gegevens liegen niet en die gegevens hebben ze al. Jullie twee gaan eraan!'
Ze staarden hem met open mond aan, totaal verbijsterd.
'Begrijpen jullie het?' vroeg Kent, terwijl hij op zijn hoofd tikte. 'Is de informatie al aan het bezinken, of zitten jullie nu als gekken een uitweg te bedenken om jullie miserabele hachjes te redden?'
Het leek erop dat ze niet in staat waren te reageren. De ogen van Borst waren rood en vochtig. Hij had het helemaal gehad. Bij Bentley kwam rook uit zijn oren. Onzichtbaar natuurlijk, maar net zo echt.
Kent ging wat zachter praten. 'En laat me jullie nog iets vertellen. Het bewijs is onweerlegbaar. Geloof me maar, want *ik* heb het bij elkaar gesprokkeld.

Als je hieronderuit wilt komen, zul je de jury ervan moeten overtuigen dat een spook uit het verleden alles heeft opgezet. Misschien kun je die programmeur die jullie hebben belazerd wel de schuld in de schoenen schuiven. En misschien is de geest van Kent Anthony inderdaad wel teruggekomen om jullie te achtervolgen. Maar buiten een verklaring van ontoerekeningsvatbaarheid maken ze worst van jullie.'

Ze zeiden nog steeds niets. Kent wilde nog meer zeggen om ze weer tot leven te wekken, maar hij had gezegd wat hij wilde zeggen. Het was de kaart die hij al sinds de presentatie in Miami had willen uitspelen, en dat had hij nu dan ook gedaan.

Kent liep naar de deur, langs Bentley en Borst heen, die bewegingloos in hun stoel zaten. Hij aarzelde bij de deur om nog iets aan zijn woorden toe te voegen. Misschien moest hij hen met de koppen tegen elkaar slaan. *Beng! En niet vergeten!*

Hij weerstond die impuls en wandelde de bank uit. Het was de laatste keer dat hij hen zou zien. Wat er verder met hen zou gebeuren, daar besliste een ander over, maar hoe dan ook, het zou voor die tweelingvarkens geen gemakkelijke tijd worden. Totaal niet.

41

Helen wandelde maandag alleen, hevig voldaan, niet in staat de grijns van haar gezicht te krijgen. Het licht sprankelde door de barsten in de hemel. Dat wist ze omdat ze haar ogen sloot en ze zag het nu bijna constant. Gisteren had zelfs Bill het fenomeen gezien. Of beter gezegd – *voelde* het, omdat dit niets met fysiek zien te maken had. Het was meer het *kennen* van Gods liefde, wat op zich al een bovennatuurlijke kracht vereiste. Ze dacht na over een van de brieven van de apostel Paulus: 'Geworteld en gegrond in de liefde, zult gij dan samen met alle heiligen in staat zijn te vatten hoe groot de breedte en lengte en hoogte en diepte is en te kennen de liefde van Christus...' Dat was niet gemakkelijk te begrijpen, die liefde. Iets wat mensen zich een beetje kunnen voorstellen, dat wel. Maar zeker niet iets wat gehoord, gevoeld of gezien of geproefd of geroken wordt. Dat is niet gebruikelijk, in ieder geval.

Dit licht was net zoiets – moeilijk te vatten. Maar Bill Madison vatte de laatste dagen steeds meer. Hij kon zich steeds beter voorstellen hoe de wereld er uitzag achter dat wat de meeste mensen konden zien en aanraken en proeven. En dat deed hij met geloof. Vertrouwen. Geloven zonder het te hebben gezien, zoals de apostel het uitdrukte.

Helen neuriede het lied 'Jesus, Lover of my soul.' Het was het martelarenlied, vond ze. Iedereen die ze kende die dat lied als lijflied had, was voor God gestorven. *Let me to Thy bossom fly...*

Ze moest voor zichzelf bekennen dat ze er geen idee van had waarom dat licht achter de lucht zo helder scheen. Een en ander was niet wat het leek te zijn. De dood van haar dochter, Gloria – op zich een verschrikkelijke ervaring – bleek achteraf toch geen slecht iets te zijn, net als de dood van Spencer. Dat had ze al heel wat keren tegen Bill gezegd, maar nu voelde Helen de waarheid. Hun levens waren net als zaden die na hun dood schitterend vrucht gingen dragen, iets wat je je niet had kunnen voorstellen in hun voormalige onbetekenende schilletjes. Zoals de martelaar die in Servië was afgeslacht. Op de een of andere manier droeg dat zaad tientallen jaren later vrucht in levens die nog niet waren ontstaan toen die priester zijn leven gaf. Hoe die vruchten er uiteindelijk uit zouden gaan zien, wist ze nog niet. Zover kon ze niet kijken. Maar het licht dat uit de hemel kwam, was gevuld met gelach.

'Goede God, haal me naar huis!' mompelde ze en ze maakte een klein huppelsprongetje. Haar hart bonkte van opwinding. 'Haal me vlug naar huis, Vader. Dan kan ik bij hen zijn.'

Ze had meerdere keren gehoord en gelezen hoe martelaren gewillig hun dood tegemoet liepen, blij en hunkerend naar het leven na de dood. Zo voelde ze zichzelf ook voor de eerste keer in haar leven, dacht ze. Dat soort blijdschap was het. Een compleet begrip van hoe dit leven in verhouding stond met het volgende. En ze zou graag overstappen naar het volgende als ze de mogelijkheid kreeg.

Maar de dood van Kent was haar niet helemaal duidelijk. Hij was gestorven en hij was niet gestorven. Hij zou sterven; hij zou leven. Hij zou liefhebben; hij zou wegrotten in de hel. Ze zou het misschien wel nooit weten. Het was uiteindelijk iets tussen Kent en God.

Uiteindelijk was Kent ieder mens. Uiteindelijk waren de rennende voetstappen in haar dromen de voeten van ieder mens die bij God vandaan rende.

Dat wist ze nu. Oké, er was in de hemel een hoop commotie over Kent vanwege die wedstrijd of zo. En miljoenen engelen en demonen hadden gespannen toegekeken bij iedere beweging die Kent maakte. Maar dat gold voor

ieder mens. En het was geen wedstrijd, geen spel, zoals ze tegen Bill had beweerd. Het was het leven zelf.
'Halleluja!' riep ze en meteen keek ze met een ruk om zich heen of er mensen in de buurt waren die verbaasd naar haar keken. Ze zag niemand. Helaas – het zou prettig geweest zijn als ze nog iemand anders blij had kunnen maken met een stukje van de werkelijkheid. Ze grinnikte.
Inderdaad. Wat hier gebeurde, in haar geïsoleerde stukje belevingswereld, verschilde niet met wat er op de een of andere manier met ieder mens gebeurde die op aarde leefde. Misschien wel anders in de zin van dat haar de mogelijkheid was gegeven mee te doen met haar marathonvoorbede en omdat ze meer had gezien van het drama dat zich ontvouwde dan de meesten, maar daarboven was het niet anders, waar het er echt op aankwam.
Dat kwartje was twee dagen terug gevallen en nu verlangde ze naar iets wat ze in die vierenzestig jaar van haar leven nog nooit zo had gewild. Ze wilde die finishlijn over. Ze wilde op het erepodium staan. Ze wilde de heerlijkheid binnenwandelen. Als ze kon kiezen tussen leven en wandelen of sterven en knielen voor de troon, zou ze haar antwoord uitschreeuwen: 'De troon, de troon, de troon!' Op en neer springend als een springstok. Ze zou het doen met haar sportschoenen en haar witte sokken aan, al zag een stadion vol honkbalspelers het haar doen.
Ze wilde het omdat ze wist, zonder het kleinste spoortje twijfel, dat het allemaal om Gods liefde draaide – iets wat ieder mens zo verschrikkelijk nodig heeft. En ze wist ook dat Gloria en Spencer rondzwommen in Gods liefde en het daar uitschreeuwden van genot.
'God, haal me alstublieft naar huis,' fluisterde ze. 'Haal me alstublieft snel naar huis.'
Eerlijk gezegd snapte ze niet hoe Kent die liefde kon weerstaan.
Misschien zou hij dat ook niet doen. Maar misschien had hij dat al gedaan.
Hoe dan ook, het licht sprankelde helder door de barsten heen.
'Halleluja!' fluisterde ze en maakte een huppelsprongetje.

Twee dagen nadat Lacy hem had uitgespuugd als een mondvol gal, realiseerde Kent zich dat er al twee maanden voorbij waren gegaan sinds hij miljonair was geworden. Eigenlijk realiseerde hij het zich niet echt, omdat de gedachte onopvallend door zijn hoofd kroop, als een trage slak die hoopte op een veilige doortocht. Hij draaide zich om en merkte dat hij alweer op de dekens had geslapen. De gordijnen zaten nog dicht, maar aan de verkeersgeluiden te horen, was de zon al een aardig tijdje op. Niet dat het uitmaakte – dag en nacht hadden hun betekenis voor hem verloren.

Er werd wel eens gezegd dat geluk niet te koop is. Dat is een van die uitdrukkingen die vaak worden gebezigd, maar die zelden serieus worden genomen, om de eenvoudige reden dat geld wel een zeker geluksgevoel met zich meebrengt. In ieder geval voor een tijdje. Bono's opmerking dat alle wegen ten slotte naar het graf leiden, mocht dan waar zijn, maar in de tussentijd zou geld wel de reis wat kunnen vergemakkelijken. Maar het was juist die *tussentijd* waar Kent problemen mee had, want voor Kent was de conclusie van het geheel – dat gedeelte over het graf – voor zijn gevoel een beetje erg dichtbij gekomen. Het gat in zijn borst.

Het was waarschijnlijk een beetje ongewoon en totaal niet eerlijk, leek het, maar wel hol en zwart en ziekmakend, dat gat, die leegte. En dat allemaal zonder Punthoofd mee te rekenen. Als hij die er in gedachten ook nog eens bijhaalde, zou hij worden overvallen door pure wanhoop.

Kent had die donderdagavond, toen hij bij Lacy vandaan kwam, lang door Boulder geslenterd. Een limousine die zat volgepropt met een lading gillende pubers, had hem bijna overhoop gereden. Hij had toen een taxi aangehouden om zich naar zijn kerker in Denver te laten rijden. De oostelijke hemel begon al grijzig te worden toen hij de chauffeur betaalde.

Vrijdag. Vrijdag was zijn dag der wrake geweest. Hij had zijn laatste gram uitgestort over de tweelingvarkens en daarna zijn bevindingen naar de bank gestuurd. Ze hadden zijn tarief overgemaakt zoals was afgesproken. Bentley en Borst zouden ongetwijfeld krijgen wat hun toekwam. Wraak is zoet, zeiden ze altijd. Kent wist niet wie *ze* waren, maar hij wist nu dat *ze* er geen verstand van hadden. Een paar uur later was zijn overwinning niet meer dan een vage herinnering.

De volgende twee dagen – eigenlijk meer nachten, omdat hij niet voor vijf uur 's middags zijn bed uitrolde – probeerde hij zijn comeback te plannen. Niet zijn comeback bij Lacy, want die was dood voor hem, maar een comeback in het leven zelf. Hij had tenslotte achttien miljoen dollar achter de hand. Je moest toch een jojo zijn als je niet wist wat je met achttien miljoen dollar moest doen? Je kon zoveel doen met zoveel geld. Oké, Bill Gates mocht geld dan zien als kippenvoer, maar meneer Bill was sowieso van een andere wereld. De meeste normale mensen zouden er moeite mee hebben om zelfs maar

een miljoen uit te geven, behalve dan voor een jacht of een vliegtuig of wat voor duur speeltje dan ook.
Kent had overwogen om dat te gaan doen. Een ander, nog luxer jacht kopen bijvoorbeeld en ermee naar een verlaten tropische baai varen. Dat idee bleef een half biertje hangen, waarna hij het weer van zich afschoof. Hij had al een jacht gekocht en daar deed hij niets mee. Misschien zou hij een klein straalvliegtuig kopen en ermee de wereld rondvliegen. Natuurlijk zou hij bij iedere stop de bloemetjes buiten gaan zetten, de plaatselijke smaken ontdekken en lol trappen met de mensen daar. Aan de andere kant waren de meeste van die smaken ook te vinden in de diverse restaurants in deze stad. Daar hoefde hij de wereld niet voor rond te vliegen. En dat feesten viel hem de laatste tijd ook niet echt mee.
Misschien dat hij een paar grote sportevenementen kon bezoeken. De beste plaatsen van een stadion bespreken en dan te midden van de rijken der aarde van de wedstrijden genieten. *Kots!* En het beroerde was dat hij dat idee drie maanden geleden nog geweldig zou hebben gevonden. Maar nu hij het geld ervoor had, kon hij zich niet meer herinneren waarom.
's Maandags overviel hem een andere emotie: paniek. Een onaardse wanhoop bij het vooruitzicht dat hij wel eens geen oplossing voor zijn dilemma zou kunnen vinden. Een dag later was de wanhoop veranderd in een doffe hopeloosheid. Toen stopte hij maar helemaal met voelen en ging hij door met slenteren over wat hij duidelijk als het braakliggende land van zijn leven zag. Een leven zonder Gloria of Spencer. Een leven zonder Lacy. Een leven zonder Kent. Een leven zonder betekenis.
Kent klom die woensdag uit bed en duwde het gordijn een stukje opzij. Er viel een lichte, druilerige regen uit een grijze lucht. Het zou ochtend kunnen zijn, maar net zo goed middag. Of misschien wel vroeg in de avond. Hoe laat het ook mocht zijn, het zag er smerig uit. Hij liet het zware gordijn weer terugvallen en slenterde met ingezakte schouders naar de badkamer. Hij deed het licht aan en kneep zijn ogen tot spleetjes. Er kleefden resten tandpasta aan de wastafel en hij bedacht dat het misschien wel een goed idee zou zijn om de boel eens schoon te maken. Hij sliep nu bijna twee weken in dit appartement en hij had nog niet één keer de keuken of de badkamer schoongemaakt. Wat zou Helen daarvan zeggen?
Helen. Die goeie ouwe Helen. Hij kreeg een brok in zijn keel toen hij aan de vrouw dacht. Zo oprecht, zo stabiel, zo vriendelijk. Nou ja, niet altijd zo aardig en vriendelijk, maar wel oprecht. Ze zou hem een pets in zijn gezicht

verkopen als ze deze puinhoop zag.
Kents ogen werden vochtig. Wat was dat? Miste hij het oude mens? Misschien, misschien niet, maar de tranen voelden hoe dan ook goed aan, omdat het de eerste tranen in vijf dagen waren. En dat betekende dat zijn hart nog steeds leefde in de gevangenis die zijn ribben waren.
Maar de wastafel en de keuken en de rest konden wachten. Helen was er niet. Er was hier niemand. En er zou hier voorlopig ook niemand komen. Hij zou het huis kunnen platbranden. Dan was de rotzooi ook gelijk weg. Ja, dat was misschien nog niet eens zo'n gek idee – wanneer dit voorbij was.
Wanneer is het dan voorbij, Kent?
Hij keek in de spiegel en staarde naar zijn onverzorgde spiegelbeeld. Het gezicht dat Lacy had afgewezen. Stoppels van drie dagen. Misschien zelfs wel van vier dagen. Het gezicht van Kevin Stillman, dat nog steeds de littekens van de chirurgische ingreep droeg, als je wist waar je moest kijken.
Wanneer is het dan voorbij, Kent?
De brok in zijn keel werd groter, zwol op als een ballon. Nog meer tranen. *Het spijt me, Gloria. Het spijt me echt.* Zijn borst deed pijn. *Het spijt me, Spencer.*
Ja, en hoe zou Spencer nu over je denken?
Zijn schouders schokten en de spiegel loste op in één snik. *Het spijt me zo.*
Het is voorbij, Kent.
Hij zoog de lucht naar binnen en hield zijn adem in. Het was opeens helemaal helder. Ja, het was voorbij, nietwaar? Alles wat hij gepland had, was gedaan. Er was niets meer over wat hij nog kon doen. Hij had zijn leven ontdaan van iedere zin, van iedere betekenis. Nu werd het tijd om een stapje opzij te doen en anderen een kans te geven.
Het werd tijd om te stoppen zichzelf voort te slepen. Het werd tijd om te sterven.
Ja, het wordt tijd om te sterven, Kent.
Ja, laat nu anderen hun vingers maar tot bloedens toe openhalen aan de klauterpartij van het leven. Laat ze maar over de rand van de klif klimmen om die woestenij te vinden, die zich uitstrekt als een stoffige begraafplaats. Tenslotte kwam het allemaal op hetzelfde neer. Aan het einde van elke weg wachtte het graf.
Ja, je bent thuisgekomen, Kent. Welkom thuis, Kent.
Dat was het eerste beetje vrede dat Kent in weken had gevoeld en het tinkelde langs zijn ruggengraat heen en weer. *Laat me nu maar slapen...* Naast al die

anderen die hun leven hebben verknoeid met het beklimmen van de klif die het leven heet en dan in die woestenij terechtkomen om daar te sterven. Zalmen, die hun weg zoeken tegen de stroom in. Lemmingen, die massaal van de rosten springen. Mensen, die sterven in de woestenij. Het had nu betekenis.
Kent poetste zijn tanden. Je kunt niet doodgaan zonder schone tanden. Hij liet de tandenborstel halverwege de poetsbeurt vallen en spuugde het schuim uit zijn mond. Hij liet de rommel liggen.
De gemakkelijkste manier om in het graf terecht te komen, was door een overdosis van het een of ander te gebruiken, had hij vaak gedacht. Maar nu hij er weer over nadacht, leek het hem dat hij er meer van zou moeten maken. Het kon wel een maand duren voor ze zijn rottende lichaam zouden ontdekken. Misschien zou hij het op een plek doen waar het opviel. De bank, bijvoorbeeld. Of in een kerk. Aan de andere kant; maakte het wat uit? Nee, eigenlijk niet. Hij wilde gewoon uitstappen. Klaar. Hij wilde dat alles stopte. Bono's begraafplaats vinden. Een dominee vinden, of desnoods een priester... *Opbiechten.*
Kent bevond zich halverwege de woonkamer en ging nergens heen toen die gedachte langs kwam zweven. Hij beeldde zich in dat Bono hem dat vertelde. *'Biecht alles op, jongen.'* Het holle gevoel in zijn borst werd groter. Het leek een zinvolle gedachte. En een zinvolle zelfmoord leek beter dan een zinloze. Het zou zoiets zijn als dat hij over die klif leunde en naar die miljoenen idioten riep die tegen de rotswanden opklommen: *'Hé, jongens, er zijn hier alleen stof en grafstenen te vinden! Bespaar jezelf de moeite!'*
Biechten bij een priester. Een kerk opzoeken, een vent met een kraagje zien te vinden, de misdaad opbiechten en dan op naar de woestenij. Misschien de God van Helen wel ontmoeten. Die gedachte bracht het beklemmende gevoel om zijn borst terug. *Het spijt me, Helen.* Goeie ouwe Helen.
Kent ging op de rand van zijn bed zitten en liet zijn hoofd in zijn handen rusten. Een beeld van Helen vulde zijn gedachten en hij probeerde de knoop in zijn slokdarm weg te slikken. Ze wees naar de plek boven zijn open haard – de plek waar ooit een schilderij van Christus had gehangen. *'Jij hebt Hem gekruisigd, Kent,'* zei Helen. Maar ze schreeuwde niet naar hem en peperde het hem ook niet in. Ze huilde en glimlachte.
'Ja,' mompelde hij. Er liep een traan langs zijn wang. 'En nu ga ik mezelf kruisigen, Helen.'

42

Helen belde Bill om zes uur 's morgens. Ze ijsbeerde in kleine cirkeltjes langs de telefoon terwijl ze wachtte tot hij opnam. 'Kom op, Bill.'

De droom was die nacht veranderd. Het ritme van de rennende voetstappen was versneld; de ademhaling was stoterig geworden. Ze was bezweet wakker geworden en was uit bed gerold. Er rende een paniekgevoel langs haar ruggengraat op en neer.

'Wakker worden, Bill. Pak die telefoon nou!'

Er klonk een slaperige stem door de telefoon. 'Hallo?'

'Er is iets aan de hand, Bill.'

'Helen? Hoe laat is het?'

'Het is al zes uur en ik had een half uur geleden al aan het wandelen moeten zijn, maar ik begon in mijn keuken te bidden en ik *had* het niet meer.'

'Wooow, rustig aan, Helen. Sorry, maar het is gisterenavond nogal laat geworden.'

Ze stopte met rondjes draaien en keek uit het raam naar buiten. Er viel een druilerige motregen uit een donkergrijze hemel. 'Ik weet niet wat er aan de hand is, maar zoals nu is het nog nooit geweest.'

'Helen, waar heb je het over?'

'Er hangt een bepaalde elektriciteit in de lucht, voel je het?' Helen bewoog haar arm door de lucht en had het gevoel alsof haar haar recht overeind stond. 'Bill, het is overal. Doe je ogen even dicht en kalmeer. Vertel me of je iets voelt.'

'Ik ben hier niet degene die moet kalmeren -'

'Doe het nu maar gewoon, Bill.'

Het werd even stil aan de andere kant van de lijn voor hij weer terug was. 'Nee, het spijt me. Ik zie hier alleen de binnenkant van mijn oogleden. Het regent buiten.'

'Het voelt aan alsof het in de hemel ieder moment kan losbarsten, Bill. Als een zak witheet licht die op springen staat.'

Hij reageerde niet gelijk en ze werd plotseling ongeduldig. Ze moest wandelen en bidden. Die gedachte deed haar huiveren. 'Halleluja,' fluisterde ze. Bills adem begon plotseling te raspen over de telefoon.

'Helen…?' Zijn stem kwam er onvast uit.

Haar hartslag versnelde. Ze keerde zich weer van het raam af. 'Ja? Zie je

iets?'
'Helen, ik denk dat er iets staat te gebeuren... o, mijn God! O, mijn God!'
'Bill!' Ze wist het wel! Hij zag op dit moment iets. Dat *moest* wel! 'Bill, wat is er? Zeg dan!'
Maar hij mompelde maar door. 'O, mijn God. O, mijn God.' Zijn stem klonk erg onvast en Helen wilde het liefst de telefoon neerkwakken en naar zijn huis rennen. Hij was daar en zag dingen van de andere kant, terwijl zij hier was en ze het liefst *daar* wilde zijn.
'Kom op, Bill,' flapte ze eruit. 'Stop met mompelen en vertel me iets!'
Dat bracht hem even op aarde terug. Het was maar voor even. Toen begon hij opnieuw. 'O, mijn God! O, mijn God!' Dit had niets met het misbruiken van Gods naam te maken. Integendeel. Helen wist één ding zeker: dominee Bill Madison blikte op dit moment in de hemelse gewesten.
Plotseling viel hij stil.
Helen haalde diep adem en wachtte een paar seconden voor ze weer opnieuw aandrong. 'Wat was het, Bill? Wat zag je?'
Hij zei niets. Misschien luisterde hij wel helemaal niet.
'Bill...'
'Ik... ik weet het echt niet,' kwam de zwakke reactie. 'Het was als een deken van licht... zoals de vorige keer, maar nu hoorde ik lachen. Heel veel.'
'Ha! Jij hoorde het nu dus ook, nietwaar? Nou, wat zei ik je? Zie je wel? Heb je ooit in je leven iemand zo horen lachen?'
Hij grinnikte, uitgelaten. 'Nee. Maar wie is dat dan? Wie lacht er? Denk je dat dat *God* is?'
Helen tilde haar arm op en zag de haartjes overeind staan. Ze moest gaan lopen. Ze moest *nu* gaan lopen! 'Ik denk dat het mensen zijn die daar lachen. De heiligen. En misschien ook wel engelen.'
'De heiligen lachen? *Lachen*, hè? En hoe zit het dan met God? Heb ik Hem daar ook gezien?'
'Ik weet niet wat je hebt gezien, Bill. Ik was er niet bij. Maar God is in ieder geval verantwoordelijk voor het licht, nietwaar? Ik denk dat Hij ook lacht – ja, dat ook – en dat Hij huilt.'
'Maar waarom, Helen? Waarom zien we deze dingen? Dit is niet gebruikelijk.'
'Nee, het is inderdaad niet gebruikelijk. Maar het is echt genoeg. Net zoals in bijbelse tijden, Bill. Hij geeft onze koppige geest een duwtje in de rug. Net als dat lopen van mij – onmogelijk, maar toch gebeurt het. Net als Jericho. Net

als tweederde van de Schriften. Hij is niet veranderd, Bill.' Ze staarde weer uit het raam. 'Hij is niet veranderd.'

'Ja, je hebt gelijk. Hij is niet veranderd.'

'Ik moet gaan, Bill. Ik wil gaan lopen.'

'Ja, je kunt inderdaad maar beter gaan lopen. Ze zeggen dat het vandaag gaat sneeuwen. De eerste sneeuw van het seizoen. Kleed je je warm aan?'

Sneeuw? Dat zou wat zijn – wandelen in de sneeuw. 'Ik red me wel. Mijn benen storen zich tegenwoordig niet meer zo aan de weersomstandigheden.'

'God zij met je, Helen.'

'Dank je, Bill.'

Helen greep een niet al te dik jack, op weg naar buiten, en liep de grauwe morgen in. De lange rij straatlantaarns liet het doorweekte plaveisel glimmen. Er reed een auto voorbij. Zijn koplampen tuurden door de natte mist. Toen het motorgeluid al was weggestorven, hoorde ze nog steeds het schuren van de banden. Ze trok het jack aan en liep mompelend de nattigheid in, zich nauwelijks bewust van haar omgeving.

Vader, dank U, dank U, dank U. Ze rilde een keer, alsof ze het koud had. Maar het was helemaal niet koud; het kwam door dat licht, dat zich net achter de wolken bevond. Oké, ze kon het niet echt zien, maar het was er en het siste en knisperde en verblindde haar. Haar hart klopte twee keer zo snel als gewoonlijk, alsof ook die besefte dat er een vreemde kracht door de lucht stroomde, onzichtbaar, maar met een enorme lading.

Misschien wilde de prins van deze aarde een domper op de gebeurtenissen zetten. Misschien doorweekte hij zijn domein met een koude, natte deken, in een poging het licht achter alles te maskeren. Maar ze zag het licht en het voelde warm en droog en helder aan. *Halleluja.*

Helen wierp een blik op haar hardloopschoenen. Die wierpen druppeltjes water vooruit. Het zou misschien een goed idee zijn geweest een lange broek en een sweater aan te trekken, maar de laatste tijd trok ze zich niet zoveel aan van goede ideeën.

Ze was weken geleden trouwens al woorden te kort gekomen tijdens deze gebedswandelingen. Misschien had ze de hele Bijbel wel doorgebeden – ze wist het niet. Maar nu hunkerde haar hart alleen nog maar en mompelde haar mond. *U maakte deze aarde, Vader. Hij is van U. Niets kan U in de weg staan! Zeker niet die paar druppels die nu uit de lucht vallen. U spleet tenslotte een hele zee doormidden voor de Israëlieten, dus dit betekent niets voor U. Misschien is het zelfs wel Uw regen.*

Helen hief haar handen iets op en greep de druppels, terwijl ze breeduit glimlachte. Heel even voelde haar borst aan alsof hij zou exploderen en ze stond even stil. Er reed weer een auto voorbij, banden schurende over de natte straat. Hij claxonneerde een keer en reed door. Geen wonder eigenlijk. Ze moest eruitzien als een verzopen kat met haar doorweekte haar en kletsnatte jurk. *Maffe oude vrouw. Die loopt zo nog een longontsteking op! Die wordt niet oud.*

Dat was nog eens een prettige gedachte. *Haal me naar huis, Vader. Ik ga graag. Dat weet U, nietwaar? Begrijp me niet verkeerd. Ik zal doen wat U wilt dat ik zal doen, maar U weet dat ik graag zou sterven om bij U te zijn. Ik zal blij zijn als ik van dit vlees en dit oude, verschrompelde gezicht en dit uitvallende haar af ben. Niet dat dat nu allemaal zo'n ramp is. Ik dank U er echt voor en als U wilt dat ik het met me meeneem, doe ik dat. Maar ik zal U dit vertellen, mijn God: ik zou alles geven om daar bij U te zijn. Haal me naar huis op de manier die u verkiest. Raak me met een bliksemstraal, laat een vrachtwagen over me heen rijden, stuur een ziekte die me wegvreet – als U me maar naar huis haalt. Net als degenen die me voorgingen.*

Ze sprong een keer in de lucht en zwaaide met haar arm. 'Halleluja!' Dit moesten de martelaren hebben gevoeld, vermoedde ze. Op naar Sion!

De lucht werd langzaam maar zeker helderder toen de uren voorbijgingen. Helen liep door, zich nauwelijks bewust van haar route. Die route leidde haar recht naar het westen, door enkele zijstraten heen. Ze was hier al eerder geweest, zo vaak zelfs, en ze kende het omkeerpunt goed dat ze na ongeveer vier uur meestal bereikte. Als ze een rondje maakte om de fontein bij de 132ste en Sixth, zou ze acht uur na haar vertrek weer terug zijn. Het dikke, Boeddha-achtige standbeeld dat midden in de fontein stond, zou vandaag kletsnat zijn.

Helen kreunde bij de gedachte dat ze bijna alweer huiswaarts zou keren. Het zou juist een welkome gedachte moeten zijn met al dat water dat op haar neer regende, zeker omdat de lucht storm voorspelde, maar dat was niet zo. Niet vandaag. Vandaag maakte de gedachte aan naar huis gaan haar ziek. Ze wilde het liefst net als Henoch over die verre, knisperende horizon van licht achter de grijze wolken wandelen en deelnemen aan dat heerlijke lachen. *Halleluja!*

Er was niet veel verkeer en er waren ook maar heel weinig voetgangers. De winkels waren bijna verlaten. Helen kwam in de buurt van Homer's Flower Shop op de hoek van de 120ste en Sixth. De oude man stond onder zijn over-

hangende dakrand en trok zijn wenkbrauwen op toen ze dichterbij kwam.
'Ze zeggen dat er sneeuw aankomt, weet je. Je zou hier niet buiten moeten rondlopen.'
'Ik voel me best, oude man. Dit is niet het moment om te stoppen. Ik ben er nu bijna.' Hij rilde maar eens. Hij had er natuurlijk geen flauw idee van waar ze het over had, maar een beetje mysterie hier en daar kon geen kwaad.
'Zeg niet dat ik je niet heb gewaarschuwd, dame,' zei hij.
Ze was nu vlakbij hem en draaide haar hoofd opzij om hem in de ogen te kunnen blijven kijken. 'Inderdaad, je hebt me gewaarschuwd. Maar luister nu naar de waarschuwing van God, oude man. Heb Hem lief, voor altijd. Hou van Hem met je laatste adem.'
Hij knipperde met zijn ogen en deed een stap terug. Ze glimlachte en liep hem voorbij. Laat hem daar maar eens over nadenken. *Hou van Hem met je laatste adem. Halleluja!*
Ze kwam langs een aantal straatverkopers die uit armoede hun spullen maar inpakten. Behalve dan Sammy, de pettenverkoper, die meer een dakloze klaploper was dan een verkoper, maar daar praatte niemand over. Degenen die hem kenden, wisten ook dat hij serieus, maar zonder succes zijn leven op de rit had proberen te krijgen. Soms lopen de dingen zo. Hij had een overleden vrouw en een failliete boedel achter zich gelaten. Niemand leek tien dollar te willen neertellen voor een cap die niet meer waard was dan twee dollar – niet van Sammy. Hij stond onder een dakrand tussen twee grote kratten met petten.
'Wat doe jij hier in vredesnaam in de regen, Helen?'
Ze dook onder de overkapping. 'Goedemorgen, Sammy. Ik ben aan de wandel. Heb je toevallig een pet voor me?'
Hij hield zijn hoofd een beetje scheef. 'Een pet. Je bent al doornat. Denk je dat een pet nog iets uithaalt? Er komt sneeuw aan, weet je.'
'Precies. Geef me maar een van die groene die je hier pas had liggen.'
Hij bestudeerde haar gezicht en leek er niet zeker van of dit serieus bedoeld was. 'Heb je tien dollar bij je?'
'Nee, maar dan betaal ik je morgen wel.'
Sammy haalde zijn schouders op en hield na enige tijd zoeken een groene pet met een rood met gele papegaai erop omhoog. Hij gaf hem aan haar met een glimlach en speelde nu de rol van een verkoper. 'Die staat schitterend bij die gele jurk van je. Niets zo aantrekkelijk als een vrouw die een pet draagt – jurk of broek, regen of zonneschijn, het maakt niet uit. Het is de pet die het hem doet.'

Ze zette hem op. 'Bedankt, Sammy,' zei ze en liep het trottoir weer op. Eerlijk gezegd deed ze het puur voor hem. Wat moest zij tenslotte met een pet? Maar goed, nu ze hem eenmaal op had, merkte ze wel dat de klep de regen uit haar ogen hield. 'Halleluja!'

De horizon knetterde en siste van het licht – ze voelde het. En ze wist dat als ze die wolken daar opzij zou kunnen trekken, ze een gigantische elektrische storm zou vinden die bol stond van gelach.

Helen liep verder naar het omkeerpunt, in de richting van de horizon, in de richting van dat sputterende licht achter wat Homer of Sammy zagen. Als iemand haar regelmatig zou zien wandelen, zou het hem opvallen dat ze steviger doorliep dan anders. Haar armen zwaaiden vastbeslotener heen en weer. Op andere dagen zouden mensen denken dat ze een gekke oude vrouw was met een modeachterstand, die wat liep te wandelen. Vandaag zouden ze vinden dat ze op een gekke oude vrouw leek die compleet haar verstand kwijt was – misschien wel een die graag dood wilde, doorweekt tot op het bot en die nergens heen ging.

Helen liep door en neuriede nu. Ze doorkliefde de lucht met haar witte Reeboks en stopte af en toe om haar vuist in de lucht te steken en 'halleluja!' te roepen.

43

Om drie uur die middag reed Kent naar de slijterij, twee uur nadat hij wakker was geworden en hij ontdekte dat hij nog maar een halve fles tequila had. Hij had besloten dat het de alcohol en een kogel zouden zijn die een einde aan zijn leven zouden maken en voor dat doel was een halve fles genoeg. Hij zou zichzelf bijna comateus drinken, de loop van de negen millimeter tegen zijn slaap zetten en de trekker overhalen. Het zou zoiets zijn als een zere kies uit de kaken van de maatschappij trekken. Gewoon net genoeg verdoving om de zenuwuiteinden ongevoelig te maken en dan het rottende ding eruit rukken. Maar dit was wel zijn leven en niet alleen maar een doorgegroeide snijtand.

Hij reed met een duf hoofd door de straten en tuurde loom tussen de regendruppels door. Af en toe zat er een verdwaalde sneeuwvlok tussen. De lucht was donker en hing zwaar over de stad.

Hij kocht drie flessen van de beste tequila die hij in Tom's Liquor Store kon

vinden en drukte Tommy driehonderd dollar in zijn handen.
'Weet je het zeker? Driehonderd dollar?' De man stond daar met de biljetten naar hem uitgestoken, alsof hij dacht dat ze wel eens giftig zouden kunnen zijn.
'Hou maar,' zei Kent, waarna hij de winkel uit wandelde. Hij had een paar honderdduizend moeten meenemen voor de fooi. Gewoon om te kijken hoe Tommy *dan* zou reageren. Of misschien zou hij de rest van het geld aan de priester geven. Als hij er tenminste één kon vinden die naar hem wilde luisteren. Een laatste daad van verzoening voor Gloria. Voor Helen.
Hij reed terug naar het appartement en haalde het pistool tevoorschijn. Hij had er in zijn voormalige kantoor bij de bank een paar keer mee in het dode lichaam geschoten – drie keer, dacht hij – dus was hij niet bepaald verbaasd dat er nog zes kogels in het magazijn zaten. Maar deze keer zou hij er maar één nodig hebben. Hij bevoelde het koude staal en speelde een paar keer met de veiligheidspal, controleerde de trekker en dacht dingen als: *Ik vraag me af of de vent die het vuurwapen heeft uitgevonden al dood is. Ja, natuurlijk is hij dood en zijn hele familie ook. En nu gaat hij mij vermoorden. Min of meer.*
Kent deed alle lichten uit en opende de gordijnen. De rode cijfers op de wekkerradio vertelden hem dat het één minuut voor half vijf was. De sneeuw dwarrelde nu geluidloos langs zijn raam. De aarde was langzaam aan het doodgaan en nodigde hem uit haar te vergezellen.
Het is tijd om je moede hoofd neer te leggen, Kent.
Ja, ja. Dat ga ik ook doen. Zo gauw ik alles heb opgebiecht.
Waarom alles opbiechten?
Omdat dat wel zo fatsoenlijk leek.
Je gaat je hersens hier tegen de muur spetteren, daar bij je bed! Wat heeft dat met fatsoenlijk te maken?
Ik wil het gewoon. Ik wil tegen een priester vertellen dat ik twintig miljoen dollar heb gestolen. Ik wil tegen hem zeggen waar hij het kan vinden. Misschien dat *hij* het kan gebruiken.
Je bent een dwaas, Kent!
Weet ik. Ik denk dat ik ziek ben.
Je bent gewoon menselijk afval.
Inderdaad, dat ben ik. Ik ben menselijk afval.
Hij liep naar het bed en maakte een fles open. Het brandende vocht liep als een vuurtje door zijn slokdarm en hij besefte enigszins tevreden dat hij straks zou stoppen met voelen.

Hij zat een uur lang op bed, probeerde de dingen te overdenken, maar dat deel van hem was al te veel verdoofd. Zijn ogen waren alweer opgedroogd van de tranen die eerder die dag hadden gestroomd, als oude, verdroogde bronnen. Hij begon zich af te vragen of de stem die hem menselijk afval had genoemd, gelijk had over dat het onzin was om te gaan biechten. Misschien zou hij zich gewoon alleen maar door zijn kop schieten. Of misschien moest hij een kerk opzoeken – kijken of ze wel wilden luisteren naar de bekentenissen van een stervende man op donkere en winderige middagen.
Hij pakte het telefoonboek en wist een lijst van katholieke kerken te vinden. Saint Peter's Cathedral. Third Street.
Een half uur later reed Kent langs de donkere kathedraal. Het bordje aan de voorkant van het gebouw vertelde hem dat er iedere avond tot zeven uur kon worden gebiecht, behalve op zaterdag, maar aan de donkere ramen te zien hadden de mannen van God al vroeg aan hun kuierlatten getrokken. Kent bedacht dat er beter het volgende op het bord had kunnen staan: *Biecht dagelijks van 12:00 tot 19:00 uur, behalve op donkere winterdagen waarop iedereen depressief is, inclusief de priesters die eigenlijk gewoon mannen zijn die zich in lange zwarte jurken hijsen om brood op de plank te krijgen. Dus val ons niet lastig en ga naar huis, vooral als u suïcidaal bent. Val ons niet lastig met uw dood. Stervende mensen zijn niet meer dan menselijk afval. Priesters zijn maar gewone mensen en stervende mensen zijn menselijk afval.* Maar dat zou nooit op dat bordje passen.
Die gedachten zweefden door zijn hoofd als dunne slierten mist en waren bijna alweer verdwenen voor hij in de gaten kreeg dat hij ze had gedacht. Hij besloot dat hij beter later kon terugkomen om te zien of het licht weer aan was gedaan.
Kent ging terug naar zijn donkere appartement en ging op de rand van zijn bed zitten. De tequila stroomde soepel naar binnen. Het was vijf uur.

44

De Boeddhabuik fontein kwam en ging en Helen stopte niet.
Zo simpel was het. Ze was de fontein om elf uur 's ochtends gepasseerd en normaal keerde ze hier om, omdat ze al op de vier uur wandelen zat, maar vandaag wilde ze niet omkeren. Ze wilde blijven lopen.

Ze hoorde het water al klateren voor ze bij de fontein was en plotseling sprak iemand tot haar geest, meer een impuls eigenlijk.
Blijf lopen, Helen.
Ik ben vier uur van huis verwijderd als ik nu omdraai. Moet ik doorlopen?
Blijf maar gewoon doorlopen.
Langs de fontein? Waarheen dan?
Langs de fontein. Gewoon rechtdoor.
Tot wanneer?
Tot het tijd is om te stoppen.
En hoe weet ik dat dan?
Je zult het weten. Loop nu maar gewoon door.
En dat had ze dus gedaan.
De eerste stap voorbij haar gebruikelijke keerpunt voelde als een sprong in het diepe. Haar hart bonkte en haar adem ging moeizamer, maar nu kwam het niet door het licht achter het zichtbare. Deze keer was het van angst. Gewoon ouderwetse angst.
Bepaalde feiten kwamen op haar af met een overtuigende autoriteit. Zoals het feit dat iedere stap die ze verder westwaarts deed, betekende dat ze die ook weer oostwaarts zou moeten zetten. Zoals het feit dat het was begonnen te sneeuwen, precies zoals het weerbericht had voorspeld, en ze droeg alleen maar een dun jack dat al was doorweekt voor de regen in sneeuw veranderde. Zoals het feit dat ze al een flink eind in de zestig was en in een naderende storm op een zwarte horizon afstevende. Zoals het feit dat ze er inderdaad belachelijk uitzag met die lange, roodgestreepte sokken en natte, vieze hardloopschoenen. En in het algemeen zoals het simpele feit dat ze duidelijk was bevorderd van het belachelijke tot het absurde.
Ze wandelde nog steeds door en vocht tegen haar gedachten. Haar benen leek het niet uit te maken en dat was een goed teken. Hoewel ze natuurlijk niet echt konden weten dat ze hen verder van huis bracht in plaats van dichterbij. Dat eerste uur lopen in de koude, striemende sneeuw was misschien wel het moeilijkste uur van haar leven. Ze merkte dat ze zweette, ondanks de kou. De ongelofelijke blijdschap die ze had gevoeld toen ze een paar uur geleden begon te wandelen, was weggeëbd in de grijze lucht boven haar hoofd.
Toch bleef ze de ene voet voor de andere zetten en voortploeteren.
Het licht keerde om een uur of drie terug. Helen was halverwege een stap toen haar wereld veranderde. Toen haar ogen opensprongen en ze weer helder kon zien. Dat was precies wat er gebeurde. De hemel was niet opengegaan

voor haar – *zij* was opengegaan voor de hemel.
Hoe dan ook, haar wereld veranderde midden in een stap en toen de voet die in de lucht hing, weer neerkwam, stopte ze subiet. Knisperend licht spetterde achter de grijze muren in haar geest. De tranen sprongen in haar ogen, als een opkomend getij. Ze bleef stilstaan, haar benen nog in dezelfde stand als toen ze was gestopt met lopen. Ze schokschouderde van het huilen.
'O, dank U, Vader! Dank U!' gooide ze eruit, overweldigd door de opluchting van dat moment. 'Ik wist dat U daar was. Ik wist het!' En toen kwam de blijdschap, als een vloedgolf in haar borst, en ze balde haar vuisten.
Loop maar gewoon verder, Helen. Loop maar verder.
Ik loop al meer dan acht uur. Het begint donker te worden.
Loop.
Ze had geen verdere aansporing nodig.
Ik zal lopen.
Ze beende met grote stappen verder. *Eén, twee, één, twee.* Heel even dacht ze dat haar hart zou barsten door de uitgelatenheid die door haar borst gierde. *Eén, twee, één, twee. Ik zal verder lopen. Ik zal verder lopen.*
Helen beende het trottoir af, door een vreemde buurt, naar de onheilspellende horizon toe, met haar armen zwaaiend als een soldaat bij een parade. Sneeuwvlokken lagen als plukken katoen op de klep van haar groene pet en bleven in haar haar hangen. Ze liet voetafdrukken achter in de sneeuw die op het trottoir was gevallen. *Niet te geloven. Wacht maar tot ik Bill hierover vertel, dacht ze. 'Ik bleef maar gaan, Bill, omdat ik wist dat het was wat Hij wilde. Ik dacht even dat ik mijn verstand had verloren, maar Hij liet me net genoeg zien om me gaande te houden.'*
Helen liep nog eens vijf blokken verder toen de eerste pijnsteek door haar rechterdij schoot.
Ze had nooit pijn gevoeld in al die weken dat ze al liep. Maar nu voelde ze onmiskenbaar pijn, scherp en duidelijk. Als een vuur dat door haar dijbeen naar haar heup stroomde en dan weer verdween.
Ze hijgde en greep verschrikt naar haar been. 'O, God!' Dat was alles wat ze op dat moment kon zeggen.
Loop.
Lopen? Haar mond stond van verbijstering wijd open. Ze verplaatste haar gewicht naar haar goede been. Ik heb gewoon kramp in mijn been. Pijn! Ik bevind me een kilometer of vijfendertig van huis en ik kan niet verder. Het is over!

Loop. Het was een sterke impuls.
Helen deed haar mond dicht en haalde diep adem. Ze staarde voor zich uit, zag dat er niemand in de buurt was en verplaatste voorzichtig haar gewicht weer terug naar haar rechterbeen. De pijn was weg.
Helen liep verder, eerst aarzelend maar daarna met meer zelfvertrouwen. Ze liep weer een blok of vijf verder. En weer vlamde de pijn door haar dijbeen. Scherper nu.
Ze hapte naar adem en trok haar been op. 'O, God!' Haar knie trilde.
Loop. Blijf gewoon lopen.
'Dit doet pijn!' gromde ze kwaad. 'U trekt Uw hand van me af! O, God, wat gebeurt er?'
Loop, kind. Loop nu maar gewoon. Je zult het zien.
En ze liep. Eerst weer voorzichtig, tot ze zich realiseerde dat de pijn was verdwenen, net als de vorige keer.
De pijn kwam met dubbele kracht terug toen ze weer zes blokken verder was. Deze keer stopte Helen nauwelijks. Ze strompelde een meter of tien voort, waarbij ze tussen opeengeklemde kaken een gebed mompelde, voor de pijn plotseling weer was verdwenen.
De pijn kwam ongeveer iedere vijf blokken terug. Eerst in haar rechterbeen en toen in haar linker. En na een uur dan aan de ene kant en dan weer aan de andere. Een scherpe pijn die een tiental stappen door haar dijbeen schoot en dan weer enkele blokken wegbleef. Het was alsof haar benen aan het ontdooien waren, na maanden in de diepvries te hebben gelegen, en dat ze langzaamaan hun gevoel terugkregen en tegelijkertijd de pijn van al die weken kilometers lopen, tegen alle natuurlijke logica in. Elke keer riep ze het uit naar God en elke keer sprak Hij zacht tegen haar. *Loop. Loop, mijn kind.* En iedere keer zette ze de ene voet voor de andere en liep ze door, het invallende duister in.
Er waren drie dingen die haar in beweging hielden, ondanks de ogenschijnlijke krankzinnigheid ervan. Het eerste was de rustige stem die in haar hart fluisterde. *Loop, kind.* Het tweede was het licht – dat was er nog steeds. In haar gedachten knisperde de steeds zwarter wordende lucht van het licht en dat kon ze niet negeren.
De derde gedachte die haar voortdreef, was het idee dat dit wel eens het einde zou kunnen zijn. *Het* einde. Misschien *was* het wel de bedoeling dat ze zo naar de hemelse horizon zou lopen en zo de gelukzaligheid in. Net als Henoch. Het zou kunnen dat ze niet werd opgehaald door een vlammende strijd-

wagen – dat was Elia's onthaal geweest. Nee, bij haar zou het een lange wandeling naar huis zijn. En dat vond ze prima. *Halleluja!*

De zon liet om half zes de stad in duisternis achter. Af en toe suisde er een auto voorbij, maar de naderende storm zorgde voor lege straten. Helen strompelde de zwarte nacht in, bijtend op haar onderlip en mompelend tegen andere stemmen die haar uitlachten.

Loop, mijn kind. Loop maar gewoon verder.

En ze liep verder. Rond een uur of zes deden haar beide benen constant pijn. Haar voetzolen voelden aan alsof ze hadden vlamgevat. Soms leek het zelfs wel alsof ze haar kniegewrichten bij iedere stap hoorde knarsen. Haar heupen deden al gauw mee aan het protest. Wat begon als een verdoofd gevoel boven in haar dijen, werd al snel een stekende pijn door heel haar benen heen.

Loop, mijn kind. Loop.

Ze bleef lopen. De sneeuw viel nu gestaag naar beneden, als as uit een verbrande hemel. Helen hield haar ogen voornamelijk op de grond voor haar voeten gericht, zich op iedere voetstap concentrerend alsof het haar eindbestemming was – één... twee, één... twee. Toen ze opkeek, zag ze een duizeligmakende zee van sneeuwvlokken rond de straatlantaarns kolken. De avond had zijn intrede gedaan. Een bijtende kou verdoofde haar knieën en ze begon te huiveren. Ze stopte haar handen onder haar armen in een poging ze warm te houden, maar die nieuwe houding bracht haar uit evenwicht, waardoor ze bijna onderuitging, en daarom gaf ze dat maar snel op. O, God! Alstublieft, Vader. Volgens mij ben ik mijn verstand verloren. Dit is... dit is krankzinnig!

Loop, mijn kind. Loop maar gewoon verder.

Dus liep ze door, hoewel ze nog maar nauwelijks vooruitkwam. Ze zette moeizaam de ene voet voor de andere en worstelde zich vooruit. Ze was alle richtinggevoel kwijt, vechtend door het landschap van haar geest, zich bewust van de pijn in haar lichaam, hoewel dat haar niet langer kon schelen. Na het achtste uur lopen was ze zich er duidelijk van bewust geweest dat ze het punt had bereikt waarna er geen weg terug meer was. Ze was van de klif afgestapt en bevond zich nu in een hulpeloze vrije val. Het was die stille stem volgen of sterven terwijl ze dat probeerde. Hoe dan ook, dat knetterende licht wachtte. En er zou gelach zijn in dat licht. Die gedachte bracht een glimlach op haar gezicht, dacht ze, hoewel ze dat niet met zekerheid kon zeggen, omdat dat verdoofd was door de kou.

De laatste vijftig meter kostte haar twintig minuten – of een eeuwigheid, afhankelijk van wie er telde. Maar ze wist dat het de laatste meters waren,

omdat haar voet tegen een betonnen iets stootte en ze hem er met geen mogelijkheid overheen kon krijgen. Helen viel op een knie, stortte met haar gezicht naar beneden in elkaar en rolde op haar zij.
Als ze nog gevoel had gehad, zou ze het idee kunnen hebben gehad dat ze haar benen had afgesleten tot bloedige stompjes. Maar haar gevoel was verdwenen. Ze was zich bewust van de sneeuwvlokken op haar wang, maar had niet langer de kracht om daar iets tegen te doen.
Toen werd de wereld om haar heen zwart.

45

Verlangen naar de dood is een uniek gevoel, zoals de impuls van iemand met migraine om zijn eigen hoofd af te hakken, in de hoop zo van die denderende hoofdpijn af te komen. Maar Kent smachtte nog steeds naar de dood – steeds meer, nu de minuten wegtikten in zijn donkere appartement.
Misschien was het een diepgeworteld verlangen dat in ieder mens zat om de dood voor zich uit te schuiven dat hem terug naar de kerk dreef, ondanks de sneeuw. Maar als het dat was, leek het niet op wat voor verlangen hij dan ook ooit had gevoeld. Hoe dan ook, hij zou het nog een keer proberen. Hij zou zijn priester vinden.
De sneeuw haastte zich door de lichtbundels van zijn koplampen en hij bedacht dat het waanzin was om er op zo'n avond op uit te gaan om een priester te zoeken. Maar goed, dat was zelfmoord ook. Hij was gewoon stapelgek. De hoge torenspits van de kerk reikte naar de nachtelijke lucht als een beschaduwde hand die zich uitstrekte naar God. *Strek maar een eind weg, jongen. Er is daar alleen maar duisternis.*
Hij parkeerde de auto en staarde naar de donkere kathedraal. Een monument voor de zoektocht van de mens naar de zin van alles, wat een misselijke grap was, omdat zelfs die mannen in jurken diep van binnen wisten dat die er niet was. Ten slotte was er alleen maar de dood. Een stoffige begraafplaats boven op een klif.
Ga door, Kent.
Kent stapte uit en sjokte naar de brede stenen trap.
De bult op de eerste trede trok onmiddellijk zijn aandacht. Het was een lichaam dat als een foetus lag opgekruld, overdekt met sneeuw. Kent stopte en bestu-

deerde de vorm. De priester had zijn plicht verzaakt – hij had de tempel te vroeg op slot gedaan en nu had zijn God hem ter plekke vermorzeld. Of misschien was een zwerver op zoek geweest naar God en had in plaats daarvan een gesloten deur gevonden. Hoe dan ook, het lichaam bewoog niet. Het was het tweede dode lichaam dat hij in korte tijd had gezien. Misschien zou hij zich ook op moeten krullen en erbij gaan liggen.

Kent beklom de trap en probeerde de voordeur. Hij zat op slot. Zijn mond had niet langer de energie om te vloeken of te praten of zelfs maar te ademen, maar zijn ziel vloekte. Hij sjokte de trap weer af, terwijl hij in gedachten nog steeds hele zinnen vloekte die niet langer enige betekenis hadden. Hij verlegde zijn koers naar het bewegingloze lichaam en duwde er met zijn voet tegen. De sneeuw viel van het gezicht van de zwerver. Het was een oude vrouw. Een *glimlachende* nog wel! Een brede grijns, bevroren op dat bleke gezicht. Ze had eindelijk vrede gevonden. En nu was hij op weg om zijn eigen vrede te vinden.

Kent keerde zich van het lichaam af en liep naar zijn auto. Een oude herinnering kroop door zijn gedachten. Het was een beeld van die goeie ouwe Helen, die in zijn huiskamer met vochtige ogen naar hem stond te glimlachen. *Jij hebt hem gekruisigd, Kent.*

Ja, lieve Helen. Maar dat ga ik spoedig goedmaken. Zoals ik al zei, ik ga mezelf dood-

De volgende gedachte explodeerde als een tankgranaat in zijn hoofd. *Dat was Helen!*

Zijn benen schoten op slot en hij kon opeens geen stap meer verzetten.

Kent draaide zich met een ruk om naar het lichaam. Belachelijk! Die oude vrouw die daar lag was net zo min Helen als dat hij *God* was! Hij draaide zich weer om naar zijn auto.

Al dat Helen niet is, heeft ze opeens een eeneiige tweelingzus gekregen.

Hij stond weer stil en knipperde met zijn ogen. *Doe even normaal, Kent.*

En wat als dat toch Helen blijkt te zijn, overleden door het een of andere vreemde ongeluk?

Onmogelijk! Maar plotseling wilde hij het zeker weten ook.

Kent draaide zich weer met een ruk om en liep met grote passen naar de vormeloze bult toe. Hij bukte zich en rolde het dode lichaam op haar rug. Maar ze was niet dood; dat zag hij, omdat haar neusgaten wolkjes damp uitstootten. Hij deinsde achteruit en schrok zich wezenloos door het spookachtige, glimlachende gezicht onder de pet. Zijn hart ramde tegen de binnen-

kant van zijn borstkas. Het *was* Helen!
Het was niet de grijns of het gezicht of zelfs het haar. Het was de gele jurk met de kleine blauwe bloemetjes, bijna helemaal bedekt door de sneeuw. Diezelfde gele jurk die ze had gedragen tijdens de begrafenis van Gloria. Dezelfde gele jurk die ze had gedragen op de avond dat ze bij hem introk. Dat en de sokken die ze had opgetrokken tot aan haar knieën.
Hij staarde naar Helen, in elkaar gezakt op de trap van deze kerk, met sportschoenen waar sneeuw aan klonterde, glimlachend alsof ze zich in de een of andere warme droom bevond in plaats van dat ze lag dood te vriezen op die stenen traptrede.
Laat liggen.
Dat kan niet. Ze leeft nog.
Kent keek om zich heen, zag dat ze alleen waren en schoof zijn hand onder Helens slappe lichaam. Hij kwam wankelend weer omhoog met haar dode gewicht in zijn armen. De laatste keer dat hij dit had gedaan, was het lichaam naakt en grauw en dood geweest. Hij was even vergeten hoe zwaar die dingen waren. Nou ja, ze zouden op de Eerste Hulp wel raad met die oude dwaas weten.
Kent was al halverwege zijn auto met Helen in zijn armen toen die laatste gedachte in hem opkwam. Een scheut verdriet stroomde door zijn borst en hij wilde het liefst gaan staan huilen. Niet echt om een bepaalde reden. Misschien wel omdat hij haar een oude dwaas had genoemd en dat was ze toch echt niet. Hij keek neer op het slappe lichaam in zijn armen. Nee, hij had geen dwaas vast. Dit was... dit was kostbaar. Helen, in al haar zonderlinge idioterie, belichaamde op de een of andere manier een bepaalde goedheid. Er sprongen tranen in zijn ogen en hij moest flink snuiven om ze te terug te dringen.
Houd jezelf in de hand, imbeciel. En ook al heeft ze iets goeds over zich, wat betekent dat dan voor jou? Dat ze menselijk afval is.
Ja. Erger zelfs.
Inderdaad, erger zelfs. Zorg dat je van haar afkomt.
Kent zag nauwelijks kans het portier aan de passagierskant open te krijgen zonder te vallen. Hij liet Helen naar binnen glijden, knalde het portier dicht, liep om de auto heen en klom achter het stuur. Ze was op de vloer gezakt en ging regelmatiger ademen. Hij kreeg een brok in zijn keel en schudde zijn hoofd. Het probleem was dat ze een vreemd gevoel in hem wakker maakte. Een gevoel waar zijn strot pijn van ging doen. Hij miste haar. Dat was het. Hij miste de oude vrouw gewoon.

Hij startte de Lincoln en trok op, de uitgestorven straat in. De grote sneeuwvlokken waren veranderd in een soort poedervormige mist die alleen echt zichtbaar was rond de rij straatlantaarns aan zijn rechterkant. Er lag een witte deken over de wereld gedrapeerd. De sedan kroop nauwelijks hoorbaar over de sneeuw en Kent voelde de vingers van de dood naar zijn geest graaien. De dood was overal. Een bevroren begraafplaats. Kent moest hard slikken.
'God, laat me sterven,' gromde hij vrijwel onhoorbaar.
'Uhn...'
Het gekreun dat van rechts kwam, raakte zijn bewustzijn als een kanonskogel en hij reageerde instinctief. Hij ramde met zijn voet op zijn rempedaal en trok hard aan zijn stuur. De Lincoln gleed naar het trottoir toe, bonkte tegen de stoeprand en bleef staan. Kent greep het stuur met beide handen beet en zat snel en zwaar te ademen.
Hij draaide zich met een ruk om naar de passagierskant. Daar zat Helen, leunend tegen het portier. Haar hoofd hing tegen haar ene schouder en staarde wazig, maar met wijd open ogen onder besneeuwde wenkbrauwen door naar buiten. Kents adem leek in zijn keel te bevriezen. Ze was wakker! Wakker geworden uit de dood als een verloren ziel uit de rolbezetting van een goedkope horrorfilm.
Langzaam rechtte ze haar nek en tilde ze een hand op om de sneeuw uit haar gezicht te vegen. Kent staarde haar dom aan, totaal verward wat zijn gevoelens betrof. Ze knipperde een paar keer achter elkaar met haar ogen en klom terug naar het land der levenden, terwijl ze nog steeds schuin omhoog uit het raam staarde.
Er ontsnapte een zacht gegrom uit de keel van Kent en dat maakte haar ervan bewust dat ze niet alleen was. Ze draaide zich langzaam naar hem om. Nu stond haar mond ook open. Ze keken elkaar enkele lange seconden aan, twee zielen die de weg kwijt waren en die elkaar aangaapten, te midden van een doodstille sneeuwbui.
Maar Helen was niet lang de weg kwijt. Nee, Helen niet.
Ze knipperde nog eens en haalde diep adem. Ze ademde doelbewust weer uit. Het klonk alsof ze teleurgesteld was. Misschien had ze niet de bedoeling gehad wakker te worden op de passagiersstoel van een auto, terwijl ze een vreemde in het gezicht staarde.
'Kent? Je ziet er anders uit. Ben jij dat?'
Misschien toch geen vreemde, dan.
Kent gooide eruit: 'Helen! Wat doe je?! Ik schrok me dood. We hadden wel

dood kunnen zijn!' Dat was een absurde opmerking, gezien zijn bedoelingen. En toen hij het zei, moest hij even diep ademhalen.

'Jij bent Kent.' Ze zei het alsof ze een simpel feit onder woorden bracht, zoals: 'De zon is ondergegaan.'

'En hoe weet je dat ik Kent ben?' Hij herstelde zichzelf. 'Zelfs al zou ik dat zijn?' Maar hij had haar al Helen genoemd, nietwaar? Niet te geloven!

Hoe dan ook, Helen luisterde toch niet naar hem. Ze was de weg kwijt. Hij zag het in haar ogen. Zonder met haar ogen te knipperen, draaide ze zich weer om naar de voorruit. 'Zag je dat, Kent?'

Hij volgde haar blik. De straat was leeg en wit. De ramen begonnen al aan te slaan door hun adem. 'Wat moet ik zien dan?'

'Het licht. Heb je het licht gezien? Het was overal. Het was denk ik de hemel.' Ze sprak vol ontzag.

Er kolkte woede in hem omhoog, maar hij beet op zijn tong en sloot zijn ogen. 'Helen... je was onderkoeld en hallucineerde. Word wakker, oude, godsdienstige eend. Er is daarbuiten alleen maar koude sneeuw en dood.' Toen draaide hij zich naar haar toe en liet toe dat zijn woede zijn opeengeklemde tanden passeerde. 'Ik word helemaal ziek van dat idiote gepraat van jou over de hemel en over God!'

Als hij verwachtte dat ze ineen zou krimpen, had hij beter moeten weten. Ze keek hem met een heldere blik aan. Ze leek niet op de oude vrouw die hij zojuist halfdood uit een sneeuwstorm had gesleurd. 'Wat als er *wel* leven is daar, Kent?' Haar lippen werden weer rood. 'Wat als zich achter deze sluier van vlees een geestelijke werkelijkheid bevindt, knetterend van licht? Wat als alles is geschapen met een doel? Wat als achter dit alles een Schepper zit die hunkert naar een relatie met ons?' Tranen welden op in haar ogen.

'Wat als je bent gemaakt om Hem lief te hebben? Wat dan, Kent?' Haar ogen knipperden niet, maar veranderden in poelen vol tranen. Een van die poelen liep over en er liep een stroompje over haar wang.

Kent had zijn mond opengedaan om haar van repliek te dienen, om haar op haar nummer te zetten, maar hij realiseerde zich plotseling dat hij hier niets op wist te zeggen. Niet op *dit*. Wat zij beweerde, kon niet waar zijn. Hij probeerde zich een God voor te stellen die wanhopig op zoek was naar zijn liefde, als de een of andere enorme, glimlachende bol licht met uitgestrekte armen. Het beeld weigerde te blijven hangen. En zelfs al zat er een zekere waarheid in die woorden, als er dan *ergens* een Schepper bestond die zoveel van hem hield... zou hij zichzelf sowieso om zeep helpen. Hij zou zich de

polsen doorsnijden vanwege de ondraaglijke kwelling van wie hij was.
Kent wendde zich van haar af en spande zijn kaakspieren.
'Kent.' Haar stem was zacht en vriendelijk.
Houd je kop, Helen! Houd gewoon je kop! Zijn geest schreeuwde obsceniteiten, gevangen in een ondraaglijke foltering.
'Kent,' smeekte ze. Het interieur van de Lincoln leek te trillen door zijn hartslag. Hij had haar het liefst een beuk gegeven, maar zijn handen leken aan het stuur te zijn vastgevroren.
Kent wierp haar een zijdelingse blik toe. Helen zat te bibberen en te huilen. Zijn hart schreeuwde het uit van de pijn. Haar lippen trilden van verlangen. Een smekende glimlach.
Ze strekte een trillende hand naar hem uit. 'Kent... wil je het zien?'
Hij verstond haar verstikte woorden nauwelijks. *'Kent, wil je het zien?'*
Nee! Nee, nee, nee, ik wil het niet zien! 'Doe niet zo achterlijk, Helen! Je kunt niet zomaar het licht aandoen om die God van jou te zien!'
'Nee, maar vanavond is anders dan anders. Wil je het zien?'
Nee, nee, nee, ouwe tang! Er vált niets te zien! Tranen vertroebelden zijn zicht.
Wat gebeurde er met hem? Er trok een pijnscheut door zijn hart en hij begon te jammeren. De tijd leek stil te staan en zelfs helemaal zijn betekenis te verliezen op dat moment van diepe zielenpijn. *O, God! O, God! Of ik het wil zien? Ja! Ja, ik wil het zien, toch?* Kent kneedde langzaam met zijn vingers zijn schedel. Hij hoorde het woord over zijn lippen komen als een ver verwijderd gefluister. 'Ja.'
Ze raakte zijn wang aan.
Er leek een stroboscooplamp in zijn hoofd te exploderen. De horizon ontplofte met een verblindend licht en hij ging met een ruk rechtop zitten. Alles stond stil. Zijn hart kwam klem te zitten in zijn borst; zijn bloed bevroor in zijn aderen; zijn adem stokte in zijn keel. De wereld eindigde met een zucht. En toen startte hij weer opnieuw op, met een razende reeks beelden die hem tegen de rugleuning van zijn stoel stuiterden en zijn mond openrukten. Een stortvloed van licht denderde zijn geest binnen en ging langs zijn ruggengraat naar beneden. Zijn lichaam begon daar in de leren stoel van de Lincoln te stuiptrekken alsof hij in doodsstrijd verkeerde.
Maar dit had niets met de dood te maken. Het was het leven! Het was de adem van God! Dat wist hij zeker op het moment dat het hem raakte. Helens Schepper... *fluisterde* tegen hem. Dat wist hij ook zeker. Die rauwe emotie die

door zijn lichaam gierde, was slechts een fluistering die zei: *Ik hou van je, mijn geliefde.*

'O, God! O, God!' schreeuwde hij uit. Gelach drukte zijn gehuil weg – een aanstekelijk lachen dat langs de hemel echode. Hij kende dat lachen! Stemmen uit het verleden – een moeder die lachte van plezier; een kind dat giechelde tot het bijna omviel. Het waren Gloria en Spencer, daar in dat licht, helemaal in extase. Kent hoorde hun stemmen in zijn schedel echoën. Hij sloeg zijn handen voor zijn gezicht en begon ineen te krimpen van schaamte.

'O, God! O, God. Het spijt me zo!' En dat was waar! Dat besef hakte op hem in. God! Helens God. Gloria's God. Spencers God. *De* God.

En Hij had gezegd: *Ik hou van je, mijn geliefde!*

De onrechtvaardigheid daarvan overweldigde Kent en hij kronkelde van de diepe innerlijke pijn. De pijn van een moeder die haar kind heeft gewurgd. De wanhoop van een man die zijn bruid opzij heeft geschopt voor een hoer. De wens om te sterven.

Een nieuwe vloedgolf van Helens hemel bulderde door Kent heen en hij trilde helemaal van de kracht ervan. *Ik hou van je, mijn geliefde.*

Kent krijste. Met alles wat hij in zich had, krijste hij om de dood, om vergeving – maar zijn stembanden hadden het nu, net als de rest, begeven. Ze produceerden niet meer dan een langgerekt gekreun. 'Uuuuuuuhhhhmm...'

Ik ben al gestorven. Ik vergeef je.

Nee, nee, U begrijpt het niet! Ik ben maar menselijk afval. Ik weet niet eens hoe ik moet liefhebben. Ik ben dood!

Je bent Mijn geliefde.

Ik ben uw hater! Kent sloeg dubbel en zijn hoofd bonkte tegen het stuur. Tranen liepen in stroompjes langs zijn wangen. De enorme ongerijmdheid van die woorden sloeg als een slopershamer tegen de zijkanten van zijn schedel.

Jij bent Mijn geliefde!

Het idee dat dit Wezen van withete liefde van *hem* wilde houden! Dat *kon* niet! Hij gooide zijn hoofd achterover en keek naar het dak van de Lincoln, zonder het te zien. Zijn mond sperde zich wijd open. Op dat moment vond hij zijn stem weer terug en hij gebruikte hem om te brullen, zo hard hij kon. 'Neeeeeeeeee! Ik kan het nieeeeet!!'

Houd alsjeblieft van me. Het gefluister donderde door zijn lichaam.

Je bent gemaakt om van Hem te houden, zei een klein stemmetje. Spencer. Toen giechelde hij.

Ja, Kent, hou van hem. Dat was Gloria.
Toen stortte Kent in en huilde zoals hij nog nooit had gehuild, zittend in de stoel naast Helen. In één verkreukelde bundel van diepe innerlijke pijn en extase, van diep verdriet en spetterende blijdschap, begon Kent van God te houden.
'Ja! Ja, ja, ja.' Hij zoog de vergeving in zich op alsof een overweldigende dorst hem naar het randje van de dood had gevoerd. Hij ademde de liefde in als een vis die snakt naar zuurstof. Maar dit was alleen God, die hem vulde met Zijn adem en het liet iedere spiervezel die nog functioneerde, trillen als een espenblad. Hij strekte zich uit met elk stukje van zijn wezen en met iedere bewuste gedachte en hij smeekte God bij Hem te mogen blijven.
Enkele momenten lang *was* hij daar met Hem. Of misschien was er een deel van God bij hem in de Lincoln.
En toen verdween het licht, Kent happend naar adem achterlatend, hangend over het stuur. Hij viel zijwaarts bij Helen op schoot en huilde.
Ze streek hem zachtjes over zijn hoofd. De tijd had even zijn betekenis verloren.

46

'Je hebt Hem dus gezien?'
Kent ging weer rechtop zitten, verdwaasd. Hij keek naar Helen en toen weer door de voorruit, die nu helemaal dicht zat van de condens. 'God!'
'Ja. Woorden schieten aardig te kort, nietwaar?'
'Dus dat was... God?' Hij wist dat dat zo was. Zonder de geringste twijfel.
'Ja.'
Kent draaide zich langzaam naar haar om. 'Gaat het zo bij iedereen? Hoe komt het dat ik hier nog nooit iets over heb gehoord?'
'Je hebt hier nog nooit iets over gehoord omdat je je oren had dichtgestopt. En of het zo bij iedereen gaat? Ja en nee.'
Hij staarde haar aan, wachtend tot ze verder zou gaan.
'Nee, niet iedereen zal zien wat jij hier vanavond hebt gezien. In elk geval niet op dezelfde manier. Maar in veel opzichten is het inderdaad hetzelfde.'
Ze keek weer recht voor zich uit. 'Laat me je een verhaal vertellen, Kent. Herinner je je een geschiedenis in de Bijbel over een man met de naam Job?'

'Ik heb ze gehoord, Helen. Ik hoorde Gloria en Spencer. Ze lachten.' Een glimlach deed zijn mondhoeken omhoog krullen.

Ze glimlachte met twinkelende ogen. 'Ja, dat weet ik. Maar herinner je je die man, Job? Uit de Bijbel?'

'Ze zijn in de hemel, Helen,' reageerde Kent, nog steeds afgeleid door die gedachte. 'Ze zijn echt in de hemel. Bij *Hem*!'

'Ja.' Ze knikte. 'Kent, ik vroeg je iets. Ken je Job uit de Bijbel?'

'De man die zo moest lijden?'

'Ja. Satan verloor zijn weddenschap dat hij ervoor kon zorgen dat een rechtvaardige man God zou vervloeken. Weet je dat nog?'

'Job bleef God trouw en tenslotte kreeg hij twee keer zoveel bezittingen als hij eerst had gehad. Of zoiets.'

'Dat is echt gebeurd. Hij verloor alles. Zijn kinderen, min of meer zijn vrouw, zijn rijkdom.'

Kent keek haar aan en knipperde met zijn ogen.

Ze keek naar de donkere lucht. 'Niet zo lang geleden ging Satan een andere weddenschap met God aan. Hij beweerde nu dat hij ervoor kon zorgen dat een onrechtvaardige man niet zou reageren op de liefde van God. "*Het maakt niet uit hoe hard U aan hem trekt, niet hoeveel U van hem houdt en ook niet hoeveel U hem probeert te verleiden,*" zei Satan. "*Ik kan ervoor zorgen dat die man niet reageert op Uw liefde.*"'

'En jij beweert dat dit echt is gebeurd?'

'Ja.' Ze keek hem aan en knikte, haar ogen weer vol tranen. 'Ja. En God accepteerde de uitdaging. Vanuit de hemelse gewesten keken miljoenen schepsels naar iedere beweging die die man maakte – maandenlang. En vandaag heeft God de "weddenschap" gewonnen.' Helen glimlachte.

'I... ik?' vroeg Kent verbijsterd. '*Was ik die man?*'

'Ja.'

Het idee leek absurd. 'Dus dit was allemaal in scène gezet? Hoe...'

'Nee, niet in scène gezet, Kent. Op een manier die niemand ooit helemaal zal begrijpen, trok de Vader aan je. En op wel duizend verschillende manieren trok ook Satan aan je – bij God vandaan.'

Kent liet met een noodvaart alle gebeurtenissen van de laatste maanden aan zijn geestesoog voorbijtrekken en zag een hele serie extreme dingen. De dood. Maar in de dood de blijdschap, omdat Gloria en Spencer daarboven gelukkig waren. Rijkdom. Maar in die rijkdom de dood. Of bijna dan. Een complete werkelijkheid achter het podium van het leven.

'Maar dan heeft hij halverwege zijn strategie gewijzigd,' zei Kent afwezig.
'Satan?'
'Ja. Mijn gezin vermoorden werkte niet, dus wilde hij me rijk maken.'
Ze grinnikte. 'Inderdaad. Je begint het te snappen.'
Hij keek haar weer aan. 'Maar waarom ik?'
Ze zuchtte en schudde haar hoofd. Er reed een auto voorbij. Het zware gedreun van een box werd sterker, verzwakte weer en stierf weg.
'Dat is het hem nu juist, Kent. Jouw geval is uniek vanwege het feit dat we het een en ander hebben mogen zien. Maar in andere opzichten verschilt het in niets van de strijd die er woedt om de ziel van de jonge man of vrouw die ons zojuist in die auto passeerde.'
'Geldt dat voor iedereen?'
'Denk je dat God meer van de ene mens houdt dan van de andere? Trekt Hij meer aan de een dan aan de ander? Nee. Om iedereen wordt strijd geleverd. We zien het alleen niet. Als we dat wel zouden kunnen...' Ze schudde haar hoofd. 'Tjongejongejonge.'
Er welde weer van alles op in Kents borst en hij dacht dat hij weer in huilen zou uitbarsten. Dit veranderde alles. Het leek nu allemaal zo logisch. Zo juist. De zin van het leven samengevat in een paar woorden en toch kenden zo weinig mensen de waarheid.
'Dus achter dit... dit vlees... deze fysieke wereld, heerst er een activiteit... genoeg activiteit om ons van verbazing achterover te doen slaan.' Hij schudde zijn hoofd, overdonderd door het idee. 'We zien dus alleen maar het puntje van de ijsberg en dan nog alleen als we onze ogen opendoen.'
'We vechten niet tegen vlees en bloed. En we leveren een voorbijgaande strijd. Geloof me, dit leven gaat snel genoeg voorbij, hoewel het soms wel eens niet snel genoeg lijkt te gaan. En daarna volgt de eeuwigheid. Ergens.'
'Waarom weten niet meer mensen hiervan? Waarom heeft niemand me dit ooit verteld?'
Ze keek hem aan. 'Denk je dat Gloria je dit nooit heeft verteld? We hebben vijf jaar lang iedere donderdagmorgen voor deze dag gebeden. Je was gewoon te veel bezig met deze wereld om het te merken.'
'Je hebt gelijk. Inderdaad. Je hebt helemaal gelijk!'
'Maar vandaag begin je opnieuw, Kent.'
Lacy!
Hij greep Helens arm. 'We moeten naar Lacy toe!'
'Lacy?'

'Ja. Die woont in Boulder.' Hij startte de auto en reed glijdend door de sneeuw weg. 'Vind je het erg? Ik heb je daar nodig. Ze zal me nooit geloven.'
'Ach, waarom ook niet? Het is een schitterende, besneeuwde avond. Ik hoopte eigenlijk op een totaal andere bestemming, maar ik denk dat Boulder voor dit moment wel oké is.'

47

Lacy deed de deur open, gekleed in een geruit flanellen houthakkersoverhemd dat over haar spijkerbroek hing. 'Kan ik u ergens mee helpen?'
Kent stond achter Helen en zijn hart ging als een razende tekeer. Hij zag de ogen van Lacy naar hem verschuiven, eerst vragend en toen met een blik van herkenning. 'Hallo, Lacy,' zei Helen. 'Kunnen we even binnenkomen?'
'Jij? Kevin, toch? Ik heb jou bij de Chinees ontmoet. Wat wil je?'
Helen antwoordde in Kents plaats. 'We zijn niet wie je misschien denkt dat we zijn. Ik ben Helen. Helen Crane. Dit is mijn schoonzoon, Kent Anthony. Ik geloof dat jullie elkaar al kenden, nietwaar?'
Lacy's ogen rolden bijna uit hun kassen.
Kent kwam achter Helen vandaan. 'Hallo, Lacy.' Hij onderdrukte een rilling die zich in zijn vezels leek te hebben genesteld sinds zijn ogen waren geopend.
Ze deed een stap achteruit. 'Dat is... dat is onmogelijk! Kent is dood.'
'Lacy. Luister naar me. Ik ben het. Luister naar mijn stem.' Hij moest slikken. 'Ik weet dat ik er een beetje anders uitzie – ze hebben wat aan me gesleuteld – maar ik ben het echt.'
Lacy knipperde met haar ogen en deed nog een stap achteruit.
'Lacy?' Kent drong verder aan. 'Ik heb je op een vrijdagavond het hele plan verteld, hier aan deze tafel.' Hij wees naar de keukentafel. 'Ik heb koffie met je zitten drinken. Twintig miljoen dollar, weet je nog? Het AFPS? Je hebt me toen geslagen.'
Hier kon ze niet meer omheen, dat wist hij. Ze deed een stap opzij alsof ze droomde. Kent vatte dat op als teken dat hij mocht binnenkomen en dat deed hij dan ook. Aarzelend. Helen volgde hem en ging op de bank zitten. Lacy deed de deur dicht en keek hem zonder te knipperen aan.
Het was doodstil in de kamer. Wat moest hij zeggen? Hij grijnsde en voelde zich plotseling klein en dwaas dat hij hierheen was gekomen. 'Ik... ik weet

eigenlijk niet wat ik moet zeggen.'
Ze reageerde niet.
'Lacy. Het... het spijt me zo verschrikkelijk.' Zijn beeld werd vertroebeld door verse tranen. Ze was duidelijk haar geheugen aan het doorzoeken om de puzzelstukjes te laten passen en om de tegenstrijdige emoties die door haar heen raasden met elkaar in overeenstemming te brengen. Maar ze zei niets. Hij zag haar moeizaam slikken en plotseling werd het hem te veel. *Hij* had dit veroorzaakt. *Hij* mocht dan zijn veranderd, maar de overblijfselen van zijn leven lagen aan gruzelementen. Opgebrande hulzen, holle leugens, gebroken harten. Zoals dat hart hier, kloppend, maar gebroken, en het zou waarschijnlijk niet meer genezen.
Hij zag dat Lacy's kaakspieren zich spanden en dat haar ogen zwommen in de tranen.
Kent sloot zijn ogen en vocht tegen zijn eigen tranen. Inderdaad, ze was niet echt blij; dat was duidelijk.
Haar stem was nauwelijks meer dan gefluister. 'Dus je bent het echt. Weet je wel wat je me hebt aangedaan?'
Hij opende zijn ogen. Ze staarde hem nog steeds aan, maar hij dacht dat hij wat licht in haar ogen zag. 'Ja, ik ben het echt. En ja, ik ben een volslagen idioot geweest. Alsjeblieft... alsjeblieft, vergeef me.'
'En je was naar me toegekomen in dat restaurant.' Haar kaakspieren ontspanden zich.
Hij knikte. 'Ja. Het spijt me.'
'Mooi. Dat is je geraden ook. Je moest je rot schamen.'
'Dat doe ik ook.' Ze ging hem afwijzen, dacht Kent. Dat was in ieder geval wat ze zou *moeten* doen.
Lacy's ogen spogen vuur. 'En waarom ben je dan gekomen? Vertel me eens waarom je bent gekomen!'
'Omdat...' Dat was moeilijk, dat gedoe met die liefde. Eerst God en nu zij. Hij knipperde. Nee, zo moeilijk was het niet. Niet in zijn nieuwe huid. Moeilijk voor zijn oude ik, maar in deze nieuwe huid was liefde de valuta van het leven.
Het kwam er daarom verbazingwekkend gemakkelijk uit. 'Omdat ik van je hou, Lacy.'
De woorden leken haar bijna letterlijk te raken – fysiek. Er rolde een verse traan langs een van haar wangen. 'Houd je van me?'
O, wat had hij haar aangedaan? 'Ja. Ja, ik hou van je,' zei Kent. Hij liep recht

naar haar toe en spreidde zijn armen, hunkerend naar haar liefde.
Ze deed haar ogen dicht en liet hem haar omarmen, eerst aarzelend, maar toen liet ze haar armen om zijn middel glijden en drukte ze zich huilend tegen zijn borst. Lange tijd zeiden ze niets. Ze hielden elkaar vast en lieten hun omarming spreken.
Toen Lacy uiteindelijk iets zei, was het met zachte, berustende stem. 'Ik... ik hou ook van jou, Kent. Ik hou ook van jou.'

48

Vandaag

Kapelaan Cadione keerde zich af van het raam, zijn gezicht nat van de tranen door het verhaal dat zijn gast de laatste twee uur met hem had gedeeld. Ze hadden zich tijdens die twee uur constant door het kantoor verplaatst, soms tegen de muur leunend, soms uit het raam kijkend, soms aan het bureau zittend, soms rondlopend, maar Cadione was een en al oor gebleven. De man tegenover hem had het verhaal vol enthousiasme, met veel handbewegingen, onder tranen en vaak met een aanstekelijke grijns verteld. En nu was het verhaal helaas afgelopen. Maar *was* dat zo?
Buiten zag hij de oostelijke wachttoren staan, stoïcijns tegen de blauwe lucht aanleunend. Hij keerde zich naar de man voor hem. Zijn borst voelde aan alsof er tijdens het verhaal een bankschroef om geklemd had gezeten. Zijn bezoeker had zijn benen over elkaar geslagen en zijn handen lagen gevouwen in zijn schoot.
'Is dit verhaal waar? Alles?'
'Ieder woord, kapelaan.'
De plafondventilator draaide nog steeds zijn lome rondjes, hoog boven hun hoofd, en droogde het zweet in Cadiones nek. 'Geloof je dan dat God vandaag de dag nog steeds in staat is om zulke dingen te doen?'
'Ik *weet* het!' De man stond op en spreidde zijn handen wijd uit. Cadione ging zitten en leunde achterover. 'Zijn liefde is groter dan een mens ooit zal kunnen bevatten. De meest uitbundige uitdrukking van liefde is maar een zwakke afspiegeling van die van Hem! We zijn naar Zijn beeld gemaakt, nietwaar?'
'Inderdaad.' De priester kon niet anders dan met de man mee glimlachen.

'Nou dan! De grootste passie waartoe u in staat bent, is alleen maar een verwijzing naar Zijn liefde.'
'Inderdaad.' Hij knikte. 'Maar hoe is het voor een mens mogelijk om God op die manier te ervaren? De ervaringen waar u het over hebt, zijn... ongelofelijk!'
De bezoeker liet zijn handen langs zijn zijden vallen. 'Ja, maar wel echt. Dat weet ik.'
'En hoe weet u dat dan zo zeker?'
De ogen van de bezoeker glinsterden en hij glimlachte samenzweerderig. 'Dat weet ik omdat ik *hem* ben.'
Cadione reageerde niet onmiddellijk. Hij was wie? De man in het verhaal? Maar dat was onmogelijk! 'U bent *wie*?'
'Ik ben *hem*. Ik ben Kent Anthony.'
Het hart van de priester sloeg een slag over. 'Kent? Uw dossier zegt dat u Kevin heet. Kevin Stillman.'
'Jep. Goed, nu kent u dus het hele verhaal, nietwaar? Je identiteit veranderen heeft diverse voordelen, mijn vriend. Dat was het enige wat ze me lieten houden toen ik alles opbiechtte. Een schrale troost. Natuurlijk *moest* ik alles opbiechten – dat snapt u wel, nietwaar? Ik *wilde* alles opbiechten. Maar het heeft geen zin om in het verleden te leven. Ik ben een nieuwe mens. En ik hou wel van die naam.'
De hersens van de priester maakten overuren. 'Dus u beweert dat u persoonlijk een blik in de hemel hebt geworpen? Dat die weddenschap van Satan om uw ziel ging? U beweert dat de hele hemel in touw was om uw ziel te redden?'
'Vindt u die gedachte aanmatigend?' zei de man glimlachend. 'Zo gaat dat ook met de strijd om *uw* ziel. Alleen ziet u het niet.' Hij tilde een hand op om een eventuele reactie af te remmen. 'En ik zal u nog iets anders vertellen. Alles is niet wat het lijkt. Ik begreep al snel dat de zwerver in die steeg de man uit mijn dromen was, maar ik heb hem maar één keer gezien en ik weet tot op de dag van vandaag nog steeds niet of hij echt was. Maar het was geen engel, dat kan ik u wel verzekeren.'
'U zegt dus dat hij door de hel werd gestuurd?'
'Hebt u reden om aan te nemen dat dat niet zo was? Maar goed, ik denk dat de anderen uit de hemel afkomstig waren. Dat weet ik natuurlijk niet zeker, maar de Schriften zeggen dat we engelen onderdak kunnen verlenen zonder het te weten, nietwaar?'
'De anderen?'

'Cliff. Toen ik later in de personeelsdossiers keek, kon ik geen enkele Cliff vinden. En dan die rechercheur. Rechercheur Punthoofd. Er zijn geen gegevens te vinden over een Jeremy Lawson bij het Zevende District. Ik had altijd al het vermoeden dat er iets met die twee aan de hand was. Misschien zelfs Bono, aan de bar.'

Er werd op de deur geklopt.

'Dat lijkt me...'

De man grijnsde breed. 'Onmogelijk? Niet alles is wat het lijkt, mijn vriend.'

'Wat is er met het geld gebeurd? En met die twee bankiers?'

'Borst en Bentley? Die werken geen van tweeën meer bij de bank. Ik heb de bank natuurlijk alles verteld. Het laatste wat ik hoorde, was dat ze bij de rechtbank met elkaar in de clinch lagen over die bonus. Maar dat kunnen ze niet winnen. En er is geen bank die oneerlijke mensen in dienst neemt. Ik heb eigenlijk medelijden met hen. En wat het geld betreft; ik heb al mijn oneerlijk verkregen bezittingen tegen goed geld verkocht en heb via ROOSTER alles weer teruggesluisd naar de rekeningen waarvan het gestolen was. Alleen de autoriteiten en een paar hoge jongens bij de bank weten wat er is gebeurd. De bank stond erop dat ik de $250.000,00 vindersloon zou houden. Ik heb geprobeerd het terug te geven, maar ze zeiden dat ik dat had verdiend door duidelijk te maken hoe Borst en Bentley in werkelijkheid waren. En natuurlijk voor het ontwikkelen van het AFPS.'

Er werd nog een keer geklopt. 'Uw tijd is om, kapelaan.'

'Kom binnen,' riep Cadione, terwijl hij de man bleef aankijken. De stukjes van de puzzel voegden zich in zijn gedachten samen. Hij stond op, lichtelijk verbijsterd.

Een geüniformeerde bewaker kwam binnen en stond stil. 'Kom. Laten we gaan.' De bewaker wees met zijn stok in Kents richting. 'Terug naar de cel.'

De gevangene met de naam Kevin, die in werkelijkheid Kent heette – Kent Anthony – stond op om te vertrekken. Hij glimlachte nog steeds naar Cadione.

'En hoe is het met Lacy afgelopen?' vroeg Cadione, die de bewaker negeerde.

Kent glimlachte. 'Over twee jaar word ik voorwaardelijk vrijgelaten. Als alles goed gaat, willen we dan trouwen. U bent van harte uitgenodigd.'

Hij knikte. 'En Helen?'

'Ja, Helen. U zou Helen eens een keer moeten ontmoeten. Ze was niet altijd het soort vrouw dat ze in dit verhaal was, weet u. Als u haar levensverhaal hoort, zult u in tranen uitbarsten. Als we ooit nog eens wat meer tijd hebben, vertel ik u dat misschien ook nog. Dan kijkt u heel anders tegen de dingen

aan, dat beloof ik u.'
'Dat zou fijn zijn,' hoorde de kapelaan zichzelf zeggen. Maar het duizelde hem en hij vond het moeilijk om zich te concentreren.
De gevangene deed een stap naar de deur en knipoogde. 'Vergeet niet, kapelaan, dit is de waarheid. Er is geen woord van verzonnen. Dezelfde strijd woedt om uw ziel. U zou daar eens goed over na moeten denken voor u vanavond in slaap valt. Op de een of andere manier zijn we allemaal een Job.'
Hij werd meegenomen, het kamertje uit, nog steeds glimlachend.
Kapelaan Cadione strompelde terug naar zijn stoel en liet zich erin neerploffen. Het was lang geleden dat hij iets anders had gebeden dan betekenisloze, voorgekauwde woorden. Maar dat zou gaan veranderen.
Alles zou veranderen.

Over de auteur

Ted Dekker woont samen met zijn vrouw en vier kinderen in de bergen van Colorado. Als zoon van de zendelingen John en Helen Dekker groeide hij op in Indonesië. Zijn ervaring daar met diverse culturen en godsdiensten – en de kracht van het christelijk geloof – vormt het fundament van zijn huidige werk. Toen hij terug was gekomen naar de Verenigde Staten, haalde hij een graad in godsdienstwetenschappen en filosofie en begon aan een succesvolle carrière als marketing director voor hij fulltime als schrijver aan de slag ging.